HISTOIRE LITTÉRAIRE

DE LA FRANCE

AU QUATORZIÈME SIÈCLE

DISCOURS SUR L'ÉTAT DES LETTRES

PAR

VICTOR LE CLERC

Membre de l'Institut

DISCOURS SUR L'ÉTAT DES BEAUX-ARTS

PAR

ERNEST RENAN

Membre de l'Institut

SECONDE ÉDITION

TOME PREMIER

PARIS

MICHEL LÉVY FRÈRES, LIBRAIRES ÉDITEURS

RUE VIVIENNE, 2 BIS, ET BOULEVARD DES ITALIENS, 15

A LA LIBRAIRIE NOUVELLE

1865

HISTOIRE LITTÉRAIRE

DE LA FRANCE

AU

QUATORZIÈME SIÈCLE

I

Paris. — Typographie de Firmin Didot frères, fils et Cie, rue Jacob, 56.

PRÉFACE

DE LA PREMIÈRE ÉDITION

(PARIS, 1862, IN-4).

———

Dans l'Histoire littéraire de la France, commencée
en 1733, c'est encore dom Antoine Rivet, le fondateur
de cet ouvrage, qui rédige le Discours, publié en 1750,
sur l'état des lettres en France au XIIe siècle; Daunou,
en 1824, fait paraître celui du XIIIe, au nom des continuateurs de ces grandes annales, suspendues volontai-
rement par leurs premiers auteurs en 1763, et qui n'a-
vaient été reprises que longtemps après par l'Institut.

Le XIVe siècle, sans occuper chez nous un rang très-
élevé dans les lettres, s'est fait toutefois, dans l'histoire
du progrès des esprits en France, comme une destinée
à part : il commence beaucoup de choses, dont quelques-unes ne sont pas encore achevées. Si des assemblées politiques où siége enfin le tiers état, la variété et
la hardiesse des controverses religieuses, le droit civil
poursuivant ses victoires sur ce qu'on appelait la loi divine, le développement de quelques sciences, les nombreux essais de traductions d'auteurs anciens, ne peu-

vent égaler en éclat littéraire les grandes compositions
d'un âge plus poétique, il y a là du moins des espérances
de force et de renouvellement. La foule de ceux qui
écrivent ne laisse entrevoir que bien peu de renommées
durables; mais l'esprit de la nation est actif, entreprenant, courageux, et travaille énergiquement pour l'a-
venir.

Tel est ce caractère d'action, plutôt que de méditation philosophique ou d'invention créatrice, que nous
voudrions représenter dans nos considérations générales
sur les écrits des cent années où nous entrons. Partout
y reparaîtra sous les formes les plus diverses le principal
signe de cet âge novateur, la lutte entre la papauté et la
royauté. Quiconque a laissé une certaine trace dans la
littérature du temps a écrit pour ou contre l'un des deux
pouvoirs rivaux.

Les papes, trahis quelquefois par les nouvelles congrégations qu'ils avaient fondées, eurent pour eux en
France les plus féconds écrivains de l'ordre de Saint-
Dominique, Hervé Noël, Bernard Guidonis, Pierre de la
Palu, et, dans les anciens ordres, Gilles de Rome, Pierre
de Rogier (depuis Clément VI). Plusieurs franciscains,
docteurs de Paris, tels que Guillaume Okam et ses adhé-
rents, par leurs témérités, servirent la cause laïque. .

L'université de Paris elle-même envoie ses grands
docteurs séculiers, Jean Gerson, Nicolas Clamanges,
Gilles des Champs, Pierre d'Ailli, se mêler aux affaires
du monde, et, par eux, elle domine, pendant plus de
cinquante ans, dans les cours des princes, dans les négociations, dans les conciles.

Les écrivains en langue vulgaire sont presque tous
du parti français : le Songe du verger, le Songe du vieux
pèlerin, le Défenseur de la paix, font circuler dans tous
les rangs les doctrines gallicanes; et les poëmes qui attaquent les abus de la toute-puissance ecclésiastique,
comme la suite de l'ancien Renart, Baudouin de Se-
bourg, Fauvel, sont aussi les plus populaires. Dès lors
les théologiens, qui prétendaient régner seuls et n'admettaient, comme ont dit les bénédictins (t. XI, p. 602),
que l'Évangile commenté par les décrétales, durent prévoir que la suprématie pourrait un jour leur échapper.

Ainsi, toute la littérature du siècle, soit religieuse,
soit profane, est vraiment l'image de cette crise, qui a
préparé les temps modernes.

C'est là ce qui peut justifier l'étendue et la nature
du premier Discours qui va suivre, et où l'histoire nationale a réclamé plus de place qu'elle n'en avait obtenu jusqu'à présent dans ces vues d'ensemble. Nous
avons cru qu'il ne fallait pas disperser dans des notices
isolées des faits et des observations qui, rapprochés ici
pour la première fois, donneront peut-être une idée
plus juste de l'œuvre intellectuelle de ce siècle dans
notre pays.

La royauté surtout, avec son influence sur les écoles
qu'elle ose disputer à la domination théologique, avec
les grandes bibliothèques dont elle propage le goût et
qu'elle tente de séculariser comme tout le reste, nous a
paru digne d'être complétement étudiée. On ne peut
nier qu'elle ne reçoive une nouvelle vie d'un roi qui
semble inaugurer notre état social, de Philippe le Bel,

que les peuples étrangers appelaient le Grand, et de qui
les services, à force d'avoir été maudits par les uns, ont
été méconnus par les autres. La politique de son règne,
victorieuse, sous ses trois fils, de puissantes réactions,
est suivie par les Valois, qui, malgré leurs fautes et leurs
revers, continuent de fonder l'unité française.

Les lettres, contrariées dans leurs progrès par toutes
sortes de calamités, fleurissent un moment, pendant les
années pacifiques et glorieuses de Charles le Sage. Notre
langue, qui ne brille plus par les grandes fictions des
poëtes, qui perd même plusieurs des habitudes régulières qu'elle tenait de son origine, s'enrichit dans la
prose, grâce aux traductions que protégent le roi, les
princes, les nobles familles, d'une foule d'acquisitions
qu'elle a conservées. Voilà encore ce que d'autres âges
plus heureux doivent à ce siècle, qui a beaucoup essayé, et dont les généreux efforts ont été trop mis en
oubli.

Comme nous reconnaissons néanmoins qu'il est inférieur au XIIᵉ et au XIIIᵉ en conceptions poétiques, nous
nous sommes réservé un dédommagement de cet aveu
dans un rapide examen des littératures étrangères du
même temps, où l'on verra l'Italie nous emprunter à
elle seule plus de quarante de nos récits chevaleresques
sur Charlemagne pour les rimer en octaves, et les autres
peuples de l'Europe, en s'appropriant aussi, dans tous
les genres, nos plus anciens poëmes, se déclarer tour à
tour les disciples de notre premier âge littéraire.

Le Discours sur l'état des beaux-arts témoignera qu'ils
ont eu alors en France une activité qui ne fut pas tou-

jours stérile, et un certain sentiment d'élégance qui ne
s'est développé que plus tard dans les lettres.

L'un et l'autre de ces Discours sont le fruit d'une
longue étude : il y a telle page où chaque proposition
et quelquefois chaque ligne eussent pu être accompagnées de renvois, dont les matériaux sont entre nos mains.
Pour ne point surcharger les marges, il a fallu se contenter le plus souvent d'indiquer les faits, qui trouve-
ront par la suite leurs compléments et leurs preuves.

On doit voir que si, pour les lettres surtout, il convenait de restreindre les citations marginales, trop nombreuses encore peut-être, un simple sommaire comme
le nôtre ne pouvait, dans chaque genre, accumuler tous
les noms d'auteurs, tous les titres d'ouvrages.

Nos maîtres et nos guides, ceux qui ont exécuté jusqu'en 1763 le vaste plan tracé par eux et que nous suivons avec respect, avaient à peine dépassé le milieu du
XIIᵉ siècle, lorsqu'ils s'arrêtèrent, « comme effrayés, dit
« Tiraboschi, à l'aspect de l'immense océan qui s'ouvrait
« devant eux. » Nous ne croyons pas que la perspective
d'un travail plus compliqué et plus pénible ait jamais
pu les décourager, eux qui nous ont laissé, pour les siècles suivants, même pour le leur, de précieuses notes
manuscrites, que nous aurons occasion d'alléguer, et qui
annoncent du moins l'intention d'aller jusqu'au bout.
Seulement les catalogues qui nous restent d'eux pour le
XIVᵉ siècle ne comprennent guère que deux cents indications d'auteurs ou d'ouvrages, et nous en avons recueilli plus de dix mille.

Comme c'est là beaucoup trop d'écrivains pour un

temps où il était si difficile de bien écrire, le soin qu'on devra mettre à les répartir année par année, selon notre méthode chronologique, n'empêchera peut-être pas qu'il ne s'en perde plus d'un sur la route. Il serait bon cependant que, jusqu'à l'imprimerie, on se résolût à nommer au moins une fois tous ceux qu'on aura rencontrés, ne fût-ce que pour faire voir qu'il n'a manqué au siècle qui a précédé de peu de temps l'art nouveau de multiplier les livres, ni l'intérêt pour les choses de ce monde, ni le courage d'en dire son avis.

L'auteur du Discours sur l'état des lettres n'aurait point osé prétendre à l'honneur d'une tâche fort longue et fort épineuse, que le souvenir de ses deux prédécesseurs, dom Rivet et Daunou, rendait plus dangereuse encore; mais il en a été chargé par ses confrères le 16 décembre 1842, et, depuis, il n'a pas cessé un seul jour ou d'en amasser les matériaux ou d'en écrire quelques lignes, sans interrompre ses travaux pour les quatre tomes précédents de l'Histoire littéraire de la France.

Le Discours sur les beaux-arts, confié ensuite au plus jeune membre de la Commission, a été pour lui l'objet de recherches assidues et de nombreux voyages. Ce n'est pas sans essayer d'acquérir des lumières nouvelles dans cette partie de l'histoire de l'art qu'il a pu observer, en Syrie, les monuments des croisades. Avignon, et toute cette région de l'ancienne Ile-de-France et de la Picardie où l'on suppose que l'art nommé gothique a pris naissance, ont été aussi par lui soigneusement étudiés. Enfin, il n'a jamais perdu de vue les vastes recueils archéologiques où, depuis une trentaine d'années, se sont déposés tant de travaux utiles.

L'histoire des lettres, même en parlant des beaux-arts, a dû garder son caractère. Nos devanciers ne songèrent jamais, et avec pleine raison, à comprendre dans leur plan les annales de l'art en France. Les artistes n'y sont mentionnés, à leur date, que quand ils ont écrit ou qu'ils sé sont mêlés à l'histoire des lettres. Le Discours sur l'état des beaux-arts au XIVe siècle a, de même, été composé bien moins au point de vue de l'archéologue que selon les habitudes de l'historien des mœurs. Il s'y trouvera peu de détails techniques; dans l'énumération des monuments on n'a pas prétendu être complet. Si l'on s'est permis sur quelques points, en particulier sur ce qui touche aux origines de l'architecture ogivale, de revenir en arrière et de traiter des questions qui font remonter à des temps plus anciens, c'est pour donner place dans cet ouvrage à des connaissances maintenant acquises, et qui étaient encore enveloppées d'incertitudes, quand il s'est agi des beaux-arts du XIIe et du XIIIe siècle. Cette adoption nécessaire des résultats nouveaux a toujours été considérée par les rédacteurs de l'Histoire littéraire comme un devoir.

— Pour cette nouvelle édition, l'auteur du Discours sur l'état des lettres doit à son confrère M. Littré, à M. É. Viguier, à M. Édelestand du Méril, plusieurs observations excellentes, dont il a essayé de profiter.

L'auteur du Discours sur l'état des beaux-arts, dans une lettre écrite de Beyrouth le 2 janvier 1865, s'exprime ainsi :

« N'oubliez pas de dire, s'il en est temps encore, que l'auteur,
ému de vives objections venant de personnes auxquelles on ne
dénie pas de longues études, a voulu soumettre son ouvrage a
l'opinion du savant qui a le plus approfondi l'histoire de l'art
au moyen âge, M. Jules Quicherat. Quelques additions sont
dues à ce savant archéologue. L'auteur du Discours a été ras-
suré en voyant que des jugements qui n'avaient pu satisfaire
les esprits excessifs avaient été trouvés, par la vraie critique,
justes et modérés. »

Victor LE CLERC.   Ernest RENAN.

TABLE GÉNÉRALE

DE L'HISTOIRE LITTÉRAIRE DE LA FRANCE

AU QUATORZIÈME SIÈCLE.

TOME PREMIER.

DISCOURS

SUR L'ÉTAT DES LETTRES EN FRANCE

AU QUATORZIÈME SIÈCLE,

PAR VICTOR LE CLERC.

Division.

PREMIÈRE PARTIE.

DE L'ESPRIT GÉNÉRAL DU QUATORZIÈME SIÈCLE.

Introduction.

I. PAPAUTÉ.

SECONDE PARTIE.

DES PRINCIPAUX GENRES EN PROSE ET EN VERS.

TOME SECOND.

TROISIÈME PARTIE.

DE LA LITTÉRATURE FRANÇAISE EN EUROPE
AU QUATORZIÈME SIÈCLE.

DISCOURS

SUR L'ÉTAT DES BEAUX-ARTS EN FRANCE

AU QUATORZIÈME SIÈCLE,

PAR ERNEST RENAN.

PREMIÈRE PARTIE.

DE L'ART EN GÉNÉRAL.

SECONDE PARTIE.

LES ARTS EN PARTICULIER.

DISCOURS

SUR

L'ÉTAT DES LETTRES EN FRANCE

AU QUATORZIÈME SIÈCLE,

PAR M. VICTOR LE CLERC.

I

DISCOURS

sur

L'ÉTAT DES LETTRES EN FRANCE

AU QUATORZIÈME SIÈCLE.

La première partie de ce Discours, en présentant une vue générale du gouvernement, soit religieux, soit civil, au XIVe siècle, pourra faire entrevoir ce que prouveront, année par année, les détails historiques de l'âge littéraire où nous allons entrer : l'affaiblissement de l'ancienne unité catholique, déjà ébranlée depuis quelque temps, et la dissolution prochaine de la société féodale.

Nous montrerons ensuite, dans un examen sommaire des divers genres de composition, la décadence presque universelle de l'ancien système d'études, et, malgré quelques acquisitions de la prose, le triste état des lettres en France.

Dans une dernière partie, pour relever nos annales littéraires de cet abaissement passager, et replacer surtout nos poëtes au rang que l'estime des nations étrangères leur accordait depuis deux cents ans, nous recueillerons des exemples de leur glorieuse influence sur l'Europe latine, et même sur les peuples d'origine germanique.

Les développements qui vont suivre auront donc quelque étendue : comme ce siècle, dont les traces sont moins brillantes dans l'histoire des lettres, a cependant contribué par

ses efforts et ses souffrances au progrès de la pensée humaine,
il nous a paru juste de faire ressortir la part de la France dans
un mouvement intellectuel qui n'a pas encore fini le moyen
âge, mais qui du moins a préparé laborieusement les âges
nouveaux.

PREMIÈRE PARTIE.

DE L'ESPRIT GÉNÉRAL DU QUATORZIÈME SIÈCLE.

Si le principe d'autorité, amoindri par les deux puissances qui le représentent sur la terre, et qui s'étaient armées de nouveau l'une contre l'autre, fléchit alors de toutes parts, il conserve encore assez de son antique domination pour qu'il faille que, dès l'abord, l'historien des intelligences dans ces moments décisifs tienne grand compte et du gouvernement de l'Église, et de l'impulsion donnée aux esprits par les rois.

Ces deux pouvoirs, après avoir paru vivre longtemps en paix, sans doute parce que l'un résistait rarement à l'autre, avaient recommencé à se faire publiquement la guerre; et tout le siècle, qui s'ouvre par d'éclatantes hostilités d'un roi de France contre un pape, va nous paraître comme le champ de bataille où se heurtent, dans le tumulte des excommunications et des schismes, les droits de la souveraineté laïque qui veut s'affranchir, et les menaces déjà moins redoutables des vieilles prétentions pontificales. Il convient d'autant mieux que cette nouvelle époque des annales des lettres en France soit précédée d'une esquisse des principaux traits de la lutte, que la lutte même occupe une grande place dans les productions de cet âge, et communique à des œuvres de plus en plus faibles un reste de vie et d'originalité.

Dans presque tous les autres exercices de l'esprit, la langue dégénère avec la pensée : la France, agitée par ses tentatives d'émancipation religieuse, par ses discordes intérieures, par les désastres inouïs d'une guerre étrangère, ne fit point servir, comme il est quelquefois arrivé, ses troubles et ses malheurs au progrès littéraire. Les traités même de controverse, latins ou français, jugés alors les plus dignes d'estime, se distinguaient trop peu par le talent d'écrire pour survivre à la chaleur du combat. Les questions où s'épuisa tout l'art des syllogismes sont importantes sans doute, puisque les temps modernes en sont sortis; mais aujourd'hui ces questions, malgré quelques regrets des anciennes défaites et quelques efforts pour recommencer la querelle, sont regardées depuis longtemps comme décidées. Si Pierre du Bois, Guillaume Okam, Jean de Jandun, Raoul de Presles, si même les continuateurs diffus du poëme de Renart, ne méritent point l'oubli, c'est moins comme écrivains que comme avocats d'une cause qui a été gagnée pour nous. Joinville, Jean de Meun, appartiennent au siècle précédent, quoique morts dans celui-ci; et quand même on ne voudrait pas en détacher le chroniqueur Froissart, qui atteignit le début du siècle suivant, ce ne serait point encore assez pour élever très-haut, dans le jugement de l'historien des lettres, cet âge d'innovations et d'essais, bien moins digne d'attention par les écrits qu'il nous a laissés que par les changements qu'il a commencés ou préparés dans les opinions humaines et le gouvernement du monde.

En France, plus encore peut-être que chez les autres nations catholiques, il y a eu presque toujours guerre, déclarée ou secrète, entre l'Église et l'État. L'origine de cette guerre est dans une idée que l'empereur Constantin, selon les actes d'un concile, exprimait ainsi devant les évêques, dont il n'était alors que l'interprète: « Vous qui pouvez nous juger, vous ne « pouvez être jugés par les hommes; Dieu vous a établis sur « nous comme des dieux, et il ne convient pas que l'homme « juge des dieux. » Comment, en effet, si l'on prenait dans un sens absolu ces paroles et d'autres semblables, qui ne devraient se rapporter qu'à la direction spirituelle de l'Église, comment l'évêque des évêques, le dieu des dieux, le pape, ne compterait-il pas au nombre de ses premiers sujets les empereurs et les rois?

Il n'y avait donc rien d'exagéré dans cette fameuse défini-

tion : « Qu'est-ce que le droit? — J'appelle et repute pour Songe
du vergier,
liv. I, c. 7.
« droit les decrets et les decretales des saintz peres de Romme,
« qui lyent et obligent tout vray crestien comme subject et
« filz de nostre mere saincte Eglise. » Mais les rois de France
ont toujours réclamé contre les décrétales qui subordonnaient
l'autorité civile au pouvoir ecclésiastique. Ils ont réussi à faire
révoquer, en 1312, par le concile général de Vienne, les bulles
ambitieuses où un pape venait de déclarer que « Dieu l'avait
« élevé au-dessus des rois et des royaumes, pour arracher,
« détruire, perdre, abattre, édifier et planter. » Les représailles étaient inévitables : ce pape, cet homme qui pouvait
se croire plus qu'un homme, *minor Deo, major homine,* a
été publiquement abreuvé d'outrages. Chacune des deux
puissances ne cesse de prétendre ou du moins de croire qu'il
n'y en a qu'une. C'est, il faut le dire, la perpétuité de la
guerre civile.

Nous allons voir cette guerre plus vive et plus implacable
que jamais.

La domination pontificale, déjà froissée par ses conflits avec
Philippe-Auguste, et qui n'avait point trouvé de complaisance
aveugle dans la piété de saint Louis, est réservée par l'esprit
politique de Philippe le Bel aux plus rudes épreuves. En vain
était-elle parvenue à faire prévaloir en France ses deux nouvelles milices de Saint-Dominique et de Saint-François; en
vain avait-elle eu l'adresse d'y établir même l'inquisition : ce
furent, du moins pour ce temps-là, ses dernières victoires.
L'habileté des rois, qui retint les papes à Avignon pendant ces
longues années que Rome a déplorées comme des années d'esclavage, reconquit à la fin des droits légitimes, perdus depuis
des siècles. Déjà les officialités diocésaines s'effacent devant
les justices royales, et un archevêque de Bourges, avec tous Ordonn.
des rois de Fr.
(août 1369),
t. V, p. 218.
ses titres de patriarche, de primat, de cardinal, sollicite la
remise de l'amende et des autres peines qu'il avait encourues
pour avoir décrété, par un statut synodal, que les juges séculiers ne pouvaient prononcer sur des clercs accusés de crimes.
La longue résistance de Louis de Bavière, le scandale des antipapes, contribuent à rétablir l'équilibre. Enfin, une question
que l'on n'aurait point crue possible, celle de l'amovibilité du

souverain pontife, est admise désormais, comme une simple
thèse, dans les argumentations des universités.

Le gouvernement des âmes était de jour en jour environné
de nouveaux périls. Ces temps, qu'on appelle aujourd'hui les
siècles de foi, se laissent aller à d'étranges libertés. Quelle pouvait être la religion du grand nombre à travers cette anarchie
qui, partie d'en haut, descendait incessamment dans tous les
rangs? Lorsque les rois se mettaient à insulter la toute-puissance presque divine qui pesait sur eux depuis des siècles ;
lorsque le clergé lui-même se soulevait à tout moment contre
les plus saintes traditions de l'Église, et portait la manie de
dogmatiser jusqu'au délire; lorsque la noblesse, qui n'avait
jamais subi qu'en frémissant le joug des clercs, ne cessait
d'opposer aux tribunaux ecclésiastiques ses justices seigneuriales, que devenaient les croyances du peuple? La poésie en
langue vulgaire continuait de l'amuser de ses fabliaux mo-
queurs, non moins dangereux que bien des hérésies. Le conte
du Tonneau, cette triste facétie des trois habits légués aux trois
fils par le père, beaucoup trop longue pour être excusable, et
qui parut dans son temps une grande témérité, n'est que la
répétition d'un court apologue de Boccace; mais Boccace n'a-
vait fait qu'imiter notre hardie parabole des Trois anneaux.
Les grands poëmes satiriques, et satiriques le plus souvent
contre le clergé, n'étaient point rares : Jean de Meun, les auteurs de Fauvel et de Renart contrefait, se permettent tout
contre l'Église. On abusait sans mesure, par un calcul fort
peu religieux, des facilités de la confession, et l'on comptait
toute sa vie sur la pénitence finale, sur la dernière absolution.
Le chanoine Froissart nous a dit le secret des gens d'armes
ses contemporains, « qui ne font point trop grant compte des
« pardons, fors au detroit de la mort. »

Dans le chaos de la Jacquerie, se manifestent sur plusieurs
points de la France les mauvais sentiments des villageois eux-
mêmes contre leurs curés. Dès l'an 1315, le peuple de la province ecclésiastique de Sens, après avoir longtemps souffert
les vexations de la cour archiépiscopale, entraîné, comme dit
une chronique, par une sorte de nécessité, veut rendre le mal
pour le mal, et choisit parmi les laïques un roi, un pape et des

Hist. litt.
de la Fr.,
t. XXIII,
p. 259.

Liv. II, c. 207.

Contin.
de G. de Nangis,
t. I, p. 419.

cardinaux. Les rebelles sont excommuniés; mais, poussant
encore plus loin l'imitation, ils se dégagent, ou par les clercs
qu'ils se sont faits, ou même sans eux, des liens de l'excommunication; ils s'administrent les sacrements selon leurs caprices, ou se les font administrer par force. Le nouveau roi,
Louis Hutin, consent à prendre le parti des évêques et à
punir les coupables; mais la comédie n'en avait pas moins été
jouée.

C'est la même année que trois femmes, qui avaient empoisonné l'évêque de Châlons, sont brûlées à Paris, dans l'île de
la Seine, vis-à-vis le couvent des Augustins.

Ibid., p. 421.

En 1374, à Liége, parmi des fanatiques exorcisés comme
démoniaques, il y en eut un qui, sommé de dire son *Credo,*
répondit, *Credo in diabolum.* Le peuple, persuadé que ces
malheureux n'étaient possédés du diable que parce qu'ils
avaient été mal baptisés, c'est-à-dire par des prêtres concubi-
naires, allait s'armer contre les desservants et confisquer
leurs biens, si Dieu n'avait pourvu au remède, *nisi Deus
de remedio providisset.* On ne dit point comment fut guérie
cette maladie; mais il paraît qu'elle dura trois ou quatre ans.

*Magn. Chron.
Belg.,
ap. Pistorii
Scriptor.,
t. III, p. 348.*

L'Auvergne eut aussi, en 1395, un de ces soulèvements impies, qui gagna le Limousin et le Poitou. Des prêtres eurent
les doigts coupés, la tête rasée complétement, et furent enfin
brûlés. Des religieux furent suspendus aux branches des ar-
bres et percés de traits. Il fallut que le duc de Berri, en allant
voir le pape à Avignon, délivrât le pays de cette fièvre
sacrilége.

*D'Argentré,
Collect. judic.,
t. I, part. 2,
p. 153.*

C'était un symptôme alarmant que les idées nouvelles sur
la sainte Vierge, devenue au moins l'égale, depuis deux ou
trois siècles, des personnes de la Trinité. Le joachimite Thomas, dans son livre condamné à Paris en 1388 et aujourd'hui
perdu, écrit contre la Mère de Dieu. D'autres, peut-être sans
croire mal faire, lui donnent pour fils saint Jean l'Évangé-
liste, d'après ces mots pris à la lettre : *Ecce filius tuus. Ecce
mater tua.* Deux moines de l'ordre qui a le plus troublé par
ses chimères le dogme catholique, deux franciscains, l'un à
Rome devant Urbain V; l'autre, évêque de Bergame, à Avignon devant Clément VII, font de cette tradition un supplé-

ment à l'Évangile. Presque en même temps, un autre frère
Mineur prêche en Allemagne la même hérésie : *Joannem evan-*
gelistam Mariæ naturalem filium potius fuisse quam Jesum.
L'inquisiteur Eymeric, en racontant qu'il avait entendu le
prédicateur d'Avignon, ajoute que le pape Clément allait contraindre cet évêque d'abjurer son erreur, si le grand schisme
n'était pas venu accroître le désordre. Mais ce désordre était
depuis longtemps dans les esprits : la religion elle-même
ne courait-elle point quelque danger, lorsque son autorité
était tous les jours ébranlée par ses ennemis, et plus encore
par ses amis ?

Il est triste de voir par quelles mesures impitoyables la
papauté s'efforce trop souvent de combattre ces élans de révolte : on dirait qu'elle veut se dédommager de la toute-puissance par la cruauté. Comme le gouvernement lui devient de
plus en plus difficile, elle s'irrite, elle se venge ; elle multiplie
de toutes parts les supplices, qu'elle déclare des actes de foi.
Elle qui jusqu'alors avait répondu aux petites offenses par le
dédain, et n'avait allumé les bûchers que dans les grands périls,
comme pour Arnauld de Brescia, pour Amauri de Chartres,
elle vient d'armer sa justice, sa défiance même de nouveaux
instruments de mort ; elle a désormais, en tout pays catholique, des tribunaux permanents et inflexibles pour livrer aux
flammes quiconque l'inquiète, depuis le riche et puissant
évêque jusqu'au plus obscur prosélyte du tiers ordre de Saint-
François. Nous suivons d'année en année, de ville en ville,
les traces de cette lutte désespérée.

On sait que l'inquisition dominicaine, qui n'a point seulement régné dans les provinces du midi, à Toulouse, à Carcassonne, avait aussi de ses juges à Metz, à Orléans, à Tours, à
Amiens, à Paris. Les ordonnances des rois cherchent à réprimer le zèle des agents apostoliques ; mais ce zèle n'a point
de compte à rendre à l'autorité civile. Lorsqu'il n'hésite pas à
frapper des clercs, des moines, des prélats, quelle clémence
pouvaient en attendre des laïques, et les rois eux-mêmes ?

C'est peu de renouveler l'usage romain de livrer au feu les
livres condamnés, comme nous le voyons par les sentences
exécutées contre ceux de Photius, de Scot Érigène, d'Abélard,

d'Amauri de Chartres, et dans ce siècle, en 1303, contre des Zaccaria, Stor. della proibizione de' libri, p. 86-125. livres de magie; en 1323, contre le livre publié par un moine de l'abbaye bénédictine de Morigni; en 1326, contre le commentaire de Pierre Jean d'Olive sur l'Apocalypse; l'année suivante, contre les traités de Marsile de Padoue et de Jean de Jandun; en 1329, contre ceux du dominicain Eckart; en 1348, contre les hérésies enseignées dans la rue du Fouarre par Nicolas d'Autrecour; en 1361, contre les prophéties de Nicolas Janovez sur l'Ante-christ; en 1374, contre le « Miroir de Saxe, » qu'un bref de Grégoire XI proclame « exécrable; » en 1376 contre des opuscules de Raymond Lull; en 1382, contre les premiers ouvrages de Wiclef; en 1388, contre celui de Thomas de Pouille, etc. Les écrits du célèbre recteur de l'université de Paris, Guillaume de Saint-Amour, sur les religieux mendiants, après avoir été brûlés d'abord en 1256, durent l'être de nouveau, quand reparut, en 1389, le livre sur les Périls des derniers temps. Mais tous ces arrêts ne purent l'anéantir, puisqu'il fut imprimé Hist. litt. de la Fr., t. XXI, p. 468. en 1633, malgré la haine persévérante qui fit défendre alors, «sous peine de la vie, » de le lire ou même de l'avoir chez soi.

Il fut reconnu sans doute que ce vieil usage de brûler les livres proscrits ne suffisait pas, et on décida qu'il fallait, comme par anticipation du feu d'enfer, brûler les auteurs et leurs disciples. Ainsi périrent, en 1308, Dolcino, de Novare, qui prêchait la communauté de tous biens; en 1315, les Cathares d'Autriche; en 1319, à Marseille, quatre frères du tiers ordre franciscain, trois prêtres et un diacre; en 1322, à Cologne, Walter Lolhard, chef d'une secte de bégards ou de fratricelles; en 1325, à Girone, Durand de Valdac, bourgeois de cette ville, avec un de ses complices, déclaré bégard comme lui; en 1337, à Florence, le poëte Cecco d'Ascoli, et dans Ascoli même, Dominique Savi, auteur de prédications et d'ouvrages qui lui firent plus de dix mille disciples; en 1353, deux autres fratricelles, frère Maurice et frère Jean de Narbonne; en 1392, à Erfurt, quelques pauvres paysans, déclarés aussi bégards et béguttes.

On brûlait plus rarement des femmes. L'usage était, quand on les condamnait à mort, de les enterrer vives. Nous ne voyons pas que Priscilla, cette fameuse Montaniste, ni la visionnaire

Antoinette Bourignon, ni madame Guyon la quiétiste aient été
menacées du bûcher. Le livre de Marie d'Agreda fut seulement condamné en Sorbonne. L'inquisition pontificale fut
moins indulgente, en 1308, à Verceil, pour Marguerite, la
compagne de fra Dolcino, qui, avant d'être brûlée, avait été
écartelée sous ses yeux. On fit aussi expirer dans les flammes,
comme plus tard Jeanne d'Arc, *in causa fidei,* par sentence
inquisitoriale, Marguerite Poirette, originaire du Hainaut, que
le chroniqueur appelle on ne sait pourquoi *pseudo-mulier,*
qui avait soutenu, dans un livre écrit par elle, des doctrines
assez semblables au quiétisme, et qui fut brûlée sur la place de
Grève *coram clero et populo,* en 1310, le même jour qu'un
juif relaps, qu'il sembla tout naturel de brûler d'avance : *in-
cendio concrematur temporali, transiens ad sempiternum.*

Contin.
de G. de Naugis,
t. I. p 379. .

On ne voudrait point voir sous le règne de Charles le Sage,
le 4 juillet 1372, conduire en Grève pour y mourir dans les
flammes, Peronne d'Aubenton, accusée par un inquisiteur et
par l'évêque d'Angers, « vicaire de l'évêque de Paris, » d'être
complice de l'hérésie des Turlupins.

Gr. Chron.
de Fr., t. VI,
p. 335.

Jusqu'ici du moins nous voyons jeter au feu des laïques, ou
des gens que le clergé avait quelque droit de renier, comme les
fratricelles : peut-être y avait-il plus d'imprudence à brûler des
hommes d'Église, tels que ce prêtre italien condamné en 1399
à titre de flagellant, quoique les flagellants eussent été d'a-
bord encouragés par les franciscains, et même par le saint-
siége. Mais ce dut être un grand scandale, quand furent suspendues au gibet dans un sac les cendres d'un évêque de
Cahors, Hugues Géraud, dégradé, écorché et brûlé en 1317,
à Avignon, par ordre du pape Jean XXII, pour avoir conspiré
contre lui.

Petit Thalamus
de Montpellier,
p. 344. —
Baluze,
Pap. avenion.,
t. I,
col. 154, 737.

Il fallut s'étonner aussi d'avoir à compter dans cette liste
funèbre plusieurs religieux des divers ordres, tels que les templiers, victimes, en 1307, de l'accord du roi de France et du
pape, mais condamnés par l'inquisition, qui n'était pas aux
ordres du roi. La papauté ne devait-elle pas épargner surtout
ces ordres nouveaux qu'elle venait d'appeler à sa défense? Comment se plaît-elle à briser cette arme qu'elle s'était faite contre
les dangers dont la menaçait la transformation du monde féo-

dal? Nous verrons bientôt qu'elle fut sans pitié pour eux, et singulièrement pour les franciscains, quand, après un coup d'œil rapide sur les papes eux-mêmes et sur le clergé séculier, nous aurons, comme c'est notre devoir, à retracer dans leur ensemble les services rendus aux lettres par les ordres monastiques.

Pourquoi aussi les religieux, dans l'administration de leur justice claustrale, avaient-ils donné l'exemple de la barbarie des châtiments, qui peut déshonorer la justice même? Déjà Charlemagne avait réprimé les excès de quelques abbés, qui punissaient leurs moines en leur mutilant les membres et, en leur crevant les yeux. Quand les révolutions du dehors pénétrèrent dans les monastères et que l'indiscipline les troubla de plus en plus, leurs chefs voulurent y opposer des peines nouvelles. On fit un tel abus de cette prison souterraine appelée *Vade in pace*, affreux cachot, espèce de tombe anticipée pour le prisonnier, qui n'y pouvait voir personne et n'en devait point sortir vivant, que l'archevêque de Toulouse, Étienne, s'en plaignit au roi Jean, et que le roi, par ses lettres patentes, transcrites aux registres du parlement de Languedoc à l'an 1350, ordonna que le coupable soumis à cette peine fût visité au moins quatre fois par mois; ordonnance que les religieux mendiants essayèrent en vain de faire révoquer. « Certainement il est bien « étrange, dit à ce sujet Mabillon, que des religieux, qui de- « vraient être des modèles de douceur et de compassion, soient « obligés d'apprendre des princes et des magistrats séculiers « les premiers principes de l'humanité qu'ils devaient pratiquer « envers leurs frères. »

Mabillon, OEuvr. posth., t. II, p. 323-326.

A la tête de la grande hiérarchie catholique, les papes, ces chefs du monde spirituel, que le monde temporel avait longtemps reconnus pour souverains maîtres, comptent heureusement alors parmi eux quelques hommes habiles qui ont surtout la gloire d'avoir aussi travaillé à tempérer les rigueurs de leurs ministres.

Comme c'est la France qui, deux fois dans le cours de ce siècle, a pris la part la plus active aux destinées de la papauté, nous aurons à comparer les monuments littéraires de ces grands conflits. La première fois, l'attaque fut violente, et elle le parut

davantage encore parce qu'elle alla jusqu'à l'insulte; mais on
ne s'était cependant pas écarté des longues habitudes du respect pour l'Église : dans le pontife, l'homme seul, l'ennemi du
roi Philippe, fut maltraité; et bientôt ces papes d'Avignon,
qu'on a peut-être trop sévèrement jugés d'après les Italiens,
relevèrent par moments la dignité du saint-siége. La mêlée
confuse des dernières années du siècle fut bien plus dangereuse. Pour arracher le pape à la France, on faillit perdre le
pape et la religion. Jamais n'avaient éclaté de tels orages. Tous
les rangs du clergé furent en proie au désordre et au mépris.
Il y eut des antipapes, des anticardinaux, des antigénéraux
d'ordres monastiques, et les coups les plus funestes à l'Église
partirent de l'Église même.

Les écrits, qu'on peut regarder, avec les excommunications,
comme les armes des combattants, prennent à leur tour, quand
le schisme éclate, un autre caractère. Plus nombreux dans cette
seconde querelle, qui gagna toute l'Europe et qui s'aigrit par
sa durée même, ils sont plus véhéments, plus téméraires. L'assaut n'est point dirigé contre un seul pape; c'est le pouvoir
papal qui, sous les divers noms d'Urbain VI ou de Clément VII,
de Boniface IX ou de Benoît XIII, est flétri par les divers
partis. Guillaume Okam, Michel de Césène, Jean de Jandun,
et plus tard Gerson, Clamanges, n'ont point les mêmes doctrines; mais, comme ils ont toujours un pape à combattre, leurs
dissidences, qui paraissent secondaires parmi de si grands
intérêts, se perdent dans leurs cris unanimes de haine et de
malédiction, que Luther n'a point surpassés.

1.
SOUVERAINS
PONTIFES.
BONIFACE VIII.
1294-1303.

L'intervalle entre ces deux guerres est une trêve de soixante
ans que l'on dut à la papauté française. Notre grand adversaire
lui-même, celui qui devint ennemi de la France après avoir mis
un roi de France au rang des saints, Boniface VIII, que sa famille avait envoyé d'Anagni à Paris pour étudier, fut docteur
en droit canonique dans notre université, chanoine de Paris et
de Lyon.

Son élévation, peu régulière, semblait annoncer un temps
de troubles. Quand son prédécesseur, Célestin V, mourut, « il

« lui fit avec joie, disent les bénédictins, des funérailles pom-
« peuses, et ordonna que l'Église célébrerait sa mémoire le jour
« de sa mort. C'est ainsi que, dans le paganisme, des tyrans
« ont mis quelquefois au rang des dieux leurs maîtres qu'ils
« avaient fait mourir après les avoir détrônés. »

Art
de vérifier
les dates,
t. I, p. 308.

Ce pape, qui ne méritait peut-être pas un tel parallèle, mais
qui du moins « n'était pas patient, » comme dit le père Montfaucon, et dont les caprices impérieux remplissent d'agitation
neuf années de notre histoire, quoiqu'il eût beaucoup écrit et
qu'il eût même fait des vers italiens, parlait souvent un langage
fort peu d'accord avec la gravité ordinaire de la chancellerie
romaine. Ses brutales saillies, qui viennent sans doute de l'â-
preté de la dispute, mais plus encore du caractère de l'homme,
expliquent le ton que l'on prend quelquefois avec lui. Dans une
de ses bulles, il s'épuise en injures contre le garde du sceau
royal, Pierre Flotte, « borgne des yeux du corps, et tout à
« fait aveugle de ceux de l'esprit. » Ailleurs, par allusion au
surnom du roi Philippe, il le compare à l'idole Bel, et ses ministres, aux ministres de Bel.

Mon. de
la monarch. fr.,
t. II, p. 196.

Hist.
du différ., etc.,
Preuves, p. 65.
Ibid., p. 51.

Mais on ne conçoit pas qu'il ait permis à ses secrétaires de
recueillir et de publier en son nom les paroles qu'il prononça
devant les envoyés du roi et plusieurs prélats de France, dans
le grand consistoire de la fin du mois d'août 1302, où, après
avoir prouvé par un texte de la Genèse la nécessité de la paix,
il ne s'en laisse pas moins entraîner, comme pour rendre cette
paix impossible, à tous les excès de la haine et de la colère.
A l'entendre, le roi est un ingrat : Philippe-Auguste, qu'il appelle le grand Philippe, n'avait que dix-huit mille livres de
revenu ; maintenant, par les bons offices, les grâces, les dispenses de l'Église, le dernier Philippe recueille plus de quarante mille livres. Viennent ensuite de nouvelles imprécations
contre Pierre Flotte, le falsificateur de bulles, *homo acetosus,
homo fellicus, homo hœreticus;* de nouveaux griefs contre les
usurpations royales, de nouvelles menaces. « Nous avons dit
« souvent aux envoyés du roi : Que le roi se garde d'entrer en
« procès avec nous, parce que nous avons eu plus de procès que
« lui, et que nous lui répondrions selon sa sottise, *juxta stulti-
« tiam suam...* Quand j'étais cardinal, on me reprochait, à

Ibid., p. 77.

« moi qui suis de la campagne de Rome, d'être un cardinal
« français. Devenu pape, j'ai beaucoup aimé ce roi, et je lui ai
« fait toutes sortes de grâces. Sans notre aide, à peine tien-
« drait-il pied, et c'est nous qui le défendons contre les An-
« glais, contre les Allemands, contre ses voisins, contre ses
« sujets. Nous n'avons pas moins aimé son aïeul le roi saint
« Louis et son père le roi Philippe. Qu'il ne nous pousse pas à
« bout : nous connaissons tous ses secrets, nous avons vu de
« près tous ses dangers, et nous savons qu'en Allemagne, en
« Languedoc, en Bourgogne, il n'est pas aimé. Nos prédéces-
« seurs ont déposé trois rois de France ; leurs chroniques en
« parlent, et les nôtres aussi. Comme il a fait plus mal qu'eux,
« nous le déposerions comme un mauvais gars, *sicut unum*
« *garcionem.* » Dans le cours de ses invectives, l'obstiné vieillard prétend qu'il a trop étudié le droit depuis quarante ans
pour ne pas savoir ce que c'est que le pouvoir spirituel et le
pouvoir temporel ; mais il avait profité encore plus des leçons
de Grégoire VII et d'Innocent III.

Benoît XI.
1303, 1304. Après le court pontificat de son successeur, Nicolas Boccas-
sini, de Trévise, auteur de commentaires sur l'Écriture et de
sermons, neuvième général des dominicains, pape sous le nom
de Benoît XI, s'ouvre l'ère papale que l'Italie a nommée dès
lors la captivité de Babylone, et qu'elle ne cesse de reprocher à
la mémoire des papes d'Avignon. Comme ils appartiennent
tous par leur naissance à des provinces du midi, ou déjà françaises, ou qui allaient bientôt le devenir, et qu'ils méritent chacun parmi nos écrivains une notice à part, nous indiquerons
surtout, dans ces considérations générales, ce qu'ils ont pu faire
pour le progrès des lettres.

Clément V.
1305-1314. Le Gascon Bertrand de Got, évêque de Comminges, puis
archevêque de Bordeaux, a rendu célèbre le nom de Clément V.
On a souvent révoqué en doute l'entrevue mystérieuse de Philippe le Bel et de l'archevêque, racontée par le chroniqueur
Liv. VIII,
ch. 80. Jean Villani comme s'il y avait assisté. Nous ne pouvons croire
que tout soit vrai dans les détails qu'il donne sur ce honteux
trafic des choses les plus saintes, réglé en six articles, avec ser-

ment sur l'hostie, par un contrat passé dans une abbaye au
fond d'un bois, près de Saint-Jean d'Angeli, entre le roi de
France et le prélat, né sujet du roi d'Angleterre. Mais nous
rencontrons à tout moment, dans l'histoire, de ces anecdotes
suspectes ou même fausses, qui ont un fond de vérité. Ici, la
rumeur populaire, fidèlement recueillie par l'annaliste de Florence, mettait en action ce qui était dans la pensée de tous,
c'est-à-dire la condescendance des papes, durant trois quarts
de siècle, pour la politique des rois de France.

Cette longue confiscation de la papauté au profit d'une nation
que ses rois surent mettre et maintenir en possession de la
tiare, et qu'une telle suprématie, respectée de tout le monde
catholique, aida puissamment à résister aux plus cruelles
épreuves, est un grand fait de notre histoire; mais l'acte hardi
de la politique ne fut point perdu pour l'émulation des esprits,
pour l'avancement des connaissances humaines. L'enseignement des universités, la jurisprudence canonique et civile,
l'étude de la géographie et des langues favorisée par les missions lointaines, surtout par les missions asiatiques, doivent beaucoup à ces papes gascons et limousins qui se succèdent dans leur nouvelle Rome, dans leur ville pontificale
d'Avignon.

Clément V, de quelque manière qu'il fût parvenu au gouvernement de la chrétienté, s'honora par de vrais services dans un
poste difficile. Plusieurs sages décrets qu'il fit rendre au concile
de Vienne, ses choix généralement heureux pour les hautes
prélatures, sans excepter celui du médecin Pierre d'Aschspalt
pour l'archevêché de Mayence, atténuent les reproches que
paraissent mériter ses intrigues, sa légèreté de mœurs, ses
exactions.

Lorsqu'il se justifiait de substituer ses propres choix aux
libres élections du clergé, il se bornait à dire : « C'est que jus-
« qu'à présent on ne savait pas être pape. »

Un abbé de l'abbaye bénédictine de la Seauve Majeure, au
diocèse de Bordeaux, Gaillard de la Chassaigne, qui dut son
titre, en 1311, à la nomination directe du souverain pontife,
donna le premier, du moins en France, l'exemple d'ajouter à la
formule *Dei gratia,* les mots, *et apostolicæ sedis.* Les béné-

Gall. christ.,
t. II, col. 872.

dictins, dans leurs notes manuscrites, trouvent que c'est « une
« flatterie assez conforme au génie gascon. »

Ibid., t. X,
col. 1192, 1428 ;
t. XI,
col. 886.

Le même acte d'hommage au siége apostolique est adopté
en 1321 par un évêque d'Amiens ; en 1344, par un évêque de
Senlis ; en 1345, par un évêque de Coutances.

Malgré les abus de ce nouveau régime, qui égalaient au
moins ceux de l'ancien, et qui avaient, de plus, le désavantage
pour les papes de donner à croire ou qu'ils mettaient en vente
des fonctions saintes, ou qu'ils les subordonnaient à la faveur
des princes, les élections ecclésiastiques sont restées définitivement abolies, excepté pour le rang suprême. Seulement, par
esprit de concorde et de justice, la papauté a laissé une grande
part de sa prérogative à la royauté.

Peut-être Clément V fléchit-il devant le roi de France ; mais
il refusa, non sans adresse ni sans courage, d'abaisser encore
plus devant lui la papauté. Le roi lui demandant les os de Boniface VIII pour les brûler comme ceux d'un hérétique, Clément
parvint à éluder cette négociation dangereuse. Accusé lui-
même d'être un pape simoniaque, il n'admit pas qu'on osât
jamais supposer un pape hérétique. Des papes furent cependant déclarés coupables d'hérésie, mais plus tard, en 1409, au
concile de Pise.

Excusons la sévérité du chroniqueur florentin pour le pontife étranger, en faveur d'un autre de ses récits où il nous
transmet encore la pensée populaire, comme on pardonne à
Froissart l'invraisemblance de quelques-uns des bruits qu'il
répète avec trop de confiance, mais qui ne sont chez lui qu'un
reflet de plus des opinions de son temps. Les chroniques latines
se taisent sur cette tradition qui, dans un contemporain de
Dante, semble toute naturelle : « On dit que le pape Clément,

J. Villani,
liv. IX, c. 59.

« à la mort d'un cardinal, son neveu, qu'il aimait beaucoup,
« voulut savoir d'un habile maître en nécromancie ce qu'il
« fallait croire de l'âme du défunt. Le nécromant, par son art,
« fit descendre subitement en enfer un chapelain du pape, à qui
« les diables montrèrent un palais où était un lit de feu ardent,
« et sur ce lit l'âme du neveu mort, condamné à un tel supplice,
« lui dirent-ils, pour sa simonie. Comme il voyait s'élever en
« face un autre palais, on lui dit que c'était pour le pape Clé-

« ment. Le chapelain rendit compte au pape de son voyage.
« Le pape, depuis ce moment, ne fut jamais gai ; peu après, il
« cessa de vivre ; quand il fut mort, on le laissa la nuit dans une
« église avec un grand luminaire ; le cercueil prit feu, et le
« corps, de la ceinture en bas, fut brûlé. »

Les Italiens se consolaient ainsi d'avoir eu si longtemps des
papes français.

Au bout de deux années et plus, où la France et l'Italie se
disputèrent les voix du conclave, la France l'emporta, et le
fils d'un riche bourgeois de Cahors, Jacques d'Euse ou Duese,
ancien évêque d'Avignon, cardinal de Porto, fut élu. Dante
avait demandé vainement aux électeurs un pape italien. Le
pontificat de Jean XXII fut long et mémorable. Élève de l'université de Paris, l'intérêt qu'il prend aux grandes écoles de
Bologne, de Toulouse, d'Orléans, d'Oxford, ne l'empêche pas
de porter ses premiers regards sur celle dont il avait suivi les
leçons. Il reproche aux professeurs des Sept arts de ne point
compléter leur cours annuel, ou par négligence, ou par légèreté d'esprit, ou par quelque motif tout aussi peu conforme à
leur dignité. Il blâme la Faculté de théologie de prétendre
savoir plus qu'il ne faut, contre la doctrine de l'Apôtre, et de
s'écarter de la vraie philosophie, qui est la foi, en se laissant
séduire à des subtilités purement humaines. C'est sur ce point
que par défiance d'Aristote et de ses commentateurs, il insiste
le plus, sans préjudice d'autres griefs : l'insuffisance des
épreuves pour les grades ; la part trop rare que prennent les
maîtres aux discussions solennelles qui ont honoré le corps
dès son origine ; le fâcheux penchant qui leur fait négliger leurs
paisibles devoirs pour les débats et le bruit des cours de justice. Désormais avertis, s'ils ne s'amendent, il faudra bien
qu'il les corrige lui-même « par l'exercice infaillible de son
« autorité. »

Ces menaces durent produire peu d'effet ; car elles sont
transmises deux années de suite à l'évêque de Paris, pour
qu'il en confère avec le chancelier de l'université. Aussi le
pape songe-t-il, la seconde fois, à réveiller autrement l'émulation : il veut que les patriarches, les archevêques, les évê-

Marginal notes:

JEAN XXII.
1316-1334.

J. Villani,
liv. IX, c. 136.

Rinaldi,
Annal. eccles.
ann. 1317,
n. 15.

Ibid., ann. 1318,
n. 26.

ques, proposent les gradués avant tous les autres pour les
sacerdoces et les prélatures. « Cette illustre mère, dit-il,
« pleure, nouvelle Rachel, comme si elle n'avait plus d'en-
« fants. La vigne du Seigneur gémit solitaire, toute parée
« qu'elle est des plus beaux fruits, que les chefs des églises
« dédaignent de regarder ; indifférents pour la vertu, pour la
« science, ils ne voient que la fortune de leur famille, ou, ce qui
« est pis encore, les présents qu'on leur a faits, les services,
« honnêtes ou non, qu'on leur a rendus ; et ils laissent dans le
« mépris et l'oubli les plus doctes fils de cette mère aban-
« donnée. »

Bien qu'il y ait une sorte d'émotion touchante dans ces paroles du vieux pontife qui se souvient des travaux de son jeune
âge dans la grande école de Paris, et qu'on y reconnaisse avec
plaisir le protecteur de celles d'Oxford et de Cambridge, le
fondateur de celles de Cahors et de Pérouse, qui essaya même
d'établir des colléges latins en Arménie, cependant il avait
moins de goût pour la théologie et les lettres que pour l'étude
de la médecine, qu'il encouragea par son exemple en compo-
sant quelques traités populaires, et surtout pour l'étude du
droit. Dans tous les genres il aimait les abrégés, les manuels,
les tables des matières, qui l'aidaient à satisfaire promptement
la curiosité d'un esprit distrait par d'autres soins. On doit sans
doute à ses conseils ou à l'envie de lui plaire quelques-uns de
ces répertoires de droit qui furent alors assez nombreux.
Jean XXII était un habile jurisconsulte, et par ses propres décrétales, par la promulgation de celles de Clément V, par l'institution du tribunal de la Rote, il fut un pape législateur.

Pétrarque,
Rer. memor.,
II, 5, p. 429.

La fidélité aux pures traditions romaines semble dominer
dans son caractère et dans ses lois. Un de ses brefs contre Louis
de Bavière a été retrouvé de notre temps : le style en est diffus,
quoiqu'on y dise avec raison que la prolixité est mère de l'oubli ;
mais Avignon y parle comme Rome, sans abdiquer un instant
ces hautes espérances de souveraineté que Rome avoue quand
elle se croit puissante, et que, puissante ou faible, elle conserve
toujours. Partisan des anciens rituels, il interdit l'accès des
églises aux disciples de la nouvelle école musicale, *novellæ
scholæ discipulis,* et réprouve l'invasion de l'harmonie profane

Daunou,
Ess. sur la puiss.
temp. des papes,
t. II,
p. 132-144.

dans le chant liturgique. Non moins austère dans ses conseils
au pouvoir laïque, il ne pardonne pas au jeune roi Philippe le
Long sa légèreté et son inattention pendant l'office divin. « Vous
« auriez dû, lui dit-il, adopter depuis votre sacre des manières
« plus graves, et ne point renoncer au manteau royal que
« portaient vos ancêtres. »

Il voudrait bien aussi que l'on fût moins novateur dans les
questions religieuses ; mais il ne peut lui-même échapper à
l'esprit de son temps. Légiste subtil plutôt que théologien exact
et rigoureusement orthodoxe, comme il le prouva trop par ses
conjectures aussi imprudentes qu'inutiles sur la vision béatifique, il nous offre l'image assez fidèle d'un siècle disputeur,
auquel il veut défendre la dispute, quand il l'y encourage par
son exemple.

Jean XXII fut le dernier pape qui scella de l'anneau pontifical un supplément régulier au code ecclésiastique, et ses nouvelles décrétales, dont plusieurs ne sont que judiciaires, *de ju-
diciis, de dilationibus, de pœnis,* n'ont pas été recueillies en
corps de droit, comme il avait fait pour les Clémentines. Ainsi
s'annonçait le déclin d'un pouvoir qui, de son temps, régnait
encore et par le dogme et par la loi. Ce grand code paraît se
fermer après lui ; les cours de justice qui l'exécutaient ne sont
plus, en France, qu'un souvenir. Les évêques, dont l'autorité
était jadis limitée et réglée par le droit canonique, comme celle
des papes l'était par les conciles généraux, sont des juges sans
appel, et une seule volonté tient lieu de la jurisprudence chrétienne. On aurait tort de voir dans cet oubli des anciennes
maximes un accroissement de force pour une souveraineté
toute spirituelle, qui doit dominer par l'opinion.

Un pape jurisconsulte est suivi d'un pape qui veut être réformateur, Jacques Fournier, de Saverdun, au comté de Foix,
ancien abbé cistercien de Bolbone et de Fontfroide, ancien
évêque de Pamiers et de Mirepoix, surnommé le cardinal blanc,
parce qu'il garda l'habit de son ordre. Benoît XII était un
homme modeste ; car celui que nous verrons, pendant huit années, assujettir à des règlements très-sages Cluni et les autres
abbayes bénédictines, les ermites de Saint-Augustin et ses an-

BENOÎT XII.
1334-1342.

Liv. xi, c. 21.

ciens confrères eux-mêmes, s'était écrié quand on l'avait nommé pape, du moins si nous en croyons Jean Villani, que nous laisserons parler dans sa langue : *Avete eletto un asino.* Voilà ce qu'on fait dire à un théologien, à un docteur de Paris, qui avait écrit sur les psaumes, sur l'évangile de saint Matthieu, et même sur cette obscure question livrée à la controverse par son prédécesseur : « Les âmes peuvent-elles voir Dieu aussitôt « après la mort ? » Mais il n'était point juriste, comme le furent les papes de ce temps, avant et après lui ; c'était assez pour qu'on le crût un ignorant.

Ce théologien, resté moine sur le trône pontifical, n'eut point l'art, fort utile en gouvernement, de plaire à ceux-là même à qui il ne pouvait tout accorder. Pétrarque lui adresse une magnifique épître latine où il redemande pour Rome le chef de l'Église romaine. Au lieu de paraître, comme les autres, tout disposé à se laisser vaincre par l'éloquence du poëte, il se hâte de faire entendre, en commençant à bâtir le grand palais d'Avignon, que là désormais siégera le successeur des apô-tres. Il est vrai qu'il fait réparer en même temps la toiture de Saint-Pierre de Rome, et veut qu'à sa mort on le porte au Va-tican. Ce n'était pas assez pour satisfaire Pétrarque et les Ita-liens. Pétrarque dit qu'un tel pape avait eu raison de s'écrier qu'il était un ignorant, et c'est la seule preuve, ajoute-t-il, qu'il ait jamais donnée de son bon sens. Puis, il nous le montre, sans le nommer, toujours endormi sous le poids de l'âge et du vin, jouet méprisable de ces tables élégantes, *omnium mensarum jocus,* où il est probable qu'on savait boire sans s'enivrer. L'Ita-lie inventa pour lui le proverbe, *bibere papaliter.*

Convaincu par son expérience des abus de la vie monas-tique, entravé peut-être aussi dans son pouvoir par celui des congrégations qui se gouvernaient seules, il fulmine, pour les réformer, plusieurs bulles. Comme les moines parvinrent à faire bientôt révoquer la plupart de ses réformes, on peut juger s'ils épargnèrent sa mémoire.

Cet homme simple et bon, qui ne prétendait pas à l'infail-libilité, avait essayé de réprimer surtout les excès de l'inqui-sition dominicaine. On lira donc sans surprise, malgré la bru-talité des termes, l'insolent parallèle d'un dominicain milanais :

« Le pape Jean avait été très-sobre dans le boire et le manger ;
« celui-ci était un grand mangeur et un buveur d'élite, *potator*
« *egregius*. Jean s'était plu à répandre des grâces ; nous avons vu
« celui-ci retenir jusqu'à trois cent trente bénéfices mitrés, vrai
« destructeur plutôt que pasteur des églises. Jean expédiait très-
« vite les affaires ; celui-ci n'en a jamais terminé aucune, et l'on
« peut dire que ce qu'il a fait de mieux, c'est de mourir. »

Galvaneo
della Fiamma
ap. Murator.
Scriptor.,
XII, col. 1009.

L'histoire n'est point facile à écrire sur de pareils documents.
Peut-être l'Italie reprochait-elle à Benoît, outre son origine,
l'entrevue que, dès l'an 1336, il avait eue dans la nouvelle
résidence papale avec le roi de France Philippe de Valois.
Bien d'autres exemples attestent que c'est principalement pour
les temps d'agitations civiles et religieuses qu'il faut se défier
des chroniques contemporaines. A en croire un mot, fort douteux aussi, des entretiens du pape avec le roi, le pape ne céda
point : « Si j'avais deux âmes, lui dit-il, je pourrais vous sacri-
« fier l'une des deux ; mais je n'en ai qu'une, et je tiens à la
« sauver. »

Baluze,
Pap. aven.,
I, col. 211.

Moins austère et plus aimable, Clément VI, Pierre de Rogier,
d'une famille noble du diocèse de Limoges, ancien moine bénédictin de la Chaise-Dieu, puis évêque d'Arras, archevêque de
Sens, de Rouen, et enfin cardinal, n'est point regardé, malgré
ses écrits sur les jubilés, sur les moines noirs, sur les flagellants, comme un docteur d'une grande autorité. Il avait été
cependant proviseur de Sorbonne, et il avait même fait de la
théologie sous la présidence du roi de France Philippe de Valois, à l'assemblée de Vincennes, où ils avaient décidé ensemble, comme dans un concile, sur l'avis des docteurs de
Paris, que le pape Jean XXII avait failli en croyant que les âmes
des élus ne pourraient voir Dieu face à face avant le jugement
dernier ; ce qui fit dire au roi Philippe « Les maîtres de Paris
« en savent plus sur ce qu'il faut croire que tous ces juristes
« d'Avignon, qui ne sont pas théologiens. » Il y avait donc
entre les deux pouvoirs un tel respect pour l'ancienne alliance,
quoique fort inégale, que, sans trop se combattre encore, les
théologiens régnaient à la cour de Vincennes, et les juristes à
la cour d'Avignon.

CLÉMENT VI.
1342-1352.

Clément VI, qui avait voté en théologie avec le roi de France, ne cessa pas de lui être fidèle au milieu des plus cruels désastres, où bien des théologiens le trahirent. Des chroniqueurs étrangers vont jusqu'à dire qu'il ne faisait qu'une âme avec le roi de France. Nous devons accepter pour lui et pour nous ce reproche : « Né Français, il fut un pape fran-« çais. »

Albert. Argent., ap. Urstisii Scriptor., part. 2, p. 133.

Mais si nous concevons le mécontentement de ceux qui opposaient à son caractère léger, à son amour des fêtes, les mœurs austères du dernier pape, et qui, trouvant le nouveau trop peu religieux, *pocò religioso,* n'auraient point voulu qu'un moine eût pour successeur un gentilhomme, nous devons rendre aussi à ce nom de pape français toute la valeur qu'il doit avoir, et, à côté des défauts du cénobite, ne pas oublier les vertus de l'homme et du souverain. Pendant la peste noire, lorsque la ville d'Avignon perdait mille habitants par jour, et que les vivants ne pouvaient suffire à ensevelir les morts, il fut secourable, il fut courageux. C'était peu de donner l'exemple, en visitant les malades, en rendant les derniers devoirs à ceux qui succombaient, en achetant le champ nécessaire à leurs funérailles. L'héroïsme pour un pape était d'oser défendre les juifs contre le préjugé qui les accusait de tout le mal, contre les menaces populaires, contre l'inquisition. Ce fut l'honneur de Clément VI : il eut pitié « des povres juifs, « ars et escacés par tout le monde, excepté en la terre de l'É-« glise, dessous les clefs du pape. »

Matth. Villani, liv. III, c. 43.

Froissart, liv. I, part. 2, c. 5.

Il n'oublia pas non plus, comme souverain, que de l'autre côté des Alpes, loin de cette ville étrangère où les papes étaient venus attendre de meilleurs jours, il y avait la ville apostolique. Appuyé de la France, il peut relever en Italie le parti guelfe, et reconquérir, par les armes d'un de ses cardinaux, la plupart des villes naguère pontificales, aujourd'hui rebelles, où se mêlaient aux cris d'indépendance les malédictions contre le pape et ses alliés : « Meure le légat ! meurent « tous ceux de la langue franque ! »

Ce n'était pas à l'Italie de blâmer, comme elle a fait, le pape Clément VI d'avoir transporté dans une ville gauloise l'élégance des mœurs méridionales. En s'attachant ainsi la partie italienne de sa cour, les habitudes de toute sa vie s'accordaient avec sa politique. Accoutumé à la magnificence et au luxe d'une famille noble et opulente, qui, en trente années, compta dans ses rangs deux papes et huit cardinaux, s'il diminua le trésor amassé par ses prédécesseurs, il l'employa pour les arts et pour le monde : Avignon lui dut l'agrandissement et les peintures de son palais pontifical, le commencement de sa belle ceinture de remparts, et les grâces toutes nouvelles de ses fêtes, où les dames furent invitées longtemps avant qu'elles ne vinssent briller à la cour de France.

Encore moins méritait-il le jugement haineux d'une vieille chronique anonyme : « Il aima folles femes tant qu'il en fut « scandalisé, et tous ceux de l'Eglise pour lui. Enfans igno-« rans et femes, ou autant valoit, tenoient les benefices en son « temps... Rapine et fornication estoit toute sa gloire. Men-« songes et deceptions estoient en lui enracinés depuis la « plante du pié jusques au sommet de la teste, etc. »

Not. et extr. des mss., t. V, p. 151.

Malgré ces injures, venues peut-être de quelque libelle italien, le nom du pape qui se dévoua pour une population mourante et arracha les juifs aux fureurs de son temps, qui délivra un moment Rome du brigandage, qui consacra l'université de Prague et protégea celle de Florence, ne doit être rappelé dans les annales des lettres qu'avec respect.

Ceux des cardinaux d'Avignon qui regrettaient Rome s'empressèrent de terminer le conclave, dès qu'ils surent que le roi Jean s'était mis en route pour venir diriger leur choix. Cette précipitation tourna contre leur vœu ; car ils élurent encore un pape limousin. Rien ne changea donc, tant que l'ancien professeur de droit canonique dans l'université de Toulouse, l'ancien évêque de Noyon, puis de Clermont, Étienne d'Albert, cardinal d'Ostie, fut le pape Innocent VI. Comme d'autres, il n'eut pas moins d'accusateurs que d'apologistes ; mais il dut s'en prendre à ses propres contradictions. Partisan de l'économie et de l'ordre, il se montra faible et prodigue pour les siens ; ami des gens instruits et habiles, avant de faire à Pétrarque des offres honorables, il l'avait traité de sorcier.

INNOCENT VI. 1352-1362.

Epist. rer. senil., I, 3.

L'opinion que le pape Innocent se faisait d'un des hommes

les plus illustres de la cour d'Avignon, ou parce qu'il était
poëte, ou parce qu'il avait été l'ami de Cecco d'Ascoli, brûlé
en 1337 comme magicien, s'accorde assez avec la crédulité
que supposent à Étienne d'Albert les historiens de l'Église. Il
n'était encore que cardinal, disent-ils, lorsqu'il visita près
d'Avignon un saint ermite; mais en vain on appela l'ermite
pour ouvrir sa cellule, et quand on y fut entré sans qu'il l'eût
ouverte, le cardinal et sa suite, qui le trouvèrent étendu par
terre, eurent beaucoup de peine à l'éveiller. « J'ai vu des mer-
« veilles, s'écria-t-il enfin, j'ai vu des horreurs. » — « Qu'a-
« vez-vous vu ? » lui dit le cardinal. — « J'ai vu les ames des-
« cendre en enfer comme d'épais flocons de neige, et aller
« beaucoup moins nombreuses en purgatoire. Quant au paradis,
« trois seulement y sont entrées : celle d'un évêque, celle
« d'une veuve romaine, et celle du prieur des chartreux. » Les
narrateurs, plus discrets que Dante, qui peuple de noms connus les trois régions, ne désignent même pas les trois âmes du
paradis, excepté le général des chartreux, qui était alors Jean
Birel; mais ils ajoutent que le cardinal reconnut vrai le témoignage de l'ermite, et que, devenu pape, dans sa vénération
pour les moines, il voulut, en menaçant d'anathème les con-
trevenants, que les clunistes et les chartreux fussent dispen-
sés de toute soumission spirituelle ou temporelle aux patriarches, aux archevêques, aux évêques, aux princes.

Peut-être n'aurait-il point fallu attribuer la même aventure
à Innocent III, sur qui la révélation de l'ermite eût certainement produit moins d'effet. Il est, d'ailleurs, tout simple que
de telles histoires aient été répétées à plusieurs dates et en
l'honneur de plusieurs communautés.

Innocent VI ne fut réellement pas un ennemi des lettres.
Si les chroniqueurs italiens, toujours injustes pour ces papes
du dehors, ne lui accordent que peu d'intelligence; si les
quinze volumes de ses brefs, conservés au Vatican, passent
pour l'œuvre de ses secrétaires ; s'il faut peu regretter ses sermons qui n'ont point trouvé d'éditeur, il y a d'autant plus de
mérite à un tel esprit d'être revenu des préventions qui lui
avaient été suggérées contre Pétrarque. On suppose que le
délateur était un cardinal du parti italien, Bertrand de Poyet,

Oldoin.,
Add. ad Ciacon.
Vit. pontif.,
t. II, col. 53.
— Morozzo,
Th. cartusian.,
p. 171.

le même qui échoua dans son expédition de la Romagne. Lorsque Pétrarque est informé à Milan par son ami le cardinal Talleyrand que le pape, qui venait de donner au poëte deux bénéfices et lui en promettait d'autres, veut qu'il soit secrétaire apostolique : « Est-ce possible? dit-il dans sa réponse; « lui qui me croyait sorcier, sorcier parce que je lisais Virgile! Combien de fois ne l'a-t-il pas soutenu opiniâtrément « contre vous et mes amis! combien de fois aussi n'en avons- « nous pas ri ensemble, même en présence du pape, alors « cardinal, dans le temps où il y croyait plus que jamais! La « chose devint sérieuse quand il fut pape. Aussi, malgré vous, « je partis sans prendre congé de lui, craignant que ma sor- « cellerie ne lui fît tort, ou à moi sa crédulité. »

Cet enchanteur, disciple de l'enchanteur Virgile, n'accepta pas les fonctions qui lui étaient offertes, et il eut raison : personne aujourd'hui ne l'excuserait d'avoir consenti à rédiger des bulles pour un de ces demi-barbares d'Avignon que dans tous ses ouvrages, en vers et en prose, en latin et en italien, sous toutes les formes de l'allusion ou de l'invective, il ne cesse de maudire et d'outrager. Au moins devait-il convenir que celui-ci choisissait assez bien ses secrétaires. Il eut encore lieu de se consoler, quand il vit confier cette charge à ses amis, à Coluccio Salutati, par Innocent VI, à François Bruni, par Urbain V; et ses rapports avec les deux secrétaires laissent entrevoir qu'il jouissait, dans les deux cours, de quelque crédit.

Bonamici, de Clar. pontif. epist. script., p. 77, 81, 153, 155.

On a d'autres témoignages du zèle d'Innocent VI pour le progrès des études : Bologne lui dut sa Faculté de théologie, et Toulouse son collége de Saint-Martial, qu'il fit légataire de ses livres de droit, et où l'on prononçait tous les ans l'éloge public du fondateur.

Un bénédictin du Gévaudan, qui avait aussi professé le droit, à Montpellier, à Toulouse, à Paris, devenu ensuite abbé de Saint-Germain d'Auxerre et de Saint-Victor de Marseille, Guillaume Grimoard, le pape Urbain V, remit enfin les pieds dans Rome. Celui-là devait se souvenir de l'Italie et des insultes réservées à tout pouvoir ecclésiastique par les nom-

URBAIN V. 1362-1370.

breux usurpateurs du pays, si l'Église elle-même ne revenait

Trithem.,
Chr. hirsaug.,
t. II, p. 257.

y régner. Déjà revêtu du titre d'abbé de Saint-Victor, et
chargé d'un message du pape Innocent VI pour le tyran de
Milan Bernabò Visconti, l'ennemi des papes, il lui avait présenté la lettre pontificale. Après l'avoir lue, Visconti répond :
« Abbé, avale cette lettre, ou tu es mort. » La lettre fut
avalée.

Chron.
de Jean
des Nouelles,
citée
par Lebeuf,
Dissertat ,
t. III, p. 439.

Ce n'était pas la seule fois qu'il eût été victime de ces violences alors trop communes ; car, devenu pape, « il fit com-
« paroir devant lui l'archevesque de Sens en personne, et lui
« reprocha ce qu'il l'avoit prins par la barbe ou temps que il
« avoit esté abbé de Saint Germain, en disant : Quant tu ers
« pape, si t'en venge. »

Souverain pontife, il n'en voulut pas moins aller braver en
Italie des dangers qu'il avait vus de près. Humilié de cette
papauté vassale, il préférait peut-être un ennemi à un suzerain. Il songeait à partir dès l'an 1363, lorsqu'il fut retenu
plutòt sans doute par l'avénement de Charles le Sage que par
le sermon latin que fit devant lui et les cardinaux, le 24 décembre, Nicole Oresme, ancien grand maître du collége de
Navarre, alors doyen du chapitre de Rouen, et depuis, évèque
de Lisieux.

Mss. du fonds
de S.-Victor,
n. 277. —
Du Boulay,
Hist. univ.
paris., t. IV,
p. 396-412.—
Lebeuf, Dissert.,
t. III, p. 424.

Cette déclamation banale sur les abus et les dangers de
l'Église va beaucoup moins au but qu'une autre harangue latine prononcée devant le pape trois ans après, où l'on reconnaît, sinon la même main, du moins la même pensée, et qui,
à la suite d'un long exorde en l'honneur d'Urbain, suppose et
commente un court dialogue, imité des faux Actes de saint
Pierre, entre le père et le fils, c'est-à-dire le pape et le roi de
France. L'auteur a été nommé par quelques-uns maître An-
selme. Dans cet amas de citations de l'Écriture et de subdivisions scolastiques, on ne trouverait rien qui égalât l'énergie
du début : « Le fils : *Domine, quo vadis?* — Le père : *Ro-*
« *mam.* — Le fils : *Iterum crucifigi.* »

Voilà tout ce que le pape doit attendre de Rome ; mais on
ajoute qu'il y a pour lui d'autres motifs encore de ne point
quitter Avignon. La nation gauloise est fort religieuse, comme
dit César. La France possède les plus saintes reliques, la cou-

ronne d'épines, la lance, les clous, les courroies qui ont frappé
le Sauveur, l'inscription de sa croix, la planche où l'on reconnaît que sa tête s'est appuyée et qui est rouge de son sang, la
robe sans couture, le labarum ou l'oriflamme; reliques bien
préférables à toutes celles de l'Italie. Aussi le roi de France
reçoit-il l'onction divine et a-t-il le don de guérir miraculeu-
sement les malades. Cette heureuse terre possède aussi l'université, transportée de Rome à Paris par Charlemagne, et où
brillent les Sept arts, comme les sept chandeliers de l'Apocalypse. C'est dans ce pays qu'est Marseille, qui est bien mieux
que Rome le milieu du monde, puisqu'il ne faut plus compter
la Grèce, aujourd'hui schismatique : or, le vicaire de Dieu est
tenu de résider au centre, comme le soleil est au milieu du
ciel, le cœur au milieu de l'homme, le firmament au milieu des
eaux, l'arbre de vie au milieu du paradis. Songez enfin que la
France est monarchique, tandis que l'Italie, au pouvoir de
plusieurs maîtres, devra, comme l'enseigne Aristote, dégéné-
rer d'oligarchie en timocratie, de timocratie en démocratie,
« régime le plus dangereux pour les prêtres, et où dominent
« les artisans, appelés en Allemagne Bechar (Bégards), en
« Flandre Pifles, en France tisserands, dont parlent les pro-
« phéties d'Hildegarde, contemporaine de Bernard. »

Hist. litt.
de la Fr.,
t. IX, p. 18.

Toutes ces belles choses, dont la plupart se retrouvent ailleurs, n'ont point l'éloquence des deux mots, *Iterum crucifigi*.

Songe
du vergier,
liv. I,
c. 56, etc.
Gall. christ.,
t. VI,
col. 792.

L'oracle faillit s'accomplir : ce pape, fondateur d'un collége
à Montpellier pour douze étudiants en médecine, et de deux
universités, l'une en Pologne, l'autre en Hongrie; qui voulait
aussi choisir Pétrarque pour secrétaire, quoique le poëte re-
vînt toujours à Avignon en redemandant l'Italie, Urbain V,
après trois ans de séjour à Rome et aux environs, abandonna
le patrimoine de Saint-Pierre, où il n'était plus en sûreté. Les
Grandes compagnies de France, Du Guesclin à leur tête,
avaient bien pu le rançonner ; mais il paraît cependant que le
pape Urbain, qui avait dit qu'il mourrait content s'il voyait la
papauté à Rome, ne fut point fâché de la ramener en France.

Sa vie inquiète finit peu de temps après son retour. Dans le
récit de ses derniers moments nous trouvons une nouvelle
preuve que si l'on prononçait alors des discours ridicules, il

y avait des gens pour les juger. La ville de Pérouse, qui s'était
aussi révoltée contre lui, et qu'il avait frappée d'excommunication, lui envoya des députés pour s'excuser ; quand l'orateur
eut fait un long et ennuyeux discours, le pape mourant leur
demanda s'ils n'avaient plus rien à dire : « Saint père, répon-
« dit un autre envoyé, si Votre Sainteté ne nous accorde pas
« notre demande, j'ai ordre de mes concitoyens de faire répé-
« ter le discours de mon collègue. » Il pardonna ; mais il put
s'apercevoir une dernière fois que les Italiens n'étaient pas ses
amis.

Voilà un pape qui se partageait entre ses deux résidences.
Avignon lui dut, avec l'achèvement de ses remparts, des
ponts, des tours, des palais ; Rome, la réparation du Vatican,
des églises de Saint-Paul, de Saint-Jean de Latran, de Saint-
Pierre ; et dans les deux pays il ne cessa, dit-on, d'entretenir

Baluze,
Pap. avenion.,
t. I,
col. 395, 424.

jusqu'à mille écoliers, sans souffrir que les étudiants des universités, quelle que fût leur fortune ou leur naissance, fussent
distingués entre eux par l'habit, comme ils l'ont été longtemps en France, comme ils le sont encore en Angleterre : il
voulait pour tous un même costume, toujours modeste et
simple, à la portée des clercs les plus pauvres.

Urbain V n'avait fait que passer par Rome ; son successeur
y mourut.

GRÉGOIRE XI.
1370-1378.

Grégoire XI, peu après son installation dans Avignon, demandait à un évêque de cette cour pourquoi il ne résidait pas.
« Nous résiderons tous, répondit l'évêque, si le pape réside
« en son grand évêché de Rome. » C'est moins ce reproche
que la conscience des dangers d'un si long exil pour l'Église
même, qui fit que le pape alla s'embarquer à Marseille. Grégoire était cependant encore un pape français. Il fut le dernier.

Cardinal depuis son enfance comme neveu de Clément VI,
le jeune Limousin Pierre de Rogier, qui commençait à se distinguer dans le droit canonique sous la direction du célèbre
Baldo degli Ubaldi, n'était que diacre quand il fut élu pape à
trente-six ans. Plus hardi, malgré sa faible santé, que ses prédécesseurs d'Avignon, il crut qu'il serait plus respecté s'il était
à Rome, et il partit.

Ce remède allait-il guérir tant de maux? des bulles datées du Vatican allaient-elles arrêter le mouvement novateur qui entraînait partout les esprits? Les flagellants des deux sexes, le corps demi-nu, parcouraient tout sanglants la France et l'Allemagne. Les Albigeois n'avaient point renoncé à leur. doctrine des deux principes; les Bégards de Hongrie, à leurs idées unitaires, qui les rapprochaient, dit-on, des mahométans; les Patarins de Dalmatie, à leur négation de toute foi chrétienne. Des religieux dogmatisaient en Aragon. Les Adamites de Paris, dont quelques-uns furent brûlés en 1372, proclamant qu'il n'est rien d'interdit aux transports de l'amour de Dieu, s'abandonnaient, comme les disciples de fra Dolcino, à tous les excès d'un mysticisme effronté. Une prédication plus grave et plus dangereuse faisait de Jean Wiclef, en Angleterre, comme le précurseur de cette grande déclaration de guerre qui allait bientôt arracher le nord de l'Europe à la communion romaine.

L'Italie, où le jeune pape osait reporter le siége du pontificat, semblait plus menaçante encore. La révolte y était insolente et sanguinaire. Les villes, excitées à la fois par leur antique passion de l'indépendance municipale et par les promesses ambitieuses des Visconti, ne connaissaient plus aucun frein. Dans l'église cathédrale de Milan, où le chef de la ligue italienne répond à l'excommunication du pape en le faisant excommunier lui-même, retentissent à l'envi des clameurs sacriléges. A Florence, on démolit, avec les couvents, les prisons de l'inquisition, qu'un serment oblige de proscrire à jamais, et l'on crie en fureur : « Périssent les prêtres ! vive la « liberté ! » Les rebelles, non contents de mettre en vente les biens de l'Église et d'en abolir tous les priviléges, exercent contre les clercs et les moines d'odieuses barbaries; plusieurs de ces malheureux sont écartelés; d'autres, enterrés vivants; un prieur des chartreux, nonce du pape, chargé de paroles de paix, est écorché, déchiré, tenaillé par la foule. Bologne, Pérouse, Viterbe, Spolète, Ascoli, Gubbio, Forli, plus de soixante villes, Rome elle-même enfin, ne préparent d'autre accueil au successeur de saint Pierre, s'il revient, que des cris et des actes de vengeance.

Pap. avenion.,
t. II, col. 1174.
— Scriptor.
rer. ital.,
t. IX, col. 903.

« Les Italiens , disait l'évêque de Butrinto dès l'an 1313 ,
« s'inquiètent peu des excommunications. Si le glaive maté-
« riel ne les force d'obéir, le glaive spirituel n'est rien pour
« eux. »

Grégoire XI, outre ces obstacles, avait encore à vaincre les
instances de l'envoyé de Charles V, Raoul de Presles, et même
du duc d'Anjou, frère du roi. « Pere saint, lui disait le duc,

Froissart,
liv. II, c. 20.

« vous vous en allez en un pays et entre gens où vous estes
« petitement aimé, et laissez la fontaine de foi et le royaume
« où l'Eglise a plus de voix et d'excellence qu'en tout le
« monde ; et par vostre faict pourra l'Eglise cheoir en grant
« tribulation : car si vous mourez par delà, ce qu'il est bien
« apparent, si comme vos maistres de physique me dient,
« les Romains , qui sont merveilleux et traistres , seront
« maistres et seigneurs de tous les cardinaux, et feront pape
« de force à leur volenté. »

Résolu à tout braver, même ces menaces prophétiques,
Grégoire se défend d'abord avec les armes spirituelles, qui
cette fois ne furent pas impuissantes ; car ses anathèmes, en
fournissant aux négociants de mauvaise foi le prétexte de manquer de parole à des excommuniés, ruinèrent le commerce de
Florence. Quelques succès de l'armée papale, sous les ordres
du cardinal Robert, comte de Genève, à la tête de ces redou-

Thesaur.
anecdot., t. III,
col. 1457 - 1502.

tables bandes bretonnes dont un trouvère de leur pays a célébré en vers français les cruautés encore plus que les victoires,
paraissaient ouvrir à un pape courageux la route de la ville
sacrée. Le courage ne manqua pas, pour cette grande entreprise, au dernier pape français, qui crut rendre à l'Église
romaine, rétablie par lui dans Rome, le pouvoir et la majesté : jamais de plus funestes mécomptes ne trompèrent une
plus généreuse espérance.

Ciacon.
Vitæ pontific.,
t. II,
col. 576-589. —
Fr. du Chesne,
Card. fr., t. II,
p. 437-449.

Un autre poëme, en lignes latines rimées, raconte ce
voyage : Pierre Amelii, moine augustin de Lectoure, évêque
de Sinigaglia, premier aumônier du pape, nous dira dans un
fort mauvais langage, mais avec les détails minutieux d'un témoin, la navigation timide et mal dirigée de la galère napoli-
taine qui prend à Marseille le hardi pontife ; le chagrin des
cardinaux, mécontents de quitter leurs palais, leurs maisons

de plaisance, et, presque tous, leur patrie, pour des contrées
turbulentes et hostiles; le froid accueil de Pise et de Piom-
bino, qui n'inspire au narrateur aucune confiance; tout ce
qu'on eut à souffrir sur la plage insalubre d'Orbitello; un séjour de cinq semaines à Corneto, dont le repentir s'exprime en
latin : *Parce, domine, parce populo tuo;* le débarquement à
Ostie, où les vieillards, députés par Rome, qui promet d'être
fidèle, battent des mains et dansent de joie; l'arrivée, en re-
montant le Tibre, à Saint-Paul hors des murs, et le lendemain
17 janvier 1377, la grande procession, les jongleurs et les
musiciens, les histrions dansants, les porte-bannières, le sé-
nateur de Rome, jusqu'à l'entrée solennelle, où le pape reçoit
les clefs, les ornements du pontificat et de l'empire, au bruit
des cloches, des instruments de musique et des cris : *Vivat
papa!* Comme l'auteur n'oublie jamais les bons repas qu'il
trouve sur sa route, il finit par nous apprendre qu'il se repose
d'avoir chanté toute la journée les louanges du Seigneur, en
faisant un excellent souper.

Dans ce récit et dans celui du même historiographe sur une
visite du pape à Anagni, on ne nous parle que de magnificence et de joie; mais en quel état se trouvait réellement alors
la ville des Césars et des souverains pontifes? Une longue
anarchie, la misère, les épidémies, l'avaient, dit-on, réduite
à une population de dix-sept mille habitants, vassaux de quelques nobles familles qui se disputaient ses ruines.

Nibby,
Viaggio
ne' contorni
di Roma,
t. I, p. 13.

On sait les malheurs qui suivirent : la mort de Grégoire XI
après un an de séjour à Rome; l'élection de deux antipapes,
Urbain VI et Clément VII, et après eux, de deux autres antipapes, Boniface IX et Benoît XIII. L'ancien cardinal de Genève, Clément VII, est d'origine allemande; Benoît XIII est
Espagnol. Avignon fut leur résidence, et Rome, celle des antipapes italiens.

ANTIPAPES.
1378, etc.

Au milieu de cette confusion de toutes choses, où l'on eut
un jour jusqu'à trois papes à la fois, et qui ne peut être bien
décrite que par l'histoire générale, à peine trouverions-nous
quelque place pour les souvenirs littéraires. Nous recherchons
surtout quelle fut l'expression de la pensée, du sentiment, de

l'imagination, à travers ces tristes scènes. Assez d'autres pages sont remplies des affreux désastres perpétués pendant un demi-siècle par la rivalité des nations qui s'arrachent la tiare comme une proie, par les efforts violents et aveugles du souverain pontificat pour redevenir italien. On ne doit indiquer ici qu'un petit nombre de ceux qui se firent les interprètes de ces conflits et de ces passions.

Les révélations, les prophéties, les visions, étaient alors des armes puissantes dans les mains des partis. Une femme du sang royal de Suède, sainte Brigitte, après avoir fondé des monastères où elle fit un mélange de la règle de Fontevrauld et de celle des augustins, crut avoir sur les destinées de l'Église des inspirations d'en haut, confiées à la rédaction latine de ses deux confesseurs suédois, et approuvées ensuite par le concile général de Bâle, quoique la critique des choses et des personnes y descende quelquefois jusqu'à la satire. Les œuvres de cette sainte femme, ou de ceux qui ont écrit pour elle, viennent surtout en aide à la faction italienne par d'amères invectives contre la cour d'Avignon, et par les messages réitérés dont la charge la sainte Vierge pour Urbain V et Grégoire XI, qu'attend l'inflexible jugement de Dieu, s'ils n'abandonnent cette terre maudite, ou s'ils y retournent après l'avoir quittée.

Une autre femme, une religieuse du tiers ordre des frères Prêcheurs, Catherine de Sienne, qui, dans une de ses extases, échangea, disait-elle, son cœur contre celui de Jésus, passe pour avoir eu la plus grande part dans la résolution que prit Grégoire XI de rendre à Rome la papauté. Ses efforts pour faire adopter Urbain VI par la France eurent moins de succès. Le recueil de ses lettres, précieux monument de son apostolat, lui donne l'avantage et sur la béate Agnès, née en Toscane comme elle, autre dominicaine, qui, à sa mort en 1317, n'avait laissé que le souvenir de ses miracles, et sur sainte Brigitte, qui n'écrivit point elle-même les confidences surnaturelles publiées sous son nom.

Mais parmi les femmes qui prêchèrent en inspirées, et servirent, peut-être à leur insu, les combinaisons des partis politiques, toutes n'eurent point le bonheur d'Agnès, de Brigitte et de Catherine, récompensées de leur ferveur par l'auréole des saintes. Quelques-unes furent livrées au feu, comme une Milanaise qui s'était dite ou s'était crue le Saint-Esprit ; une Anglaise, persuadée aussi que cette troisième personne divine s'était incarnée en elle pour racheter les femmes, illusion renouvelée depuis, même de notre temps ; une Française, Peronne d'Aubenton, brûlée à Paris en 1372, parce qu'on la croyait grande prêtresse de la secte des Adamites. Victimes des rêveries sublimes ou folles qui accompagnent souvent les grandes calamités, d'autres prophétesses, dont les écrits nous restent ou ont disparu, nous prouveront encore que, dans ces temps de violence religieuse, il y avait eu contre les femmes, avant le bûcher de Jeanne d'Arc, plus d'un sinistre exemple d'une procédure aveugle et sans pitié.

Tandis que l'Italie cherche à ressaisir une puissance longtemps supérieure à celle des rois, les rois de France, de leur côté, voudraient défendre et conserver, au profit de leur couronne, cette espèce de droit traditionnel qui, accepté depuis plus de soixante ans, avait été pour eux une force au milieu de leurs désastres. Philippe de Valois avait paru, avec son fils, dans Avignon. Jean, à peine sorti de captivité, vient donner aux papes l'espérance d'une croisade. Charles V, par ses envoyés, le duc d'Anjou, Nicole Oresme, Raoul de Presles, poursuit la même politique, et sa propre correspondance avec Grégoire XI fut intime et familière ; car nous avons des lettres que ce pape lui écrivait en français, où il engage, du ton le plus amical, son « très cher fils en Dieu » à continuer de lui « signifier fiablement ses bons plaisirs. »

Au nombre des documents qui attestent le double caractère, à la fois religieux et politique, de ces grandes négociations, les archives du Vatican possèdent encore les lettres latines de frère Pierre, de l'ordre des Mineurs, infant d'Aragon, demandant à Charles V, le vendredi 1er avril 1380, d'abandonner la cause du pape Clément VII pour celle d'Urbain VI : « J'ai toujours beaucoup aimé, lui écrit-il, votre personne et la « maison de France, comme celle où je suis né ; mais il me « déplaît fort de voir votre Domination faire quelque chose « contre Dieu ; et le bruit s'étant répandu que vous aviez re-

Wadding,
Annal. Min.,
t. IX, p. 40.

« jeté Urbain et adopté Clément avec votre royaume, je veux
« faire connaître à votre Domination ce qui a été révélé à moi
« indigne sur ce point. Le mercredi 30 mars, vers le soir,
« après Complies, tandis que je priais, j'ai entendu mon Sei-
« gneur Jésus me parler ainsi : « Les rois, les princes du
« monde, les grands clercs, les docteurs, disputent et s'en-
« quièrent du soulèvement des Romains pour l'élection du
« pape. C'est moi qui ai tout fait et qui ai tout permis. Comme
« j'ai endurci jadis le cœur de Pharaon, comme j'ai laissé les
« Juifs crier devant Pilate, *Crucifige eum;* ainsi j'ai fait crier
« au peuple romain : *O Romano, o Italiano lo vogliamo.*
« Était-ce donc un bien que l'endurcissement de Pharaon?
« Non, mais il en est résulté la glorieuse sortie d'Égypte. Les
« Juifs avaient-ils raison de crier *Crucifige?* Non; mais de ce
« cri, par ma mort, est sorti le salut du genre humain. L'é-
« meute des Romains était-elle bonne? Non par elle-même,
« mais parce qu'elle a délivré enfin l'Église des mains avares
« et ambitieuses des Limousins, pour la remettre au pouvoir
« et au gouvernement de cette Italie où elle a été primitive-
« ment fondée et bien gouvernée par les saints Pères. » Telle
« est donc la volonté de Notre Seigneur; telle doit être la
« vôtre, si vous songez que la France n'a jamais fabriqué d'i-
« doles, et qu'elle doit craindre la colère divine annoncée à
« tous les rois, peuples, nations, qui ne se soumettront pas au
« pape Urbain. »

Cette apologie pieuse de la révolte, dont un prince, devenu
frère Mineur, fait une preuve de plus en faveur du pape italien, si elle est un peu subtile, atteste du moins que tous les
moyens semblaient bons pour déposséder la France de sa
longue succession pontificale. On y réussit; mais les autres nations, l'Italie elle-même, eurent-elles, pendant près d'un siècle,
à s'en féliciter? Avant de rompre ce lien si habilement noué
par les rois de France, les déchirements furent terribles. Le
schisme éclate; l'Église, comme frappée d'aveuglement et de
fureur, tourne contre elle les anathèmes, les exils, les supplices, tous les maux qu'elle envoyait jusqu'alors à ses ennemis. On n'écrit plus que pour se combattre, se calomnier, se
vouer mutuellement à la proscription dans ce monde et à la

damnation dans l'autre. Des controverses, des injures, des
invectives, voilà désormais le seul aliment des esprits; partout le trouble dans les consciences, où la foi, assaillie par les
décisions les plus contraires, cherche en vain sa voie, s'inquiète et s'affaiblit.

On reconnaîtra l'empreinte ineffaçable que ces divisions
avaient laissée dans les intelligences les plus fermes, à ce juge-
ment outré que portent les bénédictins sur le pontificat d'Ur- Art de vérifier
les dates,
t. 1, p. 321.
bain VI, repoussé jadis par la France, et « dont la mémoire,
« disent-ils, sera éternellement odieuse. » Pourquoi charger
un seul homme de la faute de tout son siècle?

Déjà plus d'une fois on s'était disputé ardemment cette souveraineté unique sur la terre, et, dès les premiers siècles, pour
une si belle conquête, il s'était livré de sanglants combats dans
les rues de Rome. Mais ces émotions avaient été passagères,
et les esprits, un moment agités, avaient repris leurs habitu-
tudes d'obéissance et de respect. On n'avait pas encore vu,
pendant si longtemps, deux ou trois papes rivaux lancer l'anathème et prêcher la guerre sainte les uns contre les autres ; on
n'avait pas vu, presque sans interruption, se succéder à cause
d'eux les plus cruelles satires, les trahisons, les massacres,
les assassinats. Tous ces efforts désordonnés de l'Italie, pour
avoir des papes italiens, lui ont été bien autrement funestes
que les papes français qu'elle a maudits.

La France, dans ces agitations suscitées contre elle, tout en
prenant parti pour Clément VII, d'origine anglaise, mais renié
par l'Angleterre, eut toujours pour le dogme plus de respect
que l'Italie. Tandis que le peuple criait dans les rues de Viterbe : *Evviva il popolo, muoia la Chiesa!* dans celles de Florence et de Bologne : *Morte alla Chiesa, a' preti! evviva la
libertà!* le peuple de Paris, plus sagement gouverné, attendait l'opinion de ses docteurs sur des questions dont ils étaient
les meilleurs juges.

Parmi ces doutes où s'égarait l'Europe chrétienne, et qui
ne sont pas encore résolus complètement par l'histoire, est-il
vrai qu'une lettre de quelques cardinaux fût arrivée à la cour
de Vincennes ou de l'hôtel Saint-Paul, offrant à Charles V la
papauté? Robert, électeur palatin, et depuis roi des Romains,

Thes. anecdot.,
t. II, col. 1171.
l'affirme, en 1398, dans les conseils qu'il adresse à l'empereur
Wenceslas, pour le détourner de s'allier à cette France qui
veut tout envahir; et c'est presque dans les mêmes termes
Corn. Zantfliet,
ap. Ampliss.
collect.,
t. V, col. 350.
qu'un chroniqueur fait écrire la même chose par un évêque à
l'assemblée convoquée à Prague par l'empereur : « A l'origine
« du schisme, quand les cardinaux français, réunis dans le
« comté de Fondi, créèrent un antipape, ils avaient envoyé
« d'abord au père du roi régnant; comme il venait de perdre
« sa femme, ils lui offraient de le faire pape, pour qu'il fît lui-
« même son fils empereur, et qu'il transportât ainsi l'Empire
« de l'Allemagne à la France. Et ainsi serait-il arrivé, si ce
« roi, qui avait été empoisonné, n'en eût gardé une telle fai-
Du bras droit,
selon Christine
de Pisan,
l. II, c. 10.
« blesse du bras gauche qu'il ne pouvait célébrer la messe. »
Une tradition monacale, répandue en Allemagne et recueillie
dans un couvent de Liége, a peu de valeur peut-être; mais
le fait n'y dut pas sembler impossible. Dans cette longue suite
d'actes extravagants attribués par des historiens sérieux au
sacré collége, qui semble alors saisi de désespoir et de ver-
tige, et ne songe qu'à se défaire du pape qu'il vient de nommer, ce n'eût été qu'une imprudence de plus. On avait pris
dans la famille de France deux saints, Louis IX et son petit-
neveu Louis de Toulouse; on pouvait bien y prendre un pape.
La France, qui cette année-là, en 1398, déclara que des deux
antipapes elle ne voulait ni l'un ni l'autre, n'aurait point répu-
gné à cette solution. Qu'en fût-il résulté pour l'État et pour
l'Église? Nul ne le sait.

Il faut du moins avouer que les cardinaux, à peine arrivés
en Italie, faisaient eux-mêmes à l'Église, en donnant le signal
du schisme, une profonde blessure, et qu'en France ils se con-
duisaient mieux. A l'aspect de cette Italie anarchique et violente, dont l'exemple fait délirer les plus sages des hommes,
on ne jugera pas tout à fait puéril un mot qui ne semble d'a-
bord qu'une plaisanterie. L'attachement de tous ces papes à la
France et la haine des Italiens contre eux se résument assez
Pétrarque,
Epist. sine
titulo, ep. 17.
bien par le conseil que donne à Jean XXII un cardinal cahor-
sin, pour le délivrer enfin des soucis que lui causent les perpétuelles rébellions ultramontaines : « Saint père, si vous
« voulez m'en croire, faites une bulle pour transporter le saint-

« siége à Cahors, et l'Empire en Gascogne; alors vous serez
« tranquille. »

Voilà encore un plan où l'on ne sépare point la papauté de
l'Empire. C'est là sans doute l'exagération de la pensée politique qui avait transplanté le saint-siége au bord du Rhône;
mais ces propos accrédités par l'opinion populaire peuvent aider du moins à un jugement plus grave et plus juste sur ce
grand acte de la royauté française.

On ne saurait guère méconnaître quels ont été pour la France
les avantages temporels du long séjour des papes dans son
voisinage, sous sa tutelle, sous sa main, et dans quelles circonstances décisives, ou par penchant, ou par intérêt, ils ont
mis au service de sa mauvaise fortune ce qu'ils conservaient
encore de prestige et d'autorité. La papauté d'Avignon, entre-
tenue surtout par la France, pouvait lui être « à charge, »
comme on l'a dit; mais fut-ce une générosité tout à fait stérile?

Baillet, Hist.
des démélés,
etc., p. 268.

Nous ferons seulement ressortir ici, en laissant de côté la
politique et ses combinaisons, quelle influence ont dû avoir,
au bout de quelque temps, pour la culture et la maturité des
esprits, chez un peuple alors abattu par l'adversité, mais toujours en progrès depuis deux cents ans, le spectacle ou le souvenir de ce pouvoir presque divin, qui, de tous les points du
monde, appelait à lui, comme à un centre commun, les nations
les plus lointaines, les plus diverses de mœurs et de langage;
une cour délicate et somptueuse, qui la première, avant les
grandes cours profanes, embellit et anima de la société des
femmes, à l'exemple de Clément VI, la pompe de ses cérémonies et l'élégance de ses fêtes; la réunion de tous ces descendants des anciennes familles italiennes, amis et protecteurs
des arts, qui naturalisaient sur notre sol, outre les procédés
de plusieurs industries et le système d'irrigation des plaines
lombardes, les palais superbes, les riches maisons de plaisance, et se consolaient de l'exil où la papauté les entraînait
avec elle, par une image encore brillante des magnificences
de Rome; ce perpétuel rendez-vous où se rencontraient des
hommes d'élite, qui, après s'être éclairés par leurs entretiens,
continuaient ensuite toute leur vie le commerce mutuel de leurs

pensées et de leurs travaux ; l'impulsion puissante donnée aux études sérieuses par ces pontifes qui furent presque tous de profonds légistes, et dont la prédilection pour les plus habiles maîtres de la jurisprudence a contribué à changer la face de la société, en faisant succéder à la tyrannie de la force, du caprice, du privilége, les principes de justice destinés à enfanter un jour l'égalité des droits.

2.
CLERGÉ
SÉCULIER.

A tous les degrés du clergé séculier, dans tous les rangs des congrégations monastiques, nous allons retrouver la culture des lettres, mais non point des lettres pacifiques : l'esprit de controverse est partout. Cette passion d'écrire pour continuer à se disputer, dans un temps où la colère est brutale et où les conseils du goût ne tempèrent point l'invective, devait être funeste à l'Église; car c'est aux nombreux écrits sortis de ses mains que les adversaires de son pouvoir ont surtout emprunté les armes dont ils se sont servis contre elle. La plupart des accusations qui ont dénoncé au monde la simonie, l'avidité, l'ambition, les mauvaises mœurs des classes sacerdotales, nous viennent de leurs archives, et ces satires sont le plus souvent l'œuvre du clergé lui-même.

Pour ne pas être injuste à l'égard de cette grande famille qui semble témoigner ainsi contre ses propres enfants, il faut se souvenir que de continuelles discordes agitaient alors la société chrétienne, et que si nous savions toujours quels intérêts ou quels ressentiments privés se cachent derrière ces accusations générales, nous pourrions assez fréquemment y reconnaître, non le concert de l'opinion publique, mais une seule voix, celle d'un ennemi.

CARDINALAT.
Wolf, Lection.
memor.,
t. I, p. 654-656.
Hist. litt.
de la Fr.,
t. XXI, p. 358.

Voici d'abord les princes de l'Église. On nous a conservé, avec la date de l'année 1351, une lettre de Lucifer *ad malos principes ecclesiasticos*. Ce n'était pas une idée nouvelle : déjà Satan, dans une lettre aux prélats, les avait remerciés du grand nombre d'âmes que leurs mauvais exemples envoyaient chez lui. Celle que l'on suppose écrite l'avant-dernière année du pontificat de Clément VI, longue déclamation toute remplie de lieux communs, pourrait être accueillie avec défiance comme

une de ces fictions beaucoup plus modernes que produisirent
de toutes parts les guerres de la Réforme ; mais la date n'en a
point paru douteuse aux bénédictins, qui, d'après Matthieu
Villani, la croient adressée à Clément et à ses cardinaux.

Art de vérifier
les dates,
t. I, p. 316. —
Matth. Vill.,
II, 48.

« Nous vous rendons toutes sortes d'actions de grâces, leur
« dit Lucifer. Persévérez, et par votre précieux secours nous
« aurons bientôt reconquis le monde entier... Cependant, pour
« vous seconder, nous vous envoyons d'ici quelques–uns de
« nos plus habiles satrapes, qui, admis dans vos conseils,
« travailleront à nous assurer la victoire. Puissants et adroits
« comme vous êtes, ne cessez point de négocier en apparence
« la paix entre les rois de la terre, et de tout faire en effet pour
« les diviser et les détruire... Nous vous recommandons aussi
« nos très-chères filles, la superbe, l'avarice, la fraude, la
« luxure et les autres, mais surtout dame simonie, qui vous a
« mis au monde et nourris de son lait. Croyez-moi, ce que
« vous appelez simonie n'est point péché ; car tout vous appar-
« tient. Vous ne pouvez rien vendre ; car on paye avec vos
« biens. Vous n'êtes point orgueilleux ; car la magnificence est
« un devoir de votre état. Vous n'êtes point avares ; car vous
« n'amassez que pour saint Pierre ; et si vous enrichissez les
« vôtres du patrimoine du crucifié, n'a-t-il pas lui-même,
« avant vous, investi de l'apostolat ses parents et ses amis ? Il
« est vrai qu'il les appelait à une condition pauvre et humble,
« et que vous donnez aux vôtres richesse et grandeur ; il est
« encore vrai que les apôtres ont tout laissé, et que vous avez
« gardé tout ; mais c'est pour défendre l'Église, etc. » La
lettre, datée du centre de la terre et du palais de ténèbres, tous
les démons étant assemblés en consistoire de douleur, est
contre-signée : « Beelzebub, votre spécial ami ; Farfarellus, et
« Catabriga, secrétaire. »

Cette bouffonnerie un peu grossière n'en fait pas moins aux
princes ecclésiastiques de sérieux reproches, renouvelés depuis
sous d'autres formes. Un pape, Urbain VI, peu d'années après,
à Rome, dans un vrai consistoire, fit entendre aux cardinaux
qui l'avaient élu de sévères paroles, non plus inventées par la
satire, mais constatées par de graves procès-verbaux. Le saint-
père, qui venait de reprocher aux membres du sacré collége

Baluze,
Pap. avenion.,
t. I,
col. 1157-1161.

leurs vices, leur rapacité, leur luxe insolent, leurs trahisons, apostrophe ainsi un ancien moine bénédictin qu'on appelait le cardinal d'Amiens, Jean de la Grange : « En voilà un, ce « cardinal noir, qui, toujours prêt à se vendre, non content « d'avoir trahi son roi, trahit maintenant l'Église. » La réponse, transcrite par un témoin, fera voir jusqu'où allait quelquefois, chez ces nouveaux apôtres, l'âpreté des haines et l'énergie du langage : « Comme vous êtes pape maintenant, je « ne puis vous répondre; mais si vous étiez encore, comme « tout à l'heure, archevêque de Bari, je dirais au petit arche- « vêque (*archiepiscopello*) qu'il ment par la gorge, *quod ipse* « *mentitur per gulam.* » C'était, entre des hommes de paix, un étrange emploi du défi des hommes d'armes; mais les cardinaux ne s'en tinrent pas à l'insulte : à quelques jours de là, ils déposèrent ce pape et en firent un autre.

Revelation.,
l. VI, c. 70.

Une scène de purgatoire, contée par sainte Brigitte, nous met sous les yeux la vie mondaine qu'on attribuait aux cardinaux. Comme la sainte avait habité l'Italie et le comtat Venaissin, ce qu'elle voit ou croit voir dans l'autre monde est l'image de ce qu'elle avait vu sur la terre. Un cardinal vient de mourir, et quatre Éthiopiens tout noirs lui préparent quatre chambres qu'il doit traverser. Il y avait dans la première les plus beaux habits; dans la seconde, la plus riche vaisselle d'or et d'argent; dans la troisième, des mets et des parfums recherchés; dans la quatrième, des chevaux de prix. Le cardinal subit tour à tour, dans chacune de ces quatre chambres, différents supplices, le froid, le chaud, la morsure des serpents, les éclats de la foudre, pour expier le mauvais usage qu'il avait fait des biens des pauvres, et il ne cesse de s'écrier : « Malheur à moi! »

Plusieurs des princes français de la cour pontificale appartenaient à notre magistrature. Jean de la Grange, si rudement traité par le pape, avait été conseiller au parlement de Paris, président des aides, surintendant des finances et un des ministres de Charles V. Dans le cours de ce siècle, un autre conseiller et deux maîtres des requêtes furent aussi revêtus de la pourpre; et sept chanceliers de France, Étienne de Suisy, Pierre d'Arbloy, Pierre des Chappes, Pierre du Rogier de

Maumont, Pierre de la Forest, Gilles Aicelin de Montaigu, Jean de Dormans, représentèrent au même titre leur pays dans le conseil suprême de la papauté.

Les annalistes italiens trouvent qu'il y eut alors trop de cardinaux français. Ils n'ont point tort peut-être, quoique l'Église, comme leur répond Baluze; ait, depuis, oublié encore plus qu'elle est l'Église universelle, et que des papes italiens aient trop exclusivement nommé des cardinaux italiens, *studio, ut apparet, retinendæ in sua gente dominationis*. Il aurait eu le droit d'ajouter que, dans les annales de cette élite de la prélature, les noms français, pour le talent, le courage, l'amour des lettres, n'ont pas été les moins dignes d'estime. Pap. avenion., t. I, col. 625.

Ces grands dignitaires du monde religieux, dont la puissance, ni alors ni depuis, n'est point restée pure de tous les abus du monde politique, ont été sévèrement jugés, surtout en France, où on les a vus trop souvent premiers ministres. Il y en avait des exemples dans les temps anciens; mais ces exemples étaient plus rares. Les cardinaux, que leur titre était censé attacher à des paroisses de Rome, lors même qu'ils ne sortaient point d'Avignon, résidaient auprès du pape, et ne le quittaient que pour négocier en qualité de légats ou de nonces. Sans aller jusqu'à prétendre, comme on l'a fait pour louer le passé aux dépens du présent, que le clergé fût alors exempt de la corruption et de l'esclavage, parce qu'il n'était point dominé dans ses rangs par des émissaires d'une cour étrangère, il est juste de reconnaître que les cardinaux français du temps de Philippe le Bel et de Charles le Sage remplissaient plus assidûment leur devoir de prêtres de l'Église que Richelieu, Mazarin et Fleury. Baillet, Hist. des démêlés, etc., p. 137.

Aussi le gouvernement de ces personnages équivoques, de ces serviteurs de deux maîtres, a-t-il inspiré contre eux des emportements de langage tout à fait inusités jusqu'à eux. Nul des cardinaux français dont nous aurons à parler, de ceux-là même que leurs adversaires ont le moins épargnés dans leurs discours, n'a mérité qu'on dît de lui ce qu'un duc et pair, homme très-religieux, a écrit sous le ministère d'un cardinal : « Les couronnes catholiques ont à Rome chacune leur « protecteur, étrange nom à l'égard d'une couronne; mais les Saint-Simon, Mém., t. VIII, p. 107, 388.

« cardinaux, de longue main en possession d'être des monstres
« fort à charge à leurs princes et à leurs nations, et beaucoup
« plus à l'Église, après avoir usurpé les choses, ont envahi
« jusqu'aux noms, et les rois les ont laissés faire... Absents de
« Rome, où ils n'ont ni parenté, ni amis, ni faction, ils ne
« sont bons qu'à envahir trois ou quatre cent mille livres de
« rentes en bénéfices... Un cardinal français est en France
« l'homme du pape contre le roi, l'État et l'Église de France ;
« le chef et le tyran du clergé, trop ordinairement du mi-
« nistère ; est hardi à tout parce qu'il est inviolable, établit
« puissamment sa famille, et quand il a tout obtenu, est libre
« après de commettre, tête levée, tous les attentats que bon lui
« semble, sans pouvoir jamais être puni d'aucun. »

Les cardinaux qui vont être indiqués ici comme ayant pris
quelque part aux destinées des lettres en France, ont pu être
accusés de cupidité, d'ambition, d'amour insatiable du pouvoir ; mais pas un roi de France n'aurait alors souffert qu'ils
vinssent exercer chez lui, au nom du pape, un tel despotisme.

Ce n'est pas qu'ils ne fussent déjà très-puissants ; ils étaient
du moins très-riches. Un chroniqueur, parlant du luxe vraiment royal de Jean Visconti, archevêque de Milan, dit que
pour suffire à de telles dépenses, il faudrait au moins quatre
cardinaux de la cour d'Avignon : *Nec sunt hodie quatuor cardinales simul, qui tantas expensas faciant.* On ne pouvait
dire plus ; car l'opulence des princes de cette cour nous est
connue par leurs testaments. Celui du dominicain Nicolas de
Fréauville, confesseur de Philippe le Bel, cardinal du titre de
Saint-Eusèbe, daté d'Avignon le 16 octobre 1321, celui de
Jean de la Grange, du titre de Saint-Michel, daté aussi d'Avignon le 12 avril 1402, et beaucoup d'autres, soit publiés, soit
inédits, font assez comprendre tout ce que la richesse ajoutait
à leur influence. Mais il nous importe surtout de remarquer,
entre leurs actes de munificence, les encouragements que la
plupart d'entre eux y donnent à l'étude et à l'instruction.

Nous avons déjà vu et nous continuerons de voir qu'un
grand nombre de colléges, à Paris et dans les provinces, ont
été fondés par ces dernières dispositions des cardinaux français. Jean Cholet leur en avait donné l'exemple ; Jean le Moine,

Galvan.
della Fiamma,
ap. Murator.
Scriptor.
rer. ital., t. XII,
col. 1046.

Baluze,
Pap. avenion.,
t. II,
col. 410-425.
Fr. Duchesne,
Hist. des card.
fr., t. II,
p. 467-476.

Nicolas de Nonancour, Pierre Bertrand, Pierre de Selve, Jean de Brogni, l'ont suivi.

Ces testaments nous intéressent aussi par les catalogues qu'on y trouve souvent des livres légués par les testateurs, et qui nous font connaître, avec leur goût pour les lettres, le genre d'étude qu'ils avaient préféré. Un ami de Pétrarque, le cardinal Philippe de Cabassole, dans son testament du 27 août 1372, .où il cite le mot de Sénèque, *Vita sine litteris mors est,* dote sa ville épiscopale de Cavaillon d'une vraie bibliothèque publique, établie près· du chapitre. Déjà saint Louis avait ordonné que les manuscrits de la Sainte-Chapelle pussent être consultés par les savants ou par ceux qui voulaient s'instruire; mais nous avons ici l'ébauche d'un règlement. Tous les livres, hormis un Pontifical et un Pastoral, réservés à l'évêque, doivent être enchaînés, pour que tout le monde puisse s'en servir sur la place même. La lecture, non-seulement pour le prévôt, les chanoines, quiconque fait partie du service de l'église, et les religieux qui viendraient y prêcher ou y confesser, mais pour toute honnête personne de la ville, est permise à toute heure; on n'excepte que le temps des offices. Les deux chapelains seront chargés tour à tour de la surveillance. Il y a déjà les mêmes intentions libérales et à peu près les mêmes usages dans la bibliothèque ouverte publiquement, vers l'an 1250, pour la ville d'Amiens.

Dans ces collections de livres léguées aux monastères, aux églises, ou à toute une ville, par la générosité des anciens cardinaux, on croirait qu'il ne doit guère se trouver que des ouvrages théologiques; mais les listes jointes aux testaments nous offrent quelquefois en plus grand nombre les traités de droit canonique, ou même de droit civil. Ainsi sont confirmés les autres documents de l'histoire : on dirait que l'étude des lois humaines, devenue désormais une des premières pensées du siècle, est imposée à tous comme instrument nécessaire de fortune et de crédit. Rien n'en dispense, ni la faveur du maître, ni l'éclat de la naissance, ni aucune autre distinction. Ces papes, ces cardinaux, qui sont plus que des rois et des princes, ont commencé par étudier et souvent par professer le droit romain.

Ibid., t. II,
p. 417-425.

Hist. litt.
de la Fr.,
t. XVI, p. 34;
t. XVIII, p. 456;
t. XIX, p. 170.

Ib., t. XXIII,
p. 710-715.

Nous l'avons vu pour les papes ; nous le verrons dans la vie et les ouvrages des membres français du sacré collége, tels que Pierre de la Chapelle (mort en 1312), Jean le Moine (1313), Michel du Bec (1318), Guillaume de Mandagot (1331), Nicolas de Fréauville (1323), Bérenger Fredoli (1323), Pierre de Mortemar (1335), Pierre de Festigni (1342), Bertrand de Montfavez (1343), Guillaume d'Aure (1346), Pierre Bertrandi (1361), Pierre de la Forest (1361), Audouin d'Albert (1363), Pierre de Colombiers (1364), Jean Fabri (1372), Raymond de Canillac (1373), Aicelin de Montaigu (1378), Jean de Cros (1383), Aimeri de Maignac (1385), Guillaume de Noellet (1390), Pierre de Sarcenas (1390), Guillaume d'Aigrefeuille (1401), etc. Il serait long de nommer tous ceux qui joignirent ainsi la connaissance des pandectes à celle des décrétales.

Pap. aven.,
t. I, col. 1030.

Quelques-uns d'entre eux s'aident dans leurs études en se prêtant leurs livres. Pierre de Banhac, cardinal limousin du titre de Saint-Laurent *in Damaso,* recommande à ses exécuteurs testamentaires de rendre au cardinal Hugues de Saint-Martial deux volumes des œuvres de Cicéron qu'il lui avait empruntés à Toulouse.

Fr. du Chesne,
Hist. des card.
fr., t. I,
p. 465-470 ;
t. II, p. 311-322.
— Baluze, Pap.
avenion., t. I,
col. 770-782. —
Lebeuf, Mém.
sur Auxerre,
t. I, p. 444-448.

Pour donner une idée de ces grandes existences qui conciliaient la dignité d'un prince de l'Église avec l'amour et la protection des lettres, avec le luxe et les plaisirs de l'opulence, avec les intrigues et le tumulte des affaires, on pourrait choisir parmi d'autres destinées semblables celle de Talleyrand de Périgord, qui, après de sérieuses études, surtout en jurisprudence, et la mort de sa femme, fille du comte de Vendôme, fut successivement abbé de Chancelade, évêque d'Auxerre, cardinal du titre de Saint-Pierre-aux-Liens ; qui, dans ses plus grands honneurs, réserva toujours quelques heures aux libres distractions de l'esprit, et refusa une entrée solennelle dans sa ville épiscopale d'Auxerre, pour ne pas interrompre ses lectures ; qui, touché du gracieux génie de Pétrarque, non content de l'avoir défendu de l'accusation de magie auprès du pape Innocent VI, l'aurait fait nommer par le pape, si le poëte l'avait voulu, secrétaire de ses brefs apostoliques. Aussi le poëte reconnaissant disait-il de son patron qu'il y avait plus de

gloire à faire des papes qu'à l'être soi-même. Et le portrait que
nous cherchons sera complet, si nous retrouvons aussi, dans
cette vie heureuse et brillante, la trace des malheurs, des passions, des inconséquences du temps : une part dans les négociations avant et après le désastre de Poitiers ; le soupçon qui
pesa sur le cardinal d'avoir été complice, avec son neveu
Charles de Duras, du meurtre d'André, roi de Naples, imputé à
la reine Jeanne ; enfin cette réponse légère, mais non sans vraisemblance, à ceux qui lui reprochaient de combattre dans le
conclave l'élection de Jean Birel, l'austère prieur des chartreux : « Avec un tel pape, il nous faudrait, le jour même, en-
« voyer nos beaux palefrois à la charrue. »

On aime mieux le voir, fidèle à des traditions généreuses,
accepter, en 1336, la dédicace du Voyage en terre sainte par
Guillaume de Boldensleve, dont il avait été le protecteur, fonder à Toulouse le collège qui fut appelé de son nom le collège
de Périgord, et, dans son testament de l'an 1360, quatre ans
avant sa mort, léguer sa riche bibliothèque aux augustins de
Chancelade, en ayant soin de les avertir que les livres de droit
civil, qui leur sont interdits, *cum sint eis prohibiti,* peuvent
être vendus au profit du couvent.

Les archevêques et les évêques, moins puissants que les car- *ÉPISCOPAT.*
dinaux, ont dû être moins épargnés. Le blâme est tombé sur
eux de très-haut : on compte parmi leurs accusateurs des
papes, des saints et des saintes. Les révélations laissées par
sainte Brigitte, ou consacrées du moins par son nom, se montrent sans égards pour eux. Urbain V, dans un fort mauvais
latin, mais avec une très-bonne intention, leur reproche la multitude odieuse de leurs bénéfices ecclésiastiques, *in numero
detestabiliter excessivo ;* et il devait savoir mieux que personne
comment ses plus dévoués serviteurs de la cour d'Avignon,
qui avaient élevé les tarifs de celle de Rome, s'enrichissaient
de cet immense trafic. Peu s'en faut qu'il ne dise, comme Bri- *Révélation.,*
gitte, que c'est un champ plein d'ivraie, à nettoyer avec le fer, *l. IV, c. 57.*
avec la flamme, et en y faisant passer un attelage de bœufs pour
l'épurer. Ce sont là des témoignages qui sembleraient plus
dignes de confiance que ceux des simples clercs, Alvar Pélage,

Gerson, Clamanges, que l'on pourrait, bien à tort sans doute, croire peu favorables à la brillante fortune des prélats placés au-dessus d'eux. Encore n'accepterons-nous pas sans réserve les accusations portées contre le haut clergé par ces pieuses femmes : Brigitte, comme la béate Angèle de Foligno, n'a pour interprète auprès de nous que son confesseur, et ce confesseur était un moine cistercien.

Mais nous avons des preuves plus sûres des habitudes mondaines de la vie épiscopale dans les aveux des accusés eux-mêmes. C'est sous la présidence des archevêques d'Arles, d'Aix et d'Embrun, au concile d'Apt, où siégeaient avec eux, en 1365, leurs nombreux suffragants et les chefs des principaux monastères, que furent rédigées les constitutions synodales qui permettent de mesurer, par la répression même, l'excès des abus : « Que personne parmi nous n'entretienne des « histrions ou des mimes, et ne dépense en chiens ou en oi- « seaux chasseurs le pain qui appartient aux pauvres. Comme « les damoisels et les écuyers qui sont chez quelques-uns de « nous en beaucoup plus grand nombre qu'il n'est nécessaire, « avec leurs cheveux frisés à la manière des femmes, portent « des tuniques par trop courtes et des souliers à pointe ornés « de rubans de toutes couleurs, nous devrons faire allonger « leurs vêtements autant que l'honnêteté l'exige, etc. » On ne peut tout traduire ; car maint détail de ces descriptions ne serait plus de mise aujourd'hui.

Thes. anecdot., t. IV, col. 333.

Des témoignages non moins certains de la splendeur toute féodale que plusieurs prélats avaient fait succéder à la simplicité des premiers siècles, nous ont été conservés par des actes authentiques, par leurs testaments. Ils y rivalisent, comme les cardinaux, de somptuosité et de raffinement avec les seigneurs temporels, avec les princes, avec les rois. Ces inventaires du luxe et de la vanité, fort précieux pour l'histoire des arts, ne le sont pas moins pour l'histoire des mœurs. On pouvait s'attendre à un si magnifique appareil chez les riches métropolitains de Lyon, de Bourges, de Rouen, de Bordeaux, ou chez les élégants évêques de Paris ; mais on s'étonne de voir un évêque de l'humble diocèse de Cahors, Raymond de Cornil, en 1289, après avoir fait de nombreux legs en argent à des moines, à

Baluze, Miscell., t. IV, p. 502-507.

des religieuses, et distribué ses vases sacrés à diverses chapelles, régler la part qui revient de sa fortune à ses trois
clercs, à ses portiers, à son maréchal, à son cuisinier, à ses
trois coureurs, à ses deux palefreniers, à ses trois sommeliers.
Il ne lègue de livres à personne.

Si nous croyons qu'il convient de juger les évêques de
France d'après eux-mêmes plutôt que d'après les historiens
du temps, c'est que la plupart des chroniques viennent des
moines, et que les moines étaient alors les ardents ennemis des
évêques. Gardons-nous bien d'aller consulter, pour mieux
connaître les chefs légitimes des diocèses, un chroniqueur dominicain ou franciscain, trop attaché aux prétentions de son
ordre pour pardonner jamais à un prélat d'avoir essayé de conserver à son église la prédication, la confession, les funérailles,
et tous ses droits les plus saints. Voilà ceux qui, d'accord avec
le pape, leur seul maître, quand ils veulent bien lui obéir, ne
cessent d'accuser les évêques d'abus de pouvoir, tandis que les
évêques, par de justes réclamations dans leurs lettres au saint-
siége, par la controverse dans les écoles, quelquefois, il faut
l'avouer, par la force, ne font que repousser les scandaleux
abus des exemptions.

Peut-être, s'ils ne sont pas toujours à l'abri du reproche de
violence dans leur langage et même dans leurs actes, est-ce un
reste de leurs habitudes belliqueuses d'autrefois. Parmi leurs
occupations mondaines la guerre tient encore quelque place.
L'évêque de Châlons-sur-Marne, Renauld de Chauveau, après
avoir insisté pour qu'on livrât bataille, meurt à la journée de
Poitiers, et l'on compte parmi les prisonniers de cette journée
funeste Guillaume de Melun, archevêque de Sens. Les prélats,
déjà moins astreints à l'obligation personnelle du service féodal, pouvaient cependant n'être pas encore devenus tout à fait
étrangers, du moins en paroles, à l'emportement des gens de
guerre. Un évêque de Poitiers, Guillaume de Mâcon, dès l'an
1286, avait cédé à une sainte colère dans sa controverse
avec les moines ; on peut lire encore ses protestations, où
il repousse le joug humiliant qu'on lui impose, et redemande
énergiquement, au nom de l'institution épiscopale elle-
même, ce pouvoir des clefs que les frères Mineurs et les frères

Froissart,
l. 1, part. 2,
c. 42. —
Matth. Villani,
l. vii, c. 12, 19.

Fonds
de Colbert,
n. 3120.

Prêcheurs ont envahi et volé, *furati:* le mot est dans les manuscrits.

Le plus vif combat des supérieurs diocésains contre les mendiants est celui que vint leur livrer, en 1357, à la cour même
d'Avignon, l'archevêque irlandais d'Armagh, à la tête de son

Rich. de Bury,
Philobibl., c. 6.

clergé. Un évêque d'Angleterre leur avait déjà dit en 1344 :
« Si vous aviez autant de répugnance que le sage laboureur
« pour une mendicité effrontée, vous seriez moins étrangers
« aux livres et à l'étude. » Mais, treize ans après, l'affaire eut
beaucoup plus d'éclat : elle fut plaidée en consistoire, devant le
pape Innocent VI, les cardinaux, la haute prélature : nous
avons les deux plaidoyers. Le procès dura plus d'un an, et l'ar-

Pap. avenion.,
t. I, col. 338,
950.

chevêque mourut sans que rien eût été décidé. Un des historiens du pape semble croire que cette mort fut très-heureuse
pour les frères, qui, loin d'en verser des larmes, chantèrent
plutôt, dit-il, un *Gaudeamus* qu'un *Requiem.* Ce chroniqueur
s'abuse ; les religieux mendiants étaient les plus riches, et ils
avaient des protecteurs à la cour d'Avignon.

Plusieurs évêques furent persécutés, Guichard, évêque de
Troyes, retenu en prison pendant neuf ans (1304-1313) ;
Hugues Géraud, évêque de Cahors, brûlé en 1317 ; Albert,
évêque d'Alberstadt, accusé d'hérésie par Grégoire XI en 1372.
On ne sait plus aujourd'hui quelles menées ténébreuses les

D'Argentré,
Collect. judic.,
t. I, p. 391.

perdirent ; mais on voit que dans les trois juges chargés de procéder contre Albert et ses partisans, se trouvent un moine augustin et l'inquisiteur dominicain de son diocèse.

Quand nous opposerons tout à l'heure au clergé séculier le
clergé monastique, et que nous reconnaîtrons combien il s'en
fallut peu que les évêques ne fussent vaincus, nous saurons gré
au corps épiscopal d'avoir défendu la France contre l'usurpation
de ces ennemis de toute discipline ecclésiastique, et surtout
contre l'anarchie franciscaine, qui eut un moment l'espérance
d'arriver à la domination universelle par la destruction des lois
fondamentales de la société.

Les évêques français, harcelés et distraits alors par ces opiniâtres querelles dont tout le siècle est rempli et qui sont
presque l'unique matière de leurs ouvrages, n'ont pu nous
laisser de grands monuments littéraires ; mais ils ont du moins

continué d'aimer les lettres, et un d'entre eux semble exprimer Guill. Duranti,
la pensée de tous lorsqu'il demande au concile de Vienne que de Modo
concil. celebr.
nul ne soit évêque s'il n'est docteur en théologie ou en droit. p. 67.
Le premier évêque de Tulle, Arnauld de Saint-Astier, dans les Baluze,
Histor. Tutel.
constitutions qu'il donne en 1320 à sa nouvelle église, veut col. 618.
qu'il y ait, pour enseigner ses chanoines dans le cloître, un
maître présenté par le prieur du consentement du chapitre, qui
l'aura reconnu capable ; sinon, il en nommera un de son autorité. Le même prélat ordonne qu'il y ait toujours six de ses
chanoines choisis après examen, pour aller étudier dans les
universités la théologie ou le droit canonique, sans cesser de
toucher le revenu de leurs prébendes ; et il entend que ces dispositions soient rigoureusement maintenues par ses successeurs,
ou, en leur absence, par leurs vicaires généraux.

La part des évêques dans l'enseignement public, moins
large qu'autrefois, est encore importante : s'ils voient leurs
écoles des cathédrales en lutte avec les universités, ils donnent
l'institution aux gradués, et conservent leurs écoles grammaticales des paroisses. Le chantre de l'église métropolitaine de
Paris était, comme dans les autres diocèses, le directeur de ces
petites écoles. On n'en connaît point de plus ancien statut
qu'une espèce de serment conservé dans un registre écrit en
1357, qui porte, entre autres obligations, que la commission
pour tenir école doit être renouvelée tous les ans par le chantre
de Notre-Dame, supérieur absolu. Le 6 mai 1380, maître Joly, Traité
hist. des éc.
Guillaume de Sauveville préside en cette qualité une assem- épisc.,
blée générale, où se trouvent quarante et un maîtres et vingt- p. 230, 579.
deux maîtresses : les premiers comptaient dans leurs rangs
sept maîtres ès arts et deux bacheliers en décret ; ce qui suppose que ces classes élémentaires étaient encore assez élevées.
Le chantre Claude Joly, fier de gouverner, trois siècles après,
les petites écoles épiscopales, aurait bien dû, en cherchant
partout les titres de sa domination, essayer de recueillir sur
ces anciens temps des détails plus complets.

Loin de craindre l'instruction, les prélats de France aiment
à la propager. Plusieurs d'entre eux, pour être compris de
tous, renoncent au latin scolastique des gens d'Église, et leur
donnent l'exemple d'écrire en français, comme Philippe de

Vitri, évêque de Meaux, et Nicole Oresme, évêque de Lisieux.

Un plus grand nombre encore, dispensateurs généreux des trésors de l'étude, songent à honorer leur mémoire, comme les cardinaux, en fondant des colléges, et en les choisissant souvent pour héritiers de leurs belles collections de livres. On peut donc les excuser d'avoir quelquefois trop multiplié leurs bénéfices, puisqu'ils n'en ont pas toujours employé les revenus en histrions, en pages, en oiseaux de chasse, mais qu'ils ont su les rendre utiles à d'autres après eux.

CHAPITRES.   A la suite des évêques, dans la hiérarchie séculière, viennent les archidiacres, les doyens, les prévôts, les chanoines des églises, en un mot tous ces prêtres, tous ces membres du clergé qui dépendent de l'ordinaire. En se réunissant sous une règle commune autour des églises cathédrales ou collégiales, mais sans abandonner entièrement la vie du siècle, ils furent exposés par cette liberté même aux attaques jalouses et toujours suspectes de ceux qui voulaient peu à peu remplacer l'ancienne organisation ecclésiastique par la suprématie des cloîtres. C'est surtout depuis l'institution des deux nouveaux ordres, objet de prédilection et bientôt d'inquiétude pour la papauté, que ces ministres du culte public voient de toutes parts se déclarer contre eux des adversaires, des accusateurs, et, à leur tête, les chefs mêmes de l'Église.

Le pape Benoît XII, dès la première année de son pontificat, en 1334, avant de se mettre à réformer les couvents, et même ceux des dominicains et des franciscains qui en avaient déjà besoin, écrit une lettre dont le titre n'est peut-être pas de lui : *De pravis moribus clericorum ecclesiæ narbonensis.* Nous ne la citerons que parce qu'elle n'est pas étrangère à l'histoire des lettres, et que tout en disant du mal des chanoines, elle les encourage à étudier.

Baluze,
Miscellan., t. II,
p. 263-267.

« Benoît, évêque, serviteur des serviteurs de Dieu, à ses
« chers fils du chapitre de Narbonne, salut et bénédiction
« apostolique. Quand nous voyons s'égarer dans la vie ceux
« de nos enfants qui sont tenus de montrer aux autres le droit
« chemin et de les y ramener s'ils s'en écartent, notre cœur est

« plein de souci et de tristesse, dans la pensée que l'ennemi du
« genre humain s'applique de préférence à perdre ceux dont la
« perte contribuera le plus à perdre les autres. Des bruits si-
« nistres que, dans un état plus humble, nous avions entendu
« souvent répéter à la honte de votre clergé, se confirment,
« depuis que la miséricorde divine nous a élevé à la dignité
« suprême. Une église qui devrait être l'exemple de toutes
« celles de la province narbonnaise, néglige, dit-on, le culte
« pour lequel a été institué son clergé ; et ses bénéficiers, ses
« titulaires, brisant le frein de la raison et de l'honnêteté, se
« laissent emporter dans le champ de la licence par leurs fan-
« taisies indomptables ; plusieurs même, sans pudeur dans le
« crime, secouant le joug volontaire de la continence, pour de-
« venir, comme de vils animaux, les esclaves de la plus hon-
« teuse luxure, ont avec eux des femmes suspectes, d'indignes
« concubines, et font un lieu infâme de la sainte demeure de
« Dieu. Aussi devez-vous regarder comme une juste punition
« de vos fautes les maux qui vous ont accablés dans ces der-
« niers temps. De telles infractions à la loi divine, et, pour
« surcroît, le mauvais usage des immenses revenus de votre
« chapitre, ne sauraient se tolérer... Que tous les bénéficiers
« et titulaires assistent aux heures canoniales du jour et de la
« nuit, et s'ils y manquent sans cause légitime, qu'ils soient
« pointés (*punctentur*), et perdent leur droit à la distribution.
« Qu'ils chassent leurs concubines et mènent désormais une
« vie exemplaire, sous peine d'être retranchés irrémissible-
« ment du corps de l'Église, et remplacés par des hommes
« honnêtes, capables, attentifs à leurs devoirs. Il n'y a d'ex-
« cuse pour manquer aux offices que les affaires reconnues
« indispensables, comme les leçons à écouter dans les écoles,
« ou la prédication de la parole de Dieu, etc. »

On pourrait supposer que ces reproches et beaucoup d'autres, sans cesse renouvelés par les brefs apostoliques, ne sont
si sévères pour le clergé séculier que dans l'intention de faire
mieux ressortir la nécessité où s'était trouvé le saint-siége
d'opposer au relâchement de l'ancien clergé la régularité des
nouveaux instituts religieux. Mais d'abord cette innovation,
qui datait déjà de plus d'un siècle, était loin, comme on le

voit, d'avoir rétabli dans les chapitres l'antique austérité chrétienne. Nous aurions ensuite un puissant motif de croire que
les papes, et même les nombreux écrivains des congrégations
régulières qui traitent encore plus mal les séculiers, ne sont en
cela que les fidèles interprètes de l'opinion publique : c'est que
le clergé séculier lui-même, par ses chroniqueurs, par ses sermonnaires, semble justifier à son tour les plaintes qu'on faisait
de lui.

Comment n'eût-il point commis de fautes? le pouvoir a ses
dangers. Des chanoines tels que ceux des églises cathédrales
de Paris ou de Lyon, qui n'avaient pas encore perdu le droit
d'élire leurs évêques, formaient comme de grandes aristocra-
ties sacerdotales, beaucoup plus disposées à faire des conquêtes nouvelles qu'à céder de leurs vieux priviléges. Les chapitres voisins savaient se défendre, et il en résultait de longues
querelles. Ainsi, quand le chapitre de Notre-Dame de Paris,
conduit par son doyen, le 11 juillet 1364, vint en procession
à l'ancienne collégiale de Saint-Benoît « le bien tourné, » et,
malgré les immunités du lieu, après avoir chanté une antienne
dans le chœur réservé aux chanoines de Saint-Benoît, fit lire
un acte contre leur exemption, ceux-ci, de leur côté, qui venaient d'obtenir de Charles V, au mois de juin précédent, confirmation de leur haute, moyenne et basse justice à Saint-Marcel, à Saint-Ouen, à Clichi, à Limeil, demandèrent acte à
leur notaire, chanoine comme eux, portant comme eux le sur-
plis, la chape de soie et l'aumusse ; et, le malheureux notaire
ayant été battu, foulé aux pieds, emmené prisonnier à Notre-
Dame, intervint, sur une plainte en cour de parlement, arrêt
qui condamna les doyen et chapitre de Notre-Dame à cinq
cents livres envers ceux de Saint-Benoît, et autant envers le
roi; plus, à cent livres envers ledit notaire battu et empri-
sonné ; plus, aux dépens, dommages et intérêts; et lesdits de
Saint-Benoît sont confirmés en leurs franchises, libertés, immunités, et sauvegarde du roi. L'arrêt est du 19 février 1395 ;
l'affaire se plaidait depuis plus de trente ans.

Beaucoup d'autres procès intentés ou soutenus par les chapitres, jusqu'au fameux lutrin de la Sainte-Chapelle, et tous
les abus inévitables dans l'exercice d'un pouvoir mal défini, ne

Du Breul,
Antiq. de Paris,
p. 194. —
Lebeuf,
Hist. du dioc.
de Paris,
t. I, p. 216.

sauraient nous faire oublier les grands services rendus aux lettres par ces corps permanents, qui aimèrent presque toujours
les livres, ne dédaignèrent pas d'en admettre de profanes à
côté de leurs rituels, et qui excellèrent de bonne heure dans
l'art d'acquérir et de conserver. Les plus anciens manuscrits
nous viennent des bibliothèques capitulaires, où ils étaient,
pour ainsi dire, consacrés à l'égal du trésor des églises.

Les premières écoles publiques furent aussi les écoles instituées auprès des chapitres. A Paris, on voit celles du parvis
de Notre-Dame s'étendre insensiblement jusque sur le Petit-
Pont, et, de là, gagner de proche en proche la Montagne où
s'est formé le quartier latin. Du même chapitre relevèrent les
petites écoles de la ville et des faubourgs, et il donna jusqu'à
la fin un chancelier à l'université. C'est un de ses chanoines,
l'abbé Legendre, qui, par un legs accepté en 1746, a fondé le
concours général entre les collèges de Paris.

Dans les écrits qui nous restent de cette partie du clergé séculier, on semble respirer un air plus libre que dans ceux des
monastères. Il y a des chanoines qui, même en latin, se sont
affranchis de la scolastique; d'autres, comme Froissart, font
aimer la langue française. Mais, outre ce goût des lettres et
des études dont ils ont souvent donné l'exemple, et la place
honorable qu'ils se sont faite, soit dans le genre historique, soit
dans toutes les formes de la controverse, les chapitres de nos
églises peuvent revendiquer le mérite d'avoir, malgré quelques conflits, secondé les évêques de France dans leur résistance vraiment nationale aux progrès de plus en plus menaçants des deux ordres nouveaux, qui, nous le verrons bientôt,
sans cet accord salutaire entre les membres du vrai clergé,
auraient fini peut-être, comme la caste brahmanique, par condamner plusieurs siècles à la plus dure des dominations temporelles, celle qui ordonne et punit au nom de Dieu.

Il reste à rechercher quel a pu être le degré de culture chez   Curés, etc.
ceux qui étaient comme les derniers sujets, comme les vilains,
comme les serfs de la grande nation ecclésiastique; chez ces
malheureux curés, vicaires, prêtres de paroisses, que la nouvelle usurpation monastique prétendait frustrer de leur modique

part de la fortune cléricale, en leur ôtant les confessions, les
sépultures ; que leurs évêques, réduits à se défendre eux-mêmes, ne savaient plus protéger ; que les trouvères, les jongleurs, tous ceux qui amusaient le public par la médisance, en
lui contant des scènes burlesques de gourmandise, d'ignorance, de mauvaises mœurs, ne ménageaient pas autant que
les moines, destinés à être un jour fort maltraités à leur tour,
mais dont il eût été dangereux de médire trop tôt.

Hist. litt.
de la Fr.,
t. XXIII, p. 151.

On peut juger quels dédains les serviteurs les plus humbles
de l'Église avaient à subir de ces communautés que nous allons
voir de jour en jour plus redoutables aux rois, aux prélats, au
chef même de la chrétienté. Nous avons le procès-verbal de la
dégradation d'un prêtre du diocèse d'Auch, Philibert, torturé
par les interrogatoires et les insultes des inquisiteurs dominicains, avant d'être livré aux exécuteurs laïques de cette justice deux fois barbare. Accusé d'être vaudois relaps, le condamné, en habits sacerdotaux, le 15 juin 1319, dans l'église
de Saint-Étienne de Toulouse, est soumis, devant une immense
foule, à une suite de cérémonies que nous abrégerons, et qui
diffèrent en plusieurs points de celles que prescrit, pour la
même peine, le Pontifical romain :

Acta
inquis. Tolos.,
ap. Limborch.,
p. 247-277.

Relig.
de S.-Den.,
liv. XIX, c. 10.

« Nous t'enlevons (et à chaque pièce qu'on lui enlève, on
« répète : *Auferimus*) le calice et la patène, dont tu ne te ser-
« viras plus pour célébrer le sacrifice ; la robe de prêtre,
« puisque tu n'as pas su porter le joug divin qu'elle repré-
« sente, ni garder la robe d'innocence ; la dalmatique, qui n'a
« pas été pour toi un vêtement de joie et de salut ; le livre des
« évangiles et des épîtres, qu'il t'est désormais interdit de
« lire dans l'église de Dieu ; la robe de diacre, la tunique de
« sous-diacre, le manipule, le cierge, les burettes, le livre de
« l'exorcisme, qui dans l'ordination confère le grade de lec-
« teur, les clefs de l'église, en un mot tout insigne, tout hon-
« neur, bénéfice et privilége clérical. » Après quoi, on lui rase
la tête.

Cette punition était imposante ; et pour peu qu'elle frappât
un vrai coupable, elle ne mériterait que l'approbation, si l'on
en supprimait la terrible formule qui le livrait à la cour séculière, *seculari curiæ relinquendo ;* formule d'autant plus

cruelle qu'elle est toujours accompagnée de la recommandation
ironique de douceur et de miséricorde.

Un document de l'année 1357, nouvellement retrouvé, nous
fait cependant connaître un acte de clémence de l'inquisition
elle-même à l'égard d'un simple prêtre, d'un de ceux qu'on
appelait autrefois le bas clergé ; mais cette clémence est bien
tardive, car il y avait trente-deux ans que Pierre Tornemire,
après de longues persécutions, était mort dans la prison inquisitoriale de Carcassonne. Enterré alors, comme hérétique,
« dans le cimetière des chiens et des juifs, » quand il eut été
jugé de nouveau, en séance solennelle, à Montpellier, reçut-il
enfin la sépulture chrétienne? On n'en dit rien dans le procès-
verbal qui le réhabilite ; on nous raconte seulement ses tristes
aventures.

Le prêtre Pierre, qui avait renoncé, en 1316, à la secte des
béguins, une des dépendances du tiers-ordre de Saint-François, lorsqu'il en avait vu plusieurs condamnés et brûlés en
divers lieux, *condemnari ac comburi pluribus. locis,* y rentra
l'année d'après, malgré les anathèmes du saint-siége contre
ces béguins, « qui se font appeler aussi, dit le texte, bigots,
« fratricelles, ou frères de la pauvre vie. » Dénoncé aux inquisiteurs de Carcassonne, il a d'abord contre lui neuf témoins,
béguins comme lui, dont quatre n'ont pas laissé depuis d'être
brûlés, et cinq, d'être « emmurés » à perpétuité. D'autres témoins, toujours de ses anciens confrères, déposent que, pendant le carême de l'année 1325, à Melgueil, dans la « maison
« de pauvreté, » devant une assemblée nombreuse, il a fait
lecture d'un livre du célèbre franciscain Pierre Jean d'Olive,
celui-là même qui, selon les aveux de l'accusé à ses juges, était
« proclamé par l'Église spirituelle un des saints du paradis,
« quoique l'Église charnelle ne l'eût point canonisé. » L'accusé
avait aussi reconnu qu'on lui avait enseigné que tous les frères
du tiers-ordre brûlés à Marseille, à Narbonne, à Capestang et
ailleurs, étaient de glorieux martyrs, et que ceux qui les avaient
condamnés n'étaient pas de l'Église de Dieu. Il avoua bien
d'autres choses : comment, pour échapper aux recherches, il
avait fui en Sicile, en Sardaigne, en Espagne ; comment,
ébranlé plus d'une fois dans sa confiance à la vue des arrêts

Direct. inquis.,
p. 512, 520,
648, etc.
A. Germain,
Mém. de la soc.
archéol.
de Montpellier,
1857, in-4.

Hist. litt.
de la Fr.,
t. XXI,
p. 41-55.

et des supplices qui frappaient la nouvelle doctrine, il conser-
vait cependant des rapports avec ceux qui la prêchaient; et
c'est sans doute par ses aveux qu'il obtint la faveur de mourir
en prison.

Lorsque, trente-deux ans après, par le crédit des Torna-
mire de Montpellier, qui veulent se laver de la tache de son
hérésie, on examine dans une grave réunion d'inquisiteurs
et de docteurs s'il est mort impénitent, huit questions principales sont diversement résolues par ceux qui prennent part à
la délibération; mais l'avis le plus doux l'emporte : sur vingt-
sept votants, il n'y a que deux voix impitoyables, celles de
deux dominicains; et l'on peut croire que si le prêtre Pierre
ne finit point par être enterré chrétiennement, du moins ne
fut-il pas déterré, comme il arrivait souvent, pour être brûlé.

Les livres des dissidents, ces livres aujourd'hui presque tous
anéantis, parce qu'on les détruisait avec les auteurs du texte et
des commentaires, étaient lus dans les assemblées secrètes du
tiers-ordre, et ce simple prêtre passait pour un savant, puisqu'on le chargeait de les lire, et probablement de les interpréter. La science que nous pouvons lui supposer ne devait pas
être une science bien étendue, ni surtout fort raisonnable;
mais nous trouverons toujours une certaine instruction, bonne
ou mauvaise, dans tous les rangs du clergé.

Hist. litt.
de la Fr.,
t. XXI, p. 625.

Les jeunes clercs avaient à subir quelques épreuves plus ou
moins littéraires. Les examens, tels que celui où l'archevêque
de Rouen interrogeait lui-même les candidats aux cures de sa
province ecclésiastique, et leur faisait traduire du latin en français, étaient confiés d'ordinaire aux archidiacres ou aux archi-
prêtres : il leur était interdit par les conciles, comme par celui

Éd. de Labbe,
t. XI, col. 1944,
n. 10.
Anc. th. fr.,
t. II, p. 373-387.

d'Angers, en 1365, d'exiger des prétendants aucun droit de
lettres ni de sceau. Dans une farce populaire où l'on se moque
de ces examens des candidats à la prêtrise, le jeune paysan,
qui vient de tailler sa plume avec sa serpe, et qui cherche à se
rappeler ses déclinaisons (*Declina mihi* Lætare), fait porter
par sa mère un fromage à l'examinateur.

Ce n'était pas sans raison qu'on essayait de protéger le
clergé inférieur contre les délégués de l'évêque. Le droit de
procuration, ou de frais d'entretien, pour les visites de l'archi-

diacre, continuait d'être le prétexte de toutes sortes d'extorsions, que les papes essayaient en vain de réprimer. Cet esprit de rapacité fut porté si loin que, sans pitié pour les églises des plus pauvres villages, inspectées en courant par l'archidiacre qui ne descendait pas même de cheval et ne songeait qu'à se faire payer, l'usage s'était introduit de prendre aux curés qui n'avaient rien leurs ornements sacerdotaux, et même leur missel. Il était possible qu'il ne restât plus alors un seul livre dans le pays.

Thiers, de Stola, etc., p. 129, 130.

En exigeant des curés la connaissance de la grammaire latine, le concile de Lavaur, en 1368, voulait qu'ils pussent comprendre les discussions des assemblées synodales et provinciales où ils étaient tenus de se rendre, sauf excuse légitime, sous peine d'être déclarés contumaces, et dont ils devaient, sous peine d'être excommuniés, posséder et lire assidûment les statuts : *Quilibet curatus statuta synodalia et provincialia habeat, et sæpe studeat in eisdem.* Ce n'est pas qu'on ne doutât un peu de leur savoir ; car le concile d'Avignon, en 1337, recommande aux évêques de faire traduire ces textes pour les paroisses en langue maternelle, de peur que les laïques et autres hommes simples n'encourent des punitions portées par les règlements, faute de les avoir compris.

Concil., t. XI, col. 1989, n. 20. Ibid., col. 1983, n. 8. — Thes. anecd., t. IV, col. 500, n. 1. Ibid., n. 2. — Concil., t. XI, col. 2529, n. 14.

Ibid., col. 1848, n. 11.

Dans un dialogue qui représente les opinions et le langage du temps, le défenseur des congrégations mendiantes, en parlant de l'ignorance des curés du Limousin ou de l'Auvergne, les appelle insolemment des « asnes defferrez ; » il eût mieux valu les plaindre, et travailler surtout à les instruire.

Songe du vergier, liv. II, c. 266.

Le concile de Bayeux, en 1300, leur ordonne d'étudier la théologie, mais avec cette restriction : *si sint docibiles.* Aussi, dans les observations rédigées à la veille du concile général de Vienne, en 1311, se trouve le vœu fort sage de faire composer pour eux une théologie élémentaire, dégagée des subtilités de l'école.

Concil., t. XI, col. 1465, n. 90. G. Duranti, de Modo concil. celebr., p. 168.

Tout cela ne suppose pas encore beaucoup de lumières chez ces humbles ministres de la religion ; et il n'y en a point que l'on puisse comparer, ou à Raoul Ardent, dont nous avons les sermons à ses paroissiens, ou au curé de Neuilli, Foulques, le prédicateur de la croisade, ou à l'historien de Jérusalem,

Jacques de Vitri, qui fut curé d'Argenteuil, avant d'être évêque
et cardinal. Nous avons toutefois à signaler, vers l'an 1330,
l'ouvrage de Gui de Montrocher, *Manipulus curatorum*, trop
long et trop compliqué pour un manuel, mais qui atteste qu'il y
avait toujours, dans les rangs les plus modestes comme dans les
plus hautes prélatures du clergé séculier, un sentiment du devoir qui, moins contrarié par des mesures téméraires, aurait
pu ramener le calme dans les esprits.

On se demande pourquoi les papes n'avaient point respecté
davantage ce qui avait fait leur grandeur et leur force, l'antique hiérarchie du gouvernement catholique. L'ordre n'en
avait pas été troublé par les règles que Basile, Cassien et les
autres instituteurs de communautés avaient données à leurs
moines; et tandis que ces innombrables tribus vivaient loin du
monde, les clercs, mêlés à la vie active, avaient, chacun à son
rang, poursuivi paisiblement pendant plusieurs siècles leurs
fonctions protectrices et leurs simples enseignements, que nul
ne venait leur disputer.

C'est au siècle précédent que les priviléges accordés à l'ambition de deux corporations nouvelles par la faveur de la cour
de Rome commencent à rompre cette harmonie. Dès lors, à
la prédication toute pacifique, honneur des anciens Pères et du
plus récent de tous, saint Bernard, succèdent les rivalités, les
haines, les discordes, entre les anciens agents du pouvoir spirituel et les ministres plus jeunes qu'il s'est donnés; les uns et
les autres ne parlent, n'écrivent que pour se combattre; et nous
allons maintenant rencontrer à tout moment sous nos pas, dans
la carrière ouverte devant nous, les débris de l'autorité religieuse, qui, déchirée par ses propres fautes, se partage, et
détruit elle-même sa puissante unité.

3.
ORDRES
RELIGIEUX.

Hist. ecclés.,
Disc. VIII, c. I.

Comme notre jugement sur les ordres religieux en France
pendant ce siècle pourra sembler sévère, nous devons dire
tout de suite qu'il ne le sera pas plus que celui de l'histoire,
exprimé ainsi par un juge qui les connaissait bien : «Cette
« sainte institution, a dit Fleury, était alors en sa plus grande
« décadence. » Il faut donc s'attendre à les trouver au-des-

sous de leur ancienne fortune, et quelques-uns sont tout à fait
dégénérés ; mais on reconnaîtra encore à leurs tentatives auda-
cieuses, à ce qu'il leur reste d'énergie pour parler, écrire et se
défendre, que s'ils doivent être un jour vaincus, ils ne le seront
point sans combats.

Malgré l'unité chrétienne, le monde monastique était depuis
longtemps distribué en une multitude de sociétés diverses,
comme le monde féodal en nombreuses principautés. Si les seigneurs aimaient la guerre, les moines étaient loin de vivre en
paix ; les plus nouveaux et les plus ambitieux, forts des exemptions pontificales, disputaient au clergé séculier et se disputaient entre eux la confession et le droit d'absoudre, l'inquisition et le droit de punir. Si les grands vassaux s'armaient
quelquefois contre le suzerain, les grandes communautés ac-
crurent aussi pour la papauté les embarras et les périls du gouvernement suprême, et il arriva souvent que ces milices, qu'elle
avait instituées pour la protéger, se tournèrent contre elle.

Pouvait-on échapper à ces conséquences de l'établissement
monastique ? aucune sagesse humaine ne le pouvait sans doute,
puisque les plus habiles dans l'art de gouverner les hommes y
ont échoué. De l'esprit de domination qu'on avait enseigné à
toutes ces tribus ecclésiastiques, naissait l'esprit d'indépendance. Elles régnaient de trop haut sur les peuples pour régner sous un maître. Aussi, par la défiance réciproque, par
les hostilités même entre le chef et des agents trop puissants
pour être toujours fidèles, verrons-nous peu à peu se diviser
et s'altérer ce vaste système d'associations. Il ne faut pas
croire que le saint-siége n'eût point d'intérêt à refuser d'en
augmenter le nombre, à en supprimer plusieurs, à détruire
l'ordre du Temple, à délibérer plus d'une fois sur l'abolition
des franciscains.

Mais nous n'avons pas à démêler ici l'histoire encore assez
confuse d'une institution non moins politique que religieuse.
Notre devoir, beaucoup plus simple, quoiqu'il ne soit point
déjà très-facile, est de rechercher ce que chacune de ces congrégations fit ou ne fit point pour le progrès des lettres. Les
plus célèbres, ne dédaignant aucun instrument de puissance,
accueillirent et encouragèrent les études, comme les bénédic-

tins, les clunistes, les bernardins, les carmes, et les deux nouveaux ordres mendiants; d'autres n'en virent d'abord que le
danger et les écartèrent longtemps, comme les prémontrés,
les grandmontains, les camaldules; d'autres enfin eurent tantôt de nombreux écrivains, tantôt gardèrent un long silence,
comme les cisterciens, les victorins, les chartreux.

Sur le degré d'instruction où chaque ordre de moines avait
pu parvenir, un genre de documents nous a paru important
à consulter : c'est la liste authentique de leurs docteurs dans
l'université de Paris. Leurs martyrologes, où ils font entrer
d'ordinaire, avec le calendrier, leur règle, leur obituaire, le
catalogue de leurs généraux, et des papes, des cardinaux, des
évêques sortis de leurs rangs, ont aussi conservé les noms des
frères qui ont été docteurs de Paris, *magistri parisienses.* C'é-
tait déjà une grande marque de respect pour la culture de l'esprit ; car cette admission des hommes lettrés dans un livre
nommé quelquefois le livre de vie, les égalait presque aux chefs
de l'ordre, à ses bienfaiteurs, à ses saints, à ceux qu'il appelait
lui-même *fratres conscripti,* et dont la mémoire était ainsi
recommandée par une sorte de consécration. Nous avons fait
un fréquent usage de ces catalogues, ou imprimés, ou inédits.
On y voit, par le grand nombre de frères qui étudièrent avec
succès, que si les œuvres de l'intelligence commencent chez
eux à décroître en même temps que l'autorité et le pouvoir, ils
ont du moins fait des efforts pour retarder ce déclin.

Des deux principales branches de cette grande famille, l'une
provient de la règle de saint Benoît, ou la grande règle;
l'autre, de l'interprétation donnée aux deux sermons de saint
Augustin sur la vie commune. Il faudrait commencer par
ceux qui se prétendent les plus anciens, si cette prétention était juste; mais, en réalité, les cénobites issus de saint
Benoît, qui très-souvent n'étaient pas prêtres, ont précédé de beaucoup ces clercs qui, sous le titre de chanoines,
ont voulu concilier la régularité cénobitique avec la vie
des prêtres séculiers. Dans chacune de ces deux branches,
les diverses ramifications qu'elles ont produites seront à
peu près rangées selon la date la plus probable de leur origine.

BÉNÉDICTINS.
(Ann. 530.)

L'ordre de saint Benoît, malgré quelques intermittences dans la longue suite de ses services littéraires, a plus d'un droit à la primauté : le plus ancien de tous, il a produit de laborieux écrivains dans presque tous les genres, et, parvenu au rang élevé qu'il devait en partie à des travaux d'autant plus honorables qu'ils étaient volontaires, il a conservé jusqu'au bout son caractère primitif de modération, de désintéressement et de dignité.

Cet amour des lettres, dont la règle des bénédictins ne disait rien, et qui est loin d'être leur seul titre, quoiqu'on ait fini par en faire le trait principal de leur histoire, ne paraît pas leur avoir nui dans l'opinion des plus zélés, même parmi les autres religieux ; car un chartreux avait compté jusqu'à cinquante-cinq mille cinq cents de leurs moines qui furent, dit-il, « canonisés. »

Ampliss. coll.,
t. VI, col. 25.

Si l'on excepte les contestations sans cesse renaissantes pour le Pré aux clercs, ils ne paraissent pas avoir pris part à la guerre faite par les autres réguliers aux universités. Leur abbaye de Saint-Germain eut pour chef, en 1308, Pierre de Courpalay, docteur et professeur en droit canonique et en droit civil. Quand un de ses successeurs, Guillaume l'Évêque, docteur en théologie et ancien professeur dans l'université de Paris, fut élu en 1387, le discours qui précéda l'élection fut prononcé par Guillaume Martellet, autre docteur en droit. Gilles Rigaud, abbé de Saint-Denis en 1343, était bachelier en théologie ; et Gui de Monceau, abbé en 1363, docteur dans les deux droits. Gilbert de Cantobre, abbé de Saint-Victor de Marseille en 1336, avait été, suivant l'obituaire de l'abbaye, *decretorum doctor*. Ces grades, comme on l'a dit avec raison, leur donnaient plus d'autorité pour rendre la justice dans les limites de leur juridiction abbatiale.

Cartulaire
de Saint-Victor
de Marseille,
t. I, p. XXIX.
Félibien,
Hist. de l'abbaye
de S.-Denis,
p. 275.
Nouv. traité
de Diplomat.,
t. IV, p. 360,
note.

Aussi, quoique les bénédictins n'échappent pas à cette décadence presque universelle des anciens ordres, qu'ils ont eux-mêmes reconnue, cependant leur estime pour l'instruction est encore attestée par les ordonnances de leurs grands chapitres triennaux.

En vain la réforme rigoureuse imposée en 1336 par un pape cistercien, Benoît XII, à tous les moines noirs, ou de la règle bénédictine, avait été bientôt mitigée par un bénédictin, Clé-

Pap. avenion.,
t. I, col. 285.

ment VI, qui voulut, suivant un de ses historiens, « répandre
« sur cette sévérité l'huile de sa clémence miséricordieuse, en
« adoucir les aspérités par la lime de sa discrétion, et ramener
« ainsi la douceur et la légèreté du joug du Seigneur. » Il paraît que les tempéraments qui inspirent à un moine reconnaissant ces vives actions de grâces, n'atteignirent point les matières
de l'enseignement; car elles continuent d'être réglées avec la
même attention par les statuts capitulaires.

Bouillart, Hist.
de S.-Germain
des Pr.,
p. 159, 163.

Dans ceux des provinces de Sens et de Reims, promulgués
à Saint-Germain des Prés en 1363, le cinquième article ordonne aux supérieurs « d'envoyer aux études les frères qui
« en auraient besoin, » sous peine de suspense et d'une amende
de vingt marcs d'argent. Au chapitre de Compiègne, en 1379,
l'habit séculier est interdit à ceux qui vont étudier à Paris, à
Orléans, ou dans quelque autre université.

A Paris, ils avaient au moins deux colléges, celui que leur
abbaye de Saint-Denis y entretint, depuis l'an 1263, à la place
où est maintenant la rue Dauphine; et celui de Marmoutiers.

Félibien,
Hist. de Paris,
t. I, p. 570;
t. III, p. 395. —
Martene,
Hist. manuscr.
de Marmoutiers,
p. 423.

Un secrétaire de Philippe le Long, Geoffroi du Plessis, devenu
moine de l'abbaye de Marmoutiers de Tours, voulut par son
testament, en 1333, que la moitié du collége du Plessis, qu'il
avait fondé quelque temps auparavant, fût réservée à des étudiants réguliers de son ordre. Les statuts du collége de Marmoutiers, confirmés le 2 novembre 1390, nous apprennent
qu'il n'y avait pas plus de cinq boursiers, sous la surveillance
de Geoffroi Bertrandi, docteur en décret; que tous les livres
dont ils se servaient pour les offices devaient être enchaînés
dans la chapelle, dont chacun avait une clef; que personne ne
pouvait avoir d'armes dans sa chambre, mais que toutes les
armes étaient remises à la garde du maître; que, soit dans la
maison, soit au dehors, on était tenu de parler latin, *prout
inter bonos scholares est fieri consuetum ;* qu'il n'était permis de se présenter aux grades en quelque Faculté que ce fût,
que de l'aveu de l'abbé de Marmoutiers. Nous voudrions que
ces règlements, qui pourvoient à tout, eussent dit quelque
chose de la direction des études. Ceux de l'an 1552 n'y ajoutent que cinq boursiers, et des précautions contre les dangers

de l'hérésie. Une maison si modeste fut bientôt réunie par les jésuites à leur collége de Clermont.

Le goût littéraire de ces anciens religieux de Saint-Benoît, avant la réforme de Saint-Maur, est trop souvent, même en latin, fort au-dessous de leur zèle pour l'étude. Le style des nombreux ouvrages théologiques sortis de leurs mains paraît se corrompre de plus en plus. On ne peut lire sans surprise les mauvaises épitaphes où ils célèbrent leurs abbés. Quelques vers de celle de Richard, inhumé devant le grand autel de l'abbaye de Saint-Germain, en 1387, feront voir ce qu'on prenait alors chez eux pour la langue et la prosodie latine :

> *Hic fragrans nardus, late redolens jacet hic thus,*
> *Sollicitus pastor, publice bonitatis amator,*
> *Istius ecclesie lapse quondam relevator,*
> *Prudens prelatus, circumspectus velut Argus;*
> *Per semitas morum turbas ducens monachorum,*
> *Pastor amabilis et venerabilis omnibus illis, etc.*

Les billets funèbres ou *rotuli,* par lesquels on annonçait en prose ou en vers la mort des religieux et des religieuses, en les recommandant quelquefois aux prières de trois ou quatre cents églises, sont, ainsi que les réponses, très-mal rédigés dans nos abbayes bénédictines, et l'expression en est aussi défectueuse que l'écriture. Mais la prétendue langue latine de l'Italie est encore plus monstrueuse, comme on le voit par l'épitaphe du frère Mineur Gui de Spathis, à Bologne, en 1340; et dans les autres pays de l'Europe où l'on persistait à vouloir parler latin, les vers les plus solennels ne sont pas les moins barbares. Au mauvais langage ils joignent d'ordinaire l'inconvénient de ne rien dire. C'est ce qui fait que, du moins, les chroniqueurs des bénédictins valent toujours mieux que leurs poëtes.

Leurs chroniques latines, en effet, sans être beaucoup mieux écrites, ont l'avantage de nous apprendre quelque chose : on y reconnaît, à un peu plus de naturel et de clarté, que, dans leurs abbayes, des moines avaient l'office d'annalistes. Ces moines ont souvent un mérite plus nécessaire encore à leur tâche, l'amour de la vérité. On les voit même se familiariser de bonne heure avec la critique historique; car, dès le XIIe siècle, Lau-

Hist. litt.
de la Fr.,
t. IX, p. 131.—
Gall. christiana,
t. VIII, c. 1227.

adding,
Annal. Min.,
t. VII, p. 235.

Dacheri,
Spicileg.,
t. XII, p. 275.
— Hist. litt.
de la Fr., t. XII,
p. 222-226.

rent de Liége, bénédictin de Saint-Vanne de Verdun, s'aperçoit que l'opinion qui faisait du premier évêque de cette ville un des soixante-douze disciples ne s'accorde pas avec d'autres témoignages ecclésiastiques ; et, s'il n'ose décider la question, souvent renouvelée depuis, de ces évêques qu'on disait envoyés dans les Gaules par les apôtres, il ose du moins la proposer.

Les supérieurs eux-mêmes donnaient l'exemple des recherches sur l'histoire. Pierre de Courpalay, mort en 1334, plutôt que de ne rien laisser après lui, avait rédigé et fait transcrire sur des tableaux, appliqués aux piliers de la nef de l'abbaye de Saint-Germain, une histoire abrégée de ceux des rois de France qui y avaient leur sépulture, ou avaient été les bienfaiteurs de la maison. C'était un acte de gratitude ; mais nous trouverons à l'abbaye de Saint-Denis de plus habiles historiens.

Cette abbaye, dépositaire de l'oriflamme des rois et bientôt de leurs tombeaux, le fut aussi des annales de leur règne : pendant plusieurs siècles, un religieux y eut la charge d'écrire l'histoire de France. En 1303, quand finit la chronique d'un des plus connus, Guillaume de Nangis, elle est immédiatement continuée. Il s'en trouve aussi qui se font historiens sans en avoir l'office, comme le religieux du même monastère, Yves, qui raconta en latin l'histoire contemporaine jusqu'en 1316, et d'autres encore après lui.

Mais ce qui les recommande ici plus que leurs chroniques latines, c'est que, dans leurs Grandes annales de Saint-Denis, l'histoire de notre France est écrite en français. Ils avaient depuis longtemps donné cet exemple aux réguliers. Atton, moine français du Mont-Cassin, est connu, dès le XIᵉ siècle, par ses versions françaises de l'histoire de Malaterra et des ouvrages médicaux de Constantin. Au siècle suivant, un moine, son confrère, traduit dans la même langue les conquêtes des Normands et de Robert Guiscard. Elle sert aussi, en 1232, à un bénédictin de Corbie pour raconter les guerres saintes.

Le prieuré de Saint-Éloi de Paris, une des dépendances de l'abbaye bénédictine de Saint-Maur des Fossés avant d'être occupé, en 1631, par les Barnabites, eut pour prieur, sous le roi Jean, un ami de Pétrarque, Pierre Bercheure, qui, outre ses grands répertoires théologiques, rédigés en latin, fit pour le roi sa traduction française de l'histoire de Tite-Live, s'appliquant ainsi, comme plusieurs de ses confrères du même temps, à mettre à la portée de tous des connaissances renfermées jusqu'alors dans le clergé.

Nous passons sous silence quelques autres de leurs ouvrages français qui ne sont pas historiques, comme la version des commentaires de Bernard du Mont-Cassin sur la règle de l'ordre, traduits en 1340, par Jean de Préci, à Saint-Germain des Prés, dont il était abbé; et nous nous hâtons de rappeler que leur principal chroniqueur, Guillaume de Nangis, qui avait écrit en français une petite chronique des rois, a passé longtemps pour avoir traduit lui-même sa grande chronique latine.

Écrire l'histoire en langue vulgaire était une innovation toute simple pour des chevaliers tels que Ville-Hardouin et Joinville, mais qui pouvait être blâmée chez les plus anciens héritiers des habitudes claustrales. Ils n'hésitèrent point cependant à la consacrer de leur exemple, et ils s'en sont depuis rarement écartés, convaincus sans doute que l'histoire nationale devait être écrite dans la langue de la nation. C'est ainsi qu'ils ont publié en français leurs savantes histoires de plusieurs de nos provinces, leurs douze premiers volumes de l'Histoire littéraire de la France, et qu'ils ont achevé, à la veille du monde nouveau qui allait commencer, leur Art de vérifier les dates, ce beau monument qui marque avec honneur le terme de leur longue carrière et celui de l'ancienne France. Par là ces infatigables religieux qui, pour répondre aux attaques ou à l'indifférence du dernier siècle, ne cessaient de dire qu'ils étaient citoyens, ont du moins été laïques autant qu'ils pouvaient l'être; car il est juste de dire qu'ils ont sécularisé l'histoire.

Nous allons, dans cette nouvelle partie d'un ouvrage commencé par eux, les retrouver fidèles à un genre d'études que leur nom rappellera toujours : ils continuent d'être les historiens de la France.

L'abbaye de Cluni, cette fille aînée de l'ordre de Saint-Benoît, qui bientôt vit elle-même fleurir ses nombreuses filles dans tout le monde chrétien, résista peut-être plus que d'autres au relâ-

chement presque universel de la vie des cloîtres, et sut allier
quelque temps encore à son ancienne régularité le goût de
l'instruction. Les traditions de Pierre le Vénérable, un moment
interrompues, n'y avaient jamais été tout à fait oubliées.

Les abus inséparables d'une brillante fortune, même chez des
moines amis de l'humilité, n'avaient pas échappé aux regards
malins de celui des Italiens d'alors qui a le mieux connu la
France, de Boccace, dont les Nouvelles, précieuses à consulter
pour tout ce siècle, mettent deux fois en scène le riche et puissant abbé de Cluni. Lorsqu'il écrivit ses contes qui ne sont pas
toujours des fictions, la réforme introduite dans les monastères
par le pape Benoît XII, en 1336, était bien récente, et l'on parlait encore des palais, des châteaux, des équipages et des dîners
de cet illustre abbé, qu'il ne nomme pas, mais qui devait précéder de peu la bulle destinée à réprimer le luxe de ses pareils.
Quel que soit son nom, il était fâcheux que le successeur de tant
de saints personnages ne pût être désigné, à deux reprises, par
d'autre mérite que celui d'être, après le pape, le plus riche
prélat de la chrétienté, et qu'on supposât au pape lui-même,
lorsqu'il veut que ce prélat lui demande une grâce, l'idée que
l'abbé de Cluni va lui demander une abbaye de plus.

Entre quelles mains était donc alors le gouvernement d'une
communauté jadis révérée dans tout l'Occident, et qui en était
venue à rendre vraisemblables de tels propos, justifiés d'avance
par les reproches que lui faisait déjà saint Bernard? Le choix
des chefs n'y importait pas seulement au bien ou au mal de quelques cénobites, puisque, malgré le changement des temps, ces
chefs prenaient encore une grande part à la direction des affaires
temporelles. Henri de Fautrières fut élu en 1308; Raymond de
Bernard, en 1319; Pierre de Chastelus, en 1322; Itier de Mar-
mande, en 1342; Hugues Fabri, en 1347; Androin de la Roche,
en 1351; Simon de la Brosse, en 1361; Jean du Pin, en 1369;
Jacques de Caussane, en 1374; Jean de Cosant, en 1383;
Raymond de Cadouin, en 1400. La plupart furent des hommes
lettrés, docteurs en théologie ou en droit; et quoique ce titre
d'abbé de Cluni eût déjà moins d'autorité, nous voyons Henri
de Fautrières devenir évêque de Saint-Flour; Pierre de Chastelus, après avoir acquis pour la maison de Paris ce qui restait

Decamer.,
giorn. 1, nov. 7;
giorn. x, nov. 2.

Tom. I,
col. 1234-1244.

Gall. christ.,
t. IV, col. 1151-
1157.

de l'antique palais des Thermes, passer à l'évêché de Valence;
et Androin de la Roche, souvent chargé de négociations difficiles en Angleterre et en Italie, prendre rang parmi les cardinaux.

On a voulu joindre à ces dignitaires de l'Église le pape qui se
fit nommer Urbain V en 1362; mais il ne semble pas que Guillaume Grimoard, qui avait quitté en effet Saint-Victor de Marseille pour d'autres abbayes bénédictines, ait jamais été moine
de Cluni.

C'était aussi à un institut religieux, mais à celui de Cîteaux,
qu'appartenait le pape réformateur Benoît XII, qui essaya de
rétablir dans tous les cloîtres l'ancienne observance, et conçut
la pensée généreuse de les épurer surtout, s'il était possible, par
l'amour de l'étude. Pour les clunistes en particulier, il ordonne
que dans chacune de leurs maisons, ou dans les écoles qu'ils
avaient auprès des cathédrales, on enseigne la grammaire, la
logique, les sciences philosophiques, et que leurs étudiants,
ainsi préparés, aillent suivre les cours de théologie et de droit
canonique dans les universités.

Le collége de Cluni, fondé en face de la Sorbonne, dès
l'année 1269, par Yves de Vergi, un des abbés les plus estimés,
revient souvent dans les règlements promulgués pour la première fois ou simplement renouvelés par Henri de Fautrières,
qui les donne comme devant régir les monastères de la dépendance de Cluni, « avec la règle de Saint-Benoît et les statuts
« apostoliques. »

Biblioth. clun.,
col. 1578-1586.
— Hist. univ.
paris., t. IV,
p. 121-136.

Là ne doivent être admis que ceux qui auront été reconnus,
par examen, suffisamment instruits en grammaire. Ils commen-
ceront alors et poursuivront pendant deux ans « l'étude de la lo-
« gique, cette méthode qui ouvre la voie aux principes de tous
« les arts et de toutes les sciences; » ils passeront ensuite deux
années dans les classes de physique et de philosophie, pour
mieux comprendre la Bible et les livres des Sentences, « où se
« trouvent les profonds mystères de toute l'Écriture sainte. »
Ainsi, dans ces éléments d'éducation pour les novices de Cluni,
dominent encore la logique, la physique et la métaphysique
d'Aristote.

Arrivés à la théologie, dont ils auront cependant suivi déjà quelques leçons, ils y emploieront deux années, obligés d'ailleurs à des sermons et à des conférences, que tous les quinze jours, depuis Pâques, ils feront en français.

Il y a une sorte d'enseignement mutuel : les plus savants expliqueront les difficultés aux moins habiles. On exige d'eux le dévouement, la patience, et on insiste sur l'utilité de ces sortes de répétitions, faites toujours sous la surveillance des maîtres.

Partout la même vigilance. Les supérieurs donnent seuls la permission d'aspirer aux grades dans l'université de Paris. Le prieur ou le sous-prieur du collége préside à la garde des livres qui doivent servir à tous sans acception de personne, au registre de prêt, à l'inventaire et au récolement annuel du mercredi des Cendres.

Les étudiants ne peuvent sortir qu'ensemble ou au moins deux à deux, pour les cours de la Faculté de théologie, ou pour affaire expressément autorisée; car la ville de Paris leur est interdite.

On renouvelle enfin un ancien statut qui, pour le cours de droit canonique, ne laisse le choix qu'entre ces quatre villes, Orléans, Toulouse, Montpellier, Avignon ; statut qui avait précédé l'établissement de ce cours dans la Faculté de Paris, mais que le respect pour les anciennes coutumes ne permettait point de changer.

Toutes ces ordonnances, très-longues et très-minutieuses, surtout en ce qui regarde le payement de la pension, mais la plupart fort sages, ne suffirent point pour relever les études de Cluni, qui ne retrouva jamais le rang que lui avaient donné dans l'Église les noms de saint Odilon, de saint Hugues et du Vénérable Pierre. Si les bénédictins proprement dits, qui ont encore de nombreux écrivains, sont loin de pouvoir rivaliser alors d'éclat littéraire avec les deux ordres nouveaux, les clunistes ne sauraient non plus y prétendre. Les affaires du monde, qui enlèvent de jour en jour un plus grand nombre d'entre eux à la solitude et aux doctes méditations, ne peuvent les en dédommager par un rôle vraiment glorieux dans les circonstances désastreuses où ils sont venus se mêler; et un bon ouvrage sur quelque matière de religion ou d'histoire aurait mieux valu, pour la mémoire de leur cardinal Androin de la Roche, que le triste honneur d'avoir pris part au traité de Bretigni.

Nos annales des lettres en France réserveront encore moins de place à la congrégation des camaldules, qui obéissait, comme les précédentes, à la règle de Saint-Benoît, et qui en redoublait les austérités. Quoique saint Romuald, son fondateur, eût écrit une Exposition des psaumes, l'étude qui enseigne à faire des livres convenait peu à ces solitaires, pour qui le jeûne, la prière, les larmes, le silence, une vie d'anachorète, semblaient être les seuls devoirs. Comme de telles rigueurs ne peuvent se maintenir longtemps, le relâchement amena de continuelles réformes. Quelques-unes même ne furent point défavorables aux occupations studieuses, puisque leurs couvents avaient fini par avoir de riches bibliothèques. Si l'on eût songé plus tôt à les préserver ainsi de l'oisiveté, un de leurs généraux, le savant Ambroise Traversari, qui, pour l'honneur de ses frères, est toujours surnommé le Camaldule, n'aurait pas eu à déplorer, dans les visites qu'il fit, en 1431, de leurs monastères d'Italie, tous ces honteux désordres qu'il n'ose pas même exprimer en latin, et qu'il cache autant qu'il peut sous les mots grecs dont il se sert pour les raconter.

Les camaldules n'ayant été admis chez nous qu'en 1634, par lettres patentes de Louis XIII, ceux que nous aurions à indiquer en passant avaient dû prononcer leurs vœux en Italie.

Un ordre auquel son fondateur, saint Étienne de Muret, donna, vers la fin du XIe siècle, des constitutions qui n'étaient ni celles des chanoines réguliers, ni celles de Saint-Benoît, mais qui s'éloignent moins de la règle bénédictine, la congrégation de Grandmont, en Limousin, ne fut guère plus lettrée que les camaldules. Après n'avoir eu d'abord que des prieurs, les grandmontains eurent leur premier abbé en 1317; mais ce progrès dans la hiérarchie régulière les éleva peu dans les œuvres de l'esprit. Ils obtinrent leur abbé du pape Jean XXII, en retour des dépenses qui avaient failli les ruiner, lorsqu'ils

CAMALDULES.
(1012.)

GRANDMON-
TAINS.
(1076.)
Martene,
de Monach. rit.,
t. IV, p. 306-
311.

entretinrent pendant cinq jours, en 1306, son prédécesseur Clément V, avec toute sa cour et six cardinaux.

En se tenant à l'écart, aussi longtemps que possible, des regards curieux du siècle, ces religieux ne faisaient que suivre le dernier conseil de leur fondateur, conseil vivement approuvé d'un autre moine, du quatrième provincial des franciscains d'Angleterre, Guillaume de Nottingham, qui aimait à le répéter. Étienne, selon lui, avait caché en lieu sûr une cassette bien fermée, dont il défendit l'accès de son vivant. A sa mort, les frères l'ouvrirent, et n'y trouvèrent qu'un petit écrit où ils lurent ces mots : « Frère Étienne, fondateur de « l'ordre de Grandmont, salue ses frères, et les supplie de ne « point se laisser approcher des séculiers. Cette cassette, tant « que vous n'avez pas su ce qu'elle contenait, vous a paru d'un « grand prix. Vous aussi, pour qu'on vous estime, restez loin « du monde. »

Mon. francisc., Lond., 1858, p. 59.

Déjà cependant leur chapitre général de l'an 1314 avait ordonné qu'il y eût pour les novices un maître qui fût bon grammairien, *magister idoneus in grammatica.* Ils se contentèrent d'abord de ces humbles études, et pendant longtemps encore, à Paris, où, comme dans plusieurs provinces, on les nomma les Bons hommes, ils paraissent s'être passés de collège; car ce n'est qu'en 1584 qu'ils donnèrent leur nom à l'ancien collège de Mignon, dont Henri III leur avait fait présent. Aussi faut-il n'attendre de ces contemplatifs que de rares ouvrages. Leur premier abbé, Guillaume Pellicier, docteur en droit canonique et en droit civil, mort en 1336, fut un de leurs législateurs et mit un ordre nouveau dans leurs constitutions. Pierre Redondelli, abbé en 1388, continua cette espèce de code, et recueillit, en 1400, les statuts votés dans leurs chapitres généraux de tout le siècle.

CISTERCIENS. (1098.)

Un autre rameau de la branche de Saint-Benoît, l'ordre de Cîteaux, après le moment d'éclat qu'il avait dû au nom de saint Bernard, ne pouvait que difficilement se maintenir à une telle hauteur d'illustration et de crédit. On s'y efforça de ne point déchoir : ce fut comme par un généreux sentiment d'émulation que les moines de l'abbaye de Clairvaux, tout remplis de cette gloire récente, prirent le nom de bernardins. Ils donnèrent même pendant assez longtemps l'exemple d'un certain amour pour l'étude, et leur collége, fondé à Paris en 1244, est un des plus anciens colléges monastiques de l'université, pour laquelle leur chapitre général persiste à exprimer, en 1322, sa confiance et son estime : *Parisiensium scholarium honorabilis univer-* *sitas, cujus est portio non modica studium S. Bernardi.* Malgré les progrès de cette maison, dont l'établissement leur avait d'abord déplu, ils seront désormais fort au-dessous du grand souvenir qui les protégeait encore, et de ce qu'on pouvait espérer d'une population de religieux qui, au milieu du XIIᵉ siè-cle, cinquante ans après leur institution, comptaient déjà cinq cents abbayes, et dix-huit cents avant la fin du même siècle. Peut-être aussi les soins où les entraîna ce merveilleux accrois-sement de fortune, les faveurs de la cour, leur part trop active dans les persécutions sanguinaires de la croisade albigeoise, les occupèrent plus que la culture désintéressée de leur intelligence et de celle des autres.

Thes. anecd., t. IV, col. 1509.

Un seul fait donnera l'idée de l'autorité qu'ils exerçaient, au temps de leur grande prospérité, jusque dans des abbayes qui n'étaient pas de leur obédience. Des cisterciens, vers l'an 1230, arrivent chez les prémontrés de Vicogne, et ils s'y montrent les dignes héritiers de la sévérité de saint Bernard contre le luxe de Cluni : la peinture de la nef leur paraît trop somptueuse, trop recherchée; ils la font recouvrir d'une autre plus simple, *aliam superinduci jusserunt.* Ils voulaient faire ensuite le même changement dans la chapelle, *capellam etiam depicturare;* mais les nôtres, dit le chroniqueur prémontré, s'y opposèrent. On peut croire qu'un siècle plus tard ils n'eussent pas même écouté ces étrangers.

Ampliss. coll., t. VI, col. 301.

Bernardi Op., t. I, col. 1243.

L'Angleterre nous offre aussi le déclin de l'ordre de Cîteaux, qui jadis y avait dû la puissance à la supériorité de quelques hommes. L'entrevue entre le roi Henri II, qui s'était égaré à la chasse, et un abbé cistercien, fort bien racontée par Giraud de Barry, à ne la prendre même que comme une fable populaire où l'on se plaisait à voir le roi et l'abbé luttant à qui boirait le mieux, prouve du moins combien s'était affaibli le respect que ces religieux avaient longtemps mérité.

Ap. Reliq. antiq., t. I, p. 147.

Malgré la réforme essayée en 1335 par leur ancien confrère le pape Benoît XII, les abus continuèrent, et les études ne gagnèrent rien à l'oubli de l'ancienne discipline.

Cet essai de réforme est cependant plein de sagesse et de prévoyance. Une épreuve sérieuse, dirigée par l'abbé ou les délégués qu'il aura choisis, doit précéder l'admission des moines, même des frères convers. Le luxe de la table, du vêtement, des équipages, qui avait été porté jusqu'au scandale, est interdit. Si l'on permet d'user avec une certaine munificence de cette fortune qu'on devait à la piété des fidèles, c'est pour encourager l'instruction. Les moines étudiants, dont la bulle règle le nombre et la pension, iront écouter les meilleurs maîtres à Paris, à Oxford, à Toulouse, à Montpellier, à Bologne, à Salamanque. Après avoir déterminé quelle université doit être suivie par les frères de telle ou telle province cistercienne, on ajoute qu'ils pourront tous, sans distinction d'origine, être envoyés à l'université de Paris, « mère de toutes les autres. » La même prédilection du pape pour cette grande école lui fit entreprendre à Paris, en 1336, la somptueuse reconstruction du collège des Bernardins, qu'il n'eut pas le temps d'achever. En vain recommanda-t-il, dans ses dernières volontés, l'exécution de ses plans, soit pour l'achèvement de l'église, soit pour les études : ses intentions, une fois privées d'un tel appui, demeurèrent presque sans effet.

Toutefois on s'écarta peu des anciens usages. A Cîteaux, chef-lieu de l'ordre, à Clairvaux et dans les principales abbayes, il y eut, comme par le passé, au-dessous de la bibliothèque, tout le long du cloître, une quinzaine de petites cellules, qui s'appelaient encore en 1726 les « écritoires, » quoique depuis longtemps on n'y écrivît plus rien : c'était là que l'on copiait les manuscrits. Entre autres reproches adressés autrefois par Cîteaux à Cluni, se trouve celui d'avoir dispensé les moines copistes de l'assistance au chœur. On voit que le rigorisme des cisterciens ne les empêcha pas de s'occuper aussi du soin de multiplier les livres; mais ces utiles copies, qui alimentaient les études, vont être désormais moins nombreuses et moins correctes. .

Beaunier,
Abbayes de Fr.,
t. II, p. 440, 462.
Thes. anecd.,
t. V, col. 1629.

Quelques nouveaux monastères furent établis par eux en Eu-

rope pendant ces cent années, mais pas un seul en France :
nouvel indice que leur élan religieux se ralentit.

Une autre preuve de cet abaissement, c'est qu'un de leurs
historiens, qui a rassemblé, dans la liste de leurs saints, bien
des noms qui ne leur appartenaient que d'assez loin, n'en a
trouvé qu'un ou deux pour ce siècle, dont il fait ressortir ainsi
la stérilité.

Chrysost.
Henriquez,
Fascic. sanct.
ord. cisterc.,
Bruxell., 1623
et 1624, in-fol.

Les chefs sous lesquels une communauté jadis florissante a
marché si vite à une décadence manifeste, ne sont-ils pour rien
dans sa mauvaise fortune? Sans doute les malheurs des temps,
comme les invasions, les brigandages, les pestes, les schismes
y contribuèrent ; mais d'autres chefs d'ordre ont résisté à ces
causes de ruine, et ceux qui gouvernaient alors les disciples de
Robert de Molesme et de saint Bernard luttèrent peut-être
aussi contre le péril. On n'oserait l'affirmer ; car ils n'ont laissé
que bien peu de traces de leur passage.

Que sont devenus ces anciens abbés cisterciens plus puissants que des seigneurs féodaux, puisqu'ils réunissaient l'empire sur les âmes au domaine temporel, et ne relevaient que du
saint-siége? Le mérite personnel, le savoir, l'éloquence, étaient
pour beaucoup dans le succès de leur gouvernement. Il semble
que ces moyens d'influence aient disparu. La confusion de ce
siècle pénètre partout, et jusque dans la série des abbés de
Cîteaux. On ne sait même pas s'il en faut compter sept, ou si
Jean de Rougemont ne fait qu'un avec Jean de Chaudemay. De
ces six ou sept abbés, deux seuls, cet abbé Jean et Jean de
Bussières, ont été docteurs en théologie : c'est au premier qu'on
dut, en 1350, la cinquième collection des statuts de l'ordre ; la
quatrième avait été donnée, en 1316, par Guillaume de Vaucelles. Voilà pour un si long temps toutes les œuvres de ces
obscurs successeurs de saint Bernard. Les autres abbayes,
Clairvaux, Morimond, La Ferté, Pontigni, n'eurent pas beaucoup plus d'éclat. Il est cependant juste de rappeler que sous
l'abbé Jean d'Azainville, en 1320, Clairvaux consentit à rendre
commun aux autres abbayes cisterciennes le collége des Bernardins de Paris.

Gallia christ.,
t. IV, col. 1000.

Ibid., col. 809.

En 1387, le chapitre général décrète que toute maison de
douze moines est tenue d'envoyer un étudiant à ce collége, avec

Thes. anecd.,
t. IV, col. 1518.

bourse et provisions, avant la Toussaint, sous peine de payer
le double ; amende dont la moitié doit être appliquée à l'étudiant pour achat de livres, selon les statuts pontificaux, et
l'autre moitié, à la société des étudiants, *conventui ceterorum
studentium.*

Ibid., t. IV,
col. 1524.
En 1393, comme cette obligation de faire étudier un moine
sur douze au collège de Saint-Bernard n'avait pas été remplie
depuis plusieurs années, vingt-six abbés cisterciens, pour y
avoir manqué, sont excommuniés par le chapitre général, qui
laisse même entendre qu'il y avait beaucoup d'autres coupables.
Parmi ceux qui sont désignés, on remarque les chefs des célèbres abbayes de l'Aumône, de Jouy, de Long-pont, de Saint-
Sulpice, de Perseigne, etc. Les prieurs, sous-prieurs ou tous
autres présidents capitulaires sont chargés de tenir la main à
cette sévère mesure. Les abbés qui se sont rendus au présent
chapitre général obtiennent la remise de toute peine pour trans-
gression antérieure, excepté ceux qui ont négligé d'envoyer à
Paris des moines étudiants, et de payer leur pension aux termes
fixés. Il était difficile de mieux témoigner l'intérêt que l'on portait aux études, mais en même temps l'impuissance où l'on était
de faire exécuter les meilleurs règlements.

Les cloîtres de ces religieux n'en conservaient pas moins un
reste d'activité littéraire : Bernold fait un traité de chronologie
(1314) ; Jean, abbé de Villiers (1333), et Jean de Barta (1346),
des sermons ; Jean de Mericour, des commentaires sur le Maître
des Sentences, condamnés, en 1347, par la Faculté de théologie ; Pierre de Ceffoin, abbé de Clairvaux (1353), des commentaires sur les mêmes livres, et des ouvrages de controverse,
etc. Aucun de ces noms, ni de ceux que nous pourrons y ajouter, bien qu'il doive s'y trouver des noms d'abbés et de cardinaux, ne saurait occuper une grande place dans nos annales.

CHARTREUX.
(1084.)
On n'y verra guère paraître plus souvent une congrégation
où la règle bénédictine se conserva mieux, dont la licence populaire des fabliaux a toujours épargné la piété modeste et la
persévérance à faire du bien sans bruit, qui n'est pas toutefois
étrangère à l'amour des lettres et nous semble même, dans l'histoire encore incomplète du célèbre traité de l'Imitation de J.-C.,

avoir quelques droits à revendiquer, au moins pour les deux premiers livres : les chartreux, sans renoncer à leurs habitudes laborieuses, ne produisent pas beaucoup d'écrivains en France pendant ce siècle. Ils en ont davantage dans les contrées voisines,
où Ludolphe de Saxe et Ubertin de Casal se distinguent, vers
l'an 1330, par leurs travaux mystiques. Mais s'il n'y en a chez
nous qu'un petit nombre qui aient écrit, on leur doit du moins,
dans la patrie même de saint Bruno, une fondation qui n'est
pas éloignée de ce temps, celle d'une de leurs maisons les plus
studieuses, la chartreuse de Cologne, dont les presses furent
depuis très-fécondes.

Il est possible que le schisme pontifical, qui les divisa plus
que d'autres, les ait distraits des études que plusieurs d'entre
eux, des religieuses même, avaient cultivées avec honneur,
quoiqu'ils n'eussent pas établi chez eux, comme presque tous les   Hist. litt.
autres ordres, un cours régulier d'instruction. L'ancien zèle   de la Fr.,
s'était refroidi ; ce n'était plus le temps où les chartreux de   t. IX, p. 119.
Paris, sachant que le comte de Nevers, celui qui mourut en
1175, voulait leur donner des vases d'argent, lui faisaient entendre qu'ils aimeraient mieux du parchemin pour leurs copis-
tes. Alors Guibert de Nogent disait d'eux : « Ils sont pauvres,   Ampliss. coll.,
« mais ils ont de riches bibliothèques. »   t. VI, p. xiv.

Un cardinal qu'ils réclament pour un des leurs, Jean de   Morozzo,
Neufchâtel, mort en 1398, ne paraît pas avoir laissé d'ouvrage.   Theatr. ord.
Bien que les dominicains leur aient disputé ce cardinal, un   cartus., p. 53.
                                                                   — Scriptor.
prieur de la chartreuse du Glandier, général de l'ordre en 1346,   ord. fr. Præd.,
Jean Birel, mériterait plus de renom et par les magnifiques   t. I, p. 741.
éloges que lui donne Pétrarque, qui avait un frère chartreux,
et par le témoignage non moins éclatant que lui rendent les
historiens de la papauté. Les deux généraux qui succédèrent à
Birel, en 1360 et en 1367, refusèrent, dit-on, comme lui, la
pourpre romaine.

Plusieurs des faits qui regardent ce Birel peuvent sembler
douteux ; mais comme les chartreux, qui les avaient mis en
crédit, ne sont pas restés seuls à les raconter, il est du moins
honorable pour eux d'avoir été crus sur parole.

Les carmes commencèrent aussi par être pauvres. Ils adop-   CARMES.
                                                                   (1180.)

tèrent la vieille règle monastique de l'Occident, lorsque
saint Louis les amena de la Palestine et les établit à Paris, d'où
ils ne tardèrent pas à se répandre en France. Le respect dont
ils jouirent longtemps aurait pu leur faire dédaigner la ressource des pieuses fables ; mais à leur penchant pour le merveilleux, on s'aperçut bientôt qu'ils venaient de l'Orient. C'est
ainsi qu'ils veulent que le pape Jean XXII, l'année même de
son élection, en 1316, ait entendu la Vierge Marie lui tenir en
latin un long discours que nous abrégerons en français : « Jean,
« vicaire de mon cher Fils, toi que je protége contre ton ad-
« versaire, je t'ai fait pape ; et comme je viens d'obtenir de
« mon Fils bien-aimé l'entière confirmation de mon ordre saint
« et religieux des carmes, il faut que tu les avertisses, au nom
« d'Élie et d'Élisée, leurs fondateurs sur le mont Carmel, que
« chacun d'eux doit observer invariablement la règle imposée
« par mon serviteur le patriarche Albert, et approuvée par le
« souverain pontife Innocent. C'est au vicaire de mon Fils à faire
« exécuter sur la terre ce que mon Fils a ordonné dans le ciel.
« Quiconque, une fois entré chez les carmes, y gardera les
« vœux d'obéissance, de pauvreté et de chasteté, sera sauvé ;
« quiconque, après en avoir pris par dévotion le signe sacré
« (le scapulaire), s'appellera frère ou sœur, obtiendra, dès le
« jour même, la délivrance et l'absolution du tiers de ses pé-
« chés… Une fois profès, ils seront absous de la peine et de
« la coulpe ; et quand ils quitteront le poste qu'ils auront oc-
« cupé jusqu'à la fin, pour entrer en purgatoire, moi-même j'y
« descendrai le samedi d'après leur mort, et je les transporterai
« sur la montagne de vie, à condition qu'ils auront dit les heures
« canoniales et observé les jeûnes selon la règle d'Albert. »

On ajoute : « A ces paroles, la sainte Vision disparut. Con-
« firmé par Alexandre, la première année de son pontificat.
« Donné à Avignon, le 3 mars, de notre pontificat la sixième
« année. » Suit enfin une autre addition : « Confirmé par le
« pape Jean XXII lui-même, à Avignon, dès sa première année,
« et par Alexandre susdit, à Rome, l'an sixième, comme il est
« écrit ci-dessus. Et ils ont donné la malédiction du Tout-puis-
« sant à quiconque oserait y contrevenir. »

Cette pièce a pour titre, dans un manuscrit des anciens

Carmes de Nîmes : *Visio facta Joanni XXII, in tempore sue persecutionis, per beatam Virginem Mariam, comendando nostrum ordinem sibi, ut sequitur.*

Martyrolog., fol. 81.

Par « le temps de la persécution de Jean, » on veut faire entendre sans doute la première année de son règne, où il eut à se défendre contre plusieurs conspirations, comme celle dont fut accusé un de ses compatriotes du Querci, Hugues Géraud, évêque de Cahors, qui, en 1317, fut écorché et brûlé. Mais le reste est beaucoup plus obscur : quel est le pape Alexandre qui confirme cet acte à Rome, d'abord l'an premier, puis l'an sixième de son pontificat? On ne saurait y voir Alexandre V, élu en 1409, et qui n'a siégé que dix mois et huit jours. Le manuscrit que nous traduisons a pu confondre les noms et les dates; mais il y a presque toujours des traces d'ignorance ou d'inattention dans ces légendes.

La bulle que les carmes ont mise dans leur Bullaire sous le nom de Jean XXII, et qu'ils appelaient « Sabbatine, » ainsi que l'indulgence qu'elle promet, à cause de l'engagement qu'ils font prendre à la Vierge de les délivrer du purgatoire le samedi d'après leur mort, quoique le copiste de notre exemplaire, au lieu de *sabbato*, ait préféré *subito ;* cette bulle, souvent attaquée, n'a point cessé d'être défendue par eux comme authentique. Ils ont aussi, même au siècle dernier, beaucoup trop écrit sur leur prétendu fondateur Élie le prophète, sur leur ancien confrère Pythagore, et sur deux autres interventions de la Vierge, l'une, pour apporter le scapulaire à leur général Simon Stock, en 1251 ; l'autre, en 1351, lorsqu'elle vint dire encore, la nuit de la Pentecôte, à un de leurs généraux : « Rassure-« toi, Pierre ; les carmes vivront jusqu'à la fin des temps ; votre « instituteur Élie, le jour de la Transfiguration, l'a obtenu de « mon Fils. »

Voy. Cosme de Villiers, Bibl. carmelit., t. I, col. 721-724. — Ventimiglia, Histor. chron., p. 66, 74-77. — J.-B. Thiers, Tr. des sup., t. IV, p. 179, 225-229.

Les religieux originaires du mont Carmel n'en prirent pas moins une part très-active aux études de l'université de Paris. Le même manuscrit où se trouve la première Vision donne aussi la liste de quarante maîtres ou docteurs, qui, entre l'an 1295 et l'an 1360, étaient venus de divers monastères de leur ordre subir les épreuves de ce grade devant la Faculté de théologie. Ces épreuves paraissent avoir été plus tardives pour eux que pour les autres moines mendiants ; car ce n'est qu'en 1343 que

Bibl. carmel.,
t. 1, præf.,
n. XLI.
Echard,
S. Thomæ
Summa suo
auct. vind.,
p. 230.
Bibl. carmel.,
ibid., n. XLII.

leur général Pierre Raymond sollicite et obtient du pape Clément VI que l'on cessât d'exiger d'eux jusqu'à douze années d'études, et qu'ils pussent être candidats aux mêmes conditions que les autres, qui n'étaient tenus qu'à six années de préparation. Nous voyons cependant Jean Golein, ce carme sans cesse employé comme traducteur par Charles V, ne devenir docteur qu'au bout de neuf ans ; mais les mauvaises traductions qui nous restent sous son nom peuvent faire supposer qu'on se défiait du savoir de Jean Golein.

Fol. 70, 73 vo.

Dans les notices trop courtes qui suivent la mention de chaque docteur, on a soin de nous apprendre que tel frère avait beaucoup de livres, *habebat multos libros ;* que tel autre a légué de précieux ouvrages au couvent. Comment ne pas être frappé de l'estime des carmes pour cette richesse autrefois dédaignée, et de leur reconnaissance pour ceux qui leur laissent de nouveaux moyens de s'instruire ?

Ces documents rappellent encore qu'ils avaient attaché à leur maison de Paris une espèce de collége, *studium,* où l'on se

Fol. 76.

préparait sans doute aux examens, et pour lequel Pierre Raymond obtint aussi du pape divers priviléges.

Leurs listes de docteurs ne sont point complètes. Parmi les auteurs que cite Du Cange dans son Glossaire latin, on remarque un grand nombre de carmes anglais, qui composèrent alors des ouvrages dont plusieurs ont dû lui être communiqués d'Angleterre ; car les titres ne s'en retrouvent pas même dans les histoires littéraires de leur ordre ni dans aucun de nos manuscrits. L'Angleterre, où se conservaient les archives de leurs chapitres généraux, a pu rester dépositaire d'un plus grand nombre de leurs ouvrages. En France, malgré le schisme qui nuisit fort à leur règle, ils n'aiment pas moins l'étude ; ils se mêlent à presque toutes les grandes controverses religieuses, et ils ont laissé, dans cette foule de théologiens, quelques noms jadis illustres.

Voilà une sorte d'émulation bien préférable à celle des fraudes pieuses, et surtout à cette autre lutte racontée par

Le Triumphe
des carmes,

un vieux rimeur, qui nous montre, en 1311, les carmes de la porte Cardon, à Valenciennes, disputant aux dominicains de

Saint-Paul, à coups de poings et même à coups de croix, l'honneur et le profit du service funèbre pour le seigneur de Berlaimont. Ces conflits n'étaient point rares, et des statuts synodaux, qui les avaient prévus, les font décider par la juridiction de l'ordinaire. Des religieux, plutôt que de s'y soumettre, aimaient mieux se battre. Les frères Prêcheurs succombent dans la mêlée, à la grande joie des carmes, des frères Mineurs et de tout le monde; car ces deux derniers ordres étaient plus en faveur auprès du peuple que les fiers dominicains, qui étaient bien aussi des religieux mendiants, mais qu'on enviait pour leur richesse, et que leur terrible tribunal ne faisait pas aimer. Il faut avouer que ce n'en était pas moins une assez triste victoire, et que pour les uns comme pour les autres, des études sérieuses, de bons ouvrages, étaient un plus digne objet de rivalité. Les carmes sont loin d'avoir le dessous dans cet autre genre de combat : ils égalent presque, en ces temps de guerres théologiques, la fécondité inépuisable des dominicains.

Leurs généraux, qui furent la plupart docteurs de Paris, Gérard de Bologne (mort en 1317), Gui de Perpignan et Jean d'Alier (1342), Pierre de Cesi (1348), Pierre Raymond de Grasse (1357), Jean Ballester (1374), se font un nom par des écrits dont l'autorité fut respectée. Les carmes nous paraissent avoir été moins ennemis de l'université que les autres mendiants. Le 19 mai 1387, amende honorable fut faite à leur église et à leur couvent de la place Maubert, par un sergent à verge au Châtelet, Richard de Metz, sous la conduite de deux huissiers du parlement, pour avoir fait sortir par la violence deux écoliers des limites de cette église qui leur servait d'asile. Un tableau de la nef consacrait le souvenir de la protection hospitalière que les carmes avaient accordée aux étudiants de la grande école.

Nous trouvons plusieurs de leurs théologiens employés honorablement dans la chancellerie pontificale d'Avignon. Quelques-uns de leurs saints cultivent les lettres, comme Pierre Thomé ou de Thomas (*Petrus Thomæ*), docteur de Paris en 1349, dont Philippe de Maizières a écrit la vie. Il serait surtout injuste d'oublier que le dernier continuateur de Guil-

Valenciennes, 1831, in-8.

Conciles, éd. de Labbe, t. XI, col. 1733, 1733, 2003, etc.

Du Breul, Antiq. de Paris, p. 434.

laume de Nangis (1340-1368), le carme Jean de Venette, assez inhabile à rimer en français l'ancienne légende des trois Maries, nous a laissé une des chroniques latines les plus originales de ce siècle, sinon pour le style, toujours peu correct, du moins pour l'abondance des faits, la franchise des passions populaires et l'amour ardent de la France.

CÉLESTINS.
(1264.)

Enfin, de ces congrégations issues de l'établissement monastique de saint Benoît, la dernière en date, et une des moins riches en écrivains de mérite, est celle que fonda, en 1264, Pierre de Morone, qui fut depuis Célestin V, et que Boniface VIII déposséda de la papauté. Les célestins avaient obtenu d'abord une certaine célébrité, qu'ils durent surtout à la protection des rois de France. Philippe le Bel, charmé d'accueillir les disciples d'un homme que Boniface avait persécuté, fit venir à Paris, vers l'an 1300, douze de ces religieux, et contribua beaucoup, en 1313, à la canonisation de leur fondateur. Philippe de Valois leur accorda ensuite les droits et le rang de secrétaires du roi. Charles V, qui s'intéressait à eux dès le temps de sa régence, leur fit construire, non loin de son hôtel Saint-Paul, un somptueux monastère. On en a retrouvé de notre temps la pierre de fondation avec ces mots, qui peuvent servir à rectifier quelques dates : « L'an M CCC LXV, « le XXVIe jour de may, m'assist Charles, roy de France. » Charles VI accrut leurs priviléges et les exempta de tous subsides. Les personnages les plus puissants de la cour étaient en relation continuelle avec ce couvent.

Musée de Cluni, n. 1936. Dans le Catal. on a mal lu MCCC XXV.

L'ancien chancelier de Chypre, l'ami de Charles le Sage, Philippe de Maizières, en prenant l'habit de leur ordre, passa, comme dit en 1405 son épitaphe, « de la gloire de l'hostel « royal à l'humilité des celestins. » L'église ne fut ornée que plus tard des monuments funèbres qui ont illustré le nom de Germain Pilon et de Jean Cousin ; mais, outre les restes de plusieurs secrétaires et conseillers des princes, elle reçut, en 1364, le cœur du roi Jean, qui fut aussi l'ami de cet ordre nouveau ; en 1357, le tombeau de Philippe, duc d'Orléans, oncle de Charles V ; en 1393, celui de Léon de Lusignan, dernier roi latin de l'Arménie ; en 1398, celui de Henri, fils de

Millin, Antiq. nat., t. I, n. 2, p. 154.

Robert, duc de Bar, mort à Venise, au retour de la bataille de Nicopolis.

Au milieu du cloître s'élevait une croix, devant laquelle fut inhumé, en 1399, Julien de Langée, hôte de la maison depuis vingt-cinq ans, après avoir été libraire juré de l'université de Paris.

Ces moines, enrichis trop tôt par les princes et par les favoris des princes, aimaient peu les lettres; leur bibliothèque était pauvre; on ne compte parmi eux, et assez tard, qu'un bien petit nombre d'hommes instruits. Ils avaient donné à une de leurs chapelles le nom de Philippe de Maizières, qui avait composé chez eux le « Songe du vieux pèlerin; » mais l'exemple de cet esprit actif ne leur avait point inspiré d'émulation.

Leurs autres maisons les plus importantes, celles de Lyon, d'Avignon, de Marcoussi, de Mantes, comptent encore moins dans cette partie de nos annales littéraires.

Ici s'arrête la longue série des principaux disciples, plus AUGUSTINS. ou moins fidèles, de la règle bénédictine. L'autre fraction, celle qui se plaît à faire remonter la pieuse mission qu'elle s'attribuait en ce monde, non plus à saint Benoît, mais à saint Augustin, se renferme beaucoup moins dans le cloître, et nous allons la voir mêlée sans cesse aux choses politiques, où elle exerce une influence redoutable, surtout depuis que s'éloignant de plus en plus de la discipline modeste et simple de ceux qui avaient le droit de s'appeler chanoines ou clers réguliers, elle se précipite dans la carrière hardie que lui avaient ouverte les deux nouveaux chefs de la milice de l'Église, saint Dominique et saint François.

Les augustins ou, pour éviter toute équivoque, les religieux qui, dans la foule des prétendus disciples de l'évêque d'Hippone, gardèrent le titre particulier d'ermites de Saint-Augustin, voient commencer, avec les premières années du siècle, une des plus brillantes époques de leur histoire. Déjà anciens, même sans remonter à une origine douteuse, mais établis à Paris seulement depuis l'année 1259, ou du moins admis à cette date dans l'université pour laquelle ils préparaient chez eux de doctes élèves, ils ont, vers ce temps, quelques hommes qui, s'élevant par leur mérite personnel au-dessus de la foule et même de l'élite des cloîtres, font de leur ordre le rival des trois autres dont la mendicité monastique fut aussi le fondement et la puissance. Reconnus avec eux par le concile de Lyon, en 1274, et devenus leurs émules, soit pour l'activité dans les affaires publiques, soit pour le nombre et l'autorité des œuvres littéraires, ils marchent d'un pas égal avec les carmes, et ne se laissent pas trop effacer par les jeunes et ardents coopérateurs que la politique papale vient de leur donner.

Plusieurs de leurs personnages les plus célèbres étaient originaires de l'Italie, mais ils avaient étudié ou ils se distinguèrent en France, et presque tous furent docteurs de Paris : Jacques de Viterbe (mort en 1308), Gilles de Rome (1316), Albert de Padoue (1323), Alexandre de S. Elpidio (1330), Théobald, évêque de Vérone, et Michel de Massa (1336), Denis de Borgo San Sepolcro (1339), et beaucoup d'autres jusqu'à la fin du siècle.

L'ancien moine cistercien qui fut le pape Benoît XII et le réformateur des couvents, dans sa longue bulle sur les augustins en 1339, s'occupe beaucoup de leurs études. Il veut qu'à toutes leurs églises, à tous leurs monastères, soit attaché un maître, un chanoine, s'il est possible, qui enseigne aux frères ce que la bulle appelle les sciences primitives, la grammaire, la logique, la philosophie, et qu'on envoie ensuite à l'université, soit à Paris, soit ailleurs, un chanoine sur vingt, ou davantage, selon les ressources dont on pourra disposer. Élus avec toutes les précautions qui doivent assurer le meilleur choix, ces étudiants, toujours soumis à une exacte surveillance, auront pour leurs dépenses annuelles, le bachelier en théologie, quarante livres tournois, ou la valeur en autre monnaie; le bachelier en droit canonique, trente livres; le docteur, quarante. L'abbé, le prévôt, ou quiconque sera tenu de payer cette dette, s'il néglige de l'acquitter, est menacé de peines sévères, et même d'excommunication. Il y a aussi des détails fort étendus sur la répartition des manuscrits nécessaires pour les cours, sur leur conservation, et leur retour à la bibliothèque de l'église ou du couvent. Les subsides accordés

Conciles,
éd. de Labbe,
t. XI,
col. 1790-1834.

à ceux qui obtiennent le doctorat en théologie ne pourront
s'élever au-dessus de deux mille livres tournois d'argent,
somme exorbitante, que les plus magnifiques devaient rarement dépenser, mais inférieure cependant de mille livres à
celle que le pape Clément V, quelques années auparavant, Clementin.,
permettait aux nouveaux gradués pour fêter leur succès. liv. v, tit. 1, c. 2.

Le premier des augustins qui mérita ce titre de docteur de
Paris, et dont la réputation, longtemps égale à celle d'Albert le
Grand, de saint Thomas, de Duns Scot, n'est pas tout à fait
éteinte, Gilles de Rome, que l'on croit de la noble famille Co-
lonna, nous appartient par son long séjour en France, par sa
dignité d'archevêque de Bourges, par ses fonctions d'instituteur du fils de France qui devint Philippe le Bel, et encore
plus par son traité du Gouvernement des princes, que lui inspirèrent ses méditations sur une éducation royale. C'est un beau
titre pour les augustins que ce traité, reproduit bientôt en diverses langues, où l'ancien disciple de Thomas d'Aquin ose
refaire un de ses livres et s'écarter en quelques points de ses
doctrines politiques, comme il s'écarta de son exemple en
combattant plusieurs fois, bien que religieux et même général
de son ordre, les prétentions usurpatrices des religieux mendiants ; où les habitudes d'une grande existence féodale et pri-
vilégiée n'excluent pas de sages conseils à son ancien élève sur
quelques-uns des actes qui l'ont signalé comme roi, tels que
les essais pour fonder une classe moyenne dans la société
française, l'institution permanente et régulière du parlement ;
où l'on reconnaît le penchant déjà novateur du siècle, et dans
le jugement sévère du précepteur du prince sur la vieille routine des Sept arts libéraux, et dans l'indulgence du prélat qui
accorde aux femmes une éducation plus complète, qui recommande l'étude des sciences naturelles, qui tempère la rigueur
de la loi par la douceur évangélique ; où la prédilection bien
naturelle d'un Romain pour la toute-puissance pontificale ne
l'empêche pas non plus de concilier cette ardeur de domination absolue avec des sentiments alors trop rares, le respect
du droit des gens, l'esprit de modération et d'équité.

Nous insistons sur le caractère de cet ouvrage, parce qu'il
nous semble représenter assez bien l'ordre entier dont l'au-

teur fut le chef et un des écrivains les plus renommés. Du milieu de ces doctrines impérieuses que le général aussi bien que
l'écrivain tenait de l'Église, on voit déjà poindre, comme pour
annoncer des contradictions bien plus terribles, un certain
esprit d'examen.

Il s'en trouve, même alors, des preuves non moins frappantes
chez les augustins. En 1327, convoqués à Trente, avec d'autres
religieux mendiants, par Louis de Bavière, ils se rendent
complices de ses démonstrations injurieuses contre le pape
Jean XXII, qu'il proclamait hérétique, et qu'il nommait par dérision le prêtre Jean. Malgré cette hostilité, ou peut-être à
cause de cette menace d'une scission qui aurait accru les périls
du saint-siége, le pape se hâte de leur accorder un privilége qui
devait surtout leur plaire : il les autorise à construire un couvent à Pavie, près de l'église de Saint-Pierre *in Ciel d'oro*, que
l'on croyait posséder les cendres de saint Augustin, et les con-
stitue ainsi comme les gardiens des reliques de celui qu'ils re-
vendiquaient pour leur fondateur. Il est vrai que, dans sa
bulle, il n'adopte qu'avec réserve leur tradition sur le dépôt
confié à cette église, *ubi tanti doctoris et præsulis corpus tu-
mulatum quiescere dicitur;* mais l'acte pontifical n'en consacrait pas moins et leur privilége et cette ancienne prétention
qui, vraie ou fausse, leur donna toujours quelque autorité.

C'est dans leur couvent des Vieux-Augustins de Paris que
s'assemblent, en 1357, plusieurs députés des États généraux.

Un autre de leurs monastères de Paris, celui des Grands-
Augustins, dont le nom est resté au quai où il fut commencé
en 1368 et fort augmenté depuis, a fait place à un marché.
Au-dessous des quinze croisées en ogive qui donnaient sur ce
quai, habitaient surtout des libraires. Dans la petite cour était
inhumé Raoul de Brienne, victime, en 1350, d'un moment de
colère du roi Jean. Dans le cloître, la tombe de Gilles de Rome
le représentait en simple moine du couvent, mais mitré, et tenant un livre sur sa poitrine.

Ces religieux devinrent trop entreprenants pour être toujours
pacifiques. Non contents de se dévouer à la cause de Louis de
Bavière excommunié, ils attaquent le pape dans Rome même.
Un augustin, Nicolas de Fabriano, répétait trois fois au peuple,

le 18 avril 1328, en face de l'église Saint-Pierre : « Est-il ici « quelqu'un qui veuille défendre le prêtre Jacques de Cahors, « soi-disant le pape Jean XXII ? » En 1354, frère Gui, régent des écoles augustines de Paris, est obligé de rétracter neuf de ses propositions, regardées comme une occasion de scandale pour les âmes pieuses et de perdition pour ses disciples. En 1398, deux augustins, mêlés sans doute aux intrigues du temps, après avoir travaillé à la guérison de Charles VI, même par des sortiléges, et avoir mérité qu'on suspectât leur bonne foi, sont dégradés en place de Grève, et décapités. Un de leurs frères, Jacques le Grant, auteur du *Sophologium* et de quelques écrits en langue vulgaire, ose, en 1405, devant ce malheureux prince, dénoncer en chaire les menées criminelles de la reine et de ses complices. Le 15 octobre 1435, le livre d'un ancien général de l'ordre est condamné par le concile de Bâle. On sait que Luther, au siècle suivant, fut le plus audacieux des augustins.

Longtemps après, un de ceux qui leur ont fait le plus d'honneur, le cardinal Noris, fut déféré trois fois, pour son Histoire du pélagianisme, au tribunal de l'inquisition romaine, où siégeaient les dominicains, leurs adversaires implacables, surtout depuis la rivalité pour la vente des indulgences. Il est vrai que Noris fut trois fois absous; mais ces attaques opiniâtres témoignent toujours d'une vieille haine, que les augustins provoquèrent trop souvent.

Leur turbulence en 1658, un peu après la Fronde, en fit condamner plusieurs à la prison par la justice laïque, et nous avons un souvenir de leur mésaventure dans la célèbre ballade dont le refrain les menace des galères :

> Les augustins sont serviteurs du roi.

Tout en cherchant, par amour de la nouveauté, un autre instituteur que saint Benoît, les augustins ne repoussèrent cependant pas le titre de moines, de moines mendiants. Sous la tutelle du même patron, mais en donnant une autre interprétation aux deux discours de saint Augustin qui avaient été le fondement ou le prétexte de leur règle, s'élevèrent plusieurs communautés dont les membres, pour ne pas être appelés moines, s'appelèrent chanoines, et même chanoines réguliers.

La plus ancienne est celle de Saint-Antoine de Viennois, fondée en 1093 pour coopérer au soulagement de la maladie qu'on nommait le feu Saint-Antoine ou le mal des ardents. Quoique cette association hospitalière eût reçu de Boniface VIII, en 1297, avec la règle qui passait pour celle d'Augustin, entre autres immunités, le droit de ne relever que du pape, cependant, comme ils sortirent peu du Dauphiné, ils ne rencontrèrent, dans leurs modestes commencements, d'autres obstacles que deux ou trois procès avec les bénédictins du voisinage; et il est probable que, s'ils avaient été les seuls qui eussent pris le titre de chanoines réguliers, jamais cette innovation n'eût inspiré aux moines tant de mécontentement et de colère.

Nous trouverons quelques hommes lettrés parmi leurs supérieurs généraux : Aimon de Montagni, leur premier abbé depuis la constitution qui leur fut donnée en 1297, et le rédacteur de leurs statuts en 1312; Pons de Chevrières, mort en 1374, après avoir été aussi général des antonins, qui en ont eu deux autres encore de la même famille. Mais il n'y avait ni dans leur vie toute de dévouement et de sacrifice, ni dans leur résidence principale au fond d'une province nouvelle, ni dans les simples compilations de leurs règlements par leurs abbés, rien qui pût répandre autour d'eux beaucoup d'éclat, rien qui pût exciter la défiance et l'envie.

D'autres chanoines soumis à la règle augustinienne, ceux du Val des écoliers, sortis, en 1201, du sein de l'université de Paris, et qui, malgré leur origine, se montrent rarement dans l'histoire des lettres, durent éveiller encore moins l'esprit de rivalité : leur existence jusqu'à leur abdication, en 1637, paraît avoir été pacifique.

Il n'en fut pas ainsi lorsque les moines eurent affaire à des chanoines tels que les victorins et les prémontrés.

VICTORINS.
(1113.)

Les chanoines de Saint-Victor, établis à Paris en 1113, sous une règle tout autre que celle des moines bénédictins de

Saint-Victor de Marseille, au lieu de s'appliquer à perpétuer l'estime acquise à leur nom par le génie mystique des Hugues et des Richard, s'épuisent en vaines querelles sur ce nom même, sur leur origine, sur leur vrai fondateur. Il y a des épigrammes contre leur titre de chanoines réguliers jusque dans les ouvrages élémentaires que l'on consultait sur le sens des mots, et le dictionnaire du dominicain Jean de Gênes relève ce pléonasme de *canonicus regularis,* qui, en effet, recommande deux fois la règle et signifie deux fois régulier. On leur faisait plus gaiement le reproche plus sérieux de ne pas être des observateurs bien rigoureux de cette règle dont ils étaient si fiers, quand on prétendait, dans un apologue latin attribué à l'évêque Marbode, que le loup, devenu moine, les jours où il désespérait de pouvoir s'accoutumer au maigre, se faisait chanoine.

Catholicon, voc. Canonicus.

Hildeberti et Marb. Op., col. 1629.

Mais ce sont là de légères attaques en comparaison des récriminations hostiles qui de toutes parts s'élevèrent contre eux, lorsqu'ils soutinrent que l'administration des sacrements et le gouvernement des paroisses devaient être interdits aux moines, et réservés aux clercs réguliers. De là un conflit de plusieurs siècles. Les anciens ordres ne ménagent point ces ambitieux qui ne sont que d'hier, malgré leur fol orgueil de vouloir remonter jusqu'à saint Augustin, et qui ne renoncent à la vie solitaire, aux jeûnes, aux austérités, que pour mieux s'emparer du monde en s'éloignant moins de ses usages et de ses faiblesses. Dans les cinq dialogues sur la Vie apostolique, regardés comme l'ouvrage du bénédictin Rupert de Tuy, on répond aux victorins que tous les apôtres ont été moines, ce qui d'ailleurs, dit-on prudemment, n'est écrit nulle part. Augustin lui-même, ajoute-t-on, n'a fait sa règle pour les chanoines, si cette règle est de lui, que parce qu'il les a jugés incapables d'être de vrais moines, de vrais disciples des apôtres; mais la seule règle apostolique est celle de saint Benoît, et l'instituteur des chanoines de Saint-Victor de Paris, Guillaume de Champeaux, s'est fait moine avant de mourir. Malgré une apparente modération, la controverse, comme cette autre dispute entre les bénédictins et les chanoines à laquelle prit part en 1687 le modeste Mabillon, comme l'éternelle

Coll. ampliss., t. IX, col. 969-1028. — Hist. litt. de la Fr., t. IX, p. 14; t. XI, p. 579.

OEuvr. posth. de Mabillon, t. II, p. 96-269.

discorde entre les bénédictins et les jésuites, devait nécessairement s'envenimer ; ce qui fait craindre à l'auteur des cinq dialogues, lorsqu'il voit aux prises ces enfants de Dieu, que le tentateur ne soit au milieu d'eux sans qu'ils le sachent.

Un autre argument employé dans la lutte laisse voir combien ces débats, où l'intérêt privé se déguise à peine sous le voile de la religion, sont quelquefois petits et misérables : « Vous vous croyez institués, disait-on aux chanoines, non « pas seulement par saint Augustin, mais par le Sauveur lui« même, dans la dernière cène avec ses apôtres. Soit ; mais « alors les moines sont plus anciens que vous, car les apôtres « étaient moines. » La preuve n'était pas convaincante ; mais les chanoines en avaient de moins bonnes, et ils y joignaient le tort d'être les agresseurs.

Pouvaient-ils les uns et les autres profiter plus mal de leur éducation théologique, des loisirs que leur faisait une existence à part, de l'autorité que leur donnait sur les esprits la vénération publique ? Les pieux fondateurs de Saint-Victor de Paris avaient laissé d'autres exemples. Aussi les diverses réformes tentées dans l'ordre canonique, entre autres celle qui lui fut imposée, en 1339, par le pape Benoît XII, ne purent arrêter le déclin commencé.

Gall. christ.,
t. VII, col. 681.
Lebeuf, Dioc.
de Paris, t. VIII,
p. 16.

Saint-Victor eut pour abbés, en 1311, Jean de Palaiseau, qui fit suivre par quelques-uns de ses chanoines les cours de l'université de Paris ; en 1329, Aubert de Mailli, qui fut docteur ; en 1345, Guillaume de Saint-Lo, revêtu du même titre ; en 1349, Jean de Bruyères qui soutint les priviléges de son abbaye contre le curé de Saint-Nicolas du Chardonnet ; en 1360, Bernard de Lindri, qui reçut à Saint-Victor le roi Jean, lorsqu'il vint y rendre grâces pour son retour de captivité ; en 1367, Pierre de Saulx ; en 1383, Pierre du Duc ; en 1400, Jean de Puiseaux. Pierre du Duc est le seul de ces abbés dont il reste quelques écrits. Leurs prédécesseurs, après

Martene, Antiq.
Eccles. rit.,
t. III, p. 262.

avoir rédigé d'amples règlements sur la transcription et la conservation des livres, avaient enrichi de leurs propres travaux ces belles collections où nous les retrouvons aujourd'hui.

Scriptor. rer.

L'ouvrage le plus utile que produisit alors ce monastère

est la chronique latine de Jean de Saint-Victor, qui s'arrête franc., t. XXI, p. xIV, 630-676. en 1322, et que l'on doit surtout consulter lorsque, vers l'an 1300, elle cesse de copier celle de Guillaume de Nangis.

L'histoire de Saint-Victor de Paris se lie un moment à celle de Sainte-Geneviève. Les chanoines séculiers de cette autre abbaye, qui se disait aussi ancienne que la monarchie même, ayant été chassés pour leurs désordres en 1148, Suger leur avait substitué des chanoines réguliers de Saint-Victor. Mais leurs statuts, qui parurent trop austères, ne furent pas observés, et, après de longs et stériles conflits, les génovéfains, à la faveur des calamités de ce siècle, redevinrent indépendants. Leurs abbés, depuis Jean de Saint-Leu, en 1308, jusqu'à Étienne de Pierre, en 1391, administrateurs zélés, plus jaloux d'accroître les biens et les droits de la communauté que de l'honorer par leurs écrits, ne figurent point parmi les lettrés. Cette indifférence, dont l'exemple vient des supérieurs, et que les simples chanoines ne manquent point de partager, s'accorde assez mal avec le privilége qu'ils avaient obtenu de fournir à l'université de Paris l'un de ses deux chanceliers. La surveillance de la collation des grades était ainsi remise à des gens qui, pendant un siècle, ne virent point sortir de leurs rangs un seul homme que ses propres études eussent pu recommander à la confiance des écoles.

Les chanoines réguliers de Prémontré, qu'un de leurs plus PRÉMONTRÉS. (1119.) ingrats confrères, Casimir Oudin, accuse souvent d'aimer peu les lettres, méritèrent ce reproche dans les premiers temps ; car de leurs huit généraux pendant ce siècle, nous n'en voyons pas un seul qui ait écrit, à l'exception peut-être de Guillaume de Louvignies, qui, après avoir renouvelé leurs statuts en 1290, mourut en 1304. Tandis que la plupart des autres communautés se plaisent à élever en dignité ceux qui ont obtenu les grades et publié des ouvrages, les enfants de saint Norbert se renferment dans leur obscurité, ou ne font, pour en sortir, que des efforts stériles. En vain Boniface VIII les encourage-t-il, en 1295, dans l'intention qu'ils lui avaient manifestée Le Paige, Biblioth. præm., p. 692. — George, Spiritus literar. Norbert., p. 27. d'envoyer, aux frais de l'ordre, quelques-uns de leurs chanoines étudier à Paris, pour qu'ils brillent un jour de ce don de la science qui éclaire l'âme, *ut illius scientiæ dono præcutilent,*

Le Paige,
p. 702. —
George, p. 28.

quæ illuminat animam. En vain Clément VI, en 1349, leur fait-il l'application des règlements établis par un autre pape en faveur des augustins qui se présenteraient aux grades. Leurs noms paraissent rarement dans les actes probatoires; leur tête est rarement ornée de ce bonnet écarlate (*bireto purpureo*) offert dès l'origine à l'émulation de leurs chanoines,

Le Paige,
p. 993.

et dont le privilége fut renouvelé en 1606 pour un de leurs historiens. S'ils ont beaucoup écrit dans les deux derniers siècles avant le nôtre, nous remarquerons d'autant plus leur silence, au XIVᵉ, que la voix de presque tous les autres ordres vient se mêler fort souvent alors aux agitations de l'Église et du monde.

L'accroissement des prémontrés avait été rapide. Ils avaient commencé, dit-on, dans leur forêt de Couci, par n'avoir qu'un âne, et ils attendaient chaque jour, pour manger, que cet âne eût apporté de Laon le pain qu'on leur donnait en échange du bois qu'ils allaient couper tous les matins. Au bout de trente ans, leur chapitre général compte près de cent abbés de leurs divers monastères. Ils prétendent avoir eu bientôt jusqu'à mille abbayes, et quelques-uns de leurs abbés en Allemagne furent princes souverains. On s'explique ainsi comment ces actifs chanoines écrivaient peu; leur pauvreté d'abord, puis leur richesse, ont pu les distraire de l'étude.

L'ancien confrère échappé de leurs rangs a certainement exagéré leur ignorance; mais ils ont eu le malheur de trouver un apologiste dans le prémontré allemand dom George Lienhart, abbé de Roggenburg, auteur du livre qui porte ce titre : *Spiritus literarius norbertinus a scabiosis Cas. Oudini calumniis vindicatus.* Il eût mieux valu pour eux n'avoir jamais écrit que d'écrire avec si peu d'instruction, de clarté, de convenance et de goût. .

La vérité n'est ni de l'un ni de l'autre côté : les prémontrés ne nous paraîtront avoir ni cette ardeur de quelques autres ordres pour tous les genres d'illustration et de puissance, ni cette inertie qui eût été dangereuse au milieu de tant de luttes.

On peut croire qu'ils ont fréquenté alors les universités,

puisqu'ils demandaient aux papes pour leurs gradués les
mêmes distinctions que les augustins, et qu'ils étaient fiers
de porter les insignes du doctorat. Il est vraisemblable aussi
que leur collége, fondé à Paris dans la rue Haute-Feuille en
1247, *in ipso Galliarum purissimo fonte,* produisit un assez
grand nombre de candidats instruits. Mais, excepté Henri
Baten, de Malines, chanoine de Tongerlo, nous n'avons pas
trouvé, du moins pour ce temps-là, dans les documents publiés ou inédits, de célèbre docteur prémontré. Le zèle des
études sérieuses avait sans cesse besoin d'être stimulé chez les
jeunes chanoines, soit par de bons exemples, comme celui
de Jacques, abbé de Saint-Paul de Verdun, mort en 1358,
qui enseigna lui-même les Sept arts; soit par de nouveaux
encouragements, comme ce décret de l'an 1543, qui autorisa
les docteurs à s'asseoir en chape, à la suite des abbés, dans
les chapitres généraux, ou comme ces autres décrets qui établirent, en 1605, que les docteurs seuls seraient nommés
prieurs du collége de Paris, et en 1606, qu'ils recevraient
de leur abbé vingt écus d'or pour acheter des livres, destinés
à rester la propriété du couvent. Ainsi se formèrent de précieuses bibliothèques, à en juger par ceux des manuscrits de Laon
qui viennent de l'abbaye de Cuissi. Ces divers efforts purent
avoir d'heureuses conséquences; mais elles furent tardives.

A peine trouverons-nous chez eux, pour le moment, quelques écrivains sans nom, des rédacteurs de nouveaux statuts,
des interprètes de l'écriture sainte et du Maître des sentences,
des sermonnaires, des auteurs de pieuses méditations, des
chroniqueurs de monastères.

Ils peuvent cependant citer un nom que les dominicains
voulaient leur enlever, mais qu'on leur a laissé malgré quelques incertitudes, celui du prince arménien Haïton, né en
Cilicie, et mort, après l'an 1307, en Chypre, au monastère
d'Episcopia, selon les uns, ou, selon les autres, chez les prémontrés de Poitiers, après avoir dicté en français son Histoire orientale, traduite bientôt en latin, peut-être par un
autre prémontré, à la demande du pape Clément V. C'est là
leur plus belle gloire, c'est du moins le souvenir qui les sauve
de l'oubli dans les annales littéraires de ce temps; car nous

L. Hugo,
Annal. præm.,
t. 1, col. 531.

Ibid., t. II,
col. 971.

Ibid., col. 516.

n'y trouvons parmi eux aucun autre écrivain qui soit resté célèbre, ou qui l'ait même jamais été.

TRINITAIRES.
(1598.)
PÈRES
DE LA MERCI.
(1230.)

Le titre de chanoines réguliers, et l'honneur d'obéir à une règle peu différente de celle qui passait pour émaner de saint Augustin lui-même, ont été revendiqués encore par d'autres congrégations, qui ne paraissent que tard dans l'histoire des lettres.

Il y avait deux institutions monastiques pour le rachat des captifs : moins belliqueuses que les milices de l'Hôpital et du Temple, leur seule arme était la charité. Les plus anciens de ces religieux sont les trinitaires, appelés en France les mathurins, à cause de leur chapelle de Saint-Mathurin, près de la Sorbonne, et surnommés dans le peuple les frères aux ânes, à cause de la modeste monture dont ils se servaient encore en 1330, comme l'attestaient les registres de la Chambre des Comptes; d'où ces mots du vieux poëme sur les couvents de Paris : « Et la Trinité aux asniers. » Leur règle fut longtemps leur seul monument écrit. Ils avaient cependant d'étroites liaisons avec l'université de Paris, dont les écoliers, lorsque la foire du Lendit ne les avait pas suffisamment pourvus de parchemin, allaient s'en procurer chez eux, et qui tint dans leur salle capitulaire, jusqu'en 1736, ses assemblées pour l'élection des recteurs et pour ses délibérations ordinaires. On construisit alors exprès, dans la même maison, une grande salle où ces réunions continuèrent jusqu'en 1764. C'était aussi chez les mathurins que se faisaient les compositions pour les prix annuels de l'université. Enfin, les libraires jurés et les messagers du même corps y avaient leurs confréries.

Fabliaux,
éd. de Méon,
t. II, p. 291.

Brice, Descript.
de Paris, t. III,
p. 31, 32.

Les pères de Notre-Dame de la Merci, qui commencèrent peu après en Espagne, mais qui eurent quelques maisons dans nos provinces méridionales, rétablirent à Toulouse, en 1356, leur monastère de Sainte-Eulalie, par les soins d'un de leurs généraux, Pons de Barrelis. Quoique ces généraux, depuis l'an 1317, fussent choisis parmi les clercs, et non plus parmi les laïques, et que les historiens des rédemptoristes parlent du savoir et du talent de frère Pons, nous n'avons rien trouvé ni de lui ni de ses confrères. Plus tard même, ceux d'entre eux qui ont écrit se sont bornés à raconter, comme annalistes ou comme auteurs de Vies de saints, les bienfaits de leur congrégation, devenus heureusement inutiles depuis que les nations chrétiennes, au lieu de racheter leurs captifs, ont pris enfin le parti de n'avoir plus à payer ces tristes rançons.

Vers le même temps paraissent les servites, ou serviteurs de la sainte Vierge, institués à Florence en 1233, et dont les faibles commencements n'annonçaient pas leur brillante fortune en Italie, où ils observaient une règle assez conforme à la règle augustinienne, et jouissaient presque des mêmes priviléges que les ordres mendiants. Ils ont eu l'amour des lettres, puisqu'ils n'ont cessé de revendiquer un docteur qui ne venait point de chez eux, Henri de Gand, dont ils enseignaient les doctrines, opposées à celles de saint Thomas. Ils se félicitaient même, et ils pouvaient le faire avec plus de droit, d'avoir compté dans leurs rangs Paul Sarpi, le célèbre fra Paolo, le théologien de la république de Venise, l'historien véridique du concile de Trente.

SERVITES.
(1233.)

En France, les servites ont été représentés quelque temps par d'autres serfs de la Vierge, vulgairement nommés Blancs-Manteaux, établis à Marseille en 1257, et à Paris l'année suivante, mais qui ne furent point reconnus, en 1274, par le concile de Lyon. Comme nous aurons à donner à deux ou trois écrivains ce titre de servite, il faut croire qu'ils étaient entrés dans la famille des servites italiens qui subsiste encore, ou qu'ils avaient prononcé leurs vœux avant le décret du concile, ou que ce décret ne fut pas strictement exécuté.

Nous retrouvons chez nous encore moins de traces d'un institut fondé en 1376, dans le diocèse d'Utrecht, à Deventer, par Gérard Groot (*Gerardus Magnus*), et que ce nom, fort honoré dans les annales de la dévotion, protégea quelque temps. Les frères de la Vie commune, qui s'appelèrent aussi frères de Saint-Jérôme ou de Saint-Grégoire, se contentèrent de suivre avec austérité la discipline canoniale. Gérard avait laissé des ouvrages, inédits pour la plupart ; ses disciples ont été surtout de laborieux copistes. Un copiste qui, par une réunion de circonstances et de calculs peu littéraires, a fait plus de bruit que

FRÈRES
DE LA VIE
COMMUNE.
(1376.)

Ger. Magni
Epistolæ XIV,
e cod. Hagano
ed. J.-G.-R.
Acquoy, Amst.,
1857, in-8.

Gérard et tous ceux qui sont sortis de son école, le chanoine
Thomas de Kempen (*a Kempis*), membre d'une petite congrégation qui fut comme une suite de celle de Deventer, a recueilli,
dans cet amas de compilations qu'on veut bien nommer ses
œuvres, quelques écrits de Gérard, en y joignant de nombreux détails sur ses vertus et ses miracles, d'après un témoin
qu'il avait eu pour maître, Florent Radewijns, mort en 1400,
après avoir succédé au fondateur dans la direction des frères de
la Vie commune. Les chanoines réguliers de Windesheim,
près de Swool, appelés en 1386 à continuer ces humbles frères,
et qui comptèrent parmi eux Thomas, que ses exemplaires de
l'Imitation de J.-C. ont rendu le plus illustre des copistes,
mirent le même zèle à copier les écrits des autres ; utile occupation, qui les fit quelquefois appeler « frères de la plume, »
et dont il est juste qu'on se souvienne quand on écrit une histoire des auteurs et de leurs livres.

Éd. de Cologne,
1660, t. III,
p. 29 et suiv.

Templiers.
(1113.)
Hospitaliers.
(1118.)

L'existence paisible de ces modestes cénobites, les frères de
la Vie commune, les pères de la Merci, les trinitaires, comparée
à la destinée tumultueuse des deux grands ordres religieux et
militaires établis avant eux dans nos colonies de la Palestine
et dans la mère-patrie, offre un contraste qui n'est que l'image
fidèle de ces temps, où le calme de la méditation va quelquefois jusqu'à l'extase, et l'audace de l'action jusqu'à la violence
et à la passion des combats. Il y avait cependant alors moins
loin qu'aujourd'hui, de la vocation sacerdotale et monastique,
à la guerre, aux luttes sanglantes : les évêques, dont les rois
invoquaient l'appui pour exciter leurs armées, comme Édouard
d'Angleterre avant la journée de Créci, ne s'abstenaient pas de
la mêlée des champs de bataille ; et l'Église, qui faisait rendre
à ses plus chers ministres des arrêts de mort, l'Église elle-
même tuait ses adversaires, à condition d'employer à cette
œuvre ce qu'elle appelait le bras séculier.

Nous avons vu et nous verrons encore des lettres écrites de
l'Orient par des chevaliers de l'Hôpital Saint-Jean de Jérusalem. Fixés dans l'île de Chypre depuis la prise d'Acre, ils ne
cessaient de solliciter les secours de l'Europe contre les victoires musulmanes.

Les templiers, plus nombreux, plus puissants, ont trop agi pour avoir eu le temps d'écrire. Ils ont du moins fait entendre des chants hardis, qu'on dut regarder comme téméraires. La langue des troubadours nous a conservé les imprécations du Chevalier du Temple contre le pape Urbain IV, qui, au moment où la terre sainte a le plus besoin de tous ses défenseurs, lorsque ses plus sûrs remparts, Césarée, Assur, viennent de tomber aux mains des infidèles, charge un légat d'aller en Palestine dégager de leur serment les soldats de la croix, et les enrôler, à force de bénédictions et d'indulgences, pour une croisade contre un prince chrétien : « O honte ! Mahomet va « chasser Notre-Dame de son sanctuaire devenu mosquée ! « Mais puisque son Fils, qui devrait s'en affliger, le trouve bon, « pourquoi n'en serions-nous pas satisfaits ? C'est folie de « combattre les Turcs, lorsqu'il ne leur dispute rien... Le « pape fait grande largesse de pardons, pour armer contre les « Allemands (contre Mainfroi) Arles et la France... Nos légats, « je vous le dis en vérité, vendent à prix d'argent les indul- « gences et Dieu lui-même. »

Hist. litt. de la Fr., t. XIX, p. 543-546.

Plutôt que d'envoyer en Europe ces paroles menaçantes, il eût été plus prudent aux templiers de ne faire servir ni les vers ni la prose à exprimer des pensées qui pouvaient être dangereuses pour le saint-siège, mais qui ne l'étaient pas moins pour eux. Ils l'ont sans doute fait rarement ; car ils ne nous ont laissé sous leur nom qu'un bien petit nombre d'essais littéraires. Mais s'ils ont peu écrit, on a beaucoup écrit sur leur compte, et cette fécondité inépuisable de la controverse historique et religieuse nous avertit d'éviter à leur sujet une digression qui risquerait d'ajouter un volume à tant d'autres.

Nous dirons seulement que le pouvoir pontifical les a supprimés comme il aurait supprimé vers le même temps, s'il avait été mieux secondé, un ordre qu'il se repentit plusieurs fois d'avoir institué, celui de Saint-François ; comme il a retranché de la famille monastique les sachets ou frères aux sacs, appelés aussi frères de la Pénitence ; les religieuses sachettes, ou sachetines ; les ordres des martyrs, des apôtres, des évangélistes, de la sainte croix ; les hospitaliers du Haut-pas, les serfs de la Vierge, les crucifiés, les humiliés, les jésuates, et plus récemment les jésuites. Peut-être même, s'il nous est permis d'imiter une fois l'indiscrétion du Chevalier du Temple, un pouvoir si souvent habile n'a-t-il pas cru s'affaiblir en brisant autour de lui quelques-uns de ces autres pouvoirs, qui l'avaient aidé sans doute dans le gouvernement du monde, mais qui ne savaient pas obéir aussi bien que gouverner.

On verra quels ont pu être les griefs des papes contre certains ordres religieux, quand nous aurons à parler des franciscains. On se convaincra surtout qu'il a été brûlé dans ce siècle beaucoup plus de franciscains que de templiers.

Quant au pouvoir royal, pour ne pas anticiper sur notre jugement des actes de la royauté française, nous parlerons ici de Philippe le Bel avec la même brièveté. Philippe, un de ces esprits résolus qui savent faire de quelques provinces une nation, n'oubliait pas que la congrégation de Saint-François se vantait d'avoir pu réunir, après trois ou quatre années d'existence, dans un de ses chapitres généraux, trente mille disciples ; il avait vu, du temps de son père, l'ordre tout aussi nouveau de Saint-Dominique s'essayer à cette puissance presque absolue dont l'avait investi en France une reine espagnole ; témoin des conquêtes des chevaliers teutoniques, seuls maîtres, depuis quelque temps, de la Prusse et de la Livonie, il dut pressentir de quels périls une armée permanente de moines guerriers menaçait un pays qui n'avait que le service précaire de ses nobles ; et il fit ce que firent après lui d'autres souverains, ce que fit le saint-siége lui-même, lorsque, pour redevenir les maîtres, ils se délivrèrent d'une Société qu'ils jugeaient non moins redoutable que celle du Temple. Supprimés aussi chez les autres nations catholiques, les templiers ne furent pas plus regrettés par l'Angleterre et même par l'Espagne et l'Italie que par la France : on fut ému plutôt que surpris de leur désastre. Comme ils avaient les armes à la main, ils furent violemment frappés ; mais tout en détestant ce qu'il y a d'odieux dans ce chaos de procédures irrégulières et de cruautés tyranniques, œuvres familières de la justice de l'inquisition, il faut bien finir toujours par déclarer que, sans la ruine ou du moins l'abaissement de ces républiques saintes, si fortes, même désarmées, par leurs liens avec les premières familles féodales,

par leurs richesses, par leurs immenses domaines, et plus encore par leur perpétuité et leur prestige mystérieux, par ce
caractère divin que rien n'égalait sur la terre, la royauté, c'est-
à-dire l'unité française n'aurait jamais prévalu.

Déjà plus d'une fois, à côté des anciens ordres, nous en
avons laissé entrevoir deux nouveaux, plus puissants qu'eux :
il est temps d'y arriver. Quelques-uns de ces anciens ordres
avaient donné l'exemple, non sans succès ni sans gloire, de
réunir à l'autorité de leur robe et de leur parole l'ascendant
que la pensée écrite n'a perdu dans aucun temps, et qu'elle
garde surtout dans les temps de controverses. Mais cet instrument de pouvoir languissait entre leurs mains : il fut actif, il fut énergique chez les nouveaux auxiliaires de la papauté. Le premier rang dans les affaires humaines n'était
donc réservé désormais ni à ces deux milices religieuses et
guerrières qui excitaient de toutes parts la défiance, ni à ces
corporations sans armes, bien plus fidèles à la règle augustinienne, mais dont plusieurs commençaient à déchoir, ni même
aux illustres disciples de saint Benoît, renfermés alors pour la
plupart dans l'ombre pieuse et solitaire de leur ancienne institution.

Les dominicains et les franciscains, voilà les deux grandes
armées pontificales. C'est là qu'est la vie, le mouvement, la
guerre. Ils se disent simples chanoines réguliers, comme les
augustins, les victorins, les prémontrés; mais tous les avantages que peuvent donner aux hommes sur les autres hommes l'imagination, la terreur, la foi, leur ont été bons pour
combattre et pour vaincre. On admirera plus d'une vertu
vraiment chrétienne dans les faits étranges de leur histoire;
mais quelques passions excessives, comme une ambition effrénée pour ce qu'ils croyaient le bonheur du monde, comme
une rigueur inflexible et de la cruauté même contre ceux
qu'ils croyaient les ennemis de la vérité, n'ont pas été inutiles
à leur empire. Ils ont prié, ils ont prêché, ils ont rempli leurs
devoirs de moines; mais ils ont surtout essayé de régner.

Ces mots sont encore vrais : « On ignorera toujours quel
« est le terme après lequel il n'est plus permis à une commu-

DOMINICAINS.
(Vers 1215.)

Espr. des lois,
liv. XXV, c. 5.

T. I.   7

« nauté religieuse d'acquérir. » La richesse est un commencement de domination.

Si l'on se demande pourquoi le concile général de Lyon,
en 1274, défendit d'instituer de nouveaux ordres, on trouvera
peut-être une des principales causes de cette précaution dans
l'histoire monastique du siècle même qui venait d'enfanter
ces deux puissances, déjà fort gênantes pour toutes les autres.
Le spectacle de l'Italie encourageait peu la France à marcher dans cette voie; car le pays qui avait vu débuter les enthousiastes d'Assise et accueilli sans trop de crainte les inquisiteurs espagnols, en fut aussi le plus troublé, et continua
de l'être plusieurs siècles encore. Une piété vive et toujours
prête à croire aux promesses de ceux qui parlaient au nom
de Dieu, le pouvoir temporel disséminé, affaibli, et bientôt
la longue absence de la cour pontificale, offraient une proie
facile aux conquêtes rivales des communautés. On vit la por-
tion la plus éclairée des populations d'alors en devenir la plus
turbulente. L'usurpation du dominicain Savonarole, cette espèce de tribunat théocratique du prophète de Florence, n'est
point du tout un fait unique dans les annales des cloîtres, et
il ne serait point difficile de prouver que cette audacieuse tentative fut précédée de beaucoup d'autres qui n'en diffèrent pas
autant qu'on le croit.

Sans doute les petites républiques italiennes ouvraient de
belles chances aux tyrannies laïques, et les exemples n'en sont
point rares, soit que les regrets de Rome pour l'ancienne liberté
se terminent par les folies de Rienzi, soit que Florence doive à
la tutelle prudente et généreuse de Michel Lando, le cardeur
de laine, un moment de repos dans ses agitations perpétuelles.
Mais les essais tentés par des moines dictateurs sont nombreux
aussi, et ils sont moins connus.

C'était déjà comme une menace pour tout pouvoir civil que
ce premier chapitre général d'Assise, presque au lendemain de
l'institution des frères Mineurs, où l'on ne comptait pas moins
de cinq mille votants, et même de trente mille, comme disent
ceux de leurs légendaires qui veulent faire respecter davantage
le miracle de ce rapide accroissement. Rien n'était moins propre,
dix ans après, à rassurer les princes, que la part si active des

frères Prêcheurs dans la guerre albigeoise, et les.arrêts de
leurs terribles juges, dont le bras séculier ne fut que l'exécuteur. L'histoire des deux ordres n'a point démenti leurs débuts.

On les voit à plusieurs reprises, en 1260 et depuis, fournir
des chefs à la troupe innombrable des flagellants, que Philippe
de Valois écarta un moment des frontières de la France, mais
que les édits des rois et même les anathèmes des papes ne
réussirent pas toujours à réprimer.

Plus d'un exemple avait dû avertir les uns et les autres que
cette force fondée sur la croyance n'était point sans péril, et
que de ces multitudes qu'on disait vouées à la vie contemplative
sortiraient un jour des hommes plus puissants qu'eux.

En 1233, le frère Prêcheur Jean de Vicence, maître absolu
de Vicence et de Vérone, après avoir ressuscité, dit-on, jusqu'à
dix-huit morts et brûlé soixante hérétiques, préside une assemblée de quatre cent mille âmes, où il monte sur une chaire
haute de soixante coudées ; il voit de là se prosterner devant lui
des princes, des évêques, et accourir pour lui rendre hommage,
avec leur *carroccio,* les communes de Brescia, de Mantoue, de
Trévise, de Feltre, de Bellune ; puis, se trouvant placé, par la
dévotion publique et une dictature de vingt ans, à la tête de
l'armée bolonaise, il lui fait trahir le légat, chef de la croisade
contre Ezzelin de Romano, un des plus odieux tyrans de l'Italie,
mais le protégé des dominicains.

Quétif
et Echard,
Script. ord.
Præd., t. I,
p. 150-153.

On a essayé de justifier ce despotisme de frère Jean par celui
de deux moines ses contemporains : l'un, son confrère Jordan,
qui disputa la ville de Padoue à l'empereur ; l'autre, un franciscain, le béat Gérard de Modène, que la ville de Parme choisit
aussi pour législateur et pour maître. « Une telle fortune,
ajoute-t-on, ne doit pas être attribuée à leurs vues ambitieuses,
mais à leur réputation de vertu et aux libres suffrages de leur
pays. » Cette interprétation bienveillante ne paraît point satisfaire
un homme pieux et sage, qui, dans la vénération qu'il professe
aussi pour ces moines tout-puissants, regrette qu'ils ne se
soient pas contentés de prêcher les peuples sans les gouverner.

Tiraboschi,
Storia, t. IV,
p. 211-229.

Les chefs de l'Église ont paru croire eux-mêmes qu'il n'était
pas bon que les sociétés religieuses prissent en main l'administration des États. Innocent III n'avait accordé qu'avec peine

à François d'Assise la consécration de son ordre ; et lorsque les successeurs de ce pape, qui se connaissait en pouvoir, ont fait brûler l'Évangile éternel, ce manifeste de la domination universelle promise aux frères Mineurs ; lorsqu'ils ont trouvé un grand nombre de ces frères eux-mêmes assez coupables pour être, comme des séculiers, livrés aux flammes, et qu'ils n'ont pas épargné non plus à leurs juges, aux frères Prêcheurs, les excommunications et les bûchers, ils s'étaient sans doute aperçus que ces grandes associations étaient trop riches, trop populeuses, trop disciplinées, pour ne pas inquiéter quelquefois, ou par ambition ou par vertu, les princes, et même les pontifes.

Mais avant de nous rendre un compte plus complet de ce jugement du saint-siége sur les deux nouveaux ordres qu'il venait de créer, soumettons-les, comme les autres, à une enquête moins difficile, et voyons, puisque la France aussi leur obéissait alors, ce qu'ils y ont fait pour le progrès littéraire.

Les dominicains, dont le fondateur adopta d'abord simplement les constitutions et l'habit des chanoines réguliers, parvinrent à une plus haute fortune que les trois autres ordres mendiants et tous les corps régis par la règle canoniale. Leur dévoûment presque inaltérable au pape, leur habileté à s'insinuer dans les familles et dans les cours, quelques hommes illustres, l'inquisition surtout, ce droit qu'ils obtinrent dès leur origine, et qu'ils ne partagèrent qu'un instant avec les franciscains, de régner sur les âmes par la terreur, aidèrent au développement et à la longue durée de leur puissance ; mais, tout en mettant à profit pour leur empire l'énorme privilége de faire la guerre, et une guerre d'extermination, à toute liberté de parler et de croire, ils surent, comme il est juste de le dire à leur honneur, ils surent employer aussi des moyens plus doux, la parole elle-même dans toutes les langues vivantes, non-seulement pour la prédication, mais pour le haut enseignement ; ils surent influer sur les esprits par un nombre infini d'écrits de tout genre, dont quelques-uns ne sont pas oubliés et leur donnent une place élevée dans les annales des lettres.

Cet âge est celui de leur plus grand pouvoir, surtout en France. Ils ont remarqué les premiers que tous leurs généraux, à l'exception d'un seul, ont été, pendant la papauté d'Avignon,

Sebast.
de Olmeda,
Novella chron.

originaires de nos provinces, *magistros cum pontifice Gallos*.   ord. Præd.,
mag. XVIII.
Le saint-siége trouve dans leur ordre ses plus fidèles serviteurs :
surveillants et vengeurs du dogme, ils défendent encore la cause
pontificale comme prédicateurs, comme maîtres de théologie,
comme écrivains.

A l'occasion de leur maison de Saint-Jacques, fondée à Paris
en 1221, et admise bientôt dans le sein de l'université, il y eut,
pour les leçons et les grades, des conventions que les dominicains n'exécutèrent pas toujours, et qui ne purent empêcher de
violents conflits, mais qui attestent du moins de quel prix était
pour eux l'instruction.

C'est là une contradiction que nous ne leur reprocherons pas :
tandis que leur cruauté de juges arrête par le fer et par le feu
tout mouvement de la pensée, ils encouragent et consacrent le
professorat supérieur par leur exemple, et leur fécondité d'écrivains accumule sans relâche les productions nouvelles dans les
bibliothèques des couvents. On aime, jusque chez de tels hommes, ce reste d'égards pour le libre arbitre : maîtres de punir,
ils veulent convaincre et persuader. Il y aurait de la malveillance à supposer qu'ils ont tant écrit pour remplacer un jour
par leurs ouvrages tous ceux des autres, comme dans ce tableau
de leur église de Toulouse, où l'on voyait les mêmes flammes qui   Percin, Monum.
convent. tolos.,
part. I, p. 3.
épargnaient une réfutation de l'hérésie par saint Dominique
anéantir les livres de ses adversaires. Mais sans aller si loin,
nous ne leur prêterons que l'intention moins tyrannique de
faire oublier par leurs écrits ceux qu'ils ont essayé de détruire.

Avant de rechercher jusqu'où a pu s'étendre cette destruction
qui fit souvent périr l'ouvrage avec l'auteur, il faut reconnaître
aussi que l'on doit à ces brûleurs de livres un accroissement notable dans les études et les connaissances de l'Occident. Pour
obéir à l'article de leur règle qui leur enjoint d'apprendre la
langue de tous les pays où ils vont prêcher, ils apprirent le grec, le
parlèrent dans leurs missions de l'Orient, et y firent quelquefois,
même en France et en Irlande, des progrès rapides. Jofroi de   Hist. litt.
de la Fr.,
t. XXI, p. 216.
Ibid., p. 143.
Ibid., t. XX,
p. 265.
Waterford traduisait, sur le texte, Aristote en français ; Guil-
laume de Meerbeke le traduisait en latin, ainsi que Proclus,
Hippocrate, Galien, Simplicius ; la traduction grecque des homélies de Raymond de Meüillon semble avoir été faite par un

de ses confrères, à en juger par les locutions latines et italiennes ; Guillaume Bernardi de Gaillac, qui était allé prêcher
à Constantinople, avait mis en grec plusieurs traités de saint
Thomas. Parmi les livres que léguait aux frères Mineurs et aux
frères Prêcheurs le testament de saint Louis, se trouvait un
évangéliaire grec, envoyé au roi, en 1269, par l'empereur Michel Paléologue, et qui passa plus tard de la bibliothèque des
jésuites de Caen dans celle de Seguier. On y lit sur les marges
des notes latines, en écriture du temps, pour expliquer des
mots et des phrases : ces notes doivent être d'un dominicain.

Leur général Humbert de Romans, en 1255, offre d'accueillir
avec faveur ceux des frères qui voudraient étudier le grec, l'a-
rabe, l'hébreu ; et leurs actes capitulaires de l'an 1291 ordonnent que dans une de leurs maisons en Espagne, à Xativa,
l'hébreu et l'arabe soient toujours enseignés.

Cette justice qu'il faut rendre à l'activité curieuse, et même
novatrice, qu'ils apportèrent dans nos études, restées pendant
plusieurs siècles trop exclusivement latines, nous autorise à
remplir un autre devoir, et à dire combien de ravages ils ont
pu faire dans les monuments de l'intelligence humaine. L'examen des livres est compris, à Rome, dans les attributions du
maître du sacré palais, qui est toujours un frère Prêcheur. Un
tel office avait déjà ses difficultés. Nous le voyons exercé, dans
le cours du siècle, par un assez grand nombre de dominicains
français : Guillaume de Bayonne, cardinal en 1312 ; Guillaume
Garant de Laon, archevêque de Vienne, puis de Toulouse ;
Raymond Bequin, évêque de Nîmes et patriarche latin de Jérusalem ; Jean de Lemoy, confesseur de Philippe le Bel ; Durand de Saint-Pourçain, évêque du Puy et de Meaux ; Dominique
Grenier, de Toulouse, évêque de Pamiers ; Pierre de Piret,
évêque de Mirepoix ; Raymond Durand ; Jean de Molins, qui
fut depuis général de l'ordre, mort cardinal en 1358 ; Guillaume Sudré, évêque de Marseille, cardinal en 1366 ; Nicolas
de Saint-Saturnin, de Clermont, cardinal en 1378. Comme la
plupart ont écrit, ils auraient dû, par honneur et par prudence,
être indulgents pour les écrits des autres.

La censure des doctrines et des livres a été, dès le principe, en France, une des prérogatives de l'inquisition, autre ma-

Scriptor. ord.
Præd., t. I,
p. 460.

Biblioth. imp.,
f. de Coislin,
n. 200.

Thes. anecd.,
t. IV, col. 1708,
1849.

gistrature dominicaine, établie canoniquement par le pape à Toulouse en 1234, et que nous trouvons ensuite à Carcassonne, à
Marseille, à Narbonne, à Bar-le-Duc, à Metz, à Douai, à Saint-
Quentin, à Paris. Plusieurs de ces tribunaux ont eu pour chefs
des dominicains dont il reste des ouvrages : à Toulouse, Bernard de Clermont ou d'Auvergne, mort en 1303, le défenseur
de saint Thomas contre Henri de Gand et Godefroi de Fontaines ; Arnauld du Pré, mort en 1306, auteur de l'office de la
fête de saint Louis, et qui fit aussi quelques chansons satiriques ; Bernard Guidonis, dont nous avons les arrêts jusqu'en
1323, et que son assiduité de juge n'empêcha pas d'être un des
plus féconds écrivains du temps ; — à Carcassonne, où siégèrent souvent les mêmes personnages qu'à Toulouse, Geoffroi
d'Ablis, qui, après avoir commenté le Maître des sentences,
souleva comme inquisiteur, surtout en 1305, de violents orages ; Jean de Beaune, habile théologien, dont le nom, que nous
connaissons déjà par le procès de Pierre Jean d'Olive, reparaît
sans cesse dans les actes de condamnation ; — à Caen, à Orléans, à Évreux, à Saint-Quentin, Simon du Val, estimé à Paris comme prédicateur, avant d'être nommé inquisiteur général
pour la foi ; — à Paris et dans plusieurs provinces, Guillaume,
un des plus savants disciples de la maison de Saint-Jacques,
d'abord confesseur de Philippe le Bel, puis, en 1307, chargé,
comme inquisiteur général, d'instruire dans toute la France
contre les templiers.

Ces fonctions inquisitoriales, qui avaient fait trembler l'Allemagne au seul nom de Conrad de Marpurg, confesseur d'Élisabeth de Hongrie, et qui l'ont fait croire dominicain, furent
exercées non moins rigoureusement de ce côté du Rhin,
comme à Douai, où, le 2 mars 1235, dix hérétiques périrent Choquet, Sancti
Belg. ord.
Prædic., p. 270.
dans les flammes par les soins de frère Robert ; comme en
Champagne, au Mont-Aimé, où le même frère en fit brûler
cent quatre-vingt-trois, devant une foule d'évêques et le comte
de Champagne Thibaut le Chansonnier, dans la fameuse jour-
née du 13 mai 1239, souvent glorifiée comme agréable à Dieu, Alber. Trium
font., Chron.,
p. 568.
maximum holocaustum et placabile Domino. Paris même, en
1304, vit encore livrer aux flammes cent quatorze vaudois. Cependant l'inquisition de Paris ne réussit pas toujours : accusé

par elle, Pierre d'Abano, fut, dit-on, absous par l'université assemblée, en présence du roi.

Les actes de ces divers tribunaux sont la plupart inédits : on a publié par extraits ceux du tribunal de Toulouse, dont les copies sont nombreuses ; ceux de l'inquisition de Carcassonne ; ceux de Simon du Val, qui siégeait, en 1277, dans le nord de la France ; ceux de l'inquisiteur général Guillaume, chargé, à Paris, du procès des templiers. Ils suffisent pour faire voir que l'historien des lettres, des mœurs, des opinions, n'étudierait pas sans fruit les arrêts de ces redoutables juges, prononçant au nom du ciel et de la terre, armés des deux lois, des deux glaives, et qui, s'ils n'ont point fini par vaincre, ne se sont jamais découragés.

Il est triste d'avouer que si leur conscience éprouva jamais quelque trouble dans l'accomplissement de leurs cruels devoirs, elle pouvait être rassurée par l'autorité imposante de leur confrère saint Thomas, qui, après avoir, selon son usage, pesé le pour et le contre, proclame ainsi sa décision : « L'hé-« rétique ne doit pas seulement être séparé de l'Église par l'ex-« communication ; il doit être retranché du monde par la « mort. »

Nous n'avons pas à redire comment ils procédaient, quels raffinements de tortures ils infligeaient aux suspects, et combien ils ont fait de martyrs. Toutes ces horreurs, sans cesse renouvelées et déclarées saintes pendant plusieurs siècles, ont été dévoilées, depuis les moindres détails de l'espionnage, de la dénonciation, de l'emprisonnement, de l'interrogatoire, de la sentence, de l'acte de foi, jusqu'à cette ironie monstrueuse d'un favori du roi d'Espagne Philippe II, François Peña, qui, reconnaissant avec courage qu'il peut y avoir des innocents condamnés, s'en console en leur disant « de ne se plaindre ni « des juges ecclésiastiques ni de l'Église, et de mettre leur joie « à souffrir pour la vérité. » Mais pouvons-nous séparer la mé-moire des bourreaux de celle des victimes ? Si les auteurs des livres qu'on voulait détruire par les flammes n'y ont pas tous péri avec leurs ouvrages, quelques-uns de ces ouvrages mêmes ont échappé : il sera donc permis de se demander, en retrou-vant aujourd'hui ces pages alors maudites, si ceux qui les ont

écrites méritaient réellement un tel appareil de persécutions et
de supplices.

A quel point le code inquisitorial sévissait contre les livres,
on le voit assez par les traces profondes qu'il avait laissées
même en France, lorsque déjà depuis longtemps on en craignait moins les menaces. Un arrêt du roi en son conseil, daté
du 14 juillet 1633, défendait encore de vendre, d'acheter, de
lire ou d'avoir chez soi un livre condamné en 1256, et le défendait « à peine de la vie. » Le ressentiment contre ce livre
de Guillaume de Saint-Amour était bien vivace chez les dominicains, puisque Montfaucon, dans la bibliothèque de ceux de
Saint-Jean et Paul, à Venise, en 1698, remarqua, parmi les
statues des hérétiques, celles de Guillaume et d'Érasme chargés de chaînes, avec des inscriptions où ils étaient anathéma-
tisés à l'égal de Luther et de Calvin.

*Hist. litt.
de la Fr.,
t. XXI, p. 468.*

*Diar. italic.,
p. 50.*

Les bulles pontificales ont essayé de tout prévoir : lire quelques pages détachées d'un livre proscrit, ces pages fussent-
elles exemptes de tout soupçon d'hérésie, c'est encourir l'excommunication ; n'y jeter même qu'un coup d'œil, c'est déjà
être coupable ; remettre le livre à l'inquisiteur sans déclarer
de qui il est ou de qui on le tient, c'est en être réputé l'auteur ;
le brûler soi-même, c'est encore être suspect ; être suspect,
c'est mériter la question.

Tels sont, jusque sous le pape Pie V et après lui, les restes
d'une législation qui commençait à s'adoucir. C'est assez
pour comprendre ce qu'elle était dans la ferveur des premiers
temps.

Quand on lit aujourd'hui ce code et les sentences qu'il a
dictées, on ne peut s'empêcher de croire que de tels juges,
quand même ils n'eussent point fait la guerre aux travaux
de l'esprit, devaient nuire à l'intelligence, et que ce n'était
pas sans danger pour la conscience publique, et, par suite,
pour les œuvres littéraires, qu'un tribunal ne cessait de rendre
des arrêts où les plus simples notions de la justice humaine
étaient contredites par une prétendue justice divine, où des
gens étaient condamnés pour avoir payé leurs dettes à des
créanciers suspects d'hérésie ; une sœur, pour avoir donné
à manger à son frère qui mourait de faim ; une jeune fille de

quinze ans, pour n'avoir pas dénoncé son père et sa mère. Il
y avait là de quoi pervertir le bon sens d'une nation.

Les sentences des nouveaux juges de la croyance ne doivent
pas avoir été d'abord très-dommageables pour les monuments
des lettres; car il n'y avait que peu de livres chez les premières
victimes, chez ces espèces de manichéens nommés les cathares
ou les purs, qui répandirent en Occident, par leurs prédications
plutôt que par leurs écrits, une des hérésies de l'Orient. Les
vaudois, qui viennent ensuite, paraissent plus éclairés; mais il
est à peine parlé, dans les sentences qui les frappent, des livres
condamnés avec eux, soit qu'on répugnât à faire mention de
ces ouvrages, qu'on évite de désigner par leur titre, soit qu'ils
fussent en effet assez peu nombreux.

D'après les actes de l'inquisition toulousaine, de l'an 1307 à
l'an 1323, les prévenus, hommes ou femmes, qui ne commencent à être appelés vaudois ou pauvres de Lyon que vers
l'an 1319, sont bien plus souvent accusés d'avoir entendu
prêcher des hérétiques, d'avoir mangé de leur pain bénit, d'a-
voir cru qu'ils pouvaient être honnêtes gens, de les avoir
salués ou même de les avoir vus, *vidisse,* que d'avoir lu des
livres soupçonnés d'hérésie. Cependant un motif si sûr de

Limborch,
l. c., p. 50. condamnation ne manque pas. Bernard Vasconis, qui habitait
Varennes, près de Born, et qui avait peut-être vu le trouba-
dour Bertrand avant sa conversion, est dénoncé, en 1309,
pour avoir eu chez lui, pendant plus d'un an, les livres de
l'hérétique Pierre d'Antier, et pour les avoir quelquefois lus.

Ibid., p. 151. En 1310, un clerc est accusé d'avoir fait lire à un Toulousain un livre où l'on disait que le baptême ne valait rien dans
Ibid., p. 169. l'Église romaine; et l'année suivante, il s'agit encore du dé-
tenteur d'un mauvais livre, où il manque deux feuillets, et
de son intention de le faire compléter par un homme qu'il
croit savant, mais qui malheureusement ne sait ni lire ni écrire.
D'autres ont été surpris soit lisant dans une chambre un certain livre, soit tenant un certain livre à la main et lisant ce
Ibid., p. 148. livre. Dulcia, femme de Guillaume, a trouvé Jacques lisant.
Guillaume Sicredi déclare que le livre qu'il a entendu lire, et
qui parlait des évangiles, était petit et, comme il le croit
du moins, sans reliure, *sine postibus.*

Ces ouvrages, dont le titre est resté secret, ont dû être saisis et brûlés. Ceux de Pierre d'Antier, voués certainement aux flammes où périt leur auteur en 1310, sont inconnus aujourd'hui.

Outre les livres détruits en vertu d'un arrêt, quelques-uns purent l'être par peur ou par repentir, comme cette bibliothèque d'ouvrages de toutes les sectes, *omnium sectarum*, amassée pendant quarante ans par le marquis de Montferrand, en Auvergne, et qu'il ordonna de jeter au feu, vers l'an 1225, sur le conseil des dominicains, à peine établis dans le pays.

D'Argentré, Collect. jud., t. I, p. 85.

Leur inquisition fait brûler à Toulouse, en 1315, de nombreux exemplaires du Talmud, condamné par des experts qui, dit la sentence, savaient l'hébreu. On en brûle, une fois, deux charretées, y compris sans doute d'autres ouvrages rabbiniques. Rien n'est plus commun que de brûler le Talmud, et quelquefois des juifs avec le Talmud.

Il est fait aussi mention de livres magiques, comme celui qu'étudiait le frère Mineur Bernard Deliciosi, condamné en 1319 par les frères Prêcheurs : « livre de nécromancie, qu'il « avait lu tout entier, et dont il avait indiqué les diverses ma- « tières par des notes marginales ; livre contenant plusieurs « caractères, plusieurs noms de démons, la manière de les « invoquer et de leur offrir des sacrifices, les secrets qu'ils en- « seignent pour détruire les maisons et les châteaux forts, « pour submerger les vaisseaux, pour se faire aimer, croire, « écouter des grands ou de tout autre, pour épouser les « femmes ou les posséder, pour rendre aveugle, paralytique, « malade et faire mourir qui l'on veut, présent ou absent, à « l'aide de certaines images et d'autres actes superstitieux. »

Sentent. inquis. tolos., p. 271.— Pap. aven.,t. II, col. 352, 361.

On voit, par les sentences de Carcassonne, qu'il y avait aussi dans ces rituels des paroles pour conjurer les vents et les orages.

Biblioth. imp., ms. 24 du f. de Doat, fol. 216.

Beaucoup de livres, qui seraient plus instructifs pour nous que ceux-là, surtout en langue vulgaire, ont pu disparaître dans ces persécutions : les traductions de l'Écriture sainte, longtemps encouragées et ordonnées par les conciles, puis sévèrement prohibées ; les hardiesses des poëtes du nord et du midi contre la toute-puissance ecclésiastique ; un grand nom-

bre de poëmes de l'ère carlovingienne, trop peu respectueux
pour le clergé, et qui, dans le midi surtout, n'ont guère laissé
de trace que leur titre. Quelques-uns de ces ouvrages destinés
aux flammes y ont échappé, comme Dante et Boccace ont sur-
vécu aux bûchers que Savonarole alluma contre eux à Florence
en 1497 ; mais, avant l'imprimerie, ces exécutions étaient bien
plus désastreuses.

Il paraît que tous les livres des cathares ont été détruits.
Ceux qui restent des vaudois sont en bien petit nombre. Si tel
devait être le sort des livres de liturgie et de doctrine, il y a
des motifs pour croire que les simples ouvrages d'agrément ne
furent pas plus épargnés. Que sont devenus tous ces poëmes
de chevalerie continuellement cités par les troubadours? Il s'en
retrouve beaucoup plus dans la langue d'oïl que dans la langue
d'oc, bien que la plupart eussent été rédigés dans l'une et l'autre ; mais souvent les deux rédactions ont péri.

Pour de tels juges, toute poésie était suspecte. Ainsi, en
1244, fut dénoncée à l'inquisition de Carcassonne une femme
qui avait raconté en public une petite parabole, fiction de quelque poëte sur la nature capricieuse et changeante du caractère
de l'homme. Il est vrai que le récit s'écartait un peu de la Genèse. Comme le diable, après avoir fait l'homme d'argile, demandait à Dieu de l'animer, Dieu lui dit : « L'homme ainsi
« fait sera plus fort que toi et moi ; fais-le plutôt du limon de
« la mer. » Le diable ayant suivi ce conseil, Dieu reprit :
« Bien ; il ne sera ni trop fort ni trop faible. » Et il y mit une
âme. Le témoin prétend avoir dit à cette femme : « Croyez-
« vous cela? » Elle répondit : « De plus sages que nous deux
« l'ont cru. » Dom Vaissete avait vu les originaux de ces jugements prononcés à Carcassonne. Le procès-verbal des inquisiteurs a seul conservé le conte qui leur déplut.

On soumit à une autre épreuve les ouvrages réputés dangereux : les aventures des paladins de Charlemagne furent trans-
formées en récits pieux, en vrais livres de dévotion. L'ancien
Girart de Roussillon est devenu le héros d'une histoire édi-
fiante, à l'usage des pèlerins. Les Agolant, les Marsile, l'empereur Charles lui-même, ont fourni des épisodes à la Vie de
saint Honorat. Roland, Renaud, jusqu'au géant Ferabras, ont fini

Raynouard,
Choix, t. II,
p. 282-319, etc.

Hist.
de Languedoc,
t. III, preuves,
col. 435.

à leur tour par être des saints. Si un petit nombre de ces vieux poëmes ont moins perdu de leur première forme, il en est d'autres que nous ne connaissons que tels que les moines les ont faits. Boccace avait subi la même correction, mais l'imprimerie l'a sauvé.

Ces frères Prêcheurs, qui ont détruit les livres des autres, en ont fait un grand nombre qui ont été conservés presque tous; et ils ont eu même ce singulier bonheur que l'histoire qu'ils nous ont laissée de ceux de leurs frères qui ont écrit est un chef-d'œuvre d'histoire littéraire. Il est vrai qu'elle a été faite dans un temps où, du moins en France, ils ne brûlaient plus personne.

On trouve aujourd'hui cette histoire peu variée, parce qu'elle n'est guère remplie que de la foule de leurs théologiens, tous également soumis à la méthode étroite de l'argumentation de l'école, et à qui le clergé séculier reprochait justement « d'a- « buser des profondeurs de leur dialectique. » Mais une certaine monotonie dans l'examen de leurs livres était inévitable : comment ceux qui prétendaient à un empire absolu sur la conscience, sur la foi, sur ce que l'homme peut croire et ne peut savoir, *credibile, non autem scibile,* n'auraient-ils pas été les premiers à subir ce joug de fer sous lequel leur double autorité d'écrivains et de juges a plié l'esprit français pendant trois siècles ? Ils l'ont du moins exercé par ce dur noviciat, qui n'a été tout-à-fait perdu ni pour la discipline de l'intelligence ni pour la formation du langage, et on les excusera toujours plus volontiers d'avoir hérissé de ces subtilités inextricables leurs énormes ouvrages que d'avoir anéanti ceux d'autrui.

Nous avons mieux aimé parler des livres qui ont péri par l'inquisition que de la foule innombrable des malheureux qu'elle a tués; assez de ces souvenirs funèbres se présenteront à nous, même dans le nécrologe des autres ordres religieux, surtout de ceux qui furent en lutte avec les dominicains. Ce sont là de tristes images ; car on frémit à la pensée qu'une justice qui se croyait éclairée par des lumières surnaturelles devait être exposée à bien des erreurs, et à des erreurs irréparables. Un court dialogue, attesté par un frère qui a pu siéger comme juge, fera reconnaître dans quelles illusions il était facile

Guill. Duranti, de Modo concilii celebrandi, part. iii, tit. 16.

Thom. Summa, part. 1, quæst. 46, art. 2.

Conformit., fol. 79 vo.

à cette justice de s'égarer : « Jésus-Christ, le regard menaçant,
« apparut à un prieur, et lui dit : Prieur, de quel ordre es-tu ? —
« De l'ordre de Saint-Benoît. — Benoît, dit-il vrai ? —Oui, c'est
« un fléau de mon ordre, lui et tous les siens. — Alors le divin
« juge les fit pendre tous à un orme qui était dans le cloître. »

Voilà donc des bénédictins pendus par des dominicains ;
mais nous verrons les disciples de saint François bien plus
souvent accusés. Or, quoique les frères Mineurs et les frères
Prêcheurs eussent été quelque temps associés comme missionnaires et même comme inquisiteurs, il n'est point douteux qu'ils
se traitèrent bientôt en ennemis, et que l'on pouvait craindre
qu'une telle rivalité, qui eut l'heureux effet de diminuer leur
puissance, ne s'accordât mal avec l'impartialité du juge.

Cet esprit d'hostilité n'avait pas échappé au frère Mineur par
qui nous savons comment les bénédictins furent pendus, au rédacteur du fameux livre des Conformités, approuvé le 2 août
1399, par le chapitre général d'Assise, qui donna pour récompense à l'auteur la robe qu'avait portée saint François. Barthélemi Albizzi, celui dont le témoignage recevait une telle sanc-
tion, est sans doute un homme de peu de jugement ; mais il
est plein de candeur, de bonne foi, et chroniqueur sincère de ce
qu'il voit ou de ce qu'il entend raconter. Entre autres preuves
qu'il donne, en trop grand nombre, de la malveillance de son
ordre et de la sienne contre ceux qu'il appelle les « domini-
« castres,» la scène suivante n'est que l'expression de l'opinion
populaire de son temps :

« Les moines Prêcheurs dirent un jour à la multitude des
« pèlerins d'Assise : O simples que vous êtes, pourquoi vous
« exposer à cette chaleur, à ces fatigues ? L'indulgence qui
« vous est promise n'est pas si grande qu'on le dit, et les frères
« Mineurs n'en peuvent montrer le privilége. C'est chez nous
« qu'est la grande indulgence. — Alors les pèlerins se dis-
« persent, malgré les efforts d'un vieillard qui allait s'écriant :
« Quand les Prêcheurs ont dit du mal de l'indulgence des Mi-
« neurs, les Prêcheurs en ont menti. — Une seule femme était
« restée. Comme elle vint à mourir après avoir reçu l'indul-
« gence, elle apparut aux autres pèlerins et leur dit : Ne crai-
« gnez rien, je suis des vôtres, et j'ai ma sépulture à Assise.

Wadding,
Annal. Minor.,
t. IX, p. 158.—
G. Crescimbeni,
Origine, etc.
Fuligno, 1823,
p. 9, 17, etc.

« C'est Dieu qui m'envoie pour vous dire que, par la vertu de
« cette indulgence, je suis arrivée tout droit au ciel sans tra-
« verser le purgatoire. »

L'histoire monastique a raconté longuement la vive querelle
entre les Mineurs et les Prêcheurs sur la nature du sang sorti
des cinq plaies, divin suivant les uns, séparé de la divinité suivant les autres. Leur guerre a été encore plus ardente pour et
contre l'immaculée conception de la sainte Vierge. Ces
controverses hardies sur des mystères ont toutes été fort opiniâtres, et le saint-siége a fait souvent de vains efforts pour les
apaiser. Le livre malveillant d'Alva y Astorga, le franciscain
espagnol, impitoyable pour saint Thomas et ses confrères, est
un monument de cette inimitié de plusieurs siècles.

Wadding,
Annal. Minor.,
t. VIII, p. 58.

Pleytos
de los libros.
Tortosa, 1664.

On aime à croire que ni ces conflits ni l'appât des confisca-
tions n'ont détourné les dominicains de leurs devoirs de juges ;
car leurs procès-verbaux d'inquisiteurs paraissent rédigés sans
trop de passion. Toutefois, si cet ordre n'avait aspiré qu'au despotisme de la torture, il ne mériterait que la haine ; mais il a
prétendu aussi à la puissance de la pensée, de la parole, nobles
armes qui auraient dû lui faire dédaigner toutes les autres.

Comme il n'est presque pas une seule année de ce siècle qu'ils
n'aient remplie de leurs livres, l'indication la plus sommaire en
serait impossible, et il faut en renvoyer l'examen à leur rang
chronologique. La plupart de leurs généraux ont écrit ; pour
ne citer que les français, il est permis d'étudier dans leurs ouvrages Bernard de Juzic, Bérenger de Landorre, Hervé Noël,
Hugues de Vaucemain, Gérard de Daumar, Pierre de Baume,
Garin de Gi-l'Évêque, Jean de Molins, Simon de Langres, Élie
Raymond, Jean de Puinoix. Leurs docteurs de Paris sont innombrables. Aussi peut-on dire qu'ils conservaient encore,
dans ce déclin des études, un certain renom d'hommes lettrés,
inférieur à leur première gloire, mais qui ne leur était point
contesté.

On s'étonne que ceux qui, pour punir des croyances, ont
prononcé contre les uns toutes ces sentences de mort, ont
« emmuré » les autres dans toutes ces prisons perpétuelles, ont
exhumé tous ces ossements et démoli toutes ces maisons d'hérétiques ou de fauteurs d'hérétiques, ont anéanti tous ces ma-

nuscrits, aient eu le temps de fonder toutes ces bibliothèques, d'écrire tous ces livres ; et on regrette qu'une activité qui avait sans doute une grande ambition, celle de régner sur les esprits, se soit laissé distraire par des actes non moins odieux peut-être que les crimes dont les bénédictins ont eu le tort de les soup-çonner.

Relig.
de S.-Denis,
t. I, p. 626, 684.

FRANCISCAINS.
(Vers 1216.)

Les franciscains, nés en même temps qu'eux, et qui leur dis-putaient l'empire sur les âmes, ont bien pu, dans leurs légendes, exagérer le rapide accroissement des disciples accourus aux mystiques leçons du prophète d'Assise ; mais dans la foule des nouveaux soldats qui venaient de jour en jour fortifier une armée déjà redoutable, quel que fût le nombre de ceux qui se vouaient à la vie contemplative, il en restait encore plus pour la vie active et conquérante, pour cet ambitieux élan de missionnaires et d'apôtres qui les fit aller plus vite et plus loin que leurs ri-vaux.

Il y eut comme une fascination qui s'empara vivement des esprits, à la nouvelle de ces extases où François paraissait s'élever au-dessus de la nature humaine et approcher de Dieu

Latin stories,
London, 1842,
p. 102.

même. Le principal acteur d'une des traditions merveilleuses que l'Angleterre a conservées, un démon, chargé avec d'autres démons par leur maître infernal d'aller saisir au passage l'âme de François mourant, raconte qu'ils furent tellement éblouis par la splendeur de cette âme qu'ils coururent se cacher. Ils virent aussi, dit-il, les âmes confiées à leur garde en purgatoire s'échapper alors par les mérites du saint, et l'accompagner jusque dans les cieux. Lorsqu'ils osèrent peu à peu lever les yeux sur lui, les stigmates de ses mains, de ses pieds, de son côté, leur firent supposer que c'était le Christ qui, de nouveau crucifié, allait procéder au dernier jugement, et, dans leur ter-reur, ils se hâtèrent de regagner l'enfer et d'en barricader les portes ; mais bientôt, voyant les âmes des défunts qui conti-nuaient d'y descendre, ils comprirent, ajoute le démon qui fait ce récit, que François était un homme, et non pas un dieu.

Eymeric,
Direct. inquis.,
p. 267.

D'autres disaient qu'il ramenait du purgatoire, une fois par an, les âmes de tous les siens, et qu'avec sa robe nul pécheur ne pouvait être damné. Ceux qui croyaient cela devaient presque le croire un dieu, mais combien plus encore ceux qui avaient vu ses stigmates et toutes les merveilles de sa vie!

Le vrai n'est point facile à démêler dans l'histoire d'un tel homme et de ses disciples. Tous ceux qui en ont fait un second Messie et comme une personne divine, n'ont pas eu l'humilité de ce bon démon, qui avoue avec candeur qu'il s'était trompé. Quant à ses moines, il en est à qui l'on prête encore plus de miracles qu'à lui.

L'ouvrage où il s'en trouve le plus, le traité mémorable des Conformités, représente les croyances franciscaines en 1399 : l'approbation éclatante qu'il obtint alors du chapitre général, après mûr examen, doit moins étonner, si l'on songe à celle que donna le chef du même ordre, en 1670, à la Mystique cité de Dieu, par Marie d'Agreda, que Bossuet regarde comme propre « à n'opérer qu'une perpétuelle dérision de la religion. »

OEuvres, éd. de 1836, t. X, p. 547.

Cependant les disciples de ce maître qui avait dit que Jésus sur la croix lui tenait lieu de toute lecture, et qui avait souvent frappé les livres d'anathème, ne furent pas des ennemis de l'étude. A l'âge de quatorze ans, frère Conrad de Offida, connu bientôt par des miracles, fut mis aux lettres, comme on disait alors, ou, dans le latin des légendes, *ad studium positus*. Ils n'ont jamais renié la gloire littéraire de saint Bonaventure.

Dans leur magnifique maison de Paris, construite en 1234, au moment de leur plus grande faveur à la cour de France, les salles destinées à l'enseignement finirent par occuper une grande place, et il y avait une chaire plus basse pour les simples bacheliers, une chaire plus élevée pour les maîtres ou docteurs ; car ils ne dédaignèrent pas non plus les grades de l'université. On s'y préparait par des classes de grammaire, de rhétorique, de logique, et par une quatrième année, où des bacheliers expliquaient trois fois par jour le Maître des sentences et la Physique d'Aristote. Une classe élémentaire pour les commençants n'était pas oubliée. Saint Bonaventure avait été l'élève le plus célèbre de cette maison, où nous voyons lui succéder Jean Duns Scot, Nicolas de Lire, François de Mayronis, Pierre Oriol, Guillaume Okam, Alvar Pélage, Pierre de Candie, pape sous le nom d'Alexandre V. De ces personnages qui se distinguèrent à divers titres, quelques-uns troublèrent le monde plus qu'ils

Wadding, Annal. Minor., t. II, p. 381.

ne contribuèrent à l'éclairer ; mais ils n'encourent pas du moins

Le P. Hardouin,
dans les Mém.
de
St-Hyacinthe,
t. II, p. 418.

le reproche d'avoir voulu dominer par l'ignorance, quoique l'ignorance, a-t-on dit, soit ce qui conserve le mieux la tradition.

Plusieurs de leurs écrivains arrivèrent aux premières dignités : Jean Minio, Alexandre d'Alexandrie, Gérard Odon, Fortanieri Vasselli, Guillaume Farinieri, Marc de Viterbe, Léonard de Gifano, Henri Alfieri d'Asti, après avoir été (1302-1405) généraux des frères Mineurs, devinrent presque tous patriarches ou cardinaux. L'ordre de Saint-Dominique prit le plus souvent ses généraux en France; l'ordre de Saint-François, en Italie.

Les livres, que le maître n'aimait pas, furent quelquefois réunis en grand nombre par les disciples. François de Fabriano, mort en 1322, disait de la bibliothèque établie par lui dans son couvent, que c'était le meilleur atelier de toute la maison, parce qu'on y travaillait le mieux à écarter les périls de l'oisiveté.

Vers le même temps, en 1318, Pierre Oriol enseignait dans l'université de Paris, et en 1323 François de Mayronis, surnommé le docteur illuminé, ou le docteur aigu, ou le maître de l'abstraction, instituait en Sorbonne l'acte qui prit et garda le nom de sorbonique. Il faut voir Barthélemi Albizzi, qui certes n'avait pas fait beaucoup d'études, heureux de nous redire comment un frère Mineur du sang royal de France, saint Louis de Toulouse, sous la direction du frère Mineur Ponce Carbonel, avait appris en sept ans ce qu'il appelle « la grammaire, la lo-« gique, la science naturelle, la métaphysique, la morale et la « théologie sacrée. » Thomas de Celano, un autre des légendaires de saint François et l'auteur du *Dies iræ,* avait étudié à l'université de Bologne.

Aussi, malgré les préventions de quelques-uns d'entre eux contre les lettres humaines, continuent-ils d'avoir dans tous leurs rangs de nombreux écrivains, surtout des théologiens féconds et ardents, comme Jean Scot et Nicolas de Lire, tous deux docteurs de Paris ; des controversistes, qui renouvellent les anciennes attaques contre saint Thomas, et défendent avec intrépidité contre lui et les siens l'immaculée conception de Marie ; une multitude infinie de sermonnaires, qui rivalisent avec les frères Prêcheurs de zèle, d'abondance et de popularité.

Nous en trouverons toujours cependant, et non des moins
habiles, qui, voyant combien les idées excessives agissent sur
l'imagination de la foule, prétendront que les plus éloquents
sont ceux qui ne savent rien. Tout pleins de ces mots de leur
règle : *Et non curent nescientes litteras litteras discere,* ils se
souvenaient aussi de l'exemple que leur avait laissé leur premier instituteur. François dit un jour à frère Rufin : « Va-t'en
« prêcher à Assise. » — « Excuse-moi, répond le frère, je suis
« un ignorant. » — « Pour ne m'avoir pas obéi tout de suite,
« reprend le maître, je t'ordonne, en vertu de sainte obédience,
« de ne garder que tes braies, et d'aller prêcher en cet état. »
Rufin obéit, et François va, presque nu comme lui, assister au
sermon. Le peuple d'Assise, en les voyant, disait : « Ils sont si
« pénitents qu'ils en sont fous. » C'est ainsi qu'on appelait
frère Junipère un jongleur de Jésus-Christ.

Un autre, frère Jean d'Alverne, dans un seul baiser du Ré-
dempteur, passait pour avoir reçu le don de parler sans étude
sur les plus profondes questions théologiques. Non qu'il mé-
prisât les livres ; mais quand il les avait consultés, il prêchait
plus mal. Avec ce don de la science infuse, qu'avait-il besoin
d'étudier la théologie, les langues et tout le reste ?

Antoine de Padoue, en prêchant devant le pape, les cardinaux, et une grande assemblée où se trouvaient des Grecs, des
Italiens, des Français, des Anglais, des Allemands, ne parlait
qu'espagnol, et il était compris de tout le monde. Grégoire IX
disait : « Cet homme est l'arche du Testament et la biblio-
« thèque des livres saints. » Mais c'est l'auditoire qui avait
cette fois le don des langues. De telles histoires, que de graves auteurs ont répétées, ne sont pas tout-à-fait puériles : on
y voit quel prix ceux qui affectaient le plus l'ignorance attachaient à l'art de la parole et à l'instruction, puisqu'ils
croyaient que, pour réussir, on ne pouvait s'en passer à moins
d'un miracle.

Comment des hommes que l'ardeur religieuse rendait ainsi
capables de tout dire et de tout oser, n'auraient-ils pas été les
plus hardis missionnaires ? Leur esprit d'émulation contre la
société dominicaine, instituée surtout pour aller prêcher au loin,
les excitait à la suivre, à la devancer dans cette carrière péril-

Ibid., t. II,
p. 67.

Ibid., t. VI,
p. 387.

Conformit.,
fol. 67. —
Wadding, t. II,
p. 171.

leuse. Déjà leur fondateur les comparait aux chevaliers errants de la table ronde.

Wadding, t. VI, p. 69, 91. Nous avons les lettres de frère Jean de Monte Corvino, envoyé chez les Tartares en 1289, et qui raconte, en 1305 et en 1307, son long séjour auprès du grand khan, les effets incroyables de ses discours, les enfants qu'il baptise, les conversions qu'il opère par milliers, les églises qu'il fait construire, les psaumes et les hymnes qu'il traduit en langue tartare. Ce frère Ibid., t. VII, p. 227. Jean, créé par Clément V archevêque de Peking, voit bientôt arriver trois coopérateurs de sa mission : des quatre autres partis avec eux, trois étaient morts en route ; un seul avait re- Ibid., p. 44. noncé à cette expédition lointaine. En 1312, l'apostolat s'augmente de trois nouveaux frères, suffragants de l'archevêque ; car ils recevaient tous, en partant, la consécration épiscopale. Ibid., p. 53. Une lettre d'un de ces évêques, André de Pérouse, datée de l'an 1326, parle aussi de la confiance que leur témoigne le grand khan, des subsides qu'il leur paye, et des églises qu'il laisse bâtir de tous côtés.

C'est le même enthousiasme qui entraîna plusieurs fois vers les contrées musulmanes, où il ne fallait point s'attendre à trouver la facilité des bouddhistes chinois et tartares, un des hommes les plus singuliers de cet âge, dont la vie vagabonde semble aussi inexplicable que le sont quelquefois ses écrits, moins dialecticien que théologien, et moins théologien qu'illuminé, Raymond Lull, qui, presque octogénaire, au moment d'aller évangéliser de nouveau, en 1314, les infidèles de la côte d'Afrique, écrivait dans l'île de Majorque, sa patrie, son livre *de Fine*, où il s'écrie : « Tout indigne que je suis, ô Sei- « gneur, de mourir pour toi, je pars avec l'espérance d'ob- « tenir cette sainte et précieuse mort. Toi qui as donné à ton « humble serviteur une vie qu'il ne méritait pas, ne lui refuse « point une mort glorieuse qu'il n'a pas non plus méritée. Ou « si tu ne me réserves point, Seigneur, la récompense du mar- « tyre, accorde-moi du moins la grâce de mourir en pleurant, « en gémissant, en invoquant une mort sainte, ô mon créa- « teur, mon maître et mon sauveur ! » L'ardent vieillard, battu et laissé pour mort par les Arabes de Bougie qu'il voulait convertir, revint expirer en vue de son île, où le rappor-

taient des négociants génois. Les franciscains ont été ingrats
pour lui : quoiqu'il appartînt à leur tiers ordre, à peine l'ont-
ils défendu contre ceux qui le traitaient d'hérétique, et leurs
historiens ont le tort d'être embarrassés de sa mémoire.

Toute leur préférence est pour ceux qui leur écrivent, des
pays inconnus, leurs miracles et leurs conquêtes. Odoric de Ibid., t. VI,
Frioul, qui ne fut point martyr et dont ils ont fait un saint, p. 358.
embarqué pour l'Orient l'année d'après la mort de Lull, prétend avoir donné sa bénédiction au grand khan, prosterné devant la croix. Pendant une mission de seize années, en Chine,
en Tartarie, au Tibet, aux Indes, il dit avoir trouvé partout des
frères qui prêchaient encore. Il déclare lui-même à son retour,
en 1330, que ces divers pays, qui, excepté les Indes, étaient
remplis de sectateurs du bouddhisme, valent beaucoup mieux
pour la prédication, non-seulement que ceux qui obéissent à la
loi musulmane, mais que les pays chrétiens.

En effet, tandis que les franciscains se félicitaient de leurs
pieux triomphes aux dernières limites de l'Orient et dans la
Palestine, où ils desservent encore aujourd'hui l'église du
Saint-Sépulcre, l'Europe était quelquefois bien cruelle pour
eux. S'ils avaient quelques martyrs chez les infidèles, comme Ibid., t. VII,
Livin, de la province de France, au Caire, en 1345 ; Donat, p. 319; t. VIII,
p. 138; t. IX,
de la province d'Aquitaine, et Pierre de Narbonne, à Jérusa- p. 100.
lem, en 1391, ils en avaient bien davantage en France même.
Peut-être avaient-ils porté leurs vœux trop haut, et l'on se
défia de ceux qui disaient : « Le Christ n'a rien fait que Fran-
« çois n'ait fait, et François a fait plus que le Christ. » Toute
puissance terrestre, alors surtout, devait s'incliner devant de
tels envoyés de Dieu, ou leur résister. On les combattit, mais
lâchement, par des délateurs et des bourreaux. La liste de
toutes ces condamnations serait longue ; mais sans l'avoir
complète, nous pouvons être surpris des coups répétés qui
frappent des moines destinés à être les plus humbles de tous,
et devenus, à ce qu'il semble, les plus à craindre. Il est possible
que le bûcher des templiers eût familiarisé les hommes de ce
siècle, nous ne dirons pas avec le supplice du feu, très-usité
depuis longtemps, mais avec l'étrange spectacle de ce supplice
pour des personnages revêtus d'un caractère religieux, quoi-

qu'il soit difficile de s'expliquer aujourd'hui comment la multitude pouvait continuer de respecter ceux qu'elle voyait si souvent brûler sur les places publiques.

Ainsi, pour ne point parler des nombreux procès où ils furent impliqués, tels que ceux que l'on fit à Guillaume Okam, à Michel de Césène, à Jean de Roquetaillade, à frère Bernard Deliciosi, accusé en 1319 d'avoir fait mourir par la magie le pape Benoît XI, et pour nous borner à quelques-unes de ces funèbres catastrophes de l'ordre séraphique, nous trouvons, entre autres frères livrés au bras séculier, les quatre martyrs de Marseille, comme on les appelait, parce que, jugés coupables d'avoir propagé la doctrine sur la pauvreté absolue des spirituels et des parfaits, ils furent brûlés à Marseille en 1318; François de Pistoie, condamné aussi pour avoir prêché que Jésus ni ses disciples ne possédaient rien en propre ni en commun, et brûlé à Venise en 1337; frère Pierre de Castillon et frère Nicolas, brûlés comme obstinés dans l'hérésie, à Avignon, sous Clément VI; frère Maurice et frère Jean de Narbonne, pour cette même doctrine contre la propriété, brûlés à Avignon en 1353, année où plusieurs autres frères, italiens et gascons, qu'ils proclamaient martyrs, avaient été déjà brûlés; Jean de Castillon et François d'Arquà, brûlés l'année suivante; deux autres, convaincus d'avoir mal pensé sur la religion, *quod de religione male sentirent,* brûlés à Londres en 1357, etc. Il faut s'arrêter dans cet odieux martyrologe.

Baluze,
Miscellan., t. I,
p. 195-211;
éd. de Mansi,
t. II, p. 247-251.

Voilà comment des victimes de plus en plus nombreuses, dans tous les rangs, même dans ceux de la milice choisie, payèrent de leurs souffrances, de leurs supplices, l'abaissement de l'autorité pontificale, que l'on commençait à craindre moins, et qui elle-même ne se croyait plus assez puissante pour oser pardonner.

Tosti, Stor.
di Bonifazio VIII,
t. I, p. 9.

Des moines italiens de notre temps ont appelé le conflit d'Anagni, entre le roi Philippe IV et le pape Boniface VIII, « un fait générateur. » C'est un langage qui leur vient du nord, comme les armées qui gardent l'État de l'Église et le Vatican; mais s'ils veulent dire par là que ce fait a comme engendré le monde moderne, peut-être ont-ils raison.

Toutes ces cruautés des agents de l'Église contre des servi-

teurs égarés, qu'elle aurait jadis ramenés par la foi, et même
par l'intérêt, sont réellement un témoignage d'impuissance. Il
y a là comme un signe funeste de perturbation et d'anarchie.
Qu'est devenue cette entière soumission, qui avait fait la force
de la nouvelle Rome? Les papes ne se trompaient donc pas,
lorsqu'ils hésitaient à recevoir le présent que leur apportait le
jeune enthousiaste d'Assise, cette armée, redoutable sans doute
pour les puissants de la terre, pour le clergé, pour les autres
ordres, mais qui devait l'être pour la papauté elle-même. Le
moment vint où l'on se fatigua de ces auxiliaires indociles, et
où s'agita dans les conseils suprêmes de l'Église le projet
hardi, mais jugé nécessaire, de congédier ces bataillons qui
n'obéissaient plus.

Boniface VIII, de leur propre aveu, y avait déjà songé. Wadding, l. c.,
t. VI, p. 26.
Clément V ne pouvait oublier sa scandaleuse querelle avec le
frère Mineur Gautier de Bruges, évêque de Poitiers, qui, en
1306, du fond de son tombeau, cite le pape au tribunal du souverain juge. L'idée de faire taire ces menaces, plus souvent
secrètes que publiques, a dû revenir plusieurs fois. Des histo- Ibid., t. VIII,
p. 16.
riens l'ont prêtée au successeur de Clément V, à Jean XXII,
mécontent de voir un grand nombre de minorites adopter et
propager les vives attaques de leur confrère Guillaume Okam,
et un d'entre eux, plus téméraire encore, le moine des Abruzzes,
Pierre de Corbaro, devenir en 1328 l'antipape Nicolas V. Ce
pape Jean, dès les premières années de son pontificat, ne put
douter des sentiments hostiles d'une partie de l'ordre de Saint-
François, le jour où l'on fit arriver jusqu'à lui les paroles que Baluze,
Miscellan., t. I,
p. 273;
éd. de Mansi,
t. II, p. 272.
laissèrent par écrit dans leur prison les vingt et un prévenus
qui, à la suite du supplice des quatre martyrs de Marseille,
réussirent à s'échapper, en faisant à la papauté de terribles
adieux : « Nous fuyons, non pas l'ordre, mais ses murailles ;
« non pas l'habit, mais des haillons ; non pas la foi, mais le
« masque de la foi ; non pas l'Église, mais une synagogue
« aveugle ; non pas le berger, mais le loup qui dévore le trou-
« peau. Comme, après la mort de l'antechrist, ses partisans
« seront exterminés ; ainsi, après la mort de ce pape, seront
« exterminés par nous et nos amis tous nos persécuteurs, et à
« jamais révoquées toutes les sentences iniques prononcées

« contre nous, ou plutôt contre le Christ, contre la vie, contre
« la perfection, contre le saint Évangile. »

Jean XXII, peu de temps après, voulait être délivré de ce
frère Bernard accusé de conspiration contre le pape Benoît XI,
mais qui, de plus, avait fait briser par le peuple les portes de
l'inquisition de Carcassonne, et qui fut soupçonné, entre autres
griefs, d'être lié avec les bégards ou la secte allemande du Libre
esprit.

On s'inquiéta peu, chez les frères, des timides essais de réforme tentés par Benoît XII dans sa bulle du 28 novembre 1336.

D'Argentré,
Coll. judicior.,
t. I, part. I,
p. 373.

Mais en 1353, la seconde année d'Innocent VI, lorsque l'on vit
encore deux franciscains, l'un prêtre, l'autre simple convers,
arrêtés à Montpellier, jugés ensuite à Avignon et brûlés sous
les yeux du pape, pour avoir traité hautement d'hérétiques
Jean XXII et tous les papes qui penseraient comme lui sur la
· question de la pauvreté, l'ordre entier se crut de nouveau menacé de suppression, puisqu'il employa dans ses écoles toutes
les subtilités de l'argumentation à prouver que le saint-siége,
pour quelque cause que ce soit, *ex quacumque causa,* ne peut
abolir l'ordre des frères Mineurs. Urbain V, pape français et
bénédictin, qui ne régna que huit ans, n'eut pas le temps
d'exécuter ce grand projet.

Wadding, l. c.,
t. VIII, p. 333.
— Hieron.
Platus, Soc.
Jes., de Bono
stat. relig.,
l. I, c. 33.

En 1376, sous Grégoire XI, se rencontre une scène tragique
et mystérieuse, dont ils nous ont fait la confidence, et qu'ils ne
nous ont pas expliquée : « Des évêques étaient réunis, pour
« abolir l'ordre des frères Mineurs, dans une ville que l'on ne
« nomme point, mais où les vitraux de l'église cathédrale re-
« présentaient deux images, l'une de saint Paul, armée d'une
« épée ; l'autre de saint François, portant une croix à la main.
« La nuit, le sacristain se figure entendre ces paroles de saint
« Paul : Que fais-tu, François ? pourquoi ne défends-tu pas ta
« famille ? — Cette croix que je tiens, répond François, m'ap-
« prend à souffrir. — L'apôtre l'exhorte à se défendre, et lui
« offre son épée. Au jour levant, le sacristain effrayé court à
« l'église : c'était François qui tenait l'épée, et cette épée était
« sanglante. En même temps, on se disait déjà dans la ville
« que le prélat qui avait proposé l'abolition de l'ordre venait
« d'être assassiné. »

Cette pensée d'abolition, qui reparaît plusieurs fois, ne venait donc pas des ennemis de la religion, mais de ses chefs, de ses pontifes. On ne se crut pas sans doute assez fort pour l'accomplir.

Au dernier siècle, on eut plus de courage contre un autre ordre religieux qui, par d'autres moyens, avait acquis une puissance non moins irrégulière, et sous laquelle on ne se sentait pas non plus maître chez soi. Ce sont là de grandes questions. Tel ordre a été maintenu ; tel autre a été d'abord détruit, puis relevé. On a vu aussi les pouvoirs temporels prendre part à ces décisions de l'autorité spirituelle. C'est de quoi répandre sur ces problèmes, à la fois religieux et politiques, encore plus d'obscurité.

Il ne faudrait pas abuser de quelques rapprochements naïfs d'un homme simple, qui répète avec candeur ce qu'il entend dire autour de lui : « Le pape Urbain V avait juré de détruire « notre ordre ; il est mort peu de temps après. Le pape Boni- « face VIII avait préparé plusieurs bulles dans la même inten- « tion, et il voulait faire de nous ce qu'il avait fait des tem- « pliers ; mais avant de fulminer ses décrets, il fut mis en « prison, ses bulles furent jetées au feu, et il eut une triste « mort. Beaucoup d'autres, ou prélats ou cardinaux, qui son- « geaient à nous supprimer, finirent mal... Il y a un Florentin « qui nous a persécutés, et il en est puni : jusqu'au jour du ju- « gement, deux maillets ne cessent de lui frapper la tête. »

Conformit., fol. 103, v°.

Ce sont là d'atroces pensées ; elles se sont renouvelées depuis. Le cardinal de Richelieu, en 1627, inquiet de la censure de la Sorbonne contre un livre ultramontain, déclarait que s'il était juste que les propositions de ce livre fussent regardées comme méchantes et abominables, « il fallait cependant par- « venir à cette fin par une voie innocente, et non telle qu'elle « mît la personne du roi en plus grand péril que celui qu'on « voulait éviter. Vous savez, ajoutait-il, qu'il y a beaucoup « d'esprits mélancoliques, à qui il importe grandement d'ôter « tout sujet de penser que le roi soit mal avec Sa Sainteté, « principalement pour un point de doctrine dont la décision « appartient à l'Église, parce que l'excès et l'ignorance de « leur zèle les fait quelquefois tomber en des passions d'au-

D'Argentré, Collect. judic., t. II, part. 2, p. 256.

« tant plus dangereuses que leur frénésie les leur représente
« saintes. »

Mémoires
de Saint-Simon,
t. VII, p. 50.

Cette même appréhension se retrouve en 1709. Le confesseur du roi, sentant sa fin prochaine, priait son pénitent de
lui choisir un successeur dans sa compagnie, « parce qu'il ne
« fallait point la mettre au désespoir, qu'un mauvais coup était
« bientôt fait, et n'était pas sans exemple. » Voilà ce que raconte, et d'un ton à persuader qu'il y ajoutait foi, un ancien

Ibid., t. XII,
p. 317-321.

élève de ces confesseurs tant redoutés, et qui fut quelquefois
leur défenseur : nous apprenons de lui, comme de Barthélemi
de Pise, comme de Richelieu, ce qu'ils n'auraient pu sans
doute affirmer, mais ce qui s'était dit de leur temps. Et le
narrateur ajoute que c'est là l'unique motif qui avait déterminé jadis Henri IV à rappeler cette Compagnie de l'exil : son
petit-fils agit avec la même prudence; « il voulait vivre, et
« vivre en sûreté. » On n'aurait pas cru que de tels crimes ou
de telles haines fussent possibles.

Esprit des lois,
liv. IV, c. 6.

Il peut y avoir des Sociétés « qui regardent le plaisir de
« commander comme le seul bien de la vie. » Ne supposons
point qu'elles se soient laissé jamais égarer jusqu'à de tels attentats par le plaisir de commander.

Les apologistes ne manquent pas à un grand pouvoir : il
s'en est trouvé pour les fils de Saint-François. Comment n'auraient-ils pas éprouvé eux-mêmes le besoin d'une défense personnelle, en se rappelant cette multitude de leurs frères con-

Wadding, l. c.,
VI, p. 279-
290.

damnés par l'Église? Leur principal historien allègue donc que
ces misérables appartenaient ou aux fratricelles, aux frères de
la pauvre vie, aux apostoliques, aux bizocques, aux béguins,
aux bégards, qui avaient en effet secoué le joug de l'obédience, ou à un prétendu tiers ordre, différent du véritable, et
que les supérieurs légitimes n'ont jamais reconnu. La longue
discussion de l'auteur de ce plaidoyer, qui ne se souvient pas
que les premiers disciples du maître lui-même sont appelés
continuellement fratricelles, ne prouve qu'une chose; c'est
qu'on voudrait bien se débarrasser d'une foule importune, qui
servait dans le temps à compléter les six mille moines de ce
premier chapitre général de Sainte-Marie-des-Anges, vainqueurs de dix-huit mille diables, ou les trente mille combat-

tants qu'un des généraux des frères Mineurs promettait au
pape contre les Turcs ; foule désordonnée, que l'on s'est empressé depuis d'écarter comme un voisinage dangereux. Mais
quand même il n'y aurait point eu de rapport entre ces hordes
turbulentes et l'armée régulière, l'histoire atteste que cette
armée a presque toujours compté des soldats, et même des
chefs, fort peu soumis à l'autorité sacrée qui leur avait mis
les armes à la main.

La doctrine ambitieuse de l'Évangile éternel, qui agita toute
la seconde moitié du siècle précédent, et dont nous retrouverons fort souvent la trace, était sortie certainement de l'imagination entreprenante des franciscains. Les voies avaient été pré-   Hist. litt.
parées en France par l'espérance et l'attente, qu'on prête aux   de la Fr.,
                                                                      t. XVI, p. 586-
disciples d'Amauri de Chartres, d'une troisième loi religieuse   591.
qui devait remplacer les deux premières, et, surtout en Italie,
par le respect pour la mémoire d'un homme que Dante con-
tinue d'appeler un prophète, Joachim, fondateur de la congré-   Paradis, ch. xII,
gation cistercienne de Flore. Cet interprète de l'Apocalypse,   Chap. xIv, v. 6.
                                                                      v. 111.
où semble prédit un Évangile éternel ; cet auteur mystique
des Commentaires sur la sibylle et du Psautier à dix cordes,
avait, du fond de la Calabre, exercé sur les nations chrétiennes
un ascendant que n'égalèrent pas des esprits non moins hardis que le sien, sortis du même pays, et dont les ouvrages
furent aussi condamnés, Campanella et Telesio. Ceux de Joachim ne le furent du moins qu'après sa mort. Dans le chaos
de ses prédictions, obscures comme tous les oracles, ses disciples avaient cru voir l'annonce d'un nouvel âge du monde,
où le règne du Père, ce roi de l'Ancien Testament, après avoir
été remplacé par le règne du Fils ou l'Évangile, allait définitivement l'être par le règne du Saint-Esprit, et l'ancien Évangile, par un Évangile nouveau qui serait le dernier. Les commentaires de leur maître, qu'ils commentaient à leur tour, et
beaucoup d'autres écrits qu'ils réunirent aux siens, renouve-
laient sous toutes les formes l'assurance d'un changement merveilleux dans les destinées, jusqu'alors si malheureuses, des
enfants d'Adam. Ils avaient même, par une libre interpréta-
tion de l'Apocalypse, fixé à l'année 1260 le commencement de   Chap. xI, v. 2.
cet âge, où tous les pouvoirs terrestres devaient être absorbés

dans la domination toute divine des ordres mendiants, chargés
désormais du bonheur présent comme du bonheur futur de
l'humanité.

Quels que fussent les inventeurs de cette croyance, comme
elle avait, quoique bien vague encore, de nombreux partisans,
il y avait là de quoi tenter celle des associations mendiantes qui
serait assez habile pour s'en emparer.

Les frères Mineurs s'autorisaient déjà d'une révélation qui
promettait à leur premier apôtre la durée de son ordre jusqu'au
dernier jugement. Il leur sembla commode et utile d'ajouter à
cette garantie surnaturelle une prophétie de l'abbé Joachim,
qui avait eu, disaient-ils, dès l'an 1200, la vue anticipée de
saint François et de ses stigmates. Mais où est cet Évangile
inconnu, sur lequel ils fondaient l'avenir de régénération et de
puissance qui s'ouvrait devant eux? A-t-il même jamais existé,
Hist. litt.
de la Fr.,
t. XX, p. 23-86. et jusqu'à quel point leur général Jean de Parme ou quelqu'un
de ses moines, comme Gérard de Borgo San Donnino, qu'on
accuse aussi d'en être l'auteur, ont-ils dû être soupçonnés d'a-
voir sinon fabriqué, du moins répandu et accrédité la nouvelle
promesse? Était-ce en effet un Évangile, un code nouveau du
nouvel âge de la foi, ou bien un simple recueil de fragments
extraits des ouvrages attribués à l'abbé de Flore, que ce livre
exposé, en 1254, au parvis de Notre-Dame de Paris, et condamné l'année suivante par le dominicain Hugues de Saint-
Cher, Eudes, évêque de Tusculum, Étienne, évêque de Pré-
neste, aux conférences d'Anagni, avec le livre sur les Périls
des derniers temps?

Si toutes ces questions sont encore loin d'être éclaircies,
Nᵒˢ 1706, 1726. nous pouvons du moins, en comparant deux manuscrits de
l'ancienne bibliothèque de Sorbonne, y recueillir quelques motifs de croire, contre l'opinion jusqu'ici la plus commune, que
la condamnation ne porta que sur une introduction à l'Évangile définitif, *Liber introductorius;* espèce de préface, composée d'un choix de textes que le nom de Joachim paraissait avoir
consacrés.

Entre les propositions condamnées par les trois commissaires, la première est celle-ci : « Vers l'an 1200 de l'incarna-
« tion du Seigneur, l'esprit de vie étant sorti des deux Testa-

« ments, naquit l'Évangile éternel. » On voit ensuite que ce
livre d'introduction, sinon l'ouvrage même, devait être principalement formé de divers chapitres de Joachim, soit authentiques, soit apocryphes. Il y était dit sans cesse, avec toutes
sortes de similitudes, que le nouvel Évangile surpassait et
achevait les deux révélations antérieures : « L'Ancien Testa-
« ment n'était encore que la clarté des étoiles, ou le vestibule
« du temple, ou le brou de la noix ; le Nouveau, la clarté de la
« lune, le sanctuaire, la coquille, tandis que l'Évangile éter-
« nel nous apporte la clarté du soleil, le saint des saints, la
« noix elle-même. » Voici enfin la désignation prophétique de
ceux qui seront chargés de présider à cet âge de perfection :
« Dans le premier état du monde paraissent trois grands noms,
« Abraham, Isaac, Jacob, et douze noms autour de Jacob ;
« dans le second état, Zacharie, Jean-Baptiste et Jésus-Christ
« homme, qui a compté douze disciples ; au début du troisième
« état, un homme vêtu de lin, un ange portant une faux aiguë,
« et un autre ange marqué du signe du Dieu vivant, accompa-
« gné de onze anges, ce qui fait douze en le comptant avec
« eux. »

Il était bien permis de se figurer que le seul personnage suffisamment reconnaissable dans ces paroles énigmatiques n'était
autre que François d'Assise, marqué du signe divin ou des
stigmates, fondateur de l'ordre des Nu-pieds, comme les appelle
le même prophète, *Nudipedes*. L'homme vêtu de lin, qui paraît imité de l'Apocalypse, pouvait être Joachim, et l'ange à
la faux aiguë, saint Dominique. Mais l'interprétation du texte
doit être bien flexible, puisque les jésuites, à leur tour, se sont
reconnus dans « cet ordre de justes, appelés à prêcher d'une
« langue diserte l'Évangile du royaume de Dieu, et à ramasser
« dans l'aire du Seigneur sa dernière moisson. »

Ces précieux articles de l'acte de condamnation, bien plus
dignes de confiance que l'abrégé inexact du Guide des inquisiteurs et même que les extraits de Charles d'Argentré, sont
suivis, dans l'un des deux manuscrits, du procès-verbal des
séances tenues à Anagni par les trois juges. Frère Gérard,
nommé souvent dans ce procès-verbal, est sans doute le franciscain Gérard de Borgo San Domnino, qui a passé pour l'au-

Chap. xiv, v.
14, 17.
Voy. Acta
Sanctor., t. VII
de mai, le 29,
p. 421. —
Gervaise,
Vie de Joachim,
p. 489-494.

Eymeric,
Direct. inquisit.,
p. 254, 255. —
D'Argentré,
Coll. jud., t. I,
p. 165, 168.
N. 1726.

teur de l'Évangile éternel, et qui n'en était, comme on le voit
ici, que le commentateur, mais dont la glose dépasse en prétentions insolentes les textes sur lesquels on se fondait pour
annoncer l'approche d'une grande révolution.

Quelques-unes des propositions constatées par ces deux
actes, dont le second était ignoré jusqu'ici, nous apprennent
quelles idées d'insubordination et de convoitise fermentaient
chez des hommes qui, d'humbles serviteurs de Rome, étaient
devenus ses audacieux adversaires : « L'Église romaine, di-
« saient-ils, ne possède que le sens littéral du Nouveau Testa-
« ment, et n'en a pas l'intelligence spirituelle. Aussi l'Église
« grecque a bien fait de s'en détacher, et les spirituels (c'est-
« à-dire les religieux) ne sont pas tenus d'obéir à l'Église de
« Rome, ni d'acquiescer à son jugement dans les choses qui
« sont de Dieu. Les Grecs marchent bien mieux dans la voie
« de l'Évangile que les Latins... Ce qu'on appelle le Nouveau
« Testament est pour nous l'Ancien, et doit être rejeté... Le
« Christ et ses saints apôtres n'ont pas été parfaits dans la vie
« contemplative. L'ordre des clercs, fait pour la vie active, ne
« suffit plus à l'édification, au salut, au gouvernement de l'É-
« glise ; l'ordre des moines ou des contemplatifs peut seul l'é-
« difier, la sauver, la gouverner. »

La faveur qu'on témoigne au schisme grec s'explique par le
voisinage des couvents grecs du midi de l'Italie, par la sécurité qu'inspirait une orthodoxie plus douce, qui brûlait beaucoup moins d'hérétiques, et peut-être aussi par un généreux
désir de réunion. Ce vœu de ralliement, plus impraticable
alors que jamais, ne recule pas même devant l'idée d'un certain retour au judaïsme, et va jusqu'à menacer l'Église romaine, si elle persécute les moines, de passer aux infidèles
pour revenir la combattre. Avant de connaître mieux, par un
acte authentique, ce manifeste de guerre, on ne savait pas
que l'esprit d'anarchie, même chez les suppôts les plus turbu-
lents de la doctrine de la perfection, fût allé si loin dans son
délire et ses espérances.

Nous comprenons maintenant pourquoi ni le pape ni les
princes ne pouvaient être sans quelque défiance à l'égard de
ceux qui aspiraient à leur succéder. Pour peu que ces héritiers

de la tiare et de toutes les couronnes, qui déjà proclament
eux-mêmes la première année de leur empire, continuent de
promener dans les plaines de la Lombardie leurs troupes de
quarante mille pénitents, tout autre pouvoir sera bien petit
devant eux. .Que deviendra le pape? ils sont les vicaires de
Dieu sur la terre. Que deviendront les princes? Dieu en a
choisi d'autres pour régner.

En attendant l'heure où ils seraient appelés à déposséder le
pape et les princes, ils s'appuyaient sur eux. Institués pour
venir en aide au pouvoir spirituel, ils ne dédaignaient point
les pouvoirs terrestres. A peine avaient-ils paru, déjà ils
étaient accusés de travailler à séduire les rois. On ne sait où ils
prennent les trente rois de France qu'ils agrégent à leur ordre;
mais il est probable que ce furent eux qui répandirent le bruit
que Louis IX allait prononcer ses vœux de frère Mineur. Du moins
est-il compté parmi les frères du tiers ordre : *De tertio ordine
Sancti Francisci. Sanctus Ludovicus, rex Franciœ.* C'était une
gloire qu'on se disputait; car, suivant d'autres, le roi, sans l'opposition de la reine Marguerite, serait devenu frère Prêcheur.
Le prétendu pèlerinage du même prince, allant à Pérouse visiter
frère Gilles, et le quittant, après l'avoir embrassé, sans lui dire
une parole, parce qu'il suffisait d'un muet dialogue entre les
âmes des deux saints, est une autre invention franciscaine.
De là vient encore ce frère Girard qui faisait tous ses miracles en joignant au nom de saint François celui de saint
Louis, nouvellement canonisé, et dont il avait été, disait-on,
l'ami et presque le confrère. Ainsi, les deux ordres les plus
puissants d'alors s'imaginaient avoir des droits sur le roi de
France, et l'opinion populaire s'en doutait bien; car, en
1294, le peuple de Carcassonne, pour se venger de l'inquisition, avait représenté le diable, en habit de dominicain,
parlant à l'oreille du prince qui, trois ans après, allait être appelé saint Louis.

Les franciscains, que l'on croyait plus humbles, s'élevèrent
donc aussi en faisant alliance avec la grandeur temporelle.
Peut-être même, pour hâter l'avénement de leur nouveau
christianisme, se laissèrent-ils entraîner trop loin par le désir
de s'attacher ceux qui commandaient les armées. Dans le grand

Hist. litt.
de la Fr.,
t. XXI, p. 475.
Hüber,
Menologium
S. Franc.,
col. 221.

Mon. francisc.,
Lond., 1838,
p. 543.
Richer
de Senone,
ap. Dacher.
Spicileg.,
t. VIII, p. 271.

Bouges, Hist.
de Carcassonne,
p. 214.

conflit entre Rome et Louis de Bavière, ils trahirent la cause
de Rome.

L'année 1260 arriva, et l'on ne vit rien de ce qu'ils avaient
prédit, ni le règne de la nouvelle foi, ni l'antechrist, ni le jugement dernier. D'autres prophètes y substituèrent alors l'an
1325 ou 1335, puis l'an 1360, comme si l'on s'était trompé
d'un siècle. Arnauld de Villeneuve, après quelque hésitation,
s'était prononcé pour l'an 1376. La peur de la fin prochaine du
monde faisant redoubler les donations aux monastères, cette
date, depuis le XIᵉ siècle, a souvent changé.

Direct. inquis.,
p. 265, 283.
Ibid., p. 267.
J. Villani,
liv. IX, c. 3.

Nous verrons toutes ces idées entretenir une grande agitation dans les esprits. Comme l'échéance indiquée d'abord
était passée, des réclamations sourdes, en Italie et surtout
dans le midi de la France, ne cessent de circuler parmi ces
bandes innombrables de mendiants et de flagellants, tout pleins
de l'espoir que leur donnait la prophétie. Lorsque, dans ce
nouveau siècle qu'elle réservait au nouveau Christ, rien ne
faisait prévoir encore qu'elle dût s'accomplir, les plus exaltés,
impatients des retards que leur semblait éprouver le grand
jour de la félicité universelle, s'obstinèrent à proclamer le
second Messie, le second crucifié, le second sauveur des nations, saint François. Le signal avait été donné par un autre
de ces interprètes de l'Apocalypse qui semblent prédestinés à
toutes les visions, le frère Mineur Pierre Jean d'Olive, dont les
ouvrages, depuis sa mort, en 1297, avaient été souvent traduits en langue vulgaire, et n'avaient point échappé à l'inquisition des frères Prêcheurs. L'âge de la domination franciscaine
se faisant encore attendre, l'Italie, la patrie du saint, voit ap-
paraître coup sur coup de nouveaux précurseurs qui doivent hâter le moment de la victoire. Ubertin de Casal, Dolcino, Michel
de Césène, se liguent avec Louis de Bavière contre la Babylone charnelle et simoniaque. C'est de là que partent, pour
évangéliser la France, de nombreux sectaires, dont quelques-
uns prennent le rôle de Messie pour eux-mêmes.

Hist. litt.
de la Fr.,
t. XXI, p. 41-
55.

D'Argentré,
Collect. judic.,
t. I, part. 2,
p. 151.

Un de ces illuminés, venu des points de l'Italie qui avaient accueilli les chimères de l'abbé de Flore, et qui produisirent à la
fin du siècle, en 1386, celles de Télesphore de Cosenza, un
certain Thomas se donne, vers le même temps, pour le pro-

phète du Saint-Esprit, et apporte en France le livre où il exposait ses doctrines. Condamné, en 1388, par l'évêque de Paris, Pierre d'Orgemont, et abandonné au bras séculier, il dut la vie au bon sens des médecins qui le déclarèrent fou, et le supplice du bûcher fut commué pour lui en une prison perpétuelle; on ne brûla que son livre.

Une femme de Milan, Guillelmine, en 1280, s'était fait passer pour le Saint-Esprit en personne, et on croyait que des cures miraculeuses s'étaient opérées sur sa tombe.

Une Anglaise, en 1300, prétend à son tour que le Saint-Esprit s'est incarné en elle pour la rédemption des femmes. Vers l'an 1330, une béguine de Sivergues, près d'Apt, et une autre qui se proclamait la Recluse du temple, dogmatisent à l'envi. Nous trouverons tout le siècle rempli de ces aspirations et de ces rêves, qui semblent annoncer du moins que le monde veut changer.

Muratori, Antiquit. ital. med. ævi, t. V, col. 91-93. Annal. Dominic. Colmar., ap. Urstisium, part. 2, p. 33. Rose, Ét. sur le XIVe siècle, p. 188.

Ainsi s'expliqueront plusieurs folles tentatives qui nous montrent les franciscains persistant plus que jamais dans leurs traditions de témérité, de turbulence, et l'Église toujours sévère contre des fils ingrats. Le schisme accrut le désordre : s'il y eut des antipapes, il y eut des antigénéraux franciscains. Aucune congrégation, surtout alors, n'a produit autant d'esprits novateurs, dont la popularité, loin d'être un appui pour Rome, fut un péril pour elle comme pour la paix publique.

Wadding, l. c. t. IX, p. 12, 22, 64, etc.

Leur plus grand nom est celui de Duns Scot : la lutte de ses doctrines contre celles de saint Thomas et de l'école dominicaine, cette espèce de duel théologique, mêlé de passions toutes profanes, troubla et inquiéta les âmes chrétiennes. Ses disciples les plus fidèles, Jean Bassol, le docteur « très-ordonné ; » Antoine André, le docteur « dulciflu ; » François de Mayronis, le docteur « illuminé, » qui lui-même fut accusé en 1320, ont peu fait pour sa gloire, tandis qu'un grand nombre de ses élèves, et des plus illustres, Guillaume Okam, Pierre Oriol, ont été infidèles et à leur maître et à Rome elle-même. Un général de l'ordre, Michel de Césène, fut déclaré impie et sacrilége. Les actes des conciles, de la chancellerie pontificale, de la Sorbonne, sont remplis de condamnations qui, en les frappant, semblent proclamer qu'à tous les degrés de la famille séraphique on trouve l'hérésie. C'était un symptôme que nous n'avons pas dû négliger. Un si grand nombre de sentences, incessamment prononcées, non pas seulement contre des gens du tiers ordre, contre des vagabonds, mais contre les hommes les plus éminents de la communauté, fait assez voir que le saint-siége croyait ne pouvoir trop réprimer une liberté qu'il traitait de révolte, un exemple qui était un danger.

Essayez donc, en effet, de gouverner le monde des intelligences, lorsque ceux-là même qui devraient le plus vous y aider sont les premiers à rêver une domination qui n'est point la vôtre, à promener par toute la terre un autre Évangile et d'autres espérances, à donner en spectacle, au lieu d'une obéissance dévouée, leurs illusions et leurs folies.

Toutes ces fautes des deux principaux ordres mendiants, qui s'imputaient quelquefois l'un à l'autre les ouvrages proscrits, durent enfin porter atteinte à leur ancienne autorité. Comme les héritiers de saint François s'étaient fait prédire plus d'un siècle d'avance, et s'étaient ensuite défendus par des prophéties, leurs adversaires, pour les attaquer avec les mêmes armes, répandirent contre eux des menaces anticipées sous le nom de sainte Hildegarde, religieuse bénédictine, morte en 1178, longtemps avant leur naissance :

« Un ordre pervers, maudit par les hommes de sagesse et « de foi, recevra du diable quatre vices : l'adulation, ou l'art « de faire donner davantage à leurs quêteurs; l'envie, ou le « chagrin de voir donner aux autres et non pas à eux ; l'hypo- « crisie, ce moyen de plaire en simulant la vertu ; la calomnie, « qui les fera blâmer autrui en se louant eux-mêmes... Ils dé- « roberont les sacrements aux vrais pasteurs, les aumônes aux « pauvres et aux malades. Ils abuseront de leur familiarité avec « les femmes pour leur apprendre à tromper leurs maris, et « obtiendront d'elles des largesses mal acquises, en leur di- « sant : Donnez, et nous prierons pour vous. Mais quand le « peuple, devenu plus prudent par l'expérience de leurs séduc- « tions, cessera de leur donner, ils iront de porte en porte « comme des chiens affamés, les yeux baissés, le cou tors, et « on leur criera : Malheur à vous, pauvres qui êtes riches, « humbles qui êtes puissants, dévots qui flattez, saints im-

« posteurs, mendiants superbes, quêteurs effrontés, doc-
« teurs inconséquents, calomniateurs doucereux, pacifiques
« persécuteurs, vendeurs d'indulgences, semeurs de discordes,
« martyrs délicats, confesseurs insatiables! En voulant tou-
« jours monter plus haut, vous tombez, comme Simon le ma-
« gicien. Allez, docteurs de perversité, nous ne suivrons pas
« vos leçons. »

Cette invective ne se trouve guère dans les manuscrits
qu'un siècle plus tard; mais, fût-elle encore moins ancienne,
elle résume assez bien les vœux souvent répétés pour la suppression prochaine des frères Mineurs. Dès avant l'année 1300,
l'astrologue italien Gui Bonatti, dans son horoscope de la
secte franciscaine, annonce qu'après avoir déraciné toutes les
autres, elle périra : « Si je n'ose dire, ajoute-t-il, quelle sera
« sa fin, c'est que je ne veux pas m'exposer aux rumeurs du
« vulgaire; mais cette fin sera publique et elle fera un im-
« mense bruit, *erit tamen publicus valde, ac de ipso rumor*
« *immensus.* » L'excellent Tiraboschi, à la suite de cette pro-   Storia, t. IV,
p. 161.
phétie, plus courte, mais tout aussi peu précise que celle qu'on
a mise sous le nom d'Hildegarde, ajoute, en prophète non
moins prudent, qu'elle ne s'accomplira peut-être qu'à la fin
du monde.

Des témoignages d'un genre plus trivial nous prouvent combien de défiance et de haine s'amassait de toutes parts contre
eux. Quelques vers farcis d'anglais et de latin, qu'on répétait ·   Reliquiæ
antiquæ, t. II,
p. 247. —
Political Songs,
t. II, p. 249.
au XVᵉ siècle, font retentir jusqu'à nous d'autres impréca-
tions, non plus prophétiques, mais où la clameur universelle
accuse en face, dans la langue du peuple et dans celle de l'É-
glise, ces mendiants plus riches que ceux qui leur font l'aumône :

> Freeres, freeres, wo ye be, *ministri malorum*...
> Ther may no lorde of this cuntré *sic ædificare*
> As may thes freeres, where thei be, *qui radunt mendicare*.

Ajoutez à tout cela le ressentiment du clergé séculier contre   Liber introduct.,
ms. de Sorbonne,
n. 1706.
ceux qui avaient fait dire à leur prophète : *Ordo clericalis*
peribit. Ce clergé leur répondit souvent avec amertume, et

J. Wolf,
Loction. mem.,
t. I, p. 631.
Nicole Oresme, depuis évêque de Lisieux, dans son célèbre sermon d'Avignon, en 1363, songeait à eux lorsqu'il disait : *Fatue disputaverunt de paupertate Christi.*

Ce n'était donc là qu'un secours fort douteux pour le pouvoir spirituel, qui avait trop compté sur ce dangereux appui. Les successeurs de celui qu'un pape avait cru voir en songe soutenant de son bras la basilique chancelante de Saint-Jean de Latran, non contents d'abandonner l'édifice ébranlé, travaillaient à en précipiter la ruine. La hiérarchie séculière valait mieux pour l'Église que des républiques monastiques.

Bonald,
Législ. primit.,
éd. de 1829,
t. II. p. 271-278.
D'autres l'ont pensé et l'ont dit avant nous. Un violent admirateur de tout ce passé, surpris lui-même un instant d'un tel désordre, ne sait comment s'expliquer ces deux grandes armées de religieux, lancées dans le monde avec leur indépendance des évêques et la liberté de leurs élections triennales : comme il croit voir dans l'établissement des troupes soldées une faute des rois, il voit dans celui des ordres mendiants une faute des papes. Les faits prouvent que la seconde proposition est plus vraie que la première. Qu'attendre, sinon l'anarchie, de ces foules d'envoyés de Dieu, pleines d'un zèle aveugle, divisées entre elles, et commandées par des vassaux quelquefois plus puissants que le suzerain ?

Si nous avons insisté sur les deux principales de ces milices, on voit maintenant pourquoi. Leur vivacité, leur acharnement, leur énergie ont de la grandeur, et ce n'est point le courage ni l'audace, c'est plutôt la modération et la prudence qui ont manqué. Mais il y a ici, pour l'histoire des lettres, un intérêt de plus. Comme c'étaient réellement les croyances, c'est-à-dire les plus nobles inspirations de l'âme humaine, qui étaient aux prises, et que les deux grandes congrégations fondées au siècle précédent reparaîtront sans cesse à la première place dans les controverses et les agitations morales de celui que nous avons maintenant à traverser, il n'était pas inutile d'étudier de plus près les champions qui ont soutenu le combat.

Dans les nombreux ouvrages où ils font vivre jusqu'à nous leurs doctrines, leurs passions, et quelques-unes de leurs secrètes espérances, on verra mieux encore qu'ils ont pu sans doute se dévouer sincèrement à la cause de leur chef suprême,

comme on doit le croire de la plupart, mais qu'ils l'ont trop
souvent compromise, lorsqu'ils ne l'ont point trahie.

Leurs moyens d'agir sur les esprits ont été différents. Les
disciples de saint Dominique ont aspiré à la suprématie par
le savoir, l'éloquence, la richesse, et malheureusement aussi
par les supplices; les fils de saint François, par l'étalage de
la pauvreté et de l'humilité, par la hardiesse des doctrines et
des exemples populaires. Nous remarquerons chez les uns plus
d'habileté, d'aptitude au gouvernement, de cette gravité qui
convient à la domination; chez les autres, plus de goût pour les
innovations profondes et hasardeuses, de cet élan désordonné
qui entraîne les multitudes. Les frères Prêcheurs avaient, pour
réussir en France, les avantages de l'esprit et de l'art, la
suite et la persévérance dans les plans; les frères Mineurs,
pour plaire à l'Italie et à l'Espagne, les longues files de leurs
bandes enthousiastes, les flagellations de leurs pénitents, les
saillies d'une imagination ardente, la prodigalité des miracles.
Dans leurs œuvres littéraires, les uns, avec de la régularité, de
la méthode, le respect scrupuleux des dogmes, multiplient
beaucoup trop les menaces judiciaires, les anathèmes, les sentences de mort; les autres, non moins téméraires comme écrivains que comme théologiens, abondent en rêveries, en fantaisies, en visions. Ils ont, des deux côtés, en abusant de l'Évangile, affaibli plutôt que fortifié la papauté; car il y avait pour
un pouvoir moral trop de péril à blesser, avec les uns, le cœur
humain, qui se soulève tôt ou tard contre la cruauté; avec les
autres, le bon sens, tôt ou tard rebelle aux expériences qui
ébranlent les fondements de la société.

En un mot, si la papauté elle-même, avec son exil volontaire en France, ses scandales, ses schismes, se défendit mal,
il es vrai de dire aussi qu'elle fut mal défendue.

Tandis que les moines, ou du moins ceux d'entre eux qui
se donnent le titre de parfaits, comme les nombreux sectaires
que punit l'inquisition, s'obstinent à prophétiser, pour une année qui n'arrive pas, leur règne absolu sur la terre, l'Église,
délaissée de quelques-uns de ses plus chers enfants, et mena-

4.
CONCILES.

cée de nouveaux orages, convoque une de ces grandes assemblées où elle commençait à trouver moins de force que d'inquiétude, un concile général.

Nous ne pouvons songer à résumer ici les questions agitées
dans les simples conciles diocésains, métropolitains, nationaux, ni même dans le grand concile de Vienne ; mais comme
nous les interrogerons au moins sur l'état des esprits et des
études, nous devons d'abord, pour mieux voir quelle direction
leur imprimait la suprématie pontificale, recueillir quelques-
unes des délibérations de ce concile qui fut le quinzième des
conciles généraux, présidé par un pape français dans une ville
déjà presque française, et le seul concile général qui ait été con-
voqué pendant ce siècle. Il y en eut trois dans le siècle suivant.

L'ouverture du concile de Vienne, le 16 octobre 1311, avait
été précédée de la composition de divers mémoires demandés
aux prélats par le pape lui-même, Clément V, et destinés à
préparer les discussions. Dans ces mémoires comme dans ce
que nous savons de l'assemblée, il nous faudra négliger les
débats théologiques, pour en extraire un petit nombre de
questions plus humaines, plus pratiques, où il nous semble
voir la marche et les progrès de la pensée de ceux qui gouver-
nent. Ces demi-révélations ont d'autant plus de prix à nos
yeux qu'elles partent de plus haut.

Rinaldi, Annal.
ecclesiast.,
ann. 1311,
n. 55 et suiv.

Un mémoire anonyme, que nous ne connaissons que par
quelques pages tirées des archives du Vatican, recommande
à la sévérité des réformateurs l'abus des excommunications,
prodiguées avec une telle légèreté qu'il y a souvent trois ou
quatre cents excommuniés, et jusqu'à sept cents, dans une
seule paroisse ; l'indignité de plusieurs prêtres, qui, moins
estimés que des juifs, parviennent cependant par leurs obses-
sions à de beaux emplois, tandis que leurs compétiteurs plus
capables, après avoir épuisé leur patrimoine pour étudier,
désespérant de réussir, passent aux cours séculières, ou même
se marient ; la pluralité des bénéfices, réunis quelquefois au
nombre de douze sur une seule tête, et dont les revenus suf-
firaient pour l'honnête entretien de cinquante ou soixante candidats habiles et lettrés, que l'on condamne à la misère, sans
songer que le spectacle de cette misère est une des causes du

dépérissement des études; la vie somptueuse, mondaine, irrégulière, de la plupart de ceux que la protection ou la simonie ont élevés aux dignités, et qui, par leur fâcheux exemple, encouragent les simples chanoines à s'acquitter encore plus mal de leurs devoirs. « J'ai vu souvent, dit l'auteur, j'ai vu les « chanoines et les autres clercs, par une détestable habitude « qu'il faut extirper, assister un moment aux heures canonia- « les où ils ont un droit de présence, et, l'instant d'après, al- « ler à leurs plaisirs, pour ne reparaître qu'à la fin de l'office, « au *Benedicamus Domino,* et s'assurer ainsi leur part dans la « distribution. De là vient que le chœur est désert, qu'il reste « à peine deux ou trois clercs pour dire les heures; ou si par « hasard il en reste un peu plus, au lieu de psalmodier, ils se « mettent à causer de choses frivoles, à se dire des nouvelles, « à éclater de rire, à interrompre scandaleusement le service « divin. »

Rien ne prouve que ce soit là, comme on le suppose, un discours prononcé par un des pères du concile ; c'est plutôt un recueil de notes préparatoires, du genre de celles que développa, dans un long traité, Guillaume Duranti, évêque de Mende, neveu du célèbre Duranti surnommé le Spéculateur, évêque du même diocèse, et avec lequel il a été souvent confondu. L'erreur qui fit attribuer à l'oncle l'œuvre du neveu, et que propagea la première édition publiée en 1545, à l'occasion du concile de Trente, pouvait venir de la grande connaissance du droit dont fait preuve l'auteur du livre *de Modo concilii celebrandi,* et qu'il devait sans doute aux ouvrages et aux entretiens de son oncle; mais un tel anachronisme ne serait plus excusable aujourd'hui.

Ces notes de l'évêque de Mende, beaucoup plus étendues que les extraits de l'anonyme, ont donné lieu à une autre conjecture : comme elles présentent à peu près les mêmes idées, on les a crues du même auteur, qui aurait donné dans les pages conservées au Vatican l'abrégé de son livre. Mais les évêques français ont bien pu, sans s'être concertés, se réunir dans leurs vœux, soit pour la réforme de l'éducation et des mœurs du clergé, soit contre ce privilége anarchique des exemptions, qui, pour accroître l'influence des monastères, les rendait

Mansi,
ad Raynald.
Ann. eccles.,
p. 534.

Hist. litt.
de la Fr.,
t. XX, p. 429,
437, etc.

Mansi, ibid.

indépendants de toute autorité diocésaine ou métropolitaine, et dont les conséquences, de jour en jour plus menaçantes, n'avaient échappé à aucun de ceux qui osaient dire la vérité sur les dangers de l'Église.

Les observations de l'évêque de Mende ont pour nous un intérêt particulier : elles respirent l'amour des lettres. S'il veut que les clercs et les religieux s'élèvent au-dessus des habitudes malheureusement invétérées d'une basse corruption, c'est dans la dignité de l'étude qu'il place sa principale espérance, et il appelle toute la faveur des prochaines délibérations sur les étudiants pauvres, pour lesquels il propose même de réserver, sans autre condition que les grades, le dixième des bénéfices ecclésiastiques ; ce qui ne fut adopté que cent vingt ans plus tard, au concile de Bâle. S'il parle du genre d'instruction qu'il jugerait tout à fait propre à un ministre de l'Église, c'est pour se rendre l'organe d'une plainte qui commençait à se faire entendre, mais qui ne fut écoutée aussi que longtemps après, contre les disputes épineuses de la dialectique de l'école, où l'on sacrifie au commentaire et à la glose les textes originaux, la simplicité de la doctrine, et le premier mérite de tout enseignement, la clarté. S'il songe enfin à cette grande réforme ecclésiastique appelée de siècle en siècle dans presque tous les conciles, c'est toujours par l'instruction, mais par une instruction solide et précise, dégagée de vaines arguties, de distinctions vides de sens, qu'il veut que l'on rende les curés et tous les prêtres capables de diriger les âmes ; direction qui est, selon lui, l'art des arts, et qu'il faut étudier comme les autres arts, pour que les aveugles ne soient pas conduits par des aveugles. C'est un symptôme heureux que cet accord des bons esprits à proclamer de toutes parts que l'ignorance était pour beaucoup dans les vices et les souffrances qui affligeaient alors la société.

Plusieurs des propositions de cet évêque, bien hasardées de son temps, et qui le seraient encore du nôtre, ne pouvaient être accueillies ni même discutées. Il lui fut permis sans doute de parler dans le concile contre la simonie, contre les exemptions, contre les abus du droit d'asile, contre les diversités infinies de la liturgie, même contre le luxe des prélats, et d'ex-

Éd. de 1545, p. 96.

Ibid., p. 163.

Ibid., p. 167, 218.

Ibid., p. 216.

primer le vœu que les diacres ne fussent ordonnés qu'à vingt ans et les prêtres à trente; mais que pouvait espérer de ces timides conseils, eussent-ils été suivis, le hardi réformateur qui, témoin de la dépravation et des débordements des clercs, humilié de voir des lieux infâmes établis aux portes des églises, et d'autres encore que protégeait, moyennant tribut, dans le voisinage du pape d'Avignon, son maréchal du palais, va jusqu'à proposer, pour échapper à cette honte, le mariage des prêtres? Cette addition aux décrétales était déjà une assez grande témérité dans un mémoire qui n'était peut-être point destiné à devenir public : il n'en fut probablement rien dit au concile de Vienne.

Ibid., p. 48.

Ibid., p. 105, 106.

Nous ne croyons pas non plus qu'on y ait parlé de la proposition d'un autre remède contre les mauvaises mœurs du clergé. D'après une ordonnance du concile de Tolède, tombée en désuétude, l'auteur demande que tout enfant né d'un prêtre, depuis l'évêque jusqu'au sous-diacre, non-seulement n'hérite pas, mais soit déclaré serf de l'église à laquelle appartient son père. Le père lui-même n'était condamné qu'à la censure canonique. Il fallait que l'excès du mal fût bien grand pour égarer à ce point la justice humaine. Plusieurs conciles s'étaient contentés d'interdire aux curés de se faire servir la messe par leurs bâtards.

Ibid., p. 170.

Conc., éd. de Labbe, . XI, col. 2008, etc.

Ce prélat qui, dans la défiance d'une vertu qu'il voit souvent faillir, s'autorise de l'exemple des temps apostoliques et de l'Église grecque pour douter de la nécessité du célibat clérical; qui, sans dissimuler combien il aime peu les frères quêteurs, les vendeurs d'indulgences, leur conseille de gagner plutôt leur vie à quelque petit métier ou à la transcription des livres, *artificiolo, vel libris scribendis victum sibi quærant;* qui déclare, d'après un texte fort contesté par les moines, qu'un moine est au-dessous du dernier des clercs séculiers, et qui, chose plus grave encore, ose demander au pape de convoquer tous les dix ans un concile général, au risque d'annuler entre les mains du successeur de saint Pierre la plénitude du pouvoir, ce même évêque se prosterne, comme le plus humble sacristain de la chapelle papale, devant toutes les prétentions du saint-siége. Il défend contre les griefs des seigneurs tempo-

Pag. 177.

P. 184. — Decreti pars 1ª, distinct. 93, cap. 5.

P. 191.

P. 141-153, etc.
P. 167, 188.

P. 153

rels les usurpations les plus flagrantes de la juridiction ecclésiastique; il n'est pas loin de réclamer, comme Gilles de Rome,
qu'il cite deux fois avec respect, la domination suprême de
l'autorité spirituelle; il s'indigne de l'arrogance des rois et de
leurs conseillers, qui ne donnent que difficilement audience
aux archevêques, aux évêques, aux abbés, aux autres prélats,
et qui, lorsqu'ils daignent les recevoir, restent assis sur un
trône ou sur un lit, pendant que les seigneurs spirituels n'ont
que des siéges communs ou même la terre pour s'asseoir. Si le
roi Philippe les traitait ainsi, la plainte est légitime; mais il ne
fallait pas, en les accusant de tous les vices, exiger qu'on les
révérât comme des saints. Ces contradictions, très-ordinaires
alors, et que la distinction entre l'homme et son ministère ne
suffit point pour expliquer, sont une preuve de plus de l'incertitude qui peu à peu succédait dans les esprits à de longs siècles de foi entière et d'absolue soumission.

Ce n'était pas le concile de Vienne qui pouvait arrêter la
marche du temps. Parmi les pères du concile, qui, pour n'être
pas aussi nombreux que le prétend Villani, n'en formaient pas
moins une assemblée imposante, où siégeaient le patriarche
d'Alexandrie, celui d'Antioche, et où parurent quelque temps
le roi de France, ses deux frères et ses trois fils, plusieurs
avaient répondu à l'appel du pape en apportant des traités
tout rédigés; on en publia dans Vienne même, et il y eut,
avant l'assemblée, une assez grande liberté de discussion. La
question des exemptions reparut au sujet des templiers : ces
immunités perturbatrices, attaquées par Gilles de Rome, archevêque de Bourges, et par l'évêque de Mende, furent défendues par l'abbé cistercien de Châlis, Jacques de Thermes, dont
nous avons aussi l'ouvrage. D'autres plaidoyers pour la même
cause sont restés parmi les manuscrits du Vatican. On eut
comme le spectacle d'une lutte littéraire à la veille des délibérations d'un concile.

Les principaux décrets, promulgnés le 6 mai 1312, étaient
dirigés contre les doctrines de Pierre Jean d'Olive, regardées
surtout comme celles de cette foule indocile qui se disait du
tiers ordre de Saint-François; contre quelques-unes des usurpations monastiques dont se plaignaient les évêques; contre

les templiers, non pas condamnés encore par sentence définitive, mais cependant supprimés.

Toute la partie politique de ce concile est mal connue. Les autres décisions ne nous sont elles-mêmes parvenues que par la rédaction posthume des constitutions clémentines. On y fait de grands efforts pour accorder l'autorité épiscopale et les priviléges des moines. A travers cette législation embarrassée, qui ne réussit pas plus à rétablir la paix dans les cloîtres que dans le monde, nous aimons à distinguer les titres qui recommandent aux religieux la retraite et l'étude.

Clementin., liv. iii, tit. 9 et 10.

L'acte du concile de Vienne qui devait le plus intéresser la France était resté inédit : c'est celui qui ordonnait que toutes les bulles préjudiciables à l'honneur, aux droits et aux libertés du royaume fussent non-seulement révoquées, mais effacées du registre pontifical. On avait donc pu croire que cet acte, qui annulait une partie de ceux du précédent pontife, n'avait pas été strictement exécuté. Mais un écrivain pieux et sincère, le dernier historien de Boniface VIII en Italie, a eu la douleur de retrouver, de transcrire et de publier, d'après les archives secrètes de Rome, l'attestation du notaire apostolique déclarant qu'il est chargé d'effacer les bulles par un évêque et un cardinal, et que ceux-ci en avaient reçu l'ordre du saint-père lui-même, *ex parte SS. Patris domini nostri D. Clementis, divina providentia PP. V, qui hoc eis pluries mandaverat, ut dicebant.* Le saint-père, dans sa bulle du 27 avril 1311, était allé plus loin : il avait menacé d'excommunication tout greffier, notaire, juge ou autre qui ne livrerait pas aux flammes les actes condamnés. Bien que le procès-verbal du notaire apostolique ne parle pas de cet excès de condescendance, l'auteur moderne avoue, non sans émotion, qu'en le lisant il a pleuré sur la faiblesse du pape encore plus que sur la méchanceté du prince : *Piansi più su la fiacchezza di quel pontefice che su la tristizia del principe.* En effet, cette simple radiation sur le registre était déjà une preuve de soumission au pouvoir laïque, jusqu'alors sans exemple.

Tosti, Storia di Bonifazio viii, t. II, p. 235, 315.

Hist. du différ., etc. preuves, p. 600.

Celle des constitutions de Clément V qui touche le plus à l'histoire des lettres est le décret sur l'enseignement des langues orientales. Rien n'était plus sage qu'une telle disposition de la

part d'une assemblée où l'on renonçait d'autant moins aux
croisades que la prise de Rhodes semblait promettre de nouvelles victoires. Déjà le célèbre abbé de Cluni, Pierre le Vénérable, avait fait mettre en latin le Coran pour le réfuter. Les
frères Prêcheurs, que leur règle obligeait à une semblable étude,
comptent dans leurs rangs des traducteurs latins et même
français des textes arabes. Il y avait eu chez les frères Mineurs
un promoteur célèbre de ce genre de connaissances, Roger
Bacon. Le pape Honorius IV, dans les premiers temps de
Philippe le Bel, voulut établir une chaire d'arabe à Paris. En
1307, l'avocat anonyme de Bordeaux qui prétend aider par ses
conseils le roi d'Angleterre à reconquérir la terre sainte, propose à Clément V d'envoyer en Orient des clercs et des laïques
instruits de la langue du pays. On peut s'étonner que le Vénitien Marin Sanudo, qui avait fait cinq voyages dans ces contrées, et qui, vers le temps même de l'assemblée de Vienne,
fit présenter au pape et au roi de France le mémorable ouvrage où il trace le plan d'une nouvelle croisade, n'y insiste
pas sur l'étude et la pratique des langues de l'Asie comme sur
un des meilleurs moyens d'assurer dans les pays conquis l'établissement et le commerce des Francs. Parmi les commissaires
pontificaux chargés, en 1321, de l'examen de son livre, se trouvèrent un dominicain, vicaire apostolique en Arménie, et un
franciscain, que ses confrères de la Perse envoyaient à la cour
d'Avignon : ceux-là devaient savoir, quoiqu'ils n'en disent rien
dans leur censure, combien la connaissance des langues importait au succès de la prédication chrétienne.

Telle devait être aussi la pensée de Raymond Lull, qui avait
visité en missionnaire les nations musulmanes. On raconte qu'il
vint, dès les premiers jours du concile, lui demander trois
choses, et qu'avant même de lui proposer la réunion en un seul
corps, des divers ordres de chevalerie militaire ou l'anathème
contre Averroès, il sollicita la fondation d'un collège où l'on
enseignerait les langues qu'il était bon de savoir pour aller
convertir les infidèles.

Cette tradition n'a peut-être d'autre fondement que la constitution où l'on décrète que dans toute ville où résidera la cour
de Rome, et dans les universités de Paris, d'Oxford, de Bo-

Acta sanctor.,
t. V de juin,
le 30, ch. 4.

Liv. v,
tit. 1, c. 1.

logne, de Salamanque, il y aura des chaires pour l'hébreu,
l'arabe et le chaldéen, avec deux maîtres pour chaque langue,
entretenus, en cour de Rome, par le saint-siége; à Paris, par
le roi de France; à Oxford, par le roi d'Angleterre, d'Écosse,
d'Irlande et de Galles; à Bologne et à Salamanque, par les
prélats, les monastères, les chapitres, les couvents, les colléges,
les recteurs des églises. Il faudra que les maîtres traduisent
fidèlement en latin des ouvrages des trois langues, et forment
leurs disciples à les parler assez bien pour s'en servir à la propagation de la foi.

Une mesure qui aurait dû remonter jusqu'aux premiers rapports avec l'Orient, demeura cependant plusieurs siècles sans
exécution. Le même statut, avec l'adjonction de la langue
grecque, fut renouvelé presque aussi vainement au concile général de Bâle en 1434. On reconnaissait donc alors que des
trois vœux que Raymond Lull passait pour avoir apportés au
concile de Vienne, aucun ne s'était accompli.

Quand les états généraux de la chrétienté avaient tant de
peine à se faire obéir, et que leurs actes, pour diverses causes,
n'étaient que très-imparfaitement promulgués, il n'y avait
guère plus à espérer de la législation synodale d'un diocèse,
d'une province, ou même d'une nation. Les conciles nationaux
réunis à Paris en 1395 et en 1398, les deux premiers qui aient
eu chez nous ce caractère de concile national, délibèrent, par
ordre de Charles VI, sur les moyens de faire cesser le schisme
perpétué depuis vingt ans par les anti-papes. On décide, après
toutes ces conférences, de se soustraire à l'obédience de Benoît XIII, que l'on reconnut plus tard, pour l'abandonner de
nouveau. C'était travailler fort mal à terminer la guerre civile
de l'Église.

Dans les conciles métropolitains ou provinciaux, dont les
conciles diocésains ou synodes reproduisent souvent les principales dispositions, il faut s'attendre à ne trouver que peu de
renseignements sur les études. Celles des universités étaient
réglées par les légats; celles des écoles capitulaires, par les
évêques; celles des couvents, par leurs statuts. Il en est donc
parlé rarement dans les assemblées des métropoles et des diocèses.

Cependant, à travers les innombrables détails de l'administration ecclésiastique, et les censures qu'exige à tout moment
la défense du dogme contre les hérésies, on rencontre encore
quelques rares essais pour faire descendre l'instruction jusque
dans les plus humbles rangs du clergé. Le seizième canon du
concile provincial de Cologne, en 1310, ordonne que les son-
neurs sachent lire et écrire (*campanarii, quos litteratos semper
assumi volumus*), afin qu'ils soient en état de répondre aux
prêtres. En 1368, le concile de Lavaur, qui fut presque un
concile national, au moins pour le midi, et dont plusieurs articles ont été adoptés par d'autres diocèses, interdit la prêtrise à quiconque ne saurait pas la grammaire ou serait incapable de bien parler latin, *nisi latinis verbis loqui valeant
competenter*. Le même concile, pour que la rédaction des
actes ne soit confiée qu'à des hommes instruits, enjoint à tout
chapitre composé de dix membres d'en avoir toujours deux qui
suivent dans les universités les cours de théologie ou de droit
canonique ; et si le chapitre est six mois sans nommer à ces
places, le supérieur immédiat y pourvoira lui-même. L'absence
des chanoines étudiants ne leur fera perdre que le droit de présence aux offices.

Il reste si peu de témoignages certains sur les origines des
spectacles en France, que nous ne devons point omettre une
courte sentence du concile provincial de Noyon, en 1344,
contre « les jongleurs ou histrions qui portent processionnel-
« lement des cierges allumés, comme si c'étaient choses sain-
« tes, en font porter par le peuple, et lui donnent ainsi l'exemple
« de l'idolâtrie. » Ce motif est moins clair que celui qui, dans
le concile d'Avignon, en 1326, faisait condamner une sorte
d'imitation burlesque de l'excommunication, où l'on éteignait
les uns après les autres des charbons, des tisons, des chandel-
les, des feux de paille, comme on éteignait les cierges dans les
cérémonies de l'anathème.

Quant aux nombreuses controverses ecclésiastiques et politiques soulevées par les divers conciles tout aussi vivement
que par les écoles, et qui touchent de trop près à nos vicissitudes littéraires pour être oubliées ici, nous les retrouverons
sur toute la face de la France pendant ce siècle d'éternels

combats : rivalité des deux puissances, plus irritées que jamais
l'une contre l'autre, parce qu'il ne s'était jamais rencontré,
chez les papes et chez les rois, autant d'obstination, et que jamais ne s'étaient heurtées avec autant de violence la justice
séculière, fortifiée par la permanence du parlement, et la
justice cléricale, aidée de l'inquisition ; rivalité des évêques,
soit contre les seigneurs temporels et leurs tribunaux, soit
contre les moines, rendus plus indépendants par les exemptions, par le droit de confesser, de prêcher sans contrôle, et que
de nouveaux priviléges achevaient de soustraire à la subordination fondée par l'Église elle-même ; rivalité entre les différentes communautés, qui trouvaient toujours de pieuses raisons de se faire la guerre, comme sur l'institution de la pauvreté monastique, proclamée la première vertu par les religieux mendiants, par les « frères de l'ordre de la pauvreté, »
et qui fut pour eux une occasion de se reprocher mutuellement
leur convoitise, leurs richesses, leur habileté et leur persévérance à dépouiller les familles ; ou sur l'immaculée conception
de la sainte Vierge, source inépuisable de débats et de récriminations entre les franciscains, fort amis des choses nouvelles, des révélations soudaines, et les dominicains, qui, dépositaires inflexibles du dogme, devaient craindre autant d'y
ajouter que d'en retrancher ; ou sur le sang du Christ dans la
Passion, séparé, selon les frères Mineurs, de la personne divine
du Verbe, et ne faisant qu'un avec elle, selon les frères Prêcheurs ; ou sur la vision béatifique des âmes après la mort,
discussion non moins téméraire, qui avait aussi le tort d'augmenter d'un problème de plus la liste de ceux qu'il est impossible de résoudre en ce monde, et qui faillit faire succomber
un pape, comme hérétique, sous l'accusation des docteurs de
Paris.

A ces questions dangereuses, mais dont la plupart sont trop
élevées pour être jamais puériles, on ne saurait croire combien
viennent se joindre, dans les actes synodaux, de petites questions qui auraient dû rester innocentes, sur les cheveux et la
barbe, sur la largeur de la tonsure, sur la longueur de la robe,
sur la forme de la chaussure et du capuchon, toutes choses qui
peuvent être importantes dans la vie et dans la discipline des

clercs et des moines, mais qui ne méritaient cependant pas de
fournir un perpétuel aliment à la discorde et aux invectives.

S'il est quelquefois douloureux de parcourir les énormes
procès-verbaux des querelles humaines, comment ne le serait-
il pas, ici surtout, de comparer à la réalité des maux qui pe-
saient sur la France la vanité de quelques-unes de ces discussions? Voilà donc ce qui s'agitait entre théologiens, quand on
avait autour de soi les guerres étrangères et les guerres intestines, les provinces ravagées, la famine, la peste, le désordre
partout, une papauté qui donnait l'exemple du schisme, et une
royauté qui, un moment prévoyante et sage, après la politique
indécise des trois fils du roi novateur, après la captivité et la
rançon d'un autre en qui le jugement n'égalait point la bra-
voure, finissait par un roi fou, destiné à prolonger jusque dans
le siècle suivant les malheurs d'une des plus funestes époques
de notre histoire.

Sans doute les assemblées ecclésiastiques croyaient n'avoir
point à s'inquiéter de chercher un remède aux maux temporels, et quelques esprits trouveraient volontiers une sorte de
grandeur morale dans ce désintéressement de toute question
matérielle et présente, comme, un siècle après, dans les saintes
délibérations des moines de Constantinople sur l'éternelle lumière, à l'instant même où l'Empire grec va tomber. Mais si
les pensées et les sentiments qui passionnent l'imagination des
peuples ont aujourd'hui changé d'objet, si nous nous laissons
aller à perdre de vue l'idéal pour le réel, nous pouvons, puisqu'il faut toujours qu'on se résigne à quelque chose, accepter
sans trop nous plaindre ce nouvel état du monde, où les haines
politiques n'ont point, grâce à Dieu, des tribunaux permanents
pour se satisfaire, comme autrefois les haines religieuses, et où
il y a certainement pour l'humanité moins de crimes et moins
de souffrances.

II.
ROYAUTÉ.

Le gouvernement civil, au siècle où nous entrons, n'occupe
pas encore autant de place dans l'histoire du monde que le gouvernement religieux; mais il continue du moins de revendiquer
et commence même à reconquérir les prérogatives qu'il avait

perdues. Ainsi, le pouvoir laïque va désormais opposer avec
avantage au pouvoir ecclésiastique un droit égal au sien, un
droit qui vient aussi de Dieu, *Dei gratia,* comme il ose le dire
lui-même ; aux conciles et à leurs décrets, les États généraux,
où siégent les trois ordres de la nation ; aux officialités et à
l'inquisition, la justice séculière ; aux écoles épiscopales et
monastiques, les universités et leurs colléges, qui ne dépendent plus seulement du clergé ; aux bibliothèques presque entièrement latines des chapitres et des abbayes, où dominent les
livres théologiques, les sermons, les décrétales, des collections
moins exclusives, formées de toutes parts à l'exemple de celles
des princes, rendues quelquefois publiques, et qui, en mettant à
la portée d'un plus grand nombre les ouvrages en langue vulgaire, les textes et les traductions des ouvrages latins, les lois
romaines, préparent aux exercices de l'intelligence, pour un
avenir prochain, plus d'étendue et de variété.

Comme ce grand conflit entre les deux pouvoirs, qui fit longtemps toute l'histoire des peuples modernes, n'avait jamais été
aussi violent à tous les degrés de la société, et qu'on y a proclamé d'une voix plus haute et plus ferme qu'aux deux siècles
précédents les idées qui devaient enfin remporter la victoire,
il nous a fallu, sans dire trop, ne point dire trop peu, et reproduire librement le langage, moins pacifique désormais et
moins timide, que nous entendions retentir incessamment autour de nous. Ce Discours ne pouvait représenter autrement
avec une certaine fidélité quelle crise agitait les esprits, et par
quel mouvement irrésistible ils étaient entraînés à contester de
plus en plus la toute-puissance pontificale. Maintenant que
nous avons traversé les principaux écueils de ce vaste sujet,
s'offre l'étude non moins nécessaire et plus facile du pouvoir
laïque, à peine en possession de lui-même, et qui est loin d'a-
voir encore cette organisation savante et complète dont l'Église
prétendait garder le secret.

Le moyen âge avait été l'œuvre et le domaine de l'Église.
Au moment où il va finir, un nouvel ordre social ne pouvait
se former qu'à travers les incertitudes, les déchirements, les
malheurs publics et privés qui accompagnent les révolutions.

Les contemporains eux-mêmes se croyaient mal gouvernés.

Nous tenons d'eux une parabole « sur l'état actuel du monde, » destinée, il est vrai, à l'usage des prédicateurs, qui ont le droit d'exagérer ; mais bien des faits prouvent qu'elle ne va pas jusqu'au mensonge. Comme elle est fort concise, nous n'en séparerons pas la glose qui la suit et en explique la moralité.

Gesta Roman.,
c. 144 ; trad.
angl. de Swan,
t. II, p. 217.

On raconte qu'il y eut un roi dont le royaume subit un tel changement, que tout à coup le bien y fit place au mal, le vrai au faux, le fort au faible, le juste à l'injuste. Le roi, tout surpris, interroge quatre philosophes des plus habiles. Ces philosophes, après une mûre délibération, s'en vont aux quatre portes de la ville, et y inscrivent chacun trois réponses. Voici les réponses du premier : « Le pouvoir est l'injustice, et c'est ce « qui fait que la terre est sans loi. Le jour est la nuit, et c'est « ce qui fait que la terre est sans route. La fuite est le combat, « et c'est ce qui fait que le royaume est sans honneur. » Réponses du second : « Un est deux, et le royaume est sans vérité. « L'ami est ennemi, et le royaume est sans fidélité. Le mal est « le bien, et cette terre est impie. » Réponses du troisième : « La raison est sans frein, et le royaume est sans nom. Le vo- « leur est le prévôt, et le royaume est sans argent. L'escarbot « veut voler aussi haut que l'aigle, et tout est confusion dans « le pays. » Réponses du quatrième : « La volonté est le seul « conseiller ; mauvais régime. L'or dicte les arrêts ; gouverne- « ment détestable. Dieu est mort ; il n'y a plus que des pé- « cheurs. »

Ces douze réponses, malgré la tournure énigmatique de quelques-unes, auraient pu se passer de commentaire ; et cependant elles sont suivies d'une moralisation fort diffuse, mais non sans intérêt, comme le prétend le traducteur anglais qui l'a supprimée. Nous y voyons, ainsi que dans le texte même, des allusions aux revers de Créci et de Poitiers, aux oscillations de la politique, aux trahisons des partis, à la corruption des consciences et des mœurs, aux déprédations fiscales, aux licences de la raison, aux espérances chaque jour plus menaçantes du tiers état, et quelques autres indications précieuses pour l'histoire du temps.

Il y a des copies de cette glose où la phrase sur l'escarbot et l'aigle, *carabola vult esse aquila,* réminiscence de l'ancien apologue, est expliquée par un proverbe en langue vulgaire, *vulgariter*, et cette langue est l'allemand : *Der Wevel will fliegen hohe als der Adler.* On pourrait donc supposer à la satire entière une origine allemande ; mais ces mots ne sont point dans tous les manuscrits ni dans les plus anciennes éditions : ils prouvent seulement, comme la vieille rédaction anglaise, que le texte et le commentaire avaient trouvé de l'écho chez plusieurs peuples.

Peut-être aussi croirait-on, au premier coup d'œil, que cette condamnation universelle du siècle ne peut être l'œuvre d'un clerc ou d'un religieux. Au sujet de cette proposition, *Denarius dat sententiam,* vous êtes averti que si vous vous présentez devant le juge avec une mauvaise cause, mais avec de l'argent, le juge est pour vous ; et vous apprenez qu'il en est ainsi devant les officialités, en cour de Rome, et même au tribunal de la confession : « Quels que soient tes péchés, montre de l'or à « ton juge, *pecuniam ostendas,* et il t'absoudra, quand même « il n'en aurait pas le droit. » Dans l'explication des réponses du premier sage, il est dit aussi que jadis les clercs, par leurs bons exemples, frayaient aux laïques le chemin de la patrie éternelle, mais qu'à peine en est-il maintenant un seul qui marche dans cette voie. Et alors se fait entendre par trois fois ce cri accusateur : *Patet de papa,* le pape a oublié les terribles paroles de Pierre à Simon le magicien; *patet in religiosis, patet in clericis;* moines et chanoines, religieux et clercs, tous ont pris la nuit pour le jour, et la route qui mène au ciel s'est rétrécie, et bien peu la suivent, parce que la lumière leur a manqué.

Est-ce une raison pour que toute cette invective ne vienne point du clergé? Non ; car nous avons vu combien il était divisé contre lui-même et contre Rome. Une fois les partis aux prises, ils s'égarent dans la mêlée, et se blessent de leurs propres armes.

Tel est le sévère témoignage d'un recueil populaire, qui circulait sans scandale dans toute l'Europe chrétienne. Il semble, à en croire plusieurs de ces plaintes, qu'il y eût alors comme une conspiration, non plus secrète, mais déclarée, des peuples et même des rois contre la suprématie de l'Église et les dépositaires de son antique autorité. On avait quelquefois entendu, surtout dans les sermons, des déclamations contre les vices et les abus; jamais n'avait éclaté un tel concert d'accusations, qui ne distingue point dans ses griefs le gouvernement spirituel du pouvoir laïque, et les répète sous toutes les formes avec autant de clarté que d'énergie.

En étudiant ici, après la domination religieuse, le gouvernement civil, pour essayer d'y suivre ces variations de l'esprit humain qui ne sont certainement pas, surtout pour ce temps, étrangères à l'histoire des lettres, nous n'arriverons à la France, comme on l'a fait dans le précédent Discours, qu'après une vue sommaire des principales contrées du monde alors connu.

Tom. XVI, p. 6 et suiv.

Pays
ÉTRANGERS.
ANGLETERRE.
L'Angleterre qui, même après avoir commencé contre la France une guerre implacable, lui fut encore unie pendant quelque temps par le langage, ne compte pas plus de quatre rois pour tout ce siècle : Édouard Ier, qui cesse de régner en 1307 ; Édouard II, en 1327 ; Édouard III, en 1377 ; Richard II, en 1400. Elle n'est pas moins agitée au milieu de ses succès contre nous que la France en proie à ses revers, et la dignité royale y éprouve plus d'assauts et de catastrophes. Deux de ses rois périssent de mort violente, Édouard II, prince faible, gouverné par des favoris, méprisé par les factions politiques, et livré enfin à leur vengeance par la reine Isabelle et son amant Mortimer; Richard II, dont la minorité orageuse est tourmentée, comme toute la vie de notre malheureux Charles VI, par les ambitions rivales des oncles du roi, et qui expie, à trente-trois ans, ses inconséquences et ses abus de pouvoir par une cruelle trahison, dont le souvenir de son illustre père, le prince Noir, aurait dû le préserver. Le plus long règne, comme le plus brillant, est celui d'Édouard III, vassal orgueilleux, qui, pour prix de ses victoires sur son suzerain, lègue à ses descendants, avec cent ans de guerre, le vain titre de roi de France.

Songe du vieil pelerin, prologue.
Ce n'est donc pas sans motif que l'Angleterre était appelée chez nous la « malvoisine; » mais les deux pays, tout en se combattant, n'en continuent pas moins d'offrir une marche presque parallèle dans le mouvement des esprits. Les révoltes contre le joug féodal prennent, des deux côtés, le même carac-

tère : le forgeron Wat Tyler, à la tête de cent mille hommes
du peuple, rappelle l'insurrection de la Jacquerie, et les vers
séditieux de Piers Ploughman répondent aux clameurs de nos
paysans contre leurs maîtres. Édouard III, en 1367, refuse de
payer le tribut imposé autrefois à Jean sans Terre par la cour
de Rome, et défend tout appel au pape. Le vieux respect
pour les ordres monastiques n'avait pas empêché son prédécesseur, en 1326, « de mettre en prison, comme dit une chro-
« nique, tous les religieux de France qui estoient ou royaume
« d'Engleterre, et de euls lever une grande somme de pe-
« cune; » ce qui engagea le roi de France et de Navarre,
ajoute-t-on, « à en faire autant aus Englois qui estoient en
« France. » Si, chez nous, la résistance royale à Boniface VIII,
et la même cause ardemment soutenue par les conseillers de
la couronne, par les avocats du roi, par les théologiens eux-
mêmes, de concert avec Philippe de Valois et Charles V, peuvent faire croire pendant quelque temps à une prochaine rupture, l'Angleterre a son Wiclef, apôtre de la séparation deux
siècles avant l'indépendance anglicane, et dont les enseignements se répandent sans obstacle, propagés par le poëte
Chaucer, qui les recommande à la multitude, et approuvés
par les Lancastre, qui les protégent contre le clergé.

En vain les princes abandonnent la langue française, et
même la proscrivent, pour revenir à l'anglo-saxon : maître
Guillaume Tweci, veneur du roi Édouard II, lui dédiant un
poëme sur la chasse, l'écrit encore en français. A la cour
d'Édouard III, la reine Philippe de Hainaut envoie Froissart
« à ses coustages, » parcourir le monde pour lui en rapporter
les chroniques. Le roi Jean, dans son libre voyage à Londres
après sa longue captivité, est accueilli « en grant reverence et   Froissart,
                                                                     l. 1, part. 2,
« grant foison de menestrandies; » et Froissart rappelle lui-   c. 165.
même qu'il fut « de son hostel. »

ITALIE.

L'Italie qui, après l'Angleterre, a les rapports les plus fré-
quents avec la France, présente à nos yeux, par un douloureux contraste, dans le siècle de Dante et de Pétrarque, un
chaos de troubles et de crimes. Pendant l'exil volontaire des
papes sur les bords du Rhône, où ils échappent du moins au

poignard des Romains, le patrimoine de saint Pierre est sans
cesse déchiré et mis en lambeaux par les rivalités armées de
quelques familles, en même temps que leurs guerres continuelles dispersent les débris des monuments de l'ancienne Rome.
Un légat, vaine image d'un pouvoir absent, paraît n'habiter le
Vatican, Orviète ou Viterbe, que pour servir de jouet aux sanglants caprices des grands et du peuple. Non loin de là, un des
successeurs de Robert d'Anjou, de ce roi lettré, qui fut à Naples le protecteur de Boccace, est étranglé par des assassins
dont la reine était complice ; et cette reine est étranglée à son
tour par des agents de Charles de Duras, qui, au préjudice
d'un frère du roi de France, s'empare de cette couronne et la
transmet à son fils.

Les républiques enrichies par le commerce, Venise, Gênes,
Florence, plus puissantes et plus glorieuses, ont aussi leurs
orages : Venise, si le Conseil des Dix n'eût découvert les com-
plots de Marino Faliero, allait devenir l'esclave d'un de ses
magistrats électifs; Gênes, à travers la succession rapide de ses
divers gouvernements libres, trouve encore le temps d'obéir
tour à tour à l'empereur, au pape, au roi de France, aux
Visconti; Florence, dans sa fougue plébéienne, accepte pour
tuteur Michel Lando, après avoir subi comme tyran le duc
d'Athènes.

Partout, à la violence des essais de liberté, se mêle la violence des dictatures : la dictature démocratique, avec la république romaine de Rienzi ; la dictature militaire, avec les
Visconti de Milan ; la dictature monastique, avec les bandes
indisciplinées des franciscains du tiers ordre, prêchant contre
la propriété, imposant des tributs aux villes, et mêlant l'anarchie à cette délégation du pouvoir divin qu'on avait vue, au
siècle précédent, exercée par deux dominicains en Lombardie,
par un frère Mineur à Parme, et qui fut, au siècle suivant,
usurpée à Florence, pendant sept années, par le dominicain
Savonarole. Ce désordre politique de l'Italie, déjà bien triste,
ne fait qu'empirer quand les papes de retour y donnent au
monde le spectacle de leurs élections tumultueuses et de leurs
guerres intestines.

Un des âges les plus orageux de la presqu'île italienne y fut

un grand siècle pour les lettres. Tous les petits usurpateurs
qui prétendaient à une autorité durable ne trouvèrent pas des
écrivains également illustres pour les célébrer ; mais il n'en
est pas un qui n'ait voulu donner à son pouvoir cette recommandation alors populaire. Les seigneurs de Vérone, Alboin
et Can Grande della Scala, offrent à Dante exilé le premier
asile, le premier abri, *lo primo rifugio, e' l primo ostello.* Parad., xvii, 70.
Trois des Visconti de Milan comblent successivement Pétrarque
de faveurs, et les deux derniers le chargent de missions politiques : les doges de Venise, Laurent Celso et André Dandolo ;
François de Carrare, à Padoue ; Hugues d'Este, à Ferrare ;
Pandolfe Malatesta, à Pesaro ; Azzo de Correggio, à Parme ;
Louis et Gui de Gonzague, à Mantoue, dans leurs diverses
fortunes, lui montrent la même confiance et la même amitié.

Un prince plus puissant qu'eux, Robert, comte de Provence et roi de Naples, qui fut maître un instant de Florence,
de Lucques, de Pavie, de Bergame, de Brescia, de Gênes, était
plus fier de son savoir que de ses domaines, et regardait comme
son plus beau titre celui du plus docte des rois depuis Salomon. Ami de Boccace, qu'il garde longtemps à sa cour, il va
jusqu'à faire subir un examen à Pétrarque avant le couronnement du poëte lauréat, jusqu'à composer l'office en l'honneur
de son frère saint Louis de Toulouse, jusqu'à prêcher dans la
chapelle du palais pontifical d'Avignon. Il aurait dû se contenter de protéger les lettres, qu'il ne sut pas même protéger
assez, puisqu'il ne sauva point du bûcher ce malheureux Cecco
d'Ascoli, brûlé à Florence, en 1327, pour ses folies astrologiques. Le poëte abandonné alors à des juges impitoyables avait
cependant fait de Robert l'éloge qui devait le plus le toucher,
en promettant à son fils, le duc de Calabre, une destinée digne
d'un tel père :

> Ciò ben sarà secondo il mio sentire,   L.'Acerba, l. iii,
> Se 'l nato dell' eccelso re Ruberto,   capitol. 4.
> Ch' a gentilezza molto l' huom sprona, etc.

Mais le poëte d'Ascoli ne réussissait pas mieux en horoscope
qu'en tout le reste ; car le roi Robert, qui eut trois enfants,

laissa pour lui succéder, non pas l'un ou l'autre de ses deux fils, morts avant lui, mais sa petite-fille, qui fut Jeanne de Naples.

ESPAGNE.   Une autre nation voisine, celle qui, malgré la frontière des Pyrénées, communiquait sans cesse avec nos contrées méridionales par la Catalogne, l'Aragon, et surtout par le royaume de Navarre, uni vers ce temps à la maison royale de France, l'Espagne est toujours divisée en plusieurs États, trop faibles, depuis des siècles, contre l'occupation musulmane. Quand le pape eut décrété la suppression des templiers, il arriva en Espagne ce qui serait arrivé en France, si, par ordre d'un prince vigilant et actif, qui s'essayait à l'unité du gouvernement, on ne les avait arrêtés tous en même temps sur les divers points du territoire. Ces moines belliqueux, plus disposés à combattre qu'à se soumettre, prirent les armes contre la bulle de Clément V, et s'enfermèrent dans les châteaux forts de leurs commanderies, d'où ils traitèrent d'égal à égal avec le pouvoir temporel, et, par leurs menaces de guerre, se firent facilement absoudre.

La Navarre, demi-française par ses rois et par ses alliances de famille, nous envoie un prince dont le nom revient trop souvent dans notre histoire, Charles le Mauvais, qui paraît avoir porté des regards d'ambition jusque sur un royaume plus grand que le sien.

La Castille, fière d'abord des succès obtenus en 1340, à Tarifa, par son roi Alphonse XI, sur les armées réunies de Grenade et de Maroc, est bientôt victime de la rivalité des deux frères, Pierre le Cruel, protégé par le prince de Galles, et Henri de Transtamare, pour qui Bertrand du Guesclin remporta une de ses victoires.

L'Aragon, moins agité, donne un exemple d'humanité et de justice, qui attendit trop longtemps des imitateurs : les cortès, en 1325, y abolissent la torture, ce supplice qu'on infligeait par anticipation aux accusés. Un de ses rois, don Pèdre IV, adoptant sur la souveraineté les nouvelles doctrines que la France commençait à propager, lorsque l'archevêque de Saragosse revendique le droit de lui mettre la couronne sur la tête, se couronne lui-même, pour ne point reconnaître une suprématie qui paraissait depuis quelque temps une usurpation.

Des successeurs du célèbre roi de Castille Alphonse le Sage ou le Savant, tels que Henri II le Magnifique; son fils et son petit-fils, non moins généreux que lui; des princes tels que don Juan Manuel, auteur des dialogues où il suppose au conseiller du comte Lucanor beaucoup d'esprit et d'instruction, avaient dû répandre autour d'eux l'amour de l'étude et le respect pour ceux qui aspiraient à faire de l'espagnol une langue littéraire. Il paraît cependant qu'il n'y avait pas encore vers l'an 1340 de patron assez favorable aux lettres ou assez puissant pour rendre la liberté à un des premiers maîtres de la poésie castillane, à l'archiprêtre de Hita, mis en prison par l'archevêque de Tolède.

Le Portugal, qui cite avec honneur, dans ses fastes civils et PORTUGAL. militaires, Denis surnommé le Roi laboureur et le Père de la patrie, fondateur, en 1308, de l'université de Coïmbre, et Alphonse le Brave, un des vainqueurs des Maures à Tarifa, travaillait aussi à perfectionner sa langue nationale, et il marquerait dès ce moment dans les annales des lettres, s'il pouvait attribuer avec certitude à Vasco Lobeira, mort, dit-on, en 1403, la première rédaction du fameux « Amadis de Gaule,» qui n'est d'ailleurs, dans le plus ancien texte aujourd'hui connu, le texte espagnol, qu'une imitation prolixe des poëmes de la Table ronde et des romans d'aventures, tels que notre roman d'«Amadas.» Mais le même siècle et le même pays ont légué à la postérité d'autres aventures plus pathétiques et moins fabuleuses, celles d'Inès de Castro.

L'histoire de ce temps, en Allemagne, s'ouvre par la révo- *ALLEMAGNE. lution qui, en armant la Suisse contre Albert d'Autriche, la détache pour jamais de l'empire. Les efforts de son successeur, Henri VII de Luxembourg, pour reconquérir en Italie l'ancienne souveraineté des Césars, échouèrent aussi, malgré le mérite du prince et les vœux des Gibelins, dont le poëte de la Divine comédie fut l'éloquent organe; et cette tentative,

vraiment formidable, ne fut guère suivie pendant longtemps
que d'attaques partielles, signalées plutôt par des pillages et
des trahisons que par les progrès du nouvel empire romain.
Les conflits de Louis de Bavière, d'un côté, avec les papes, de
l'autre, avec Frédéric d'Autriche et Charles de Luxembourg,
tout en affaiblissant l'autorité spirituelle, harcelée sans cesse
par les défenseurs de l'empereur Louis comme elle venait de
l'être en France par ceux du roi Philippe, ne fortifiaient point
l'autorité laïque, en proie à de perpétuelles rivalités. Si Boniface VIII avait dit à Albert, *Io son l'imperadore,* Jean XXII
réclame non moins hautement contre Louis tous les droits de
la puissance impériale; et quoique l'adversaire des papes eût
pour lui les délibérations et les actes authentiques de plusieurs
diètes, les princes de l'empire, les docteurs de Bologne et de
Paris, et presque tout l'ordre des franciscains, ces adhésions
ne suffisaient pas pour donner définitivement la victoire au
pouvoir temporel, divisé, indécis, et dont les défaillances laissaient trop voir qu'il n'était pas encore affranchi de ses anciens
maîtres.

En effet, Charles IV, naguère compétiteur de Louis, reconnaît le pape comme légitime souverain de Rome, de Naples, de
Sicile, de Sardaigne; uniquement occupé d'enrichir sa maison,
il trafique des villes, des principautés, et, dans ses rapports
avec le saint-siége, il semble trouver plus facile d'obéir. Il établit cependant, par la Bulle d'or, une loi fondamentale pour le
corps germanique, et nous ne pouvons oublier qu'il aima ten-
drement la France.

Élevé dans l'université de Paris, il la prit pour modèle lorsqu'il fonda celle de Prague, qui eut aussi quatre nations. Sous
prétexte d'accomplir un vœu, il visita, en 1378, son neveu
Charles le Sage, et son itinéraire, sans doute par ordre du roi,
est minutieusement retracé dans les Grandes Chroniques de
France, ainsi que tout le cérémonial de sa réception. Il voulut,
à Saint-Denis, voir d'abord les tombeaux de deux rois qu'il
avait connus, Charles le Bel et Philippe de Valois. « Comme
« j'ai, dit-il, esté nourri dans mon jeune aage ès hostels de ces
« bons rois, qui moult de biens m'ont fait, je vous requier affec-
« tueusement de bien prier pour eux. » L'empereur Charles

protégea Barthole, couronna un poëte à Pise, invita plusieurs fois Pétrarque à venir le voir et le fit comte palatin. On dit qu'il parlait cinq langues, et il a écrit en latin des mémoires de sa vie. Le roi de France était moins savant, tout ami des lettres qu'il était; mais il s'entendait mieux à régner.

Wenceslas, pour qui Charles avait acheté les suffrages des électeurs, n'eut de lui que la prodigalité et la faiblesse. Le père avait, disait-on, ruiné sa maison pour acquérir l'empire; le fils déshonora l'un et l'autre. Un vieux traducteur français de Boccace lui fait dire, du vivant de cet empereur : « Il ne lui souvient mie des merveilleux fais de ses predeces- « seurs; ains aime la gloire mieux de Bacchus de Thebes qu'il « ne fait la resplendisseur du Mars italien. » Après avoir, comme son père, visité la France, il est déposé, en 1400, par ceux qui l'avaient élu.

P. Paris, Mss. fr., t. I, p. 254.

HONGRIE.

La Hongrie est alors gouvernée par des princes issus de la maison d'Anjou, petits-neveux de saint Louis. Élu en 1310, Charobert, que la protection de Boniface VIII et de Clément V, suspecte aux Hongrois, faillit écarter du trône, règne avec douceur, sagesse et courage. Héritier des vertus paternelles, Louis, surnommé le Grand, celui qui vint à Naples venger la mort du roi André son frère, joint à la gloire des armes l'amour des lettres. Sa fille est, comme plus tard Marie-Thérèse, appelée le roi Marie. Il semble que déjà ces nobles rejetons d'une grande famille royale, ces exploits, ces conquêtes où ils ont des Français pour auxiliaires, annoncent et préparent l'héroïsme qui, sous les Huniade et les Mathias, illustra le siècle suivant.

POLOGNE.

En Pologne règne un prince à qui l'on donne, comme à plusieurs autres princes ses contemporains, le surnom de Grand, Casimir III, auteur d'un code de lois, et fondateur, en 1362, de l'université de Cracovie, où des docteurs venus de Paris ouvrirent les premiers cours. Entre la dynastie des Piasts qui finit en lui, et celle des Jagellons qui commence vingt-trois ans après, se place la double tentative d'un moine cistercien, Vladislas, cousin de Casimir, sorti deux fois de

son couvent de Saint-Benigne de Dijon pour monter sur le
trône, mais que ses partisans en laissèrent tomber deux fois :
épisode romanesque, mal connu des anciens historiens, et qui
n'a pu être éclairci que par les archives monastiques de Saint-
Benigne, où se sont retrouvés deux brefs de Clément VII,
dont l'un envoie Vladislas en possession de la royauté, et
l'autre prononce la sécularisation de ce religieux qui ne sut
pas rester roi.

RUSSIE.
Rec. de pièces
sur
la reine Anne,
etc.,
par Labanoff,
Paris, 1815,
in-8.

Chez les Russes, redevenus étrangers à la France depuis le
mariage d'Anne ou Agnès, fille du grand-duc Iarosslaf, avec
le roi Henri I°°, en 1049, tout le temps se passe en révolutions
obscures ou en combats contre les Tartares, qui surprennent
la ville sainte de Moskou, défendue bientôt contre eux par le
Kremlin.

SUÈDE, ETC.

A. Germain,
Mém. de la Soc.
archéologique
de Montpellier,
1858, in-4.

Dans le reste du nord de l'Europe, les trois États scandi-
naves sont agités par de continuelles discordes et par les excommunications des papes, qui ne pardonnent pas à Waldemar III d'avoir entrepris sans leur permission le pèlerinage
de Jérusalem. Cependant les anciens rapports avec la France
ne sont point rompus : nous avons le traité conclu, en 1295,
entre Philippe le Bel et le roi Éric de Norvége, et le plan con-
certé, en 1359, pour la délivrance de Jean, par le Dauphin
son fils et Waldemar III, qui compta un moment, avec les
subsides de la France, renouveler la conquête de l'Angleterre
par les flottes et les armes danoises. Longtemps avant que le
Nord fût pacifié, en 1397, sous l'habile autorité de la reine
Marguerite, une autre reine, Euphémie, la femme du roi de
Danemark Christophe II, avait, dès l'an 1310, quoique dans
des temps non moins troublés, encouragé ses sujets à former
avec la patrie des trouvères une sorte d'alliance poétique, plus
durable que celle des princes; car nous verrons, en étudiant
l'influence de notre ancienne littérature sur les autres nations,
que celles du Nord continuaient de traduire des ouvrages français, dont quelques-uns ne nous sont même connus aujour-
d'hui que par ces traductions. Comme une autre preuve des
liens qui unissaient encore toute la société chrétienne, on peut

citer les Révélations où sainte Brigitte, la fille d'un prince
suédois, prend part à nos querelles.

En Orient, l'empire grec achève de périr : il ne pouvait être
sauvé ni par Andronic le Jeune, qui n'empêcha point les Turcs
de faire provisoirement de Nicée leur ville capitale ; ni par
Jean Paléologue, arrêté chez les Vénitiens, en 1370, comme
prisonnier pour dettes ; ni par Jean Cantacuzène, qui lui
disputa la couronne, et ne sut pas mieux la défendre ; ni par
Manuel Paléologue, qui aurait succombé sous Bajazet, si Bajazet ne fût mort vaincu et prisonnier dans le camp de Tamerlan. La plupart de ces empereurs finissent, de gré ou de force,
par être moines ; et ils ne sont pas plus utiles à l'empire ou à
Constantinople, seul et dernier refuge de l'empire, que tous ces
moines qui, dans leur extase, croyaient contempler à leur nombril la mystique lumière du Thabor, et dont cinq conciles ap-
prouvèrent et consacrèrent la doctrine.

Il y avait cependant encore d'autres principautés chrétiennes
en Orient. Dans cet empire même à peu près détruit, si la féodalité française, après avoir occupé Athènes avec les La Roche
et les Brienne, fit place, en 1310, à la Grande compagnie catalane, où commandait le chroniqueur Ramon Muntaner, et
bientôt à la famille florentine d'Acciaiuoli, nous voyons se
maintenir en Morée la brillante race des Ville-Hardouin. Leur
conquête, bien qu'affaiblie par les dissensions et par ce funeste
droit de guerre privée que la noblesse apportait partout avec
elle, méritait encore des papes, en 1309, le titre de nouvelle
France ; et le chroniqueur espagnol, qui la visitait alors, ne
craignait point de dire que la plus noble chevalerie du monde
était la chevalerie française de Morée, et que là on parlait
aussi bon français qu'à Paris.

D'autres possesseurs de fiefs conquis par nos armes réussissaient à défendre, contre les vains efforts de l'empire grec,
leurs châteaux forts de l'Acarnanie, de l'Étolie et de la Pho-
cide.

Dans les îles, Chypre, devenue, depuis l'an 1291, l'asile des
rois latins de Jérusalem, conserve, sous les Lusignans, ses
liens avec la France. Le roi Hugues IV a pour auxiliaires

contre les Turcs, en 1343, le pape Clément VI, Venise et les
chevaliers de Saint-Jean; Boccace lui dédie sa Généalogie des
dieux. Son fils Pierre Ier, qui eut pour compagnon d'armes et
pour chancelier Philippe de Maizières, et dont le poëte Guillaume de Machau célébra les aventures, essaye de former une
nouvelle croisade, d'abord à la cour pontificale d'Avignon, où
il rencontre le roi Jean; puis à Paris, où il assiste au couronnement de Charles V; et il dirige, à son retour, des expéditions navales contre Alexandrie, Tripoli, Tortose, Laodicée :
trop vastes entreprises d'un prince ambitieux, qui le font com-

Liv. III, c. 25. parer par Froissart à Godefroi de Bouillon, mais qui n'égalèrent point, pour l'éclat du nom français dans les mers de
l'Orient, la prise et la défense de Rhodes par Villaret et ses
chevaliers.

Les rois latins de Jérusalem, dont les rois de Chypre gardèrent le titre, avaient été dépossédés par la perte d'Acre en
1291, comme ceux d'Antioche, en 1288, par la bataille de
Tripoli : en 1328, la veuve du roi de Jérusalem Boémond VII
mourut en France, à Tournus. Mais les rois chrétiens de la petite Arménie portèrent pendant quelque temps encore, au milieu de nombreuses catastrophes, ce titre de roi, qu'ils échangè-
rent quelquefois contre celui de moine, comme le prince
De Tartaris,
c. 19, 55 et suiv. arménien Haïton le prémontré, l'historien des Tartares Mongols, qui termina sa relation, écrite en France vers l'an 1307,
par les conseils qu'il croyait les plus propres à rendre efficace
l'intervention de l'Europe en faveur des chrétiens orientaux.
Ibid., c. 46. Le fils de ce roi Livon qui lui semblait appelé à sauver l'Arménie, Livon ou Léon V, attendait, en 1332, de Philippe de Valois un secours d'argent, qui devait être appuyé d'une croisade. La croisade n'eut pas lieu; mais les subsides, ou du
moins l'intention de les fournir, sont attestés par une lettre du
roi : « Philippe, par la grace de Dieu, roi de France, à nos
« amés et féaux les géns de nos Comptes et nos tresoriers à Pa-
« ris, salut et dilection. Pour ce que nostre très chier cousin
« le roi d'Armenie nous a signifié que les Sarasins de par delà
« le guerroyoient efforciement, nous volons li faire aide, pour
« ce qu'il puisse miex garder ses chastiax et son païs..... et
« avons donné audict roi et donnons de grace especiale, par ces

« lettres, dix mille florins d'or de Florence, pour estre conver-
« tis en le garde desdicts chastiax et païs, lesquels nous vo-
« lons que li soient payés, ou à son certain mandement, en
« trois ans, etc.» Villani raconte même que Livon, peu de temps
après, vint en France voir le roi Philippe, et qu'il en rapporta,
sinon l'argent promis, du moins un trop vif amour de la France,
dont il fut puni en 1344 par ses sujets, mécontents de sa préférence pour les Latins. L. xii, c. 3.

On mit cependant à sa place un fils du roi français de
Chypre, un Lusignan, qui ne reçut de la cour d'Avignon que
l'injonction d'extirper l'hérésie. Ce dernier roi latin de l'Arménie, Livon VI, mourut en 1393 à Paris, qu'il habitait depuis
douze ans, pensionnaire de la France et de l'Angleterre, plus
riche qu'il ne l'eût jamais été dans son royaume. Il avait eu
pour demeure l'hôtel des Tournelles, vis-à-vis l'hôtel Saint-
Paul ; sa tombe était aux Célestins. Les Arméniens sont du
moins restés attachés, plus que les autres chrétiens de l'Asie, à
leur foi du temps des croisades.

Millin,
Ant. nat., t. I,
art. 3,
p. 123-126. —
Al. Lenoir,
Musée des mon.
fr., t. II, p. 106.

Les peuples francs, surtout depuis les troubles continuels
de l'Église, n'étaient plus assez unis pour secourir l'Orient.
Un peu plus tôt, pendant les cinquante-sept ans de l'empire
latin, si l'on eût concentré, sous la main d'un chef habile,
toutes les forces éparses qui restaient encore aux diverses
colonies chrétiennes, il y aurait eu quelque chance de repousser l'islamisme par une alliance sincère des papes et des rois.
Mais une fois les Grecs rentrés dans Constantinople, Rome,
qui avait prêché les croisades pour soumettre la terre sainte
délivrée à l'unité du symbole, s'occupa beaucoup plus à convaincre qu'à défendre des schismatiques ; et les princes, à qui
l'on apprenait dès leur enfance à détester toutes les sectes et à
maudire les sectaires, s'empressèrent peu d'aller soutenir au
loin des frères séparés, même contre les infidèles. C'est ainsi
que la haine inspirée par le schisme grec à l'Église latine, les
dissensions qui l'envahirent elle-même, la jalousie à la fois
politique et religieuse entre les souverains, dont les uns furent
clémentins et les autres urbanistes, laissèrent bientôt les Turcs
s'établir en Europe, et préparèrent pour l'avenir des difficultés
qui, après cinq siècles, ne sont pas encore résolues.

Ce n'est pas que les anciens rapports de la prédication chrétienne avec l'Asie centrale et l'extrême Orient ne semblent
quelquefois reprendre, sous les papes d'Avignon, une nouvelle
activité. Leurs missionnaires dominicains et franciscains nous
ont laissé de nombreux itinéraires, et, avec leurs propres lettres, celles qu'ils écrivaient au nom des princes dont ils
croyaient avoir fait des catéchumènes. Les Tartares Mongols,
qui naguère, à la suite des victoires de Gengiz, avaient porté
jusqu'en Occident la terreur de leurs armes, reparaissent souvent, ainsi que leur nouveau chef, Timour-beg ou Tamerlan,
le conquérant de la Perse et de l'Inde, dans les correspondances
de ces pieux voyageurs, qui recueillent même quelques vagues
rumeurs de la Chine, menacée aussi par Timour. Une critique
attentive pourrait donc profiter des documents qu'on leur doit,
et qui mériteraient d'être réunis en corps d'ouvrage ; mais, dans
leur ardent prosélytisme, ils se font trop facilement illusion
sur les merveilles de leurs conquêtes spirituelles pour nous
donner toujours une idée juste de ces pays lointains.

1.
FRANCE.
Il faut, après ce rapide coup d'œil sur les autres nations,
arriver enfin à la France.

La France était alors trop occupée de sa propre transformation pour se mettre, comme autrefois, à la tête d'une ligue
européenne contre l'islamisme : elle commençait sur elle-
même un essai qui fut pénible chez elle, et plus encore ailleurs,
l'essai d'un gouvernement laïque. L'Église, par l'organe de ses
souverains pontifes, avait commandé aux rois d'obéir : Philippe-Auguste, saint Louis, réclamèrent ; Philippe le Bel osa
résister.

Un siècle où la France donne en spectacle et en exemple aux
autres peuples ses laborieux efforts pour constituer cette espèce
de régime qu'on a depuis appelé la monarchie administrative,
peut n'être pas un grand siècle littéraire, parce qu'il est trop
distrait par d'autres pensées ; mais il n'en a pas moins droit à
un rang assez élevé dans nos annales, et si nous parvenions à
en reproduire avec fidélité les tâtonnements, les fautes, les
catastrophes, nous croirions faire encore l'histoire de l'esprit
français.

Autant les papes s'efforcent de perpétuer le moyen âge, autant la France travaille à le détruire. Philippe le Bel, qui poursuivit cette tâche plus vivement qu'on n'avait fait avant lui, est déjà presque un roi des temps modernes. Il se trouve cependant que de là viennent les griefs qui pèsent encore aujourd'hui sur sa mémoire. On continue de déclamer contre sa politique à l'égard des papes, contre l'abolition des templiers, contre la prépondérance accordée aux légistes, contre les tentatives impuissantes, mais nécessaires, pour établir des finances publiques.

Pourquoi ce règne est-il une grande date dans l'histoire du monde ? C'est précisément pour cette résistance à la suprématie de Rome, résistance victorieuse, dont quelques historiens, même parmi ceux qui profitent de ce qu'on lui doit, persistent à le blâmer. Ils semblent oublier combien il fallait avoir alors de sens et de courage pour combattre la religieuse confiance qui, depuis plusieurs siècles, remettait la toute-puissance et spirituelle et temporelle entre des mains qu'on disait infaillibles. « La punition d'un moine passait alors les forces de « l'autorité royale. » Il n'en sera plus ainsi. On ne verra plus le pape octroyer à un ordre monastique une part dans tous les legs pieux du royaume de France, traiter le roi comme son feudataire, et, par une autre bulle, donner la France à l'empereur Albert d'Autriche.

Ce n'était pas toutefois une chose absolument nouvelle, dans le pays de saint Louis, que les deux pouvoirs écrivant ou faisant écrire l'un contre l'autre. Des souverains qui avaient des gens d'esprit parmi leurs sujets ne dédaignaient point cette influence que l'esprit exerce sur l'opinion. Philippe-Auguste, pour attaquer les cardinaux en ménageant leur maître, avait déchaîné la verve satirique de son médecin Gilles de Corbeil. Philippe le Bel, moins timide, suscite un véritable orage de libelles contre le pape lui-même, qu'il fait accuser, en français comme en latin, de tous les vices, de tous les crimes, qu'il fait appeler Maliface au lieu de Boniface, et, suivant quelques-uns, sa Fatuité ou sa Sottise au lieu de sa Sainteté. Un reproche surtout paraît inouï; c'est celui qu'on fait au chef de l'Église chrétienne de n'être pas chrétien, et d'avoir répondu au religieux qui l'exhor-

PHILIPPE LE BEL. 1285-1314.

Crevier, Hist. de l'univ. de Paris, t. II, p. 95. Ibid., p. 151.

Hist. litt. de la Fr., t. XXI, p. 333-362.

Hist. du différ., etc. preuves, p. 8.

tait à recommander en mourant son âme à la sainte Vierge : *Tace, miser ; non credimus in asinam, nec in pullum ejus.* Si l'histoire a quelque peine à faire sortir la vérité de cet amas d'injures mutuelles, du moins peut-on reconnaître que l'inviolabilité papale est à jamais perdue. Le pape est déposé par un roi.

On peut suivre, à leur date, les traces encore nombreuses de cette littérature de combat. Mais la critique doit se défier des fausses pièces qui ont été forgées des deux côtés. Il est probable que c'est en France qu'on en a fabriqué le plus.

Mss. de Bruges, n. 418. — Mém. de l'Acad. de Belgique, t. XXV, part. 2, sect. 3, p. 22-24.

Dernièrement encore les savants belges, d'après un manuscrit de l'ancienne abbaye des Dunes, ont fait connaître une dénonciation secrète du clergé de France contre le roi, que les « abbés, les abbesses, les couvents, les chanoines, les curés « et tous les clercs du royaume déclarent plus impie que Pha-« raon. » Si cette pièce que l'on croit avoir été, en 1296, l'occasion de la bulle *Clericis laicos,* peut sembler d'une origine douteuse, il est certain qu'il y eut alors un assez grand nombre de ces correspondances clandestines avec le saint-siége, et que jamais ne fut plus souvent répété le lieu commun, qui se retrouve ici, sur le soleil, emblème du pouvoir pontifical, et la lune, cette lumière empruntée, image du pouvoir des princes.

On ne veut admettre comme authentiques ni la petite bulle qui proclame, au nom du pape, que le roi lui est soumis pour le temporel comme pour le spirituel, ni la fameuse réponse qui fut prêtée alors au roi : « Philippe, par la grâce de Dieu, roi « des Français, à Boniface, soi-disant pape, peu ou point de « salut. Que ta très-grande Fatuité sache que nous ne sommes « soumis à qui que ce soit pour le temporel... et que nous re-« gardons comme fous et insensés ceux qui se l'imaginent, etc. » Nous ne supposons pas non plus que ces deux lettres aient été envoyées, l'une au roi, l'autre au pape ; mais nous croyons qu'elles sont du temps, et qu'elles ont alors circulé en France. La petite bulle n'est qu'un abrégé de la grande bulle *Ausculta, fili ;* et il faut bien qu'il y ait aussi quelque chose de vrai dans la réponse prêtée au roi, puisque le pape lui-même y fait allusion en plein consistoire : *Quis credere potest quod tanta fatuitas sit vel fuerit in capite nostro ?* Ceux qui faisaient courir ces écrits, fort peu conformes à l'ancien protocole, mais qui

Hist. du différ., etc. ; preuves, p. 77.

n'en sont que des échos plus fidèles des passions des deux partis, atteignaient toujours leur but. Si le roi, en faisant brûler
devant lui, le 11 février 1302, la grande bulle, voulait prouver
à ses sujets qu'ils auraient eu tort d'en avoir peur, la violence
de la courte réponse faite au nom du roi le leur prouvait encore
mieux.

Parmi les pièces de ce genre, dont plusieurs sont inédites, il
s'est retrouvé de nos jours une autre bulle, qui n'est aussi
qu'une arme de guerre. Nous savions bien que Guillaume de
Nogaret, dans la première assemblée du Louvre, et Guillaume
de Plasian, dans la seconde, en présence du roi et des barons,
avaient dénoncé le pape comme hérétique, simoniaque, possédé
du diable, approuvant les livres impies d'Arnauld de Villeneuve, et de plus, comme un débauché, un sacrilége, toujours
prêt à rompre scandaleusement les vœux des religieuses. Mais
nous avons maintenant une prétendue décrétale, datée de
Saint-Pierre de Rome, le 13 mai 1297, et inventée sans doute
à Paris, où l'on proclame que le pape, dans la plénitude de son
divin pouvoir, n'est point lié par les canons des conciles ni par
les constitutions de ses prédécesseurs, et qu'il a le droit de
décréter, *ad perpetuam rei memoriam,* que, le mariage ayant
été institué de Dieu même dans le paradis et consacré par
l'exemple des apôtres, le pape, les cardinaux, ainsi que toutes
les personnes ecclésiastiques, séculières ou régulières, de l'un
ou de l'autre sexe, peuvent se marier, et que leurs enfants, s'il
ne leur a pas été laissé de patrimoine, seront nourris, ceux du
pape et des cardinaux par le pape successeur, ceux des religieux et des religieuses par leurs couvents, ceux des curés par
la paroisse.

Biblioth.
de l'Éc.
des chartes,
juillet-août
1856, p. 601.

Voilà d'étranges folies, mais qui attestent quelle révolution
avait dû se préparer déjà chez les sujets du roi très-chrétien,
pour qu'il fût possible de leur faire lire sans trop de surprise,
avec la permission royale, de tels blasphèmes, plus de deux
cents ans avant la grande hérésie du XVIe siècle.

Cette liberté qu'on prenait de répandre de faux actes, trop
familière à tous les siècles des longues annales du clergé,
devait inspirer moins de scrupule au pouvoir laïque. Dans
l'invasion de la Normandie par Édouard en 1346, les Anglais

Rymer,
Fœdera, t. III,
part. I, p. 76.

prétendirent avoir trouvé à Caen un mémoire adressé par les
Normands à Philippe de Valois, où ils lui offraient de conquérir de nouveau l'Angleterre, à condition de se la partager
ensuite, comme ils se l'étaient partagée sous leur ancien duc
Guillaume. Cette offre, qu'ils supposèrent faite en pleine paix,
et qu'ils ordonnèrent de lire publiquement au prône dans les
villes et les villages, n'était qu'une ruse pour justifier les
hostilités.

On serait moins sévère pour ceux à qui l'on reproche aujourd'hui des accusations téméraires, des invectives, des violences, si l'on savait tout ce qui se passait autour d'eux. Il
convient surtout de s'imposer cette réserve quand il s'agit des
templiers.

Les templiers, comme religieux, et comme issus la plupart
de familles féodales, avaient pour eux les deux grands priviléges qui donnaient alors autorité sur les peuples. Mais, comme
religieux, ils n'étaient pas plus sacrés que les sept ou huit
ordres monastiques supprimés naguère par un concile général,
et ils étaient certainement bien plus à craindre. Comme seigneurs féodaux, on les voit, en Palestine, s'approprier, du
temps de Guillaume de Tyr, les biens des églises, qui déjà les
trouvent fort à charge (*facti sunt valde molesti*); et avec leurs
armes, leurs commanderies fortifiées, leur union, leur courage,
s'ils n'avaient pas été tous arrêtés, en France comme en Angleterre, le même jour et à la même heure, il leur eût été
aussi facile qu'en Chypre et en Espagne de susciter une guerre
civile.

Avant de se déclarer si ardemment pour eux contre le prince
qui eut l'art de faire consentir un pape à les détruire, il aurait
fallu peut-être songer un peu plus à d'autres catastrophes pa-
reilles, tristes sans doute, mais inévitables chez les nations où
le pouvoir temporel et le pouvoir spirituel, exerçant à part des
droits dont les limites varient, se défient l'un de l'autre, se
surveillent et se combattent. Le gouvernement civil des choses
humaines a toujours été difficile en face des agents d'une autorité regardée comme divine : faut-il s'étonner que, souvent
traité lui-même en vaincu, il en soit venu à se venger de ses
défaites par de cruelles représailles ? Ces vastes communautés,

Liv. XII, c. 7.

à peine établies, se hâtent de réunir entre leurs mains les plus
sûrs instruments de puissance, la direction des âmes, le patrimoine des familles, et, comme prédestinées à la conquête du
monde, ne daignent même pas dissimuler leur ambition. Les
franciscains, moins de cinquante ans après celui qu'ils nomment le nouveau Messie, annoncent quelle année, quel jour,
leur empire va commencer. Aussi, presque en même temps,
on s'occupe déjà de la suppression de leur ordre ; et quand
leurs innombrables armées de flagellants effrayent l'Italie de
leur mendicité menaçante, elles sont exterminées par les populations elles-mêmes. Il appartenait surtout à un prince pré-
voyant de ne point laisser grandir dans ses États une puissance
militaire presque égale à celle de l'ordre Teutonique, déjà
conquérant et bientôt maître absolu de tout le nord de l'Allemagne. Si les chevaliers du Temple, comme ceux de Saint-
Jean, qui prirent Rhodes en 1310, s'étaient bornés à repousser
l'islamisme, et n'avaient point couvert l'Europe de leurs châteaux forts, de leurs associations publiques ou secrètes, ils
auraient vécu plus longtemps.

Et le pouvoir civil n'a pas été seul à proscrire ces congrégations qu'il croyait dangereuses : leurs chefs suprêmes, les
papes, les ont condamnées. Il n'est pas jusqu'à Boniface VIII
qui n'eût paru de connivence avec Philippe le Bel, quand le
roi, enhardi sans doute par les murmures toujours croissants
contre les usurpations monastiques, et profitant d'un moment
de réconciliation avec son rival, se fit octroyer par lui, dès
l'an 1300, pour fournir aux dépenses de la guerre de Flandre,
qui n'était pas une guerre sainte, de riches subsides pris sur
les biens de l'ordre de Cîteaux. Le saint-siége commençait
donc à défendre moins des institutions qui l'inquiétèrent plus
d'une fois. Trop de condescendance pour les vœux du roi de
France ne suffirait point pour expliquer la part de Clément V
dans ce grand coup d'autorité, qui supprimait une milice religieuse chez toutes les nations chrétiennes. D'autres papes
encore après lui, Pie V, en faisant disparaître l'ordre des
humiliés, qui existait depuis le XIᵉ siècle ; Clément XIV, en
frappant une Société plus habile, plus opiniâtre, et qui n'a
point voulu périr, ont cru qu'ils ne devaient point séparer

leur intérêt de celui des couronnes, et que le pouvoir temporel n'était pas seul compromis par ces terribles auxiliaires, qui cependant n'étaient pas armés.

Quant aux cruautés exercées contre des hommes qu'il était juste d'épargner puisqu'on leur avait tout permis, elles sont odieuses sans doute; mais on ne procédait pas alors autrement dans les affaires où c'était, comme ici, l'inquisition qui jugeait. On s'imaginait, par une aberration funeste de l'intelligence, que là où il s'agissait de religion il n'y avait rien de plus légitime, de plus méritoire même, que la multiplicité et la barbarie des supplices. L'exemple de cette erreur impitoyable venait d'être donné encore par la guerre prêchée contre les hérétiques albigeois, et on s'y conforma, quand on croyait servir une cause sainte, dans tous les partis. Nous avons vu combien de moines, surtout de l'ordre de Saint-François, furent brûlés dans le cours d'un siècle, et non pas, comme les templiers, après quatre années d'enquête. Des femmes, des béguines, montèrent sur le bûcher. Ce sont des membres du clergé, des prélats, qui ont brûlé Jeanne d'Arc. Des rois, des empereurs, abusés par l'esprit de leur temps, croyaient que ces flammes sacriléges les rendaient populaires. Les massacres qui ont accompagné les guerres de la Réforme appartiennent à la même tradition. Tel fut le régime politique et religieux pendant plusieurs siècles.

L'influence des légistes, tant reprochée à Philippe et à ses successeurs, loin d'être pernicieuse, eut au contraire l'avantage de faire prévaloir des idées plus justes sur les rapports entre les délits et la répression pénale. Toutes ces cruautés, que l'on prétendait ordonnées par la loi de Dieu, disparurent lentement, mais disparurent enfin devant des lois qui n'étaient que l'œuvre des hommes. La législation romaine, qui avait autrefois servi de faux prétexte aux supplices des martyrs de la foi persécutée, moins nombreux cependant que les martyrs condamnés comme hérétiques par la foi triomphante, adoucit les mœurs en éclairant les esprits. Les interprètes de ces sages lois étaient nécessairement les appuis de l'autorité séculière; et l'autorité spirituelle le savait bien, car elle en avait interdit les codes dans les bibliothèques des couvents et l'enseigne-

Boulainvilliers, Ess. sur la noblesse, p. 161.

ment dans les universités. Mais une preuve que la justice purement humaine devait tôt ou tard l'emporter, c'est que plusieurs papes et plusieurs cardinaux, moins comme habiles
canonistes que comme savants organes des lois romaines,
commencent par être conseillers du parlement de Paris. Ils
n'avaient donc point pensé que la justice royale fût une usurpation ; car ils n'ignoraient pas à quoi tendait la politique nouvelle, et ils connaissaient l'ordonnance qui, dès la seconde
année de ce règne, enjoignait aux seigneurs de choisir leurs
baillis dans l'ordre des laïques, pour que, s'ils prévariquaient,
on eût le droit de les juger.

Ord. des rois
de Fr., t. I,
p. 16. —
Esprit des lois,
liv. XXVIII, c. 43.

La perturbation dans les monnaies a surtout flétri le nom de
Philippe et de ses premiers successeurs. Mais peut-être faut-il
voir dans cet abus, contre lequel on fit alors plus d'une satire
en latin et en langue vulgaire, une des conséquences du nouveau régime.

Le gouvernement royal, en prenant de jour en jour le caractère d'une administration, devenait plus central et coûtait
plus. Les tribunaux du clergé, ceux des seigneurs, n'étaient
point à la charge de l'épargne du prince : il n'en fut point
ainsi du parlement. Un souverain qui se faisait obéir au même
instant dans toutes les provinces, comme l'attestent la convocation des États généraux et l'affaire des templiers, ne suppor-
tait point sans embarras le fardeau que ces nouvelles dépenses
faisaient peser sur son trésor. Quand le roi voulut avoir une
milice à ses ordres, pour n'être plus assujetti aux caprices de
ses vassaux, il fallut la solder. Beaucoup d'autres princes, dominés par les mêmes besoins, comme l'empereur Charles IV,
comme Édouard III en Guienne, Henri V en Angleterre, eurent aussi recours à cette ressource ruineuse de la dépréciation
des monnaies. La cour papale d'Avignon, que l'état anarchique
de l'Italie privait d'une partie de ses revenus, y suppléait plus
facilement : il lui suffisait d'augmenter les tarifs des bénéfices,
des commendes, des annates, ou d'inventer de nouvelles grâces
à vendre, de nouveaux subsides à décréter.

C'est la gloire de Louis IX, de Charles le Sage, d'avoir
échappé presque seuls à ces tristes effets de l'insuffisance des
contributions régulières, qui se perpétua jusqu'au jour où la

longue expérience de tant de désastres fit trouver enfin la
grande ressource du crédit, malgré les conciles qui avaient
interdit comme usuraire tout produit de l'argent.

En l'absence de ce puissant mobile, imaginé trop tard, on
a quelquefois regretté que Philippe et ceux qui l'imitèrent, au
lieu de se résigner au surnom de faux monnayeurs, n'eussent
pas fait partager légitimement les dépenses de l'État à la noblesse et au clergé. Mais aucun des anciens rois pouvait-il
entreprendre ce grand acte de justice? Une révolution seule,
et quelle révolution! a vaincu le privilége, qui n'abdique
jamais.

Pour avoir le droit de condamner de si haut les opérations
monétaires de Philippe et des premiers Valois, il faudrait admirer un peu moins Louis XIV, qui ne dédaigna pas de compter plus d'une fois ce genre de banqueroute et quelques autres
encore au nombre de ses expédients financiers, et qui le pouvait
sans scrupule, puisqu'on lui disait que les biens de tous ses sujets étaient à lui. Sous la régence qui suivit sa mort, on eut encore recours à l'altération de la valeur des monnaies, habitude
invétérée des gouvernements qui, pour ne point payer leurs
dettes, s'empressaient de se déclarer insolvables.

Ainsi donc, sans vouloir tout approuver dans Philippe le
Bel, on peut le défendre contre quelques préventions. S'il était
vrai que, dans tout son règne, il n'eût point construit d'églises,
ce qui n'est point exact, puisqu'il bâtit au moins l'église des
Dominicaines de Poissi, nous ne lui en ferions pas un mérite;
mais sa législation, déjà presque séculière, a comme le pressentiment d'un état social plus doux et plus conforme à l'humanité. Par une ordonnance rendue au nom de saint Louis, quand
l'excommunié ne se faisait pas absoudre au bout d'une année,
on confisquait ses biens : cette ordonnance est révoquée par son
petit-fils. Le saint roi avait interdit à plusieurs reprises les
guerres privées : son petit-fils renouvelle très-sagement cette
interdiction. Il choisit donc avec discernement dans les lois
qu'un tel nom semblait consacrer. Ce n'est pas nous qui le blâ-
merions aujourd'hui de n'avoir point voulu qu'on emprisonnât
sur la seule demande des inquisiteurs de la foi; d'avoir commencé à enlever aux clercs toute juridiction temporelle; de les

'Hist. litt.
de la Fr.,
t. XVI, p. 303.

Ord. des rois
de Fr., t. I,
p 52.

avoir déclarés punissables, si le crime était notoire, même
après leur absolution en cour ecclésiastique ; d'avoir mis des
restrictions au droit d'asile. Ce progrès des saines idées n'est
pas moins sensible dans les efforts qu'il fit, dès l'année 1296,
pour abolir en Languedoc les restes de la servitude.

Ceux qui regrettent le monde féodal et s'imaginent qu'il n'y
avait point alors de charges publiques, parce qu'il n'y avait
point de patrie commune et que chaque fraction de l'État vivait
à part, n'ont point assez d'imprécations contre un prince dont
ils détestent la mémoire : ils comptent parmi les « horreurs de
« son règne » la passion effrénée du luxe et des plaisirs, la
corruption des mœurs. Mais on sait qu'il punit rigoureusement l'adultère des trois femmes de ses trois fils. Le luxe, qui
s'accrut encore après lui malgré les malheurs publics, fut du
moins combattu par la grande ordonnance où il prétend régler, en 1293, pour chaque condition, les mets, les habits, les
étoffes, les meubles. S'il eut tort de croire à l'efficacité des lois
somptuaires, faut-il le rendre responsable des excès qu'il voulut
réprimer ?

Boulainvilliers,
Lettres
sur les parlem.
de Fr., t. II,
p. 25-27, 128.

La reine, Jeanne de Navarre, le seconda souvent, soit dans
ses efforts pour mettre un frein aux folles dépenses de sa cour,
soit dans l'appui qu'il accordait aux lettres. Cette protection
qui, chez lui, pourrait ne sembler qu'un moyen d'attacher un
grand nombre d'écrivains à sa cause, est moins suspecte dans
la reine qui tint, selon Mézerai, « tout le monde enchaîné par
« les yeux, par les oreilles, par le cœur, également belle, élo-
« quente et généreuse. » C'est elle qui demanda à Joinville
son Histoire de saint Louis ; elle fit traduire du latin le « Mi-
« roir des dames, » et fut la fondatrice du célèbre collège de
Navarre, où les études littéraires, même à côté de la théologie,
gardèrent toujours quelque autorité.

Philippe lui-même passait pour aimer l'instruction. Son ancien précepteur Gilles de Rome, archevêque de Bourges, en
lui adressant ses trois livres sur le Gouvernement des princes,
composés surtout d'après la Politique d'Aristote, déclare que
c'était son royal disciple qui lui avait demandé ce recueil de
préceptes sur l'art de gouverner. L'auteur, en proposant de
faire lire à la table du roi des livres français, avec son propre

Liv. II,
part. 3, c. 20.

traité, dont les versions françaises sont nombreuses, a sans
doute égard à l'ignorance de quelques courtisans; car le roi
savait le latin, si l'on en croit Jean de Meun, qui avait cependant traduit par son ordre l'Art militaire de Végèce, les Lettres d'Abélard et d'Héloïse, ainsi que d'autres textes anciens
ou modernes. Dans la dédicace de sa traduction de la Conso-

Montfaucon,
Mon. de la
Monarch. fr.,
t. II, p. 216,
planche 40.

lation de Boëce, qu'il lui présenta solennellement, comme en
fait foi la belle miniature où on le voit à genoux, tenant des
deux mains son livre doré sur tranche, il dit au roi que c'est
pour lui qu'il a translaté cet ouvrage; mais il a soin d'ajouter :
« Jà soit ce que entendez bien latin. » On regrette alors
qu'il ait toléré *vinum in barillis, potis, seu botellis,* et autres
barbarismes d'origine française dans ses ordonnances latines.

Il paraît qu'il entendait moins l'italien, d'après la tradition
qui raconte que Dante, pendant son séjour à Paris, lui interprétait les rimes de fra Iacopo de Todi, où il n'oubliait pas
sans doute les âpres satires de ce moine contre Boniface VIII.
Quelle que soit la valeur d'un bruit accrédité encore en Italie,
c'est du moins une preuve qu'on y est persuadé que le roi
pouvait se plaire aux entretiens du poëte.

Ac. des Inscr.,
Mém. de div.
sav., série 1ʳᵉ,
t. I, p 380, 381.

Les études historiques lui durent quelque chose, le jour où
il donna l'ordre, en 1305, à un de ses clercs, Pierre de Bourges, de faire un recueil des droits et des priviléges reconnus
aux rois de France par les papes, même par son adversaire :
c'étaient des armes pour le présent, et des leçons pour l'avenir.
Le trésor des chartes, où ces actes furent déposés, avait été
commencé avant lui ; mais ses lettres patentes du 27 avril 1307,
qui en confiaient la garde à Pierre d'Étampes, chanoine de
Sens et clerc du roi, réglèrent et affermirent cette institution.

Les hommes qui ont beaucoup tenté doivent s'attendre au
jugement sévère des autres hommes. On ne pourra nier du
moins que sous ce règne la France ne fût puissante et respectée. Les nations étrangères se disputaient son alliance, et chez
les peuples de l'Orient, cet écho qui avait répété le cri glorieux
des croisades n'était pas encore affaibli. Nous pouvons en juger
par les lettres mongoles conservées dans nos archives.

Abel Rémusat,
Nouv. Mém.
de l'Acad.

Les chefs tartares qui occupaient alors la Perse comme lieutenants de Gengiz, continuant de chercher des auxiliaires

des Inscr.,t. VII, p. 363-408.

contre les sultans d'Égypte jusque chez les puissances chrétiennes, sans en excepter le pape, s'adressent, en 1289, à Philippe le Bel; une lettre sur papier de coton, en langue mongole et en caractères ouïgours, débute ainsi : « Par la force du ciel « suprême, par la grâce du grand khan, parole de moi, Ar- « goun... Si le peuple chrétien veut concourir à l'expédition « contre le pays de Misr (Égypte), il sera possible, avec l'aide « de Dieu, de prendre Orislim (Jérusalem). » On recommande ensuite l'envoyé Mouskeril, chargé de suivre la négociation. Argoun finit par dire qu'il attendra, lui et son armée, dans la plaine de Damas. Mais le roi crut avoir mieux à faire que de se trouver au rendez-vous.

Les missionnaires ne cessaient point de dire que les chefs tartares étaient ou allaient être des princes chrétiens. C'est un de ces chefs que les franciscains de Londres n'hésitaient pas à inscrire sur leur liste des rois qui ont été frères Mineurs : *Frater Joannes, quondam rex et imperator Tartarorum.*

Mon. francisc., Lond. , 1858, p. 539.

Gr. Chron. de Fr., t. V, p. 149.

Aussi ne manque-t-on pas de raconter que les ambassadeurs du « sire de Tartarie, Gazan, » qui vinrent à Paris en 1303, y apportèrent à leur tour quelques promesses de conversion. Deux ans après, Kodabendeh, regardé comme fils d'une mère chrétienne, renouvelle, dit-on, les mêmes offres pour prix de l'alliance. Une lettre qui n'en parle pas, écrite en mongol, et semblable pour le papier et les caractères à celle d'Argoun, débute en ces termes : « Parole de moi, OEldjaïtou sultan, à Irid-« farans sultan, et autres sultans du peuple Firankout. » *OEldjaïtou* est un des noms de Kodabendeh, le prince mongol ; *Iridfarans* est le roi de France. Après s'être prévalu des relations amicales de sa famille avec le peuple chrétien, le sultan dit qu'il se propose de les accroître encore, maintenant surtout, ajoute-t-il, que la mésintelligence semée entre nos princes par des malintentionnés a été dissipée par la volonté du ciel, et que « nous nous sommes accordés et avons fait la paix ensemble, « comme des frères aînés et cadets, depuis le pays de Angkias, « où le soleil se lève, jusqu'aux lieux où il se couche, et à l'Ou-« lous du Koundalan, sur le lac de Talou... J'envoie donc deux « messagers, Mamlakh et Touman, qui expliqueront de vive « voix mes intentions, ayant appris avec plaisir que les guerres

« ont cessé entre les sultans des Firankout ; car la paix est une
« bonne chose, etc. » On n'a pas non plus la trace d'aucune réponse à cette lettre, remise par les ambassadeurs deux ans
après leur départ. Il y avait déjà longtemps que le démêlé
entre le roi et le pape était commencé.

Cronica, liv. IX,
c. 131.

En Occident, en Italie même, on se fait une haute idée du
roi de France. Lorsque Jean Villani l'appelle *Filippo il Grande,*
lui qui avait visité le royaume quelque temps après la mort du
prince, et qui se montre aussi peu indulgent pour nos rois que
pour les papes du parti français, il est l'organe fidèle de l'opinion de son pays et de celle que professaient en France un
petit nombre de bons juges.

Philippe ne pouvait être aimé de la noblesse, dont il avait
combattu les priviléges, ni du clergé, dont il n'avait pas
accepté la toute-puissance, ni même du tiers état, qu'il fit
entrer enfin dans les conseils de la nation, mais qui ne comprenait pas encore quelles charges lui imposait un régime
où il allait être quelque chose. Si trop de confiance dans les
passions contemporaines a persisté à l'accuser pendant quatre
siècles, l'histoire, aujourd'hui du moins, devrait être juste
pour lui.

LOUIS HUTIN,
1314-1316.

Sous le jeune roi qui eut à poursuivre cette grande tâche,
Louis Hutin, éclate la réaction féodale contre l'unité française
qui commençait à se former. Mais en vain les barons revendiquent leur indépendance, et les provinces, leur isolement :
le génie du dernier règne n'est point vaincu. Les conseillers du
père veillent sur le gouvernement du fils et sur l'avenir de la
France ; l'émancipation continue, et un langage nouveau se
fait entendre, au nom de la royauté, jusque dans les rangs les

Ordonn.
des rois de Fr.,
t. I, p. 583.

plus humbles. Ce langage est celui de l'ordonnance pour l'affranchissement des serfs du domaine royal : « Comme, selon
« le droict de nature, chascun doibt naistre franc, et... moult
« de personnes de nostre commun pueple sont encheues en
« lien de servitudes ; nous, considerants que nostre royaume
« est dict et nommé le royaume des Francs, et voulants que la
« chose en verité soit accordant au nom... par deliberation de
« nostre grant Conseil avons ordené et ordenons que generau-

« ment par tout nostre royaume, de tant comme il puet appar-
« tenir à nous et à nos successeurs, telles servitudes soient
« ramenées à franchise, et à tous... franchise soit donnée o
« bonnes et convenables conditions. »

Le nouvel esprit d'où viennent ces pensées, et qui vient
lui-même de la culture des lettres, se manifeste de plus en
plus. Louis ne fait ici que redire, en 1315, ce que son père
avait déjà proclamé en 1311, « que toute creature humaine
« doibt estre franche par droict naturel,» et ce que son frère Philippe le Long devait répéter mot pour mot en 1318. Cette leçon
d'égalité qu'une famille royale ne cessait d'inculquer à ses peuples, aux gens de « poesté, » aux mainmortables, avait le tort
d'être gâtée par des mesures fiscales, qui les empêchèrent de
l'accueillir alors avec le même empressement que si elle ne
leur eût pas été vendue ; mais ils s'en souvinrent plus tard , et
elle ne fut point perdue pour eux.

Ibid., t. XII,
p. 387.
Ibid. t. I,
p. 653.

Le roi lui-même savait repousser les prétentions de la noblesse, obstinée à défendre ses anciens priviléges et à en réclamer de nouveaux. Suivant un trouvère contemporain , qui
parle de tout dans ses contes entrecoupés d'homélies , les gentilshommes de Champagne, pour se dédommager d'avoir à
payer, en certains cas, soixante livres d'amende , tandis qu'un
même délit ne coûtait aux bourgeois que soixante sous, vinrent
un jour demander à Louis Hutin de ne payer aussi que ces
soixante livres pour le meurtre d'un bourgeois. « Oui, dit le
« roi, mais à condition que pour soixante sous un bourgeois
« pourra se défaire d'un gentilhomme. »

Renart
contrefaict,
ms. 6985³.

Des conseils rimés, *Avisemens pour le roi Loys*, sont adressés à ce même prince par un poëte parisien, Geffroi, qui fit
aussi des vers pour le petit roi Jean, mort en 1316, cinq jours
après sa naissance, et pour Philippe le Long, qu'il engagea
fort prudemment à ne pas aliéner les terres de son domaine,
comme on le fit bientôt pour le malheur du pays.

P. Paris,
Mss. fr., t. I,
p. 326, 330.

Sous ces trois frères , qui règnent peu de temps , mais qui
s'honorent en restant fidèles à la mémoire de leur père, on
persiste à consulter « la clergie laïque, » dont l'influence fait
chaque jour des progrès. Si Louis eût vécu plus longtemps,
peut-être se fût-il rendu vraiment digne du plus beau présent

Rec. des histor.
de la Fr., t. XX,
p. XLII, 190.
littéraire qui pût être fait à un prince : le vieux sire de Joinville , selon les meilleures copies de son Histoire de saint Louis,
l'écrivit ou la fit écrire sous sa dictée, à la demande de la reine
Jeanne de Navarre, femme de Philippe le Bel, et l'adressa,
vers l'an 1309, au prince Louis, leur fils, alors roi de Navarre
et comte de Champagne, arrière-petit-fils de saint Louis. Dans

Inventaire
de G. Malet,
n. 77.
la bibliothèque de Charles V, outre un exemplaire de cette Vie
avec le nom de l'auteur, il y en avait plusieurs exemplaires

Nᵒˢ 107, 144,
157, 1097.
anonymes, la plupart richement reliés. Un de ceux-ci (n. 107)
se trouvait entre les mains du roi, quand fut rédigé le Catalogue, où on lit cette note : « Le Roy l'a devers soy. » Nous
aimerions à croire que c'était le livre de Joinville , et l'exemplaire de présent.

PHILIPPE
LE LONG.
1316-1352.
Philippe le Long, succédant à son frère, quoique ce frère
eût une fille, consacre ainsi pour la France le principe de la
transmission de la couronne dans la ligne masculine, et rend
par là, dans la courte durée de son gouvernement, un meilleur
service à la monarchie que s'il lui eût donné une province ou
un grand règne de plus.

Dans cette question toute politique, on ne dédaigna pas
l'appui du corps chargé d'instruire et de former les nouvelles
générations, et à qui l'on supposait déjà quelque pouvoir sur
l'opinion publique. Non content d'avoir reçu le serment de
fidélité des nobles, des prélats , des bourgeois de Paris, le roi
crut voir une garantie à ce serment dans l'approbation una-
nime des maîtres de l'université.

Ordonn.
des rois de Fr.,
t. I, p. 702.
Les traditions de l'avant-dernier règne sont maintenues.
Dans le parlement, on assure la pluralité des voix aux conseillers laïques ; et lorsqu'il s'agit des juges temporaires, on
continue d'exclure ceux que leur ministère spirituel doit
occuper tout entiers : le roi ne garde que les prélats qui font
partie de son Conseil.

Philippe V, qui paraît avoir eu quelque mérite personnel, et
dont le règne fut assez calme au dedans et au dehors , était à
la veille, quand il mourut, de faire un grand pas de plus dans la
voie de l'unité ; car les ordres étaient déjà prêts pour essayer
d'établir dans tout le royaume l'uniformité des mesures et des

monnaies, progrès important, qui fut ajourné pour plusieurs
siècles par la nouvelle résistance féodale sous les Valois et par
les malheurs publics.

Lorsque ce prince, que Villani appelle *uomo dolce e di bona* Liv. 1x, c. 131.
rita, n'était que comte de Poitiers, il avait des maîtres d'hôtel,
des chambellans, des écuyers qui sont comptés parmi les poëtes
provençaux; et on dit même qu'il faisait des vers comme eux. Hist. univ. par.,
Il paraît que c'est sa femme, Jeanne de Bourgogne, fonda- t. IV, p. 985.
trice du collége de Bourgogne à Paris, morte à Roye en 1329,
qui engagea Philippe de Vitri, depuis évêque de Meaux, à faire
pour elle sa traduction rimée et moralisée des Métamorphoses
d'Ovide, dont un riche exemplaire porte la signature de Jehan,
duc de Berri, un des frères de Charles le Sage.

Une note qui accompagne un des manuscrits du poëme Catal. gén.
français de Girart de Rossillon, affirme qu'il fut aussi dédié à des mss.
de France
Jeanne de Bourgogne, et donne même à entendre que la dédi- (Troyes), t. II,
cace est de l'an 1316, quoiqu'elle puisse être de quelques p. 307, n. 742.
— Éd. de Girart
années plus tard. Le prologue a été remanié, comme le sont de Rossillon,
ordinairement ces prologues, qui changent à chaque nouvelle par M. Mignard,
Dijon, 1858,
rédaction de l'ouvrage; mais les vers où le poëte prie la reine p. viij.
Jeanne, Eudes, duc de Bourgogne, et Robert, comte de Tonnerre, de prendre sous leur garde l'église de Pouthières, où
repose le corps de Girart, s'accordent avec l'opinion qu'il s'agit
bien de cette reine, amie des lettres.

Un *vidimus* de l'an 1320, qui doit être à peu près aussi Archives
de Joursanvault,
ancien que l'acte original, confirme la pension accordée par les t. I, p. 147,
ambassadeurs de Philippe le Long en Navarre au médecin n. 859.
Barthélemi de Pistoie, pour services publics : les ambassadeurs
s'expriment en langage navarrais ; la confirmation est en latin.

Les enfants de ce roi, qui eut un fils mort jeune et quatre
filles, paraissent n'avoir point manqué d'éducation. Sa quatrième fille, Blanche, en 1337, trois ans après avoir prononcé
ses vœux à Longchamp, écrivait aux moines de Saint-Laurent
de Liége une lettre, que nous transcrivons d'après une copie Collect. ampl.,
t. I, col. 1452.
de l'autographe : « De par suor Blanche de Franche. Chiers
« peres en Dieu, savoir vous fai ke le fust de la sainte vraie
« crois, ke je vous envoyai par maistre Gautier nostre confes-
« sour, est dou fust ke nostre très chiers signour et peres mon=

« signour le roi Phelippe, que Dieu asouille, nous donnat, et
« le prist en la sainte vraie crois ki est à Paris en la Chapelle
« nostres signours les rois de France. Et s'il en a point de
« vraie ou monde, nous tenons ke celle de ladite Chapelle le
« soit; car c'est chose mout esproveie, si comme chacun scet.
« Chiers peres, nostre Sire soit garde de vous. » Blanche a
inscrit son nom sur l'ancienne version française, aujourd'hui
publiée, des livres des Rois.

CHARLES
LE BEL.
1322-1328.

Des trois fils de Philippe le Bel, Louis Hutin mourut à vingt-
sept ans ; Philippe le Long, à vingt-huit ; le dernier, Charles
le Bel, à trente-quatre. Leur gouvernement, bien que trop soumis d'abord à leur oncle, Charles de Valois, ne dément pas celui
de leur père. Le troisième frère, comme les deux autres, s'applique à réprimer les entreprises de la noblesse. « Les grands
« exemples, disait-il, sont les plus nécessaires ; » et il en fit un
aux dépens de Jourdain de l'Isle, seigneur de Casaubon, un
des barons de la Gascogne, neveu, disait-on, par sa femme, du

Art. de vérif.
les dates, t. I,
p. 593.

pape Jean XXII. On ajoute que le lendemain du 7 mai 1323,
où, par sentence du parlement de Paris, ce baron fut pendu au
gibet de Montfaucon, le curé de Saint-Merri, dans une lettre
latine au pape, conservée sans doute comme un modèle de
naïveté épistolaire, s'exprimait à peu près ainsi : « Père très-
« saint, dès que je sus que le mari de votre nièce allait être
« pendu, j'assemblai mon chapitre, et je représentai qu'il
« convenait de profiter de cette occasion pour témoigner à
« votre Sainteté notre tendre attachement et notre profonde vé-
« nération. A peine votre neveu était-il pendu que nous allâmes,
« avec grand luminaire, le prendre à la potence, et nous le
« fîmes porter dans notre église, où nous l'avons enterré hono-
« rablement et gratis. Père saint, nous vous demandons, comme
« toujours, votre paternelle bénédiction. J. THOMAS, chevecier.»

On sait peu quel fut le caractère de Charles IV, et encore
moins quelle put être la portée de son esprit. Il n'arrête point
les révolutions monétaires, s'épuise en expédients financiers,
gêne le commerce ; et lorsqu'il rencontre un autre genre de
difficultés, lorsque l'empereur Andronic l'ancien prétend négocier avec lui pour réconcilier les deux Églises, il est fort

douteux que le roi ou sa cour aient eu jamais assez d'adresse
pour se tirer de ces projets d'union, où les Grecs ne cher-
chaient qu'un moyen d'acheter par des promesses spécieuses
les secours de l'Occident.

S'il est vrai que dès l'an 1324, pendant le voyage du roi en Languedoc, sept troubadours de Toulouse eussent offert à l'auteur
du meilleur poëme, avec une violette d'or, le titre de maître en
gaie science, nous ne voyons pas que Charles le Bel eût fait beaucoup d'attention à ce concours, fort antérieur à la date qu'on
regarde comme celle de l'institution régulière des jeux floraux.

Parmi les épigrammes qui se sont conservées, au grand mécontentement des annalistes ecclésiastiques, contre l'annula-
tion, obtenue en cour de Rome par le roi, de son premier mariage avec Blanche de Bourgogne, fille de sa prétendue
marraine, on a remarqué la plaisanterie sur un certain Bille-
vart, chargé de la négociation, et qui n'y avait pas perdu son
temps, puisqu'il lui avait été permis d'épouser sa double com-
mère, tandis que pour simple soupçon de compérage le pape
annulait le mariage du roi.

Rinaldi,
Annal. eccles.,
ann. 1322, n. 28,
t. V, p. 192.

La troisième femme de Charles, Jeanne d'Évreux, avait fait
écrire et peindre une Bible, « historiée toute à ymages et toute
« figurée, » un des ornements de la librairie royale du Louvre.

Invent.
de G. Malet,
n. 14.

La même reine paraît avoir encouragé aussi l'auteur du Doctrinal aux simples gens, à en juger par cette note qui termine
une des copies de l'ouvrage : « Explicit le Doctrinal aus sim-
« ples gens, envoié à Paris par la royne Blanche Jehanne
« d'Evreus. Et donne le pape ·IIII· xx· jours de pardon à
« ceulz qui prieront pour elle. » On a le catalogue de ses livres, où elle inscrivit quelquefois son nom, et dont plusieurs
furent depuis signés du roi Jehan.

P. Paris,
Mss. fr., t. VII,
p. 337.

Invent., n. 87.
—Mss. fr., t. II,
p. 201; t. IV,
p. 79.

Ici, comme disent les Grandes Chroniques, « toute la li-
« gniée du roi Philippe le Bel, en moins de treize ans, fu de-
« faillie et amortie ; dont ce fu très grant domage. »

PHILIPPE
DE VALOIS.
1328-1350.

Le fondateur d'une nouvelle branche royale qui a laissé
dans notre histoire des traces brillantes et des souvenirs tragiques, française·par sa valeur et par les accroissements dont
elle a enrichi le territoire, presque italienne par son penchant

pour le luxe et les arts, Philippe de Valois, en 1328, ouvre cette longue alternative de qualités et de défauts, de sages combinaisons et de vains caprices, dont cette famille a rempli nos annales pendant près de trois siècles.

Les Flamands, dans leurs mauvais vers contre Philippe, l'appellent le roi « trouvé. » Son rival Édouard eût été aussi un roi d'aventure. La décision prise à la mort de Louis Hutin était déjà d'un heureux exemple dans cette question.

On écrivit beaucoup alors sur l'ordre de succession à la couronne. Les docteurs en droit canonique et en droit civil furent les uns pour le neveu de Philippe IV ; les autres, pour le fils d'Isabelle, reine d'Angleterre, sœur du feu roi. Tous ces ouvrages, stériles pour la gloire des lettres, ne l'ont pas été pour l'intérêt du pays, puisqu'ils ont contribué à fixer un principe utile à la France.

C'est un bien triste tableau que celui que nous laisse de ce premier règne des Valois le troisième continuateur des Chroniques latines de l'abbaye de Saint-Denis. Après avoir accumulé, au sujet de la grande peste de l'an 1348, de douloureuses lamentations sur la perversité des hommes, qui, devenus plus riches alors par la multiplicité des héritages, n'en sont, dit-il, que plus avides, plus insatiables, plus enclins aux procès et aux querelles ; sur l'altération et le fréquent changement des monnaies ; sur le prix exorbitant de toutes choses et l'affaiblissement de la charité, le chroniqueur arrive à ces autres plaintes, qu'on ne lit pas dans la rédaction française : « Depuis « lors, abondèrent de toutes parts les péchés et l'ignorance ; « car on ne trouvait que bien peu de gens qui eussent du sa- « voir, ou qui voulussent, dans les villes, les campagnes et les « châteaux, enseigner aux enfants la grammaire. »

Le nouveau roi lui-même passait pour être assez ignorant ; c'est du moins un reproche que Pétrarque ne lui épargne pas. Mais on jugera peut-être, d'après quelques traits intéressants pour nous, que si ce prince avait peu profité des leçons de son précepteur Guillaume de Trie, mort archevêque de Reims en 1334, il n'était cependant ni sans esprit ni sans habileté.

Bien que soutenu dans sa courte régence, et ensuite dans son pouvoir royal, par la faction chevaleresque des seigneurs,

dont les Valois, depuis l'an 1315, avaient été eux-mêmes les
partisans dévoués, Philippe VI n'en est pas moins fidèle, dans
ses rapports avec l'Église, aux traditions de Philippe le Bel et
de ses trois fils.

Dès le premier mois de son gouvernement, le 25 février 1328,
même avant d'être sacré à Reims, il renouvelle un ordre dont
l'exécution rencontrait sans cesse des obstacles : « Dès ores en
« avant nuls clers ne sera prevost, ne sergent, ne ne tenra of-
« fice royal où il conviegne exercer jurisdiction temporelle. »
Puis, s'adressant aux baillis : « Et les clers, se aucuns en y a
« ès diz offices ou prevostez, oste les, et en lieu d'eux, y met
« autres convenables pour les exercer. »

Ordonn.
des rois de Fr.,
t. II, p. 26.

En 1329, à Vincennes, devant le roi, de longs débats entre
l'archevêque de Sens et l'évêque d'Autun, pour l'Église, et
l'avocat royal Pierre de Cugnières, pour les droits de la
couronne, assurent du moins la conquête de l'appel comme
d'abus.

Au mois de juillet de l'année suivante, le roi fait une visite à
la cour d'Avignon; et le 1er novembre, dans tout le royaume,
à la même heure, « du mandement du saint-père, » Jean XXII,
tous les frères hospitaliers du Haut-pas, convaincus d'abuser
des indulgences apostoliques et de s'arroger, dans leurs *vidimus,* au delà de ce que leur accordaient les bulles, sont enfermés dans les prisons épiscopales, et tous leurs biens saisis. On
a fait beaucoup moins de bruit de cette affaire que de celle des
templiers.

Gr. Chron.,
t. V, p. 340. —
Lebeuf, Dioc.
de Paris, t. I,
p. 245.—
Jaillot, Rech.
sur P., Q.
S.-Benoît,
p. 136.—Nouv.
Diplomatique,
t. VI, p. 192.

Trois ans après, Gérard Odon, le général des frères Mineurs,
traversant Paris sous prétexte d'aller, pour le même pape, négocier la paix entre l'Angleterre et l'Écosse, faillit allumer en
France une guerre théologique, en essayant de propager l'opinion, prêchée depuis quelque temps par le pape lui-même, sur
l'intervalle qui devait s'écouler, selon lui, entre la mort des
prédestinés et le moment où leur âme verrait Dieu. Comme on
ne voulait pas à Paris de cet ajournement et qu'une émeute
allait éclater, le roi ordonne au général franciscain de venir à
Vincennes discuter devant lui cette doctrine : des théologiens
devaient prononcer. La doctrine ayant été taxée d'hérésie par
l'assemblée, le roi dit au négociateur que s'il ne se rétractait,

il allait être brûlé comme patarin, et que si le pape soutenait
cela, le pape était hérétique. D'autres prétendent même que
« le roi manda lors au pape Jean XXII qu'il se revocast, ou
« qu'il le feroit ardre. » Ceux qui, pour admettre cette sentence
comminatoire, s'autorisent du témoignage de Pierre d'Ailli,
évêque de Cambrai, n'avaient certainement pas vu la lettre ;
mais ils ne la jugeaient pas invraisemblable. Boniface VIII
n'avait-il pas été accusé d'hérésie, et même d'incrédulité ?

Il paraît que dans l'ancienne France, où les esprits étaient
vivement agités par ces disputes, on s'occupa fort de l'étrange
spectacle d'un pape condamné par une espèce de concile à
Vincennes. C'est un souvenir que nous retrouvons plusieurs
fois chez les écrivains de ce temps, et qui atteste soit l'âpreté
des controverses entre les deux pouvoirs, soit l'idée qu'on se
faisait des sentiments du roi.

Un conteur italien, ser Giovanni Fiorentino, l'auteur du
Pecorone, s'est imaginé de faire de ce grand épisode historique
une de ses nouvelles, la seconde de sa vingtième journée, où
il copie mot pour mot Villani ; et le conteur a été copié à son
tour par les historiens, qui n'ont peut-être pas assez vu combien on était heureux en Italie de se moquer d'un pape français. Ils se gardent cependant d'ajouter, comme ser Giovanni,
que le saint-père eut peur, et que c'est pour cela qu'il ne refusa jamais rien au roi de France.

Le roi va lui-même, en 1336, accompagné de son fils Jean,
s'entretenir avec Benoît XII à la cour d'Avignon. Il doit avoir
été pressant dans ses exigences ; car Benoît ne put les écarter
qu'en parlant du salut de son âme. On obtenait beaucoup de
ces pieux pontifes, véritables otages de la France, par des promesses de croisades. Philippe en avait obtenu par là, dès
l'an 1332, les décimes de tous les revenus du clergé pendant
six ans : il ne partit pas pour la terre sainte, mais il garda les
décimes.

Sans doute il eût mieux fait de profiter de son crédit à la
cour pontificale pour l'engager à tempérer les rigueurs que les
inquisiteurs de la foi continuaient d'exercer dans tout le pays.
Mais Philippe le Bel lui-même n'avait pas osé toucher à cette
prétendue justice ; et Philippe de Valois, que Jean XXII avait

félicité de lire assidûment la sainte Bible, et qui voulait paraître
aux yeux des peuples un imitateur de saint Louis, ménageait
le pouvoir qui avait consacré le nom d'un roi de France. Ainsi,
non content d'avoir, en 1329, approuvé les dispositions vraiment sévères d'un inquisiteur de Carcassonne, et ordonné aux
ducs, comtes, barons, sénéchaux, baillis et autres officiers
royaux d'obéir aux inquisiteurs et à leurs commissaires et de
faire exécuter leurs sentences, il veut, en 1340, que son lieutenant et capitaine général « ez parties de toute la Langue d'oc,»
Louis de Poitiers, comte de Valentinois, le jour de son entrée
à Toulouse, après être descendu de cheval devant la porte
fermée, à genoux, tête nue, jure entre les mains de l'inquisiteur, sur les évangiles, de conserver les priviléges de l'inquisition. Comme on sait quels étaient ces cruels priviléges, on
jugera qu'il eût été préférable que le roi, sans menacer l'ambassadeur du pape ou le pape lui-même de le faire « ardre, »
défendît aux inquisiteurs toulousains ou autres de faire « ar-
« dre » ses sujets.

Ordonn.
des rois de Fr.,
t. II, p. 40.
D. Vaissete,
Hist.
de Languedoc,
t. IV, p. 234 ;
preuves, p. 26.

Nous reconnaissons mieux l'esprit français dans le fait suivant, qui nous révèle, entre les deux rois des deux nations
rivales, une sorte de défi littéraire et poétique. Édouard III
avait annoncé, à dater de l'an 1344, au château de Windsor,
une fête annuelle de la table ronde, pour laquelle il promettait
des sauf-conduits, et où devaient être représentés, selon l'u-
sage du temps, par des chevaliers de sa cour, les principaux
personnages de la cour d'Artus. Philippe, averti de cette fête,
eut soin, dit-on, d'en annoncer une toute semblable dans
Paris ; et celle de Windsor perdit aussitôt une partie de son
éclat. On ajoute que, pour se consoler, Édouard imagina l'ordre
de la Jarretière, mais qu'il n'en conserva pas moins un nouveau
ressentiment contre cet adversaire qui venait lui disputer la
victoire jusque dans ses plaisirs chevaleresques.

Walter Scott,
Ess. sur la
chevalerie, c. 2.
Hist. litt.
de la Fr.,
t. XXIII, p. 472.

Il serait difficile de refuser au rival d'Édouard quelque
adresse politique dans la manière dont il procède pour assurer
à la France l'accession du Dauphiné, cette route de l'Italie,
et pour fixer enfin la volonté du plus indécis des princes, le
Dauphin de Viennois, Humbert II, qui, ne sachant quel successeur choisir depuis la mort de son unique héritier, consent

à un premier octroi de ses domaines à la France en 1343, à un
second en 1349, malgré le désastre de Créci, et, devenu frère
Prêcheur dès le lendemain de son abdication, joint ensuite au
titre d'évêque celui de patriarche d'Alexandrie. L'influence du
pape Clément VI, l'appât des subsides qui devaient aider le
nouveau moine à payer ses dettes, l'insistance du chancelier
Guillaume Flotte et de l'avocat royal Pierre de Cugnières,
tout fut employé pour le succès, jusqu'à une certaine dextérité
de langage dans l'entrevue du roi de France avec celui dont il

Albert. Argent.
ap. Urstisii
Hist., part. 2,
p. 130.

convoitait les États. « Mon oncle, lui dit-il affectueusement,
« prenez, prenez, et ne vous opposez pas à ce que je veux. »
Humbert n'était point l'oncle de Philippe de Valois ; il n'était
que son cousin.

A cette conquête pacifique le roi, en 1348, joint celle de la
seigneurie de Montpellier, que lui vend le roi de Majorque, et
qui ouvre à la France les Pyrénées, comme l'autre lui avait ouvert les Alpes.

Pendant la peste noire, nous voyons Philippe résister au
fanatisme qui s'était emparé de toutes les nations voisines, et
interdire l'entrée du royaume à ces troupes errantes de flagellants qui, sous prétexte de fléchir la colère divine, répandaient
au loin la contagion.

Avant les premières atteintes de la funeste guerre suscitée
par Édouard et de cet autre fléau qui ravagea la France et le
monde, le chef de la branche des Valois s'honore par la loyauté
de ses efforts pour revenir à la monnaie régulière de saint Louis,
et par les bienfaits d'une administration vigilante, où le

Froissart, l. 1,
part. 1, c. 60.
Dureau
de la Malle,
Nouv. Mém.
de l'Acad. des
Inscr., t. XIV,
p. 36-53.

royaume, « gras, plein et dru, » profite si bien d'une longue
paix, que des calculs, dont quelques éléments d'ailleurs paraissent douteux, ont fait supposer que la France d'alors était
au moins aussi peuplée que celle d'aujourd'hui. Et même quand
arrive la mauvaise fortune, aidée de la trahison, il faut savoir
gré au vaincu de sa fermeté, de sa prévoyance, et du soin qu'il
prend de confier à un des hommes les plus estimés de sa cour,

Dacheri,
Spicileg., t. X,
p. 653. —
Choisy, Hist.
de Philippe
de Valois, p. 11.

au sire de Moreuil, l'éducation de son fils aîné : « Si voulons
« que vous vous ordenez tantost pour y venir, et pour y estre
« d'ores en avant continuellement ; car il est temps que ceux
« qui sont ordenez pour y estre y soient ; et si est miex vostre

«honeur de le faire maintenant qu'il ne seroit quant nous
«serons plus avant en la guerre..... Si nous semble que
«vostre honeur y est non pas gardée seulement, mès ac-
«crue, etc. »

On mit en vers quelques actions de ce règne, qui commença
par des victoires et finit par d'affreux revers. Ainsi fut célébrée
en 1328 la bataille de Cassel; et cette « ryme, bien escripte et
«ystoriée, » qui se trouvait dans la tour du Louvre, fut remise, le 13 novembre 1392, à la reine Isabeau de Bavière.

Invent.
de G. Malet,
n. 437.

Une traduction française du Miroir historial de Vincent de
Beauvais fut faite pour la reine Jeanne de Bourgogne par Jean
de Vignai, un de ces hospitaliers du Haut-pas qui venaient
d'être sévèrement traités : c'est, d'après le temps où a vécu le
traducteur, Jeanne, fille de Robert II, duc de Bourgogne,
morte en 1348, première femme de Philippe de Valois. Le
même traducteur fit alors, pour le jeune duc de Normandie
qui fut depuis le roi Jean, une version ou plutôt une para-
phrase du Jeu des Échecs moralisé, tout à fait propre, selon
lui, à intéresser un prince dont il connaît le penchant pour les
«choses prouffitables et honnestes qui tendent à l'informacion
«des bonnes meurs. »

Ms. 7390,
art. 4.

L'oncle des trois précédents rois, un prince dont les descendants allaient régner, Charles de Valois, avait protégé les
poëtes : Girart d'Amiens, auteur du roman de « Kanor, » rima
pour lui l'histoire de Charlemagne. La comtesse de Valois,
Marguerite d'Anjou, la première des trois femmes de Charles,
morte en 1299, avait accepté la dédicace d'une Vie de sainte
Geneviève, rimée par le genovéfain Renaut, qui fit un traité
de la poésie française.

Hist. litt.
de la Fr.,
t. XXIII, p. 797.
Millin, Antiq.
nat., t. V, n. 60,
p. 6. — V.
Gall. christiana,
t. VII, col. 748.

On rimait sur tous les sujets : le jeune comte de Flandre,
Louis de Marle, ayant cherché un asile en France pour ne pas
épouser la fille du roi d'Angleterre, les Parisiens se vengèrent
de Créci en s'amusant de cette aventure, et ils en firent une
chanson. Mais nous ne voyons pas que, depuis les vers sur la
victoire de Cassel, le nom du roi Philippe se trouve mêlé à ces
divers essais poétiques.

Guill.
de Nangis, 1347,
t. II, p. 209.

A un roi malheureux succède un roi plus malheureux encore ;

JEAN LE BON.
1350-1364.

à la « dolente » bataille de Créci, comme on parlait alors, celle de Poitiers. Nous retrouverons, dans les monuments littéraires du temps, comme l'écho de ces grands désastres. Jean, que ses nombreux défauts et quelques actes de colère et de violence n'empêchèrent point d'être surnommé le Bon, était peut-être plus aimé que son père, à qui l'on reprochait de la jactance et de l'orgueil. Il semble du moins qu'après le nouvel échec de la chevalerie française, la douleur publique fut encore plus vive qu'elle ne l'avait été dix ans auparavant, et que l'on compatit davantage à l'humiliation du roi vaincu.

Depuis le 19 septembre 1356 et pendant les années suivantes, il y a de nombreux écrits sur ce jour funeste. Les archives de l'ancien chapitre de Notre-Dame de Paris ont plus d'un témoignage de la surprise et de la consternation de tous, quand le bruit se répandit que le roi de France était prisonnier.

On y a trouvé d'abord une lettre latine fort pathétique, écrite d'Avignon, le 11 octobre, par le pape Innocent VI (Étienne d'Albert) à l'empereur Charles IV : « Mon très-cher « fils, lui disait-il, une si grande amertume a rempli mon « cœur, une si poignante douleur l'a déchiré, à la nouvelle de « l'événement sinistre qui frappe mon très-cher fils en J.-C., « Jean, l'illustre roi de France, nouvelle qui vous sera cer- « tainement parvenue avant la réception de cette lettre, « qu'il m'a semblé que ma vertu, ma force, tous mes sens « m'abandonnaient à la fois. Il faudrait être dépourvu de « raison, de pitié, d'humanité, pour ne point fondre en lar- « mes, pour ne point laisser échapper les plus tristes ac- « cents, pour ne pas éclater en gémissements, en pleurs, en « lamentations, en sanglots, à l'aspect de tout ce sang chré- « tien répandu par les plus nobles peuples, de cette ruine « des familles fidèles, de ces dangers pour les âmes... Nous « n'espérons qu'en celui qui commande à la mer et aux « vents, et dont un seul signe apaise les tempêtes : qu'il vous « inspire la pieuse pensée et vous accorde l'honneur suprême « de secourir les nations chrétiennes dans leur désolation et les « âmes dans leurs périls. Cette gloire vous est réservée, à vous « que des liens de famille unissent aux deux partis, et que de « plus prochains rapports avec l'un des deux n'empêcheront

« pas de peser équitablement l'une et l'autre cause, et de faire
« prévaloir la justice sur la parenté. Vous aurez d'utiles coo-
« pérateurs pour cette bonne œuvre dans notre vénérable frère
« Talleyrand, évêque d'Albano, et dans notre cher fils Nico-
« las, cardinal prêtre du titre de Saint-Vital, nonces du siége
« apostolique. Notre cher fils Androin, abbé de Cluni, porteur
« des présentes lettres, exposera de vive voix à votre Clémence
« nos intentions. »

Une assez longue pièce en prose latine sur ce grand désastre
a pour titre : *Argumentum tragicum de miserabili statu regni
Franciæ*, ou *Tragœdia super captione regis Franciæ Johannis*. L'auteur, *fr. Franciscus de Monte Belino, ord. beati Be-
nedicti*, peut-être de Montblin, en Brie, avait été déjà cité
comme un des interprètes des prophéties d'Hildegarde ; mais
son Discours, organe du sentiment national, devra faire distinguer l'auteur dans le petit nombre de ceux qui, s'affranchis-
sant peu à peu des entraves de la scolastique, s'essayaient à
retrouver le genre oratoire de l'antiquité. Leur rhétorique, fort
inexpérimentée, laisse trop voir l'artifice, et les premiers essais
de leur éloquence, comme les derniers efforts de celle des anciens, sentent la déclamation. Avec toutes ces imperfections
presque inévitables, on n'en aime pas moins à les voir, lorsqu'ils sont dominés par quelque mouvement naturel de l'âme,
sortir de la voie étroite où les enfermait la controverse, pour
prendre une allure plus libre et plus sincère.

L'orateur bénédictin commence à peu près ainsi le Discours
où il déplore les malheurs de la France : « Si le courage du
« roi à combattre avait été égalé par la constance de l'homme
« d'armes à garder son rang, la majesté royale n'offrirait point
« ce tragique spectacle, ni la jactance militaire cette occasion
« de satire, ni l'abaissement de la noble France un tel sujet de
« risée pour les autres peuples. Maintenant la chevalerie fran-
« çaise dégénérée nous livre en moquerie à toute la terre :
« comment ne pas rire, en effet, de cette orgueilleuse nation
« dont la raillerie n'épargnait personne, et qui est assez lâche
« aujourd'hui pour abandonner son roi, quand il défend seul,
« au milieu du royaume, la paix et la liberté du royaume
« même, et pour laisser une poignée d'ennemis l'emmener

Lebeuf,
Dissertat., t. III,
p. 395, 428. —
La Curne
Ste-Palaye,
Notices des mss.
d'Italie, t. IX,
notice 2155.

« prisonnier, à travers ses provinces, sur une terre séparée du
« reste du monde ? »

En accusant l'armée d'avoir eu moins de courage que son
roi, l'auteur est impartial dans ses reproches : « J'entends tous
« les jours le peuple crier contre les nobles, qu'il traite de
« lièvres fugitifs, de fanfarons timides, de vils déserteurs,
« comme si le peuple lui-même ne s'était pas trouvé en face de
« l'ennemi. Mais puisque les nobles et le peuple savent fuir et
« ne savent pas vaincre, je dirai : Pourquoi la fuite et non la
« victoire ? C'est qu'il n'y a qu'un seul remède contre la fuite et
« une seule garantie de la victoire : la discipline militaire sévè-
« rement établie et rigoureusement observée. »

Partout se montre une admiration affectueuse pour ce prince
imprudent et brave : « Vous voyez la fermeté du roi, qui n'a
« pas craint de mourir. N'a-t-il pas rangé l'armée, animé les
« troupes, tiré l'épée, marché en avant ? Il l'a fait. A-t-il ensuite
« donné l'exemple de fuir, jeté son bouclier, présenté à l'en-
« nemi la garde de son épée ? Il ne l'a pas fait. Ainsi donc il ne
« refusait pas de mourir ; mais l'ennemi a cru, malheureuse
« France, que ton roi pris lui vaudrait un plus beau triomphe
« que ton roi mort ; et ton roi a été pris pour sa gloire, mais
« pour ta honte et ta ruine. O douleur ! »

Catal. gén.
des mss. de Fr.,
t. II, p. 726,
n. 1718, art. 5.

Une lettre latine sur le même sujet, conservée, sans nom
d'auteur, dans un manuscrit de Troyes, est moins ancienne, à
en juger par ce titre : *Epistola querimonialis super captione
illustrissimi quondam principis Johannis, Francorum regis.*
La copie, du XVᵉ siècle, n'a que deux pages, et commence par
une mauvaise imitation de Jérémie : *Quis dabit mihi lacry-
mas ?*

Biblioth. de
l'Éc. des ch.,
3ᵉ série, t. II,
p. 260-963.

Dans une complainte française, évidemment contemporaine,
recueillie aussi par le chapitre de Notre-Dame, et composée
de quatrains monorimes au nombre de vingt-quatre, on ne
cesse, comme dans plusieurs autres invectives, de crier à la
trahison ; mais les nobles sont les seuls traîtres. Il semble que
l'on emploie ici la langue vulgaire pour mieux faire comprendre
à tous que le roi et la France ne peuvent désormais se fier
qu'au peuple. Si c'est l'œuvre d'un clerc du chapitre, elle fait
pressentir quels sont les rangs du clergé qui vont bientôt se

rallier à la cause populaire. Il est fâcheux seulement qu'on n'ait point trouvé un meilleur langage pour reprocher aux nobles leur couardise, leur impiété, jusqu'à l'extravagance de leur parure, que nous avons vue déjà signalée, même par les chroniqueurs, parmi les causes de la peste noire et de la défaite de Créci. Rien de plus certain, ajoute-t-on, que leur marché pour vendre le roi et la famille royale aux Anglais :

> La très grant trahison qu'il ont lonc temps covée
> Fu en l'ost dessus dit très clerement provée,
> Dont France est à touz temps par euls deshonorée,
> Se par autres que euls ne nous est recovrée.

En qui donc le jeune régent peut-il avoir confiance, s'il veut nous venger de nos ennemis et nous rendre notre roi?

> S'il est bien conseillé, il n'obliera mie
> Mener Jaque Bonhome en sa grant compagnie.
> Gueres ne s'enfuira pour ne perdre la vie.

Ce faible poëme a donc sa vérité historique, et on est heureux d'y rencontrer, au milieu des trivialités de l'auteur, cette inspiration toute française, qui relève à nos yeux le caractère du roi prisonnier :

> Quant li rois se vit pris, si dit par grant constance :
> « C'est Jehan de Valois, non pas li rois de France. »

Quelques épitaphes de chevaliers morts dans cette triste journée pourraient être recueillies. Les dominicains de la rue Saint-Jacques, à Paris, possédaient le tombeau du duc de Bourbon, qui avait combattu à Poitiers aussi vaillamment qu'à Créci, et la collégiale de Saint-Pierre de Lille, celui d'Eustache de Ribemont, avec des vers en son honneur :

Millin, Antiq.
nat., t. IV,
n. 39, p. 69.
Ibid., t. V,
n. 54, p. 50. —
Voy. Froissart,
l. I, part. 2,
c. 30 et suiv.

> A la bataille de Poitiers,
> Entre plusieurs bons chevaliers
> Demourans, dont ce fu domage,
> Cestuy cy par son vasselage
> (Et avoit, comme on list adont,

Nom Eustache de Ribemont)
En armes fu prompt et habile,
Seigneur de Pouques et Neuville.
Lequel, quand fu ceste journée,
En la bataille redoublée
Monte sur un cheval puissant,
Les armes de Melun portant.
Auquel fait d'armes il mouru,
Par faute d'estre secouru, etc.

Les nouvelles provinces du midi montrèrent un grand zèle
pour la défense du pays et le rachat du roi. En Languedoc, on
ne put, jusqu'à la complète rançon, « porter ni or, ni argent,
« ni perle, ni vair, ni gris, ni robes ou chaperons decoppés,
« ni autres cointises quelconques; » les ménestrels et les jongleurs furent interdits en signe de deuil.

De Vita solit.,
sect. IV, c. 2,
p. 269.

Les étrangers eux-mêmes pleurèrent; l'émotion de Pétrarque
fut profonde : « Regardez autour de vous; que se passe-t-il ?
« Entre l'Angleterre et la France, la guerre; entre les deux rois,
« non plus le Christ ni Marie, mais Bellone et Mars. Le fer a
« beau s'émousser chez l'un et l'autre peuple; leurs âmes de fer
« ne fléchissent pas. Nul n'aurait pu le croire ni de notre temps
« ni avant nous : le plus puissant des rois vient d'être emmené
« prisonnier par un ennemi bien plus faible que lui, et la for-
« tune a succombé sous le poids d'un grand empire. Cependant
« rien n'est fini; car le fils aîné du roi captif n'a point déposé
« les armes. Voilà que de nouveau retentit le cri du combat,
« les armées royales se menacent, et le sang chrétien sera en-
« core versé des deux côtés. »

Epist. rer.
senil., X, 2,
p. 870.

On apprend du même témoin un fait plus honteux que cette
prison du roi; c'est que lorsqu'il fut racheté et qu'il revint de
Londres, lui et son fils Charles furent contraints, pour rentrer
en sûreté à Paris, de payer comme une seconde rançon aux
bandits qui infestaient les routes.

V. Mélang.
des bibliophiles,
1850, p. 145-321.

Les trois millions de livres exigés par Édouard avaient épuisé
le trésor, malgré les contributions imposées à toutes les communes. De là de nouvelles humiliations. Le fils de Galeaz Visconti obtient en mariage la princesse Isabelle de France; et
Matthieu Villani s'étonne que ce grand royaume ait été réduit

par les attaques du petit roi d'Angleterre, *per gli assalti del piccolo re d'Inghilterra*, à ce degré de misère et de détresse que le Dauphin se soit cru forcé de vendre sa sœur pour payer la rançon de son père.

Les grands noms de Philippe-Auguste, de saint Louis, et l'espèce de domination littéraire que notre pays exerçait au loin depuis deux cents ans, avaient répandu chez tous les peuples voisins une haute idée de la France. Nos malheurs étaient pour eux une cause d'étonnement autant que de douleur.

Matthieu Villani avait sans doute vu la France, comme son frère aîné. Pétrarque la connaissait encore mieux ; il pouvait s'être déjà trouvé avec ce roi dont il déplore la défaite et la captivité. Jean, qui, pendant son voyage à la cour d'Avignon en 1351, avait dû entendre parler de Pétrarque, et l'y avait peut-être rencontré, lui fit proposer, deux ans après, de venir à Paris ; et il voulut l'y retenir en 1361, lorsque le poëte, au nom de Galeaz Visconti, comme on le verra plus tard, lui rapporta l'anneau qui passait pour avoir été pris au roi de France dans la mêlée de Poitiers, et que le duc de Milan prétendait avoir racheté.

Parmi les amis de Pétrarque en France nous compterons le bénédictin Pierre Bercheure, un des plus féconds écrivains de ce siècle. Jean, qui ne fut pas un savant, mais qui eut la sage envie de s'instruire, curieux d'apprendre l'histoire romaine, lui fit traduire Tite-Live en français : *Quem ego, licet indignus, ad requisitionem domini Johannis, inclyti Francorum regis, non sine labore et sudoribus in linguam gallicam transtuli de latina.* L'épitaphe du traducteur, datée de l'an 1362, disait aussi qu'il avait fait cette version *ad præceptum excellentissimi principis Johannis, regis Francorum.* Dans un des anciens exemplaires qu'on en a conservés, et des plus magnifiques, on lit au début : « C'est le rommans de Titus Livius, « et premierement s'ensuit le prologue du translateur. A prince « de très souveraine excellence, Jehan, roy de France par « grace divine, frere Pierre Berceure, son petit serviteur, « prestre à present de Saint Eloy de Paris, toute humble reve- « rence et subjection. » Avant la table qui suit le prologue, le traducteur explique les mots qu'il est le premier à emprunter

Repertor.,
voc. Roma,
p. 1082.

P. Paris,
Mss. fr., t. I,
p. 32.

du latin. Oresme, en traduisant Aristote sur une version latine, avoue qu'il a pris la même liberté. De nombreuses copies du Tite-Live représentent Bercheure offrant son livre au roi.

Les goûts littéraires se confondent quelquefois dans ce prince, gentilhomme prodigue et frivole, avec les souvenirs des âges chevaleresques, dont sa famille essaye de perpétuer les pompes et les fêtes. Il renouvelle, mais avec moins de succès, le conflit entre son père et leur rival à tous deux, Édouard III, pour les tournois de Paris et de Windsor. Édouard ayant institué, vers l'an 1350, l'ordre de la Jarretière, Jean imagina, presque aussitôt, son ordre de l'Étoile ou des chevaliers de la Noble maison. Il désignait ainsi le palais de Saint-Ouen, un de ceux qu'il aimait le plus, et qui devait réunir tous les ans, à la Notre-Dame d'août, les cinq cents membres de cette chevalerie, dont il se proclamait « l'inventeur et le fondeur. » Le recueil d'oraisons à l'usage de leur chapelle conserve, en prose française, leur serment, leurs pratiques religieuses, leurs autres obligations, leurs priviléges. Froissart avait été frappé de cet article du règlement qui ordonnait que, dans une cour plénière présidée annuellement par le roi, chaque chevalier racontât ses aventures, et que des clercs fussent chargés d'en faire un livre, « par quoi on pust savoir les plus preux, et honorer chacun « selon ce qu'il seroit. » Malgré quelques bons sentiments épars dans cette imitation tardive de la table ronde, tels que l'idée anticipée d'un hôtel des invalides, la Noble maison dura peu ; mais il s'en retrouvait des statuts dans l'ordre de Saint-Michel et dans celui du Saint-Esprit.

Les chevaliers des deux nations se rencontrent encore, le 27 mars 1351, non plus dans une simple joute à armes courtoises ou dans l'essai d'un nouvel ordre militaire, mais dans un vrai combat, au combat des Trente. Ces défis plaisaient aux deux princes rivaux et à leurs barons. Édouard, au camp devant Tournai en 1340, avait défié le feu roi, pour qu'il lui fît raison et lui rendît « son droit heritage du royaume de « France. » Voici maintenant trente Français qui « jouent de « fers de glaives pour l'amour de leurs amies, » contre trente Anglais, champions non moins braves : nous savons, par un poëme français du temps, leurs noms et leurs prouesses. Le

Invent. de Giles Malet, p. 80, n. 481. — Mss. de Colbert, n. 1008, fol. 22. Liv. I, part. 2, c. 12.

gouverneur de Ploërmel, Richard Bramborough, resta sur la place avec huit autres Anglais, et on n'a pas oublié la réponse qui fut faite à Beaumanoir blessé, souffrant de la chaleur, et demandant à boire à un de ses compagnons d'armes : « Bois « ton sang, Beaumanoir. »

Tel deul et tel ir♥ot que la soif luy passa.

Éd. de 1827, p. 31.

Froissart ajoute qu'on n'avait pas « ouï recorder » chose pareille depuis plus de cent ans. Il fallait bien reconnaître que déjà s'éloignaient les beaux jours de ces « apertises d'armes. » Vainement l'auteur du poëme s'écrie à plusieurs reprises, comme dans les anciens récits des trouvères : « Grande fu la « bataille. » La bataille fut plus grande encore, lorsque des nations s'entre-choquaient à Créci et à Poitiers.

Liv. i, part. 2, c. 7.

La captivité du roi, tant déplorée en France et hors de France, nous laisse voir, par quelques détails qui nous en sont restés, comment les princes occupaient leurs loisirs dans cette famille des Valois.

Jean, lorsqu'il n'était encore que duc de Normandie, aimait déjà les beaux livres; car un acte du 24 octobre 1349 nous apprend que Thomas de Maubeuge, libraire à Paris, lui avait vendu « un roumant de moralité sur la Bible » quatorze florins d'or. Il avait avec lui, à Poitiers, un exemplaire de la « Bible « *historiaux,* » sur lequel on peut encore lire, au Musée britannique : « Cest livre fust pris ove le roy de France à la bataille « de Peyters... » Prisonnier de l'Angleterre pendant quatre ans, le roi, comme nous le lisons dans les comptes de son argentier, achète, pour se distraire, des poésies françaises : à Lincoln, un roman de *Renart,* qui lui coûte 4 s. 4 deniers; à Londres, au moment de rentrer en France, quelques jours après la paix de Bretigni, un *Garin le Loherain,* pour un noble ou 6 s. 8 d., et le *Tournoiement de l'Antechrist,* pour 10 sols. Les comptes du roi, tenus à Paris en 1351, font mention de son enlumineur Jehan de Montmartre; et ceux de Londres, en 1359, de Jacques le relieur de livres et de Marguerite la relieresse. Jacques lui avait relié le roman de *Guilon.*

Les ducs de Bourgogne, par Léon de Laborde; preuves, t. III, p. 459, n. 7283. Edw. Edwards, Mem. of librar., t. I, p. 392. Comptes de l'argenterie, publ. par Doüet d'Arcq, p. 224, etc.

H. d'Orléans, ap. Miscellan. of the Philobibl. Society, t. II,

sect. 6, p. 97,
109, etc.

La même année, le 8 janvier, le roi prisonnier donne « ɪɪɪ escuz « Philippe au roy des menestereulx. »

La Curne
Ste-Palaye,
Mém. sur la
chevalerie, t. III,
p. 216. —
Lebeuf, Dissert.,
t. III, p. 436. —
H. d'Orléans,
l. c., p. 161-170.

C'est aussi pendant sa captivité qu'il commande à son premier chapelain Gaces de la Buigne le poëme de la Chasse, qui ne fut achevé qu'au retour à Paris. Le roi l'avait fait commencer « à Heldefort (Hertford) en Angleterre, l'an 1359, afin que « Philippe, son quart fils, duc de Bourgoigne, qui estoit josnes, « evitast le pechié d'oiseuse. » On y suppose que la Fauconnerie et la Vénerie se disputent la préséance devant le roi. Une sentence solennelle adjuge aux deux contendantes un droit égal, et il est décidé qu'il y aura toujours à la cour d'Édouard d'Angleterre deux officiers habiles dans la chasse aux oiseaux et dans la chasse aux chiens : attention tout à fait courtoise de la part de l'illustre prisonnier.

Letter from
king John
of France to
his son Charles,
ed. by
O'Callaghan.
London, 1856.

Un document nouveau de son séjour en Angleterre est un témoignage de reconnaissance. Dans une lettre datée de Windsor le 26 novembre sans indication d'année, mais qui doit être de l'année même de son arrivée en terre étrangère, il charge le Dauphin son fils de récompenser Pierre de Labatut de tout ce qu'il vient de sacrifier, en argent et en temps, pour les besoins du roi. On y lit : « Et sachiez qu'il a empruntez « pour nous à Londres la somme de mil et xʟɪɪɪɪ moutons. » Les moutons d'or datent du règne de saint Louis.

Les comptes de l'argentier indiquent encore, dans les termes suivants, quelques-unes des dépenses faites pour l'instruction des enfants de France : « Messire Lambart, chapellain de nos « joines seigneurs, pour deniers à lui paiez par le tresor pour « achepter livres, escriptouers et autres choses pour aprendre « à nosdiz seigneurs, 14 l. » Mais ce n'étaient là que de simples ouvrages élémentaires. Les ouvrages de luxe deviendront de plus en plus nombreux dans les collections de cette famille.

Mss. du fonds
de Sorbonne,
n. 1297, 1337.

Invent. de
G. Malet,
n. 9, 12, 269.

Entre les beaux livres du roi Jean, on a toujours admiré les deux Bibles latines, qui se distinguent par la finesse et la pureté de l'écriture, l'élégance des vignettes et l'extrême délicatesse du vélin. Une Bible en français, commencée pour lui par maître Jean de Sy, fut interrompue, soit par scrupule de conscience, soit par la mort du roi.

Dès sa jeunesse il s'était plu, comme on l'a remarqué des princes ses fils et ses petits-fils, à écrire son nom sur ses livres. Un beau manuscrit qui renferme, avec l'histoire universelle de Guillaume de Nangis, Guillaume de Tyr traduit en français, se termine ainsi : « Ce livre est le duc de Normandie et de « Guienne. JEHAN. »

Mss. fr., t. I, p. 79.

Vers le même temps, il ne dédaignait pas d'emprunter des livres. A la fin d'un manuscrit qui comprend le Saint-Graal, Merlin et la conquête de Jérusalem par Saladin, on lit de droite à gauche : « Cest livre est sire Pierre des Essars, qui le presta et « envoya à Mons. le duc de Normandie par Geuffrin Nivelle de « Branville, clerc mestre Martin de Mellou. » Pierre des Essars, qui alla, en 1345, traiter du mariage de Louis, fils de Jean, duc de Normandie, avec la fille du duc de Brabant, périt, l'année suivante, à la journée de Créci.

Ibid., t. VI, p. 130.

Il est fâcheux que le noble amateur, dont les comptes paraissent avoir été soigneusement tenus, même en Angleterre, n'ait pas su administrer avec plus d'ordre et de loyauté les finances de son royaume, et que la livre tournois, sous son règne, de l'an 1351 à l'an 1360, ait changé de valeur soixante et onze fois.

Le nom de ce prince est cependant inséparable d'une des plus belles paroles de l'histoire : « Quand la bonne foi serait « bannie de la terre, elle devrait se retrouver dans le cœur des « rois. » On lui fait tenir ce langage à l'occasion de son retour volontaire à Londres en décembre 1363, pour traiter de la rançon de son fils le duc d'Anjou, qui s'était fatigué d'être en otage, ou, longtemps avant, au sujet de la trève accordée au commandant anglais de la ville d'Angoulème par le jeune duc de Normandie, et que malgré l'abus que l'ennemi fit de cette trève, le duc voulut respecter jusqu'au bout, pour ne point manquer à sa foi de chevalier. D'autres attestent combien il aimait la sincérité, la franchise, et dans quels termes il reprenait quiconque médisait des absents : « Garde bien ce que tu diras ; car je le « dirai à celui de qui tu as dit le mal, et se mestier est, en ta « presence. » Quel que soit le motif qui lui a fait prêter la célèbre maxime sur la bonne foi, il est toujours honorable pour lui, malgré ses revers et ses torts, qu'elle porte son nom, et que

Froissart, l. I, part. 1, c. 255.

Songe du vieil pelerin, liv. III, c. 56.

grâce à une expression vive et précise, elle soit restée populaire. C'est un bonheur qui a manqué à de plus heureux et à de
meilleurs que lui.

CHARLES
LE SAGE.
1364-1380.

Nous devons du moins savoir gré à ce prince étourdi et téméraire d'avoir préparé à la France plus de calme et plus de
gloire, en formant pour elle, par de graves études, le nouveau
duc de Normandie, le Dauphin, le roi Charles V, dont le règne
réparateur, entre deux règnes tout remplis de désastres, est
une date vraiment heureuse dans l'histoire du gouvernement et
des lettres. On n'eût point espéré que de la mêlée sanglante de
Poitiers, où le jeune héritier de cette couronne presque perdue
n'avait pas mieux fait que les autres, ni surtout des orages de
la bourgeoisie parisienne, qu'il n'eut point l'art de dominer, et
où il ne montra guère que la dissimulation de la faiblesse, sor-
tirait un jour le monarque ferme et habile que nos annales ont
honoré d'un surnom plus mérité que celui de son père, digne
récompense du bien qu'il a fait à notre pays. Charles le Sage,
roi pacifique, sut diriger la guerre ; par les ressorts de sa politique, par les victoires de son connétable, il releva ce royaume

Froissart, l. 1,
part. 1, c. 1.

de France « qui ne fu oncques si desconfiz qu'on n'y trouvast
« bien toujours à qui combattre. » Ses armées le firent vaincre ;
mais il ne vainquit que pour mieux régner.

Dans le prince qui mit un terme à l'anarchie et au brigandage, rétablit l'ordre et la sécurité, défendit ses peuples contre
l'invasion anglaise et sa couronne contre la suprématie ecclésiastique, les historiens des lettres doivent se féliciter de reconnaître l'ami et le protecteur des hommes d'étude que Pétrarque
trouva rangés à ses côtés, le plus ardent promoteur des nombreuses traductions qui aidèrent à former la langue, à éclairer
les esprits et à répandre le goût de l'antiquité, le fondateur de
la bibliothèque de son palais du Louvre, destinée à devenir
un jour le plus riche dépôt des connaissances humaines.

Faible de corps et d'une constitution maladive, mais d'un
caractère actif et persévérant, étranger aux exercices violents
de la noblesse, et toujours absent des champs de bataille où il
envoyait du Guesclin, il étudiait à loisir les Sept arts et même
la théologie, comme s'il eût voulu devenir un homme d'Église,

et mettait à profit, pour le perfectionnement de son esprit et
pour le bien de tous, l'éducation sérieuse que ses frères, les
ducs d'Anjou, de Berri, de Bourgogne, avaient reçue comme
lui, et qui les rendit, comme lui, amis des études et des livres. Ses lectures assidues lui apprirent, par l'exemple des
anciens peuples, que la force du gouvernement était incompatible avec les petites principautés féodales, et la victoire,
avec le service précaire de gentilshommes indisciplinés. Pour
mieux s'éclairer, « il fait en tous pays querre et cherchier et
« appeler à soi clers solennels et philosophes fondez ès scien-
« ces. » Il les rassemble autour de lui dans son palais de Vincennes, à l'hôtel Saint-Paul, aux Célestins, et il se plait à les
interroger.

Froissart nous apprend qu'il compta parmi ses bienfaiteurs

> Charle, le noble roi de France ;
> Grans biens me fist en mon enfance.

Il était probablement désigné dans les comptes du roi avec
plus de courtoisie que dans ceux de la duchesse de Brabant,
où l'argentier semble inscrire à regret quelques moutons d'or
payés à un certain Frissart, poëte : *uni Frissardo, dictatori.*
Tel ne dut pas être l'accueil qu'il trouva chez celui qui, devenu roi, n'oublia point le chapelain à qui son père avait demandé à Londres le poëme de la Chasse, Gaces de la Buigne,
dont la pension fut payée, par ordre de Charles V, sur la re-
cette de Bayeux. Les écrivains, les artistes devaient s'attendre
à être bien reçus d'un prince qui avait fait à peu près les
études qu'on faisait alors dans les universités.

« La sage administration du pere, dit Christine, le fist in-
« troduire en lettres moult souffisamment, et tant, que compe-
« temment entendoit son latin, et souffisamment savoit les
« regles de grammaire. » Peut-être, en lisant les auteurs latins, avait-il recours, pour l'intelligence des mots, au *Catholicon* de Jean de Gênes. Son bibliothécaire Giles Malet, après
le titre d'un abrégé de ce dictionnaire, ajoute en note : « Le
« roi l'a pour aprendre. »

Il recherchait la conversation des hommes doctes, surtout

Christine
de Pisan, Hist.
de Charles V,
part. 1, c. 15.

Tom. III,
p. 501, col. 1.

Archives
de Joursanvault,
t. I, p. 309,
n. 1710.

Part. 1, c. 6.

Inventaire,
n. 830.

Christine,
part. III, c. 13.

de ceux de l'université de Paris. « A sa très amée fille l'uni-
« versité des clers de Paris gardoit entierement les privileges
« et franchises, et plus encore leur en donnoit, et ne souffroit
« que leur fussent enfrains. La congregacion des clers et de
« l'Estude avoit en grant reverence. Le recteur et les maistres
« mandoit souvent pour oïr la doctrine de leur science, usoit
« de leurs conseilz de ce qui appartenoit à l'espirituaulté,
« moult les honnouroit et portoit en toutes choses, tenoit beni-

Montfaucon,
Monum. de la
monarch. fr.,
t. III, p. 33;
planche VII.
n. 2.—
Lebeuf,
Dissert., t. III,
p. 103.

« volens et en paix. » Ainsi, d'anciennes miniatures nous font
voir le roi Charles se promenant à cheval dans les environs du
château de Vincennes, ayant à sa droite, et à cheval comme
lui, quatre personnages coiffés du bonnet de docteur, avec les
manches doctorales en pourpre et la robe couleur d'azur. Il y
a de lui un mot souvent répété, mais qui doit l'être ici. Au reproche qu'on lui faisait d'honorer trop les clercs, il répondait :

Christine,
part. III, c. 14.

« Les clers, où a sapience, l'on ne puet trop honorer, et tant
« que sapience sera honorée en ce royaume, il continuera à
« prosperité ; mais quant deboutée y sera, il decherra. »

Comme il aimait fort ceux qui parlaient « beau latin, » il
dut, n'étant encore que Dauphin de France, écouter avec
plaisir Pétrarque, lorsque celui-ci vint à Paris, en 1360, demander une fille du roi pour le fils de Galeaz Visconti. Telle
fut l'occasion du dernier voyage que fit à Paris le poëte tos-

Acad. des
Inscript., Mém.
de div. sav.,
t. III, p. 225.

can : il s'y entretint avec les princes, et trouva dans le fils du
roi un jeune homme d'une âme ardente, *ardentissimi spiritus
adolescentem.*

Nous ne saurions, au sujet de ces entrevues, négliger une
circonstance bien légère sans doute, mais propre à caractériser
deux nations qui tour à tour se devancèrent et se suivirent
dans la carrière des arts de l'esprit. Le poëte et le jeune prince
avaient étudié tous les deux, mais à deux écoles différentes.

Le poëte, quoiqu'il fût chanoine et qu'il eût un frère chartreux, avait beaucoup plus vécu avec la libre société de son
pays et de son temps qu'avec les austères habitants des cloîtres, avec le latin des auteurs profanes qu'avec celui des théologiens. Pétrarque avait eu alors deux enfants, l'un de France,

Songe
du vieil pelerin,
l. III, c. 52.

l'autre d'Italie. Rien ne nous fait croire que, comme le roi
Charles, il lût toute la Bible au moins une fois par an. Charles,

élevé dans toutes les rigueurs d'une discipline presque monastique, en conserva, même quand il fut roi, la pieuse sévérité. Il se livrait à ses exercices religieux dès six ou sept heures du matin, qu'on lui apportait son bréviaire, où il lisait l'office canonial avec son chapelain ; à huit, il entendait une messe chantée ; il assistait aussi chaque jour à vêpres, et, pendant toute l'année liturgique, il en suivait régulièrement le service. Il paraît que ce n'était point tout à fait l'usage italien.

Christine, part. 1, c. 16.

Qu'on juge de l'étonnement de cette cour, bien autrement scrupuleuse dans ses actes et son langage que la cour pontificale d'Avignon, lorsque le chanoine envoyé par Visconti, dans le discours d'apparat qu'il prononça devant le roi, et que nous avons aujourd'hui, se mit à citer des auteurs païens, et à faire intervenir dans les calamités de la France une certaine déesse nommée la Fortune. Nous savons de lui-même combien on fut surpris : le Dauphin, qui ne connaissait pas les beaux vers de Dante sur cette reine absolue des empires, dit à Pierre Bercheure qu'il voudrait bien que son ami, après le dîner, lui expliquât de quelle fortune il avait entendu parler. L'orateur, aussitôt averti, se prépara pour cette conférence, où il avait, dit-il, l'intention de répondre que ce mot de fortune n'était qu'une vaine parole, un simple ornement de style, et qu'il ne fallait pas y voir une force mystérieuse chargée du gouvernement des choses humaines. Il avoue qu'il aurait cru faire preuve de quelque courage en s'élevant ainsi contre l'opinion commune ; mais le roi, qui partageait la curiosité de son fils, fut tellement distrait par d'autres entretiens, sans doute moins littéraires, que malgré les signes que lui fit le Dauphin et les mots qu'il lui dit tout bas, le temps s'écoula sans autre explication, et la conscience du jeune prince ne fut point rassurée. Dans cette petite scène, qui ne laisse pas d'être instructive, c'est Charles qui paraît être l'homme d'Église, et Pétrarque l'homme du monde.

Mém. de div. sav., t. III, p. 214-225.

Inferno, c. VII, v. 78.

Nous verrons toutefois, quand nous parlerons des bibliothèques, Charles le Sage comprendre dans le millier de volumes qu'il se hâta de joindre au petit nombre de ceux que possédait son père, quelques livres qui pouvaient le délasser et de ses travaux politiques et de ses lectures de dévotion. Les

anciens récits chevaleresques en langue vulgaire, ou rimés,
ou déjà mis en prose, y occupaient une assez grande place ;
mais ce qui n'intéresse pas moins l'histoire de la langue et des
lettres françaises, c'est l'invasion croissante des traductions
d'auteurs profanes dans les bibliothèques des rois et des princes,
où dominait jusque-là, presque sans partage, la littérature
sacrée.

Il est vrai que plusieurs des versions demandées ou accueil-
lies par le roi sont encore faites d'après la Bible latine ou
d'après des textes latins assez modernes, comme les gloses de
Pierre de Narbonne sur les souverains pontifes, le traité de
Pierre de Crescenzi sur l'agriculture, le *Lilium medicinæ* de
Robert Gordon, les Tables alphonsines, Jean de Salisbury *de
Nugis curialium*, le grand recueil de Barthélemi sur les Pro-
priétés des choses, etc. A la fin du Rational de Guillaume
Duranti, traduit par le carme Jean Golein, on peut lire encore

Ms. 7031.

ces mots de la main du roi : « Cest livre, nommé Rasional des
« divins offices, est à nous Charles, V de nostre nom, et le
« fismes translater, escrire et tout parfaire en l'an MCCCLXIV.

Monum. de la
monarch. fr.,
t. III, p. 35.

« CHARLES. » Montfaucon a fait graver la miniature qui représente l'hommage du traducteur : en offrant son livre, il tient
encore la plume, et semble écrire sous la dictée du roi. Le
même carme, dans la miniature qui précède le traité de Gilles
de Rome sur l'Information des princes, offre au roi cet ouvrage,
traduit par son ordre en 1379 pour l'éducation du Dauphin.
C'est ainsi que le chapelain Jean Corbechon, à la tête de sa
traduction du livre de Barthélemi *de Proprietatibus rerum*,
en présente un exemplaire au prince qui la lui avait demandée.

Entre les auteurs modernes dont les œuvres latines sont
mises en français sur sa demande, Pétrarque n'est pas oublié :
Jean Dandin, chanoine de la Sainte-Chapelle, par ordre de
l' « excellent sapience » du roi Charles, « aorné du don Salo-
« mon, » traduit les dialogues sur les Remèdes de l'une et
l'autre fortune, où l'on cherchait alors des consolations, et
dont les exemplaires latins s'étaient rapidement propagés pendant le séjour de l'auteur en France.

Mais, outre ces versions de textes récents, nous voyons s'accroître en même temps celles que l'on fait par l'ordre du roi

ou de ses frères sur d'anciens textes latins ; et on ne s'exerce pas seulement sur des ouvrages religieux, comme la Cité de Dieu traduite par Raoul de Presles, à qui le receveur général des aides dut compter « quatre cens livres par an jusqu'à la fin « de l'ouvrage, payables en quatre termes. » Les traducteurs, comme il est important de le remarquer, vont désormais reproduire un assez grand nombre d'auteurs de l'antiquité profane.

P. Paris,
Mss. fr., t. II,
p. 44.

On continue la traduction de Tite-Live, et on refait celle de Végèce. Jacques Bauchant traduit Sénèque ; Simon de Hesdin, Valère Maxime ; des anonymes, Salluste, Suétone. On ne tarde pas à traduire Cicéron. Par une tentative plus hardie, on veut que l'oracle de l'école s'explique en langue vulgaire : Évrart de Conti, médecin du roi, traduit les Problèmes d'Aristote ; et des miniatures du temps nous montrent le roi recevant des mains de Nicole Oresme sa traduction de la Politique, faite sur le latin comme ses autres versions du même philosophe, qui ne peuvent avoir le mérite de la fidélité, mais qui ont celui d'une concision et d'une fermeté de style dont la prose française n'avait jusque-là que de bien rares exemples.

L'ingénieux écrivain fut noblement récompensé. En achevant de mettre en français les livres aristotéliques du Ciel et du Monde, qu'il termine en 1377, il dit : « Et ainsi, à l'aide de « Dieu, j'ai accompli le livre du Ciel et du Monde, à comman- « dement de très excellent prince Charles, quint de cest nom, « par la grace de Dieu roi de France ; lequel, en ce faisant, « m'a fait evesque de Lisieux. » L'expression est vive ; mais elle ne devait pas déplaire au roi de France.

Mss. fr., t. IV,
p. 351.

Cette ardeur à multiplier et à répandre les traductions françaises d'auteurs anciens, ces encouragements prodigués à un labeur bien plus difficile alors qu'aujourd'hui, voilà ce qui caractérise surtout l'époque littéraire de Charles le Sage. Dès le berceau de notre langue, on avait beaucoup traduit. Les versions des livres saints, des légendes, des sermons, que l'Église non-seulement tolérait, mais imposait comme un devoir par ses conciles, furent les premières leçons qui enseignèrent à un idiome naissant une construction plus régulière, une marche plus sûre, l'art d'être à l'avenir plus clair et plus complet.

Quand ce même pouvoir ecclésiastique, sous prétexte des hérésies, qui cependant n'étaient point rares avant les traductions, crut qu'il y avait quelque danger pour la religion à la
faire mieux comprendre, et se mit à interdire l'Ancien Testament et même les évangiles en langue vulgaire, on s'empressa
de traduire les livres de droit, les traités de médecine, tous ces
éléments des connaissances pratiques dont la société ne peut se
passer. Enfin, un prince intelligent s'aperçoit qu'il ne suffisait
pas, pour instruire son peuple, de quelques traductions éparses
des auteurs anciens, comme celles qu'on avait essayées pendant
les deux siècles précédents, et il exprime le vœu de voir reparaître avec plus d'ensemble, sous une forme nouvelle, l'antiquité grecque et latine, soit pour faire en sorte que rien ne se
perdît de l'héritage du passé, soit même, si ce n'est pas anticiper sur les idées d'un autre temps, pour encourager en France
les études de style et de goût que l'on commençait à faire en
Italie.

Une telle supposition ne paraîtra point trop invraisemblable,
si l'on songe que les poëtes furent dès lors traduits, et traduits
en vers : Philippe de Vitri, cet autre ami de Pétrarque, « mo-
« ralisa » en rimes françaises les Métamorphoses d'Ovide.
Mais dans cet exercice, qui aurait pu être fécond pour les progrès de notre langue poétique, on s'arrêta trop tôt. Parmi tant
de livres théologiques en latin ou en français, d'écrits sur
l'astrologie ou la médecine traduits de l'arabe, il est rare qu'il
se rencontre un Horace, un Virgile, et il ne s'en trouve point
de traduction. Lucain fut traduit, dans un abrégé en prose, un
des premiers.

Charles V fit composer aussi quelques œuvres originales. De
nombreux traités furent rédigés par ses ordres pour l'éducation
de son fils. Dans la défense des droits de sa couronne contre la
suzeraineté pontificale, il ne dédaigna pas de prendre pour
auxiliaires les plus habiles écrivains de son temps, comme
avaient fait avant lui Philippe-Auguste et Philippe le Bel. On
compte parmi ceux qui répondirent à son appel Nicole Oresme,
Raoul de Presles, Philippe de Maizières. Le «Songe du vergier,»
dont un exemplaire portait sa signature, et où l'on enseigne,
selon la remarque de son bibliothécaire, «comment le pape ne doit

Invent.
de G. Malet,
n. 1086.
Ibid., n. 54.

« avoir cognoissance en ce qui touche le temporel de la justice
« du roy, » est tout à fait digne d'avoir été écrit sous les yeux
du prince qui, à la veille d'un conclave, se hâta de faire partir son frère le duc d'Anjou pour Avignon, et s'efforça de retenir en deçà des Alpes le dépositaire de cette redoutable
puissance.

Persuadé que l'histoire, qui est le juge des souverains, doit
être aussi leur guide, il voulut, pour lui comme pour ses descendants, que l'on continuât de rédiger simplement et sans
flatterie, jusqu'à son temps, jusqu'aux dernières années de son
règne, les Chroniques de Saint-Denis ou Grandes Chroniques
de France. On a présumé qu'il les avait quelquefois corrigées
lui-même, ou du moins par la main de celui qui paraît en avoir
composé plusieurs chapitres, Pierre d'Orgemont, son chancelier.

Biblioth. de
l'Éc. des ch.,
t. II, p. 6t.

Ce même esprit d'ordre s'étend à tout, et veut que l'instruction aille trouver les plus humbles rangs ; de là le « Bon Bergier »
du faux Jean de Brie, et le « Viandier » de Guillaume Taille-
vent.

Quel usage faisait-il, enfin, de tous ces livres que multipliaient autour de lui ses copistes et ses enlumineurs, qu'il acquérait par vente, par échange, ou qu'on lui offrait en présent ? Il en faisait, d'abord, l'usage le plus généreux, et qui
devait aussi répondre le mieux à ses intentions : il les prêtait
volontiers. Il prête à Philippe de Maizières, « sa vie durant,
« un très bel Psaultier, qu'on a donné au roi à Nogent le Roi,
« à une chemise blanche à queue, à deux fermoirs d'argent. »

Inventaire,
n. 853.

Il donne même souvent de ses livres aux princes et aux princesses de sa famille, à des personnages de sa cour, ou à des
docteurs de Sorbonne, comme à maître Jean de la Chaleur, le
Catholicon ; à des chirurgiens, comme à maître Pierre, « qui
« vint de Montpellier avecques maistre Jean le bon phisicien, »
le livre de Chirurgie, par Lanfranc ; à des magistrats, comme
au bailli de Rouen, le Coutumier de Normandie ; à des colléges, comme au collège fondé à Paris en 1370 par maître Gervais Chrestien, son médecin, les « Ethiques glosées. »

Ibid., n. 806,
67, 472, 560,
566.

Entre les dons faits au roi lui-même, ou les échanges de livres contre les siens, nous rappellerons les volumes ajoutés par

Ibid., n. 499, 616, 878.

Giles Malet au dépôt dont il avait la garde ; par le sieur d'Harcourt qui, pour un Pèlerinage de la vie humaine, obtient le roman de Méliadus ; par Raoul de Presles qui, pour un de ses ouvrages, la Muse, reçoit un livre intitulé Philosophie morale.

Ibid., n. 1026, 1111, 1051, 700, 1052.

Les seuls livres latins profanes que nous paraisse comprendre l'ancien Catalogue sont les Institutes, le *Digestum vetus,* le Songe de Scipion commenté par Macrobe, Martianus Capella, et l'agronome Siculus Flaccus, dont la date est incertaine, mais qui ouvre la collection imprimée des anciens arpenteurs romains.

Mss. fr., t. I, p. 263.

C'était une opinion commune que l'illustre amateur lisait ses livres et en profitait, comme le donne à croire Jean Corbechon, lorsqu'il lui dédie, en 1372, sa traduction du livre des Propriétés : « C'est desir de sapience, prince très debonnaire, a « Dieu fichié et planté et enraciné en vostre cuer très ferme- « ment dès vostre jonesce, si comme il appert manifestement « en la grant et copieuse multitude de livres de diverses scien- « ces que vous avez assemblez chacun jour par vostre fervent « diligence ; esquels livres vous puisez la parfonde eaue de sa- « pience au seau de vostre vif entendement, pour la espandre « aux conseils et aux jugemens, au proufit du pueple que Dieu « vous a commis pour gouverner. »

L'auteur du «Songe du vergier,» autre familier de cette cour, parle aussi de l'utilité que le roi retirait de ses lectures : « Quant tu te peux, lui dit-il, retraire de la cure et de la grant « pensée que tu prens pour ton pueple general et la chose « publique, là secretement lis ou fais lire aucune bonne escri- « ture ou doctrine. »

Lorsqu'un livre avait été, comme ce « Songe, » publié à la fois en latin et en français, il est probable que le roi le lisait toujours en français. La connaissance qu'il avait du latin ne l'empêchait pas de se servir des livres traduits : « Pour ce

Part. III, c. 3.

« que puet estre, dit Christine, n'avoit le latin, pour la force des « termes soubtilz, si en usage comme la langue françoise, fist « de theologie translater plusieurs livres de saint Augustin et « autres docteurs par sages theologiens. »

Il lisait encore ses livres dans les dernières années de sa vie ; car il n'y aurait point d'invraisemblance à rapporter à ce prince plusieurs des indications que donne le Catalogue de sa librairie du Louvre; par exemple, lorsqu'on y voit que les Chroniques de France, en deux volumes, dans deux étuis aux armes de France, étaient à Vincennes : «Au boys, devers « le roy. »

Si l'on peut conclure de tous ces petits faits, attestés par les contemporains, que le roi Charles V n'était pas un barbare, un Sicambre, comme Boccace le fait entendre fort injustement en 1374, les actes de son gouvernement prouvent aussi que ses lectures ne furent point perdues, et qu'il s'y éclaira des leçons du passé.

De là peut-être ce rare esprit d'indulgence sur des points où, par ignorance, on était inflexible. Son ordonnance du 18 juillet 1372, renouvelant celle de son père, qui ne voulait pas que les juifs « pussent estre contrains d'aler à aucun ser- « vice ou à predication de christians, » donne mandement au prévôt de Paris et à tous les autres justiciers et officiers du royaume, présents et à venir, « que de ces privileges et de « chascun d'eulx ils facent et laissent joïr et user paisiblement «lesdis juys et juyves, et chascun d'eulx, sans les molester, « troubler ou empeschier, ou souffrir estre molestez, troublez « ou empeschiez en aucune maniere, en corps ou en biens, au « contraire; mais tout ce qui fait y seroit ou attempté, comment «que ce feust, mettent ou facent mettre, sans aucun delay, au « neant et à pleine delivrance. » Pendant tout ce règne, les juifs trouvèrent en France la même protection.

Des lettres du mois d'août 1369 font remise à l'archevêque de Bourges, Pierre d'Estaing, de l'amende et des autres peines qu'il avait encourues, pour avoir, deux ans auparavant, déclaré par un statut synodal que les juges séculiers ne pourraient, sous peine d'excommunication, punir les clercs reconnus coupables. L'acte royal de remise confirme hautement le droit de la justice temporelle.

Le roi, en défendant son pouvoir, protége aussi ses sujets. Le pape Grégoire XI, qui lui adressait quelquefois des lettres confidentielles en français, lui écrit en latin, le 27 mars 1373, pour lui reprocher d'entraver les operations des inquisiteurs de la foi dans la nouvelle province de Dauphiné, de ne point

N. 253.

Baldelli, Vita di Boccacci, p. 389.

Ordonn. des rois de Fr., t. V, p. 495, 498.

Ibid., p. 418.

Rinaldi, Ann. eccl.,ann. 1373, n. 19.

permettre qu'ils soient les seuls juges du crime d'hérésie, et de faire délivrer leurs prisonniers.

Ordonn. des
rois de Fr.,
t. VI, p. 352.

Quelques années après, le 19 octobre 1378, une autre ordonnance approuve les officiers royaux du Dauphiné de s'être opposés à la démolition des maisons des hérétiques, peine souvent prononcée par les inquisiteurs, et qui sera désormais interdite, à moins de circonstances extraordinaires dont le gouverneur sera juge. Défense est faite en même temps aux agents de l'inquisition de s'adjuger une part sur les biens des condamnés. Le pape (Clément VII) a été consulté sur ces dispositions nouvelles, et il y a consenti.

Ces exemples de modération religieuse, d'accord avec le caractère à la fois ferme et tempéré du roi dans son administration, nous le montrent digne du surnom de Sage, comme le soin qu'il prit de rétablir les finances publiques après les cruelles épreuves de sa régence, et de s'interdire, presque le seul de ces anciens rois, l'altération ou la dépréciation des monnaies, lui mérita d'être appelé Charles le Riche. Dans la

Secousse, Hist.
de Charles
le Mauvais,
t. I, p. 163,
188; t. II,
p. 414.

correspondance en chiffre entre le roi de Navarre et son confident Pierre du Tertre, où Charles le Mauvais a le nom de *callidus*, Charles V a celui de *nummularius*. Il avait trop de bon sens pour ne pas accepter volontiers ce sobriquet, qui ne peut nuire à un prince. L'ordre qu'il mit dans ses comptes ne lui avait point laissé la réputation d'avare; car on avait retenu de

Christine,
part. III, c. 30.

lui un mot vraiment royal : « Je ne say en signorie felicité, excepté en une seule chose. — Plaise vous nous dire en quoi? — Certes, en puissance de faire bien à autruy. »

Cette même indulgence, jointe à un vif intérêt pour les études et pour tous ceux qui peuvent les servir, lui fait exempter du guet et de quelques autres charges les libraires, écrivains, relieurs, parcheminiers, de l'université de Paris et de celles de Cahors et d'Angers.

Il eut des astrologues, et les princes en eurent encore après lui ; mais il est probable qu'il n'y croyait pas beaucoup, à en juger par la libre opinion qu'expriment à ce sujet ses plus chers conseillers, Nicole Oresme, qui fit un traité contre l'astrologie ; Philippe de Maizières, qui raconte que Pierre, le roi d'Espagne, après avoir dépensé cinq cent mille doubles d'or en astro-

logiens et en arts magiques, avait enfin reconnu que, « pour
« une vérité, ils avoient dit vingt bourdes, » et qui ne craint
pas d'accuser l'astrologue favori du roi, Thomas de Bologne,
le père de Christine, de s'être souvent trompé dans ses prédictions sur la pluie et le beau temps.

Ce sage prince eut aussi des fous : il écrit aux échevins de
Troyes en Champagne que, son fou étant mort, ils eussent à
lui en procurer un autre, « suivant la coutume. » Mais on sait
que les fous des ducs de Bourgogne reparaissent à tout moment dans les comptes de leur maison, et que cette triste
mode ne finit que bien tard à la cour de France. Jean, même
à Londres, avait son fou. On employait dans les moments difficiles ces libres parleurs : c'était un fou qu'on avait chargé
d'aller apprendre à Philippe de Valois la perte de la bataille
navale de l'Écluse. Il est à regretter que les princes n'eussent
pas su s'y prendre autrement pour entendre quelquefois la
vérité.

Dreux
du Radier,
Récréat. histor.,
t. I, p. 1.

Charles V aima et encouragea des amusements plus nobles ;
son appui ne manqua point aux essais du théâtre. En 1367, à
Rouen, une troupe de jongleurs ayant représenté devant lui un
mystère, il leur fit donner deux cents francs d'or. A Paris,
en 1378, au repas somptueux en l'honneur de l'empereur
Charles IV, dans les intervalles des services, on mit en scène,
au fond de la grande salle du Palais, Godefroi de Bouillon
s'embarquant pour la croisade, Pierre l'Ermite à la proue, Jé-
susalem, l'assaut et la conquête de la ville sainte : pantomime
à grand spectacle, où les seuls mots prononcés paraissent avoir
été ceux du Sarrasin qui, en langue arabe, criait la prière du
haut du minaret.

Charles, qui, très-jeune encore, plaisait à Pétrarque par la
modestie et l'urbanité du langage, plus tard, quand il eut été
formé par l'étude, par les affaires, par la conversation des hommes instruits, put acquérir une certaine confiance oratoire. Trop
timide dans sa première jeunesse pour savoir résister par la
parole à l'éloquence populaire du roi de Navarre, il dut, avec
le temps, donner à ses discours de la force et de la gravité. Sa
voix calme, qui n'avait pu surmonter le tumulte des États généraux, retrouva, pour faire prévaloir en partie ce qu'ils avaient

Epist. sen.,
IX, 1, p. 817.

conseillé, l'influence que donne un sens pratique et droit. Dans son entretien politique avec son oncle l'empereur Charles IV, où il revendiqua devant les deux cours, contre l'usurpation de l'Angleterre, la souveraineté de la France sur l'Aquitaine, il parla pendant deux heures, aux applaudissements de tous. Sa manière de s'exprimer était élégante, régulière, précise. « A sa « belle parleure tant ordenée et par si bel arrangement, sans au-« cune superfluité de paroles, ne croi, dit Christine, que rheto-« ricien quelconque en langue francoise seust rien amender. »

On lisait sur son tombeau, à Saint-Denis : « Icy gist le roy « Charles le quint, sage et eloquent... »

Malgré les bonnes actions du roi, ou peut-être à cause de quelques-unes de ces bonnes actions, il y eut des voix qui s'é-levèrent pour proclamer que ce tombeau était celui d'un impie. Dans le schisme, il avait pris parti pour Clément VII contre Urbain VI. Comme les urbanistes étaient aussi impitoyables pour les clémentins qu'on l'était pour eux de l'autre côté, ils damnèrent Charles le Sage. L'arrêt fut prononcé sur la foi d'un moine franciscain, frère Roderic Robici, « homme de pé-« nitence merveilleuse, ami de la pauvreté, fuyant le monde, « et illuminé de l'esprit prophétique. La reine de Castille, se « trouvant malade, envoya des frères à Roderic pour qu'il lui « apprît ce que ferait son fils Jean dans le conflit entre les pa-« pes, et s'il serait pour le pape Urbain ou pour l'autre. Avant « que les frères ne lui eussent exposé l'objet de leur message, « il leur dit : Sachez que la reine qui vous a envoyés est « morte, et que le seigneur roi Jean de Castille se décidera « pour un autre que pour le pape Urbain ; d'où il lui arrivera « malheur, comme il est arrivé au roi de France Charles, qui « vient de mourir, et que j'ai vu plongé au fond de l'enfer, « parce qu'il a suscité et maintenu le schisme dans la sainte « Église de Dieu. Les frères ne tardèrent pas à reconnaître « qu'il avait dit la vérité. »

On aurait tort, pour expliquer ces odieuses fables, d'y voir une réminiscence confuse de la damnation de Charles Martel ou de la vision de Charles le Chauve, comme dans le conte où Ri-chard sans Peur est emporté, de la forêt de Moulineux jusqu'à Sainte-Catherine du mont Sinaï, par la mesnie de Charles

Christine,
part. III, c. 43.
— Montfaucon,
Monum. de la
mon. fr., t. III,
p. 40.

Part. 1, c. 17.

Felibien,
Hist. de l'abb.
de S.-Denis,
p. 336.

Liber Conform..
fol. LXXVIIJ.

Voy. Chron.
des ducs
de Normandie,
par Benoist,
t. II, p. 336-341.

quint, « qui fu jadiz roɥ de France. » L'histoire franciscaine
est tout simplement une arme politique et religieuse de quelque
moine espagnol en faveur d'Urbain contre Clément, l'autre
antipape, et contre son partisan Charles V.

Les derniers moments de ce prince honnête, pacifique, et qui
avait su gouverner, auraient dû inspirer plus de respect. Toutes
ses pensées sont alors admirables. Cette affection qu'il portait
à « son bon et loyal commun de la ville de Paris, » s'étend à
tous ses peuples : il déplore les impôts dont il les avait chargés, ou pour acquitter la rançon paternelle, ou pour donner à
la France la victoire et la paix. Le jour de sa mort, jour où il
abolit le droit de fouage, Froissart lui fait dire : « De ces aides
« du royaume de France, dont les poures gens sont tant tra-
« vaillés et grevés, usez en en vostre conscience, et les ostez au
« plus tost que vous pourrez; car ce sont choses, quoique je
« les aie soustenues, qui moult me grevent et poisent en cou-
« raige. »

Trésor des ch., registre 86, pièce 195.

Liv. ɪɪ, c. 70.

Nous ne croyons pas que les détails donnés par Christine
sur cette mort digne de mémoire ne soient qu'une fiction.
Quand la fille de Thomas de Bologne ne nous attesterait pas
qu'elle ne parle que d'après son père, qui se trouvait là comme
un des médecins du roi, nous pourrions reconnaître dans les
derniers sentiments du mourant, avec cette sorte d'éloquence
naturelle qui appartient à une âme élevée, l'expérience dou-
loureuse de tout ce que cette vie de prince et de roi avait eu à
supporter pendant vingt-quatre ans.

Part. ɪɪɪ, c. 71.

Il fait placer devant lui la couronne d'épines par l'évêque·
de Paris; celle du sacre des rois sous ses pieds, par l'abbé de
Saint-Denis. Alors il s'exprime à peu près en ces termes :
« O couronne d'épines, tu sembles toute garnie de pointes san-
« glantes, mais tu es en vérité notre soulagement le plus doux
« et le diadème de notre salut. Et toi, couronne de France,
« précieuse par le mystère de justice que tu contiens et portes
« en toi, combien tu es vile par le labeur, les angoisses, les
« peines de cœur, de corps, de conscience, et les périls d'âme
« dont tu nous imposes le fardeau! et qui verrait bien les
« choses te laisserait plutôt traîner dans la boue que de te re-
« lever pour te mettre sur sa tête... Mes amis, allez-vous-en, et

« priez pour moi, et me laissez, afin que mon travail soit fini
« en paix. »

Belles et touchantes paroles, dont le sens du moins avait
dû être fidèlement recueilli. Charles V avait beaucoup souffert
sous cette couronne, et il prévoyait que son fils, qui allait en
hériter, souffrirait encore plus.

CHARLES
LE BIEN-AIMÉ.
1380-1422.

Ce fils était encore enfant lorsqu'il devint roi ; car on n'attendit même pas l'âge de la majorité qu'avait fixé son père, et
on le fit régner à douze ans. Son règne, beaucoup trop long
pour la France et pour lui, ne fut presque qu'une longue enfance. On s'était plu cependant à fonder sur lui les plus belles
espérances d'ordre et de bonheur : on le surnomme le Bien-
aimé, titre que lui conserva la pitié du peuple ; on le fait étudier « saigement et diligemment ; » on l'exhorte à chercher,
comme son père, dans les ouvrages latins les exemples de
l'histoire ; pour lui l'évêque de Senez compose le *Speculum
morale regum ;* et dès le commencement de son règne, avec le
Saint-Graal, Lancelot du Lac, Tristan, il lit, dans la traduction de Jean Golein, l'Information des princes, destinée par
Gilles de Rome à Philippe le Bel, et dans la traduction de Jean
Dandin, le livre que Vincent de Beauvais avait fait par ordre de
saint Louis sur l'Institution des enfants nobles. Tous ces vœux,
tous ces conseils, toutes ces illusions, que semblèrent autoriser
un moment les souvenirs glorieux du père et quelques heureuses
intentions du fils, se perdirent dans un abîme de discorde, d'a-
narchie et de calamités.

Songe
du vergier.
liv. I, c. 32.
Songe
du vieil pelerin,
l. III, c. 52.
Invent.
de G. Malet,
n. 270, 273.

Charles VI, caractère fantasque, colère, emporté, aurait eu
besoin, une fois son père mort, d'être guidé énergiquement
dans la droite voie par une volonté puissante et dévouée ; mais
aucun de ses oncles ne fut assez habile ou assez ami de la
France pour régler cet esprit, qu'il eût été possible de diriger
vers le bien, et qui se laissa facilement entraîner à l'enivrement
du parti féodal, dont les chefs, après leur victoire de Roosbeke
contre Artevelt et les communes flamandes, se crurent de nouveau les maîtres du pays. On dut trembler quand on vit cet
enfant qui venait d'avoir quatorze ans, violent, impétueux,
ignorant des autres et de lui-même, faire l'apprentissage du

pouvoir au lendemain d'un premier jour de bataille, en ordonnant d'égorger ou de réduire en servage tous les habitants de Courtrai, « riches hommes, femmes et petits enfans. » Cette fougue finit par le délire.

Froissart, liv. II, c. 203.

Il n'en resta pas moins fidèle, dès son avénement, et plus tard même, dans ses intervalles lucides, aux habitudes littéraires de sa famille. Dans le Catalogue des livres qu'il hérita de son père, on lit, au sujet des Chroniques de France : « Le roy « les prist xvjᵉ decemb. iiijxx ; il les a rendues. » L'année suivante, il prend, le 30 avril, la version française du traité de Vincent de Beauvais sur l'Éducation, et le 14 octobre, celle du traité de Gilles de Rome ; en 1393 et 1397, la Vie et les faits de Jules César.

N. 63.

N. 232.
N. 21.
N. 300, 102.

Le Jeu de la Résurrection est représenté devant lui, en 1390, par les clercs de la Sainte-Chapelle de Paris. On lui fait hommage, en 1395, d'une des rédactions de «Griselidis.» Les comptes de sa cour mentionnent souvent son ménestrel Gubozo et d'autres ménestrels. Honoré Bonnet, prieur de Salon, dédie au jeune vainqueur de Roosbeke son « Arbre des batailles ; » et quelques années après, Christine, son « Chemin de longue « estude, » où la miniature du premier feuillet nous la montre offrant à genoux son livre couvert de velours rouge, avec fermoirs et quatre clous dorés. Ce n'était pas non plus sans quelque espoir d'un meilleur avenir qu'on avait dû voir, en 1409, le secrétaire Salmon, « à la requeste et par le commandement « du roi, » lui apporter ses Réponses aux demandes que celui-ci lui avait faites « touchant son estat et le gouvernement « de sa personne. »

Mss. fr., t. VI, p. 400.

Publ. à Paris, 1833, gr. in-8.

Il visitait quelquefois sa bibliothèque du Louvre, et, comme son père, il faisait des présents de livres. Le 20 novembre 1392, l'année où commence « le flayel sur lui descendu , » il donne à maître Gervais Chrestien, « son premier physicien, » le Voyage de Mandeville, « qui parle d'une partie des merveilles « du monde et des pays. »

Christine, part. II, c. 15. Inv. de G. Malet, n. 131.

La reine aimait aussi pour ses livres les belles peintures, les fermoirs de prix, les ornements de pierreries et de perles.

Bullet. du biblioph. , janv. 1838, p. 663-687.

Parmi les innombrables fêtes qui amusaient et ruinaient le jeune roi, la plus digne de la France est célébrée à Saint-

Denis, le 7 mai 1389, en l'honneur de Bertrand du Guesclin, mort depuis neuf ans. L'oraison funèbre du bon connétable est prononcée par Ferri Cassinel, évêque d'Auxerre, et les poëtes le proclament le dixième des preux. Les neuf preux, Josué, David, Judas Machabée, Hector, Alexandre, César, Charlemagne, Artus, Godefroi de Bouillon, étaient déjà venus prendre place, dans l'imagination du peuple, à côté des douze pairs et des chevaliers de la Table ronde. On attribuait au roi lui-même la pensée de cet acte public de reconnaissance :

Thes. anecdot.,
t. III, col. 1504.

> Charles, li nobles rois de France,
> Qui Diex doint vie et bonne fin,
> A fait faire tel remembrance
> Du noble Bertrand du Claiquin.

Il y eut encore quelque chose de poétique dans les cérémonies qui accompagnèrent, peu de mois après, le sacre d'Isabeau de Bavière, la sixième année de son mariage avec le roi.

Liv. IV, c. 1.

Les longs détails en ont été souvent racontés d'après Froissart, qui se plaît « à escrire et registrer tout ce qu'il y vit et ouït « dire de verité : » l'entrée magnifique de la reine et de la cour ; les enfants qui représentent les anges ; au milieu d'eux, la sainte Vierge tenant dans ses bras son Fils, « qui s'ebattoit « avec un moulinet fait d'une grosse noix ; » au-dessus d'eux, un ciel armoyé très-richement des armes de France et de Bavière, où brillait un soleil d'or, devise choisie par le roi pour les joutes ; la fontaine d'où s'écoulaient des flots de claret et de piment, recueillis dans des hanaps d'or par de jeunes filles qui en offraient à boire aux passants ; l'habile et hardi danseur de corde qui, portant de chaque main un cierge allumé, se laisse glisser du haut des tours de Notre-Dame à l'arrivée de la reine, et s'en retourne par la même voie. Mais nous devons remercier surtout ce témoin de la grande journée de n'avoir

Hist. litt.
de la Fr.,
t. XXIII,
p. 483-492.

point oublié deux faits de l'histoire littéraire : le «Pas Salhadin,» où le roi Richard venait demander au roi de France congé d'aller assaillir les Sarrasins ; et une autre représentation où la sainte Trinité elle-même, environnée de tout l'éclat d'une

des plus belles décorations des mystères, celle du paradis, envoyait deux anges qui, en déposant une couronne d'or et de
pierres précieuses sur la tête de la reine, chantaient :

> Dame enclose entre fleurs de lis,
> Roïne estes vous de Paris,
> De France et de tout le pays ;
> Nous en r'allons en paradis.

Bientôt, dans l'étourdissement continu des plaisirs et des
fêtes, commence la folie d'un roi de vingt-trois ans, pour lui
laisser à peine quelques lueurs de raison et ne finir qu'avec sa
vie. Le pouvoir sans cesse disputé entre le frère et les oncles
du roi ; le plus triste chaos d'abus, de pillages, de trahisons,
d'assassinats ; toute la nation abattue, découragée, accablée
sous les taxes et les vexations, menacée de la guerre civile et
de la guerre étrangère, inquiétée de plus en plus dans ses
croyances par le déchirement de l'Église : telle est la fin du
siècle.

Mais la France, malgré ses malheurs et les pressentiments
d'un avenir qui dépassa tout ce qu'on pouvait craindre, conserve sur les autres peuples un reste d'autorité. Gênes,
en 1395, préfère au gouvernement de ses doges celui d'un
lieutenant du roi ; et ce grand patronage est annoncé par l'é-
cusson des fleurs de lis à toutes les possessions de la république
en Corse, à Chio, à Péra de Constantinople, et jusqu'en Cri-
mée.

Il y a, dans les premières années du siècle suivant, un
autre fait étranger, qui semble relever aussi le nom de la
France au milieu de tant d'abaissement. Les grandes expéditions orientales et les nombreuses missions chargées de
prêcher l'Évangile jusqu'au centre de l'Asie, en y faisant connaître la nation des Francs, avaient suggéré des projets d'alliance à quelques princes de ces contrées lointaines. Plus d'une
fois les négociations des Tartares Mongols avec l'Occident, et
les diversions opérées par leurs armées, avaient servi puissamment la cause chrétienne. Quand les croisades sont depuis
longtemps finies, quand le royaume succombe sous les coups

Silvestre
de Sacy, Nouv.
Mém. de l'Ac.
des Inscr.,
t. VI, p. 470-
522.

de ses ennemis et de ses propres enfants, arrive à la cour de
France une lettre en persan, dont la date paraît répondre au
1ᵉʳ août 1402, et qui porte en tête un grand nom, le nom de celui
que l'histoire appelle Timour ou Tamerlan ; elle est adressée
au roi, qu'on nomme dans le texte le roi « Redifransa. »
Une main contemporaine a écrit en marge : « La lettre du
« Tamburlan. » Après des vœux pour le bonheur du roi, on
y rappelle une lettre royale apportée par le frère François,
Prêcheur, avec la nouvelle d'une grande victoire sur les ennemis communs, qui paraît être le désastre de Nicopolis
transformé en victoire. Mais le véritable objet du message
est d'accréditer un autre frère, le frère Jean, évêque de
Sultanyieh, pour stipuler la protection mutuelle des commerçants des deux empires, « parce que le commerce fait
« la prospérité du monde. »

Les deux mêmes religieux reparaissent dans deux lettres
latines, écrites, l'une au nom du même Timour, l'autre au nom
du mirza Miranschah : la première, traduction infidèle du texte
persan, donne la nouvelle de la défaite de Bajazet ; la seconde
fait savoir qu'on vient d'écrire aussi à deux cités fameuses,
Gênes et Venise. Ces deux lettres recommandent encore les
intérêts du commerce, qu'il s'agit principalement de protéger.

Charles VI répond en latin, le 15 juin 1403 : « Charles, par
« la grâce de Dieu, roi des Français, au sérénissime et très-
« victorieux Temyr bey, salut et paix. Sérénissime et très-vic-
« torieux prince, il ne répugne ni à la loi, ni à la foi, ni à la
« raison, et il est plutôt avantageux que les rois et les seigneurs
« temporels, bien qu'ils diffèrent par la croyance et le langage
« (*credulitate sermoneque*), s'unissent par la bienveillance de
« la courtoisie et le lien de l'amitié, quand par là surtout la
« paix et la tranquillité sont assurées à leurs sujets. » Il remercie ensuite l'empereur mongol de la lettre apportée par le
frère Jean, auquel il donne d'après ce frère lui-même, qui est
peut-être l'auteur de la lettre, le titre d'archevêque de tout
l'Orient ; il félicite le vainqueur de Bajazet du succès que le
Très-haut vient d'accorder à ses armes, et prend avec « sa
« Magnificence » l'engagement formel de garantir aux commer-

çants qui viendront de l'Asie la plus parfaite réciprocité de sécurité et de protection.

C'est en vertu d'une sorte de concorde entre les diverses religions que l'on fait ce traité de commerce : la réponse n'a rien d'invraisemblable, mais ni le frère Jean ni aucun autre moine n'aurait osé l'écrire.

Au lieu de nous arrêter plus longtemps sur cette triste image d'un roi fou, qui vécut encore vingt-deux années dans le XVᵉ siècle, nous aimons mieux rappeler que les oncles de ce malheureux prince, pendant tout le cours de leur vie ambitieuse et turbulente, furent des amateurs de livres, comme l'avait été Charles V, leur frère aîné, le vrai fondateur de la collection royale.

Princes du sang de France.

Louis, duc d'Anjou, régent et chef du Conseil pendant la minorité de son neveu Charles VI, voyant que la France n'avait point de royaume à lui offrir, alla en demander un à l'Italie, et mourut, en 1384, sur la route de Naples. De tous les princes qui disposèrent des livres du roi, nul ne puisa dans cette bibliothèque naissante avec moins de discrétion. Il s'était fait donner, peu avant son départ, les ouvrages les plus divers : une traduction française de l'Infortiat, et l'Ovide moralisé de Philippe de Vitri ; Cassien et le Rational de Duranti, traduits par Jean Golein ; d'autres traductions de Valère Maxime, de Solin, de la Cité de Dieu, des Vies des Pères, de la Politique d'Aristote, à laquelle il aurait pu joindre le Gouvernement des princes par Gilles de Rome, puisqu'il voulait gouverner.

Le troisième fils du roi Jean, le duc de Berri, dont les contemporains attestent la passion pour les riches reliquaires, les pierres précieuses, les beaux édifices, les tableaux, les mosaïques, nous est encore signalé aujourd'hui comme un amateur délicat par les livres splendides où il a écrit son nom. Ce prince fastueux, dissipateur, à qui il fallait pour sa maison, les dimanches et les grandes fêtes, « trois bœufs, « trente moutons, huit-vingts douzaines de perdrix, et con- « nins à l'avenant, » formait ses bibliothèques avec la même somptuosité.

Salmon, Demandes de Charles VI, p. 88, 89.

Le Menagier de Paris, t. II, p. 85.

Né en 1340 à Vincennes, mort à Paris en 1416 dans son hôtel

de Nesle, il se recommande aux amis des lettres, non pour la part qu'il prit aux événements de trois règnes, ni pour son administration du Languedoc et des terres de son apanage, mais pour les manuscrits qu'il avait rassemblés dans son château de Vincestre, près Paris. Ce château, reconstruit par lui vers l'an 1400, et détruit de fond en comble dans l'émeute populaire suscitée en 1411 contre les partisans des Armagnacs, a peu duré, mais il a laissé un long souvenir. Là, pendant onze années, le prince, auteur peut-être lui-même de quelques ballades, dut réunir les plus célèbres ouvrages dont se composaient alors les bibliothèques. Le catalogue dressé à la mort du duc, qui avait commencé de bonne heure ses collections et qui eut le temps de réparer ses pertes, ne comprend pas toutes ses richesses ; car on y chercherait en vain le bel exemplaire du *Catholicon*, écrit par son secrétaire Jean Flamel, et souvent cité comme un des ornements

Biblioth. protypogr., p. 89-101.

de la bibliothèque communale de Bourges. Mais cette liste a pour nous l'avantage de joindre à chaque titre d'ouvrage la prisée ou l'estimation. Ainsi, l'exemplaire de Troye la grant, qui doit être le poëme de Benoît de Sainte-More, est estimé 32 livres parisis ; Lancelot du Lac, 125 livres ; Tite-Live en français, 150 livres tournois ; une très-belle Bible française, 300 livres tournois ; trois volumes de la traduction du Miroir de Vincent de Beauvais, 375 livres.

Biblioth. imp., mss., n. 6725, 6726, 6911. — P. Paris, Mss. fr., t. I, p. 47 ; t. II, p. 300, 308.

Là se trouvent deux copies de la traduction de Valère Maxime, commencée par Simon de Hesdin à la demande de Charles V, et terminée en 1401 par Nicole de Gonesse, maître ès arts et en théologie, « du commandement et or- « donnance du très excellent et puissant prince monsieur le « duc de Berri et d'Auvergne, conte de Poitou et de Bou- « loingne, à la requeste de Jacquemin Courrau, son treso- « rier. » L'un des deux exemplaires, estimé soixante livres

Ib., t. I, p. 154.

parisis, a été conservé. Une note fait voir que les livres changeaient alors de valeur comme les monnaies ; on y apprend que le Lancelot du Lac, estimé 125 livres, et qui a été aussi retrouvé, avait coûté au duc, en 1404, la somme de 300 écus d'or.

Il y a plusieurs copies du livre de Boccace « des Nobles

« hommes et femmes, » traduit par Laurens de Premierfaict,
dont un exemplaire est estimé 80 livres parisis, et que
« l'evesque de Chartres donna à monseigneur aux estrennes,
« le 1er jour de janvier 1410. » Mais il est probable que l'évêque ne lui avait point donné le Decameron, qui porte encore
aujourd'hui les armes du duc de Berri, et que le même Laurens traduisit pour lui être présenté, en travaillant, comme
il le dit dans son prologue, « non sur le langaige florentin,
« qu'il ne savoit pleinement, » mais sur une version latine
que lui avait faite maître Antoine d'Arezzo, « frère de l'or-
« dre des cordeliers. »

Ibid., p. 238.

Notre grande Bibliothèque possède encore, entre autres
livres de ce prince, une somptueuse Bible historiale en français, et un fort beau Tite-Live de Pierre Bercheure. Ces deux
ouvrages portent la signature du duc de Berri et l'apostille
du secrétaire, où il est dit que le livre « est à Jehan, fils de
« roy de France, duc de Berri et d'Auvergne, conte de Poi-
« tou, d'Estampes, de Bouloingne et d'Auvergne. J. FLAMEL. »

Ibid., t. II, p. 10, 287.

On retrouve à la fin d'un roman de la Rose, des Métamorphoses d'Ovide moralisées et de plusieurs autres ouvrages
la note de Jean Flamel, ainsi que ces mots du prince lui-
même : « Ce livre est au duc de Berry. JEHAN. »

Ibid., t. III, p. 171, 177.

Comme il avait ses copistes, ses enlumineurs, qu'il ne cessait point d'occuper, il cherchait partout des exemplaires à
transcrire. Quelques mots ajoutés, dans un de ses inventaires,
à la mention des Chroniques de France en latin, qui ne sont
pas autrement désignées, laissent voir quels emprunts les amateurs laïques faisaient aux églises pour se procurer des copies :
« Lequel livre mondit seigneur de Berri fit prendre en l'eglise
« de S. Denis pour montrer à l'empereur, et aussi pour le
« faire copier ; et voult à ses derrains jours, si comme il est
« relaté par Robinet, et aussi par le confesseur dudit sei-
« gneur, qui dit que mon seigneur lui dit qu'il fust restitué
« à ladite eglise. » La restitution s'était fait longtemps attendre ; car l'empereur était à Paris en 1378, et le duc mourut
en 1416.

Biblioth. protyp., p. 93, n. 337.

Il n'est pas étonnant que cet ami des manuscrits précieux
eût reçu de son frère le roi Charles V plusieurs beaux pré-

Invent.
de G. Malet,
n. 91, 132, 154.

sents : l'Histoire de Troie en prose, les Échecs moralisés, les Miracles de Notre-Dame.

Hist. de Ch. V,
part. II, c. 12.

Félicitons-le d'avoir accueilli avec intérêt et générosité plusieurs ouvrages de cette docte veuve, Christine de Pisan, dussions-nous ne pas prendre à la lettre tout ce qu'elle admire en lui, « une douce et humaine conversation sans haulteineté d'orgueil, la benignité des paroles, un grant amour « du roi et de son Estat. »

Voici maintenant un prince dont la famille occupe une grande place dans l'histoire des lettres françaises comme dans les malheurs de nos guerres civiles : c'est le quatrième fils de Jean, qui eut le tort, pour faire un apanage à son dernier né, de préparer à la monarchie de cruels déchirements. Philippe le Hardi, né en 1342, mort en 1404, duc de Bourgogne, héritier présomptif de Flandre, qui s'était distingué à la journée de Poitiers plus que ses trois frères, passait pour le prince le plus éloquent du royaume. Ce fut lui qui demanda à Christine ses Mémoires sur Charles V. Il commença, quinze ou vingt ans après son frère aîné, une collection de livres qui fut quelque temps rivale de celle du roi. On l'apprécierait mal si l'on

Biblioth.
protyp., p. 105-
109.

en jugeait par « l'Inventaire des livres roumans de feu monseigneur Philippe le Hardi, que maistre Richart le Conte, « son barbier, a eus en garde à Paris. » Cette liste, faite le

Ib., p. 110-113.

20 mars 1404, ressemble fort à celle des livres de sa veuve, Marguerite de Male, héritière de Flandre, rédigée après sa mort, le 6 mai de l'année suivante, à Arras, et où l'on ne trouve guère, avec des livres de prières en français, que des fabliaux, des virelais et des ballades. Mais on voit par les marchés du prince avec les Raponde, Lombards établis à Paris, qu'il leur paya 500 livres un exemplaire de Tite-Live enluminé de lettres d'or et d'images ; 400 écus d'or, une version du Propriétaire des choses ; 500 écus, une Légende dorée ; 600 écus, une Bible française, très-bien historiée et armoriée de ses armes.

Léon
de Laborde,
les Ducs
de Bourgogne ;
preuves, t. II,
p. 413.

Les ménestrels n'étaient pas moins encouragés. Au 17 juillet 1400, les archives de Lille ont conservé cette quittance : « Sachent tout que Joosse le Pipre, menestrel à nostre très « redoubté seigneur monseigneur le duc de Bourgogne, con-

« fiesse avoir eu et receu de mondit seigneur, par la main de
« Jacques de Brouckere, receveur, la somme de quarante
« livres, monnoie de Flandres, pour les termes de Noël et
« de saint Jehan darrainement passé, etc. » Les ménestrels
étaient le plus souvent alors, ou, comme celui-ci, des joueurs
d'instruments, ou des chanteurs, ou même des faiseurs de tours,
des danseurs, des baladins; mais on appelait aussi de ce nom
les acteurs de pièces à personnages, les lecteurs ou récitateurs
d'ouvrages en rimes, les improvisateurs, les poëtes. Guillaume
Guiart, l'auteur de la Branche aux royaux lignages, était un
ménestrel.

Le fils et le successeur de Philippe, le second duc de Bourgogne de la maison de Valois, Jean sans Peur, celui qui fut
assassiné à Montereau en 1419, accueillait avec faveur, comme
son père, les ouvrages de Christine, à qui il donna, en 1405,
cent écus, « pour et en recompense » de deux livres qu'elle
lui dédia, « et aussi par compassion et en aumosne pour em-
« ploier au mariage d'une sienne poure niepce qu'elle a ma-
« riée. »

Un manuscrit d'une superbe exécution, avec de fort belles   Invent.
de G. Malet,
p. 75.
miniatures, porte pour titre : « Les Nobles faits d'armes
« d'Alexandre le Grant, compilés à la requeste de Jehan de
« Bourgógne, conte d'Estampes. » Ce Jean de Bourgogne est
Jean sans Peur. Il engagea sans doute Christine à continuer la
Vie de Charles le Sage.

Les fils de ce sage prince, même son fils aîné, dans ses courts
intervalles de raison, et surtout le comte de Valois, Louis,
duc d'Orléans, tige de la branche royale d'Orléans, et de
celle qui, commençant à François Ier, prend le nom de Valois,
ou d'Orléans-Valois, aimèrent aussi les livres.

Louis d'Orléans, né en 1371, la même année que son rival,
qui le fit assassiner à Paris en 1407, d'abord comte de Valois
et duc de Touraine, reçoit de la bibliothèque du Louvre un   Ibid., n. 883.
missel noté, à deux fermoirs, aux armes du Dauphin. Devenu
ensuite l'époux de Valentine de Milan, qui fut une généreuse
protectrice des arts, il eut une cour élégante, où les lettres et
tous les autres ornements d'une société polie trouvèrent un
facile accès. Il permet au moine augustin Jacques Le Grant,

qu'il eut depuis pour adversaire, de lui dédier son imitation française d'un de ses ouvrages latins le *Sophologium*, comme un hommage à un vrai savoir que l'auteur avait aperçu, dit-il, « non mie tant seulement par relation, mais aussi par expe-

Les Ducs de Bourgogne ; preuves, t. III, p. 21.

« rience. » Il fait donner, en 1380, à Étienne de Chaumont, docteur en théologie, vingt écus d'or, « pour cause de labou-« rer en la translation de la Bible, laquelle fist commencier le « roi Jehan, que Dieux absoille. »

Ibid., p. 146.

Cette Bible n'était pas finie en 1397 ; car le 5 janvier de cette année, le duc fait remettre encore vingt écus d'or à Simon Domont, maître ès arts et étudiant en théologie, « pour « labourer en la translation et exposicion d'une Bible en fran-« cois, laquelle fist commencier le roi Jehan, que Dieux ab-

Champollion, Louis d'Orléans, t. I, p. 125.

« soille. » Au mois d'avril 1398, le travail durait encore ; car le prince y emploie alors neuf traducteurs : maître Jehan Morlas, frère Gillaume Vacier, frère Jehan de Chambly, à Poissi ; maître Pierre Dulmont, messire Gilles Paquet, maître Henri Chicot, maître Jehan de Signeville, maître Gieffroi de Pierrefons, à Orléans ; maître Nicole Valès, à Rouen. Ces neuf traducteurs lui coûtent, pour un seul compte, « xx escus, valant ii c ii li-« vres x sols tournois. »

Mss. fr., t. V, p. 182.

Christine de Pisan fit souvent des vers pour le duc d'Orléans. Un exemplaire de son épître d'Othea le représente assis sous un dais aux armes de France, et Christine lui offrant son épître. C'est pour lui et pour la duchesse d'Orléans que fut composé l'ouvrage où Honoré Bonnet, prieur de Salon, fait l'apologie de

Les Ducs de Bourgogne ; preuves, t. III, p. 69.

la duchesse, « l'Apparicion de maistre Jehan de Meun. » En 1393, Froissart lui adresse une de ses poésies, le Dit royal, et le « prestre et chanoine de Chimai, » comme il est nommé dans l'acte rédigé par Maihieu, garde lieutenant du bailli d'Abbeville, reçoit vingt francs d'or. Mais un autre acte de la même année en faveur d'un écrivain plus connu comme poëte que le chroniqueur, nous apprend que les bonnes intentions du frère du roi n'étaient pas toujours suivies d'effet, et qu'il fallait qu'il insistât pour être obéi : « Loys, fils de roy de France,

Ibid., p. 80, 94, 168.

« duc d'Orlians. Nous voulons que vous paiiez à nostre amé et « feal conseiller et maistre de nostre hostel Eustace des Champs, « dit Morel, la somme de cinq cens francs d'or que nous lui

« avons donnée et donnons par ces presentes de grace especial,
« tant pour consideration des bons et agreables services qu'il
« nous a faiz, fait continuellement et esperons que face, comme
« pour accroissement de mariage de sa fille. » Et dans
d'autres lettres : « Nous vous mandons qu'il n'ait plus cause
« de retourner devers nous. » Comme le premier mandement
est daté d'Abbeville le 18 avril 1393, et le second de Chan-
tilly, le 18 avril de l'année suivante, il est à croire qu'un poëte
moins favorisé que le maître d'hôtel, qui était de plus « es-
« cuier, conseiller, et bailly de Senlis, » n'aurait rien obtenu.

Cet ami des poëtes, des chroniqueurs, des traducteurs, qui
achetait beaucoup de livres, qui en faisait exécuter avec luxe
et en recevait du roi, ne dédaignait pas d'en emprunter : en   Ibid., t. III,
1398, il fait payer aux écoliers du collége de Presles dix francs   p. 166.
« pour le prest et louage d'un livre en francois, nommé le livre
« de la Cité de Dieu, qu'ils presterent à monseigneur le duc
« pour certain temps, pour y estudier et d'icelui faire sa vo-
« lenté. » Il n'empruntait sans doute cet exemplaire de l'ouvrage de saint Augustin traduit par Raoul de Presles que
pour le faire copier, comme plus exact que tout autre ; car le
prix d'acquisition ne pouvait arrêter le prince qui, l'année
d'avant, venait de payer deux volumes, l'un de Tite-Live,   Ibid., p. 148.
l'autre de Boëce, à maître Pierre de Varenne, étudiant à
Paris, la somme de « trois cens trente sept livres et dix soulz
« tournois. »

Dans les comptes de sa maison pour l'année 1392 et l'année   Archives
suivante, il est fait mention des gages payés à Gilet Vilain,   de Joursanvault,
Hanequier le Fevre, Jacquemart le Fevre, Jehannin, Esturjon,   t. I, p. 167. —
« joueurs de personnages » du duc d'Orléans. Le 16 novem-   Les Ducs
bre de la première de ces deux années, le roi étant venu dîner   de Bourgogne ;
chez le duc, « Jehan Poitevin, roi des menestriers du royaume   preuves, t. III,
« de France, ou nom de lui et de plusieurs autres menestriers   p. 66, 67, 82, 95.
« et heraulx, confesse avoir eu et receu de Jehan Poulain, tre-
« sorier de monseigneur le duc, la somme de cinquante francs
« d'or. » Longtemps avant cette date, les archives de la cham-   Ibid., p. 66,
bre des comptes de Blois nomment souvent les menestrels Co-   73, etc.
linet le Bourgeois, Johannin son frère, Colin Marquedante,
George Herbelin, qui, « pour plus honestement estre avec

« ledit seigneur, » obtiennent de lui tantôt quatre-vingts francs, tantôt cent cinquante.

Nous ne donnerions qu'une idée incomplète de ce prince et de la société de son temps, si nous n'ajoutions ici son portrait de la main d'une femme, de Christine, qui semble, il est vrai, ne voir que les qualités, et surtout celles qui lui plaisent. Elle nous le montre « dans sa noble court, aujourd'hui refuge de la « chevalerie de France, bel de corps, d'une très douce et « bonne phizonomie, gracieux en ses esbatemens ; ses riches « et genz habillemens bien lui sieent, bel se contient à cheval, « très bien danse, jeue par courtoise maniere, rit et soulace « entre dames avenamment... Et entre les autres graces qu'il « a, certes de belle parleure, aornée naturalement de rhetori-« que, nul ne le passe ; car comme il aviengne souventefoiz de-« vant lui faictes maintes colacions de sages docteurs en science « et clers solennels, aussi au Conseil et alieurs, où mainz cas « sont proposez et mis en termes de diverses choses, merveil-« les est de sa memoire et belle loquelle. Car n'y aura si « estrange proposicion que, au respondre, il ne repete de point « en point par ordre, et à chascun si bien et si vivement res-« ponde ou replique, s'il affiert, qu'il semble que de longue main « ait estudié la matiere... Et ce ai je veu de mes yeulx, comme « j'eusse à faire aucune requeste d'ayde de sa parole, à la-« quelle de sa grace ne faillit mie. Plus d'une heure fus en sa « presence, où je prenoye grant plaisir de veoir sa contenance, « et si agmodereement expedier besongnes, chascune par « ordre ; et moy mesmes, quant vint à point, par lui fus appel-« lée, et fait ce que requeroye. »

Histoire de Charles V, part. II, c. 16.

Ce prince lettré qui, au milieu des poëtes de sa cour, paraît avoir composé aussi plusieurs ballades, avait dû faire donner une bonne éducation à ses enfants. Son fils aîné, dans les loisirs de sa longue captivité d'Angleterre après la bataille d'Azincourt, devint le poëte Charles d'Orléans.

Le roi, avec les ducs d'Anjou, de Berri, de Bourgogne, eut aussi pour tuteur son oncle maternel le duc de Bourbon, qui n'était point fils de roi, mais qui remontait jusqu'au sixième fils de saint Louis, Robert, époux, en 1272, de Béatrix, héritière du Bourbonnais. Louis II de Bourbon, comte de Cler-

mont, né en 1337, mort en 1410, par sa modération et sa dou-
ceur, mérita d'être surnommé le Bon. Christine en parle Ibid., part. II,
c. 14.
ainsi : « Prince est de moult belle et humaine conversation,
« aime et secueurt les bons chevaliers et les clers sages ; en
« toutes choses bonnes, soubtiles et belles se delicte ; livres de
« moralitez, de la sainte Escripture et d'enseignemens moult
« lui plaisent, et lui mesmes, par notables maistres en theolo-
« gie, en a faict translater de moult beaulx. » Aussi devons-
nous surtout rappeler que ce prince qui, après la mort glorieuse de son père dans la journée de Poitiers, servit de caution à la rançon du roi, qui fut le beau-frère de Charles V, le
compagnon de Bertrand du Guesclin, et dont les descendants
arrivèrent un jour au trône, leur inspira par son exemple cette
passion des lettres qui leur fit réunir dans leur palais de Moulins une riche bibliothèque, devenue, par la défection du connétable de Bourbon, propriété royale.

Charles VI lui avait donné, le 13 octobre 1392, le Tite- Invent.
de G. Malet,
n. 33.
Live français de Pierre Bercheure, « la premiere translation
« qui en fu faite, escript de mauvaise lettre, mal enluminé, et
« point historié. » Un plus beau présent lui fut offert au mois Ibid., n. 8.
d'août 1397 : ce fut la première partie de la version française
de la Bible, « bien historiée et bien escripte, » maintenant à la
bibliothèque de l'Arsenal. Il fit remanier l'ancienne rédaction
de « Giron le Courtois, » ce roman français qu'on admirait tant en
Italie, et chargea, en 1405, Laurens de Premierfaict de traduire
les livres de la Vieillesse et de l'Amitié.

Le fils de Charles VI, le Dauphin Louis, duc de Guienne, Ib., n. 911-930.
envoie, en 1409, à la librairie du roi, vingt volumes, qui comprennent des traductions françaises de la Bible, d'Aristote, de
Josèphe, de Tite-Live, d'Ovide. Ce jeune prince, alors chef du
conseil de régence, mourut à Paris, le 18 décembre 1415. Son
frère Jean, après lui avoir succédé dans son titre de Dauphin,
meurt en 1417, et ne règne pas plus que lui.

Ce fut le troisième fils qui, en 1422, fut appelé Charles VII.

Pendant ces divers règnes des premiers Valois, les défaites,
les troubles, les fléaux, ne manquèrent pas à la France, ni les
fautes au gouvernement de ses maîtres ; car ce fut un grand
aveuglement de ne pas voir qu'un nouveau régime demandait

de profonds changements dans les armées, dans les finances,
et une imprudence non moins funeste de s'affaiblir soi-même
par d'inutiles démembrements sous prétexte d'apanages, qui
ne cessaient de renouveler contre la famille royale et contre la
puissance du pays tous les périls de la féodalité. Mais un certain sentiment national, dont nous retrouverons souvent la
trace, fut plus fort que la mauvaise fortune : grâce aux traditions de Philippe-Auguste et de saint Louis conservées et
mises en pratique par les hommes éclairés qui composèrent
presque toujours le Conseil privé, grâce surtout à ce principe
de l'hérédité masculine qu'on nomma la loi salique, il y eut
progrès, agrandissement, cohésion, et la monarchie française
continua de se former comme d'elle-même.

L'annexion de la Provence, de la Navarre, avait été dès
longtemps préparée. La riche ville de Lyon échangea ses quatre
suzerains, le roi de France, l'empereur, l'archevêque et le
chapitre, contre la seule domination du roi. C'est le vaincu de
Créci qui ménage et proclame l'accession du Dauphiné, qui,
pour cent vingt mille écus d'or, achète Montpellier des rois de
Majorque. On rentre pour jamais dans Cherbourg, destiné à
devenir un puissant port français en face de l'Angleterre. Sans
doute on perdait, par les traités, de grands fiefs qu'il fallut
reconquérir plus tard, mais des fiefs dont les seigneurs obéissaient mal ou n'obéissaient pas du tout à l'unité qui fait la
force, tandis qu'on acquérait des territoires qui ne relevèrent
que de la couronne.

Au dehors, Avignon ne sera réuni que longtemps après ;
mais on y voit siéger une sorte de papauté française. La
France possède Gênes pendant douze années, réclame Naples
pour la maison d'Anjou, donne des rois à la Hongrie, et, plus
d'une fois, un prince de France est sur le point d'être choisi
par les électeurs de l'empire. Le grand poëte italien n'est que
l'organe de la jalousie des autres nations, lorsqu'il maudit,
dans la race capétienne, cette fatale plante qui, parasite insatiable, couvre de son ombre et de ses fruits toute la terre
chrétienne.

Nous verrons ailleurs les conquêtes de la langue française.
Édouard III, qui en méditait déjà la suppression dans ses

Parad.,
cant. xx, v. 43.

États d'Angleterre, dut voir avec peine son fils s'en servir pour raconter la bataille de Poitiers, et ses négociateurs rédiger le traité de Brétigni dans cette langue qui allait être la langue diplomatique. Le pape écrivait à Charles V en français.

Si nous avions à nous excuser d'avoir distribué l'histoire civile en règnes comme l'histoire ecclésiastique en pontificats, nous dirions que nous ne voyons là que des dates. Parmi ces rois, parmi les princes de leur sang, « les sires des fleurs de « lis, » il y en a de médiocres, d'inconsidérés, qui ont entravé plutôt que dirigé le mouvement de leur nation ; mais on a vu qu'ils ne méritent pas du moins le reproche d'une ignorance barbare. Il est à croire que Boccace n'avait pu les juger de près dans ses voyages à Paris, lorsqu'il écrivait, en offrant son traité *de Casibus virorum illustrium* à son ami Mainardo dei Cavalcanti, les étranges paroles que nous laisserons répéter à un de ses anciens translateurs : « Irois je dedier mon livre à « ces rois de France, auxquels leurs ancestres ont montré que « ce n'est pas seulement laide chose aux rois d'estre philoso- « phes, ains que c'est très grant empirement à royale majesté « de cognoistre les figures des lettres ? A si grands hommes « qui ainsi savent, et damnent la chose aux rois par quoi vilains « sont anoblis, ne veulx mon euvre destiner. »

Baldelli, Vita di Boccacci, p. 389. — Mss. fr., t. I, p. 234.

On pourrait dire, au contraire, qu'il est peu de familles princières qui, dès leur avénement, aient témoigné un aussi vif intérêt pour les lettres, et où, de siècle en siècle, on se soit transmis aussi fidèlement cet exemple. Charles VII et sa fille Jeanne de France aimaient les beaux livres ornés par d'habiles artistes. Louis XI n'eut point peur de l'imprimerie. Charles VIII et Louis XII rapportèrent de l'Italie les précieux manuscrits des Visconti et des Sforze ; on lit encore sur quelques-uns : « Pavye. Au roi Louis XII, » comme à la fin d'un volume où sont réunis le Saint-Graal, Merlin et les Sept sages.

N. 6769.

Ces goûts littéraires des Valois, et surtout la prédilection de plusieurs d'entre eux pour le genre national du roman, se retrouvent dans le chef des Orléans-Valois, François Ier, sous lequel reparaît toute notre vieille littérature chevaleresque, mais défigurée à la fois par des rédactions en prose et par la fade imitation des Amadis. On ne saurait accuser de ces deux

défauts le roi protecteur des lettres ; car il ne devait pas se
plaire aux fadeurs dans les récits d'amour ; et lorsqu'il engagea Clément Marot à lui rajeunir le style du roman de la Rose,
il se garda bien de lui demander de le mettre en prose, comme
fit le chanoine Molinet, qui s'imposa la tâche encore plus difficile de le « moraliser. »

Les plus anciens de ces princes, ceux dont nous venons de
recueillir, dans les écrits de leurs contemporains, les seuls faits
qui se rapportent à nos études, n'ont point vu, comme il était
arrivé avant eux pendant deux siècles, fleurir sur le sol de la
France une littérature originale ; mais plusieurs d'entre eux, par
leur penchant pour les œuvres de l'esprit, par leurs qualités,
par leurs défauts même, ont été vraiment des rois français.

2.
CONSEIL
DU ROI. —
PARLEMENT.

Nous rapprochons maintenant les deux principaux organes de
la royauté : le grand Conseil, ainsi nommé depuis l'an 1318, mais
qui avait été longtemps auparavant, sous le nom de Cour du
roi, le représentant de la justice comme de l'autorité royale ; et
le Parlement, qui, devenu plus régulièrement sédentaire en 1302,
ne fut d'abord composé que de délégués du Conseil.

Si nous connaissions mieux les délibérations du Conseil du
roi, cet essai déjà puissant d'une direction centrale, nous serions
plus à portée d'apprécier le caractère et l'instruction des divers
personnages qui prenaient part au gouvernement, leur habileté
à défendre leurs opinions ou à combattre celles des autres, et
les ressources, plus ou moins fécondes selon les temps, que
pouvait fournir la langue française aux matières de politique
et d'administration.

La variété ne devait pas plus manquer à la forme qu'au
fond de ces discussions ; car le roi appelait au Conseil, avec les
princes de sa famille et les seigneurs qui avaient sa confiance,
des prélats, des clercs, des religieux, « des maistres en theo-
« logie ou en decrès, et grand nombre d'autres sages. » Malgré
la présence de tant de doctes conseillers, on parlait français,
parce que les princes n'entendaient point ou ne voulaient point
paraître entendre le latin ; mais on rédigeait le plus souvent
en latin les procès-verbaux.

*Gr. Chron.
de France,
t. VI, p. 344.*

Les rois de France sont quelquefois accusés par les contemporains, surtout depuis Philippe le Bel, d'avoir choisi de mauvais conseillers. Une satire latine, dont les vers hexamètres trois fois rimés étaient oubliés jusqu'ici dans un manuscrit de la ville de Soissons, reproche à ce prince, lorsqu'il n'était déjà plus enfant, de se laisser toujours dominer par les hommes pervers qui devaient bientôt lui dicter de funestes ordonnances :

> Rex inconsultus, stultus, quamvis sit adultus,
> His cedit, penitus credit, quasi servus obedit...
> Credit ventosis, verbosis, mente dolosis.

Ces vers, écrits dans un couvent, et pour le couvent, nous font entendre que le roi ne s'occupe que de chasse, tandis que les Normands, les Allemands, les Bretons, l'enveloppent et le menacent de toutes parts. Pour mieux faire, qu'il renvoie les traîtres qui le perdent ; qu'il se fie à l'Église et à la noblesse ; il n'aura rien à craindre :

> Si diligeres magis Ecclesiæ res,
> Ac regeres te per proceres, firmus remaneres.

Peut-être cet avis intéressé ne lui parvint-il jamais. S'il le connut, il est certain qu'il préféra, comme ses fils et plusieurs des Valois, une tout autre opinion, celle des hommes expérimentés qui, dès ce moment, composèrent presque toujours le Conseil du roi.

Ce Conseil, qui nommait et instituait les baillis et autres officiers royaux, et qui fournit lui-même les « gens tenant le « parlement, » lorsqu'il cessa d'être ambulatoire, ne doit pas être confondu avec les cours de justice appelées aussi le conseil du roi : nous ne parlons encore que du grand Conseil qui , restreint à peu de membres choisis, devenait Conseil étroit, Conseil privé, et qui, plus nombreux, était déjà le Conseil d'État.

Plusieurs des conseillers qui aidèrent le roi Philippe dans ses efforts pour dégager la France des entraves ecclésiastiques et féodales, Pierre Flotte, Guillaume de Nogaret, Enguerrant de Marigni, Pierre de Latilli, le premier Raoul de Presles, sont assez connus par leur coopération à une politique nouvelle et par la haine vindicative des partis. Quelques-uns surent maintenir, pendant les trois règnes qui suivent, contre une réaction sans cesse renaissante, et leur crédit et les innovations de la couronne. Dans les actes du Conseil suprême, nous retrouvons les noms de ces légistes qui commençaient à y siéger avec les prélats et les barons. De sages ordonnances sur la succession au trône, sur la juridiction, sur les affranchissements, continuent d'être rédigées par des hommes qui sont quelquefois de simples laïques et ne possèdent point de grands fiefs, mais qui sont dignes d'être législateurs. Pierre Barrière, clerc du roi, tient jour par jour le registre des délibérations.

Les désastres des deux premiers Valois interrompent ces progrès dans l'art de gouverner. L'ignorance augmente avec les calamités publiques. Il faut qu'une ordonnance expresse défende aux membres du Conseil, quels qu'ils soient, de proposer pour bailli, sénéchal ou autre grand officier quiconque n'aurait pas une instruction suffisante, comme il est interdit de nommer notaire du roi tout homme qui ne serait pas « suffisant « pour faire lettres, » tant en latin qu'en français. Nous verrons cette société, troublée par le malheur et l'inquiétude, tomber encore plus bas, et se perdre ainsi les traditions de savoir qu'avaient laissées quelques grands règnes.

Les noms des rapporteurs dont les conclusions ont fait rendre telle ou telle ordonnance doivent être joints à l'ordonnance même. C'était du moins l'usage, puisque nous savons à la relation de qui sont approuvés en 1329 les orgueilleux mandements d'un inquisiteur de Carcassonne, et que l'obligation d'être reçu licencié pour exercer la médecine à Montpellier, est adoptée, en 1331, sur le rapport du doyen de Saint-Martin de Tours. On veut que chacun soit responsable de la part qu'il prend au bien ou au mal qui se fait. Mais Philippe de Valois a déjà fort peu de noms célèbres sur la liste de ses conseillers.

La conservation des actes émanés de la puissance royale avait été aussi l'objet de plusieurs ordres, trop souvent négligés ; ces ordres, renouvelés en 1333, le sont encore douze ans après : «Mandons, dit le roi, à nos amez et feaulz les gens qui tien-

Ord. des rois de Fr., t. II, p. 173.

Ibid., t. II, p. 40, 71, etc.

Ibid., p. 102, 213.

« dront nostre prochain parlement et les gens de nos Comptes,
« que, à perpetuelle memoire, fassent ces presentes enregistrer
« en nos chambres de parlement et des Comptes, et garder
« pour original au tresor de nos chartes ct de nos letres. »
Comme duc de Normandie, Jean, le second Valois, avait
assisté souvent au grand Conseil : devenu roi, il se fatigue lui-
même et fatigue son Conseil de ses ordonnances réitérées sur
les monnaies, les aides, les tailles, et de tous ces honteux expédients qui ne le dispensèrent point de la convocation des États
généraux. Réunis en 1355, ils interdisent toute espèce de commerce, soit en personne, soit par mandataires, aux gens du
grand Conseil et du parlement, aux maîtres des requêtes et des
Comptes, à tous les officiers royaux. C'était un souvenir des
lois romaines. Le peuple, enfin consulté, semble vouloir à son
tour créer des priviléges pour le peuple.

Ibid., t. III,
p. 32.

Charles V fit de bons choix. Presque seul d'abord, et mal
soutenu par ceux qui auraient dû être ses plus fermes appuis,
il se fortifie par la dure expérience des choses et des hommes.
Après quelques années d'hésitation, il semble inaugurer un
autre siècle, où se parle un autre langage. Plusieurs des actes
de son règne sont des modèles de prudence, de dignité, de justesse : on y reconnaît des gens qui disent mieux ce qu'ils veulent dire. Telle est sa grande ordonnance du mois d'août 1374,
qui fixe à l'âge de quatorze ans la majorité des rois, et qui se
conserve en original au trésor des chartes, où il ordonnait
qu'elle fût déposée : *in archivis chartarum nostrarum.* Le latin
même, sans être toujours correct, exprime avec assez de clarté,
d'ampleur, d'harmonie, quelques idées modernes, et ne reste
pas trop au-dessous des généreux sentiments du roi, qui veut
qu'une prévoyance éclairée dirige l'éducation des enfants destinés à régner, et que, parvenus au pouvoir, ils persistent à
suivre les conseils des hommes prudents, lettrés, savants, dont
les pensées et les œuvres contribuent à la prospérité publique.

Ibid., t. VI,
p. 26-30.

Par la note française jointe à une des copies, on apprend que
cette constitution royale fut promulguée, le 21 mai 1375, « en
« parlement du roi, en sa presence et de par lui tenant sa jus-
« tice, devant le Dauphin de Viennois son fils aisné, le duc
« d'Anjou son frere, le patriarche d'Alexandrie, plusieurs eves-

« ques et archevesques, l'abbé de Saint Denis et autres chefs
« de communautés, le recteur et plusieurs maistres en theologie,
« docteurs en decrès et autres sages clers de l'université de
« Paris. » Puis viennent les principaux personnages de l'église
de Paris, le chancelier de France, des membres du grand Conseil, le prévôt des marchands, les échevins, « et autres gens
« sages et notables. »

Les actes rédigés en français au nom du même roi sont les
derniers exemples de cette vieille langue simple et naturelle
qui, après lui, allait être presque oubliée, malgré les ouvrages
dont elle avait enrichi non-seulement la France, mais l'Europe,
depuis près de trois siècles. On aime à entendre le roi, le père,
inquiet de son fils et de son royaume, s'exprimer ainsi dans ses
lettres pour le règlement de la régence, en cas qu'il mourût

Ibid., t. VI,
p. 43.

avant la majorité de l'héritier du trône : « L'office des rois est
« de gouverner et administrer sagement toute la chose publi-
« que, non mie partie d'icelle mettre en ordenance, et l'autre
« laissier sans provision convenable ; et ès faiz et besoignes dont
« plus grant peril puet venir, pourvoir plus hastivement...
« tant pour le temps de leur gouvernement comme pour celui
« de leurs successeurs... » Il détermine ensuite lui-même la
forme du serment que devra prêter, en qualité de régent, son
frère le duc d'Anjou.

Ibid., t. VI,
p. 49-51.

L'acte où il remet la tutelle à la reine et aux ducs de Bourgogne et de Bourbon, en octobre 1374, est plus touchant encore, et respire d'un bout à l'autre un égal amour pour ses
enfants et pour son peuple, mêlé à cette pensée toujours présente, qui n'était pas chez lui un vain pressentiment, que
« lorsqu'il plaist à Dieu d'envoier aux rois la maladie de la
« mort, il convient qu'il soient sans aucune cure ou solicitude
« afflictive ou angoisseuse des faiz de cest siecle. »

Plus on étudie les pièces authentiques sorties des mains de
Charles le Sage, plus on se persuade qu'il avait pour coopérateurs des hommes d'élite. Habile à les trouver, il voulut cependant être aidé dans cette œuvre difficile, et il tenta une
sorte d'élection. C'est peu de temps avant les ordonnances
prises par lui en Conseil sur la majorité et sur la tutelle, qu'il
fit deux essais, répétés depuis. Le 21 février 1372, le grand

Conseil, composé de prélats, de barons, et d'autres person- Felibien,
Hist. de Paris,
t. I, p. 673,
d'après
les registres
du parlement.
nages notables, au nombre d'environ deux cents, est convo-
qué à l'hôtel Saint-Paul ; et la démission de Jean de Dormans,
cardinal de Beauvais, chancelier de France, ayant été acceptée
du roi, qui ne l'en retient pas moins de son grand et principal
Conseil, Guillaume de Dormans, frère du cardinal, ancien
avocat du roi, et alors chancelier du Dauphiné, est élu, par
voie de scrutin, nouveau chancelier de France. Par le même
scrutin, Pierre d'Orgemont, second président du parlement,
est élu chancelier du Dauphiné.

L'année suivante, le 20 novembre, une nouvelle scène élec-
torale se passe au Louvre, où le grand Conseil va disposer encore d'un des premiers postes de l'État. Des cent trente personnages convoqués, le roi ne garde avec lui que Pierre Blan-
chet, son secrétaire, et Villemar, greffier du parlement ; puis
il fait appeler un à un tous les autres, et après avoir exigé de
chacun le serment de nommer chancelier le plus digne, il fait
enregistrer chaque suffrage. Cent cinq voix se réunissent sur
Pierre d'Orgemont, qui était devenu premier président, et qui
fut toute sa vie l'ami et le confident du roi. Le même scrutin
nomme président en sa place Arnauld de Corbie.

Tous ces noms, Jean et Guillaume de Dormans, Pierre
d'Orgemont, Arnauld de Corbie, sont des noms qui appartiennent à l'histoire des lettres.

Au nombre des conseillers de Charles V qu'il voulut laisser
à son fils, nous compterons encore Philippe de Maizières, un
des plus ingénieux écrivains du temps ; Étienne de la Grange,
qui, moins connu que son frère le cardinal-évêque d'Amiens,
et moins exposé à la sévérité de l'histoire, « faisoit également Le Laboureur,
Hist.
de Charles VI,
t. I, p. 25.
« profession des armes et des lettres ; » Richard Pique, doyen
de Besançon, secrétaire du roi, qui présida bientôt au sacre
de Charles VI comme archevêque de Reims ; Bureau de la Rivière, premier chambellan, ce qui était alors la première dignité à la cour, homme entreprenant et actif, le même qui ap-
porta d'Avignon à Paris, en 1389, les laitues à graine blanche Le Menagier
de Paris, t. II,
p. 46.
ou les romaines ; Raoul de Presles, dont les ouvrages servirent
à l'éducation du jeune roi.

Pour prévenir les dangers de la future régence, Charles V,

que les Parisiens, malgré leurs caprices, avaient aidé à rétablir l'ordre dans le royaume, engageait son fils, ou du moins
les tuteurs de son fils, à faire entrer six notables bourgeois de
Paris dans le Conseil. C'était un utile avertissement, qui fut
dédaigné, comme tous les autres, par l'ambition des oncles
tuteurs et par la violence des factions.

Au lieu d'environner leur malheureux neveu des hommes
les plus capables, il faut que ces tuteurs eussent été singulièrement égarés par les calculs que leur suggéraient d'implacables rivalités, pour que l'on fût descendu à la plus honteuse
protection de l'ignorance dans le Conseil du roi. Ceux des dignitaires de cette assemblée royale qui ne sauraient pas écrire,
sont autorisés, d'après un ancien usage regardé longtemps
comme nécessaire, à mettre leur signe ou marque au bas des
délibérations auxquelles ils auraient concouru. Charles V, qui,
pendant sa régence, avait été obligé de faire cette concession,
et qui dut la renouveler en faveur de son connétable Bertrand
du Guesclin, aurait rougi de la comprendre dans les lois générales de l'État.

Aussi voit-on, parmi les fluctuations et les hasards d'un
pouvoir sans cesse disputé, l'expression de ce pouvoir prendre
les formes d'une déclamation confuse et vulgaire. Que l'on essaye de lire quelques-unes des ordonnances qui portent le nom
de Charles VI; que l'on compare, dans celle où la France proclame, en 1398, sa neutralité entre les deux antipapes, cette
incohérence de pensées et cette barbarie de langage, avec les
graves remontrances de Charles V au sujet des mêmes discordes religieuses; les faibles lettres de son fils sur la majorité
et la tutelle des rois, avec la belle et noble déclaration faite
vingt ans auparavant sur les mêmes questions, et qu'il s'agissait seulement de confirmer : on admirera combien la décadence est rapide et profonde.

Lorsque tout s'énerve et menace de périr, esprit public,
honneur, courage, art militaire, administration, enseignement,
pendant ces quarante-deux années, les plus funestes de notre
histoire, la rédaction des volontés royales, dans l'une et l'autre
langue, dégénère avec tout le reste.

C'est à la veille de ce déclin littéraire que vont s'offrir à nous, pour la première fois, quelques noms d'avocats au parlement de Paris.

Quand le parlement fut reconstitué en 1302, il y avait déjà longtemps que l'on plaidait; aux « emparliers » avaient succédé les avocats; à compter du 11 mars 1344, on en dressa la liste régulière. Ils y étaient rangés sous trois classes : *consiliarii*, les consultants, qui étaient les conseillers des parties et même des juges dans les affaires difficiles; *proponentes,* les plaidants, ceux qui exposaient le fait et la question ; *audientes*, les écoutants ou les derniers reçus, qui, s'ils étaient reconnus incapables après quelques épreuves, étaient rayés du tableau. Cet ordre a été longtemps observé.

Nous n'avons plus aujourd'hui tous les noms qui furent inscrits sur le rôle ; nous avons encore moins les plaidoiries, qui durent être d'abord prononcées à huis clos, comme dans la justice ecclésiastique.

On suppose même qu'après le roi novateur, Philippe le Bel, par suite des conflits entre les juridictions, il y eut peu d'exactitude dans les séances, ou du moins dans les procès-verbaux ; car les extraits des plus anciens, les *Olim,* qui remontent, mais avec de nombreuses et d'importantes lacunes, jusqu'à la Cour du roi saint Louis (1254), et dont les rédacteurs paraissent avoir été tour à tour Jean de Montluc, Nicolas de Chartres, Pierre de Bourges, Godefroi, s'arrêtent à l'an 1318; et si les extraits des registres suivants ne se retrouvent plus, c'est qu'on les a jugés peut-être moins dignes d'être conservés.

Dans le serment latin que prêtaient les avocats, ils s'engagent à ne point plaider de mauvaises causes, et à renvoyer celles qu'un examen plus attentif leur aurait fait paraître moins bonnes ; à ne point citer des coutumes qu'ils sauraient être fausses; à s'interdire les délais, les subterfuges, et, dans leurs discussions, les paroles insultantes; à ne pas accepter, même pour les grandes affaires, plus de trente livres parisis.

Au Châtelet, qui continua d'être une chambre de première instance pour le comté de Paris, l'avocat, d'après une ordonnance rédigée en français dès l'année 1327, a le droit de parler sans être interrompu, « sans que nul autre advocat estant avec « lui en la cause, ou du conseil d'icelle, ne puisse parler ne

Ord. des rois
de Fr., t. II,
p. 226.

Ibid., t. II,
p. 225.

Ibid., t. II,
p. 8.

« advocasser, » et l'interrupteur est passible de dix livres d'a-
mende; peine qui semblerait exorbitante aujourd'hui.

C'étaient des avocats au parlement qui avaient la charge
temporaire d'avocats du roi. Le premier qui en ait rempli les
fonctions paraît avoir été Jean Pastourel. On donne ce titre
avec plus de certitude à Raoul de Presles l'ancien, et à Pierre
de Cugnières qui, en 1329, après la conférence de Vincennes,
introduisit la voie d'appel comme d'abus.

D'autres avocats se distinguent ou par leurs ouvrages, ou
par la célébrité des causes qui nous ont transmis leur nom, ou
par leur participation aux affaires de l'Église et de l'État :
Pierre de Belle-perche, l'interprète du droit romain, évêque
d'Auxerre, qui fut garde du sceau royal; Guillaume de Nogaret, avocat à Paris pendant six ans, avant d'être aussi garde
du sceau ; Jean d'Asnières, chargé de porter la parole contre
Enguerrant de Marigni ; Yves de Kaermartin, le seul avocat,
dit-on, inscrit au catalogue des saints ; Guillaume de Breul,
qui publie en 1330 le Style du parlement ; Pierre Bertrandi,
que son habileté en droit canonique, ainsi que sa défense de
la suprématie pontificale, conduisent au cardinalat; Jean Faure
(*Faber* ou *Fabri*), à qui treize ans de succès au barreau ne valurent peut-être pas, comme on l'a cru, la dignité de chancelier, mais qui mérita de Baldus, par son commentaire des
Institutes, le surnom de Docteur fondamental; Simon de Buci,
devenu premier président; Arnauld de Corbie, élu conseiller
après vingt ans de profession, et un des plus chers confidents
de Charles le Sage; Jean de Dormans et ses deux fils, qui commencent au palais leur grande fortune politique; Pierre de
Fontebrac, chanoine de Chartres, nommé cardinal par Clément VII ; Jean Juvenal des Ursins, regardé en 1386 comme
un des meilleurs avocats de Paris, et père de celui qui fut
l'historien des quarante-deux ans d'un triste règne.

Entre les avocats de ces temps-là dont le nom n'est pas oublié, un honorable souvenir est dû surtout à Jean des Marès,
que sa renommée d'éloquent orateur (*disertissimus orator*) fit
choisir pour avocat du roi. C'est lui qui, dans les grandes délibérations ouvertes après la mort de Charles V, propose d'a-
vancer la majorité du jeune héritier de la couronne et de hâter

la cérémonie qui doit le consacrer. Suspect aux princes du
sang, dont il contrariait ainsi les ambitions rivales, il vient annoncer au peuple une réconciliation qui dut lui paraître douteuse à lui-même ; et quand la sédition eut obtenu la suppression des nouveaux impôts, chargé encore d'en faire part à
cette foule agitée, il prend pour texte : *Novus rex, nova lex,
novum gaudium.* Comme il avait la confiance du peuple, il le
haranguait souvent pour le calmer ; malade, il se faisait porter
sur les places publiques ; il négociait, il traitait avec la cour au
nom de la ville de Paris. Une telle puissance ne lui fut point
pardonnée. Le recueil de Décisions qu'on lui attribue l'hono-
rera toujours moins comme jurisconsulte que sa mort comme
citoyen.

Ainsi donc une nouvelle expression de la pensée publique
s'était aussi manifestée depuis quelque temps. L'origine des
parlements a été sujette à bien des conjectures. Celui de Paris, Académ.
des Inscr.,
t. XXX, p. 609.
dans ses remontrances du 26 mars 1556, s'élève contre un édit
de Henri II, qui, par une confusion fondée sur quelques exemples, accordait aux membres de son Conseil privé le droit de
siéger au parlement comme juges. Mais ce même parlement
avait-il le droit, une soixantaine d'années après, le 22 mai 1615,
de revendiquer l'héritage des anciennes assemblées de Charlemagne, et de prétendre que, né avec l'État, il y tenait la place
du Conseil des princes et des barons qui, de toute ancienneté,
avait accompagné la personne des rois ? Sans doute ce Conseil,
avant de n'être qu'une cour de judicature, la cour du roi, avait
exercé un pouvoir plus large aux différents âges de la monarchie ; mais il ne représentait pas la nation, puisqu'il n'était pas
nommé par elle.

On a vu, au siècle précédent, les grands bailliages, délégués
de la justice royale, balancer déjà et bientôt affaiblir, comme
cours d'appel, les juridictions des seigneurs. C'était trop peu
pour Philippe le Bel : il ordonne de convoquer à Paris, plus
régulièrement qu'autrefois, sa cour supérieure de justice, établie ensuite par Charles V dans l'ancien palais de saint Louis,
qu'elle occupe encore.

Cette origine exclusivement royale du parlement de Paris et

le caractère incertain de ses attributions n'empêchent pas qu'il n'y ait de grandes scènes dans son histoire, et que ses discours aux rois, ses délibérations, les causes plaidées devant lui, n'aient laissé dans l'éloquence politique et judiciaire des pages qui sont encore dignes d'étude.

Quelques moments de ses annales reproduisent fidèlement à nos yeux les oscillations de la raison humaine pendant ce siècle d'hésitation. Ainsi, le parlement de Paris ordonne encore un duel judiciaire en 1359, et même le 1er janvier 1387 : celui-ci fut le dernier. On peut lui reprocher, sous Philippe VI, un acte dont les conséquences étaient plus graves.

Vaissete,
Hist.
de Languedoc.,
t. XXX, c. 28,
etc.

Guillaume de Villars, en 1330, avait été nommé commissaire royal, pour aller réprimer à Toulouse les excès du clergé, et surtout de l'inquisition. Les membres du tribunal de la foi résistent, comme institués par le pape et supérieurs à tout pouvoir temporel. Accompagné de gens armés, l'envoyé du roi se fait ouvrir de force les archives, et emporte les registres qu'on lui avait refusés. Il faut croire que cette tentative contre une domination déjà séculaire était prématurée ; car sur une plainte portée par le grand inquisiteur de France, Pierre Bruni, de l'ordre des frères Prêcheurs, le parlement de Paris, pour donner gain de cause à l'inquisition, la déclara cour royale. Cet arrêt faillit peser sur les parlements eux-mêmes : l'inquisition de Toulouse, enhardie par la peur qu'elle inspirait, en vint à demander, en 1443, que les conseillers des cours ne pussent être nommés sans son aveu. Si elle ne l'obtint pas, elle n'en profita pas moins de ce qu'avait fait pour elle le parlement de Paris : elle vécut trois siècles encore.

Trop faible à l'égard du clergé, le parlement fléchit moins devant le second ordre de l'État, la noblesse. Mais il eut le tort, en faisant la guerre à ses priviléges, de vouloir usurper ses titres. Celui de chevalier ès lois (*miles legum*), qui commence à l'avénement des légistes, ne désigne pas, comme on l'a dit, un noble qui a pris ses grades en droit civil, mais un légiste roturier, à qui le roi confère, en vertu du grade de docteur ès lois, les prérogatives de la chevalerie. C'est ce que prouve une concession royale : *De gratia concedimus speciali ut ipse, non obstante quod nobilis non exsistat, militari cingulo, quotiens sibi placuerit, valeat insigniri, et ad omnes actus nobiles admittatur.* Pierre de Cugnières n'était point noble; il fut chevalier du roi.

La justice avait cessé d'être uniquement ecclésiastique et féodale; la roture y trouva sa noblesse. On lui disputa cette conquête.

Des corps depuis longtemps investis de la puissance ne se laissent point facilement déposséder : les cours seigneuriales et les officialités se défendirent; leurs prochains successeurs, les gens du roi, durent quelquefois succomber, ou dénoncés comme tyrans par ceux qui allaient cesser de l'être, ou frappés par les révolutions dont ils avaient été eux-mêmes les instruments.

Ce ne pouvait être impunément qu'ils avaient essayé la juste répartition de l'impôt, la séparation entre le militaire et le juge, l'appel à une cour souveraine et laïque, l'affranchissement des derniers restes du servage, une armée permanente : plusieurs d'entre eux ont payé cher l'honneur d'avoir été les conseillers et les ministres de ces grandes innovations ou, comme on disait, de ces « novelletés, » qui, devenues aujourd'hui d'anciennes institutions, sont entrées dans le droit civil de la France.

Des conseillers, des avocats au parlement, comme les deux grands orateurs de l'antiquité, périssent de mort violente. Pierre Flotte du moins meurt en combattant dans la guerre de Flandre ; mais Enguerrant de Marigni, le surintendant des finances, va finir, le 30 avril 1315, au gibet de Montfaucon ; Pierre Remi, trésorier de Charles le Bel, est attaché, en 1328, au même gibet, qu'il avait fait reconstruire ; Alain de Houdenc, suspect, vingt ans après, d'avoir, comme conseiller aux enquêtes, falsifié des dépositions de témoins, est aussi condamné; Pierre de la Forest, d'abord professeur de droit et avocat, puis chancelier, évêque de Paris, archevêque de Rouen, cardinal, après avoir fait l'ouverture des États généraux en 1356, menacé de proscription, s'enfuit à Londres. Ces catastrophes ne prouvent point qu'ils fussent réellement coupables. Ils avaient trop d'ennemis pour ne pas être accusés.

D'autres roturiers après eux, Jacques Cœur, les frères Bu-

reau, Jean Juvenal, Étienne Chevalier, Jean Boutillier, Guillaume Cousinot, Jean le Boursier, aidèrent Charles VII à faire
quelques pas de plus dans cette lente et pénible voie d'un
meilleur régime. La plupart furent persécutés. On sait que les
funérailles de Colbert furent insultées par le peuple.

Avant le partage des attributions, l'ancien Conseil du roi,
comme en l'année 1258, où siégeait Gui Fulcodi, qui devint le
pape Clément IV, était presque entièrement clérical. Un petit-
fils de saint Louis, trente ans après, veut que les baillis soient
laïques, et son fils exclut les prélats du parlement. Mais il y
eut encore des conseillers clercs pendant plus de quatre siècles.

Ceux des conseillers du roi qui périrent victimes de l'intrigue ou de l'émeute, avaient d'ordinaire pris part à l'administration des finances. Dans les moments critiques, c'étaient
là les hommes d'État que l'on abandonnait en proie à la haine
des partis. L'histoire ne sait pas bien encore quelles furent les
causes de la disgrâce de Jacques Cœur. Samblançay ne fut
peut-être puni que de son intégrité.

Les simples conseillers au parlement, les simples avocats,
auraient dû être à l'abri de ces grandes chutes, quand ils ne se
faisaient point les orateurs d'une faction. Un conseiller qui se
renfermait dans son devoir ne pouvait être accusé de cupidité ;
car, lorsque les places de judicature cessèrent d'être interdites
au clergé, les conseillers clercs, qui viennent sur le rôle des
finances après le grand Conseil et la maison royale, n'avaient
encore au temps de Charles VII que cinq sous d'honoraires
par jour, et les laïques, à peu près le double. Pendant l'occupation anglaise de Paris, ni les uns ni les autres ne reçoivent
rien : un de leurs registres porte que le greffier n'y saurait
inscrire les solennités de l'entrée de Henri VI, parce qu'on n'a
point de parchemin, ni d'argent pour en acheter. Si cette note
suppose les gens du roi plus pauvres qu'ils n'étaient, elle en
fait du moins ce jour-là des sujets fidèles.

Les avocats, autorisés à prendre jusqu'à trente livres parisis
pour une cause, devaient être plus riches que les conseillers,
et plus exposés à l'envie. Lorsqu'ils devenaient avocats du roi,
parlant pour un pouvoir qui n'était pas toujours juste, ou le
contredisant s'ils en avaient le courage, ils portèrent quelque-

fois la peine ou de leur docilité ou de leur résistance. Il n'est
pas absolument nécessaire de voir un jugement de Dieu dans
l'impopularité qui allait s'attacher au nom de Pierre de Cugnières, parce qu'il avait parlé contre la juridiction du clergé,
ni une autre sentence divine dans la mort de Jean des Marès,
parce qu'il plaidait volontiers les causes où il s'agissait de
combattre « les droits, les priviléges ou les immunités des
« églises : » il est bien plus simple de n'y voir que les ven-
geances des factions religieuses ou politiques.

Les partisans de Pierre Bertrandi, depuis cardinal, et de
Pierre Roger, depuis cardinal et pape sous le nom de Clément VI, qui avaient soutenu à Vincennes la juridiction illi-
mitée de l'Église, ne pouvaient pardonner à Pierre de Cugnières
d'avoir terminé au nom du roi la conférence par ces mots :
« Si les prélats n'amendent pas, avant Noël prochain, ce qui
« doit être amendé, le seigneur roi trouvera tel remède qui
« donnera satisfaction à Dieu et au peuple. » Les prélats supposèrent que Dieu fut mécontent; mais c'eût été bien assez
de leur mécontentement pour perdre leur adversaire.

L'humeur vindicative de ceux qui voulaient charger Dieu de
leur cause s'était du moins bornée, contre l'avocat de la justice
séculière, à de triviales plaisanteries : on avait appelé de son
nom, ou du nom de Pierre du Coignet, une petite figure gro-
tesque placée à l'entrée du chœur de Notre-Dame, et au nez de
laquelle on éteignait les cierges; et le même nom servait à
désigner tout homme ignorant et stupide. D'autres avocats du
roi furent moins doucement traités.

Renault d'Aci, en 1356, et Pierre du Puiset, deux ans après,
sont massacrés par le peuple soulevé. Jean des Marès avait à la
cour des ennemis non moins implacables.

Un des feuillets des registres du parlement porte encore à la
marge, dessinés d'une main contemporaine, un poignard et un
maillet. Les maillotins, harangués par l'avocat du roi, cédèrent
un moment à cette parole d'un homme qu'ils aimaient, et surtout à l'espérance de ne plus payer d'impôts. Victoire aussi
vaine que cette espérance! On aurait pu représenter sur la
même marge l'échafaud où périt, frappé au nom du roi Charles VI, Jean des Marès, comme défenseur du peuple.

Plus heureux ou mieux protégé que d'autres acteurs de ces révolutions sanglantes, le fougueux évêque de Laon, Robert le Coq, en fut quitte pour s'exiler en Espagne.

L'arrêt sous lequel succomba Jean des Marès, qu'il était plus facile d'atteindre, ne fut point l'œuvre du parlement, mais d'une commission, qui fit périr en même temps, avec trois avocats, douze bourgeois de Paris, entre autres un drapier, Nicolas le Flament, qui offrait soixante mille francs pour se racheter. Quand ce fut le tour de l'avocat Jean, une voix lui dit : «Maistre Jean, criez merci au roi qu'il vous pardonne. »

Sa réponse nous est restée : « J'ai servi au roi Philippe son « grant aieul, et au roi Jean son aieul, et au roi Charles son « père, bien et loyaulment, ne oncques ces trois rois ne me « sceurent que demander ; et aussi ne feroit celui cy, se il avoit « aage et congnoissance d'homme, et cuide bien que de moi « jugier il n'en soit en riens coulpable. Si ne lui ai que faire « de lui crier merci ; mais à Dieu vueil crier merci et non à « autre, et lui prie bonnement qu'il me pardonne. » — « Adonc print il congié au pueple, dont la greigneur partie « pleuroit pour lui. »

Froissart, l. ii, c. 205. (Ms. 8327, fol. 198.)

Ces paroles, prononcées le 28 février 1383, sont peut-être les plus belles que l'éloquence de ce siècle nous ait laissées.

3. NOBLESSE.

La royauté française avait trouvé dans la noblesse, tantôt une défense pour le trône, tantôt une puissance rivale ; et les nobles avaient quelquefois accordé aux progrès de l'intelligence une protection aussi éclatante que celle des rois.

Mais le temps n'était plus où le second ordre de l'État exerçait une influence féconde sur les productions de l'esprit, et semblait animer de ses encouragements, même de son exemple, cet élan poétique imprimé par la France, pendant deux siècles, aux autres nations ; où les superbes vassaux des Capétiens, jaloux du nouveau pouvoir royal, qui leur paraissait une usurpation, se plaisaient à l'humilier dans les portraits ridicules de Charlemagne imaginés par leurs trouvères, et, plus tard, se reconnaissaient avec orgueil dans les brillants et amoureux chevaliers de la Table ronde. La domination des

hauts barons est déjà bien déchue. Ruinés par les croisades,
ils sont maintenant décimés dans les funestes batailles que fait
perdre leur indiscipline, et où ils épuisent eux-mêmes presque
tout leur sang : Courtrai , Poitiers, Créci, Azincourt, Nicopolis, sont pour eux des journées de deuil. Plusieurs grands fiefs
leur sont enlevés par les traités que leurs désastres rendent
nécessaires. Cette ancienne chevalerie, toujours brave, mais
désordonnée, incapable d'obéissance et de tactique, s'efface
de plus en plus, tandis que l'infanterie des communes, victorieuse à Bovines, à Mons-en-Puele, à Cassel, va devenir la vraie
force de l'armée, comme le peuple, jusque-là dédaigné, la
vraie force de l'État.

Le grand changement qui se fait dans la manière de combattre, en diminuant la prépondérance militaire des hommes
d'armes, contribue à rétablir l'équilibre. L'artillerie moderne,
ce terrible instrument d'égalité, quoique bien imparfaite encore, vient apprendre aux nobles comme aux vilains que ce
n'est plus le courage de quelques-uns, mais celui de tous, qui
fait le succès d'une journée, et que là aussi les plus puissants
ont besoin des plus faibles.

Ces atteintes portées par la fortune à la vieille prééminence
nobiliaire sont habilement secondées par la politique des rois,
ou des conseillers qu'ils aiment désormais à prendre dans les
rangs du peuple.

Dès le temps de Philippe le Hardi paraissent les premières
lettres d'anoblissement, octroyées à un orfévre de Paris, et
qui ébranlent l'ancienne constitution, où la noblesse n'était
possible que par la transmission naturelle de l'hérédité féodale.

Sous le règne suivant, les brèches faites à ce corps privilé-
gié sont bien autrement profondes. Alors commencent les
nouvelles pairies, non plus fondées, comme les anciennes pairies françaises, sur le droit primitif de la conquête, mais sur
des prérogatives arbitraires accordées par le roi ; les États
généraux, qui admettent les députés des communes aux délibérations sur les affaires du pays ; un parlement sédentaire et
régulier, qui restreint de jour en jour la justice patrimoniale
des seigneurs, et ose bientôt les juger.

Cette institution définitive de l'appel à une cour souveraine
est ce qui les affligea le plus. On ne les écartait ni du Conseil
du roi, ni du parlement, où ils pouvaient continuer de siéger;
mais le droit romain déjà remis en honneur par saint Louis,
les règles de la procédure, la jurisprudence des arrêts, les
coutumes qui devenaient à leur tour la loi écrite, beaucoup
d'autres choses qu'ils ne connaissaient pas et qu'ils ne voulaient pas apprendre, leur faisaient regretter une justice plus
simple, celle du combat judiciaire, qui ne demandait pas tant
de savoir et d'attention.

De là, dans leurs griefs présentés au concile général de
Vienne, en 1311, et trois ans après au roi lui-même, parmi
leurs plaintes contre les ordonnances qui leur interdisent le
droit de se faire la guerre et celui de battre monnaie, leur
insistance à revendiquer surtout, comme preuve de l'indépendance du seigneur sur son fief, le droit absolu de justice.
Ils y tenaient d'autant plus qu'ils s'étaient efforcés d'usurper
sur les cours ecclésiastiques, et que ces usurpations allaient
leur échapper.

Leur vanité était blessée en même temps de voir les légistes, par une autre vanité, ou plutôt comme insignes d'un pouvoir nouveau, envahir des titres qui n'appartenaient qu'aux
nobles; et il déplaisait au chevalier d'armes, au *miles,* que
des conseillers du roi, des avocats nommés gardes du sceau
royal, des Nogaret, des Pierre Flotte, sous le titre de chevaliers ès lois, fussent à la fois de robe et d'épée. Mais il y avait
dans leur mécontentement quelque chose de plus sérieux qu'un
dépit d'amour-propre : ils s'apercevaient bien qu'on leur ôtait
le plus important attribut de la puissance, et que de vassaux
ils allaient devenir sujets.

C'est alors que sous prétexte de se refuser aux impôts, contre lesquels la résistance sera toujours populaire, les hauts
barons s'humilient jusqu'à essayer, en 1314, une ligue secrète
avec cette bourgeoisie qu'ils méprisaient, pour repousser ensemble les « novelletés non duement faites, » qu'ils ne peuvent, disent-ils, souffrir ni soutenir en bonne conscience, parce
qu'elles leur feraient perdre leurs honneurs, franchises et libertés. Les auteurs de ce manifeste d'une alliance impossible

avaient dû compter sur l'ignorance de la foule ; car ceux qu'ils appellent « li communs, » ceux qu'ils faisaient contribuer pour eux aux charges publiques, et dont ils avaient souvent traité les intrépides soldats de « pedailles» et de «ribaudailles, » ceux qui avaient supplié le roi de garder sa souveraine franchise, et qui l'avaient soutenu dans ses efforts les plus hardis contre le clergé et les nobles, ne pouvaient réellement croire à la sincérité d'un accord qui n'était pour la noblesse qu'une arme contre la royauté.

Aussi, malgré les premiers succès d'une coalition dont le but était de détruire tout ce qui venait d'être essayé, l'union ne tarda guère à se dissoudre, si même elle fut jamais sérieusement formée. Une des pièces satiriques du temps, le « Dit « des Alliés, » par Geffroi de Paris, n'est que l'expression de la défiance bien naturelle du peuple pour ses nouveaux amis. On y retrouve, en dix-sept couplets sur deux rimes, ce que le tiers état pensait de cette «gent » qui se dit engendrée d'un sang noble, mais qui, sous couleur de ramener les bonnes coutumes, se conduit si vilainement qu'elle mériterait d'être nommée vilaine, et, loin d'imiter ses ancêtres dans leur dévouement à la sainte couronne de France, ne sait que conspirer et trahir comme Ganelon. Pourquoi ces sourdes menées, ces violations ténébreuses de leur serment, quand ils peuvent aller s'entretenir ouvertement avec le roi lui-même ?

Ms. 6812.

Quant droit li rois ne leur devée,
Mès raisons leur est presentée,
Leur fait font il non déument.
N'ont il la venue et l'alée,
Et l'essue aussinc et l'entrée
Et au roi et au parlement ?
Et les orroit l'en bonnement,
Et sans faire deportement,
Sera leur raisons escoutée.
Puisque ce ne font vraiement,
Leur fait ne tien je à hardement,
Mès à grant malice esprouvée.

Le roi, protecteur de la gent paisible «qui d'eus estoit fou- « lée, » saura bien la défendre contre cette « triboulée de

« mars, » aussi peu durable qu'une gelée blanche, et, après les avoir pris à la volée, mettra fin à cette folïe. Le couplet suivant ne manque pas d'à-propos ; car c'est encore une comparaison empruntée de la chasse, plaisir favori de la noblesse :

> Il sont com la beste esgarée
> Qui, quant s'apercoit adirée,
> Ne va pas moult séurement ;
> Et se se sent avironnée
> De levriers entour et serrée,
> Lors li va par empirement,
> Ne ne puet fouïr longuement ;
> Quer se li chien font sagement,
> Tost en sera prise cornée :
> Je ne di pas par jugement,
> Mès tels ont parlé hautement
> Qui paieront ceste porée.

La tentative des nobles échoua donc encore cette fois, bien qu'elle eût une partie du clergé pour complice. On voit reparaître chez nous de siècle en siècle la réaction féodale, moins heureuse ici qu'en Angleterre. Maîtrisée par la régente pendant la minorité de saint Louis, elle le fut encore par Philippe le Bel, et, malgré quelques défaillances, par ses trois fils. Quand elle s'est relevée avec les Valois, Charles V la réprime et la contient. Redevenue menaçante à la faveur des désordres du règne suivant, au point que dans les États généraux et les lits de justice les nobles siégèrent quelquefois avant les prélats, elle fléchit de nouveau sous les conseillers de Charles VII et sous Louis XI ; enfin, après avoir voulu renaître pendant les guerres civiles de religion, elle est éteinte par Richelieu.

Les descendants de ces chevaliers qui périrent à Créci ou à Poitiers, au milieu de leurs prétentions, de leurs menaces et des troubles qu'elles suscitent dans le pays, s'affaiblissent eux-mêmes par les excès d'un luxe effréné, qui semble s'accroître avec les souffrances publiques. Les princes en donnent le dangereux exemple. Comme ils avaient vu pour la plupart la cour pontificale d'Avignon, ils transportent à Paris les fêtes italiennes, imitées de Florence, de Venise, de Milan, et que la noblesse préférera bientôt à ses fêtes guerrières.

Manzi, Disc. sopra gli spettacoli, le feste, etc. Rome, 1818.

Elle pouvait mêler du moins à de somptueux et vains plaisirs une autre sorte d'éclat qui l'avait jadis fait aimer, la poésie et ses ingénieuses distractions. Mais nous ne voyons pas
que les grandes familles, malgré l'émulation qu'auraient dû
leur inspirer les goûts littéraires de quelques princes du sang
royal, continuent d'attacher le même prix à cette éducation
sérieuse qui seule fortifie les âmes, fait l'élégance de la vie,
et donne la vraie supériorité. Ceux d'entre les nobles qui
veulent bien croire encore que l'art d'écrire est bon à quelque chose, n'essayent que des compositions frivoles, des ballades, des virelais, des rondeaux, des vers ou de la prose sur
les déduits de la chasse, ou bien ils font rédiger par leurs
clercs et par les gens de leur maison, hérauts d'armes, ménestrels, des ouvrages sur le blason, des descriptions de tournois, lorsqu'ils ne leur dictent point des protestations factieuses.
N'attendons plus d'eux de ces chants qui nous font entendre
encore, par la voix de Philippe de Nanteuil, du châtelain de
Couci, de Quenes de Béthune, la prière ardente du pèlerin ou
le cri de guerre du chevalier.

Nous devons cependant leur savoir gré d'avoir permis à leurs
poëtes de se souvenir quelquefois de la misère du peuple,
quand même on attribuerait à des calculs politiques ces sentiments d'humanité. Les ordonnances, qui commençaient à ne
plus défendre aux bourgeois « vivans de leurs possessions et
« rentes, » sinon la grande vénerie, du moins la chasse à l'é-
pervier et même au faucon, interdisaient aux laboureurs ce
plaisir envié, souvent préjudiciable pour eux ; mais les laboureurs eux-mêmes, jadis méprisés, et qu'on regardait à peine
comme des hommes, sont l'objet, jusque dans les poésies faites
pour leurs seigneurs, d'une sorte de pitié, dont l'expression,
aussi nouvelle qu'honorable, est une recommandation de plus
pour le nom du brave Beaumanoir, qui paraît avoir éprouvé
pour eux le même intérêt que du Guesclin, et que l'on fait
sans doute ainsi parler d'après la tradition :

Chevaliers d'Engleterre, vous faites grant peschié
De travaillier les poures, ceulz qui siement le blé,
Et la char, et le vin, dequoy avon planté.
Se laboureur n'estoient, je vous dis mon pensé,

Combat
des Trente, p. 18.

Les nobles conviendroit travaillier en le ré
Au flaiel, à la houette, et soufrir poureté ;
Et ce seroit grant peine, quant n'est accoustumé.
Paix aient d'or en avant, quer trop l'ont enduré.

Les nobles, avec le bien et le mal qu'on en peut dire, nous
sont représentés, comme dans un miroir fidèle, dans le livre
que fit en 1372 le chevalier de la Tour Landry, aidé de ses
chapelains, pour l'enseignement de ses filles ; étrange manuel
d'éducation, où les femmes de l'Ancien et du Nouveau Testament ne sont pas toujours en très-bonne compagnie, et dont les
exemples sont quelquefois bien peu sévères. L'excellent père
pouvait égayer sa morale sans redire en prose à ses filles le
vieux fabliau du Prévôt d'Aquilée, où la plus vertueuse des
femmes expose par trois fois à une trop rude épreuve la pudeur
de l'ermite, ni l'aventure de cette autre dame qui « une nuit
« ala à son ami en folie, » tomba dans un puits profond de vingt
toises, et fut sauvée de tout danger parce qu'elle s'écria :
« Nostre Dame ! » On s'étonne aussi qu'il eût choisi pour matière de ses leçons les trois belles cousines qui jouent Boucicaut
à la courte paille, ou le miracle arrivé à ceux qui firent fornication sur l'autel de l'église, et le même miracle renouvelé à
l'occasion du jeune moine qui commit avec non moins d'irré-
vérence le même péché. Nous ne supposerons pas au naïf conteur, qui voulait à tout prix instruire ses filles, la maligne
intention de calomnier son pays et son temps : car celui qui
reproche « neuf folies à Eve nostre premiere mere, » n'avait
plus le droit d'être indulgent pour les dames de la cour de
Charles le Sage ; et comme il recommande souvent de ne point
mentir, nous devons croire qu'il disait la vérité.

Les progrès de l'ignorance chez les nobles, dont ce livre
même est une preuve, n'empêchaient pas de faire à la cour et
dans les châteaux beaucoup de poésies légères. Boucicaut, le
preux maréchal tant aimé des dames, rimait des vers pour elles,
« si comme il appert par le livre des Cent ballades, duquel
« faire luy et le seneschal d'Eu furent compaignons au voyage
« d'oultremer. » Mais ces caprices littéraires étaient plus rares
et moins heureux qu'au temps des illustres chansonniers de la

Le Livre
des faits
de Boucicaut,
1ʳᵉ part., ch. 9.

cour du saint roi, et il faut attendre longtemps encore leur plus
noble émule, Charles d'Orléans.

Nous avons donc à traverser un siècle où des seigneurs, des
princes, en continuant d'aimer les lettres et même de les
cultiver, ne suffisent point pour ranimer dans les rangs de la
noblesse un certain goût d'instruction, qu'elle avait laissée imprudemment s'affaiblir à l'instant même où la religion et la
politique l'appelaient aux plus hautes discussions.

Déjà, dans les démêlés avec Boniface VIII, les cardinaux, Hist. univ.
qui écrivent toujours en latin, recommandent aux seigneurs paris., t. IV,
aussi bien qu'au tiers État de se pourvoir d'un bon interprète p. 27, 28.
qui ne fasse point de contre-sens. C'était leur dire avec peu de
courtoisie qu'on se défiait de leur savoir. Les seigneurs, à qui
il eût été facile de faire rédiger par des clercs autant de lettres
latines qu'ils auraient voulu, passent condamnation, et tiennent à comprendre ce qu'ils disent : ils répondent en français.

Peut-être cet oubli volontaire de la langue latine ferait-il
espérer du moins, pour la langue vulgaire, les avantages d'une
puissante faveur. Tous ces personnages influents par leur nom
et leur fortune devaient encourager les livres français, dont
nous voyons en effet le nombre s'accroître dans les bibliothèques
des grands et des princes. Telle était leur lecture ordinaire,
surtout celle des romans de chevalerie. L'auteur du Songe du
vieux pèlerin essaye de détourner de ces vains amusements le
jeune roi Charles VI : « Tu te dois delecter en lire ou oyr les
« anciennes histoires pour ton enseignement... Tu te dois gar-
« der des livres et des romans qui sont remplis de bourdes, et
« qui attraient le lisant souvent à impossibilité, à folie, vanité
« et pechié; si comme le livre des bourdes du Vœu du paon,
« qui nagueres furent composées par un legier compaignon,
« dicteur de chansons et de virelais qui estoit de la ville d'A-
« vaines... La vaillance du roi Artus moult fu grande; mais
« l'histoire de lui et des siens est si remplie de bourdes qu'elle
« en demeure suspecte. Tu dois lire souvent la belle et vraie
« histoire du très vaillant duc Godefroi de Bouillon, etc. » Puis
viennent, dans cette liste d'auteurs à lire, les versions françaises des anciens par Nicole Oresme, Pierre Bercheure, Jean
de Meun.

Mais notre langue ne profita pas autant qu'on aurait pu le croire de la préférence accordée aux traductions et aux romans. La foule des traducteurs défigura trop les anciens textes pour enrichir toujours la langue moderne. Quant aux vieux poëmes, il fallut, suivant l'usage, en rajeunir le style pour plaire aux gens de cour et aux nobles dames ; opération délicate, qui, lorsqu'elle n'était pas faite avec intelligence, altérait la mesure, la rime, le sens, et ne servait qu'à mêler au hasard les locutions de différents âges. Le faste et l'ostentation dominent là comme ailleurs : les ducs de Bourgogne, ces amateurs magnifiques, recherchent les enlumineurs brillants plutôt que les savants traducteurs et les bons copistes.

Il nous semble que c'est surtout vers le milieu du siècle que nous pouvons commencer à douter si la noblesse dédaigna réellement les lettres, ou si d'autres intérêts et des circonstances funestes l'empêchèrent d'y songer. Depuis la grande peste, il ne se trouvait que peu de gens pour enseigner à lire aux enfants dans les campagnes et même dans les châteaux, *in castris*, dit un chroniqueur contemporain. Les longs malheurs du règne de Charles VI ne sont point favorables à une renaissance de ces études trop calmes pour de tels orages, et il s'écoula encore bien des années avant que les nobles pussent cesser d'être ignorants.

Chron. Nang.,
t. II, p. 216.

On a prétendu, pour les justifier, qu'ils firent très-bien de ne point chercher à étudier les sciences d'alors, qui n'étaient la plupart que des mots dans un latin barbare, et qu'ils en conçurent fort à propos tant de mépris « que c'étoit une honte « parmi eux d'être clerc ou lettré de cette espèce. » Fort bien ; mais reconnaissons cependant que saint Louis et ceux de ses petits-fils qui furent comme lui des princes lettrés, ceux des Valois qui donnèrent le même exemple, n'eurent pas besoin, pour n'être pas confondus avec la foule ignorante, de se plonger dans les futilités et les ténèbres de l'école. Autant vaudrait alléguer, comme d'autres, en faveur des hommes d'armes qui ne savaient pas écrire, l'ennui et la fatigue de l'écriture gothique. De telles apologies perdent une cause.

Boulainvilliers,
Ess. sur
la noblesse,
p. 289.

Nouv. traité
de diplomat.,
t. III, p. 395.

Les seigneurs qu'on a voulu défendre ainsi n'en étaient pas moins exposés dès lors pour eux-mêmes à ce mépris qu'on leur prête pour les lettres. Eustache des Champs et beaucoup d'autres se plaignent d'un abaissement dont ils croient, tout roturiers qu'ils sont, partager la honte. Disons-le à l'honneur de notre pays : il ne vit pas sans une profonde douleur, aux nobles d'autrefois qui savaient écrire leurs faits d'armes, à Ville-Hardouin, à Joinville, à ces chevaliers qui les accompagnèrent en Orient et y firent d'ingénieuses chansons, succéder un connétable qui ne savait pas lire, et des conseillers du Conseil du roi qui ne savaient pas signer leur nom.

Les nobles redevinrent ensuite moins étrangers à la culture de l'esprit; mais il eût fallu bien d'autres qualités encore pour racheter cet aveugle orgueil qui, sous Louis XIII, leur fait comparer le noble au maître et le tiers état au valet; qui leur fait proclamer la grande monarchie de Louis XIV le règne d'une ignoble bourgeoisie, et qui donne le droit au plus profond observateur du dernier siècle de joindre en ces termes son témoignage à celui de tout le passé : « La noblesse regarde comme « la souveraine infamie de partager la puissance avec le peuple. » Paroles fatales, qui expliquent les révolutions.

Esprit des lois,
liv. VIII, c. 9.

Il convenait cependant de songer qu'au-dessous du clergé et de la noblesse, qui étaient tout dans le monde féodal, il y avait des hommes qui n'étaient rien, et devant qui l'on faisait prêcher tous les jours l'égalité chrétienne. De telles prédications devaient finir par être comprises ; la foule, que l'on n'instruisait pas toujours en latin, et qui croyait saisir, dans quelques prônes en langue vulgaire, les enseignements évangéliques, commençait à vouloir en profiter. Partout, dans le cours de ce siècle, des commotions souterraines avertissaient que le volcan ne tarderait pas à éclater ; quelquefois même les secousses furent terribles.

4.
TIERS ÉTAT.—
ÉTATS
GÉNÉRAUX.

L'Angleterre, que ses barons avaient dotée de la Grande charte dont ils avaient fait tout autre chose qu'une charte populaire, demandait beaucoup plus. Dans les campagnes on réclamait hautement l'abolition complète du servage, que l'Église, là comme ailleurs, fut la dernière à maintenir. On lit dans les comptes du prieuré de Dunstaple, au mois de juillet 1283 :

Chateaubr.,
Études hist.,
OEuvres, t. V,
p. 138.

« Nous avons vendu pour un marc notre serf Guillaume Pyke. »
Les bourgeois des villes, mécontents de l'inégalité des taxes,
sans trahir le jeune roi Richard II, ne le défendirent pas ; et les
bandes armées, les « ribauds sans chausses, » comme on les
appelait, sous la conduite d'un couvreur, de Wat Tyler, entrè-
rent en vainqueurs dans la tour de Londres.

L'Italie avait depuis longtemps ses républiques ; mais jamais
la démocratie n'y avait exercé un pouvoir plus absolu : Florence
fut soumise à un cardeur de laine.

L'Allemagne est comme soulevée par l'exemple de Guillaume
Tell. Gand, Bruges, les autres communes de Flandre, ne cessent d'être en guerre avec leurs comtes.

En France, l'agitation est universelle et profonde : un drapier est proclamé roi par les ouvriers de Rouen ; les paysans
de Languedoc exterminent quiconque n'a pas les mains cal-
leuses ; le centre et le nord présentent, sous diverses formes,
l'affreux spectacle de la Jacquerie. Les petits et les faibles voulaient être comptés pour quelque chose : ils s'y prennent mal ;
tout ce siècle est rempli de leurs calamités.

Au nombre des petits et des faibles nous comprendrons les
membres du bas clergé, les curés et les prêtres de campagne,
les desservants des pauvres prieurés, des modestes chapelles,
traqués et pillés comme les autres par les bandes françaises ou
étrangères, lorsqu'ils n'avaient point dans le voisinage, pour
leur servir de refuge, une ville fortifiée, ou le château d'un
seigneur qui ne fût pas un ennemi.

On a retrouvé sur les gardes d'un manuscrit, avec la date du
4 juillet 1359, le cri de détresse d'un de ces malheureux, écho
des souffrances de tous pendant la captivité du roi. Hugon,
prieur de Brailet, dans la paroisse de Domats et le doyenné de
Courtenai, au diocèse de Sens, raconte en latin, avec plus de
naïveté que de correction, comment, la veille de la Toussaint
de l'année précédente, pendant que les Anglais, maîtres de
Chantecocq, pillaient tout le pays, il s'était, avec d'autres fugitifs, construit une hutte dans les bois du seigneur de Ville-
béon, après n'avoir échappé à ces maudits que sous la tutelle
de Dieu et de la sainte Vierge, la nuit, à demi nu, réduit à sa
cotte et à son chaperon pour tout vêtement. Il traverse ensuite

Biblioth.
de l'Éc. des ch.,
ann. 1837,
p. 359, 360,
d'après le ms.
de la biblioth.
de Ste-Genev.
cc. L. I.

un étang par un froid glacial de décembre, et gagne la ville de Sens, où il est hébergé par un clerc, son parent. Mais là une lettre des pillards l'avertit qu'ils vont brûler son prieuré, s'il n'y revient avec le sauf-conduit qu'ils lui envoient. Il retourne donc chez lui, et il achète du capitaine des routiers une trêve de quatre mois, depuis la fête de la chaire de saint Pierre jusqu'à la fête de saint Jean-Baptiste. Peine et argent perdus! Des partisans français font le capitaine prisonnier. Ils mettent aussi la main sur le prieur lui-même, sans le connaître, et le laissent libre après l'avoir volé. Installés dans sa maison, ils lui boivent quatre queues de vin, emportent son avoine, emmènent ses chevaux, prennent par deux fois ce qui lui reste d'argent, et célèbrent le temps pascal, et la fête de saint Pierre, et celle de saint Paul, aux dépens de tous les pigeons du colombier.

« Jusqu'ici, dit-il en finissant, grâces à Dieu, j'ai la vie « sauve; mais, si je ne veux perdre trente arpents de bon blé, « il faudra de nouveau financer avec eux, de peur d'un plus « grand mal; et ainsi le dernier démon sera pire que le premier. « — Écrit derrière notre grange, le jeudi, fête de saint Martin « bouillant, année 1359; je n'osais pas écrire ailleurs. Voyez « s'il est une douleur égale à la mienne, vous qui habitez les « villes et les châteaux. » Puis il ajoute en français, « Adieu, » et il signe, *Hugonis*.

Plaignons cet excellent homme, et remercions-le d'avoir eu l'idée de nous raconter, derrière sa grange, ses malheurs et ceux de son temps. Quand les clercs eux-mêmes n'étaient pas épargnés, combien les simples vilains devaient souffrir!

La nécessité de se fortifier contre l'invasion des compagnies errantes avait été comprise de Paris et des principales communes. En 1357, celles du comtat Venaissin, et à leur tête l'opulente cité d'Avignon, avaient voté une contribution du vingtième de tous les produits, pour subvenir à la dépense des remparts. Innocent VI eut beaucoup de peine à obtenir que le clergé payât. Le prieur Hugon, après son aventure, n'aurait certainement pas refusé.

Ce désordre qui ne respectait rien, pas même l'Église, conduisait par une pente inévitable aux idées les moins conformes à l'ancienne discipline. Quelques esprits s'attaquent aux cou-

Évang. de S. Matth., XII, 15; de S. Luc, XI, 20. Jérémie, Lament., 1, 12.

tumes religieuses observées depuis des siècles, aux vieilles
limites entre ceux qui commandent et ceux qu'on ne croyait
nés que pour obéir. Voici sous quel voile allégorique, facile à
lever pour tout le monde, on ose se plaindre du trop grand
nombre de fêtes dont le chômage était imposé au pauvre peuple,
et faire entendre que, dans les rangs de ce peuple, il pourrait
se trouver des hommes dignes du pouvoir souverain.

Gesta Roman.,
c. 57.   Focus est un artisan qui ne veut pas qu'on le ruine en fêtes,
et qui travaille tous les jours de la semaine. Il n'ignore pas cependant que, par ordre de l'empereur Titus, maître Virgile,
qui n'était plus seulement un magicien par métaphore, mais
un vrai sorcier, avait établi au centre de la ville une statue
merveilleuse, dont les avis infaillibles dénonçaient tous les
péchés secrets qui se commettaient dans la journée; il sait, de
plus, qu'un décret avait interdit, sous peine de mort, toute
œuvre servile le jour où était né le fils de l'empereur. Focus,
toujours à l'ouvrage, menace de casser la tête de la statue, si
elle le dénonce. Traduit, pour son double délit, au tribunal du
prince, qui lui demande pourquoi il enfreint sa loi : « C'est qu'il
« faut, dit-il, que je gagne huit deniers par jour. » — « Et
« pourquoi huit deniers? » Sa réponse, d'abord énigmatique,
est expliquée ensuite par lui-même : deux de ces deniers lui
sont nécessaires pour s'acquitter, c'est-à-dire pour nourrir son
vieux père, à qui il coûtait jadis la même somme; deux, pour
prêter à son fils, qui les lui rendra à son tour; deux, pour les
perdre, et ce sont, à l'en croire, ceux qu'il donne à sa femme;
deux, pour les employer à ses propres besoins. Ces excuses
plaisent à l'empereur Titus, qui, malgré son décret, ne semble
pas fort rigoureux sur l'observation de la fête de Noël.

Mais il y a quelqu'un qui se montre encore plus content que
n'a jamais pu l'être aucun législateur interprétant ses lois :
c'est l'auteur du conte, qui ajoute sérieusement qu'à la mort
de l'empereur l'ouvrier Focus lui fut donné pour successeur à
cause de sa prudence, et que, dans la suite des images impé-
riales, la sienne se distingue de toutes les autres, parce qu'on
remarque au-dessus de sa tête les huit deniers.

Ces huit deniers ne sont peut-être que le grenetis de quelque
médaille de Phocas qui, d'un rang obscur, s'éleva jusqu'à l'em-

pire. Où l’on croit voir des traces d’ignorance, il n’y a quelquefois que des jeux d’esprit. Il n’est pas très-sûr que Rienzi,
qui avait de l’instruction, eût pris réellement le *pomœrium* de
l’enceinte de Rome pour le *pomarium*, ou le jardin fruitier des
empereurs.

La moralité qui accompagne cette histoire, et qui ne consiste
qu’en lieux communs de dévotion, s’inquiète peu de concilier
la haute approbation donnée à l’artisan réfractaire avec les
peines ecclésiastiques et même civiles portées contre ceux qui
travaillaient les jours fériés. Cependant, pour l’interprète, l’empereur Titus c’est Dieu même, et son fils, le Fils de Dieu. Le
prédicateur Barlette, qui fait de Focus un paysan travaillant à
la terre, ne le blâme pas non plus ; mais ces contradictions
sont de tous les siècles, et on en trouve, dans celui-ci surtout,
de nombreux exemples.

Un mot du récit est comme un symptôme de progrès, et
peut-être de révolution : dans les deux deniers que l’artisan
dépense chaque jour pour son fils, il compte les frais d’éducation ; car ce fils commence à suivre les écoles : *jam ad Studium pergit.* Ces frais ne faisaient point partie des deux deniers
qu’il avait coûté lui-même à son père. Le narrateur ne voit en
cela rien qui l’afflige, rien qui l’étonne ; le commentaire ne
s’en souvient même pas dans ses réflexions pieuses, et perd
l’occasion de faire un beau panégyrique de l’ignorance, qui,
comme on l’a dit, conserve si bien la tradition.

Là cependant était le danger : l’éducation armait le fils du
roturier d’une puissance nouvelle. Plusieurs contes écrits dans
la langue du peuple offrent ce même caractère, non point de
haine et de vengeance, mais d’innocente malice contre ses
maîtres, surtout contre le clergé, qu’il voyait de plus près, et
pour qui ses fabliaux ont moins d’égards que pour les nobles.
Quand le vilain qui n’a fait que du bien sur la terre prétend avoir
sa place en paradis, et qu’il ose la réclamer devant Dieu, il se
sert, dans son plaidoyer, de ce qu’on lui avait dit à l’église, et
peut-être de ce qu’il avait lu, pour se comparer aux saints même
de la cour céleste, à saint Pierre, à saint Paul, et il semble déclarer à ceux qu’il a jusqu’alors entendus parler seuls que c’est
enfin à son tour de parler,

Quadrages.,
fol. 160.

Hist. litt.
de la Fr.,
t. XXIII, p. 213.

Sans doute, dès que le roturier eut pris le parti d'user librement de la parole, qui n'est ici que l'organe de la raison, ou,
dans le sens primitif du mot, la raison elle-même, qu'on appela
longtemps le discours, il devait être difficile de lui répondre.
L'adresse et la force ne suffisaient plus : Jacques Bonhomme,
sans le savoir, avait toujours été le plus fort, et il devenait assez
adroit pour parler de manière à se faire écouter. Que restait-il
donc à ses maîtres? Il leur restait de lui accorder quelque chose.

On avait commencé par l'affranchissement des serfs, et ce fut
là, selon d'anciens seigneurs, l'origine de tout le mal. Cette
« populace affranchie, » disent-ils, s'enrichit par le commerce,
s'instruisit, s'éclaira, eut d'habiles hommes de guerre, des savants en droit canonique ou civil, même des philosophes; et
« si la mode du pèlerinage d'outre-mer, ajoute-t-on, n'eût en-
« traîné en Orient plusieurs millions des plus inquiets, on aurait
« été obligé de les exterminer comme des bêtes féroces. »

Au lieu de recourir à ce remède extrême, la politique des
rois s'appliqua, soit à compléter l'affranchissement, dont ils
avaient donné l'exemple aux prélats et aux barons, soit à rapprocher de leur personne les « bonnes gens » qui s'élevaient
par leur caractère ou leur instruction. Ainsi Louis IX dit expressément que, pour faire une de ses ordonnances sur les
monnaies, il a consulté des bourgeois de Paris, d'Orléans, de
Laon, de Sens, de Provins. Charles V porta encore plus loin
cette confiance que les grands avaient eue rarement pour les petits. Les premières années de Charles VI furent dirigées par
les conseillers de son père, que la cour appelait insolemment
les « marmousets. » Mais il faut bien reconnaître que c'est Philippe le Bel qui trouva la réponse la plus vraie et la plus juste
aux remontrances de ceux qui n'étaient ni clercs ni barons : il
les fit entrer dans les États généraux.

La vogue des poëmes sur les paladins de Charlemagne, en
réveillant le souvenir de ses Champs de mai, n'avait peut-
être pas été inutile à Philippe-Auguste dans sa tentative
pour réunir autour de lui, en parlement, les grands vassaux
de sa couronne. On dut se souvenir aussi que les anciennes
assemblées n'avaient point exclu les délégués du peuple. Si

Boulainvilliers,
Lettres
sur les parlem.,
t. I. p. 176.

Philippe IV n'a pas le premier consulté des représentants des villes, c'est lui du moins qui leur a le premier assigné une place régulière dans les États, et le droit incontestable d'y être entendus.

En 1302, le clergé, la noblesse, les députés des bonnes villes, étant rassemblés à Paris, chacun des trois ordres écrit en cour de Rome. On voit alors des maires, des échevins, des jurats, des consuls de communautés, en un mot des bourgeois, admis à une part du pouvoir, écrire en cour de Rome pour la première fois.

Quelque jugement que l'on veuille porter, d'après tel ou tel système historique, des secrètes intentions du prince dans la composition de ces assemblées, on ne niera pas que celui qui appelait à délibérer ensemble des conseillers de tous les ordres, « nobles et ignobles, » comme on disait alors, n'ait fait quelque chose pour la justice et la vérité.

Il est permis aussi de croire que si cette institution, qui resta toujours faible et incomplète, avait pu jeter de plus profondes racines dans le pays, elle aurait puissamment contribué à l'élévation des esprits, à l'affermissement de la raison publique, à l'unité nationale. Peut-être, en réglant mieux le retour, la forme, les attributions des États généraux, on eût fait en sorte que ce peuple, enfin consulté, et qui servit à combattre l'égoïsme féodal et la suprématie ecclésiastique, après avoir été l'allié du roi, ne devînt pas son ennemi. Tout le monde eût gagné à une alliance plus durable.

L'habitude de ces grandes délibérations, pour ne parler que de leur action sur les intelligences, aurait, avec le temps, perfectionné l'art puissant de la parole. Dès ce premier essai, l'éloquence politique n'est point sans varier ses moyens de persuasion. Le garde du sceau royal, Pierre Flotte, parlant devant l'élite des chevaliers et des hommes d'armes, entre les nombreux reproches qu'il fait au pape, l'accuse surtout de vouloir humilier les plus hauts seigneurs sous le vasselage d'un prêtre. L'orateur de la noblesse, Robert d'Artois, fougueux, emporté, déclare que si la faiblesse du roi pardonne ou dissimule plus longtemps de telles insultes, ses fidèles vassaux, même sans son ordre, sont prêts à s'armer pour la France. Le clergé,

tout en réservant son obéissance à l'Église, recommande la
concorde et la paix. Le tiers état, bien timide encore, et tout
surpris de pouvoir s'occuper de ses affaires, prie humblement le roi, au nom du peuple (le mot est prononcé), de
garder la souveraine franchise de son royaume, et de le défendre contre les bulles d'un pape qui fait péché mortel en se
disant le maître temporel de la France, et qui a tort de croire
que s'il mettait un homme en prison sur la terre, Dieu mettrait
ce même homme en prison dans le ciel. A la tête des délégués
de cet ordre, les légistes, il faut l'avouer, tiennent peu de
compte du clergé et de la noblesse; ils ne voient que le peuple et le roi.

On décida que le clergé écrirait au pape; la noblesse et les
communes, aux cardinaux. La lettre des communes passe pour
n'avoir pas été conservée, et le continuateur populaire de Guillaume de Nangis n'en fait rien connaître. Mais les pensées devaient être celles d'une requête anonyme, écrite en français,
pour exhorter le roi Philippe, « défenseur de la foi, destruc-
« teur de l'hérésie, » à poursuivre la mémoire d'un pape hérétique devant son successeur ou devant un concile. Quelques-
unes des paroles que nous venons de prêter aux orateurs du
peuple sont extraites de cette requête, où, après beaucoup de
citations pédantesques, on lui fait dire encore : « Vous, noble
« roi sur tous autres princes, povez et devez et estes tenu re-
« querre et procurer que ledit Boniface soit jugiez pour herege...
« si que vous gardiez le serment lequel vous feites en vostre
« couronnement, l'honneur et le profit de vous, et de vos ante-
« cesseurs, et de vos hoirs, et de tout vostre pueple; que par la
« devotion de vous, et de vos antecesseurs, et de vostre grant
« pueple, la greigneur franchise de votre royaume ne soit per-
« due ne en doute ramenée, et que celle injure faicte à vous
« et à vostre pueple soit bien et souffisamment amendée. »

Aux États généraux, convoqués en 1314 pour la guerre de
Flandre, les députés des communes reparaissent au nombre
d'une centaine; et ils durent, à en croire une tradition assez
vague, prendre part à cette déclaration alors sans exemple,
non moins douteuse en 1338, que toute levée d'impôt serait
consentie par les trois états. Étienne Barbet, au nom de la

bourgeoisie, appuya même un nouvel impôt, le plus odieux de tous, celui de la gabelle. On a dit avec raison que si le roturier, « contre l'ancien ordre de France, » eut l'honneur d'être appelé à ces demandes de subsides, c'était pour qu'il payât plus volontiers. Mais en revanche, à l'honneur coûteux de faire partie d'une assemblée royale il joignit le plaisir et le courage d'y parler librement. C'est ce qui explique pourquoi les deux autres ordres trouvèrent ces réunions dangereuses, et pourquoi nous avons peu de monuments d'un genre d'éloquence qu'on ne voulait pas encourager.

Pasquier, Recherches, liv. III, c. 7.

Toutefois le système électif, qui devait inspirer le plus de défiance, n'avait point d'abord prévalu : on a supposé que le roi nommait les délégués. Ce n'est guère qu'aux États convoqués pour le 29 novembre 1355 que les trois ordres commencèrent à envoyer des députés de leur choix. Alors aussi, pour l'histoire de ces assemblées, les documents deviennent plus complets. Entre les quatre cents députés des bonnes villes, un de ceux de Paris est le prévôt des marchands, Étienne Marcel. Des droits égaux sont reconnus aux trois ordres; l'impôt frappe sans distinction les clercs, les nobles, le roi même; le compte en est rendu à neuf surintendants, trois de chaque ordre, autorisés à surveiller l'emploi des fonds : c'était s'élancer d'un pas hardi, téméraire peut-être, dans la carrière de l'égalité.

A l'assemblée ouverte le 17 octobre 1356, au nombre de plus de huit cents membres, dont la moitié au moins venait des communes, leur prépondérance s'accroît encore et de l'inexpérience du Dauphin, et de la peur du clergé, et de l'affaiblissement de la noblesse, écrasée de nouveau par le désastre de Poitiers. L'équilibre est détruit; le peuple arrive au pouvoir, et il est déjà tout près d'en abuser. L'évêque de Laon, Robert le Coq, et le prévôt Marcel, sont ses principaux orateurs, et l'évêque parle comme le prévôt. Ces délibérations redoutables font éclater des plaintes et des menaces qui n'avaient jamais été entendues dans les conseils de la monarchie française, et, en lui dictant l'ordonnance du mois de mars 1357, lui donnent pour tuteurs, dans l'intervalle des assemblées, trente-quatre députés, onze du clergé, six de la noblesse, dix-sept des communes. Aussi les courtisans ne tardent-ils pas à

Douët d'Arcq, Bibl. de l'Éc. des ch., t. II, p. 364, 382.

dire que c'est un crime de lèse-majesté de proposer la convocation des États.

Ceux du 15 mai 1359 relèvent l'autorité royale. Un généreux
élan y fait repousser les articles honteux proposés à Londres
pour la rançon du roi, et déclarer « qu'on auroit plus cher à
« endurer et porter encore le grant meschef et misere où on
« estoit, que le noble royaume de France fust ainsi amoindri
« ni deffondé. » Ce cri d'honneur et de guerre put contribuer à
diminuer au moins les rigueurs de ces fatales propositions. Il
est heureux que le premier exemple d'un traité communiqué
aux États généraux soit marqué par un acte qui honore l'histoire d'un peuple.

Le souvenir des écarts d'une liberté naissante n'empêche
point Charles V de trouver insuffisants les États provinciaux,
et de revenir, en 1369 et 1370, aux grands conseils de la nation, où siégent beaucoup de « gens des bonnes villes. Et fu
« dit par la bouche du roy à tous que se ils veoient que il eust
« fait chose que il ne deust, que il le deissent, et il corrigeroit
« ce qu'il avoit fait. »

Gr. Chron.
de Fr., t. VI,
p. 273.

Mais la suite des États généraux pendant son règne et celui
de son fils est incertaine et obscure : les chroniques ne nous
font réellement point connaître un essai de gouvernement que
la France d'alors comprenait peu, et qu'elle craignait peut-
être; Froissart y fait rarement attention, et les États se confondent le plus souvent ou avec des assemblées partielles, ou
avec de simples réunions du Conseil du roi.

Ces faibles commencements d'une institution qui s'agrandit
plus tard, sans avoir été jamais bien définie, offrent cependant
une étude propre à nous intéresser, celle des progrès qui se
firent peu à peu dans les esprits. Les convocations de ces nouveaux conseils publics ont pu être informes, irrégulières; les
rois ont pu s'y montrer imprudents, inexpérimentés, indécis;
les deux premiers ordres, égoïstes et orgueilleux; la roture,
tantôt séditieuse, tantôt servile, presque toujours ignorante,
parce qu'on avait pris soin, même après l'avoir affranchie, de
la tenir sous la plus étroite tutelle. De grandes conquêtes n'en
ont pas moins été faites : le joug de la cour de Rome est allégé;
l'exemple est donné du vote libre de l'impôt; une précieuse

garantie est acquise contre la domination étrangère par l'exclusion des femmes de l'hérédité royale. D'autres vœux des États sont devenus, avec le temps, des ordonnances, des édits, des décrets, et s'appellent aujourd'hui la loi française ; mais, ne dût-on que ces trois principes de gouvernement aux délibérations essayées alors par nos pères, on peut dire qu'elles n'ont pas été perdues pour leurs enfants.

Une classe moyenne dont les temps féodaux avaient à peine l'idée, et qui s'était formée dans les grandes villes, augmente en nombre et en puissance. Les deux ordres privilégiés s'aperçoivent, dans les troubles de Paris, qu'il faut compter avec ces bourgeois. Les écrivains contemporains, même ceux qui traitent des matières politiques, ne sont pas assez frappés de cet élément nouveau de la société. L'auteur d'un des ouvrages latins sur le Gouvernement des princes dit bien quelques mots d'une classe intermédiaire entre les nobles et les vilains ; mais il est fâcheux pour nous qu'il n'en parle, comme de tant d'autres questions, que d'après Aristote. C'est dans les écrits en langue vulgaire qu'on apprendra mieux à connaître les gens « de moyen estat, » et qu'on les verra revendiquer et obtenir, à force de persévérance, quelques-uns des droits dont ils avaient été longtemps déshérités.

Ægid. Rom.
de Regimine
principum,
l. III, part. 2,
c. 33.

Cet apprentissage de l'égalité civile et politique, dans un pays où le droit de conquête avait laissé des traces profondes, a été lent et pénible. Aux États de l'an 1614 appartient ce mot sur le maître et le valet, jeté comme un défi à la face d'une partie de la France, et qui résume avec une sincérité insolente bien des discours prononcés, avant et depuis, dans d'autres siècles et chez d'autres peuples.

Nous aurons à rechercher, en disputant à l'oubli quelques noms d'orateurs et quelques fragments de discours, quelle place mériteraient les plus anciens États généraux dans les annales politiques de l'éloquence française, et à caractériser aussi ce qu'on pourrait appeler la littérature du tiers état.

Il sera d'autant plus nécessaire d'étudier attentivement cette littérature qu'elle devient de plus en plus féconde. On y avait préludé depuis longtemps, et nous recueillons à travers les siècles des pensées aujourd'hui fort innocentes, mais alors voi-

sines de la révolte. Les Anglais avaient leur refrain : « Quand
« Adam bêchait, quand Ève filait, où était le gentilhomme ? »

Chez nous comme chez eux, circulaient en français les vers où
le poëte fait dire aux vilains qu'ils sont hommes, qu'ils sont
forts, qu'ils sont braves comme les barons. Il y a plus de fierté

encore dans ces vers d'une pièce inédite :

> Nus qui bien face, n'est vilains ;
> Mès de vilonie est toz plains
> Hauz hom qui laide vie maine :
> Nus n'est vilains, s'il ne vilaine.

Plusieurs épisodes de la grande narration satirique de « Renart »
sont inspirés par des sentiments hostiles, avant-coureurs de la
menace et de la guerre.

La menace et la guerre ont éclaté. L'âpreté de la lutte se
communique à tous les genres d'écrire, surtout lorsqu'on écrit
pour le peuple. Le peuple, pour l'appeler du nom qu'il commence à se donner lui-même, continue de se consoler de la
misère par des chansons ; mais il ne veut plus qu'elles soient
pacifiques. Il en reste de françaises sur les monnaies, sur la
ligue des nobles, sur les querelles de l'université avec Hugues
Aubriot. Et comme le clergé pauvre avait aussi ses souffrances,

il y a même, sur les malheurs publics, des cantiques latins, où
l'on excuse le jeune régent, que l'on aime et que l'on plaint,
des fautes qu'il a commises sans le savoir, *licet forte innocen-
ter*. Les chansons et les contes perdent cependant de leur grâce
et de leur variété : Colin Muset, Rutebeuf, n'ont point de successeurs.

Au théâtre, le peuple domine ; la farce, où il exerce son empire, entre librement en concurrence avec les graves représentations des mystères.

L'esprit d'agression, chez ceux qui composent pour l'auditoire populaire, se montre avec non moins d'amertume dans les
grands poëmes qu'on vient lui réciter par fragments sur les
places publiques. Ce même esprit envahit les autres nations :
les hardiesses des imitations italiennes de nos romans de chevalerie, les facéties allemandes de Tyll Eulenspiegel, les Visions
de Piers Ploughman, ou Pierre le Laboureur, qui, des hau-

teurs du comté de Worcester, voit sans illusion et juge sans pitié le monde des prélats et des gentilshommes, tous ces écrits s'adressent au peuple et mettent à sa portée des vérités nouvelles ; mais nulle part ces organes de la pensée de la foule n'ont été plus libres qu'en France.

On ne pouvait entendre réciter « Baudouin de Sebourc » sans rire des scènes comiques où les chevaliers ne sont point ménagés ; ni « Fauvel, » sans répéter les vers qui faisaient retentir les rues d'imprécations contre l'hypocrisie et l'orgueil des templiers.

Le trouvère champenois qui termina en 1342 son « Renart « contrefaict, » remaniement ou contrefaçon du vrai « Renart, » quoique moins pétulant que les anciens auteurs de cette satire sans cesse recommencée, traite encore plus durement les nobles, et il voudrait, pour la paix du monde, que leur race finît, ainsi que celle des loups et des chevaux de bataille :

> Se gentis hom mais n'engendroit,
> Ne jamais louve ne portoit,
> Et grant cheval ne fust jamais,
> Tout le monde vivroit en paix.

Ce nouveau Renart rencontre un prud'homme qui était au service d'un seigneur, et que ce seigneur vient de dépouiller et de chasser. Pourquoi ? Parce qu'il ne lui faisait pas la révérence. « Eh ! voilà ta faute, lui dit Renart ; mieux eût valu le trahir, « il t'aurait pardonné. »

Le même Renart se confesse ; il avoue qu'il a beaucoup pris à la noblesse et au clergé, mais que ce sont des vols que sa conscience ne lui reproche pas :

> « Je pren volentiers d'un provoire,
> « Car il le gaignent en chantant. »

Dans l'histoire, le dernier continuateur de Guillaume de Nangis, le carme Jean de Venette, annaliste de la Jacquerie, en exprime quelquefois avec tant d'intérêt les sentiments et les espérances qu'on voit qu'il les partage.

Un moine historien fait ainsi parler un chancelier de France, Miles de Dormans, évêque de Beauvais, qui veut calmer, Chron. du relig. de S.-Denis, l. I, c. 6.

en 1380, une sédition parisienne : « Les rois auraient beau le
« nier cent fois, ils règnent par le suffrage des peuples. » *Etsi
centies negent reges, regnant suffragio populorum.*

La bourgeoisie, qui fut rarement complice des Jacques, mais
qui ne les combattit pas, acquiert, dans les villes, une existence
Rec. des hist.
de la Fr.,
t. XX, p. 239. plus élevée et plus libre. Déjà Joinville nous montre le roi de
France trouvant en Égypte un asile « ou giron d'une bourjoise
« de Paris. » Une de ces riches et puissantes familles nous
offrira, comme la noblesse, un ouvrage sur l'éducation des
femmes.

Le « Menagier de Paris » est le répertoire le plus minutieux
de tout ce qu'elles doivent savoir pour bien diriger leur maison
et avoir une table bien servie. Un bourgeois, beaucoup moins
jeune que sa femme, et qu'elle a prié de l'avertir en particulier
de ses « descontenances ou simplesses, » pour qu'elle travaillât
à s'en corriger, aime mieux les prévenir, en écrivant pour elle,
vers l'an 1392, comme une règle de conduite. Sans compter
tout ce qu'on y apprend sur les autres classes, rien ne peut
faire plus complétement connaître le degré de culture, la
langue, le style, de ceux qui ne sont ni du clergé ni de la
noblesse, mais qui par leur activité, leur esprit, leurs lumières,
leur fortune, marquent d'avance la place qu'il faudra bien leur
accorder.

L'auteur cite des livres de dévotion et quelques romans ;
mais Cicéron, Tite-Live, ne lui sont pas étrangers. La langue
française, encore un peu gênée dans ses longues phrases,
trouve sous sa main une certaine grâce facile et affectueuse,
lorsqu'il engage sa jeune femme à continuer de danser et de
chanter entre ses amis et ses parents, ou qu'il ose lui dire
qu'il n'y a point d'autre ensorcellement dans le ménage que
le bonheur qu'y répand une femme toujours « doulce, amiable
« et debonnaire. » Mais cette même langue des fabliaux et des
ballades ne lui refuse point la précision et l'énergie, lorsqu'il
T. I, p. 135. raconte, au sujet de l'obéissance de la femme à son mari, un
fait arrivé de son temps dans une grande ville du royaume, où
plusieurs bourgeois, « pour une rebellion que le commun avoit
« faicte, avoient été emprisonnés de par le roy, » et où trois ou
quatre têtes tombaient chaque jour.

Une femme « de très grant nom en bourgeoisie, » mariée à
un jeune homme « paisible, bonne creature, » et à qui elle
avait donné de beaux enfants, demande, comme les autres
femmes des prisonniers, en pleurant, à genoux, les mains
jointes, miséricorde et pitié. « L'un des seigneurs qui estoit
« entour le roy, comme non cremant Dieu ne sa justice, mais
« comme cruel et felon tirant, fist dire à icelle bourgoise que
« s'elle vouloit faire sa voulenté, sans faulte il feroit delivrer
« son mary. Elle ne respondi rien sur ce, mais dist au mes-
« saige que pour l'amour de Dieu il feist par devers ceulx qui
« gardoient son mary en la prison, qu'elle veist son mary et
« qu'elle parlast à lui. Et ainsi fut faict, car elle fut mise en
« prison avec son mary, et toute plourant lui dist ce qu'elle
« véoit ou pouvoit apparcevoir des autres, et aussi de l'estat
« de sa delivrance, et la vilaine requeste que l'en lui avoit
« faicte. Son mary lui commanda que, comment qu'il fust,
« elle feist tant qu'il eschappast sans mort, et qu'elle n'y
« espargnast ne son corps, ne son honneur, ne autre chose,
« pour le sauver et rescourre sa vie. A tant se partirent l'un de
« l'autre, tous deux plourans. Plusieurs des autres prisonniers
« bourgois furent decapités, son mary fut delivré. Si l'excuse
« l'en d'un si grant cas que, supposé encores qu'il soit vray,
« si n'y a elle ne pechié ne coulpe, ne n'y commist delit ne
« mauvaistié quant son mary lui commanda, mais le fist pour
« sauver son mary, sagement et comme bonne femme. Mais toutes
« voies je laisse le cas qui est vilain à raconter et trop grant (mau-
« dit soit le tirant qui ce fist!), et revien à mon propos. »

Nous venons de rappeler des tentatives de liberté, l'intervention régulière du peuple dans les affaires du pays, de grandes
innovations qui font époque dans notre histoire; mais il nous
semble que l'aventure de cette vertueuse femme ainsi racontée,
cette sourde protestation au nom de tant de familles trop longtemps asservies, ce style même si calme dans l'expression de
leur douleur et de leur colère, laissent entrevoir déjà quels
sont ceux à qui l'avenir appartient.

Les universités, comme les parlements, annoncent par leur

progrès une des transformations de l'ancienne société, l'avénement du tiers état.

Nous étudierons surtout ce mouvement des esprits dans la
plus célèbre des universités d'alors, celle de Paris, qu'un grand
nombre de celles des provinces imitèrent dans ses Facultés et
ses colléges, et qui servit aussi de modèle à plusieurs universités étrangères.

Hist. litt.
de la Fr.,
t. IX, p. 78-92;
t. XVI, p. 41-64.
Voy. du Boulay,
Hist. univ. par.,
tout le t. IV.
— Crevier,
Hist. de l'univ.
de Paris,
t. II et III. —
Felibien,
Hist. de Paris,
t. I et II, etc.
L'université de Paris, malgré les liens qui l'unissaient au
saint-siége et la multitude de clercs qui lui avaient prêté serment, n'avait jamais été un corps tout à fait ecclésiastique.
Bien que née dans le voisinage du parvis de l'église cathédrale,
elle s'était formée et elle avait grandi par la protection de la
royauté plutôt que sous la tutelle de l'épiscopat. Les rois, qui
ne lui avaient d'abord accordé qu'un appui douteux et précaire,
dès qu'ils s'aperçurent quelle force il y avait pour eux dans
cette association nouvelle, en devinrent les amis déclarés, tandis que les papes, ses premiers et ses plus ardents promoteurs,
ne tardèrent pas à la craindre, à s'en éloigner, à la combattre,
et que, jusqu'aux derniers moments de son existence, le chancelier de l'église de Paris, chargé, comme représentant l'autorité pontificale, d'instituer les licenciés de la grande École, et
dont les prétentions allaient jusqu'à y réclamer une sorte de
présidence perpétuelle, ne cessa point de la persécuter en ennemi, parce qu'il ne pouvait la gouverner en maître.

Les attributions des quatre Facultés et la prédilection des
étudiants pour la théologie, alors reine du monde, sont, dès
l'an 1209, clairement indiquées par l'historien Rigord : « Si,
« dans cette noble ville, on étudie en perfection les arts du *tri-*
« *vium* et du *quadrivium*, les questions de droit canonique et
« de droit civil, enfin l'art de guérir, cependant l'enseignement
« de la théologie est plus en faveur que tous les autres. » Mais,
depuis, les esprits se sont partagés, et les sourdes hostilités
entre la Faculté de théologie et celle des arts vont se continuer
sous diverses formes.

La défiance réciproque, avant de se manifester au dehors,
s'annonce, comme il était arrivé plusieurs fois, par des discordes
intestines. La Faculté des arts, qui se souvenait trop que les
trois autres étaient sorties de son sein, qui seule était investie

de la magistrature du rectorat, et à qui ses quatre nations assuraient, dans les assemblées, la supériorité des suffrages, ne cédait plus aussi souvent à sa puissante rivale. Dans une question de prééminence renouvelée obstinément par les théologiens (1339, 1347, 1358), on reconnut que sous une querelle d'étiquette et de vanité pouvaient se cacher des antipathies plus profondes. Le doyen de théologie disputait la première place au recteur, chef de l'université ; le recteur, soutenu de ses maîtres ès arts, se défendait, et avec une certaine violence. Il paraît que l'autorité papale, après de longues années de procédures, ne se prononça point ; et les théologiens eurent tort de se proclamer vainqueurs, puisque la préséance du recteur ne fut plus contestée.

Le grand nombre de moines, surtout des nouveaux ordres, que la Faculté de théologie avait eu l'imprudence de s'agréger, devait être une cause permanente de rupture. C'est du moins ce qu'on peut croire, quand on voit reparaître bientôt, sous d'autres prétextes, l'ancien conflit de l'université et des dominicains. La guerre, qui cette fois dura cent ans, eut pour origine la question, regardée alors comme insoluble, de l'immaculée conception. Un prédicateur dominicain s'étant mis à démontrer, en 1384, que la sainte Vierge avait été conçue en péché originel, l'université, non pour soutenir les franciscains qui prêchaient le contraire, mais pour l'engager à prêcher autre chose, le condamna en assemblée générale : elle en avait le droit, parce qu'il était docteur, et, comme tel, son justiciable. Les thèses d'un autre docteur du même ordre, Jean de Monzon, qui, en 1387, attaquait, au nom de tout son ordre, le dogme nouveau, firent encore plus de bruit. Dans ce grand litige, qui a produit de nombreux ouvrages, la Faculté de théologie n'abandonna point l'université. Les grades académiques furent interdits, pendant dix-sept ans, aux dominicains. Quand ils y rentrèrent, on paraissait réconcilié ; mais la guerre durait encore.

Au siècle précédent, les deux congrégations, non moins soutenues par le pouvoir royal que par la cour de Rome, l'avaient emporté souvent dans leurs prétentions toujours plus menaçantes pour nos écoles ; et les anathèmes, les proscriptions, tous les genres d'humiliation et d'insulte avaient été prodigués à ce corps qui avait cependant des prêtres pour professeurs, et des disciples presque tous destinés à la prêtrise. Le combat est désormais moins inégal. Condamnés par l'université, les dominicains paraissent la reconnaître pour juge. Un franciscain, qui avait proclamé que le chancelier en était le chef, est obligé de se rétracter. Les privilèges monastiques sont plus souvent mis en question. Tout annonce qu'un autre ordre de choses va commencer.

Les mêmes signes d'une liberté encore timide se laissent voir au dehors, et jusque dans les rapports de l'École de Paris avec la papauté. Il était difficile que leur ancienne alliance, qui avait quelquefois gêné la prérogative royale, ne se relâchât point dans les révolutions schismatiques de la fin du siècle. On aurait pu croire que les papes d'Avignon, qui la plupart avaient reçu leur éducation et commencé leur fortune ecclésiastique à Paris, ou du moins dans des villes subordonnées à la France, parviendraient à resserrer les nœuds d'une amitié utile aux deux partis ; mais les scandales du long déchirement qui fut la suite de l'exil d'Avignon, achevèrent de rendre inévitable une déclaration de neutralité dont nous rencontrons ici le premier exemple. En vain l'université de Paris travaillait courageusement à rétablir, par des abdications mutuelles, la paix de l'Église : les chefs légitimes ou intrus de l'Église même, les papes et les antipapes, s'obstinèrent tellement à déshonorer et affaiblir le pouvoir qu'ils voulaient garder, que le moment vint où le concile de Paris, entraîné par la parole et l'exemple des plus illustres docteurs de la Faculté de théologie, prononça, comme on disait, la « soustraction d'obédience, » et où la nation française crut pouvoir se passer du gouvernement de Rome.

De là des rancunes et des haines, qui ne sont pas encore éteintes, contre les universités. Mais l'histoire de la papauté elle-même atteste hautement que leurs conseils avaient été sages, et que lorsqu'il y avait deux ou trois papes d'une origine équivoque, toujours mis en demeure de faire cesser le schisme par une cession volontaire, toujours prêts à s'engager et à tromper, elles étaient fondées à n'en reconnaître aucun,

Comment s'était formée cette influence, qui semble alors pour la première fois diriger l'opinion ? Il serait intéressant de suivre d'année en année, s'il était possible de le faire avec les mêmes détails que dans une histoire particulière, les accroissements continuels du pouvoir des universités, et surtout de celle de Paris. A peine détacherons-nous de ses annales, toujours fort complexes, un catalogue sommaire des nombreux collèges qui vinrent successivement la fortifier de leur adhésion, en ne nous arrêtant, dans cette liste, que pour quelques observations générales sur les études et les lettres.

On sait quel sens restreint avait alors ce nom de collège. Si les écoles ecclésiastiques, un des appuis les plus solides et les plus honorables de la papauté, soit les écoles des cathédrales, soit celles des divers ordres religieux, déjà bien déchues les unes et les autres de ce qu'elles avaient été naguère, surtout au XIIe siècle, ont maintenant à lutter contre des écoles moins directement soumises à Rome, elles durent s'inquiéter peu de cette rivalité naissante. Les collèges, excepté quelques grandes fondations régulières et durables, n'étaient que de modestes logements pour un petit nombre de boursiers sous la surveillance d'un maître; et ils n'acquièrent d'importance que parce qu'ils vont incessamment se multiplier. Un des plus anciens, celui d'Harcourt, fondé en 1280, ne prend une forme stable que trente ans après. Ils croissent avec le nouveau siècle, et la nomenclature en paraîtra longue, bien que nous ne répétions pas ici ce que nous avons dit des collèges annexés aux grandes maisons monastiques, et que nous ajournions à notre troisième partie ceux que les étrangers ouvrirent à Paris pour leurs nationaux.

On a fait quelquefois commencer vers l'an 1302 le collège d'*Arras*, dans la rue Saint-Victor; mais il est probable que ce n'est aussi que trente ans plus tard que s'ouvrit cet asile, où furent appelés des écoliers pauvres du diocèse d'Arras par un abbé de Saint-Vaast, Nicolas le Caudrelier, et dont ses successeurs avaient, jusqu'au siècle dernier, conservé la direction.

Cette année 1302 est celle qui vit naître, dans le clos du Chardonnet, le collège institué à la fois pour les études littéraires et théologiques par le *Cardinal Le Moine*, une des grandes fondations de ce temps, puisqu'elle comprenait cent bourses, quarante pour la théologie, soixante pour les Sept arts, et qui garda jusqu'à la fin un professorat complet.

La plus célèbre institution de ce genre est, en 1305, celle du collége de *Navarre*. C'est là, pour nos écoles, à proprement parler, le premier établissement royal, où la femme de Philippe le Bel, Jeanne, reine de Navarre et comtesse de Champagne, confie aux leçons des meilleurs maîtres vingt boursiers pour la grammaire, trente pour la dialectique, vingt pour la théologie. Nous en avons la série presque complète, de l'an 1342 à l'an 1397.

Launoy, Reg. Navarr. gymn. hist., p. 91-100.

L'université, qui ne s'était point assez occupée jusqu'alors de donner pour base à son enseignement public les connaissances du grammairien ou de l'homme lettré, dut s'applaudir de la faveur assurée par de puissants exemples à cette préparation des saines études.

Toutefois les inconvénients d'un si haut patronage laïque ne tardèrent point à se manifester. Navarre forma des hommes célèbres, mais aussi des ambitieux. Sortis des rangs les plus humbles, ou du moins les plus pauvres, puisque la pauvreté était une condition pour être admis dans la maison royale de la Montagne Sainte-Geneviève, ils semblent ne voir dans l'instruction qu'ils y reçoivent qu'un moyen de s'élever aux dignités de l'Église, aux affaires de l'État. Nicole Oresme, grand maître de Navarre, avec tout son esprit et l'heureuse hardiesse de ses traductions françaises, ne fut jamais qu'un évêque de cour. Clamanges, meilleur écrivain que les scolastiques, met sa gloire à faire de belles déclamations latines plutôt qu'à servir fidèlement la cause pour laquelle il croyait parler si bien. Pierre d'Ailli, tant vanté par nos pères, devenu évêque de Cambrai, trahit l'université. Gerson lui-même se détache insensiblement de ses confrères, hésite, se rétracte, et, bientôt fatigué des mécomptes et des perfidies qu'il était allé chercher dans un monde qu'il n'eût jamais dû connaître, il se décourage, il mène une vie errante en Allemagne, et revient mourir en France, défendu par l'oubli contre les haines politiques, avec le regret d'avoir été inutile à lui-même et à son pays.

Ce fut un malheur pour une corporation qui avait besoin d'indépendance, de s'être laissé dominer par les hommes de cette maison, trop accoutumés à faire la volonté des rois et des princes pour être de bons conseillers dans les temps difficiles. On le vit bien quand éclatèrent, deux siècles après, les guerres de religion. L'ascendant que Navarre avait pris sur le corps enseignant, loin de le fortifier contre des périls qu'il fallait braver, l'affaiblit et l'énerva, en lui ôtant peu à peu, de connivence avec des protecteurs puissants, la liberté de ses leçons et la publicité de ses examens.

Un fait prouve qu'on s'était empressé de reconnaître, dans une maison d'origine séculière, comme le centre du gouvernement des écoles. Leurs archives, encore nombreuses aujourd'hui, mais dispersées, n'avaient jamais été, sous l'autorité mobile des recteurs, très-soigneusement conservées. En 1327, on essaya par les moyens les plus rigoureux, même par l'excommunication, d'en former un dépôt, qui fut confié à la Faculté des arts. La nation de Picardie ne tarda pas à faire elle-même un recueil de ses statuts. Une querelle survenue, en 1357, avec l'abbé de Sainte-Geneviève, chargé de la garde du modeste trésor académique, servit de prétexte pour lui enlever, avec le trésor, les archives qu'on lui avait aussi remises, et pour les transporter à Navarre, où Launoy, du Boulay, Sauval, ont pu encore les consulter.

Aux pieds de ce puissant collége, nous voyons en peu de temps se grouper, dans les rues de la Montagne ou des environs, une foule de maisons d'études, moins favorisées des biens du monde, mais que leurs faibles ressources n'ont pas empêchées de rendre à notre pays des services qui n'en ont été que plus purs et plus désintéressés.

Ainsi, dans la première moitié du siècle, nous pouvons joindre à la liste les colléges suivants : de *Bayeux*, fondé en 1308, pour la théologie et les Sept arts, mais surtout pour la médecine et le droit civil, par l'évêque de Bayeux, Guillaume Bonnet, dans la rue de la Harpe, où nous en avons vu les débris ; — en 1314, de *Laon* ou de *Presles*, au clos Bruneau, par Gui, chanoine de Laon, trésorier de la Sainte-Chapelle, et par Raoul de Presles, secrétaire du roi, deux fondations d'abord réunies, mais bientôt distinctes, et dont la première admettait l'étude de la médecine et du droit ; — de *Montaigu*, près de Sainte-Geneviève, par Gilles Aicelin de Montaigu, archevêque de Rouen, et par ses neveux ; — en 1317, de *Narbonne*, dans la partie détruite de la rue de la Harpe, par

Bernard de Farges, archevêque de Narbonne ; et de *Cornouailles*
ou de *Quimper,* sous le patronage de saint Corentin, rue du Plâ-
tre, par Galeran Nicolaï, clerc breton ; — en 1323, de *Saint-
Martin du Mont,* puis du *Plessis,* et enfin du *Plessis-Sorbonne,*
pour quarante boursiers, par Geoffroi du Plessis-Balisson, secrétaire du roi ; — en 1325, de *Treguier,* à la place où est aujour-
d'hui le collége de France, par Guillaume de Coëtmohan, chantre
de l'église de Treguier ; — en 1332, de *Bourgogne,* par la reine
Jeanne, comtesse d'Artois et de Bourgogne, veuve de Philippe V, qui voulut que le prix de la vente de son hôtel de
Nesle fût employé à loger vingt étudiants en philosophie, là
où s'élève aujourd'hui l'école de médecine ; — en 1334, de
Tours, rue Serpente, destiné à douze boursiers de la Touraine et de l'Anjou, avec saint Gatien pour patron, par
Étienne de Bourgueil, archevêque de Tours ; — en 1336, de
Lisieux, d'abord rue des Prêtres-Saint-Severin, puis rue
Saint-Étienne d'Égrès, pour vingt-quatre écoliers pauvres,
par Gui d'Harcourt, évêque de Lisieux, accru, au siècle suivant, par les frères d'Estouteville ; — en 1337 et 1341, d'*Autun* ou du *Cardinal Bertrand,* rue Saint-André des Arcs et
rue de l'Hirondelle, par Pierre Bertrand, évêque d'Autun,
cardinal du titre de Saint-Clément ; — en 1339, de *Hubant*
ou de l'*Ave Maria,* près de l'église Saint-Étienne du Mont,
avec six bourses pour des élèves en grammaire, par Jean, de
Hubant, en Nivernais, conseiller du roi et président en la
chambre des enquêtes ; — en 1343, de *Mignon,* devenu, dix
ans après, collége royal, par l'archidiacre de Blois Jean
Mignon, clerc du roi et maître des comptes, dans la rue qui
porte son nom ; — en 1344 et 1348, de *Cambrai* ou des
Trois évêques, près du collége de Treguier, par Guillaume
d'Auxonne, évêque de Cambrai, puis d'Autun ; Hugues de
Pomare, évêque de Langres ; Hugues d'Arci, évêque de
Laon ; — en 1348 et 1402, de *Saint-Michel,* ou de *Chanac,*
ou de *Pompadour,* par Guillaume de Chanac, ancien évêque
de Paris, et par des membres des familles de Pompadour et
de Talleyrand ; collége situé dans la rue de Bièvre, où étudia,
en qualité de boursier limousin, celui qui fut depuis le cardinal Dubois ; — en 1349, de *Maître Clément* ou de *Haute-*

feuille, dans la rue de ce nom, au Pot d'étain, par maître Robert Clément, mais incorporé, en 1371, faute de fonds suffisants, au collège établi alors par maître Gervais Chrestien ; — en 1353, de *Boncour,* sur la Montagne Sainte-Geneviève, par Pierre de Becoud, chevalier, dont le collége, appelé d'abord *Becodianum,* ne tarda pas à servir de demeure aux docteurs de Navarre ; — de *Tournai,* contigu au précédent, et qui finit par appartenir aux mêmes docteurs ; — en 1354, de *Justice,* dans l'ancienne rue de la Harpe, par Jean de Justice, chantre de l'église de Paris, chanoine de Bayeux.

Voilà un demi-siècle bien rempli. Encore ne s'agit-il que des fondations faites pour une partie de nos provinces ; car il y en a, surtout parmi celles du midi, qui ne sont ici représentées par aucun nom ; et nous ne parlons que d'une seule ville, de Paris. Peut-être, dans ce court espace de temps, eut-elle plus de nouveaux colléges qu'elle n'en vit établir avant ou après. S'ils avaient tous vécu, ou s'ils avaient été suffisamment peuplés, il y aurait eu de quoi rendre plus imposante encore la procession du recteur, qui, dit-on, entrait dans la basilique de Saint-Denis lorsque la queue était encore aux Mathurins. Mais plusieurs n'avaient que cinq ou six boursiers, qui, tout en suivant les leçons des Facultés, se réunissaient à jour fixe pour des disputes ou conférences. Quelques-uns même de ceux qui en avaient davantage n'en conservèrent, au bout de peu de temps, que deux ou trois, ou furent tout à fait déserts. Les rentes s'étaient perdues, ou les bâtiments étaient tombés de vétusté. A la suppression des petits colléges en 1764, un certain nombre avaient déjà disparu. Mais si l'on veut être juste pour les institutions, il faut les voir dans leur temps de prospérité.

Joignez à ce catalogue, qui ne comprend encore qu'une cinquantaine d'années, non les écoles épiscopales grandes ou petites, qu'il faut laisser à part, mais les nombreux établissements agrégés à la corporation parisienne, comme presque tous les colléges des communautés religieuses, ceux qu'on devait à des nations étrangères, les pédagogies ou pensions, dont nous trouvons la trace certaine en 1392 ; n'oubliez point non plus les écoliers libres. C'est un spectacle trop peu remarqué

dans l'histoire que cette multitude qui, à travers la guerre,
la peste, tous les fléaux, s'en vient chercher l'étude et le savoir, et qui, de près ou de loin, veut avoir appartenu à la
grande université. Il y avait là une illusion peut-être ; mais les
plus instruits, les plus habiles, auraient cru qu'il leur eût manqué quelque chose, s'ils ne se fussent mêlés à la foule des étudiants de Paris.

Vers la fin du XVIᵉ siècle, malgré les désastres des guerres
de religion, un ambassadeur vénitien disait encore : « L'uni-
« versité de Paris n'a guère moins de trente mille étudiants,
« c'est-à-dire autant et peut-être plus que toutes les univer-
« sités de l'Italie prises ensemble. » Celle de Bologne passait
pour en avoir eu plus de vingt mille en 1262. Arnauld, le procureur général, en accorde à Paris vingt ou trente mille ; mais
si l'ambassadeur ne craint pas d'exagérer un peu, en comptant non-seulement les écoliers, mais tous les suppôts, on voit
du moins quelle impression produisait sur les étrangers l'aspect de la procession du recteur.

Bettinelli,
Risorg. d'Italia,
part. 1, c. 4.

Comment pouvaient vivre, même sans les porter jusqu'à
trente mille, ce grand nombre d'étudiants ? Il n'est point facile
de le dire, car la plupart n'avaient rien. La société laïque avait
eu depuis quelque temps à combattre une nouvelle arme tour-
née contre elle, la mendicité. Le clergé séculier, menacé de
ruine par les moines mendiants, imagina, pour se défendre,
d'affecter aussi la pauvreté évangélique ; il y eut les écoliers
pauvres de Sorbonne, les enfants pauvres de Saint-Thomas du
Louvre ; l'élection du recteur se fit longtemps à Saint-Julien le
Pauvre ; le collége d'Harcourt est expressément réservé pour
des pauvres, comme le disent les statuts de l'an 1311 : *Ibi po-
nantur duodecim pauperes.* Cette formule revient sans cesse.
L'université eut surtout le droit de se proclamer pauvre ; car
elle le fut.

Les « capètes » de Montaigu, qui s'appelle aussi, non sans
raison, une communauté de pauvres, n'étaient pas les plus
misérables, même après l'austère réforme qui les mit au pain
et à l'eau : il y avait au-dessous d'eux les écoliers qui ne vivaient que d'aumônes, ou du peu qu'ils gagnaient au service
de leurs camarades moins pauvres qu'eux. Un neveu du pape

Urbain IV, qui le fit cardinal, Anchier Pantaléon avait ainsi commencé : *ut etiam aliorum scholarium, cum quibus studebat, carnes a macello portaret.* Cette humble troupe, qui formait une confrérie avec un chef ou un roi, compta dans ses rangs, parmi d'autres pauvres devenus célèbres, Ramus et Amyot.

Salimbene, ap. Sart. de Clar. Bonon. prof., t. II, p. 211. Voy. Latin stories, Lond., 1842, p. 113.

Pauvreté, ardeur au travail, turbulence, voilà les principaux traits de cette vie qui laissait de longs souvenirs. Les disciples de la Faculté des arts, les artiens, dont le nombre ne cessait de s'accroître, et parce que les Sept arts étaient la gloire de l'enseignement parisien, et parce que l'élan théologique commençait à se ralentir, n'étaient pas les plus indisciplinés. Des étudiants moins jeunes, les théologiens, avec leurs quinze ou seize années d'études, se rendaient bien plus redoutables. A trente ou quarante ans, on était encore écolier ; c'est un des faits qui expliquent le mieux la prépondérance, incroyable aujourd'hui, d'un corps d'étudiants et de maîtres dans les affaires de la religion et de l'État.

Quel que fût l'inconvénient et même le péril de transformer en école près de la moitié d'une grande cité, les témoignages abondent pour nous redire combien était puissant l'attrait de ce vaste noviciat, où la raison humaine s'épuisait en efforts qui peut-être donnaient peu, mais qui promettaient beaucoup. Toute la montagne latine était, pour les candidats de la science, comme une seconde patrie. Ces rues étroites, ces hautes maisons, avec leurs voûtes basses, leurs cours humides et sombres, leurs salles jonchées de paille, ne s'effaçaient plus de la mémoire. Lorsque les anciens condisciples se rencontraient, après plusieurs années, à Rome, à Jérusalem, ou sur les champs de bataille que se disputaient la France et l'Angleterre, ils se disaient : *Nos fuimus simul in Garlandia.* On se souvenait d'avoir fait retentir aux oreilles du guet ces défis et ces menaces : « Allez au clos Bruneau, vous trouverez à qui parler. »

Du Boulay, t. IV, p. 675.

Faut-il l'avouer? nous ne pouvons, aujourd'hui même, retrouver sans un certain respect les restes oubliés, et qui disparaissent chaque jour, du vieux quartier de la Montagne, la place où étaient les collèges détruits, et ceux dont nous voyons encore les dernières ruines. Le Petit-Pont, par où les écoles se

frayèrent la voie de Notre-Dame à Sainte-Geneviève, la rue
Galande, la rue du Fouarre, le clos Bruneau, la rue Saint-
Hilaire, voilà les humbles ateliers de l'intelligence et de l'é-
tude, les obscurs laboratoires d'où est sortie la société moderne.

La fin du siècle est moins féconde en nouveaux colléges ;
mais nous rencontrons tout à coup, en 1356, une marque singulière des progrès du temps. Un chanoine de Laon, Étienne
Vidé, de Boissi-le-Sec, tant en son nom que comme exécuteur
testamentaire de son oncle, qui avait été clerc du roi, fonde
(rue du Cimetière Saint-André) le collége de *Boissi,* annexé
au corps enseignant trois ans après. La charte latine qui l'établit, trop longue et trop confuse, aurait mérité d'être écrite
en français, brièvement, simplement, et le peuple l'aurait
trouvée d'accord avec sa récente émancipation, avec les idées
tout à fait humaines de plusieurs ordonnances royales, avec
les sentiments qui eurent plus d'un organe dans les États généraux : « Nous voulons, en vue de Dieu, faire une aumône
« à des écoliers pauvres de notre famille, qui ne pourraient
« autrement se soutenir dans leurs études... S'il n'y en a point
« de notre famille, on en choisira dans le village de Boissi ou
« dans quelque village voisin, pourvu qu'ils ne soient point
« nobles, mais du petit peuple et pauvres, comme nous et nos
« pères l'avons été... Au défaut de ceux de notre famille et de
« nos villages, qu'on appelle des enfants de notre paroisse
« Saint-André des Arcs, sur laquelle mon oncle et moi nous
« avons reçu nos principaux accroissements d'état et de for-
« tune. »

On s'était trop hâté de stipuler pour le peuple : ce modeste
collége fut bientôt absorbé par des établissements mieux protégés, qui suivaient d'autres maximes.

Parmi les fondations moins nombreuses de la seconde moitié
du siècle, peut-être faut-il comprendre un collége dont nous ne
Sauval,
t. III, p. 121. voyons que le début ou même la promesse dans un acte du
23 juin 1356, où la comtesse de Pembroke donne cinq cents
livres de rente, « à elle deues sur le domaine du roi, » pour
l'institution d'un principal et d'un écolier qui devront toujours
être des Bretons, parce que la fondatrice était fille de Gui IV,

comte de Saint-Pol, et de Marie de Bretagne. Elle nomme pour inaugurer cette maison, comme principal, Renier d'Ambonay, « bachelier en divinité, » et comme écolier, Gerard de Moinyns, curé de Recey. Nous ne savons si ces deux personnages, dont les études auraient dû être déjà fort avancées, eurent des successeurs, ou si même ils jouirent jamais de leur rente.

On peut douter aussi de l'exécution du testament par lequel Robert de Jussi, chanoine de Saint-Germain l'Auxerrois et clerc du roi Jean, veut que la vente de ses biens serve à entretenir à perpétuité un ou deux écoliers natifs de son village. Ce Robert, qui avait été novice chez les célestins, favorisa de tout son pouvoir la cession qui leur fut faite en 1352 de la maison qu'ils habitèrent, et le don d'une bourse que, six ans après, ils obtinrent du roi. Quant à sa propre fondation, la trace ne s'en est pas retrouvée.

Ibid.

Felibien, t. I, p. 607 ; t. III, p. 471, 472.

Un accord du 9 juillet 1366 fait mention des bourses fondées pour quatre écoliers du diocèse de Laon et quatre du diocèse de Saint-Malo, par Raoul Rousselot, évêque de Saint-Malo, et Jacques Rousselot, son neveu, archidiacre de Reims. Mais ce ne fut peut-être qu'une dépendance du collége de Laon.

Nous connaissons aussi peu le collége de *Vendôme,* qui existait, dit-on, en 1367, à Paris, rue de l'Éperon, et le collége de *Lorris,* dont la place ni la date ne sont pas même indiquées.

Le plus célèbre établissement d'instruction qui honore la fin de ce siècle est le collége de *Dormans-Beauvais,* que Jean de Dormans, cardinal-évêque de Beauvais, chancelier de France, fonda, rue du clos Bruneau, par divers actes de l'année 1370 et des deux années suivantes. Les vingt-quatre boursiers sont d'abord nommés par lui et par les membres de sa famille ; mais, en vertu d'une transaction du 18 mai 1389, l'administration supérieure et la nomination aux bourses appartiennent au parlement de Paris. Un article des statuts autorise à recevoir des écoliers externes. Aussi, lorsque les leçons de la rue du Fouarre vinrent à cesser au commencement du XVIe siècle, Beauvais eut, comme Navarre, le plein exercice. Il fut très-florissant sous la direction de Rollin et de Coffin.

L'écrivain laborieux qui y professa longtemps la rhétorique, Crevier, homme austère, froid historien, s'anime d'une douce chaleur toutes les fois qu'il parle de Rollin, « du maître à qui «il devait tout. » Ce collége, où avait étudié Boileau, et qui eut souvent des hommes d'un grand mérite pour chefs ou pour professeurs, se distingue entre tous par la rare fortune de n'avoir subi aucune interruption jusqu'à nous ; car ses écoliers et ses maîtres ayant été transférés, par lettres patentes du 7 avril 1764, comme le fut bientôt ce qui restait des boursiers des petits colléges, dans les bâtiments du collége Louis le Grand, il en prit le nom ; et ce nom, qu'on a voulu changer plusieurs fois, est encore celui d'une maison qui n'a jamais cessé d'être une maison d'études.

Le 20 février 1370 (V. S.), par contrat passé devant les notaires du Châtelet, s'élève, dans la rue des Enlumineurs ou d'Erembourg de Brie (Boutebrie) et dans la rue du Foin, le collége de *Maître Gervais Chrestien*, qui doit son nom à un chanoine de Bayeux, devenu, à Paris, maître ès arts, docteur en médecine, et physicien ou médecin du roi Charles V. Le roi lui-même, aux vingt-deux bourses pour la théologie, les Sept arts et la médecine, en ajouta deux pour les mathématiques, dont les titulaires devaient être appelés *scholares regis*. Il donna, de plus, des livres pour les études et des ornements pour la chapelle. Toutes les bourses étaient à la nomination du grand aumônier, qui prit dans la suite le titre de proviseur. A ce collége fut incorporé, dès l'origine, celui que maître Robert Clément avait essayé de fonder en 1349, mais que l'insuffisance de la rente et le malheur des temps avaient empêché de s'ouvrir.

Michel de Dainville, clerc et conseiller du roi, archidiacre d'Arras, en son nom et au nom de ses deux frères, par acte du 19 avril 1380, destine à douze boursiers, vis-à-vis Saint-Côme, au coin de la rue des Cordeliers et de la rue de la Harpe, le collége de *Dainville*, qui dut, en 1733, de nouvelles bourses à Jean Targny, ancien boursier, bibliothécaire du roi.

De quatre ou cinq fondations différentes, à dater de l'an 1391, s'était formé, d'abord rue des Cordiers, puis rue des Sept-voies, le collége de *Fortet*, du nom d'un chanoine de

Notre-Dame, Pierre Fortet d'Aurillac. En 1704, on y ajoutait de nouvelles bourses.

Nous avons omis quelques colléges dont l'origine, dans le cours de ce siècle, est d'une date incertaine, comme ceux de *Tullo* ou de *Tou*, rue Saint-Hilaire ou rue des Sept-voies; de *Tonnerre*, rue Saint-Jean-de-Beauvais; de *Rethel*, rue des Poirées, près de la Sorbonne, réuni en 1443 par Charles VII à celui de Reims; d'*Aubusson*, dont la place même est douteuse. Mais cette énumération, fût-elle incomplète, ne laisse pas d'être instructive. Des chanceliers de France, des évêques du parti royal, des clercs du roi, des conseillers et des médecins du roi, tels sont les principaux protecteurs des études. Charles V vient poser la première pierre de Dormans-Beauvais; il ne dédaigne point le titre de fondateur du collége de Gervais son médecin, appelé quelquefois collége royal de Notre-Dame de Bayeux. Navarre aussi, dès les premières années du siècle, avait été collége royal. Déjà les gens du roi, les membres du parlement de Paris, succèdent au patronage ecclésiastique. L'éducation, cette grande part de tout gouvernement, passe des mains des papes dans celles des rois.

Il est certain qu'en aucun temps les rois de France n'accordèrent à leur fille aînée un plus grand nombre de nouveaux priviléges.

Philippe le Bel, non content de confirmer ceux dont elle jouissait déjà, prend sous sa sauvegarde les écoliers de Flandre et les autres étrangers venus à Paris pour leurs études, et assure la même garantie à leurs messagers; il exempte les maîtres et les étudiants de tout droit de péage sur ses terres, et il négocie pour leur obtenir sur celles de ses vassaux la même immunité; il veut qu'ils ne soient pas obligés de donner des gages aux bourgeois pour l'acquittement des loyers; il étend et complète la faveur qui soustrait les suppôts de l'université, malgré la surveillance dont ils eurent trop souvent besoin, à la police du prévôt de Paris et du chevalier du guet. Nous avons encore les lettres inédites de ce prince (15 mars 1308) pour l'université contre le chapitre de Notre-Dame, au sujet du scellé apposé par ordre du recteur sur les biens d'un chanoine écolier qui venait de mourir intestat, et levé, sans respect du

Archives de l'université, carton 3, B. 4.

droit rectoral, par les officiers du chapitre. Mais ce qui prouve
surtout, de la part d'un tel monarque, une singulière amitié
pour le corps académique, c'est qu'il va jusqu'à l'affranchir,
par une attention qu'il prodiguait peu, de quelques-unes des
charges que la pénurie des finances faisait sans cesse inventer.
Et ce n'était pas un petit nombre de contribuables qui étaient
ou pouvaient se croire exonérés par ces dispenses; car, outre
qu'il fallait y comprendre le recteur, le syndic, le trésorier, le
greffier, les doyens des Facultés, les procureurs des nations,
les régents, les grands messagers, les petits messagers, les
sergents ou bedeaux, et la foule des étudiants, on voit, de plus,
les libraires, les copistes, les relieurs, les parcheminiers, les
enlumineurs, les papetiers, se faire agréger successivement à
un corps de plus en plus comblé des faveurs royales.

Celles qu'ils durent à Philippe de Valois, et que son fils Jean
confirma, n'ont pas moins d'importance : par lettres du 31 décembre 1340 et du mois de janvier suivant, ils ne peuvent être
contraints d'aller plaider hors de Paris, et ils peuvent traduire
eux-mêmes au tribunal du prévôt de Paris ceux qu'ils appellent
en justice ; leurs biens ne seront arrêtés ni saisis sous aucun
prétexte, même à l'occasion de la guerre ; le prévôt, en qualité
de délégué de l'autorité royale, connaîtra, non plus pour un
temps, mais à toujours, des causes civiles et criminelles où
serait impliquée l'université, qui est désormais placée sous la
garde du roi.

Charles V, l'ami des « clercs solennels, » comme on disait
de son temps, autorise en 1358, n'étant encore que régent de
France, la Faculté des arts à tenir fermées pendant la nuit les
deux issues de la rue du Fouarre; et quatre ans après, cette rue
studieuse continuant d'être ouverte la nuit à tous les passants,
il donne, pour la faire clore, deux arpents de bois en la forêt de
Bière ou de Fontainebleau ; ce qui n'empêcha pas les barrières
de n'être posées que le 5 février 1404. Dans le catalogue de sa
bibliothèque du Louvre, on lit, sous le titre d'un exemplaire
glosé des Morales d'Aristote : «Donné aux escoles maistre Ger-
« vese. » Le roi ne cesse de s'intéresser à ces écoles, qu'il fonde
avec son médecin. C'est lui aussi qui voulut que le certificat du
recteur suffît pour attester le droit à la franchise d'impôt de-

vant les fermiers des aides, ennemis naturels de toute immunité. Par son ordonnance du 5 novembre 1368, il exempte du
guet tous les suppôts. Il défend, par une autre ordonnance,
qu'une levée de blés faite en Picardie pour la flotte comprenne
les blés qui appartiendraient à des étudiants. Il les protége plus
d'une fois contre le prévôt de Paris, qui se permettait de les
faire emprisonner, même avec leur habit académique; dans
plusieurs causes douteuses, il prononce pour eux, comme juge
souverain.

En 1383 et pendant les années suivantes, Charles VI ajoute
encore à tous ces priviléges. De là quelques abus. Pasquier en
a fait la remarque : « L'authorité de l'université estoit lors
« montée à tel degré, qu'à quelque condition que ce fust il la
« falloit contenter. » Mais il est juste de dire que si elle put
abuser en effet des occasions qui s'offraient à elle, ce ne fut
jamais pour s'enrichir; tout en parvenant, par un bonheur très-
rare alors, à obtenir des rois d'être exempte quelquefois de leurs
nombreuses maltôtes, elle restait pauvre, et laissait à d'autres
la gloire et l'avantage de prêcher la pauvreté.

Recherches,
l. III, c. 29,
t. I, p. 273.

Plusieurs pièces de ses archives prouvent aussi que les
exemptions les plus légitimes n'étaient pas toujours gratuites,
et qu'on faisait des collectes ruineuses pour acheter la bienveillance des papes et des princes. Mais de telles transactions
restent secrètes, et il n'y a eu de publicité que pour les actes
qui attestent une haute protection.

Archives
de l'université,
carton 4,
A. 18, etc.
Ann. 1254,
1259, 1262,
1316, 1371,
etc.

Cette même politique des rois, qui eût été plus honorable
pour eux s'il n'eût fallu en payer les services, leur fait encourager
les universités qui se forment dans les provinces anciennes et
nouvelles. Un acte de l'an 1403 présente dans l'ordre suivant
les universités de la France, après celle de Paris : Orléans,
Angers, Toulouse, Montpellier. On ne regarde pas encore
comme françaises les écoles de Lyon, de Cahors, de Grenoble,
de Perpignan, d'Orange. Celle d'Avignon resta longtemps pontificale.

Il a été parlé de Toulouse et de Montpellier, les deux seules
villes du territoire qui, avant l'année 1300, eussent possédé,
avec Paris, de véritables universités. Nous indiquerons rapidement les autres.

Hist. litt.
de la Fr.,
t. XVI, p. 56-58.

Si celle d'*Orléans* est nommée la première, ce n'est point pour la date de sa fondation, qui n'est que de l'an 1306 : elle doit ce rang à l'importance de ses cours de droit civil. En effet, là s'était ouverte depuis longtemps notre plus complète école de lois. Guillaume de Mâcon, évêque d'Amiens, témoigne, en 1286, de cette ancienne réputation : *Aurelianenses, peritiores in jure quam Parisienses et magis intelligentes.* Les professeurs d'Orléans, pour acquérir ce renom, avaient dû résister aux bulles d'Honorius III, qui interdisaient en France les chaires de droit romain. Leur supériorité dans un genre d'enseignement que Paris n'obtint que trois siècles plus tard, valut à l'école d'Orléans, de la part d'un pape moins sévère, Clément V, son ancien élève, le titre de *Studium generale*, qui ne signifiait point qu'elle réunît tout le système d'études, puisqu'il y manquait la théologie, mais qui l'élevait au rang des écoles dont les promotions étaient reconnues partout.

Un fait plus digne d'attention, c'est que nous voyons prévaloir ici, dans le conflit des deux pouvoirs, l'institution royale. Philippe le Bel, en 1312, saisit l'occasion d'une rixe entre les bourgeois et les écoliers d'Orléans, pour accorder en son nom quelques-uns des priviléges compris dans les bulles papales qu'il n'avait pas encore ratifiées, et pour y faire des changements tels, qu'il devient le vrai fondateur. Il faut attendre jusqu'à l'an 1600 pour voir l'autorité royale réformant seule l'université de Paris sans le concours du saint-siége. Clément avait employé, outre le mot d'Étude générale, celui d'université : le roi ne reconnaît que le premier titre. Une bulle de Jean XXII, autre élève de la même école, persiste, en 1320, à l'appeler université : les ordonnances continuent de l'emporter sur les bulles ; car avant la moitié du siècle, l'enseignement littéraire et philosophique, vaincu par les Sept arts de Paris, cessa dans Orléans, et il n'y resta que la Faculté des droits, où prévalut le droit civil.

Cette Faculté eut des professeurs renommés : Pierre de Belle-perche, Guillaume de Cuneo, Roger le Fort, dit Taillefer, archevêque de Bourges, et les cardinaux Pierre des Champs et Pierre Bertrandi. Elle a compté pour étudiants Reuchlin, Pierre de l'Estoile, Théodore de Bèze, Anne Dubourg. C'est peut-être assez pour répondre aux épigrammes des glossateurs de Bologne contre ceux d'Orléans.

Les statuts de l'université d'*Angers*, à peu près les mêmes qu'à Orléans, sont promulgués, en 1364, par le roi Charles V. Angers, dès le siècle précédent, avait des cours de droit civil, et quelques colléges fondés par les abbayes ; mais ce n'est que sous Charles VII que l'enseignement fut complet. Longtemps avant, les étudiants étaient déjà si nombreux qu'on les avait, comme à Orléans, partagés en dix nations. Un de leurs maîtres fut Pierre de la Forest, ancien avocat au parlement, évêque de Tournai, puis de Paris, enfin cardinal, et mort, en 1361, chancelier de France.

On a vu que les écoles de *Lyon*, malgré la réunion prononcée dès l'an 1310, ne passent pas encore, au commencement du XVᵉ siècle, pour des écoles françaises. Bien que l'un et l'autre droit y fussent enseignés, en 1290, avec un certain succès, des lettres de Philippe de Valois, en 1328, offrent la dernière trace de ces cours, qui ne suffisaient point pour justifier le titre, employé par quelques auteurs, d'université des lois. Cette grande ville, façonnée à la domination épiscopale, qui y avait été longtemps souveraine, n'eut réellement point d'université.

C'est un titre qui ne saurait être refusé à l'institution que dut au pape Jean XXII, en 1331, *Cahors,* sa ville natale. Les statuts, repris et confirmés par Charles V en 1370, quand le Querci eut été reconquis sur l'Angleterre, sont en partie ceux de Paris, de Toulouse, d'Orléans ; mais toutes les études y sont sacrifiées à celle des droits. Malgré cette prédilection et la merveilleuse fortune du fondateur, les juristes de Cahors sont rarement cités.

Il y eut un peu plus d'activité, du moins à l'origine, dans les Facultés ouvertes à *Grenoble*, l'an 1339, par le Dauphin Humbert II, et où il ne manqua que la théologie. L'accession du Dauphiné ne paraît pas avoir été favorable à l'université de Grenoble, qui ne put lutter contre celle de Valence, établie par Louis XI, et y fut enfin réunie.

Le Roussillon, devenu beaucoup plus tard province française, dut, en 1349, à Pierre IV, roi d'Aragon, l'université de *Perpignan*, pour la théologie, le droit et les Sept arts : on y joignit ensuite la médecine. Cet établissement, qui ne fut jamais très-prospère, existait encore au dernier siècle.

Orange eut aussi son université, que l'empereur Charles IV érigea en 1365, à la prière de Raymond de Baux, prince d'Orange. Il n'y eut point d'abord de Faculté de théologie.

L'université du territoire français qui est demeurée le plus longtemps étrangère à la France, est celle d'*Avignon*. Fondée en 1303 par Charles II, comte de Provence, et soumise peu de temps après à l'administration papale, elle n'eut cependant de chaire de théologie qu'en 1414. La Faculté de droit y tenait le premier rang, et c'est dans son sein qu'on prenait le recteur. Oldrade, Paul de Castro, pendant le séjour des papes, et plus tard, Ripa, Alciat, Émile Ferret, Cujas, y ont professé.

Archives
de l'Empire,
Ordonn.,
reg. 12,
f. 235-238.

Louis XIV, dans ses lettres patentes du mois d'avril 1698 en faveur des suppôts de l'université d'Avignon, les déclare « regnicoles : » c'était un vœu et un pressentiment.

De la constitution de ces diverses compagnies d'études, qu'elles viennent des papes ou des princes, semble résulter l'intention de concentrer dans Paris l'enseignement théologique, et de reléguer dans les provinces les cours de droit, surtout de droit civil. Celui-ci convenait aux pays de droit écrit, à Montpellier, à Toulouse; mais il se propage non moins rapidement et obtient même un succès plus durable dans les pays coutumiers, comme l'Orléanais et l'Anjou. La persistance à l'éloigner de Paris fut opiniâtre : les plaintes contre une telle interdiction ne furent point écoutées ; la loi romaine, même la loi française, étaient encore en 1679 exclues des chaires pu-

Crevier,
t. V, p. 156.

bliques. Un honnête homme en a exprimé loyalement la raison : « Il y avait à craindre qu'une école de droit civil une fois « ouverte ne fît déserter toutes les autres, et singulièrement « celles de la théologie. » On n'aurait pas cru que le moyen âge pût se défendre si longtemps.

L'influence ordinaire de la France au delà de ses frontières se manifeste avec le même éclat dans la propagation des universités : il s'en établit plusieurs chez les peuples étrangers sur le modèle de celle de Paris.

Un des anciens étudiants de la rue du Fouarre, l'empereur Charles IV, devenu roi de Bohême par la mort de son père à

Créci, fonde, en 1348, l'université de Prague, où, pour éviter les luttes entre les trois Facultés supérieures et les quatre nations de la Faculté des arts, il préféra, comme plus simple et plus facile à diriger, l'organisation primitive, qui n'admettait que les quatre nations et un recteur. Prague, en peu d'années, compta plus de quatre mille disciples, et de leurs rangs sortirent bientôt les vengeurs de leur maître Jean Huss, brûlé par le concile de Constance, qui l'avait fait venir pour le réfuter.

L'université de Vienne, qui ne se croit plus, comme autrefois, instituée en 1240 par Frédéric II, ne remonte en effet que jusqu'à la bulle d'Urbain V ; cette bulle, en 1365, sous Rodolphe Ier, ouvre une Étude générale de toutes les Facultés permises, *Studium generale in qualibet licita Facultate*, mais en exceptant encore la théologie, dont les chaires ne sont autorisées, à la demande d'Albert III, qu'en 1384, par Urbain VI, *prout in Bononiensi, vel Parisiensi, aut Cantabrigiæ, vel Oxoniensi Studiis*. Les règlements sont imités des nôtres, et il y est dit en propres termes : *Tandem fiat hic velut Parisius. Ad instar Parisiensis Studii. Quemadmodum in Parisiensi Studio*. Henri de Hesse, le premier professeur de cette Faculté nouvelle de théologie qui complétait à Vienne l'enseignement, avait commencé sa réputation à Paris.

Kollar, Anal. vindob., t. 1, p. 42-280.

En 1388, Cologne obtient du même pape Urbain, docteur en droit canonique, une institution académique régulière, *qualis Lutetiæ Parisiorum*.

C'est aussi l'année où, après avoir fait, en 1346, quelques essais d'un système complet, Heidelberg eut pour premier recteur Marsile d'Inghen ou d'Inghenheim, controversiste actif et habile, deux fois recteur à Paris.

Enfin, la dernière des universités allemandes de ce siècle, qu'on a regardée à tort comme la plus ancienne, est celle d'Erfurt, qui ne commence qu'en 1391, et qui a fini en 1816, après avoir eu quelques moments de succès.

Si nous ne parlons encore que de l'Allemagne, parce que c'est là surtout qu'il y eut alors comme un fidèle écho de notre enseignement supérieur, nous aurons dans la suite à rappeler plus d'une fois ce qu'ont pu devoir aux mêmes maîtres les institutions analogues des nations voisines.

Mais cette université de Paris qu'un si grand nombre d'autres, en France et hors de France, ont proclamée leur mère, ne nous paraîtra jamais plus puissante, malgré le prestige qui environne au loin son nom, qu'elle ne le fut pendant ce siècle au centre même du royaume, à Paris, et dans notre propre histoire ; car jamais, depuis qu'elle fut mêlée aux affaires du monde politique, elle n'exerça, près de cinquante ans de suite, un tel pouvoir sur les esprits. On la retrouve dans presque toutes les questions publiques du temps, et il nous serait impossible de reproduire en quelques pages tous les accidents de cette espèce de souveraineté. Aussi, pour donner une idée d'une prépondérance alors incontestée, et qui semble fabuleuse aujourd'hui, nous bornerons-nous à rappeler sommairement quelques-unes des délibérations où l'université en corps, tantôt consultée par les rois, tantôt leur apportant d'elle-même ses avis, acceptait ou se donnait la mission périlleuse de diriger l'opinion.

Nous ne la chercherons donc ni dans le Conseil ni dans les États généraux, où se distinguaient ses docteurs, mais seulement dans ses propres assemblées, soit aux Mathurins, soit au collège des Bernardins, où elle se réunissait aussi quelquefois. Dans la première moitié du siècle, excepté pour de très-grands intérêts, comme la succession à la couronne en 1316 et en 1328, les sujets mis en discussion ne s'écartent que rarement des questions d'école ou de doctrine ; dans la seconde moitié, ils ont plutôt un caractère politique.

Ainsi, en 1318, après de longues et vives querelles, on obtient enfin des religieux mendiants, admis dans la Faculté de théologie, le serment qu'ils avaient refusé pendant soixante ans : ils ne pourront désormais prendre part aux réunions de la compagnie sans avoir juré d'en garder les priviléges, statuts, droits, franchises, louables coutumes, et de n'en point révéler les secrets.

En 1329, l'évêque de Paris, maître Hugues de Besançon, docteur en l'un et l'autre droit, qui avait prêté serment comme membre de la corporation, ayant fait emprisonner et condamner par l'official à une amende de quatre cents livres parisis un étudiant, Jean Le Fourbeur, clerc du diocèse de

Meaux, pour l'enlèvement d'une femme, est accusé publiquement par les Facultés d'avoir agi contre le privilége qui les soustrait à sa juridiction ; et comme il refuse de restituer l'amende, il est déclaré, dans une autre proclamation, parjure à son serment et retranché du corps académique. La sentence est communiquée à tous les maîtres, aux archevêques, aux évêques du royaume. Cette espèce d'excommunication est approuvée par le pape, qui oblige le prélat à rendre l'argent. Un pieux écrivain du dernier siècle est tout effrayé du « crédit « énorme » dont jouissaient alors ceux dont il s'était fait le modeste historien.

Arch. de l'univ., cart. 5, B. 1.

Crevier, t. II, p. 314.

On crut sans doute que le pape n'avait fait que son devoir ; car on n'eut aucun scrupule de le condamner à son tour. Nous ne reviendrons pas sur les délibérations auxquelles donna lieu, en 1333, ce que pensait Jean XXII de la vision béatifique, et sur l'appui que prêtèrent les docteurs de Paris à la décision théologique prononcée alors à Vincennes par Philippe de Valois.

Quand se renouvela, en 1349, après la peste, le délire des flagellants, les maîtres en théologie, consultés par le même prince, répondirent que c'était « une secte dirigée contre Dieu, « contre la forme de notre mère sainte Église, et contre le « salut de toutes les âmes. » Ces troupes vagabondes, qui entraînaient avec elles, au nombre, dit-on, de huit cent mille, des prêtres, des moines, des nobles, des femmes de tous les rangs, et qui avaient parcouru l'Allemagne, la Flandre, le Hainaut, la Lorraine, approchèrent de l'Ile-de-France, mais n'eurent point la permission d'y entrer, et leurs misérables cantiques, même ceux qu'ils avaient rédigés en rimes françaises, ne furent point chantés à Paris.

Ms. Colbert, n. 8298[3].

Les discussions des maîtres et des régents, surtout celles de la Faculté de théologie, devaient avoir le plus souvent pour objet des erreurs de dogme, que les témérités de l'argumentation faisaient naître de toutes parts, mais qu'on pardonnait peu quand elles venaient des moines associés à l'enseignement. Frère Gui, de l'ordre des augustins, convaincu d'avoir dit imprudemment ce qu'il fallait croire de la charité, du libre arbitre, de l'action de Dieu sur la volonté de l'homme, se ré-

tracta par peur autant peut-être que par conviction : c'est
l'incertitude où nous laissent tous ces tribunaux qui jugent les
croyances.

Jean de Jandun,
de Laud. Par.,
p. 8.

Si les disputes des théologiens, *in vico quietissimo nominato
Sorbonæ,* comme on l'écrivait en 1323, n'étaient pas toujours
accompagnées de ce calme dont leur fait honneur un contemporain, il paraît que les matières politiques, dès qu'elles
furent entrées dans les discussions philosophiques de la rue du
Fouarre, ne tardèrent pas à faire aussi quelque bruit. La liberté
que s'y donnaient depuis longtemps les controverses de pure
philosophie, avait préparé les esprits à une liberté non moins

Tom. XXI,
p. 106.

grande dans les questions de gouvernement. Nous avons vu
quelles pensées hardies on y recueillait, vers l'an 1307, aux
leçons du philosophe Siger sur la Politique d'Aristote. Quinze

Jean de Jandun,
l. c.

ans après, on y allait chercher encore, « dans les cours de
« philosophie morale, dans un fleuve inépuisable de salutaire
« sagesse, les principes du perfectionnement de soi-même, de
« l'économie domestique, et de la meilleure administration
« d'un État. » Ceux qui présidaient à ce libre enseignement,
attesté par les auditeurs, furent appelés, dans les temps de
troubles, à délibérer sur les affaires de leur pays.

En effet, au milieu des bouleversements qui suivirent la captivité du roi, l'université, moins peut-être par l'ambition de
quelques-uns de ses membres que par la confusion de tous les
pouvoirs, devient presque un corps de l'État, dont la place est
marquée et l'influence décisive dans les circonstances les plus
difficiles. Elle arme ses nombreux clients pour défendre Paris ;
elle négocie la réunion des partis contre l'ennemi commun ;
elle interdit aux étudiants le chaperon rouge et pers, signe de
ralliement d'Étienne Marcel ; on peut dire même qu'elle porta
trop loin l'amour de la paix, s'il est vrai qu'elle eût été sur le
point de reconnaître des droits égaux au duc de Normandie et
au roi de Navarre, et que dans sa députation au duc elle l'eût
fait avertir par un maître en théologie, moine de Saint-Denis et

Gr. Chron.
de Fr., t. VI,
p. 85.

prieur d'Essonne, « que si lui ou le roi de Navarre estoient refu-
« sans de tenir et accomplir leur deliberation, ils seroient tous
« contre celui qui en seroit refusant, et prescheroient contre
« lui. »

Ce ne fut pas un acte politique, mais une simple cérémonie, que la visite de l'université à son ancien élève l'empereur Charles IV, au palais du roi, en 1378, avec douze docteurs de chacune des Facultés, « et des artiens vingt quatre, vestus en leurs « chappes et habis, » lorsqu'elle lui adressa par l'organe d'un de ses théologiens une harangue latine, à laquelle l'empereur répondit en latin.

Christine de Pisan, l. III, c. 12.

Dans une autre visite qu'elle fit à la cour, en 1382, pour intercéder, avec le clergé de Paris, en faveur de ceux qui avaient pris part à la sédition des Maillotins, son orateur parla le premier ; le recteur eut la droite sur l'évêque, et, dans l'édit de grâce comme dans le discours du roi, elle fut toujours nommée avant l'évêque et son clergé.

Les Maillotins avaient voulu délivrer et mettre à leur tête l'ancien prévôt de Paris, Hugues Aubriot, que l'université, l'année précédente, avait fait condamner à une prison perpétuelle. Dans ces inévitables conflits entre le prévôt et les écoles, où celles-ci avaient été déjà protégées, en 1304 et en 1354, par l'indulgence royale, Aubriot s'était montré plus inflexible que tous les autres gardiens de la tranquillité publique : il avait au Châtelet deux cachots, dont il faisait la demeure habituelle des écoliers, et qu'il nommait fort méchamment, l'un, le clos Bruneau ; l'autre, la rue du Fouarre. La rue et le clos, à tort ou à raison, dénoncèrent le malheureux prévôt pour toutes sortes de crimes à l'officialité, qui le crut coupable. On chansonna par tout Paris le juge condamné.

Relig. de S.-Denis, l. II, c. 4.

Mais aussi comment un simple magistrat, soumis aux hasards de la faveur des princes, osait-il s'attaquer à un corps dont la puissance croissait tous les jours, qui allait bientôt plaider contre la reine, veuve de Philippe de Valois, et qui, pendant près d'un demi-siècle, se constitua juge de la papauté ?

Les maîtres de Paris, même avant de former cette société que reconnut Philippe-Auguste, avaient été consultés sur les matières ecclésiastiques. A une question venue d'Angleterre, ils avaient répondu, en 1172, que l'archevêque de Canterbury, qui avait agité le royaume en se fondant sur les fausses décrétales, et dont il s'agissait de faire un saint, devait être plutôt regardé comme damné : *damnatum, ut regni proditorem.*

Fleury, Instit. au droit ecclés., 3e partie, c. 14.

Aussi, dans les perplexités douloureuses que fit naître chez toutes les nations chrétiennes le grand schisme pontifical, on dut s'adresser aux mêmes maîtres, investis alors d'une autorité plus régulière et plus respectée, pour savoir d'eux quel était le vrai pape, c'est-à-dire, suivant la tradition de plusieurs siècles, de quel côté était l'infaillibilité, ou du moins la toute-puissance.

La France, l'Écosse, l'Espagne, en vertu de la décision prise, le 26 mai 1379, dans l'assemblée générale des maîtres de l'université de Paris, après quatre mois de délibérations, préfèrent Clément VII à Urbain VI. Cet avis ne l'emporta point d'abord; car, plutôt que d'opter pour l'un des deux, on proposait ou la cession de l'un et de l'autre, ou la neutralité. Mais la cession, aussi souvent éludée que promise, ne fut, quand on y revint plus tard, qu'un jeu puéril, trop longtemps souffert par une vieille habitude de respect. La neutralité, qui fut essayée un instant, était bien plus dangereuse, puisqu'elle prouva qu'un grand royaume pouvait diriger ses affaires religieuses sans un chef suprême de la religion. L'idée de choisir ce chef entre deux ou trois rivaux fut celle qui prévalut, et dès lors s'ouvrit une longue carrière d'intrigues et de scandales.

Ceux-là même qui avaient décidé le choix d'un pape ne tardent pas à s'en repentir. Deux années ne s'étaient pas écoulées que ce pape, qui comptait trop sur la France, à force d'y multiplier les exactions pour satisfaire au faste de sa cour, à l'avidité de ses trente-six cardinaux, et à la protection onéreuse du duc d'Anjou, régent après la mort de Charles V, soulève de toutes parts des murmures et des plaintes. Un docteur en théologie, Jean de Roncé, pour quelques libres paroles, est mis en prison, et, délivré peu de temps après, s'enfuit chez le pape Urbain. Il entraîne à sa suite le recteur, une foule de maîtres et d'étudiants. Dans les rangs des serviteurs les plus dévoués du souverain pontificat, des voix retentissent, des voix menaçantes, qui demandent un concile général.

Les mêmes doléances, répétées sans cesse dans les assemblées des docteurs, encouragent le pouvoir royal à prendre la défense du royaume. La cour d'Avignon ne cessant de prodiguer les saisies, les censures, les excommunications, pour se faire payer les taxes qu'elle inventait sous tous les noms et tous les prétextes, intervient, le 3 octobre 1385, une ordonnance de Charles VI, révoquant celle qui enjoignait aux officiers royaux de prêter main-forte « aux collecteurs et aux sous collecteurs « de nostre très saint Pere le pape, » et qui avait contraint de malheureux curés à vendre, pour s'acquitter, « les tuiles de « dessus leurs maisons, les livres, les calices, aournemens et « autres joyauls de leurs eglises. » Par une nouvelle ordonnance, du 6 du même mois, le roi fait un nouvel effort pour préserver de la rapacité des cardinaux, qu'il appelle *cardinales moderni*, les bénéfices et les bénéficiers, les églises déjà presque en ruine, et ces universités qui, si elles périssaient, priveraient le royaume d'une supériorité qu'on ne lui conteste pas, *in quibus maxime regnum nostrum ceteris regnis præcellit.*

Ord., t. VII, p. 131, 133.

L'École de Paris, qui, en s'élevant contre une fiscalité insatiable, était venue en aide aux ordres religieux, n'oubliait point cependant ses conflits avec eux, surtout avec les nouveaux : nous la verrons poursuivre sans relâche pendant trois ans, jusque dans Avignon, jusqu'en Espagne, les doctrines, qu'elle déclarait hérétiques, du dominicain Jean de Monzon. L'ordre entier, dont le clergé des paroisses redoutait les usurpations, et qui prétendait que tout frère Prêcheur était curé, fut, à ce sujet, privé dix-sept ans de ses chaires de théologie. Quant au condamné, il passa dans le parti d'Urbain.

Nous devons renoncer à suivre, dans les éternels débats du grand schisme d'Occident, les orateurs et les négociateurs de l'université, surtout pendant les dix années où l'on se croirait à la veille d'une révolution religieuse. Il faudrait de longs détails pour rendre justice à la tentative imposante de la députation des maîtres, qui vint, vers la fin de juin 1393, supplier Charles VI, alors à Saint-Germain en Laye, de pacifier l'Église, s'il ne voulait perdre son titre de roi très-chrétien ; aux sérieuses discussions qui furent immédiatement reprises par son ordre ; à l'assemblée du cloître des Mathurins, où dix mille votants donnèrent leur avis au scrutin secret, et où les trois propositions qui réunirent le plus de suffrages, la cession absolue des contendants, la cession mutuelle, un concile général, quoique fort bien développées par Nicolas Clamanges,

n'aboutirent encore qu'à des intrigues nouvelles. Ailleurs seront racontées ces discussions ardentes, où les deux antipapes
sont traités de païens et de publicains, où l'orateur dit aux
prélats : « Croyez-vous que l'on souffre toujours un gouverne-
« ment tel que le vôtre, tant de soucis et d'angoisses, tant de
« promotions simoniaques des sujets les plus indignes? Non,
« prenez un parti, ou vous êtes perdus... On nous accuse de
« vouloir gouverner l'Église. Ah! nous savons bien quels sont
« ceux qui veulent, non la gouverner, mais la piller, la déchi-
« rer, la détruire. »

Que serait-ce s'il fallait entrer dans le récit des événements
qui remplirent une année tout entière, cette année 1394, une
des plus actives pour l'université? Elle veut la fin du schisme,
elle la veut à tout prix ; pour faire lever la défense que lui apporte, au nom du roi, le chancelier Arnauld de Corbie, de
continuer des négociations infructueuses, elle annonce qu'elle
va suspendre ses cours, ses prédications, et il lui est alors
permis d'écrire à Clément VII, au sacré collége ; elle les adjure de choisir un des trois moyens proposés. « Nous enten-
« dons, dit-elle au pape, répéter autour de nous : Peu im-
« porte combien il y ait de papes, deux, trois, dix, si l'on veut ;
« chaque royaume peut avoir le sien. » Les cardinaux effrayés
parlent comme les docteurs. Le pape Clément, qui ne veut ni
abdiquer, ni promettre de céder en même temps que l'autre
pape, ni consentir à un concile général, troublé, désespéré,
meurt subitement, le 16 septembre, à cinquante-deux ans.

Il ne serait pas moins difficile de parcourir en peu de mots
les incidents du concile national de Paris, où les docteurs demandent à grands cris d'autres députés que des prélats, parce
que les prélats ne sont pas assez lettrés ; les espérances et les
mécomptes de la nouvelle ambassade qu'ils envoient au nouveau pape d'Avignon, Benoît XIII ; les vaines conférences où
Gilles des Champs, un d'entre eux, porte souvent la parole au
nom de la France ; le retour des négociateurs, fatigués d'a-
journements sans fin, et, à la suite de plusieurs autres essais,
la soustraction d'obédience ou la neutralité, proclamée le
27 juillet 1398, jour mémorable de la rupture avec la papauté.

Dans une lettre du 8 août suivant, le roi fait savoir que s'é-
tant « departi de l'obeissance totale de Benedic, dernier esleu
« en pape, » il déclare nulles toutes les grâces faites par ledit
Benedic. L'année d'après, le 27 février, « pour le grant bien et
« utilité publique du royaume, » il interdit, malgré l'approche
du jubilé, le pèlerinage de Rome.

C'est à d'autres annales de dire pourquoi cette séparation
fut passagère. On ne trouvera donc pas ici, mais on trouvera
sans peine dans les historiens les longues et stériles vicissitudes
de ces négociations, qui n'étaient peut-être parfaitement sin-
cères d'aucune part; et il ne sera possible d'en faire une étude
littéraire qu'à la condition de passer vite sur des controverses
où quelques brillants sophismes, quelques pages même que la
passion rend éloquentes, ne sauraient racheter aujourd'hui le
triste spectacle des incertitudes et des divisions du pouvoir
laïque, et le spectacle encore plus honteux des tergiversations
et des subterfuges du pouvoir pontifical.

Nous ajouterons seulement que ce fut surtout parmi les docteurs de Paris que furent pris les délégués qui se chargèrent
d'aller recommander à l'Allemagne, à l'Angleterre, l'expédient
de la cession mutuelle, et que lorsque Benoît XIII consentit ou
parut consentir à traiter l'affaire en plein consistoire, ce fut à
la condition expresse qu'on n'y donnerait point la parole aux
docteurs de Paris.

Mais partout, hors d'Avignon, ils étaient écoutés, et là où
ils ne parlaient point, circulaient en Europe, depuis l'année
1396, leurs lettres et leurs mémoires pour recueillir des suffrages en faveur de la cession des deux antipapes. S'ils échouèrent devant l'opiniâtreté de l'un et de l'autre, ils ne se rebutè-
rent pas, et en faisant prévaloir, au bout de trois ans, le parti
hasardeux d'une neutralité complète, ils préparèrent du moins
le concile de Constance, où l'abdication fut imposée à trois
papes, un nouveau pape élu, et le schisme terminé.

Dans les nombreux écrits où ils prennent part à cette guerre
intestine de la catholicité, la pensée dominante est à peu près
celle qu'exprime le roi dans le plus célèbre de ses manifestes,
et qu'il n'exprime avec une telle énergie que parce qu'il se
fonde, dit-il, sur l'autorité de sa « vénérable fille » l'université

Thes. anecd.,
t. II, col. 1153.

Ord., t. VIII,
p. 363. —
Petit Thalamus
de Montpellier,
p. 432.

Ord., t. VIII,
p. 265.

de Paris : « Qu'on fasse monter enfin légitimement au siége
« apostolique, non pas un Français à l'exclusion de tout autre,
« comme Benoît nous accuse à tort de l'exiger, mais qui l'on
« voudra, un Africain, un Arabe, un Indien, pourvu que par
« une convoitise aveugle de toutes choses (*cœcus cujusquam*
« *rei cupidine*) il ne se rende pas indigne d'être le chef des
« fidèles. »

D'où vient cet ascendant d'une simple compagnie de maîtres
et de disciples, qui, pendant si longtemps, délibère avec les
rois, dirige les conciles, fournit des négociateurs aux papes et
aux princes, envoie elle-même des ambassadeurs chez les nations étrangères, et, dans le cours troublé de ses annales,
atteint alors son degré le plus haut de puissance et d'autorité?

Comme c'est par l'enseignement que se forma et se perpétua
cette fortune, on se demande s'il faut l'attribuer, du moins en
partie, à l'excellence des méthodes. Non, sans doute; lorsqu'on
examine de près l'ordre des études et l'emploi de l'intelligence
pendant les douze ou quinze ans que la population académique
passait dans les colléges ou dans les auditoires, un tel succès
étonne encore plus.

La Faculté même qui devait son nom et sa gloire aux Sept
arts, était loin de les cultiver tous avec une égale ardeur, et
des trois qui composaient le *trivium* (grammaire, rhétorique,
dialectique), elle réservait pour le dernier tout son zèle, tous
ses applaudissements, tous ses honneurs, trop peu soucieuse
des études grammaticales et littéraires qui devaient y préparer,
et que le plus ancien statut qui nous soit resté, celui de l'an
1215, avait eu soin de prescrire. Cette dialectique, dont l'empire s'étendait sur les sciences du *quadrivium*, et qui obéissait
elle-même à la théologie (*ancilla theologiæ*), avait tout envahi.
Plusieurs siècles se consumèrent ainsi en argumentations latines, sans qu'on se fût bien assuré si les esprits qu'absorbait
ce jeu pénible avaient acquis d'abord les modestes éléments de
toute solide instruction. Quelques ordres religieux avaient
mieux conçu leur plan d'études : nous avons vu qu'ils imposaient à leurs élèves deux ou trois années de grammaire, dans
le sens complet de ce mot, avant de les envoyer disputer, et
que, surtout pour la langue grecque, les dominicains avaient

un grand avantage sur des maîtres qui ne sortaient jamais de leurs interminables controverses.

Il reste bien peu de traces des essais de compositions que devaient faire les commençants, au moins dans les colléges et les pensions, pour s'exercer, en prose et en vers, à la langue latine : c'est au point que l'on a pu douter qu'ils fussent soumis à ce travail élémentaire. Cependant, comme plusieurs des ouvrages que nous ont laissés les écoles monastiques, celle de Saint-Victor, par exemple, et les vers techniques destinés par Jean de Garlande et d'autres professeurs séculiers à l'enseignement grammatical, attestent de quel prix était dès lors pour les maîtres habiles ce premier apprentissage de l'art d'écrire et même de parler, il est à croire qu'on en tenait compte dans les examens que subissaient préalablement ceux qui se présentaient aux Facultés. Une fois admis, ils ne s'exerçaient qu'à la parole.

Dans les conditions exigées par le statut de l'an 1366 pour devenir bachelier, la grammaire est comprise ; mais les traités d'Alexandre de Villedieu et d'Évrard de Béthune sont substitués à Priscien, qui était un meilleur guide, et qu'on réserva pour la licence. Pas un mot sur l'obligation d'écrire correctement en latin. Quant au grec, il faut attendre jusqu'à Guillaume Fillastre, mort en 1428, pour trouver un helléniste qui ne vienne point des écoles dominicaines.

C'était une bonne institution que le noviciat des bacheliers, s'essayant pendant trois ans au professorat sous la direction des maîtres, quoiqu'il n'eût point fallu peut-être leur imposer quinze années d'épreuves, pour arriver, en théologie, au grade de licencié. Mais cet exercice triennal eût été moins stérile pour eux, si, par cette manie de renfermer toujours l'esprit dans la plus étroite prison, ils n'eussent été tenus, pour faire, comme on disait, leur « principe, » de commenter uniquement les livres des Sentences.

Il était sage de faire renoncer ceux qui débutaient ainsi, *pro forma et gradu*, à l'usage de dicter leurs leçons, comme le défendirent en 1355 un statut de la Faculté des arts *de Modo legendi ad pennam*, et en 1366, le grand statut de réforme ; d'autant plus que cette interdiction, qu'on étendit aux licenciés et aux docteurs, n'empêchait pas qu'on ne rédigeât leurs cours (*reportata, reportationes*) ; et peut-être n'aurait-on pas dû, au siècle suivant, leur permettre de nouveau la dictée de leurs cahiers, avec cette seule et puérile restriction qu'ils eussent été composés par eux-mêmes. Mais ce qu'il importait surtout de savoir, c'était la valeur de cet enseignement, improvisé ou non, sur Pierre Lombard, sur la Bible ou sur Aristote. Autrement la défense de dicter avait bien quelque danger : elle encourageait encore ce flux de paroles vaines, qui faisait de la scolastique une philosophie de mots, où les mots, suivant Fontenelle, n'ont d'autre mérite que d'avoir longtemps passé pour des choses.

Chevillier, Orig. de l'impr. à Paris, p. 16.

Chez les théologiens, dans l'acte appelé Sorbonique, antérieur au moins à l'année 1389, puisqu'il se retrouve alors indiqué ainsi dans les statuts promulgués à Vienne, *priore præside secundum ritum collegii Sorbonæ Parisius*, on argumentait depuis six heures du matin jusqu'à six heures du soir.

De cet exercice continuel de la dispute, qui flattait le goût du siècle, et qui s'identifia tellement avec l'école que l'école lui a donné son nom, naquit l'art de parler à l'infini sur tous les sujets, plus nuisible qu'utile à l'art d'écrire. Jamais on ne vit mieux combien ces deux aptitudes sont différentes. Autant la plupart des écrits de ce temps nous paraissent fastidieux et presque barbares, autant le triomphe de nos discoureurs était incontestable. Dans ces longues délibérations latines, dans ces discours d'apparat, qui avaient la forme d'un sermon, avec texte, divisions et subdivisions, citations perpétuelles de l'Écriture sainte, il n'y avait certainement de place ni pour l'éloquence, ni même pour l'ordre et la clarté. La clarté était surtout impossible au milieu des fantaisies du langage. Le latin était comme une langue vivante, dont chacun disposait à son gré, usant avec une liberté sans limite du droit de fabriquer les mots et de les construire à volonté. Nul, dans ces joutes hardies, ne résistait à nos docteurs ; nul n'égalait leur dédain pour la grammaire et l'usage, leur intrépidité à dire en latin ce que le latin n'avait jamais dit. On n'en craignait que plus, dans les négociations et les conférences, les disputeurs français. Le comte palatin Robert pensait comme ce pape qui ne se résignait à un consistoire dont l'issue pouvait être décisive, qu'à la condition que les docteurs de Paris n'auraient pas le droit d'y parler : « Prenez garde, disait Robert à l'empereur Wenceslas, « dans l'entrevue qu'on vous propose il y aura, du côté de la « France, beaucoup de gens fort habiles ; et comme je crains « que vous n'en ayez que très-peu, dès qu'on verra qu'il ne « faut pas s'attendre de leur part à une grande résistance, on « méprisera votre majesté. »

Notre université règne alors partout où elle parle : on l'écoute, on l'entend au loin, et, comme on disait d'elle au concile de Constance, *habet magnam audientiam.*

Cette facilité incomparable, qui commandait partout l'attention, ne nous a-t-elle donc laissé en effet aucun monument littéraire où nous puissions retrouver quelque image de la domination de nos docteurs sur les esprits ? Il ne serait pas étonnant que dans le petit nombre de leurs ouvrages français parvenus jusqu'à nous, la langue, qui a vieilli, empêchât de rendre justice au fond des idées, au mérite du plan, à tout ce qui ne dépend point du style ; mais dans leurs œuvres latines, où ils se servent d'une langue qui est celle de leur vie tout entière, où nous recevons immédiatement l'impression de ce qu'ils ont dû penser en latin, il est bien rare qu'une page moins pédantesque, moins hérissée de citations et de formules, se rapproche assez des exemples de composition et de goût laissés par les maîtres, pour nous faire comprendre le succès de quelques hommes qui eurent, même comme écrivains, une renommée éclatante, et qu'on ne peut plus lire aujourd'hui.

Le crédit dont ils jouirent alors s'expliquera-t-il mieux par la supériorité morale, par le caractère, par leur rôle dans l'histoire de leur temps ?

Nous ne le croyons pas non plus : il nous semble qu'il y a toujours quelque chose à regretter dans ces personnages qui, de l'humble obscurité de l'école, se sont élevés sur la scène du monde. Jean de Jandun, Guillaume Okam, Durand d'Aurillac, François de Mayronis, Jean Buridan, n'ont point de qualités qui égalent l'emportement de leurs passions théologiques ou politiques. Même au temps de la plus grande autorité des docteurs de Paris, lorsqu'ils paraissent disposer du suprême ponti-

Thes. anecd., t. II, col. 1173. — Coll. ampl., t. V, col. 349.

Thes. anecd., t. II, col. 1619.

ficat et gouverner les conciles, des hommes tels que Gilles
des Champs, Henri de Hesse, Jean Courtecuisse, Pierre Plaoul,
ont pu avoir assez de mérite pour sortir de la foule, mais pas
assez pour acquérir une réputation durable dans l'Église ou
dans l'État.

Trois surtout, de la maison de Navarre, se distinguèrent
alors : deux ambitieux, Nicolas Clamanges et Pierre d'Ailli,
qui, voyant une belle occasion s'offrir à eux, s'empressèrent
d'en profiter ; et un homme plus désintéressé, d'un cœur plus
droit, qui, jeté par les circonstances dans la voie des grandes
affaires, n'alla point jusqu'au bout, Jean Gerson. Portés et
soutenus par les événements, ils restèrent au-dessous de la
tâche qu'ils s'étaient donnée de pacifier l'Église, et cédèrent ou
au découragement, ou à l'appât des prélatures. Gerson, qui
aurait dû se retirer plus tôt, avant d'avoir fait brûler Jean Huss
et Jérôme de Prague, mais qui du moins fut incorruptible, ne
pouvait servir la cause de l'union par son dangereux ouvrage,
dont le titre est aussi barbare qu'il est menaçant, *de Auferi-
bilitate papæ ab Ecclesia*. Ni ce traité, ni les autres écrits qu'il
multipliait à la hâte pour défendre des opinions fort indécises,
ne méritaient de survivre à ces tristes querelles. Nicolas Clamanges s'exprime mieux en latin, mais les phrases de rhéteur
satisfont sans peine cet esprit vide et léger. Pierre d'Ailli est
plus connu comme évêque ou cardinal que comme écrivain ou
négociateur, et on l'a trop facilement placé au rang des grands
hommes. Il est des moments de déclin où quelques hommes
paraissent grands parce que tout est petit autour d'eux.

Nous oserions dire peut-être, à voir d'un coup d'œil les
hommes et les choses, que l'université devint alors populaire
moins par ses méthodes d'enseignement et par quelques noms
célèbres que par sa constitution, fondée sur un principe que la
religion avait depuis longtemps consacré, mais qui n'en était
pas moins nouveau dans le gouvernement des affaires humaines.
Ce principe est celui de l'égalité.

Dans le cours des études, aucune distinction entre les roturiers et les nobles, les pauvres et les riches. En vain les nobles
et les riches prétendent se distinguer de la foule par les habil-
lements : un pape français, un ancien professeur de Paris, Ur-

bain V, qui entretenait en divers lieux jusqu'à mille étudiants, non content de leur faire porter à tous le même costume, veut que cette règle s'applique à toutes les grandes Écoles, *universis Studiis*. Il y fut dérogé sans doute plus d'une fois en France ; et maintenant, à Oxford, les jeunes héritiers de la pairie anglaise ne consentiraient point à cette apparence d'égalité. Mais la défense de s'écarter jamais du principe, fût-ce extérieurement, dans les colléges et les Facultés, fait assez voir, en venant de si haut, de quel prix il était aux yeux de ceux qui dirigeaient les études. Les boursiers de Dormans-Beauvais devaient être habillés de bleu. Par le grand statut de l'an 1366, il est enjoint non-seulement aux théologiens, mais aux bacheliers ès arts, de ne porter que l'habit académique, c'est-à-dire un habit décent avec la chape ou l'épitoge ; condition nécessaire pour être admis aux députations, aux assemblées, ou à tout acte public.

Nulle part ne s'est manifestée plus énergiquement que dans ce statut la pensée de réduire tous les étudiants au même niveau ; car c'est là qu'il leur est ordonné d'assister aux leçons, suivant l'ancienne coutume, assis à terre, sur le sol jonché de paille, et non sur des bancs ou d'autres siéges, qui pourraient être pour eux une occasion d'orgueil : *ut occasio superbiæ a juvenibus secludatur*. On tenait tant à cette humble posture que, dans le statut de l'an 1452, les bancs sont encore défendus.

La plus stricte justice dans les examens, dans la collation des grades, dans les promotions, ne contribua pas moins à la confiance des familles. Une protestation éclatante avait témoigné, en 1271, de cette impartialité. Ferdinand, fils naturel de Jayme Ier, roi d'Aragon, avait obtenu directement la licence et le doctorat en théologie de Jean d'Alleu, chancelier de Notre-Dame, qui avait cru que les examens n'étaient pas faits pour le fils d'un roi. L'université, dans sa colère, se permit d'interdire le chancelier de ses fonctions, et d'en créer un autre de sa propre autorité. Le procès, porté en cour de Rome, fut souvent remis, et nous ne voyons pas qu'il ait jamais été jugé. Aussi le conflit se renouvela-t-il plusieurs fois.

A ces usurpations des chanceliers de l'église de Paris, qui,

dépositaires du droit ecclésiastique d'instituer les gradués,
voulaient épargner à leurs protégés les périls de l'examen,
le corps académique résista toujours; il eut même l'habileté et
le crédit d'obtenir un second chancelier, celui de Sainte-Geneviève, pour que la puissance, partagée et contestée, fût moins
à craindre.

Peut-être supposerait-on que, dans une telle résistance,
dont l'exemple fut honorablement suivi par Gerson, les maîtres songeaient moins à la sévérité des épreuves qu'à l'intérêt du corps; mais quand on les voit, en 1363, ne point céder
aux sollicitations d'un de leurs confrères devenu pape et resté
leur ami, Urbain V, et ne tenir aucun compte de la bulle où il
venait d'agréger un franciscain d'Oxford à la Faculté de théologie de Paris, on se persuade qu'ils avaient surtout en vue la
force et la dignité des études.

Excepté quelques légers droits en faveur du chancelier, et,
dans les épreuves de la licence, une taxe de quatre sols pour
l'herbe et la paille, rien ne pouvait être exigé des candidats;
et les statuts ne cessent d'enjoindre, sous les peines les plus rigoureuses, cette ancienne et utile pratique de la gratuité.

Il y avait cependant des circonstances où les grades coû-
taient fort cher, mais non point par la faute des juges. C'était
d'abord l'usage, après une réception, d'illuminer la rue du
Fouarre : on interdit même cette modeste dépense. Aussi n'a-
vons-nous pas vu sans surprise Clément V, en 1311, pour réprimer les prodigalités des nouveaux docteurs, menacer d'une
suspension de six mois quiconque les instituerait sans leur
avoir imposé le serment de ne point dépenser au delà de trois
mille tournois d'argent. Mais cet acte, en blâmant avec raison
des excès qu'il ne tolère que chez les nobles (*nisi forsan nobilis conditionis exstiterint*), et qui pourraient décourager ou ruiner les pauvres, nous apprend que tout se dépensait *circa cibos,
vestes, et alia*. Benoît XII, en 1337, et Clément VI, en 1349,
limitent, pour les chanoines réguliers, à deux mille tournois d'argent les frais du doctorat. Ces sommes répondent, selon de doctes
évaluations, pour la première date, à 2,677 fr. 31 c.; pour la
seconde, à 1,725 fr. 91 c.; pour la troisième, à 718 fr. 91 c., à
moins qu'il ne s'agisse encore de l'ancienne monnaie.

De M. Nat.
de Wailly.

On voit, par la réserve en faveur des nobles, qu'il faut chercher l'explication de ces dépenses exorbitantes dans la vanité
des grandes familles, jalouses de célébrer avec éclat la conquête des grades qui ouvraient d'ordinaire la route des plus   ·
hautes distinctions ecclésiastiques et civiles. Nous avons aussi
la preuve que le nouveau gradué pouvait être aidé dans ses dépenses, comme les bulles l'avaient permis (*per se, vel alium*),
et que les hommes puissants, les princes, pour attirer l'attention sur des protégés, aimaient à subvenir aux frais des réjouissances qui annonçaient leur victoire. Le comte de Blois, duc
d'Orléans, donne en 1398, vingt francs d'or à plusieurs de ses
clients, « pour faire leur feste de maistriement en theologie, »
ou simplement, « pour faire leur feste en theologie. »

Mais la théologie n'est point désormais la seule voie, ni
même la plus sûre, pour arriver à la direction des affaires temporelles, et le duc se montre plus généreux pour un docteur en
droit : « Nostre amé clerc et conseiller maistre Jehan Jacobert,
« de Hornaing, a intention d'estre docteur en lois assez briefe-
« ment, et faire la feste à Orleans. Si li avons donné et octroié,
« en aide de faire sa dicte feste et de prendre ledit estat de
« docteur, la somme de chincquante frans de Franche, le pre-
« mier jour de janvier, l'an mil ccc LXVII. »

Toutes les chances favorables étaient ouvertes aux docteurs
en théologie par l'élection, et depuis quelque temps aux docteurs en droit, par le choix des princes. Les dépenses à l'occasion des grades pouvaient donc n'être qu'un instrument d'ambition, comme autrefois celles de l'édilité romaine, et il y aurait
de l'injustice à en accuser un corps qui voulait, au contraire,
que les honneurs de la science fussent accessibles à tous, et
dont les exemples comme les leçons n'ont jamais cessé de
recommander la simplicité et la modération en toutes choses.

Autre garantie d'égalité. L'élection qui, dans l'Église, allait
bientôt n'être que le privilége du conclave, reste, dans l'université, la première loi. C'est à la pluralité des suffrages qu'elle
continue d'élire le recteur, pris tous les trois mois dans la Faculté des arts; le doyen de chacune des quatre Facultés (celui
de la Faculté de médecine fut électif en 1338) ; le procureur
de chacune des quatre nations, France, Picardie, Normandie,

Angleterre, remplacée par la nation allemande en vertu d'une délibération de l'an 1432 ; le procureur de l'université au parlement ; les députés ou ambassadeurs qu'elle envoyait à la cour de France, aux papes, aux conciles, aux autres corps académiques. Ce droit d'élection suscita quelquefois de violents orages ; mais il n'en contribua pas moins à l'honneur et à la durée de l'institution.

Un usage non moins propre à entretenir l'émulation était celui du rôle pour les bénéfices adressé au pape, qui, d'après ce rôle, nommait aux emplois vacants. Il n'en est fait mention pour la première fois qu'en 1348, mais comme d'une ancienne coutume. Cette coutume était tellement passée en loi, que pendant la soustraction d'obédience, en 1398, le rôle fut adressé à quatre prélats désignés par le concile de Paris. La liste, arrêtée en assemblée générale, sans doute après de longues discussions, devait être rigoureusement juste ; car il ne paraît pas qu'elle eût souvent donné lieu aux réclamations de l'amour-propre ou de l'envie. La Faculté de théologie, intéressée plus que les autres à une répartition loyale, n'aurait pu sans honte violer un principe consacré encore dans le statut de l'an 1366 : *Studentes non per saltum, sed secundum merita promoveantur ad honores.* Les droits acquis par des épreuves, par des services, étaient respectés. De nombreux exemples prouvent que le mérite personnel, des succès dans l'enseignement ou dans la prédication, des ouvrages estimés, contribuaient à fixer le rang sur la liste de présentation. Ceux qui avaient été choisis pour les dignités académiques, les recteurs, les doyens, les procureurs des nations, sont regardés comme devant prétendre les premiers aux dignités ecclésiastiques. Suivant une tradition qui devint une règle en 1421, la pauvreté, à mérite égal, est un titre à la préférence, et le recteur, s'il est pauvre, doit être proposé le premier.

Les droits des gradués ne furent canoniquement établis qu'au concile de Bâle, qui, dans sa vingt-troisième session, en 1436, veut que sur trois bénéfices vacants dans chaque église cathédrale ou collégiale, il y en ait un réservé aux docteurs, licenciés ou bacheliers d'une des quatre Facultés, et que les curés des villes aient au moins la maîtrise, que l'on commençait à ne plus distinguer de la licence. Jusque-là, quand les évêques étaient peu favorables aux universités, ce qui arrivait souvent, il n'y aurait eu pour les étudiants aucune espérance, si le rôle des gradués n'avait été remis directement au pape, qui seul était assez puissant pour les soustraire aux influences locales, aux injustices, à l'oubli. Aussi l'intervention du saint-siége, sans exclure tout à fait les recommandations en cour de Rome, loin d'être un motif de défiance pour les clercs qui avaient réussi dans les épreuves, était plutôt un garant de l'équité des promotions.

Entre les causes de cette faveur croissante des universités, dont le crédit semblait se fortifier de ce que perdait l'Église en se divisant, on ne peut méconnaître la protection intéressée des rois, qui trouvaient dans ces corps un soutien contre une papauté encore redoutable, contre les prétentions de leur clergé, et même contre les nobles. Cette cause toute politique de considération et de progrès éclate surtout dans les diverses fortunes de l'université de Paris. Dès que les grandes luttes commencent, les princes l'appellent à leur secours ; après la victoire, ils savent fort bien lui faire entendre qu'ils n'ont plus besoin de ses services, et qu'elle ait à retourner à ses écoliers et à ses livres. Le gouvernement royal une fois affermi par Charles VII, par Louis XI, elle perd cette puissance, utile conquête sur la suprématie romaine, sur la prélature, sur la noblesse, et qui n'en était pas moins une puissance irrégulière. On s'étonne même qu'elle conserve jusqu'au règne de Louis XII le droit de cessation, ce droit exorbitant de suspendre à volonté, pour se faire obéir, les leçons des auditoires, les sermons des paroisses : tant on garda longtemps l'habitude du respect pour sa vieille autorité !

Mais, il faut le dire à l'honneur de la nature humaine, on peut expliquer autrement que par des circonstances particulières l'accroissement rapide et universel de ces établissements nouveaux : cherchons-en la cause dans un sentiment qui, plus pur que des calculs d'intérêt, s'empare non moins vivement de l'esprit de l'homme, l'envie de savoir quelque chose. De temps en temps, dans le cours des siècles, se réveille plus ardent, plus indomptable, cet instinct qui fait notre force et nos dangers.

En effet, sans parler du même mouvement qui se propage en Espagne, en Portugal, et des développements que prennent alors en Angleterre Oxford et Cambridge, le spectacle que nous offrait tout à l'heure la multiplicité soudaine des universités allemandes va se retrouver chez la nation à qui l'Allemagne est le plus antipathique. L'Italie, déjà riche de ses universités de Bologne, de Padoue, de Naples, d'Arezzo, se hâte d'y joindre celle de Fermo (1303), *ad instar Studii Bononiensis*, dit son fondateur Boniface VIII, et quelques années après, celle de Rome, dont les leçons commencent tard, et sont à peu près interrompues pendant tout le siècle ; celle de Pérouse (1307), œuvre d'un pape d'Avignon, de Clément V, et qui compte parmi ses professeurs Barthole et Baldus ; celle de Pise (1339), pour laquelle on se passa du concours pontifical ; celle de Florence (1348), qui appela vainement à une de ses chaires Pétrarque, exilé depuis sa naissance, avec son père et tous les siens, par les partis politiques ; celle de Sienne (1357), qui tomba et se releva plusieurs fois ; celle de Pavie (1369), qui repeupla d'étudiants une cité depuis longtemps déserte ; celle de Lucques (même année), à qui il ne fut point permis de professer la théologie ; celle de Ferrare (1391), bornée d'abord à une existence de trois ans, et rétablie plus d'un siècle après ; celle de Plaisance (1397), qui eut aussi beaucoup de peine à se soutenir. Il y eut d'autres essais plus restreints à Modène, à Ravenne, à Brescia, en Corse même. De ces nombreuses écoles, celles de Fermo, de Rome, de Pérouse, émanent seules de l'initiative des papes ; celles de Pise et de Pavie ont répandu le plus d'éclat.

L'Italie, entraînée alors aussi vers des études qui n'étaient plus exclusivement théologiques, mérite donc d'être comprise dans l'anathème qui, de nos jours surtout, a maudit les universités, et où le siècle qui seul en a produit au moins vingt-cinq ne doit pas être épargné.

Nous ne pouvons nous arrêter dans notre vaste plan pour discuter cette question et d'autres semblables ; mais nous recommandons à ceux qui voudront s'en faire juges de ne point dédaigner, pour s'éclairer, les regrets des passions de notre temps. Ces passions, qui datent d'un autre âge, accusent les

Theiner (A.),

universités de la décadence des écoles épiscopales, appelées aujourd'hui séminaires, et de ces autres écoles qu'entretenaient les ordres religieux. On en fait commencer la ruine à la fin du XIe siècle, ainsi que cette liberté qui déjà préparait, dit-on, le XVIe. On nous engage donc à ne chercher qu'entre l'année 800 et l'année 1200, avant le règne des universités, la perfection de ce qu'on nomme le système féodal dans l'Église, en le proclamant seul digne de cette belle combinaison sociale dans l'État ; et on ne veut voir depuis, par un arrêt peu généreux pour l'Église même, que luxe, orgueil, ignorance, corruption. Il est vrai que la plupart des membres du clergé qui se disputeront désormais les prélatures, la pourpre romaine, le souverain pontificat, seront des disciples de Bologne ou de Pavie ; mais il n'y en a pas moins quelque exagération dans les faits qui servent de prétexte à ces étranges plaintes.

Hist. des instit. d'éduc. ecclés., t. I, p. 181-191.

Il semble d'abord que l'on veuille renouveler cette vieille chimère de la domination temporelle rêvée par des esprits ardents de l'ordre de Saint-François, et que l'on se figure un état merveilleux du monde où les études n'avaient d'autre but que de former des moines ou des chanoines ; ce que les clercs et les réguliers eux-mêmes ne regardaient point comme la destinée exclusive de l'homme, puisque nous les voyons tous, sans excepter les franciscains, dès qu'il y eut des universités, se faire agréger aux Facultés de théologie, et envoyer l'élite de leurs propres étudiants aux cours plus étendus et plus élevés de ces grandes écoles.

Nous reconnaissons cependant que les franciscains obtinrent de Grégoire XI, en 1376, de se conférer à eux-mêmes la licence en théologie ; mais un autre pape les délivra sagement de ce privilége ridicule, qui, pendant les cinquante-trois ans qu'ils en jouirent, ne leur fut envié de personne.

Wadding, Annal. Min., t. VIII, p. 583 ; t. X, p. 477.

On se donne ensuite le tort de faire par anticipation aux universités de ces anciens temps, toutes religieuses, presque toutes pontificales d'origine, les reproches qu'il est d'usage et presque d'obligation d'adresser à celles des derniers siècles.

Enfin, on s'obstine à ignorer les profonds travaux d'un bénédictin, du vénérable fondateur de notre grande Histoire littéraire, qui attestent, sur les meilleures autorités, que les écoles

Tom. IX,
p. 30-139.

des évêques et celles des monastères avaient continué de fleurir
avec les nouvelles sociétés d'études. Il faut, pour n'accuser
ainsi que les autres, se laisser faire illusion par la haine contre
toute loi civile, contre toute éducation séculière, et même contre
tout ordre religieux qui ne juge point la piété incompatible
avec une instruction solide et sincère, ni l'histoire avec la
vérité.

Il y a un grief qu'on ne s'avoue pas, et qui est peut-être le
plus grand de tous : comment pardonner à ces docteurs qui,
les premiers en France, au risque d'affaiblir l'empire de la
parole, ont accueilli l'imprimerie?

Nous ne voulons certainement pas nier la rivalité des écoles,
puisque, sans une telle rivalité, le monde en serait peut-être encore à cet âge dont la perfection fut si courte. On a vu même que
nous avons fait ressortir tout ce qu'il y avait d'excessif dans le
pouvoir laissé, pendant un demi-siècle, comme l'autorité

Ord., t. IX,
p. 293.
Négociat.
de la Fr.
avec la Toscane,
t. I, p. 49.

royale en fait l'aveu, « à l'université de l'Estude de Paris; »
pouvoir qui s'étendait au dehors, et dont les nations étrangères sollicitaient l'appui. Mais ce n'était point la faute de ce
corps si l'esprit d'équité qui présidait à ses leçons, à ses examens, à ses élections, la protection éclairée des rois, le désir
d'un enseignement moins asservi au joug théologique, et surtout le besoin d'une autorité qui dirigeât les consciences,
quand la suprême autorité religieuse était en guerre avec elle-
même, donnèrent insensiblement à la communauté des étudiants et des maîtres, la force, sinon le droit, d'obtenir la
préséance de son recteur, même en dehors des fonctions académiques, sur l'évêque de Paris ; de convoquer des assemblées
du peuple ; de proclamer que son privilége n'était pas au-dessous de celui d'une reine ; de dire enfin aux deux antipapes :
« Si vous n'accédez pas à l'arbitrage d'un concile, vous êtes
« des païens, des publicains. »

Les actes répondent bientôt à la violence des paroles. Deux
écoliers réellement coupables, pendus par le prévôt de Paris
en 1407, sont l'occasion d'une espèce de révolte, où l'université fait cesser les leçons, les sermons, et menace de quitter la
France. L'année d'après, irritée contre les partisans de Benoît XIII, dont elle ne voulait plus, elle ordonne, parce qu'on

la laisse régner seule, d'enfermer dans les prisons du Louvre,
comme traîtres, des cardinaux, des archevêques, des chefs
d'ordres ; elle n'épargne pas même ses propres membres : Clamanges est obligé de se cacher; l'évêque de Cambrai, Pierre
d'Ailli, ne doit la liberté qu'à un sauf-conduit du roi.

C'était trop sans doute : l'humble compagnie n'était pas
appelée par son institution à prendre une telle part au gouvernement spirituel et temporel des peuples. Mais s'il est impossible de ne point trouver exorbitante et arbitraire, malgré
les nécessités du temps, la mission qu'elle se donne, il convient aussi d'y reconnaître un trait de plus du caractère de ce
siècle, fatigué du passé, et cherchant de nouveaux maîtres
pour l'éclairer et le conduire ; véritable chaos, où se préparent
les temps modernes, qui n'ont pas échappé non plus aux erreurs, aux révolutions, aux excès, mais qui gardent du moins
quelque chose du respect de nos pères pour la culture de l'esprit
et les bienfaits de l'instruction.

Nous entrons sur un terrain neutre : ces instruments de sa- **6.**
voir, d'enseignement et de publicité, les livres, les bibliothè- Bibliothèques.
ques, n'appartiennent en propre ni au pouvoir spirituel ni au
pouvoir temporel, dont nous étudions l'influence rivale sur l'esprit littéraire. Mais c'est un terrain neutre où les deux pouvoirs
se rencontrent pour se livrer combat.

Il ne faudrait point croire qu'avant l'imprimerie la parole
écrite eût bien peu d'action. Avec ce moyen plus borné, moins
rapide, moins puissant, de fixer et de transmettre la pensée, il
s'était fait de grandes choses ; et les événements nous laissent
entrevoir quelle part il avait conquise dans la société, en ne
s'adressant qu'à un petit nombre d'intelligences, et non pas à
la foule, qui, lors même qu'elle aurait su lire, aurait lu rarement, parce que les manuscrits arrivaient rarement jusqu'à
elle.

Quand un art ou un métier a presque disparu, il n'est point
facile de s'en faire une juste idée. Avant l'invention de l'artillerie moderne, les balistes, les catapultes, et plus tard les
pierriers, les mangonneaux, produisaient, à ce qu'il semble,

des effets terribles, qu'on a pris quelquefois le parti d'expliquer par l'exagération des historiens. Ainsi l'écriture, cette autre machine de guerre, dont une dernière transformation a augmenté l'énergie, l'écriture elle-même, lorsqu'elle était réduite à son travail lent, pénible, garantie bien fragile en apparence pour les faits et pour les idées, avait déjà cependant une grande force de conservation et d'expansion. Hermodore, vendant au loin les dialogues de Platon ; Atticus, cet habile spéculateur qui ne négligeait aucune source de fortune, multipliant, sous divers formats, dans ses ateliers de copistes, les œuvres de son ami ; les nouvelles à la main, partant de Rome pour circuler à travers toutes les provinces et toutes les armées de l'Empire, nous font déjà voir, non sans surprise, dans un labeur encore imparfait, comme une image anticipée des merveilles d'un autre art trop longtemps inconnu.

Cette industrie, quelle qu'elle fût, de la reproduction des écrits, de la vente des livres, nous échappe dans ses détails ; mais nous savons que Rome ancienne comptait plus de vingt bibliothèques publiques, et que les villes les plus éloignées du centre avaient leurs libraires.

Quant à la durée des produits de ce commerce, jugeons-en par ce que nous possédons encore des écrits de l'antiquité grecque et latine. Sans doute il s'en est beaucoup perdu ; mais, si quelque chose doit être pour nous un sujet d'admiration, c'est qu'il en soit autant resté.

Comme il ne s'agit pas d'abréger en quelques mots l'histoire très-étendue de la conservation des monuments littéraires chez les anciens, ni même dans tous les siècles du moyen âge, nous allons seulement recueillir un petit nombre de faits sur les laborieux copistes qui, avec les œuvres volumineuses d'Albert le Grand, de saint Thomas, de saint Bonaventure, eurent désormais à transcrire celles de Duns Scot, de Gilles de Rome, de Guillaume Okam, de Jean Gerson ; sur les libraires qui mettaient en vente ou à loyer ces innombrables ouvrages ; sur les bibliothèques où s'accumulait d'année en année un amas de controverses politiques et religieuses qu'aucun des âges précédents n'avait encore égalé.

Les copistes, qui se servaient peu de l'ancien papyrus et même de notre papier moderne, continuaient à faire la plupart de leurs transcriptions, et les plus belles, sur parchemin.

Il y a pour les connaisseurs une grande différence entre la peau de mouton, de brebis ou d'agneau, qui est le parchemin proprement dit, et la peau plus fine et plus légère du veau, le vélin, dont ils distinguent de nombreuses sortes ; nuances délicates, qui ont fort occupé tous les écrivains de Diplomatiques.

La foire au parchemin se tenait, au moins depuis l'an 1291, dans la halle ou grande salle que les religieux mathurins prêtaient à l'université de Paris. Les marchands informaient de leur arrivée le recteur, qui envoyait compter les bottes de parchemin, et les faisait estimer par quatre parcheminiers jurés. La vente commence alors ; mais pendant les premières vingt-quatre heures, on n'y admet que les maîtres ou les étudiants, les praticiens, les autres particuliers ; et elle n'est ouverte qu'ensuite pour les revendeurs parisiens. Au Lendit, à Saint-Lazare, s'exerce le même contrôle du recteur, et la vente n'y devient libre que lorsque les fournisseurs du roi, ceux de l'évêque de Paris, les maîtres et les écoliers ont fait leurs achats.

La consommation était considérable : un seul amateur, le duc Louis d'Orléans, qui avait d'ordinaire quatre écrivains à travailler, ou, comme on disait, « à labourer » pour lui, achète du libraire Estienne l'Angevin, en 1393, « cinq botes de par-« chemin, au pris chacunes botes de trois frans, pour continuer « à emploiier ès livres commenciés pour monseigneur. » Il faut y joindre, par botte, « xi livres pour parer et netoier ledict « parchemin. »

Descript. de la ville de Paris, p. 81.

Sans croire, comme l'exagérateur Guillebert de Metz, que les écrivains fussent alors à Paris au nombre de plus de soixante mille, tandis que nous savons par Galvaneo Fiamma qu'il n'y en avait pas plus de quarante à Milan vers l'an 1300, il est aisé de voir quelle immense fourniture était nécessaire pour suffire à de tels travaux.

Du Boulay, Hist. univ. par., t. II, p. 499.

Les fraudes inséparables de ce grand commerce étaient sévèrement réprimées. L'université, protectrice de ses copistes, impose aux parcheminiers une espèce de code en douze articles, où, après l'énumération de leurs torts *in universitatis et reipublicæ præjudicium*, elle leur défend de faire entre eux des coalitions, de se tromper mutuellement, de conclure des marchés clandestins, d'acheter ailleurs que dans les foires publiques. Elle se plaint aussi que la plus mauvaise marchandise semble réservée.pour ses suppôts, et elle stipule en leur faveur que s'ils se trouvent là quand le marchand de Paris fait affaire avec le marchand forain, ils pourront, avec un dédommagement de six deniers par livre, prendre pour eux le marché. Ces articles, pour être compris des commerçants et de tout le monde, seront rédigés en langue vulgaire, *sermone romano vel gallico.*

Ibid., t. V,
p. 278.

Notre papier, quoique déjà commun depuis une centaine d'années, ne remplace que tard le parchemin dans le travail des copistes, et les papetiers ne deviennent qu'en 1415 clients de l'université, qui les recommande alors, pour le partage de ses immunités, aux princes, comtes, barons, chevaliers, seigneurs, juges ecclésiastiques et royaux.

Les détails infinis de cette législation prouvent assez combien on veillait sur tout ce qui regardait les études. Il est à croire qu'elle avait aisément pris faveur, ou plutôt que les corporations renoncent difficilement à d'anciens droits ; car, en 1668, lorsqu'il n'entrait déjà plus guère de parchemin dans les écoles, l'usage persistait de faire prêter aux parcheminiers, entre les mains du recteur, un serment absolument semblable à celui qu'ils prêtaient, en 1387, au recteur Jean Morame ; et plus récemment encore, jusqu'à la fin de l'ancien rectorat, le produit de la ferme pour la visite du parchemin, taxé à vingt deniers tournois par botte, fut le seul revenu fixe du chef de l'université de Paris.

Cette redevance, en s'éloignant de son origine, fut contestée. En 1451, et plusieurs années après, la lutte fut très-vive, au Lendit, entre l'abbé de Saint-Denis et le recteur, pour la prérogative de cette visite, qui rapportait quelque chose. Il y eut même plus d'un combat entre les écoliers et les moines, et, à la suite du combat, procès. Mais déjà l'imprimerie était née, qui, en apportant avec elle les conséquences alors incalculables de la multiplicité des livres, devait un jour exposer à bien d'autres dangers que ces puérils conflits le recteur et l'abbé, leurs parcheminiers, leurs copistes et leurs priviléges.

On était encore loin de ces mécomptes, quand la foule des copistes suffisait à peine aux besoins du clergé, des écoles, des parlements, et au nombre toujours croissant des bibliothèques. Dès le siècle précédent, l'usage de l'écriture se propage, et un plus grand nombre de personnes savent signer leur nom. Le goût de la lecture fait les mêmes progrès. A Paris, la rue de la Parcheminerie s'était d'abord nommée rue des Écrivains, et il y avait une autre rue des Écrivains sur la rive droite ; mais cette profession devait être surtout fort répandue dans le quartier des études.

Les services des moines copistes sont assez connus. Les communautés étaient, en général, favorables à la transcription des livres, et le *scriptorium*, ou le cabinet des scribes, était, dès le VIII° siècle, consacré par cette prière, qu'une abbaye de bénédictins, celle de Saint-Guillem du Désert, avait conservée en latin : « Daigne, Seigneur, bénir cette Écritoire de tes « serviteurs et tous ceux qui l'habitent, afin que tout ce qu'ils « y liront ou y copieront des divins livres se retrouve fidèle- « ment dans leur intelligence et dans leurs paroles. » _{Nouv. traité de Diplomatique, t. III, p. 190.}

Il y avait un démon appelé Titivitilarius ou Titivillus, le vétilleux, par corruption d'un mot populaire de l'ancienne latinité : ce démon apportait tous les matins en enfer un plein sac des syllabes que les moines avaient passées dans leur psalmodie de la nuit. Mais une autre tradition, plus encourageante pour les religieux de bonne volonté, raconte que chaque lettre des ouvrages qu'ils avaient transcrits, produite par leur ange gardien devant le tribunal du souverain juge, leur remettait infailliblement un péché. « Écrivez, écrivez, disait un de leurs « supérieurs ; une lettre tracée en ce monde vous sauve un « péché dans l'autre. » Nous aimons à croire, pour eux et pour nous, que les lettres comptées par l'ange protecteur l'ont toujours emporté sur les syllabes recueillies par l'ennemi.

Dans les abbayes de l'ordre de Saint-Benoît, malgré quelques doutes sur le sens de la règle et plusieurs intervalles de relâchement, l'art des copistes est en honneur ; Cluni les dispensait d'assister à une partie des offices. Les cisterciens, dont l'austérité avait blâmé un tel privilége, finirent par montrer une égale ardeur pour ce travail littéraire. Il ne pouvait être interdit aux chanoines de Saint-Augustin, que leurs statuts obligeaient à demander chaque jour des manuscrits : *codices certa hora petantur.* Les prémontrés, dès leur origine, eurent le même goût, et ils ne craignirent pas, non plus que les char-treux, qui furent aussi de laborieux copistes, de prescrire cet emploi du temps à leurs religieuses.

Les deux nouveaux ordres durent être d'abord très-assidus à cette tâche, puisque, selon leur règle, ils n'envoyaient les jeunes frères aux grandes écoles qu'en leur donnant au moins trois ouvrages, la Bible, l'Histoire scolastique et les Sentences. Les livres profanes, qu'ils ne pouvaient copier ni lire sans une permission expresse, ne leur étaient pas absolument défendus. Zélés copistes, ils passèrent aussi pour des acquéreurs dont on craignait la rivalité. Mais ils furent bientôt accusés de sacri-fier l'amour des livres au luxe de la table, à de vaines parures, à de superbes tours, non moins altières que les donjons sei-gneuriaux, « en sorte que le père de famille qui avait introduit « ces nouveaux ouvriers dans sa vigne à la onzième heure se « repentait peut-être de s'y être pris trop tard. »

Philobiblion,
c. 6.

Comme c'est dans les temps où la discipline fléchit que s'affi-che surtout le rigorisme, un cri s'éleva, entre toutes les plaintes dont ce siècle est rempli, contre les religieux qui copiaient les livres. Gerson y répondit. Ses douze Considérations *de Laude scriptorum,* écrites seulement en 1423, pour la défense des chartreux et des célestins, se rapportent à la querelle, sans cesse renouvelée auparavant et depuis, sur les occupations des moi-nes. Après avoir expliqué qu'il ne veut parler ni des écrivains qui composent, ni des scribes ignorants qui ne comprennent point le texte, mais de ceux qui en ont au moins l'intelligence grammaticale, il approuve hautement leurs travaux pour la multiplication et la perpétuité des bons ouvrages. S'ils en reti-rent quelque profit, c'est un moyen pour eux d'accroître leurs aumônes, comme font les chanoines réguliers de Hollande, qui mettaient alors à copier les livres cette activité que le même pays mit plus tard à les imprimer. Pourquoi leur reprocherait-on d'employer à ce labeur les femmes elles-mêmes, à l'exemple

Œuvres, t. II,
col. 693-703.

des six jeunes filles qui copiaient l'immense recueil des OEuvres
d'Origène ?

Les couvents de femmes produisaient en effet d'habiles copistes ; mais nulle d'entre elles ne parvint, comme *exaratrix*,
à la réputation d'une religieuse du XIᵉ siècle dans le double
monastère bavarois de Wessobrunn, la nonne Diemuet ou Die-
mudis, qui a laissé elle-même une liste vraiment imposante de
ses travaux, et que l'on avait représentée sur sa tombe la plume
à la main.

Pez,
Thes. anecd.
nov., t. I,
part. 1, p. xx.

Gerson veut que les manuscrits soient relus soigneusement,
et les fautes corrigées. Il veut surtout que l'on copie le plus
possible. Un ange disait à saint Augustin : *Tolle, lege.* Don-
nez-nous donc des livres, pour que nous puissions obéir à cette
voix céleste.

L'illustre apologiste de la lecture invite les universités, les
monastères, les églises collégiales et cathédrales, à fonder des
bibliothèques, et à faire incessamment travailler, pour les
augmenter, tous ceux qui dépendent d'eux, soit en les dispen-
sant de quelques charges, soit en leur assurant un juste salaire.
On reconnaît avec plaisir, d'un bout à l'autre de son plaidoyer,
l'homme qui parle pour les livres parce qu'il les connaît bien :
car il ne se contente pas de citer des proverbes français :
« Besoin faict vieilles trotter. » — « Les bons livres font les
« bons clers. » Il cite encore, avec les textes sacrés, Cicéron,
Horace et Virgile.

Mais le défenseur des copistes leur impose des devoirs : il
les engage à préférer le parchemin, plus cher, mais plus durable que le papier; il exige que leur écriture soit facile à lire,
nette comme l'écriture italienne, dégagée de traits inutiles,
bien ponctuée, correcte. Toutes ces conditions se trouvent-elles
dans les copistes de son temps? Non, et il a le chagrin de l'avouer.

Avant toute autre injonction, il eût été prudent de leur interdire tout parchemin qui porterait les traces d'une écriture
effacée. Le florentin Nicolas Geri, comte palatin, autorisant, en
1358, le doyen de Saint-Victor de Mayence à instituer six notaires publics en son nom, comprend dans les articles du serment qu'il exige d'eux, l'engagement de ne pas employer pour
leurs actes de parchemin déjà écrit : *unde alias abrasa fuerit*

Nouv. traité
de Diplomatique,
t. I, p. 481 ;
t. IV, p. 467.

scriptura. Que n'a-t-on fait plus tôt cette défense, non pas
seulement aux notaires, mais à tous, et que n'a-t-elle pu être
rigoureusement observée! Moins de bons ouvrages auraient
péri. « On en est assez mal dédommagé, disent les bénédictins,
« par une foule de livres de chœur qui les remplacent. »

Ce vœu n'eût peut-être pas mieux réussi que ceux qui ont
été faits de siècle en siècle pour la pureté et la netteté des
transcriptions.

Les copistes parisiens, soit clercs, soit laïques, étaient renommés pour leur habileté. Guillebert de Metz, le grand admirateur de Paris, «en l'an quatorze cent, quant la ville estoit en
« sa fleur,» compte parmi les personnages notables de cette
ville « Gobert, le souverain escripvain, qui composa l'Art
« d'escripre et de taillier plumes, et ses disciples qui par leur
« bien escripre furent retenus des princes, comme le juenne
« Flamel, du duc de Berry; Sicart, du roy Richart d'Engle-
« terre; Guillemin, du grand maistre de Rodes; Crespy, du duc
« d'Orleans; Perrin, de l'empereur Sigemundus de Rome. »

Ces maîtres du « bien escripre » furent longtemps placés au
premier rang. La lettre parisienne était estimée entre toutes
ces formes de caractères que l'on soumettait dès lors aux clas-
sifications les plus subtiles. Dans le catalogue d'une collection
de manuscrits légués en 1227, par le cardinal Gualo Bicchieri,
au monastère de Saint-André de Verceil, on distingue la lettre
antique ou romaine, la lettre anglaise, la lettre lombarde, celle
de Bologne, celle d'Arezzo, mais avant tout la lettre parisienne. Nos copistes devaient une grande part de cette estime
à la correction des textes.

Un tel mérite était tout à la fois trop honorable et trop utile
pour être abandonné au libre arbitre de chacun. La copie des
anciens ouvrages était, chez les chartreux, sous l'inspection du
prieur, qui consultait les plus éclairés d'entre les frères. Le
vénérable Guigues avait fait la récension de tous les écrits de
saint Jérôme, comme l'abbé de Cîteaux, en 1109, celle de la
Vulgate. Une surveillance semblable était exercée sur les copistes de Paris, lorsque leurs manuscrits étaient à vendre ou à
louer; et cette révision attentive, non moins que leur instruction et l'élégance de leur plume, contribuait à leur réputation.

Ouvr. cité,
p. 55, 84.

Tiraboschi,
Storia, etc.,
t. IV, p. 74,
279.

Il y a maintenant une nouvelle preuve de la confiance qu'inspirait en Angleterre la critique parisienne : le franciscain Adam de Marsh (*de Marisco*), le confrère et l'ami de Roger Bacon, dans une lettre adressée à leur provincial, Guillaume de Nottingham, alors en France, dit qu'il lui envoie le traité de Richard de Saint-Victor sur la Trinité, pour qu'on le corrige à Paris, *corrigendum Parisius*. Les chanoines de S.-Victor, qui devaient avoir les meilleurs exemplaires de ce traité, sont connus par leur collection de bons livres.

Monum. franc., Lond., 1858, p. 359.

L'âge des manuscrits corrects fut déjà celui des manuscrits splendides. On craignait pour les fils de famille les dépenses où les entraînait la séduction des enlumineurs parisiens. Odofrède le jurisconsulte, qui aime à égayer ses commentaires sur le droit, parle ainsi d'un étudiant passionné pour les lettres historiées : « Le père donne à son fils le choix d'aller étudier à « Paris ou à Bologne, avec cent livres par an. Le fils préfère « Paris ; et là, il fait embabouiner (*babuinare*) ses manuscrits « de lettres d'or ; il se fait chausser de neuf tous les samedis ; « il est ruiné. »

Sarti, de Clar. bonon. prof., t. I, p. 150.

Cette supériorité des enlumineurs de Paris ne baissa point, et Dante l'atteste encore. Il n'en fut pas ainsi de celle que nos copistes devaient à leurs éditions correctes. Les deux professions d'écrivain et d'enlumineur ne cessent pas d'être unies dans un acte de l'an 1339, *illuminator sive scriptor ;* quand elles se séparèrent, comme on le voit en 1383, l'exactitude du texte fut souvent sacrifiée à l'éclat des ornements. Toutefois ce mérite de la correction, le plus important de tous, se soutint mieux chez les membres du clergé ou des universités que chez les copistes en langue vulgaire. La physionomie des manuscrits latins subit à peine quelques altérations. Les rubriques dans les livres de liturgie, dans les lois, dans les traités de philosophie, dans les chroniques, continuent d'être en vermillon. Les diverses formes de l'écriture, au moins dans le premier tiers du siècle, restent à peu près les mêmes. Le point sur l'*i*, les diphthongues *ae*, *oe*, liées ou séparées, qui commencent à s'introduire, ne sont pas d'un usage commun. L'exponction, ou la lettre à retrancher, se marque encore par un point au-dessous. Mais l'orthographe devient singulièrement fautive ; la

Du Boulay, t. IV, p. 261, 597.

ponctuation, déjà fort insuffisante, se détériore de plus en plus.

Les copistes, clercs ou laïques, de livres français, obligés de suivre les perpétuelles variations du langage pour rendre la lecture plus facile, s'écartent bien davantage des habitudes régulières que notre langue devait à deux siècles d'une littérature féconde, étudiée et même imitée chez les autres nations. Jamais cette classe de copistes ne fut plus encouragée; car jamais on ne reproduisit, et à de meilleures conditions, un plus grand nombre de manuscrits français : traductions d'auteurs sacrés ou profanes, de contes ou de sermons, de livres astrologiques ou de prières ; vieux poëmes rajeunis ou mis en prose, fabliaux, ballades, chants royaux, étaient demandés et disputés. Mais tandis que, pour répondre à des besoins nouveaux, il se formait comme une nouvelle langue française, l'ancienne, livrée sans contrôle aux caprices des protecteurs, aux complaisances des protégés, s'altéra et se perdit.

Les diplomatistes, qui ont tenu compte des distinctions les plus marquées entre les écritures des diverses nations, ont moins songé à répartir entre les provinces de la France les différentes formes de lettres employées par leurs copistes. Il est certain que toutes ces fantaisies de la main ne pourraient indiquer avec certitude la provenance non plus que la date des manuscrits : la prononciation, et l'orthographe qui en garde toujours quelque chose, sont ici de bien meilleurs guides.

Les plus savants juges en cette matière, impitoyables pour la mauvaise écriture qu'ils nomment « gothique récent, » n'exceptent point, dans leur antipathie contre les manuscrits de cet âge, les exemplaires latins : « La plupart, disent-ils, « sont misérables. Sans parler de l'encre pâle et jaunâtre « qu'on y emploie, l'écriture en est serrée, compliquée, hé-« rissée d'angles, de pans, de pointes et de crochets non moins « ridicules qu'inutiles. La cessation presque totale des études « et des copistes dans les monastères, où l'on n'entendait rien « aux questions embarrassées et aux vaines subtilités que les « scolastiques avaient mises à la mode ; les abréviations arbi-« traires et inintelligibles de ceux-ci, l'invention du papier de « chiffe au XIIIe siècle, le mauvais goût qui régnait alors, tout

Nouv. traité de Diplomatique, t. III, p. 394.

« cela a été cause qu'il ne nous reste de ces temps barbares
« qu'une multitude de manuscrits horriblement laids. On s'ap-
« pliqua cependant toujours à mieux écrire la Bible et les livres
« de piété : l'or et les couleurs n'y furent point épargnés ;
« mais le caractère est toujours le gothique, et les lettrines y
« sont carrées, tremblantes, écrasées, inégales, et d'un goût
« tout à fait bizarre. »

Il faut dire, pour expliquer ce qu'il y a d'outré dans cette
colère, que les ennemis du « gothique récent » comprennent
dans leur proscription les manuscrits du XV⁰ siècle, les plus
affreux de tous, et que, jusqu'à la fin du siècle suivant, les
abréviations excessives, les mots réduits à une seule syllabe,
à une seule lettre, tous ces signes de convention introduits par
ceux qui voulaient écrire vite et recueillir le plus d'instruction
possible dans les écoles de théologie, de médecine et de droit,
font de leur écriture un grimoire fort difficile à déchiffrer. Il
était temps qu'un art nouveau vînt décharger le monde, qui
avait à faire autre chose, d'un pénible labeur auquel il ne suffisait plus.

On a souvent cité ces phrases de la Logique d'Okam, imprimées ainsi, en 1488, au clos Bruneau, d'après des manuscrits
d'étudiants : *Sic hic e fal sm qd ad simplr. A c pducibile a Do,*
g a e. Et silr hic, a n e, g a n e pducibile a Do. Ces énigmes,
où l'obscurité des mots se compliquait de celle du sujet, voulaient dire : *Sicut hic est fallacia secundum quid ad simpliciter.*
A est producibile a Deo, ergo a est. Et similiter hic, a non est,
ergo a non est producibile a Deo.

Chevillier,
Orig. de l'impr.,
p. 110.

La difficulté de percer ces ténèbres fait paraître un peu
moins absurde le vieux conte de l'évêque abrégeant par trop
la lettre où il recommande à son confrère un jeune clerc pour
en faire son diacre : *Otto Di gr. rogt vam clam ut vlit ist.*
clcum cvertere in vum dum, et de l'autre évêque remettant la
lettre à un secrétaire, qui la lit ainsi : *Otto Dei gram rogat*
vestram clam ut velit istum clericum convertere in vivum dia-
bolum.

Lomeier,
de Biblioth.,
c. 8, p. 121.

Les équivoques auraient été plus rares, si les copistes avaient
été d'accord sur la valeur des sigles, et toujours intelligents ;
mais ils n'obéissaient pas tous aux mêmes usages, et plusieurs,

par leurs souscriptions assez grossières, donnent une triste idée de leur esprit et de leur savoir (1).

Aujourd'hui qu'un art conservateur, plus clair et plus sûr, nous garantit de ces divinations hasardeuses et des autres inconvénients d'une transcription imparfaite, rendons justice à ce qu'a fait l'écriture, qui, bornée à ses seules ressources, a bien pu se fatiguer dans sa tâche, s'égarer dans ses combinaisons, mais a su porter courageusement le poids du travail. Qu'on juge de ce qu'elle a fait par les catalogues des manuscrits des grandes bibliothèques, et par notre ouvrage même, qui n'est le plus souvent que l'histoire d'une littérature inédite. On a imprimé de vastes commentaires de l'Ancien et du Nouveau Testament, où nous voyons se dérouler sur chaque verset la longue chaîne des interprétations diverses, des allégories, des homélies; mais beaucoup d'autres interprètes, destinés aussi à nous instruire, n'ont point quitté les rayons chargés de leurs nombreux volumes, pour arriver au vrai jour de la publicité. Des explications que chaque professeur de théologie faisait à son tour du Maître des Sentences, il y en a des centaines dont la presse s'est emparée; mais il en reste des milliers qu'elle ne reproduira jamais. Si le zèle des congrégations a fait revivre dans de somptueux monuments typographiques saint Bernard, Albert le Grand, saint Thomas, saint Bonaventure, Duns Scot, nous ne voyons pas que l'on songe à faire mieux connaître par des collections complètes Roger Bacon, Henri de Gand, Gilles de Rome, Guillaume Okam, dont un grand nombre de traités dorment dans les manuscrits. Les imprimeurs, qui ont multiplié les livres, mais d'autres livres, ne refuseront pas du moins de convenir qu'ils sont loin de nous avoir rendu tout ce qu'avaient transcrit les copistes.

LIBRAIRES.   Les copistes, comme les imprimeurs après eux, fabriquaient des livres pour d'autres, surtout pour les libraires. Nous avons

(1)   *Quod scripsi scripsi; penitet me, si male scripsi.*
      Explicit hic totum; pro pena da mihi potum.
      Detur pro pena (al. *penna*) *scriptori pulchra puella.*
      Explicit, expliciat. Ludere scriptor eat.

eu de bonne heure des marchands de manuscrits. Pline le jeune,
charmé d'apprendre qu'on vendait à Lyon ses ouvrages, écrit
à l'ami qui lui en avait donné la nouvelle : *Bibliopolas Lug-
duni esse non putabam.* Les autres grandes villes des Gaules et
de la France eurent aussi leurs libraires. Mais combien, dans
le cours des âges, les auteurs, les reproducteurs et les marchands de livres, les livres même et toutes les circonstances de
ce commerce, ont dû subir de diverses fortunes !

Pendant plusieurs siècles, la principale activité du trafic
littéraire, à commencer par la transcription, et sans excepter
aucune des sortes de ventes ou d'échanges, se concentra dans
les communautés religieuses : on venait du dehors se fournir
auprès des moines, qui tiraient ainsi du travail de leurs copistes un honorable revenu. Ce genre de commerce n'a point
tout à fait disparu des couvents de l'Italie, qui vendent encore
au peuple des recueils de prières, des Vies de saints, des indulgences, et autres petites pièces imprimées ou manuscrites. En
France, au dernier siècle, les bénédictins de Saint-Vaast d'Arras, comme autrefois ceux du Mont-Cassin, coupaient les marges de leurs plus beaux manuscrits sur vélin, pour y écrire des
oraisons, des exorcismes, que les fidèles de la ville et de la
campagne étaient heureux de leur acheter. Mais nous n'avons
à parler ici que de l'industrie laïque.

Comme le droit civil était interdit aux religieux, les libraires
de Paris, dès l'an 1170, s'étaient pourvus de livres de jurisprudence profane. Pierre de Blois, chanoine de Chartres, qui fut
depuis archidiacre de Bath et de Londres, trouve de ces livres,
libri legum, mis en vente par le fameux libraire B., *ab illo B.,
publico mangone librorum ;* et les jugeant propres aux études
de son neveu, il se hâte de convenir du prix. Par malheur le
prévôt de Salzbourg en offre davantage, et obtient la préférence : *plus obtulit, et, licitatione vincens, libros de domo
venditoris per violentiam asportavit.* Si le prix avait été con-
venu et même payé, le marchand avait deux fois tort; mais
l'amateur mécontent, avec son caractère fougueux et irritable,
ne reconnaît peut-être pas assez, dans son récit, qu'il eut à soutenir contre le prévôt une sorte d'enchère, et que dans ce combat il fut vaincu. Toutefois, comme il croyait avoir le bon

Petr. Bles.
Epist. 71, p. 106.
—Hist. litt.
de la Fr.,
t. XV, p. 381.

droit de son côté, il charge maître Ernaud de Blois de poursuivre l'affaire en justice, et lui suggère d'avance tel et tel article du Code et du Digeste. On ne sait pas s'il y eut procès.

Du Boulay,
t. III, p. 119.

Les libraires n'étaient pas encore sous le patronage et l'inspection de l'université de Paris. Le premier statut, celui du 8 décembre 1275, qui les agrége à ce corps sous le nom de stationnaires, les représente comme tenant de simples entrepôts, avec un droit de commission, qui ne peut dépasser quatre deniers pour livre parisis. Ils doivent afficher le titre et le prix de l'ouvrage, qui, s'il trouve acquéreur, n'est point payé au marchand, mais au propriétaire. Le marchand ne peut l'acheter pour son compte qu'au bout d'un mois. Il prête serment chaque année, ou du moins tous les deux ans, entre les mains du recteur.

Ibid., t. IV,
p. 37, 279.

On a conservé en latin quelques articles de ce serment pour l'an 1302 : « Vous jurez que les livres seront par vous reçus, « gardés, exposés et vendus fidèlement. Vous jurez que vous « ne les supprimerez ni ne les cacherez, mais que vous les ex- « poserez en lieu et en temps opportun. Vous jurez que si vous « êtes consulté sur le prix de vente pour un ou plusieurs ou- « vrages, vous en ferez de bonne foi, moyennant salaire, une « estimation telle que vous donneriez volontiers ce prix dans « l'occasion. Vous jurez que le prix de l'exemplaire et le nom « du vendeur, si celui-ci l'exige, seront placés en évidence « dans quelque partie de l'ouvrage exposé. »

Chevillier,
l. c., p. 313,
318.

Le libraire qui, après avoir fait preuve d'une « littérature « suffisante, » et donné caution, avait ainsi prêté serment, était institué par lettre du recteur. Une de ces lettres, datée du 8 juin 1351, confère le droit d'acheter et de vendre des livres *Parisius et alibi*. Quand il y eut des imprimeurs, ils furent aussi pendant longtemps, à Paris et à Oxford, subordonnés à l'université. Celle de Vienne, en 1384, adopta pour les libraires les règlements de Paris.

Ibid., p. 347,
349.

Les détails certains nous manquent sur l'examen de capacité ; mais nous avons l'acte qui, en 1378, après une information *super bona fama, bonaque vita et conversatione, ac sufficiente litteratura*, confère le titre de libraire à Estienne l'Angevin, un des fournisseurs de Louis, duc d'Orléans. En 1649.

le recteur exigeait encore qu'un libraire lût le grec et comprît le latin. Au contraire, lorsqu'on institua des relieurs jurés, celui de la chambre des Comptes, à sa réception, devait affirmer par serment qu'il ne savait pas lire, pour que le secret des procès-verbaux fût mieux gardé.

La caution du libraire paraît avoir été le plus souvent de cinquante livres parisis : telle est celle qui fut acquittée , le 31 août 1378, par Gaucher Beliart, et dont l'acte est dressé au nom du célèbre Hugues Aubriot, chevalier, garde de la prévôté de Paris. L'université, dans ses archives, compte un grand nombre de cautions semblables, depuis l'an 1316 jusqu'à l'an 1448. Pour les quatre libraires principaux, *magni librarii,* la caution était de deux cents livres. Les sommes, payées d'abord à l'autorité ecclésiastique ou à l'official, ne tardèrent pas à l'être au prévôt, par-devant les notaires du Châtelet.

Le 12 juin 1316, en assemblée générale au cloître des mathurins, l'université rend un décret contre des libraires qui avaient refusé le serment, et qu'elle déclare séparés de son corps et destitués de ses priviléges.

Inventaire de l'univ., D. 18. ccc.

Il paraît que l'administration de cette partie du domaine littéraire n'était point facile ; car de nouveaux abus de confiance donnent lieu, en 1323, à un nouveau code latin de la librairie, où éclate une grande sévérité : « Considérant que les «libraires et les stationnaires se rendent coupables de super-«cheries et de fraudes qui, par l'effet d'une trop longue impu-«nité, décréditent leur commerce à Paris, et qui n'ont pu être « redressées jusqu'à présent pour l'honneur et l'avantage de «l'université, notre mère, dont les maîtres et les écoliers sont «continuellement victimes des malversations de ceux qui ne « voient que leur profit, et non l'intérêt des études; voulant « que l'exercice actuel et futur de ces offices ne donne plus lieu «à de telles plaintes, nous sanctionnons le présent statut. » Il est ensuite établi qu'on ne délivrera ce titre qu'à des gens de bonne réputation, suffisamment instruits du prix des livres, qui aient fourni caution et prêté serment; qu'un libraire, avant d'aliéner aucun ouvrage, sera tenu d'en donner avis à l'université assemblée, de sorte qu'il ne soit pas privé d'un

Du Boulay, t. IV, p. 20?, 20.;, etc.

gain légitime, ni les études, d'un livre nécessaire; qu'il devra
confier les exemplaires à quiconque voudra les transcrire, sans
autre condition qu'un gage déposé par l'emprunteur et le
payement de la taxe fixée. Pour assurer la correction des
textes, il est enjoint de ne louer que des manuscrits examinés :
ceux qui auront été trouvés fautifs seront présentés au recteur et aux procureurs, qui les feront corriger; et le libraire
qui les aura loués sera puni.

Savigny, Hist.
du dr. rom.,
t. IV, p. 508.
Les statuts de l'université de Montpellier, promulgués en
1339, règlent en ces termes le profit permis au marchand : il
peut gagner sur les maîtres ou les étudiants *tres denarios pro
libra ;* sur les autres, six deniers.

Les dispositions rigoureuses arrêtées à Paris en 1323 furent
jurées, cette année-là même, par vingt-huit libraires, dont les
noms ont été conservés, et parmi lesquels se trouvent deux
femmes : ils les jurèrent, *manibus omnium et singulorum
eorumdem ad crucifixum elevatis,* offrant comme garantie de
leur serment tous leurs biens meubles et immeubles, présents
et à venir, selon la teneur des lettres déposées en cour de parlement.

Il y avait cependant dès lors, comme on le voit dans l'acte
même, outre ces libraires jurés, et sous l'inspection de quatre
d'entre eux, de simples étalagistes qui leur payaient caution,
qui ne pouvaient vendre aucun livre au-dessus de la valeur de
dix sols, et qui devaient faire leur commerce en plein air, *nec
sub tecto.*

Ces petits marchands, pour qui semble ici réservé le nom de
stationnaires, n'étaient point compris dans l'engagement que
prenait, en faveur des libraires, le magnifique recteur : « Nous
« avons admis avec bonté à l'exercice des susdits offices tous et
« chacun de nosdits jurés, voulant qu'eux tous et chacun d'eux,
« comme nos féaux, jouissent de nos priviléges, libertés et
« franchises, et les plaçant, ainsi qu'il est juste, par les pré-
« sentes lettres, sous notre protection. En foi de quoi, nous y
« avons fait apposer notre scel. Donné l'an 1323, le lundi avant
« la Saint-Michel, dans notre assemblée générale aux Ma-
« thurins. »

Du Breul,
Neuf ans après, par-devant notaires, comme l'attestait un

contrat gardé au collége de Laon à Paris, Geoffroi de Saint-Leger, clerc libraire et qualifié tel, « reconnaît avoir vendu, « cédé, quitté et transporté, vend, cède, quitte et transporte, « sous hypothèque de tous et chacun de ses biens et garantie de « son corps même, un livre intitulé *Speculum historiale in* « *consuetudines Parisienses,* divisé et relié en quatre tomes « couverts de cuir rouge, à noble homme messire Gérard de « Montagu, avocat du roi au parlement, moyennant la somme « de quarante livres parisis, dont ledit libraire se tient pour « content et bien payé. »

Antiquit. de Paris, liv. II, p. 458.

En 1342, le 6 octobre, l'université, continuant d'amender sa juridiction sur les libraires, ajoute plusieurs articles à ceux qu'ils observaient déjà bien ou mal. Pour les empêcher de surfaire, on y répète l'ordre d'afficher le prix des manuscrits, ce qu'on fit souvent depuis à l'égard des livres imprimés. Dans les précautions nouvelles de cette législation qui ne pouvait tout prévoir et qui était sans cesse éludée, nous remarquerons seulement, lorsqu'il s'agit de la pureté des textes, cette injonction modeste, qui n'était correcte que dans la latinité du temps, *correcta pro posse;* et, lorsqu'il est question de la vente, l'obligation d'exposer en public, pendant quatre jours, aux sermons chez les frères Prêcheurs, tout livre mis en vente, soit par un libraire, soit par un maître ou un étudiant, à moins qu'il n'y ait urgence pour ceux-ci de s'en défaire, et qu'ils n'obtiennent le consentement du recteur. On voulait par là qu'il ne se vendît aucun livre, sans que les maîtres ou les étudiants, qui pourraient en avoir besoin, fussent avertis.

Du Boulay, t. IV, p. 278.

Cette fois, il ne se trouve point de femme parmi les vingt-huit libraires qui prêtent serment.

C'est deux ans après (1344, N. S.) que parut en Angleterre le *Philobiblion* de Richard de Bury, évêque de Durham, grand chancelier d'Angleterre, où l'admiration pour la librairie parisienne s'exprime avec plus d'enthousiasme que de clarté : « O « quel torrent de joie a inondé notre cœur toutes les fois que « nous avons pu visiter Paris, ce paradis du monde, *paradisum* « *mundi Parisius!* Nous y avons toujours passé trop peu de « temps au gré de notre immense amour. Là sont des biblio-« thèques plus suaves que tous les parfums; là, des vergers où

C. 8.

« fleurissent d'innombrables livres ; là, les prés de l'Académie,
« les promenades des péripatéticiens, les hauteurs du Parnasse,
« le portique des stoïciens ; là règne Aristote, l'arbitre de l'art
« comme de la science, l'unique oracle de la meilleure doc-
« trine dans cette région sublunaire ; là, Ptolémée et Genzachar
« mesurent par des figures et des nombres l'épicycle et l'ex-
« centricité des planètes ; là, Paul révèle les mystères, Denys
« coordonne et distingue les hiérarchies ; là, tout ce que Cad-
« mus et les Phéniciens ont inventé de grammaire est .repré-
« senté en lettres latines par la vierge Carmente ; là, nos tré-
« sors ouverts, les cordons de notre bourse déliés, nous sommes
« heureux de jeter l'argent, et il nous semble que des livres
« inappréciables ne nous coûtent qu'un peu de sable et de
« poussière. »

Ce témoignage, tout singulier qu'il est, a quelque valeur ;
car il est d'un homme qui avait fait de riches acquisitions de
livres en Allemagne et en Italie, du plus grand amateur que
nous devions rencontrer dans tout ce siècle, de celui qui disait
qu'à moins de craindre un piége ou d'espérer une meilleure
occasion, il ne faut reculer devant aucun prix, et qui ajoutait :
« Quand il s'agit de la vérité, croyez-en Salomon, achetez, ne
« vendez pas. »

Mais enfin que trouvait-on dans les catalogues suspendus
aux fenêtres de ces vingt-huit libraires jurés, qui devaient,
pour obéir à des statuts souvent réitérés, vendre avec loyauté
des livres sans faute, et à qui Richard de Bury allait demander,
à tout prix, la vérité ?

Nous avons, pour ce temps, plusieurs de leurs catalogues :
il y en a un de l'an 1303 (1304, N. S.), où le titre de chaque
ouvrage, de chaque partie d'ouvrage, est accompagné de la
taxe officielle. Cette taxe était fixée annuellement, au nom du
recteur, par quatre commissaires ou par deux au moins, suivant
des règles assez embarrassées, dont l'application devait avoir
à se débattre contre l'amour-propre et l'intérêt. Les taxateurs,
investis d'un droit exclusif, peuvent cependant consulter des
arbitres. Ils prendront garde que les libraires, dans leurs rapports avec le vendeur et l'acheteur, ne gagnent pas au delà de
quatre deniers pour livre sur un maître ou un étudiant, et de

Du Boulay,
t. IV, p. 203,
278, etc.

six, sur un étranger. Tout pot-de-vin est interdit. Aucun exemplaire non taxé ne peut être vendu. Les ouvrages nouveaux sont soumis à une surveillance plus rigoureuse, et ils ne doivent être vendus ni même communiqués, ou aux libraires entre eux, ou à leurs chalands, avant d'avoir été approuvés, corrigés et taxés.

Il nous reste de ces tarifs publiés aussi par les universités de Bologne, de Modène, de Vienne, de Toulouse. La somme dont chaque article est suivi n'est pas assez forte pour exprimer le prix de vente, et elle le serait trop pour ne donner droit, comme on l'a cru, qu'à une simple lecture ; c'est plutôt un droit de location. Le statut de Paris, en 1323, est formel : *Nullus stationarius alicui carius locet exemplaria quam taxata fuerint.* Échard dit très-bien : *Pretium mutui.* C'est ce qu'il fallait payer, ou pour étudier ces manuscrits chez soi, ou surtout pour les copier. Mais ni la taxation rédigée à Paris en 1304, ni celle de Bologne, ne disent pour combien de temps ils étaient prêtés, ni pour quel usage : tous ces détails devaient varier.

Script.
ord. Præd.,
t. I, p. 288.

Le catalogue de Bologne est à peu près contemporain de celui de Paris. Les prix y sont marqués par *quaterni ;* dans le nôtre, ils le sont par *quaterni* et par *peciæ.* La première division répond à nos seize pages, et la seconde, à la moitié. M. de Savigny, qui l'entend ainsi, regrette de n'avoir pu comparer à la liste bolonaise, qu'il connaissait par Sarti, le tarif imposé aux libraires parisiens. Il en aurait trouvé un exemplaire dans les manuscrits de Vienne : Kollar l'indique, et on peut s'étonner que ni lui, ni du Boulay, ni Chevillier, qui parlent aussi de ce document, n'aient songé à le publier. Il ne sera donc pas inutile d'en extraire quelques articles, suivant une copie qui vient de nos archives, transcrite, vers l'an 1665, au dos d'une thèse de théologie, et qui paraît l'avoir été par Égasse du Boulay lui-même, d'après le Livre du recteur.

Analecta
vindobon., t. I,
col. 335, n. 25.

Arch. de l'univ.,
carton II,
sec. dossier B,
n. 1.

Dans l'assemblée du 24 février 1303 (1304, N. S.), en présence des maîtres en théologie Henri Amandi et André du Mont Saint-Éloi, du régent en médecine Guillaume de Cornouailles, de Guillaume le Breton et des procureurs des nations, sont taxés les ouvrages suivants: Le Commentaire complet de saint Grégoire sur Job, comprenant cent *peciæ* ou cahiers, 8 sols. — Les Homélies du même, en vingt-huit cahiers, 18 deniers. — Le livre des Sacrements, par Hugues de Saint-Victor, en vingt-quatre cahiers, 3 sols. — Plusieurs ouvrages de saint Bernard, en dix-sept cahiers, 2 sols. — Le traité, en quatorze cahiers, *de Principiis naturæ*, par Jean de Secheville (qui avait été recteur en 1256), 7 deniers. Viennent ensuite un grand nombre d'ouvrages de saint Augustin et de saint Thomas, qui la plupart sont taxés très-haut. On paraît faire moins de cas des œuvres de Pierre de Tarantaise, de Robert Kildwardby ; mais celles de frère Bonaventure, qu'on appelle *frater Bonæ fortunæ*, jouissent d'une grande estime. Les sermonnaires sont à bon marché : on a tout le recueil connu sous le nom de *Nimis honorati,* et tout le recueil *Suspendium,* chacun au prix de huit deniers. Voilà pour la théologie.

Le droit fait des progrès chez les libraires comme dans l'opinion. Les décrétales sont estimées 4, 5 et 6 sols, et leurs commentateurs, à proportion. Mais les lois romaines, exclues de l'enseignement public de Paris, soutiennent la rivalité : on ne loue pas à de moindres conditions les diverses parties du Digeste.

Quelques versions latines des interprètes grecs d'Aristote, comme Alexandre d'Aphrodise, Simplicius, Thémistius, sont intercalées dans la théologie ; mais il paraît que déjà on se les disputait un peu moins.

Il ne faut pas oublier que c'est une taxe en faveur des étudiants, *pro exemplari concesso scholaribus ;* qu'elle ne regarde que les Facultés de théologie, de droit, des arts, et que tous leurs livres ne s'y trouvent pas. Beaucoup d'autres devaient ou être compris dans d'autres statuts annuels, ou être prêtés à l'amiable. Aucune de ces taxes ne descend jusqu'aux livres élémentaires.

De Clar. bonon.
prof., t. II,
p. 214-216.
Le tarif de Bologne, donné par Sarti, n'a que des livres de droit. Les volumes y sont moins divisés que les nôtres, et malgré l'incertitude de l'évaluation des monnaies, surtout pour une date qui n'est que conjecturale, on reconnaît qu'ils étaient loués plus cher. Cette comparaison permet aussi de dire qu'ils étaient exécutés avec moins d'économie. On y trouve quelques

œuvres de nos jurisconsultes, Guillaume Duranti, Pierre de Sanson.

L'école de Modène, qui s'était flattée un moment de rivaliser avec celle de Bologne pour l'enseignement du droit, et qui avait fait de vains efforts en 1321 et en 1328 pour réformer les hautes études, inséra dans un nouveau statut rédigé en 1420, et destiné à aussi peu de succès que les autres, un article qui a du moins l'avantage de nous apprendre comment procédaient sur ce point, en Italie, les universités et les villes : « Nous ordonnons « qu'il y ait dans la ville de Modène un stationnaire qui ait soin « de se procurer et de tenir des exemplaires, soit complets, « soit en détail, texte et commentaires, bons et bien corrigés, « des auteurs de droit civil et de droit canonique, comme à « Bologne, en l'autorisant à percevoir pour chaque cahier du « texte (*pecia*) quatre deniers ; pour chaque cahier des gloses « ou de l'apparat, cinq deniers, et quand il s'agit du *Speculum*, « de la Somme et d'Innocent III, six deniers. » La commune garantit au titulaire de cet office un salaire annuel de quinze livres de Modène, ainsi que l'exemption des chevauchées et de tout service militaire. C'est partout le même esprit : on offre des priviléges, mais pour multiplier les instruments d'étude et pour en faciliter l'usage.

Tiraboschi, Biblioteca modenese, t. I, p. 55.

A Montpellier, par les statuts de l'an 1339, le bedeau de l'université (*bedellus generalis*) est chargé du prêt des livres. Tout le monde cependant peut faire ce genre de commerce, mais à des conditions encore plus rigoureuses qu'à Paris. Les manuscrits déclarés incorrects sont confisqués, corrigés et vendus ; jugés par trop fautifs, ils sont brûlés. On paye un denier par *pecia* dans la ville, et deux au dehors. En 1396, ces prix sont augmentés ; un cahier perdu, pour lequel on payait à Bologne une demi-livre, est estimé à Montpellier un écu d'or. Quelques usages diffèrent ; mais nous retrouvons partout cette attention à « dépecer » ainsi les longs ouvrages, pour les mettre à la portée du plus grand nombre et des moins riches. Ce système de location est un des services que l'on doit aux universités.

Savigny, l. c., t. II, p. 284 ; t. IV, p. 506.

Il y aurait de l'ingratitude à ne point rappeler aussi que, dès le siècle précédent, un archidiacre de Canterbury légua

Hemeré, de Acad. par, p. 53, 55.

tous ses livres théologiques au chancelier de Notre-Dame de Paris, en stipulant qu'ils seraient prêtés pour rien aux étudiants pauvres : pensée non moins généreuse que celle qui fait placer dès lors dans les églises des missels enchaînés, ou renfermés dans des cages de fer, comme on en voit encore en Italie, à l'usage des pauvres qui savent lire.

Plusieurs de ces ouvrages prêtés ne devaient jamais être rendus. Malgré l'article qui, au bout d'un an, adjugeait au libraire le gage déposé par l'emprunteur infidèle; malgré d'autres précautions qui devaient assurer la conservation des livres, il s'en perdait souvent, et quelquefois pour toujours. Ce n'est point un portrait de fantaisie que celui de ce jeune clerc du « Departement des livres, » qui, selon le malin conteur, départ ou disperse à travers toutes nos provinces son Virgile, son Ovide, son Lucain, et même les livres de son état, ses litanies, ses patenôtres, ses légendes, en un mot, « toute sa « clergie. » Nous le retrouvons dans ces écoliers que Richard de Bury, non sans une douleur profonde, voyait mettre leurs livres en otage dans les tavernes ou les laisser aux usuriers, comme fit un des précepteurs de Pétrarque, le vieux Convennole, qui perdit ainsi le traité de Cicéron sur la Gloire. Lorsque Richard s'entretint avec Pétrarque à la cour d'Avignon, ils avaient pu gémir ensemble de cette perte, qui n'a pas été réparée.

Hist. litt. de la Fr., t. XXIII, p. 99.

Les marchands de livres étant quelquefois taverniers, les volumes que les étudiants jouaient au tremerel pouvaient être revendus par le gagnant dans la boutique même où le perdant les avait achetés.

Chron. de Godefr. de Paris, suiv. de la Taille en 1313, p. 179, 193.

L'insouciance de ceux qui jouaient ainsi leurs livres, l'abandon que les emprunteurs faisaient si facilement de leur gage, et la modération même des tarifs, semblent prouver qu'on a fort exagéré la rareté et la cherté des manuscrits. On cite la haute valeur attachée à quelques chefs-d'œuvre de calligraphie, à des exemplaires d'élite, ornés de riches peintures, de reliures somptueuses, ou bien à des ouvrages que la transcription n'avait pas encore eu le temps de multiplier. C'est par là, ou par quelques semblables circonstances qui nous sont restées inconnues, que s'expliquent des marchés dont le sou-

venir ne s'est peut-être conservé que parce qu'ils sortaient de
la règle commune.

Frère Agnello de Pise, qui fut gardien des franciscains de
Paris, où il fit bâtir le couvent de son ordre, était devenu ensuite, vers l'an 1235, en Angleterre, le premier provincial.
Après s'être empressé d'y établir d'humbles écoles, *humiles
scholas,* il s'en repentit; car un jour il entendit les frères disputer à grands cris sur cette question, *Utrum sit Deus.* Il dit
alors : « Malheureux que je suis! les simples entrent au ciel,
« et voilà des lettrés qui se demandent s'il y a un Dieu! »
Aussitôt, afin de distraire les novices de ces vaines études, il
envoya dix livres sterling, *decem libras sterlingorum,* pour
acheter les décrétales : prix qui serait fort élevé, s'il ne s'agissait pas de plusieurs exemplaires.

En 1318, le dimanche où l'on chante *Reminiscere,* maître
Amanenus de Aurio, clerc écolier de Paris, reconnaît avoir
vendu à noble homme Jean de Blois, archidiacre de Tulle, un
Décret, *cum additionibus et paleis, in pergameno,* pour 66 livres. Ce devait être une très-belle copie.

Un moine de Corbie, vers l'an 1374, trouve à Paris, chez
le libraire Jean de Beauvais, les décrétales pour 34 francs;
mais il ne peut faire copier l'ample commentaire d'Henri
Bohic à moins de 78 francs 3 sols.

En 1333, les Instituts coûtent 30 sols parisis. En 1340,
une partie des Pandectes est payée à Toulouse 30 livres petits
tournois, mais dans un temps, dit le contrat de vente, *quo
scutati valebant* xv *sol. turon.*

Vers la même année, un fondé de pouvoirs du conseil de
Hambourg achète à Avignon des ouvrages de droit aux prix suivants : *Digestum vetus,* 28 florins; *Infortiatum,* 32 ; *Digestum
novum,* 16 ; Odofrède sur le Code, 15 ; *Speculum* de Duranti, 25. A Paris, on payait 6 sols pour emprunter le *Digestum vetus;* 4, pour le *Digestum novum;* 4, pour l'Infortiat.

C'est aussi en 1340 qu'un religieux de Saint-Bertin achète
21 sols la traduction latine de neuf petits traités d'Aristote.

En 1358, un *Digestum novum* est payé, à Paris, 8 deniers
d'or à l'écu.

Liber conform.,
fol. 79 vo. —
Monum.
franciscana,
p. 549, 559.

Léon
de Laborde,
les Ducs
de Bourgogne,
Pr , t. III, p. 3.

Mss. d'Amiens,
n. 359, 363.

Rev. hist.
du dr. fr ,
mars-avril 1860,
p. 188.
Bandini,
Biblioth.
leopoldino-
laurent., t. II,
col. 45.
Savigny, l. c.,
t. II, p. 420.

Catal. gén.
des mss. de Fr.,
t. III, p. 270.
Rech.
de Pasquier,
IX, 33.

L. de Laborde,
l. c., t. II,
p. 282.

En 1375, maître Pierre, écrivain, reçoit de la duchesse de Bourgogne, femme de Philippe le Hardi, pour la copie d'un petit livre (*qui parvum librum scripsit*), un mouton dix-sept gr. de Flandre. Il en avait reçu, l'année précédente, pour avoir écrit les Heures de la sainte Vierge et autres prières, sept moutons et demi.

Labbe, Abrégé
royal, etc.,
t. I, p. 627-630.

Le 14 juillet 1381, le psautier de saint Louis, mis à l'enchère par maître Thomas de Cussi, « cordelier et liseur du « couvent de Paris, pour la nécessité dudit couvent, » est acheté par messire Jehan, clerc de la chapelle de la reine Blanche, pour ladite reine, « sept vingt et quatre frans. »

L. de Laborde,
l. c., p. 141, 146.

Le 26 septembre 1397, le libraire Robert Lescuier reçoit du duc d'Orléans vingt écus d'or « pour la vendicion d'un livre « où est le faict des Roumains escript en francois, compilé par « Ysidoire, Suetoine et Lucan. » Au mois de décembre de la même année, le même prince achète une Bible en français à Augustin Damasse, « du pays de Lucques, » la somme de quatre cents francs.

On a souvent rappelé que la version latine du médecin arabe Rhazès fut prêtée à Louis XI, en 1471, l'année d'après l'établissement de l'imprimerie en Sorbonne, moyennant douze marcs de vaisselle d'argent mis en gage et une caution de cent écus d'or. Mais il n'est pas étonnant qu'un roi souvent malade ait payé fort cher un médecin.

Nous venons de voir les universités, par le grand nombre de leurs copistes, par la surveillance qu'elles exerçaient sur eux, par les tarifs, par la facilité du prêt, combattre à la fois la rareté et l'incorrection des livres, le prix exorbitant de quelques exemplaires, et le luxe qui encourageait une somptuosité funeste aux études. C'est peut-être assez pour qu'on leur pardonne un certain amour de la routine, une prédilection opiniâtre pour la dispute en latin, et, dans les fonctions délicates de la révision des textes, l'âpreté de quelques censures.

Combien d'inimitiés dut leur attirer cette juridiction sur les livres, qu'elles auraient pu laisser à d'autres! L'Église n'avait Voy. plus haut,
p. 8. point cessé d'en condamner et d'en brûler; elle condamne encore, en 1328, « ung livre plein de mauvaises erreurs, » où deux clercs s'efforçaient de prouver les droits de l'empereur

sur le pape et sur les biens du clergé ; plusieurs autres ouvrages théologiques, de franciscains surtout, sont ainsi proscrits. L'exemple partait de haut, et il fut suivi : les divers
statuts ne permettent point de révoquer en doute l'examen
préalable pour les livres que louaient ou vendaient les libraires
jurés. Il est certain que les leçons d'un professeur de théologie
avaient besoin, pour être exposées en vente, de l'approbation
du chancelier de Notre-Dame, ou plutôt des docteurs qu'il
avait consultés ; et nous ne saurions croire que dans les autres
Facultés de ce grand corps, dont les vingt-huit libraires n'é-
taient que les subordonnés et les agents, rien se publiât sans
sa permission (1).

(1) Si l'on veut connaître quelques autres de ces libraires, voici les
vingt-huit qui prêtèrent serment le 26 septembre 1323 : Thomas de Mal-
bodia (appelé ailleurs de Malobodio), Jean Breton ou de Saint-Paul,
Thomas Normand, Geoffroi Breton, notaire public ; Geoffroi de Saint-
Léger, Guillaume le Grand, de vico Nucum, anglais ; Estienne dit Sau-
vage, Geoffroi Lorrain, Pierre dit Bon enfant, Thomas de Sens, Nicolas
dit Petit clerc, Jean dit de Guyvendale, anglais, sergent de l'université ;
Jean de Meillac, Pierre de Péronne et sa femme, Nicolas d'Écosse,
Raoul de Varedes, Guillaume dit Au baston, Ponce le Bossu de Noblans,
Jean Ponchet, Gilles de Vivars, Jean Breton Juvenis, Jean de Reims,
Nicolas dit Challamame, Nicolas de Ybuna, Geoffroi dit le Normant,
Marguerite, femme de Jacques de Troancia ; Matthieu d'Arras, Thomas
de Wymondkold, anglais. — Serment du 6 octobre 1342 : Thomas de
Sens, Nicolas des Branches, Jean Vachet, Jean Parvi, anglais ; Guillaume
d'Orléans, Robert Scoti, Jean dit Prestre Jean, Jean Poncton, Nicolas
Tirel, Geoffroi le Cauchois, Henri de Cornouailles, Henri de Nevanne,
Jean Magni, Conrad l'Allemand, Gilbert de Hollande, Jean de la Fontaine, Thomas l'Anglais, Richard de Montbaion, Hebert dit Martray,
Yves Greal, Guillaume dit le Bourguignon, Matthieu le Vavassour,
Guillaume de Chevreuse, Yves dit le Breton, Simon dit l'Escholier, Jean
dit le Normant, Michel de Vacquerie, Guillaume Hebert. Les quatre libraires principaux, ou taxateurs des livres, sont, pour cette année, Jean
de la Fontaine, Yves Greal, Jean Vachet, et Alain Breton, premier sergent de la Faculté des décrets. — On peut joindre à ces noms ceux des
libraires nommés dans l'ordonnance du 5 novembre 1368, qui exempte
du guet de jour et de nuit : maître Foucault de Dole, Jean de Beauvais,
Jean de la Porte, Roland Gautier, Henri Luillier, Estienne Ernoul,
Guillaume Lescouvet, Agnès d'Orléans, Denis Benart, Philippot de
Troyes, Jean Chastaigne, Antoine de Compiègne, Guillaume le Conte,
Jean Lavenant. — Nous trouvons enfin, dans des pièces inédites, les

Du Boulay,
t. IV, p. 204. —
Voy. Kirchhoff,
Die Handschrif-
tenhändler
des Mittelalters,
p. 86-100.

Du Boulay,
t. IV, p. 279.

Ord., t. V,
p. 686.

Mais toute publication ne relevait point du gouvernement
des écoles. Dans les couvents, le bibliothécaire (*armarius*),
qui présidait au travail des scribes, n'avait besoin que de l'aveu
du supérieur. A s'en tenir aux listes des universités, qui n'admettent que les ouvrages de haut enseignement, il y aurait eu
bien peu de livres, tandis que les manuscrits étaient en effet
multipliés de toutes parts, dans le clergé séculier, surtout dans
les cloîtres, avec une infatigable activité, et qu'en dehors de
cette littérature scolastique ou théologique il y a toute une
société, la société laïque, dont il commence à être question
dans le monde, et qui prétend désormais avoir des livres à elle.
Alors devient de jour en jour plus riche et plus variée, dans le
commerce et dans les bibliothèques, une classe de livres moins
sujette à l'examen, celle des livres en langue vulgaire.

S'il n'est point probable que les ordres religieux, qui jusqu'à
la fin sont restés en possession, comme après eux les communautés littéraires ou les académies, d'examiner et d'autoriser
eux-mêmes leurs écrivains, aient jamais employé, pour la vente
ou la location de leurs livres, des intermédiaires subordonnés
au recteur, ni que ceux-ci aient obtenu de l'université de Paris
la permission de louer ou de vendre les petits traités dirigés
contre elle par saint Thomas d'Aquin et saint Bonaventure, il
est tout aussi peu vraisemblable qu'on ait mis en dépôt chez
eux la collection sans cesse croissante des pièces satiriques et
facétieuses qui circulaient en français contre la noblesse et le

Archives
de l'université
de Paris.
noms suivants : ann. 1316, Geoffroi de Bauer; 1323, Jérôme de Noblans,
donne caution de cent livres parisis; 1325, Jean le Prestre, cinquante
livres; 1338, Richard de Montbaion, Geoffroi de Buliane, Jean de Semet,
chacun cinquante livres; 1343, Guillaume Poinconnet, libraire clerc;
1350, Henri Leschelade, Agnès, veuve de Guillaume d'Orléans; 1353,
Henri Guiletz; 1371, Yvon Drun et sa femme; 1372, Jean Garel dit Charles,
cinquante livres par-devant notaires; 1377, Yvert de Cahersaous, 1378,
Martin Clericii, parcheminier et libraire, à l'official, cinquante livres, 1379,
Jean de Gauchy, même somme; 1387, Jean Monachi, parcheminier et libraire; Jean Postel, Jacques de Vadis, libraire et stationnaire; 1388, Simon
Millon, libraire et relieur; 1389, Robert Lescuier (un des libraires du duc
d'Orléans), fournit par-devant notaires caution de deux cents livres,
comme taxateur; Jean Favoré, libraire et papetier; 1391, Charles Gari-
neau, cinquante livres; 1392, Nicolas Lesueur, deux cents livres, etc.

clergé. Il devait même arriver rarement que des ouvrages français plus sérieux et plus graves fussent mêlés à leur exposition publique de livres latins.

Un des plus anciens marchands de livres français paraît être Herneis le Romanceur, qui, dans le siècle précédent, à la suite d'une traduction du Code de Justinien, publiait cet avis : « Ici faut Code en romanz, et toutes lois del Code « i sont. Explicit. Herneis le Romanceur le vendi, et qui vou- « dra avoir autel livre, si viegne à lui. Il en aidera bien à con- « seillier, et de toz autres. Et si meint à Paris, devant Nostre « Dame. » Là, en effet, se vendaient les livres pour les études : *Paravisus est locus ubi libri scholarium venduntur.* Ce libraire-là devait être surveillé.

Adrian, Catal. mss. acad. gissensis, p. 270-278.

J. de Garlande, Dictionn., p. 608.

Dans le monde nouveau que nous voyons se séparer de l'ancien monde théologique, il y avait certainement place pour un commerce de livres que n'atteignait point la censure des quatre commissaires délégués par le rectorat. Mais comme la société ecclésiastique est à peu près la seule qui ait eu des historiens, dès qu'on s'en écarte, l'incertitude commence, et on ne peut guère procéder que par conjectures. Nous recueillerons du moins quelques faits qui permettent d'entrevoir, pour les autres classes que la lecture commençait à éclairer, des agents de publicité indépendants du recteur et de sa juridiction.

À l'exemple des rois, qui ont déjà dans leurs collections moins d'ouvrages de liturgie et de théologie latine, les princes du sang, presque tous amateurs de livres, en font surtout copier de français. Lorsqu'ils emploient des libraires, ils subissent sans doute la loi commune de la surveillance. Ainsi le duc d'Orléans, le 9 septembre 1394, paye à maître Olivier de Lempire, libraire à Paris, deux cent cinquante écus d'or pour une Bible latine, la Consolation de Boëce, le Jeu des Échecs « et autres romans, » accompagnés d'un bréviaire à l'usage de Paris; le 23 septembre suivant, à Jean de Margon, « scelleur « de l'université, » vingt francs d'or pour les Épîtres de saint Paul, et quelques jours après, dix francs au libraire Étienne l'Angevin, destinés à quatre écrivains « qui escrivent livres « pour « icelui seigneur; » au mois de décembre de la même année, quatre vingt douze francs quatre sols parisis au même Étienne,

L. de Laborde, l. c., p. 90.

pour une version française des Histoires scolastiques; cent francs, à Henri du Trevoux, pour le Rational des divins offices; dix-huit livres tournois, à Gilet le Prevost, pour la Somme le roi dite Vices et vertus, et pour la Vie de saint Denis de France.

Il est plus douteux que ces amateurs privilégiés se soumissent à aucune censure, lorsqu'ils occupaient chez eux des copistes à transcrire les récits de chasses, de tournois, de batailles, ou les ballades, les chants royaux, que leurs clercs et leurs ménestrels avaient faits pour les distraire ou les flatter.

Les quatre délégués avaient-ils quelque chose à voir aux Chroniques et Gestes que les grandes familles faisaient compiler par les gens attachés à leur maison?

Le trouvère ou le jongleur qui s'en allait de province en province récitant ou lisant les vieux poëmes de Charlemagne ou de la Table ronde, à l'aide du modeste manuscrit qu'il avait copié lui-même, et qu'il arrangeait à sa fantaisie selon l'auditoire qu'il rencontrait en chemin, devait être difficilement justiciable des inspecteurs de la librairie nommés par l'assemblée des Mathurins.

Dans la farce du *Vendeur de livres,* beaucoup plus moderne, mais où se perpétuent les anciens usages, deux honnêtes femmes se mettent à battre le marchand, parce qu'il étale et crie devant leur porte des livres qui leur déplaisent, et dont le titre semble indiquer en effet qu'on censurait peu ces colporteurs d'œuvres badines.

Il y a sur tous ces points des questions qui pourront être éclaircies un jour par des études plus approfondies ou plus heureuses; mais il nous semble que dans cet âge d'inquiétude et de curiosité, qui travaille moins pour lui que pour l'avenir, le nombre croissant des moyens d'instruction, la conservation moins précaire des œuvres de l'intelligence, moins d'insouciance dans la foule pour les matières d'intérêt public, la diffusion des ouvrages écrits dans une langue comprise de tout le monde, dégagent peu à peu la France des entraves qui l'enchaînaient depuis longtemps, et que, là comme ailleurs, s'annoncent déjà plusieurs des conquêtes que les siècles suivants vont achever.

L'accroissement du nombre des livres et des bibliothèques Bibliothèques ecclésiasti- ques. pendant ce siècle a pu servir de prétexte au fameux jésuite Hardouin pour y placer cette nuée de faussaires qui ont, selon lui, fabriqué presque toutes les œuvres sacrées ou profanes attribuées à l'antiquité. Attendre si tard, c'était décréditer d'avance le jeu d'esprit qui porte son nom. Nous concevons fort bien que le hardi critique, pour débarrasser ses confrères de quelques textes de saint Augustin qui les gênaient, et peut-être aussi pour faire un peu plus de bruit que ne semblait lui en promettre son commentaire sur Pline, ait imaginé de soutenir que les écrits d'Augustin et de beaucoup d'autres, une multitude de constitutions apostoliques, d'actes des conciles, avaient été forgés, ainsi que la plupart des auteurs latins et même grecs, par une société impie d'écrivains pseudonymes, *cœtus impius*, Prolegomena, p. 16, 17, 83, 100, 109, 119. *sceleratum agmen*. Mais nous comprenons moins qu'il ait eu l'idée d'aller chercher cette merveilleuse compagnie de savants et de menteurs dans les monastères de la France au XIVe siècle. Il était impossible de choisir plus mal : ce siècle, qui n'a point manqué d'énergie politique, a tout à fait ignoré ce que c'était que la poésie et l'éloquence ; nos ancêtres d'alors, même les plus désœuvrés, songeaient à tout autre chose qu'à inventer des odes sous le nom d'Horace, ou l'Énéide sous le nom de Virgile. Jamais le sentiment du beau n'avait été plus effacé dans tous les genres d'écrire. On lisait les auteurs latins, on les transcrivait, on les citait ; mais le moment n'était pas encore venu pour les nôtres de songer à leur emprunter l'art du style. C'était donc là moins qu'ailleurs que le docte rêveur pouvait espérer de trouver ses imposteurs de génie.

Peu lui importait : il fallait enlever des autorités au parti contraire, surtout celle de saint Augustin, qui entraînait dans sa proscription, avec ses disciples Prosper et Fulgence, tous les écrivains qu'il avait cités. « Ainsi, disait-il, presque tout le St-Hyacinthe, Mém. de littér., p. 421. « chapelet de l'antiquité doit défiler. » Sont exceptés, chez les Grecs, les poëmes d'Homère, l'histoire d'Hérodote ; chez les Latins, les comédies de Plaute, neuf églogues et les Géorgiques de Virgile, les satires et les épîtres d'Horace, Pline : tout le reste est faux. Et qu'on ne lui dise pas qu'il est invraisemblable de prêter à de pauvres moines tant de belles compo-

Prolego.n.,
p. 170.

sitions qu'il déclare modernes, et les autres œuvres des deux
grands poëtes : il trouve, quarante ans avant lui, chez ses
confrères, des poëtes égaux ou supérieurs à la prétendue antiquité latine, le père Malapert et le père Mambrun.

Mais pourquoi attend-il jusqu'à Philippe de Valois et à
Charles V pour supposer la naissance de toute une riche litté-
rature dans les abbayes de Saint-Germain des Prés, de Saint-
Denis, de Corbie, de Luxeuil, de Fleuri-sur-Loire? Le voici.

Ibid., p. 182,
196.

C'est qu'alors furent établies enfin des bibliothèques, *quæ*
nullæ fuerunt ante sæculum XIV. Pour un savant, l'erreur est
grossière : elle est née peut-être d'une association d'idées qui
se présente d'elle-même, et dont il ne parle pas.

Si la fondation de la bibliothèque d'Alexandrie fut l'occasion
d'un grand nombre d'œuvres apocryphes qui, sous des noms
illustres, furent offertes aux Ptolémées; si les premiers imprimeurs accueillirent aussi, sans trop s'enquérir de l'origine,
les manuscrits qu'on leur apportait de tous côtés, nos premières bibliothèques ont bien pu s'empresser d'admettre toute

Ibid., p. 189,
193.

cette fausse antiquité profane, à la suite de ces faux Pères de
l'Église imaginés par une société d'athées ; confiance fort excusable, puisque le moine grec Planude, vers le même temps,
en 1350, traduisit comme anciens les livres attribués à saint
Augustin sur la Trinité, bien peu d'années après la composition de ces livres, et que tout à l'heure encore des sermons du
même Père venaient d'être fabriqués par un Flamand.

Nouv. tr.
de Diplomat.,
t. III, p. 83.

Quant à ce mot même de Trinité, toutes les chartes où on le
trouve avant l'an 1300 ou 1310 sont proclamées fausses, et il
n'est ni latin ni chrétien.

Tout cela ne pouvait être sérieux; car, pour ne voir que le
côté historique de la question, si un jésuite n'avait pas eu de
répugnance à consulter ces bénédictins qu'il accusait d'avoir
été des faussaires, les catalogues dont le recueil allait être
publié par Montfaucon, et d'autres catalogues encore plus anciens, auraient suffi pour décourager l'avocat d'une mauvaise
cause, puisqu'ils lui auraient montré depuis des siècles, en
possession d'une gloire incontestée, à côté de saint Augustin
et de saint Prosper, tous ces grands écrivains qu'il juge à peine
comparables aux poëtes latins de la Société de Jésus.

Il est vrai que nos bibliothèques, sans s'être enrichies d'un si magnifique supplément dans la théologie et dans les lettres, vont désormais, malgré les malheurs et les troubles du dehors, s'offrir à nous plus nombreuses, plus variées, plus accessibles. Une imagination vive, dédaignant les faits et les dates, pouvait se figurer, dans cette ardeur nouvelle à rassembler des moyens d'étude et d'instruction, un symptôme effrayant d'impiété, de sacrilége, d'athéisme ; car voilà ce qu'on prétend avoir vu sortir de toutes ces collections de livres, même de celles des couvents. Non ; il s'y préparait seulement, pour un temps encore éloigné, un changement dans les intelligences et les affaires humaines.

Nos plus anciennes bibliothèques paraissent avoir été celles des chapitres des grandes églises.

Quand la direction des esprits eut cessé d'être laïque, le clergé disposa des livres comme de tout le reste : il en a beaucoup conservé. Nous avons vu les cardinaux et les évêques continuer la succession des prélats qui avaient respecté les monuments littéraires. Nul ne montra plus de goût pour les collections savantes que l'évêque de Toulouse, Bertrand de l'Ile-Jourdain, qui laissa, en 1286, trois bibliothèques, la première de droit civil, dirigée par un professeur ès lois ; la seconde, de droit canonique ; la troisième, de théologie. Sans doute il avait aussi des livres de médecine ; car il entretenait trois médecins.

Vaissete, Hist. de Languedoc, t. IV, p. 53.

Le haut clergé, lorsqu'il lègue des livres à une église ou à un monastère, en excepte souvent ceux de droit civil, pour ne pas encourager dans les clercs une étude propre à les détourner du droit ecclésiastique, et à en faire, comme on ne craignait pas de le dire, « des amis du monde et des ennemis de Dieu. »

Richard, Philobibl., c. II.

Cette restriction, qui n'est point générale, et qui s'explique par l'envie de défendre le terrain que perdait la théologie, n'empêche point les prélats d'enrichir et de propager, par leurs dons et par leur exemple, ces dépôts de livres, formés dès l'origine dans le trésor des églises canoniales. Les manuscrits y avaient souvent la même parure que les objets sacrés : on admirait les somptueux ornements des Bibles, des évangéliaires, des missels, des rituels, que la munificence épiscopale et l'émulation des fidèles ne cessaient d'y rassembler. Un grand nombre subsistent encore ; il s'en trouve de longues listes dans les testaments, dans les archives capitulaires, dans les histoires particulières des églises. Pour ne point faire à notre tour des catalogues, nous indiquerons seulement quelques témoignages du prix qu'on attachait à cette partie du mobilier religieux.

Joly,
Tr. des Écoles
épisc., p. 243.

A Notre-Dame de Paris, le chevecier, sous la direction du chancelier, est tenu, par un acte de l'an 1215, de corriger les livres sans chant, de les relier, de les conserver en bon état : *libros sine cantu corrigere, ligare, et bono in statu conservare.* Ces livres étaient à la disposition des écoliers pauvres qui étudiaient en théologie. Comme on les dérobait, le chapitre obtint contre les détenteurs une excommunication du légat du pape Eugène IV. En qualité de conservateur des livres, le chancelier avait des obligations que nous retrouverons parmi celles du bibliothécaire des couvents ; il devait faire, au nom du chapitre, toutes les harangues latines dans les occasions solennelles.

On a vu quelle attention Eudes Rigaud, l'archevêque de Rouen, donne partout, dans ses visites, aux livres de son clergé. Le synode de Rouen fait aussi, en 1335, d'utiles règlements pour la conservation et la réparation des livres.

Baluze, Hist.
Tutel., col. 700.

L'année suivante, Bernard de Chanac lègue à l'église de Tulle, dont il était chanoine, le texte et plusieurs commentaires des décrétales, ainsi que d'autres ouvrages de théologie, qu'il faudra, dit l'évêque, placer avec soin et conserver à toujours dans une chapelle, *ad usum et utilitatem communem nostri capituli.*

Bullet.
du bibliophile,
1857, p. 467-
469, 469-477.

En 1351, Jacques d'Audeloncourt, docteur en droit, doyen de l'église de Langres, chanoine de Paris et de Terouane, dans l'acte où il laisse une partie de ses livres à l'abbaye de Clairvaux, en réserve quelques-uns pour ses anciens confrères du chapitre de Langres.

Un legs plus intéressant pour nous est celui d'un autre doyen du même chapitre, Jean de Saffres, qui, en 1365, l'enrichit de cent quarante-cinq volumes, dont l'inventaire, accompagné de l'estimation, nous explique comment il se trouve un assez grand nombre de livres profanes dans les bibliothèques capitulaires.

Avec des ouvrages de liturgie et de droit, avec Virgile, Juvénal, Sénèque, le Trésor de Brunetto Latini et quelques traductions, cet inventaire comprend le *Renart*, estimé deux florins
de Florence ; *Girart de Roussillon*, en provençal, un gros ; le
même, en français, quinze gros ; *Garin le Loherain*, quatre
florins ; *Aimeri de Narbonne*, deux francs d'or ; *Raoul de Cambrai*, huit gros ; *Bueves de Barbastre*, trois gros ; *Jehan, dit de
Lanson*, six gros ; *Parise la duchesse*, un gros ; *Merlin*, quinze
gros ; *Courberan d'Oliferne*, un demi-gros ; *Gibert dit Desreé*,
deux gros ; les *Sept sages*, trois gros ; les *Machabées*, quatre
florins ; *Troie la grant*, douze gros ; *Florimont*, dix-huit gros ;
la *Rose*, quatre florins ; *Beaudoux*, douze gros ; *Cligès*, trois
gros ; *Perceval le Gallois*, quatre florins de Florence ; *Basin et
Gombaud*, cinq gros ; *Amadas*, dix-huit gros ; *Galaad*, quatre
florins ; neuf *quaterni* de *Lancelot*, neuf gros ; un cahier de
Tristan, un florin ; un autre *Tristan*, vingt francs d'or, etc.
Plusieurs des romans dont nous avons ici le prix n'étaient point
complets.

Les anniversaires des morts étaient quelquefois payés en
livres. Hugues de Mont-mayeur, abbé de Saint-Rambert, en
Bugey (1361-1380), s'acquitte ainsi envers l'église de Lyon,
qui constate le fait dans son Nécrologe : *Dedit nobis decretales
pro duobus anniversariis.*

Gall. christ.,
t. IV, col. 236.

Le 7 octobre 1387, Pascal Huguenot, de Saint-Junien, en
Limousin, docteur en décret, conseiller du roi, envoie de Paris
au chapitre de sa ville natale un Graduel sur vélin, avec les
proses latines et françaises notées, de très-riches vignettes, et
la figure de sainte Radegonde. Il y a beaucoup d'autres exemples de magnifiques volumes offerts au trésor des églises.

Notes mss.
des bénédictins.

Les bibliothèques monastiques, moins riches en belles peintures, en ornements d'or et de pierres précieuses, l'empor-
taient par le nombre des volumes aussi bien que par la sévérité
du choix.

L'ordre de Saint-Benoît, sans se distinguer toujours par des
travaux littéraires que sa règle ne lui recommandait pas, eut
toujours un certain penchant pour l'étude, et il mérite encore
ici le premier rang. C'est lui qui paraît avoir institué, avec la
bénédiction du *scriptorium*, celle des livres, dont la formule

Martene,

nous est parvenue par les manuscrits de son abbaye de Fleuri-
sur-Loire, et qui, en appelant la faveur divine sur la copie des
textes sacrés, comprend toute action pieuse et morale dans la
même prière : « Seigneur, que la vertu de ton Esprit saint des-
« cende sur ces livres ; qu'elle les purifie, les bénisse, les sanctifie,
« éclaire doucement le cœur de ceux qui les lisent, et leur en
« donne la vraie intelligence ; mais accorde-nous aussi d'être
« fidèles aux préceptes émanés de ta lumière, en les accomplis-
« sant, selon ta volonté, par de bonnes œuvres. »

Nous retrouverions ce même respect pour les livres dans
toutes les abbayes bénédictines.

Celle de Condom, devenue le siége d'un évêché en 1317,
avait eu pour avant-dernier abbé Arnauld Odon, mort en 1305,
après avoir fait copier, entre autres ouvrages, un *Officiarium*
ou bréviaire, et une Exposition de la règle de saint Benoît ;
mais il y avait joint un Glossaire d'Ugutio, comme pour inviter
ses moines aux études grammaticales. La même chronique où
sont enregistrés les noms des abbés ne dédaigne point de
nommer avec eux un simple moine, copiste d'un grand nombre
de livres liturgiques, et de lui donner le titre de *bonus et utilis
monachus*.

Bernard de Valbonne, abbé de Saint-Guilhem du Désert,
ordonne, par son décret du 29 juin 1305, que les livres des
moines soient déposés, à leur mort, dans la bibliothèque du
cloître, *in armario claustri,* dont le soin doit être confié,
chaque année, à deux religieux qui ne pourront disposer d'un
seul volume sans le consentement du chapitre. On reconnaît,
dans ces mesures de conservation, l'ordre ami des lettres, qui,
pour répondre aux offres que venait de lui faire Geoffroi, comte
d'Anjou, ne demande pour un de ses monastères que la dîme
des cerfs ou biches de l'île d'Oleron, dont la peau devait servir
à couvrir ses livres.

Nous avons cependant de la peine à croire que ces religieux
eussent jamais réuni dans leur abbaye de Saint-Vincent de
Laon les vingt-deux mille manuscrits que l'on prétend y avoir
été brûlés en 1359 par les Anglais, sous l'abbé Pierre de Villiers. On ajoute que son successeur Jean des Nouelles, dit de
Guise, pour réparer cette perte, en recueillit à lui seul jusqu'à

onze cents, selon les uns ; jusqu'à onze mille, selon les autres. C'était beaucoup, mais trop peu pour ceux qui en auraient regretté vingt-deux mille.

Dans la compilation faite par un religieux de Saint-Père de Chartres, en 1373, sous le titre d'*Apothecarius moralis*, se trouve un abrégé du répertoire des livres de l'abbaye, qui possédait, quand il fut rédigé en 1367, deux cent vingt et un volumes, où quelques ouvrages de grammaire, d'arithmétique, de géométrie, de musique et d'histoire étaient mêlés aux recueils théologiques et aux livres de liturgie. Dans ce monastère et dans les prieurés de sa dépendance, il y avait, depuis deux siècles, une cotisation annuelle pour la copie ou l'achat des livres, comme à Fleuri, à Corbie, à Vendôme.

Cat. des mss. de Chartres, p. 142-151. — Biblioth. de l'Éc. des ch., 3e série, t. V, p. 264.

En 1389, deux moines de l'abbaye de Saint-Denis sont envoyés à la poursuite de quelques ouvrages qu'on disait écrits de la main de leur prétendu Denis l'aréopagite, le premier évêque d'Athènes, et dont la promesse leur avait été faite par un imposteur grec, nommé Paul Tagari, soi-disant patriarche de Constantinople. Ils vont le chercher jusqu'à Marseille, jusqu'à Rome. L'aventurier, qui avait obtenu du roi de Chypre trente mille écus d'or en lui donnant l'onction royale, et du pape d'Avignon une réception magnifique en lui promettant la réunion des deux Églises, avait trouvé, en présentant aux bénédictins un appât selon leur goût, le plus sûr moyen de les tromper.

Relig. de S.-Den., liv. x, c. 13.

Le bibliothécaire avait, chez eux, des fonctions fort diverses, au témoignage de Jean Tirel, qui remplit, vers l'an 1360, cette charge à Marmoutiers. Entretenir les livres nécessaires, soit pour les offices divins, soit pour les études grammaticales et philosophiques des novices confiés aux soins de l'écolâtre, soit pour l'instruction élémentaire des enfants dans le cloître ; conserver, sinon les livres français, gardés par le bailli, officier de l'abbaye pour le temporel, du moins tous les ouvrages latins ; se faire remettre, au nom de l'abbé ou du bailli, les livres des frères décédés ; surveiller l'écrivain et le relieur gagés par le couvent, tels sont les moindres devoirs de sa place. Il faut encore qu'il rédige les obédiences des religieux, les convocations pour les élections ou les anniversaires, les *rotuli* ou

Not. mss. des bénédictins.

billets de mort envoyés aux prieurés de la dépendance et aux maisons en communion de prières; qu'il avertisse ceux qui lisent les leçons, les épîtres, les évangiles, des fautes qu'ils ont pu faire contre la quantité; qu'il prononce ou fasse prononcer par d'autres les discours pour les conférences capitulaires, et le sermon solennel qui ouvre le chapitre général. Pour tous ces services, il lui est dû annuellement, le jour de la réunion du chapitre, par chaque prieur non conventuel, douze deniers, et par chaque prieur conventuel, deux sols.

Les relieurs, que ces conservateurs si occupés avaient sous leurs ordres, étaient rarement habiles; car ce n'est point par la reliure que brillent les manuscrits des couvents. Il y avait cependant des exceptions : à Marmoutiers même, sous l'abbé Girard du Puis (1363-1376), un religieux italien, nommé Jean, se fit admirer comme relieur d'une magnifique Bible pour l'abbaye de Pontlevoy. Les moines, par reconnaissance, lui accordèrent, à sa mort, les prières et les suffrages usités pour leurs confrères.

Dans les statuts donnés au collége de Cluni par le chef de l'ordre, Henri de Fautrières (1308-1319), la garde des livres est remise au prieur, ou au sous-prieur, ou à l'étudiant capable qu'ils auront délégué; chaque frère, sans acception de personne, peut en avoir communication selon la nature de ses études; le titre de l'ouvrage, l'année et le jour du prêt, le nom de celui qui emprunte, sont inscrits sur un registre; une fois l'an, le jour des Cendres, en présence de tous, on fait l'inventaire et le recolement. Le plus célèbre des clunistes, Pierre le Vénérable, qui écrivait à un de ses moines que les livres étaient pour eux plus précieux que l'or, est aussi celui qui, pour aider l'ermite Gislebert à écarter les tentations, lui conseillait de copier des livres.

Epist., IV, 35; I, 20.

Cîteaux, après avoir résisté à ce goût qu'il avait blâmé dans Cluni, non content d'avoir à son tour ses *scriptoria* et ses copistes, faisait allumer une lampe devant l'armoire des livres, pour encourager les moines à la lecture. Seulement leurs manuscrits, fidèles à la simplicité primitive, n'admettaient ni lettres peintes ni miniatures; règle observée aussi à Clairvaux, où l'abbé, Pierre de Virée, amateur des livres de luxe, est obligé encore en 1472 de recourir à un enlumineur de Troyes.

Clairvaux cependant ne s'en tint pas toujours à la théologie ascétique et liturgique : cette année-là même, à côté de vingt-quatre exemplaires des versions latines des œuvres d'Aristote, on y comptait une quinzaine d'anciens auteurs latins.

Cat. des mss.
de Fr., t. II,
p. 227, 942.

Les carmes, qui furent de laborieux copistes, héritèrent, en 1329, des livres du cardinal Michel du Bec, à condition d'en accuser réception par acte public, et de les enchaîner (*incatenentur*) dans la bibliothèque de leur couvent de la Croix-Aimon ou de la place Maubert. Ces livres, tous de théologie, étaient nombreux, et il y en avait d'une grande valeur, comme une Bible glosée, en douze tomes. Le testateur ne laisse aucun doute sur son intention de favoriser les études, puisqu'il dit en propres termes : *pro communi libraria et usu fratrum vestri ordinis Parisius studentium.*

Fr. du Chesne,
Hist. des card.
fr., t. I, p. 392
t. II, p. 278.

Des chanoines réguliers, c'est à ceux de Saint-Victor que l'on doit la plus belle collection de livres. Aussi Rabelais va-t-il prendre chez eux tous ces merveilleux ouvrages dont il transcrit, en riant, les titres imaginaires. Il y avait des traités fort bizarres dans toute bibliothèque théologique ; mais nous voyons, par ceux qui nous restent des victorins de Paris, combien ils avaient aussi d'ouvrages sérieux et utiles. Leur règle nous apprend qu'ils savaient les conserver. L'*armarius* doit étiqueter les volumes, les inscrire au catalogue, en faire la revue deux ou trois fois l'an, et prendre garde qu'ils ne soient ni trop serrés, ni dérangés de leur place. En cas de prêt, qu'il enregistre et le titre du livre, et le nom de l'emprunteur, et le gage déposé, au moins d'une valeur égale. Qu'il ne prête aucun ouvrage considérable ou précieux, sans la permission de l'abbé. Il est, comme chez les bénédictins, chargé de tout ce qui regarde la fourniture du parchemin, des plumes, de l'encre, des canifs, des poinçons, et il choisit et surveille, en prenant les ordres de l'abbé, les copistes du dedans et du dehors. Toute espèce d'écriture, soit pour les billets funéraires, soit pour la correspondance, est de son ressort. Il établit ses écrivains dans un lieu tranquille, à l'écart, où l'abbé, le prieur et le sous-prieur auront seuls avec lui le droit d'entrer ; il veille à la pureté des textes, à la ponctuation, à la reliure, à l'entre-

Martene,
de Ritib., t. III,
p. 262-264.

tien; il fait exposer, dans un endroit accessible à tous, les livres d'un usage journalier, Bibles avec ou sans gloses, pas-
sionnaires, vies des saints, homélies; il choisit les ouvrages à
lire à table, règle l'ordonnance des processions, et redresse les
fautes commises dans la lecture ou dans le chant.

Nous avons déjà tant parlé des deux ordres nouveaux, que
nous indiquerons ici très-brièvement la part qu'ils prirent,
surtout les dominicains, au progrès des bibliothèques de ce
siècle.

Peignot, Catal.
des livres
des ducs de B.,
Dijon, 1841,
p. 123.

Le catalogue des livres des dominicains de Dijon, rédigé
en 1307, compte cent quarante volumes. Tous, hormis deux
ouvrages traduits d'Aristote, sont théologiques. Frère Thomas, dont la Somme s'y trouve, n'a été déclaré saint que seize
ans plus tard. Le rédacteur justifie un des anciens conservateurs, mais il en accuse un autre : « La Somme des vertus et
« des vices (probablement la Somme de Lorens) a été perdue,
« dit-il, *antequam Alardus esset librarius, tempore libraria-*
« *tus fratris H. de Belna.* » Ce frère H. de Beaune, ainsi accusé,
ne doit pas être confondu avec Jean de Beaune l'inquisiteur.

Thes. anecd.,
t. IV, col. 1917.

Dans le chapitre général de l'ordre, tenu à Saragosse
en 1309, il est défendu à tout prieur, sous-prieur, ou à tout
autre en leur nom, de donner, vendre ou engager aucun livre
dont le couvent ne possède qu'un exemplaire : les contreve-
nants, faute de pouvoir rendre la valeur, seront destitués,
sans préjudice d'autres peines, telles que la perte de leur voix
au chapitre pendant trois ans. Les ouvrages théologiques ne
seront point vendus hors de l'ordre : quiconque l'aura fait
sera tenu, jusqu'à restitution, de jeûner une fois la semaine
au pain et à l'eau. Les étudiants seuls pourront, par nécessité,
vendre quelques livres, à l'exception de la Bible et de frère
Thomas.

Philobibl., c. 8.

En 1344, Richard de Bury représente les nouveaux religieux
mendiants comme de grands connaisseurs, qu'il chargeait de
ses commissions. La confiance qu'il leur témoigne l'entraîne
même un peu loin : « Lorsqu'ils traversent la mer et les dé-
« serts, visitent tous les pays du monde, fouillent toutes les
« universités, ils n'oublient point de travailler pour moi, bien
« sûrs d'être récompensés. Quel lièvre échapperait à ces fins

« chasseurs ? Quel poisson, si petit fût-il, esquiverait leurs
« hameçons ou leurs filets ? » Il nous les montre ensuite lui rapportant quelque sermon prêché tout à l'heure en cour de
Rome, quelque docte leçon des professeurs de Paris, quelque
nouvel argument de l'Angleterre en faveur de la foi. « Nous
« même, ajoute-t-il, nous allions visiter leurs couvents et leurs
« livres. Là, dans une pauvreté profonde nous découvrions de
« profonds trésors; nous trouvions dans leurs paniers et leurs
« besaces, avec les miettes qu'on jette aux petits chiens, le pain
« azyme de Proposition, le pain des anges qui a en soi toute sa
« saveur, les greniers de Joseph remplis de froment, toutes les
« richesses de l'Égypte, tous les somptueux présents que la
« reine de Saba offrit à Salomon... Oui, arrivés dans la vigne
« à la onzième heure, les frères Prêcheurs ont fait meilleure
« vendange que les autres. »

Aussi se plaint-on, vers le même temps, en Angleterre, que   Du Boulay,
les livres les plus précieux sont accaparés par les frères men-   t. IV, p. 339.
diants, qui sont les plus nombreux et les plus riches. L'évêque
d'Armagh envoie quatre de ses curés étudier à Oxford : ils ne
trouvent à acheter ni Bible ni aucun ouvrage de théologie, et
ils reviennent, parce qu'ils ne peuvent étudier sans livres ; les
belles bibliothèques des mendiants ont tout enlevé.

On leur donnait aussi des livres, et ils en étaient reconnais-   Gall. christ.,
sants. A la fin d'un manuscrit des dominicains de Clermont,   t. II, col. 288.
contenant, avec le Pastoral de saint Grégoire, quelques traités
de saint Jérôme et d'Isidore de Séville, se trouve une note
qu'on peut ainsi traduire : « Le seigneur Pierre d'André, ci-
« toyen de Clermont, licencié en l'un et l'autre droit, ensuite
« évêque de Noyon, puis de Clermont, enfin de Cambrai, nous
« a donné ce livre et plusieurs autres ; en raison de quoi nous
« nous obligeons à faire à perpétuité son anniversaire. Vous
« qui étudiez dans son livre, priez Dieu pour lui ; car il nous a
« fait de grands biens, et nous lui devons beaucoup ainsi qu'à
« sa famille. Que celui qui effacera méchamment ces paroles,
« soit anathème! Amen. Fait le jour de Saint-George, 23 du
« mois d'avril 1377. »

Les franciscains, dans ce genre d'émulation, se sont laissé
vaincre par leurs rivaux. Les livres n'étaient pas toujours bien

vus dans leurs monastères. Aussi leur célèbre confrère Roger Bacon n'avait-il trouvé qu'après vingt ans de recherche les œuvres de Sénèque. On craignait que toutes ces pensées écrites ne fussent une cause de trouble pour de faibles esprits. Il paraît même que plus un moine avait de livres, plus on s'en défiait. C'est là du moins le sens d'une légende qu'un historien grave n'a point dédaigné de répéter.

Wadding,
Ann. fr. Minor.,
t. VIII, p. 35.

Chez les frères Mineurs de Marseille, en 1349, moururent en même temps deux religieux qui avaient une nombreuse bibliothèque, le frère gardien et le frère lecteur. Un moine d'une autre province, mais du même ordre, priant, la nuit, dans l'église du couvent, les vit tout à coup avec terreur comparaître devant le tribunal de Jésus-Christ, les mains liées derrière le dos, précédés de deux mulets chargés de livres. A cette question : « De quel institut êtes-vous ? » ils répondent qu'ils sont de celui de saint François. — « Eh bien, que saint François les «juge. » Le saint leur demande alors à quoi tous ces livres pouvaient leur servir. — « Nous les lisions. » — « Mais fai-«siez-vous ce qu'ils ordonnent ? » — « Non. » L'arrêt fut rendu en ces termes : « Attendu que par vanité seulement, et contre «la sainte loi de la pauvreté, vous avez amassé tant de volu-«mes, et que vous n'avez rien fait de ce que Dieu même vous «y ordonne, vous irez, vous et vos livres, à la prison éter-«nelle. » La terre alors s'entr'ouvre, et engloutit les deux mulets avec leur charge et les deux moines avec leurs mulets.

Ces livres étaient cependant de bons livres, et on ne connaissait pas encore l'imprimerie. Combien la rigueur dut s'accroître, quand on eut affaire à des livres suspects, et qu'il y eut une telle puissance pour les propager !

Les universités, ces corps intermédiaires entre les clercs et les laïques, loin de craindre les livres, les multiplièrent. Celle de Paris surtout en fit copier sans cesse à l'usage de ses écoles ; mais comme, sans demeure fixe, elle était obligée d'emprunter pour ses assemblées le cloître des mathurins, et pour ses sermons dans les grandes solennités, les chaires des dominicains de la rue Saint-Jacques, elle n'a laissé qu'une bibliothèque importante, celle de ses théologiens de Sorbonne.

Commencée par le fondateur, qui en avait dressé les règlements, cette bibliothèque avait en 1290 mille dix-sept volumes, presque tous formés de plusieurs ouvrages. C'est ce que nous apprend une note qui fait partie d'un recueil où se trouvent les trois plus anciens catalogues d'un fonds devenu célèbre. On y dit aussi que la date de l'arrivée de chaque volume devait y être inscrite : il est fâcheux que cet ordre n'ait pas été plus rigoureusement observé.

Hist. litt.
de la Fr.,
t. XIX, p. 297,
301.
Mss.
de l'Arsenal,
Hist., n. 855,
p. 223.

D'autres notes du même recueil nous font savoir que c'était seulement l'année d'auparavant, en 1289, qu'avait été instituée dans la maison une bibliothèque de livres enchaînés, *ad communem sociorum utilitatem,* et que la valeur de la collection tout entière, en 1292, pouvait monter à la somme de trois mille huit cent douze livres, dix sols, huit deniers.

A ces premiers temps appartiennent deux des catalogues conservés, l'un, très-sommaire, portant cette rubrique : *Ave. Illi sunt libri venerabilis collegii pauperum magistrorum de Sorbona;* l'autre, beaucoup plus ample, précédé d'une assez longue préface, où le rédacteur explique lui-même son plan : *Doctrina tabulæ.* Cette introduction a pour texte les paroles de l'Ecclésiastique : *Sapientia abscondita et thesaurus invisus, quæ utilitas in utrisque est?* L'auteur, appelé Jean, qui ne se donne que pour un des plus humbles membres du collége de Sorbonne, a dignement compris cette grande pensée. Voyant les livres devenir plus nombreux autour de lui, mais rester trop souvent inutiles, soit à cause de leur nombre même, soit par l'absence ou l'insuffisance des titres, il s'est mis à l'œuvre, quoique seul, et a entrepris la table de la bibliothèque commune. Cette table, conforme aux vues de la préface, offre d'abord le *trivium,* composé de la grammaire, avec ses lexiques et ses traités ; de la rhétorique, accompagnée des anciens écrivains en prose et en vers, *auctores et poetæ;* de la logique, où les versions latines des ouvrages d'Aristote servent d'introduction à toute la philosophie. Viennent ensuite, dans les *libri quadriviales,* les éléments des sciences. Alors seulement commence la partie religieuse, où se succèdent les textes latins, les concordances, les commentaires de l'Écriture sainte ; et immédiatement après, l'énumération ordinaire des œuvres de saint Augustin ouvre la longue série alphabétique des Pères de

Ib., p. 237-244.

Ib., p. 247.

xx, 31; xli, 17.

l'Église latine, entremêlés de quelques ouvrages traduits des
Pères grecs, Athanase, Basile, Chrysostome, Cyrille, Jean de
Damas, Origène. Une grande place est réservée aux docteurs
modernes. Les chroniques sont réunies aux miracles, et ne
sont pas loin des vers sibyllins. Il y a quelques livres de droit.
On finit par les sermonnaires.

Tout cela, malgré les efforts de Jean pour se faire une méthode, ne manque point de confusion; mais il faut lui savoir
gré d'avoir modestement suivi, dans la liste des écrivains,
l'ordre alphabétique de leurs noms et surtout d'avoir transcrit,
après chaque titre d'ouvrage, les premiers mots : indication
très-utile, que les rédacteurs de magnifiques catalogues de manuscrits ont eu le tort de négliger.

La bibliothèque de Sorbonne, déjà riche dès le premier siècle
de sa naissance, ne cesse de s'accroître ou par les legs des
maîtres et des anciens étudiants, ou par les dons des princes et
des prélats. Ainsi continue de se former le plus grand répertoire de la scolastique chrétienne.

Mss. de Sorb.,
n. 1290, fol. 9.

Ces progrès rendirent quelquefois nécessaire, comme il arriva en 1321, de nouveaux règlements. Les gardes de la bibliothèque sont élus par les Sorbonistes eux-mêmes. Outre un
catalogue général, on tient un registre à part où sont inscrits,
avec le nom de chacun des conservateurs, les titres des livres
qui lui sont particulièrement confiés ; et pour ces livres, comme
pour ceux qu'il prête, on ne se contente pas du titre : il faut
inscrire aussi le premier mot de tel ou tel feuillet, « afin qu'on
« ne puisse changer un manuscrit contre un autre de même ap-
« parence et de moindre valeur. » Mais toutes ces précautions
n'empêchent pas que nous ne retrouvions ici, comme dès
l'an 1290, une pensée libérale qui, même de notre temps, n'a
pas encore pénétré partout. Chez les moines, le prêt des livres
se concentrait dans les murs du couvent, ou du moins dans les
maisons du même ordre. Le règlement de Sorbonne, tout en
exigeant un gage supérieur au prix du livre, soit or, soit argent, soit un autre livre, permet à l'ouvrage prêté de sortir,
non-seulement pour un associé, *socio*, mais pour un étranger,
sous serment, *extraneo, sub juramento*.

Ib., fol. 11 v°.

Un autre article, voté peu de temps après, porte que chacun

des *socii* conservera les livres comme s'ils étaient les siens, les rendra fidèlement, et ne les prêtera au dehors, *nec extra domum accommodabit,* qu'avec la permission du proviseur ou de son substitut.

L'évêque de Durham, dans la donation qu'il fait de ses livres, en 1344, à l'université d'Oxford, reproduit presque littéralement les mêmes articles, et admet aussi, avec de sages restrictions, le principe du prêt. Déjà vers la fin du Xe siècle les livres de l'église cathédrale de Clermont pouvaient être prêtés à des particuliers. L'évêque de Cavaillon, Philippe de Cabassole, en 1372, n'interdit à personne l'usage de ceux qu'il lègue à son chapitre ; mais il veut qu'ils soient enchaînés. Philobibl.,c. 19.

Nous trouvons, en 1338, pour la Sorbonne, à la tête du recueil manuscrit où sont les deux plus anciens catalogues de cette maison, un autre registre dont le principal objet paraît avoir été de régler le prêt des livres. Rédigé, avec beaucoup d'additions, dans un ordre différent de celui de Jean, et où l'on commence par la théologie, qu'il ne plaçait qu'après le *trivium* et le *quadrivium,* ce catalogue indique aussi les premiers mots, mais les premiers mots du second feuillet ou du feuillet pénultième ; il a, de plus, pour un grand nombre de volumes, le nom du donateur, et, pour tous, à la fin de l'article, un prix d'estimation : *Tullius de Officiis, de Senectute et Amicitia, etc. Pretium decem sol. — Scripta fratris Thomæ de Aquino super* 2^m *et* 3^m *Sententiarum... Pretium septem libr.* C'était probablement le taux du cautionnement à déposer.

Dans ce registre, plusieurs articles, restés en blanc, n'ont que le numéro d'ordre ; peut-être veut-on désigner ainsi quelque volume que l'on ne prête pas, ou parce qu'il est enchaîné pour l'usage commun, *catenatus,* comme il arrive d'Aristote et de ses commentateurs ; ou parce que le livre ne s'est point retrouvé, *deficit.*

Ce triste mot, *deficit,* revient souvent dans la courte colonne réservée aux livres français, *libri in gallico.* Le plus ancien catalogue n'en a point du tout. Dans celui qui paraît être de l'an 1290, ce titre général, *Romancia et libri in gallico,* ne comprend que les lignes suivantes : *Romancium de Rosa. Mainte gens dient. — Romancium quod incipit : Miserere mei,*

Marginal notes:
- Philobibl.,c. 19.
- Revue arch., t. X, p. 160.
- Ci-dess., p. 43.
- Mss. de l'Arsenal, Hist., n. 855, p. 1-223.
- Pag. 195.
- Pag. 10.
- Pag. 319.
- Éd. de Méon, t. I, p. 1.

Hist. litt.
de la Fr.,
t. XIX,
p. 397-405.

Pag. 260.

Deus. — *Romancium de Decem præceptis, sine rigmo, et dicitur gallice,* Le libre roiaus de Vices et Virtus. *Incipit :* Ce sont li x commandemens. — *Exortatio quædam in gallico ad beguinas et filias spirituales.* Li prophetes, etc. On indique ailleurs, avec les premiers mots, un traité français de géométrie : *Item quædam practica geometriæ in gallico.* Nous commencons.

Pag. 222.

En 1338, il n'est plus fait mention que d'un seul de ces livres français, les Dix commandements, *Præcepta data Moysi,* qu'on estime quarante sols. Des neuf autres livres en langue vulgaire, dont il ne reste que le chiffre, deux sont indiqués par ces mots, *Deficit quia catenatus,* et sept par la simple note, *Deficit.*

Cette pensée hospitalière de l'admission des étrangers à la jouissance des livres de la maison avait entraîné quelques pertes; mais la Sorbonne n'en resta pas moins fidèle à une pratique dont un petit nombre d'évêques avaient donné l'exemple dans leurs chapitres, et qui fut confirmée, en 1431, par Mss. de Sorb.,
n. 1280, fol. 20. une nouvelle ordonnance des docteurs (*ordinatio multum bona pro salute librorum magnæ librariæ. Sit prior sollicitus ad ipsam manutenendam*), où des peines pécuniaires contre les délinquants viennent en aide à la vigilance du prieur.

La mémoire des donateurs est honorée encore aujourd'hui par l'inscription de leur nom au commencement ou à la fin des Ib., fol. 30 vᵒ,
32 vᵒ. livres qui viennent d'eux, et, dans l'Obituaire, par des articles comme celui du 16 avril pour l'anniversaire de maître Guillaume de Garches, ancien curé de la petite église de Sainte-Geneviève de Paris, *de cujus bonis habemus unum optimum Decretum ;* ou ceux du 9, du 11 et du 16 mai, pour Jean de Villescoublain, prêtre de Paris, *qui dedit nobis optimum Missale rosa regulatum ;* pour maître Guillaume Florentii, de la nation de Normandie, qui avait légué les Distinctions de Maurice et quelques ouvrages complets de saint Augustin; pour maître Jean de Potangis, maître en théologie et maître ès arts, qui avait fait don de l'ample commentaire de Nicolas de Lire sur toute la Bible.

Ib., fol. 34 vᵒ. A ces anniversaires particuliers se joignait, depuis le 13 juin 1307, une commémoration générale pour tous les bienfaiteurs de la maison.

Dès l'année 1321, on craignait de s'encombrer ; car on donne ou vend « une foule de livres de peu d'importance, non reliés, « et qui ne sont bons qu'à tenir de la place, comme les cahiers « des étudiants (*reportationes*) et les anciens sermons. »

Les sermons et les cahiers ne furent pas tous donnés ou vendus, et ils occupent encore une bonne partie de cette place, qu'on leur reprochait alors d'usurper, dans la collection qui nous est restée de la grande école de théologie. A l'exception d'un petit nombre de volumes, cette collection n'a pas été dispersée. Conservée avec respect dans notre vaste dépôt national, elle nous montre encore, parmi ses cinq mille manuscrits, ceux qui remontent jusqu'à son origine. Là reparaissent, à côté des rédactions des étudiants, les nombreux ouvrages des professeurs eux-mêmes, de ces docteurs qui, dans les orages du schisme, dirigèrent l'opinion pendant un demi-siècle. Presque tous portent ces mots : *Hic liber est pauperum magistrorum de Sorbona,* ou *pauperum de Sorbona scholarium.* A un premier coup d'œil jeté sur ces vénérables monuments, non de luxe, mais de travail, nous en admirons la simplicité grave, la pauvreté austère ; et si nous ouvrons, si nous étudions ces longues pages, recueillies par une plume rapide à la voix du maître, ou sorties du tumulte des délibérations, ou méditées en silence, elles font revivre pour nous, comme si elles étaient écrites de la veille, au milieu de controverses inextricables dont quelques subtilités nous échappent, des passions qui sont de tous les temps, et cette inquiète activité des esprits, qui peut changer de caractère avec les révolutions religieuses ou politiques, mais qui, chez une nation telle que la nôtre, ne doit jamais s'éteindre.

Plusieurs des colléges de Paris avaient leurs collections, qu'ils tenaient de leurs fondateurs, comme le cardinal Cholet, le cardinal Le Moine, le cardinal Guillaume de Chanac, ou qui leur venaient de donateurs généreux, comme Robert de la Porte, évêque d'Avranches, et le roi Charles V, qui firent de semblables présents au collége de Maître Gervais. C'est à l'occasion d'un des manuscrits de ce collége, allié naturel du parti français contre l'invasion des ordres mendiants, que nous avons autrefois parlé des recueils où l'on dissimule sous un titre va-

Hist. litt.
de la Fr.,
t. XXI, p. 481.

gue les ouvrages qu'ils avaient fait condamner. Navarre, d'où sortirent quelques écrits pour cette même cause, perdit, dans les désordres des guerres civiles, une partie de ses livres.

Les manuscrits qui sont restés des anciens colléges ne sont pas tous réunis dans la bibliothèque actuelle de la Sorbonne; plusieurs ont été répartis dans les divers dépôts publics de Paris.

Le Maire,
Antiq. d'Orl.,
Université,
p. 88.

Les autres universités avaient aussi leurs livres. Dans celle d'Orléans, la nation allemande était célèbre par le nombre et la valeur de ses livres de droit.

Les bibliothèques des villes ont le plus souvent une origine ecclésiastique. Si les livres donnés à la ville d'Amiens, ou peut-être au chapitre de sa cathédrale, vers l'an 1250, lui viennent réellement d'un bourgeois, et non du rédacteur même du catalogue, Richard de Fournival, chancelier de l'église d'Amiens, on a vu que du moins dans ces deux cents et quelques volumes, distingués par des lettres de différentes couleurs, les lettres d'or étaient réservées à la théologie. Mais déjà s'y font remarquer, parmi les livres de philosophie aristotélique, d'astronomie et de médecine grecque ou arabe, traduits en latin, plus de vingt auteurs de l'ancienne littérature latine, y compris Quintilien (*Marci Fabii Quintiliani liber Institutionum oratoriarum*), connu et commenté longtemps avant que le Pogge en eût découvert, dans la tour de l'abbaye de Saint-Gall, un exemplaire plus complet.

Hist. litt.
de la Fr.,
t. XXIII,
p. 710-714.

Cette Biblionomie de Richard, en nous apprenant que les volumes qu'il y décrit sont devenus, par la libéralité du donateur, comme une propriété municipale, une sorte de jardin public, *hortulus in quo suæ civitatis alumpni fructus multimodos inveniunt, quibus degustatis summo desiderio anhelarent in secretum philosophiæ cubiculum introduci*, ne dit point à quelles conditions les habitants d'Amiens pouvaient venir goûter ces fruits; il ne parle nulle part d'un registre de prêt. Il ne leur offre, pour les distraire des ouvrages latins, aucun livre en langue vulgaire, pas même son roman d'Abladane, à moins qu'il n'y en eût dans ce fonds de réserve qu'il déclare inaccessible, et dont il ne cite pas un seul titre.

Biblionomia,
fol. 3.

En 1324, maître Gilles de Paisy reconnaît, par-devant notaires, avoir emprunté et tenir de feu son oncle, chanoine de

l'église d'Auxerre, les livres légués par cet oncle à l'hôtel-Dieu
du chapitre. Parmi ces manuscrits sur parchemin ou sur vélin
(*in froncina*), la plupart de droit canonique, se trouve un
traité qui semble caractériser assez bien l'esprit de ce siècle :
Summa de Utilitate contradictionis humanæ.

Lebeuf, Mém.
sur Auxerre,
t. II, part. 2,
p. 297.

Dans la bibliothèque fondée par l'évêque de Cavaillon auprès de son chapitre, mais ouverte à toute honnête personne de
la ville, nous voyons surtout des livres à l'usage du clergé ;
mais elle ne nous offre pas moins, comme celles de Clermont
et d'Amiens, un essai de bibliothèque publique.

L'intention de Richard de Bury, à Oxford, ne reçut qu'une
exécution passagère ; et, pour trouver dans les temps modernes un pareil service public à Rome, à Milan, à Saint-Victor
de Paris, il faut attendre plusieurs siècles.

A la tête des bibliothèques laïques de la France, dont le moment est venu, il faut placer celle du roi.

Bibliothèques
laïques.

Saint Louis avait rassemblé, dans la Sainte-Chapelle de son
palais, un certain nombre de livres, copiés la plupart à ses
frais, qu'il aimait à lire, et que cependant il prêtait volontiers.
C'étaient surtout des livres religieux, que son testament partage entre les dominicains et les franciscains de Paris, son abbaye de Royaumont et les dominicains de Compiègne ; mais
on voit par la grande compilation de Vincent de Beauvais,
qui se servait des livres du roi, qu'ils devaient être assez variés, et que l'antiquité latine n'en était pas exclue. Les renseignements nous manquent sur les livres de Philippe IV, de ses
trois fils, et du premier des Valois. Jean, prince qui, sans dédaigner l'instruction dans les autres, se contentait pour lui de
lectures frivoles, fit transcrire beaucoup d'ouvrages français.
Ce fut de sa part une bonne idée de vouloir que ses livres fussent une propriété permanente dans sa famille ; et ils y restèrent à sa mort. Mais la véritable histoire de la bibliothèque
royale commence avec Charles V, le jour où il fonda la « li-
« brairie » de la tour du Louvre.

Les détails minutieux que donne Sauval sur les travaux ordonnés pour cet objet, à dater de l'an 1364, sont tirés, comme
on ne peut en douter aujourd'hui, des registres de la cour des

Antiquités
de Paris, t. II,
p. 15.

Comptes : ces documents certains, dont il n'est resté, depuis l'incendie du 27 octobre 1737, que d'anciennes copies incomplètes, l'avaient mis à portée de décrire, comme d'autres l'ont fait sur son témoignage, celle des nombreuses tours du Louvre de Charles V qui fut nommée la tour de la librairie ; les deux étages qu'il y fit préparer, et dont les lambris étaient de bois d'Irlande, la voûte, de bois de cyprès, et le tout, chargé de basses-tailles ou bas-reliefs ; les croisées, fermées de barreaux de fer, de fils d'archal et de vitres peintes ; les bancs, les tablettes, les lutrins et les roues (pupitres tournants), ajoutés à ceux qui furent transportés de la librairie du palais ; enfin, les trente petits chandeliers et la lampe d'argent, allumés le soir et la nuit, afin qu'on pût travailler à toute heure.

Le Roux
de Lincy,
dans la Rev.
archéol., 8e ann.

Quelques fragments des comptes de Charles V, publiés de notre temps d'après une ancienne copie, nous apprennent, de plus, que ce bois d'Irlande, employé pour les lambris, avait été donné au roi, en 1364, « pour les œuvres de son chastel, » par le sénéchal de Hainaut, et que Robert Gringoire, qui en avait pris en bateau quatre cent quatre-vingts pièces, près la première porte du Louvre, et les avait amenées et entassées « dedans ledit chastel, » reçut, par marché fait, vingt sols parisis ; que Jacques du Parvis et Jean Grosbois, huchiers, pour avoir rétréci d'un pied les « lettrins et roes » transportés du palais, et « lambroissié de bois d'Illande le premier d'iceux « deux estages tout autour par dedans, » eurent, par marché fait, le 14 mars 1367, cinquante francs d'or : que, le 3 juin de l'année suivante, Pierre Lescot, cagetier, qui avait « faict et « treillissé de fils d'archas au devant de deux croisées de « chassis et de deux fenestres flamenges ès deux derrains es- « tages de la tour devers la fauconnerie, au dit Louvre, où est « ordonné la librairie du roi, pour deffense des oyseaux et autres « bestes, à cause et pour garde des livres qui y seront mis, » donna quittance de dix-huit francs d'or, valant quatorze livres huit sols parisis ; et que tous ces travaux furent exécutés sous la direction de maître Remond du Temple, alors sergent d'armes du roi, le même qu'on retrouve sous Charles VI avec le titre de « maistre des œuvres royaux. »

C'est là que furent placés les livres dont nous avons le catalogue, dressé, le 2 avril 1373, par Giles Malet, valet de chambre du roi; précieux manuscrit, qui se termine par les mots suivants : « Ce present livre appartient à moi Francoys, roy de « France, par la grace de Dieu. » Ils sont de la main de François Ier, autre prince qui aima les lettres.

Les livres de Charles V, dont quelques-uns venaient du roi Jean, sont au nombre de neuf cent dix : en y joignant ceux qui se trouvent confondus dans l'Inventaire général des meubles, ceux que renfermait un « escrin de la grant chambre du « Louvre, » et les vingt volumes envoyés de Bordeaux, en 1409, par le duc de Guienne, on a un total de onze cent soixante-quatorze volumes. Mais ces diverses listes ne comprennent pas tous les livres du roi.

Avant celle de Giles Malet, Charles V, dans une décharge donnée par lui, le 21 avril 1372, au garde du trésor des chartes, Gérard de Montagu, s'exprime en ces termes : « Cy s'en- « suivent les livres desdiz juifs, que nous avons retenus par- « devers nous, pour mettre en nostre librairie. » Aucun des catalogues du temps ne parle de ces livres.

Acad. des Inscr., Mém. de div. sav., série 1, . t. I, p. 423.

La plupart des ouvrages réunis au Louvre étaient en français.

Il s'y rencontre bien encore quelques livres liturgiques en latin; mais ils sont mêlés à de nombreuses traductions françaises de la Bible, des heures, des vies des saints. On remarque aussi des traductions d'auteurs grecs faites sur les versions latines, des médecins et des astronomes traduits de l'arabe ou du latin, et, parmi les écrivains latins profanes, Macrobe sur le Songe de Scipion, Sénèque sur la mort de Claude, Macer, Siculus Flaccus. Tous les autres, Ovide, Lucain, César, Salluste, Tite-Live, Suétone, Solin, Végèce, sont traduits. Mais ce qui fait pour nous le prix de tous ces titres d'ouvrages, comme de ceux que possédaient les princes, les princesses, les seigneurs, les bourgeois même, c'est que nous y trouvons enfin la plus riche réunion des grands monuments de notre littérature nationale au XIIe et au XIIIe siècle.

Qu'on ajoute à cet inventaire les divers documents sur les collections formées par Philippe le Hardi, duc de Bourgogne; Jean, duc de Berri ; Louis, duc d'Orléans; qu'on y joigne les

livres cités par le chevalier de la Tour Landri, par Christine
de Pisan, par l'auteur du « Menagier de Paris : » on verra
renaître toute cette vieille poésie française, qui fut quelque
temps celle de l'Europe, et que les productions de nos trois
derniers siècles, non pas plus originales, mais d'une plus grande
étendue d'esprit et de savoir, d'un goût plus pur, d'un langage
qui est resté le nôtre, avaient ensevelie dans l'oubli.

Les œuvres poétiques les plus recherchées alors, et dont
plusieurs sont inédites, paraissent être les suivantes : poëmes
sur Charlemagne et ses preux, Berte, Roland et Olivier, Ron-
cevaux, Merlin, Gaidon, le Voyage à Jérusalem, Ferabras,
Garin le Loherain, Garin de Monglane, Aimeri de Narbonne,
Raoul de Cambrai, dame Aye, Amis et Amile, Jordain de
Blaives, Ogier le Danois, Girart de Roussillon, Beuve d'Aigremont, les Quatre fils Aimon, Maugis, Aubri le Bourgoing, Gui
de Nanteuil, Beuve de Hanstone, Basin, Carlon, Anséis de
Carthage, Guillaume au Court nez et ses nombreuses bran-
ches ; — poëmes de la table ronde, Artus, la Mort d'Artus,
Lancelot du Lac, Tristan, Perceval le Gallois, le Saint-Graal,
Gauvain, l'Atre périlleux, Cligès, Glorion de Bretagne, Giron
le Courtois, Meliadus ; — poëmes ou romans d'aventures,
Cleomadès, Blancandin, Amadas, Gérart de Nevers, le comte
de Poitiers, Flore et Blanchefleur, Gautier d'Aupais, Gui de
Warwick, Meraugis, la Manekine, Robert le Diable ;— poëmes
sur des sujets antiques, Troie, Énéas, Narcissus, la prise de
Thèbes, le siége d'Athènes, Ypomedon, Thessalus, Florimont,
Alexandre, Jules César, Vespasien ; — poëmes sur les traditions religieuses, les Machabées, la Passion, les trois Maries,
Barlaam et Josaphat, Vies des saints, Miracles ; — poëmes sur
des événements plus modernes, Godefroi de Bouillon, le Vœu
du Paon, et un grand nombre de chroniques rimées ; les chansons, les fabliaux, les recueils de contes, comme le Dolopathos ;
— les compositions allégoriques, comme la Rose, le Renart,
la Poire, l'Escoufle ; — les enseignements, tels que l'Image du
monde, les traités de la Chasse, le livre de Charité, Beaudoux,
les Bestiaires, les Lapidaires.

Pour la prose, outre plusieurs grands romans, les œuvres
les plus souvent transcrites sont les Chroniques de France, les

Chroniques d'Outre-Mer, Ville-Hardouin, Joinville, le Songe
du vergier, le Trésor de Brunetto Latini, les traductions françaises.

Tels sont les volumes pour lesquels la somptuosité des princes épuise l'art des copistes, des enlumineurs, des relieurs les
plus habiles. On ne se contente pas de les envelopper dans des
chemises ou chemisettes à livres : Jean, le roi prisonnier,
en 1359, les confie à Jacques le relieur, à Marguerite la « re-
« lieresse ; » Charles V, en 1367, à Matthieu Congnée, « lieur
« de livres, » le même qu'il chargea de relier le recueil des
Aides pour la délivrance du roi son père, lorsque ce recueil
fut déposé dans la chambre des Comptes ; la duchesse de Brabant, en 1369, à maître Jehan, qui lui fait payer six *mutones*
la reliure d'un livre français ; le duc de Brabant, à Godefroi
Bloc, qui, en 1376 et en 1383, reçoit sept moutons et demi
pour la reliure de Meliadus, et douze moutons pour celle du
Saint-Graal, désigné dans la quittance par son autre titre de
Joseph d'Arimathie. On peut admirer encore la riche parure
de plusieurs de ces beaux livres, comparable à celle qui avait
souvent orné les évangéliaires et les missels.

Les livres de quelques bourgeois opulents, comme l'auteur
anonyme du « Menagier, » si nous en savions davantage sur
des propriétés qui ont dû très-souvent changer de mains, ajou-
teraient sans doute un assez grand nombre de titres d'ouvrages à
ceux que nous font connaître les inventaires des rois et des
princes. Dans ce que nous en avons pu trouver, rien ne nous
paraît absolument nouveau. Il est à regretter que nous n'ayons
pas plus de lumières sur ces librairies domestiques, où nous
pourrions étudier, comme dans un fidèle miroir, la vie privée
des classes modestes et actives qui se faisaient insensiblement
une place dans le pays.

Ne croyons pas, en effet, que les livres en langue vulgaire
qui nous restent encore, et ceux dont nous découvrons la trace
dans les comptes des maisons princières ou dans quelques
citations, suffisent à nous faire comprendre toute la fécondité
des âges primitifs des lettres françaises. Il faudrait y joindre la
foule de ces ouvrages usuels, de ces petits écrits populaires,
qui circulaient dans les villes, même dans les campagnes, et

dont la plupart doivent être perdus. Il faudrait rappeler ensuite combien les bibliothèques étrangères possèdent d'ouvrages
français, surtout en vers, non-seulement inédits, mais dont pas
une seule copie ne nous est restée : en Angleterre, Londres,
Oxford, Cambridge, Durham, Middlehill, et toutes les villes et
châteaux où peuvent se trouver des manuscrits provenant des
anciennes abbayes, que les seigneurs anglo-normands, comme

Hist. litt.
de la Fr.,
t. XIX, p. 623.

Gui de Warwick en 1359, faisaient souvent légataires de leurs
livres ; en Italie, Rome, Sienne, Venise, Modène, Turin ; en
Allemagne, Vienne, Berlin, Wolfenbuttel ; au nord de l'Europe, Copenhague, Stockholm. Les développements réservés
pour la fin de ce Discours feront mieux voir quelle fut l'influence littéraire de l'ancienne France ; mais le génie naissant
de cette ancienne France ne sera bien compris que lorsque la
nouvelle en aura recueilli enfin les principales œuvres, dispersées depuis des siècles.

En ce moment, aux détails qui précèdent sur les bibliothèques cléricales ou laïques, nous ajouterons seulement quelques
observations générales, communes à ces diverses collections.

Quels ouvrages y conservait-on de l'antiquité grecque et
latine ? C'est une question que nous ne pouvons nous dispenser
d'indiquer ; car elle touche de près à notre histoire littéraire.

Un très-petit nombre d'exemplaires grecs étaient épars en
différentes villes de France. Ils sont fort rares dans les prin-

Librairie
de Jean,
duc de Berry,
p. 79,
éd. de 1860.

cipaux catalogues de ce temps, où on lit quelquefois : « Un
« grand livre ancien, escript en grec ; » mais nous savons
d'ailleurs que nos rapports avec l'Empire d'Orient n'avaient
pas toujours été stériles pour le progrès des études. Constantinople avait continué, comme au siècle de Charlemagne, d'envoyer des livres en présent. Parmi ceux que saint Louis légua,
en mourant, à quatre maisons monastiques, devait être cet
évangéliaire byzantin que lui avait adressé l'empereur Michel
Paléologue, et où se lisent quelques notes écrites alors en
France. Les ouvrages attribués à Denys l'aréopagite, offerts
dès l'an 824 par Michel le Bègue à Louis le Débonnaire, et
traduits aussitôt en latin, le sont plusieurs fois pendant les
siècles suivants. Quelques-uns des prétendus livres sibyllins,
Jean Climaque, parviennent ainsi jusqu'en France.

L'intérêt qui s'attachait à ces productions tardives des écoles grecques peut faire supposer que les rares platoniciens de notre Occident, Bernard de Chartres, Henri de Gand, connaissaient Platon par d'autres voies que le Timée de Chalcidius. Ils avaient au moins une traduction du Phédon. Le pyrrhonisme n'était pas inconnu, puisqu'on a démêlé une version latine des Hypotyposes de Sextus Empiricus dans un manuscrit du XIII⁰ siècle. Ces versions n'étaient pas toujours faites sur le texte original. Aristote régnait, mais en latin, et il avait quelquefois passé, avant cette transformation latine, par le syriaque, par l'arabe, par l'hébreu ; dangereuses épreuves, peu favorables au sens et à la clarté. On n'avait ni les historiens grecs, ni les poëtes dramatiques, ni Homère, dont Pétrarque disait, lorsqu'il vit pour la première fois le texte de l'Iliade : « Votre Homère est muet « pour moi, ou plutôt je ne l'entends pas. » Boccace, plus jeune, essayait de se le faire traduire. Quelques dominicains étudiaient encore le grec, mais pour la prédication, et non pour entendre Homère, ni même saint Chrysostome et saint Basile. Tout ce qui venait de ce pays schismatique était suspect, et le fut longtemps. Quand les livres grecs envahirent les bibliothèques catholiques, on crut que tout était perdu. Rien n'annonçait encore cette révolution.

Quant à la littérature latine, peu s'en fallait qu'on ne l'eût déjà telle que nous l'avons aujourd'hui. Ce mot trop légèrement employé de renaissance des lettres ne saurait s'appliquer aux lettres latines : elles n'ont point ressuscité, parce qu'elles n'étaient point mortes. Ceux qui ont dit que l'on ne connaissait, avant l'imprimerie, que très-peu d'auteurs anciens, et se sont amusés à en compter quatre-vingt-seize, n'ont pas bien compté. Les poëtes surtout, Virgile, Ovide, Lucain, sont allégués à tout moment. Les écrivains en prose sont moins lus : encore, parmi les plus célèbres, nous ne voyons guère que Tacite qui paraisse oublié. Quelques Discours ou fragments de Cicéron, quelques parties nouvelles de Tite-Live, ont été retrouvés depuis. Le Pogge, à qui l'on doit peut-être Silius, Valérius Flaccus, Ammien Marcellin, Asconius, n'a aucun droit sur Quintilien.

Les bibliothèques du clergé possèdent d'ordinaire les auteurs latins en original ; celles des laïques, en traductions.

Si nous poursuivons notre parallèle entre les unes et les autres, nous les rapprocherons encore dans ce que leur histoire offre de plus triste : les livres prêtés à des dépositaires indignes de confiance, les livres donnés et perdus, les livres volés.

Le prêt a des inconvénients ; mais il est d'une telle obligation que nous l'avons vu établi presque partout, et que les règlements les plus sévères ne l'ont jamais entièrement prohibé. Nécessaire aujourd'hui, comment ne l'aurait-il pas été, quand il n'y avait quelquefois dans le pays qu'un seul manuscrit d'un ouvrage important, ou qu'il n'était possible de se le procurer qu'en l'empruntant au loin? Les correspondances des ordres religieux parlent sans cesse de ces communications mutuelles, dont elles font ressortir les avantages et les dangers. Pierre Monocule, mort abbé de Clairvaux en 1186, avait prêté un livre à un autre abbé : le livre lui revient tout mouillé, aussi mouillé, dit-il, que si on l'avait placé sous une gouttière ; et le messager, qui avait pris la précaution d'arriver la nuit et de repartir avant le jour, ne s'était remis en chemin qu'après avoir obtenu de la bonne foi du prieur un autre volume, exposé aux mêmes accidents. Instruit par de tels exemples, l'abbé Philippe, au siècle suivant (1262-1273), refuse de laisser emporter divers traités de saint Augustin, sous prétexte qu'ils tiennent à de trop gros volumes, et il offre seulement de permettre qu'on les copie, si on envoie un copiste et du parchemin. Les risques à courir sur les routes firent exiger plus d'une fois que le messager qui venait chercher un livre ne fût pas un piéton, mais un cavalier.

Nous avons parlé du traité de Cicéron sur la Gloire, que Pétrarque eut l'imprudence de prêter, et qui est maintenant perdu pour nous, comme il le fut pour lui.

Mss. de Sorb., n. 1280, fol. 9 v°. Le règlement fait en 1321 pour la maison de Sorbonne suppose que les précautions qu'il recommande pourront bien n'être pas toujours efficaces, puisqu'il y est dit que les conservateurs rendront compte des livres perdus pendant qu'ils les gardaient, *tempore suæ custodiæ.* « Autrement, ajoute-t-on, « leur titre de conservateur ne serait qu'un vain titre. » Comme plusieurs livres autrefois inscrits ne se retrouvaient pas, l'ordre est donné de faire un nouveau catalogue. Oxford, en 1345, paraît avoir adopté ces règles indulgentes; l'Angleterre, inflexible aujourd'hui, ne devrait pas l'oublier.

Saint Louis, Charles V, prêtaient leurs livres : nous n'oserions affirmer qu'on les leur ait toujours rendus. Ils en donnaient aussi, comme on le voit par les notes du fidèle Malet, à de nombreux personnages, qui ne savaient pas les conserver comme lui. Prêtés ou donnés, mais certainement emportés, ces livres disparaissaient de la Sainte-Chapelle ou du Louvre, et un grand nombre n'y rentraient pas. Le gaspillage fut au comble pendant le long règne de Charles VI. La plupart des volumes que prit le duc d'Anjou à son départ pour l'Italie, en 1380, ne repassèrent point les Alpes. Aussi voyons-nous, malgré de nouvelles acquisitions, le nombre des livres diminuer de catalogue en catalogue. La chambre des Comptes ne pouvait que constater qu'ils n'y étaient plus.

Les livres étaient si précieux, que ceux-là même qui n'étaient point richement ornés pouvaient tenter la convoitise. Des moines ont été jugés capables de voler des manuscrits; on en a la preuve dès le temps de saint Bernard. Le saint dit un jour à trois novices de Clairvaux : « Un de vous trois s'enfuira « cette nuit; veillez donc, et ne lui laissez rien emporter. » Sur les trois, deux s'endormirent, jouets de l'esprit d'erreur, *illudente eis utique spiritu erroris.* Le troisième, qui ne dormait pas, voit, un peu avant le coup de matines, deux grands géants tout noirs s'approcher de l'un des novices endormis, et, lui mettant sous le nez une poule rôtie, entourée d'une couleuvre, l'éveiller, pour qu'il exécute son dessein. Le malheureux se lève, s'arrête devant l'*armarium* qui ouvrait sur le cloître, et se met, avec ses instruments, *machinamentis suis,* à forcer la serrure pour voler des livres. Pris sur le fait par le novice vigilant, qui avait éveillé ses camarades, en vain il veut escalader les murs du jardin; on le saisit, et, comme il ne vint pas à résipiscence, il fut la proie du diable et resta fou jusqu'à sa mort. Les livres de l'abbaye furent sauvés.

Nous reproduisons ces détails, parce qu'ils indiquent la place ordinaire des livres dans les abbayes. A Saint-Ouen de Rouen, le long du cloître du côté de l'église, là où se voyaient autrefois deux rangs de pupitres de bois ou de pierre pour les co-

OEuvres, t. VI, col. 2381.

Voyages liturgiques de Fr., p. 387.

pistes, on fait remarquer encore, pratiquée dans la muraille, la grande armoire pour les manuscrits.

L'incendie surtout a été pour ce genre de richesse un terrible agent de destruction, bien qu'il ne faille point croire aux vingt-deux mille volumes brûlés de Saint-Vincent de Laon, et que ceux qui prétendent qu'un Tite-Live complet a péri dans les flammes avec la bibliothèque de l'abbaye bénédictine de Malmesbury n'appuient leur conjecture que de faibles présomptions. Mais pourquoi faut-il que le vol se soit joint à ce fléau ?

Le bruit courait que les dialogues de Cicéron sur la République existaient encore en 1557; car un savant racontait qu'il avait vu alors les quatre premiers dans un couvent qu'il ne nommait pas, et que lorsqu'il les redemanda quelque temps après, on lui répondit qu'ils avaient été volés : *dicebantur furto prærepti*. Rien de plus incertain; mais on le croyait, parce que d'autres ouvrages avaient ainsi disparu.

Les cinq premiers livres, partagés depuis en six, des Annales de Tacite, volés à l'abbaye de Corvei, *furto subtracti*, comme dit un bref de Léon X en décembre 1517, ou provenant, comme on l'a cru, de quelque autre abbaye, avaient passé par plusieurs mains avant d'arriver à ce pape, qui, dans sa bulle placée en tête de l'édition de Rome, remercie Dieu de les avoir conservés. Le manuscrit est maintenant à Florence.

Jean Grandison, évêque d'Exeter (1327-1369), ayant lu la redoutable menace (*anathema maranatha*) contre les voleurs de livres, au premier feuillet d'un recueil d'ouvrages de saint Ambroise et de saint Augustin, qui avait appartenu à l'abbaye cistercienne de Robert's Bridge, et dont il était devenu possesseur, se hâte d'y joindre sa protestation : *Ego Joannes, Exoniensis episcopus, nescio ubi est domus prædicta, nec hunc librum abstuli, sed modo legitimo acquisivi*. Le volume s'est retrouvé parmi ceux d'Oxford.

Les fortes serrures et l'anathème ne furent point les seules précautions contre le vol : c'était un usage presque général d'enchaîner les livres.

Ces chaînes furent quelquefois une punition infligée aux ouvrages suspects. Les franciscains d'Oxford, qui eurent peur de ceux de leur confrère Roger Bacon, les attachèrent avec de longs clous, qui ne leur permettaient pas de les feuilleter, et n'en laissaient le libre accès qu'aux mites et à la poussière. Tradition qui ne se perdit pas ; car on voit, en 1473, les livres des nominaux, par les ordres de Louis XI, enfermés sous des chaînes ou mis aux fers, comme dit Robert Gaguin, pour n'être « decloués et defermés » que huit ans après, au nom du même roi, par le prévôt de Paris, qui déclare qu'à l'avenir, « chacun y etudiera qui voudra. » Seule dans l'université la nation d'Allemagne reçut avec une grande joie cette autorisation de les lire ; mais peut-être les lut-on moins que lorsqu'ils étaient défendus et cloués.

Le plus souvent la chaîne qui retenait le volume au pupitre par un anneau passé dans le dos de la reliure n'était qu'une garantie de sûreté, et la formule, *Incatenabitur,* était plutôt une recommandation, qui annonçait que la lecture n'en était pas interdite. Sur ceux des livres de l'ancienne Sorbonne qui étaient accessibles à tous, cette inscription est fort commune. Le catalogue des dominicains de Dijon, en 1307, nous apprend que les commentaires de frère Thomas sur les quatre Évangiles n'étaient lus chez eux qu'à cette condition : *Habentur in catenis.* En 1318, le cardinal Michel du Bec, dans son testament daté d'Avignon, impose aux carmes de Paris, légataires de ses livres, l'obligation de les tenir enchaînés. Ceux de l'abbaye de Marmoutiers l'étaient encore au dernier siècle. L'intention de cette mesure n'est point douteuse dans le legs de Philippe de Cabassole, en 1372, aux chanoines de Cavaillon, non plus que dans celui que fait, en 1438, à l'église de Saint-Omer, le prévôt Quintin Minaret, du grand dictionnaire latin le *Catholicon,* transcrit au siècle précédent : *statuendo ipsum librum concatenatum in choro manere, ut in ipso aliquid videre seu legere cupientes faciliorem habere valeant accessum.* Déjà en 1432 un abbé de Saint-Amand, après avoir fait copier le même livre, l'exposait ainsi au milieu de son église, pour que ses moines, disait-il, le curé, les chapelains, l'écolâtre, les autres clercs et les étrangers pussent en profiter. Ce prévôt et cet abbé voulaient aussi, en facilitant l'usage d'un dictionnaire, encourager le clergé à étudier le latin.

Nous avons encore d'autres preuves que, dans l'enceinte du chœur, on ne déposait pas seulement des livres liturgiques enchaînés, mais des ouvrages littéraires ou philosophiques. En 1374, la fabrique de l'église de Treguier paye neuf sols neuf deniers « pour relier ung livre appelé *Filosogium* (peut-être *Phi-« lologium* ou *Sophologium*), que maistre Jehan Gouriou, en « son testament, bailla pour estre attaché et enchaisné au cuer « de ladite eglise. »

L'Italie, qui reste fidèle, dans ses bibliothèques, à plusieurs anciens usages, tels que les armoires à hauteur d'appui, comme au Vatican, et les livres enchaînés, comme ceux des Malatesti, à Césène, et une partie de ceux de la Laurentienne de Florence, conserve aussi dans quelques églises des missels et des rituels fixés sous une grille, qui permet aux passants de tourner la page.

En France même, l'usage des chaînes pour les livres s'est perpétué longtemps. En 1553, Josse Clichthove, en léguant quelques-uns des siens à la maison de Navarre, veut qu'ils soient toujours attachés, *ut illic semper affixa maneant ad usum studentium et litteratorum*. En 1718, les livres de l'abbaye de Saint-Jean des Vignes, à Soissons, continuaient d'être mis à la chaîne. Plusieurs des manuscrits et quelques-uns même des exemplaires imprimés que conservent nos grandes bibliothèques, montrent encore la trace des ferrements qui les attachaient jadis au pupitre.

Les bibliothèques capitulaires et monastiques, malgré quelques livres perdus ou volés, étaient en général mieux gardées que les bibliothèques laïques, qui ne nous paraissent pas avoir été si bien défendues, et qui auraient eu besoin de l'être contre deux sortes d'ennemis : les gens que pouvaient tenter les belles peintures, les émaux, les pierreries des livres, aussi riches et moins sacrés que ceux des chapitres ; et les grands personnages privilégiés, qui se pourvoyaient de tout aux dépens du roi. Sous Charles V et Charles VI, par suite de prêts, de dons, de détournements, sur un millier de volumes, il en manqua d'abord cent quatre-vingt-sept et bientôt deux cent sept : on les eût mieux conservés dans une église ou dans un couvent.

Cependant les collections des maisons religieuses n'étaient

pas toujours elles-mêmes remises en de très-dignes mains. On sait comment Boccace racontait sa visite aux bénédictins du Mont-Cassin ; sa surprise, sa douleur, ses larmes, à l'aspect de leur célèbre dépôt de manuscrits, dont la porte ne fermait pas, et où les livres couverts d'une poussière épaisse, l'herbe croissant sur les fenêtres, les volumes incomplets, les marges coupées, témoignaient d'une honteuse négligence. A ses questions sur les causes de ce fâcheux état, on répond avec naïveté que les moines raclaient les feuilles de vélin pour écrire de petits psautiers qu'ils vendaient aux enfants, ou coupaient les marges pour en faire des brevets, des amulettes, qu'ils vendaient aux femmes. On ne lui dit pas pourquoi la bibliothèque n'était point fermée. Celle du roi de France, vers le même temps, ne l'était point d'abord ; mais quand Giles Malet s'aperçut que le voisinage de la fauconnerie pouvait nuire aux livres confiés à sa garde, et que « les oiseaux et autres bestes » en approchaient trop librement, le « cagetier » Pierre Lescot reçut dix-huit francs d'or pour faire un grillage aux croisées.

Benvenuto d'Imola, qui nous a transmis le récit de Boccace, son ancien maître, s'écrie en le terminant : *Nunc ergo, o vir studiose, frange tibi caput pro faciendo libros !* Sachons gré à cet excellent homme d'avoir aimé les livres ; mais reconnaissons que, du moins pour son latin, il en avait peu profité.

L'historien du Mont-Cassin, le père Gattola, qui reproche à Boccace une erreur légère de géographie, ne paraît avoir réfuté nulle part ce que le maître racontait au disciple de sa visite à l'illustre monastère, et de ces mutilations de manuscrits, telles que s'en permettaient encore, au siècle dernier, les bénédictins d'Arras.

Ambroise le camaldule, en 1431, lorsqu'il visita les couvents de l'Italie, ne trouva chez les basiliens de Grotta-Ferrata que des sujets d'affliction pour le religieux et pour l'homme lettré : *Vidimus ruinas ingentes parietum et morum, librosque ferme putres atque conscissos.* Hodœporicon, p. 11 ; Epist., VIII, 42.

De semblables aveux échappent à la candeur des témoins à qui ils devaient le plus coûter. C'est au Mont-Cassin que Mabillon vit encore les débris d'un manuscrit du Xe siècle qu'on employait comme reliure ; et Montfaucon avait entendu l'ar- Iter ital., p. 125.

Diar. ital.,
p. 211.

chevêque de Rossano raconter qu'un de ses prédécesseurs,
fatigué du grand nombre de curieux qui venaient voir ses
diplômes grecs, les avait fait tous enterrer, *suffodi omnia,*
pour se soustraire à cette importunité.

En 1708, les livres de la Sainte-Chapelle de Bourges n'é-
taient pas plus respectés. L'excommunication accordée par
le saint-siége pour les protéger n'avait pas empêché qu'ils
n'eussent disparu presque tous ; et du lieu qui servait d'asile
aux cinquante ou soixante manuscrits échappés au pillage, le
receveur du chapitre avait fait un poulailler, où les livres
étaient restés ouverts sur les pupitres. Si ce n'est point parmi

Voyage litt.,
t. I, part. 1,
p. 28.

les livres du poulailler que le bénédictin Martene admira le
magnifique psautier du duc Jean, il ne nous en apprend pas
moins que l'ancienne version anglaise, qui s'y trouve jointe
au texte latin, passait aux yeux des chanoines pour de l'allemand ou de l'hébreu.

Ceux qui prétendent que les livres n'étaient ainsi traités que
par des gens incapables de s'en servir, pourraient invoquer le
témoignage d'un autre religieux du savant ordre de Saint-Benoît. Il est vrai que ce n'est pas un témoin fort grave que l'inventeur justement décrié du genre macaronique, Théophile
Folengo, espèce d'aventurier, qui s'enfuit du cloître, comme
Rabelais quitta, depuis, les franciscains ses confrères, mais
qui semble plus croyable que lui sur le compte des moines,
puisqu'il revint avec eux.

Le prétendu Merlin Coccaïe, sous un autre faux nom, celui
de Limerno Pitocco (Merlin le gueux), est auteur d'un *Orlandino,* poëme en octaves, imité de nos vieilles fictions, et où

Orlandino,
capitol. VIII,
stanze 13-69.

l'on trouve de tout, peut-être même quelque vérité. Rolandin,
ou Roland bien jeune encore, mais qui promet déjà, et se fait
voler pour nourrir Berte sa mère, est conduit devant le juge
par un prieur gourmand, à qui il a enlevé de force un estur-
geon. Le prieur veut plaider sa cause en latin. Le juge, qui
trouve que ce latin est barbare et que ce prieur est un ignorant
(*un asin venerabile*), lui propose quatre questions, dont trois
au moins ne paraissent pouvoir être résolues qu'avec des livres.
Le prieur, qui n'a chez lui pour toute bibliothèque, comme le
chanoine Évrard à son exemple, que saucissons, mortadelles,

langues fourrées, muids de malvoisie, fait part de son embarras au cuisinier de la communauté. Marcolfo, ainsi nommé en mémoire du bouffon qui, dans le dialogue populaire, oppose aux proverbes de Salomon les proverbes du vilain, s'en va, sous les habits du prieur, répondre aux quatre questions. Trois de ces réponses ont leur prix; mais la meilleure est la dernière. « Qu'ai-je dans la pensée? » avait demandé le juge. L'habile latiniste lui répond : « Vous avez dans la pensée que je « suis le prieur, et je suis le cuisinier. » Grande surprise, arrêt non moins célèbre que la cause : le cuisinier deviendra prieur, et le prieur cuisinier.

Sans doute cet échange de rôles eût été fort souvent injuste; mais le conte imaginé ou répété par un homme qui connaissait un grand nombre de monastères, prouve aussi qu'il y avait vu dans les frères lais quelque instruction, ou du moins quelque intelligence; et c'est assez pour supposer que les moines eux-mêmes n'en manquaient pas.

Nous venons de suivre encore ici, dans le développement d'une industrie en progrès, mais déjà puissante, la marche du mouvement qui entraîne le siècle : nous avons vu les copistes, dont les grands travaux n'étaient d'abord entrepris que pour le clergé, se mettre plus fréquemment aux ordres des princes et des amateurs laïques; les libraires devenir beaucoup plus nombreux sous le patronage des universités; les bibliothèques, plus séculières qu'autrefois, s'enrichir de livres en langue vulgaire, qui pénètrent jusque dans les collections des chapitres et des couvents.

Mais les efforts, mais les espérances même de cet esprit actif et novateur étaient à la veille d'être surpassés par un art bien autrement fécond que le labeur des copistes : en 1470, l'imprimerie, née une vingtaine d'années auparavant, est établie en Sorbonne par les successeurs de ceux qui n'avaient pas craint de prêter leurs manuscrits au dehors, par deux docteurs de l'université de Paris.

DISCOURS

SUR

L'ÉTAT DES LETTRES EN FRANCE

AU QUATORZIÈME SIÈCLE.

II.

SECONDE PARTIE.

DES PRINCIPAUX GENRES EN PROSE ET EN VERS.

Les écrits de ce siècle sont encore, pour la plupart, des œuvres théologiques. Il semble, en effet, que malgré quelques tentatives isolées d'émancipation, la théologie n'ait rien perdu de son ancien privilége d'être l'organe de Dieu sur la terre, et que la vieille soumission à ses ordres, à ses menaces, ne doive point cesser de longtemps. On peut entrevoir cependant que son empire, jusqu'alors infini dans son unité, admet déjà quelque limite, quelque partage. Comme elle était parvenue à faire croire que les lettres et toutes les sciences humaines étaient nécessairement « ecclésiastiques, » dès que l'on commence à ne plus le croire aussi fermement qu'elle, son pouvoir s'affaiblit. Quand la royauté ose combattre la papauté elle-même, faut-il s'étonner que le domaine laïque des Sept arts, protégé par les rois, étende pas à pas ses frontières aux dépens de cette sainte et vaste souveraineté ? ^{Cl. Joly,} ^{Traité des éc.} ^{épiscop., p. 64.}

C'est là, peut-être, le principal intérêt des diverses productions de ces cent années, où se retrouveront à tout moment en présence les deux mondes rivaux, l'un qui s'aperçoit bien qu'il décline, mais qui a pour lui la foi des peuples et l'héritage de plusieurs siècles d'une domination incontestée ; l'autre, timide encore, qui n'ose écouter les leçons de la sagesse profane que lorsqu'une autorité presque divine les a consacrées, et qui ne poursuit ses plus belles conquêtes qu'à travers les défiances, les calomnies, les persécutions. Voilà ce qui nous donne, pour les vues sommaires qui vont suivre, une division toute naturelle : d'un côté, l'ancien enseignement qui émane du sanctuaire, et qui voudrait encore ne parler que latin ; de l'autre côté, l'enseignement beaucoup plus nouveau, plus familiarisé avec la langue vulgaire, plus humain, plus accessible, dont les progrès ne remontent guère qu'à deux cents ans, et qui, tout contrarié qu'il est dans sa marche, courbé sous le poids des entraves de l'école, n'en est pas moins destiné à conduire les nations modernes à une puissance et à une grandeur qu'elles ne connaissaient pas.

I.
THÉOLOGIE.

La théologie, cette science longtemps unique, du moment où l'on n'y fait plus entrer tout ce que l'homme sait ou croit savoir, est susceptible des méthodes qui s'appliquent à un art profane : elle peut donc se diviser en théologie positive, ou histoire et interprétation des textes; dogmatique, ou exposition des croyances; morale, ou principes des règles de conduite : mystique, ou contemplation; liturgique, ou cérémonies du culte; canonique, ou législation de l'Église; parénétique, ou prédication.

Mais, en suivant cet ordre, nous devrons surtout nous arrêter à la théologie dogmatique, regardée alors plus que jamais comme la scolastique par excellence; à la liturgie, d'où la sévérité des rituels n'exclut point toujours l'esprit du siècle ; à la prédication, désormais plus résignée à s'exprimer en français, et qui appartient davantage à nos études sur la langue et sur les lettres.

La foule des théologiens qui ont écrit est si épaisse que tous ne pourront être indiqués, même dans la longue suite des notices qui, pour chaque siècle, remplissent plusieurs volumes. Choisir à travers cette foule serait peut-être plus difficile que pour les temps postérieurs à l'invention de l'imprimerie ; car l'imprimerie elle-même a fait un choix, et on peut compter ceux qu'elle a distingués; ceux qu'elle a laissés dans l'oubli sont innombrables. Tous les docteurs, par devoir, faisaient des commentaires sur le Maître des sentences, des postilles sur l'Écriture sainte, des sermons ; la plupart rédigeaient aussi des questions quodlibétiques, des traités de controverse ou de dévotion, et, lorsqu'ils étaient canonistes, des gloses sur les décrétales. Ces ouvrages sont généralement inédits, et nous en sommes encore à un temps où la littérature inédite devra se retrouver tout entière, s'il est possible, dans nos annales. Qu'on nous pardonne donc si, dans cette multitude de professeurs dont les leçons furent écrites, de commentateurs, de controversistes, de décrétalistes, de sermonnaires, nous ne rappelons, au moins ici, que les plus dignes d'attention.

La théologie positive, ou celle qui se fonde sur l'explication littérale des livres saints, sur les Pères, sur la tradition, était la moins cultivée. On ne songeait pas encore à rechercher l'histoire de la foi. THÉOLOGIE
POSITIVE.

Ce n'est pas que, dès les premières années du siècle, un des plus célèbres commentateurs de la Bible, juif devenu frère Mineur, Nicolas de Lire, par ses postilles perpétuelles ou complètes, n'eût fait circuler dans les rangs des théologiens quelques traditions hébraïques, répétées ensuite d'après lui, et qui ont soutenu longtemps sa réputation. Il a le mérite, surtout en commentant l'Ancien Testament, de s'attacher au sens littéral plus que les autres interprètes, qui, vers le même temps, comme Vital du Four, Pierre Oriol, Pierre de la Palu, sacrifient tout au sens tropologique ou figuré. « Dans l'Écriture « sainte, le sens littéral est faux, » disait le fameux Jean Petit. D'autres, sans le dire, pensèrent de même, et ne virent jamais dans l'Ancien ni dans le Nouveau Testament un simple récit, une morale applicable à la vie humaine, des pensées ouvertes et naturelles ; rien ne leur semblait plus indigne d'un texte sacré. D'Argentré,
Collect. judic.,
t. I, part. 2,
p. 131.

Il se fit, pour les commençants, quelques rares essais d'une méthode moins orgueilleuse d'interprétation. *Mammotrectus*, altération d'un mot grec employé par saint Augustin, est le titre d'un recueil de gloses, où le jeune enfant, nourri et catéchisé par sa mère, par l'Église elle-même, apprend à connaître sommairement les saints livres, les diverses formes, le sens, la prosodie et la prononciation des mots, soit de la Bible, soit des Serm. 2
in psal. 30.

offices, non point selon l'ordre alphabétique, comme dans le
vocabulaire de Guillaume le Breton, mais selon l'ordre où ils
se présentent dans la lecture de chaque texte. Bien que ce recueil soit du frère Mineur Marchesino, qui paraît l'avoir écrit,
vers l'année 1312, dans la ville modénaise de Reggio, les nombreux manuscrits qui nous en sont restés, et que l'imprimerie
s'empressa de reproduire, attestent qu'il était d'un usage familier sur plusieurs points de la France.

Sbaraglia,
Suppl.
ad Script. Min.,
p. 510.

THÉOLOGIE
DOGMATIQUE.

Mais ces explications trop élémentaires ne suffisaient pas.
Le dogme, voilà le champ sans bornes où se complurent, où
s'égarèrent souvent, malgré le double frein de l'inquisition et
du syllogisme, des esprits subtils, des imaginations ardentes.
La hardiesse des opinions théologiques pendant le XIIᵉ siècle,
où déjà, comme on l'a remarqué, tout le monde voulait dire
quelque chose d'extraordinaire, et bientôt les troubles, les condamnations éclatantes, les scandales qui accompagnaient cette
témérité, avaient rendu le siècle suivant plus circonspect.
Outre les peines réservées aux erreurs qu'il pouvait produire
ou renouveler, la servitude de l'argumentation, qui ne fit que
s'accroître, aurait dû le contraindre à être sage. Toutefois ce
dernier joug n'était plus porté sans murmure. Les barrières
qu'opposaient les formules à l'audace de l'esprit étaient moins
respectées. Nous arrivons à un temps où l'on commence à se
plaindre de l'école. Ces plaintes furent plus d'une fois suivies
de la révolte.

Hist. litt.
de la Fr.,
t. XIII, p. 378.

Lorsque la religion, après une longue répugnance, consentit
à être démontrée comme une philosophie, et à prendre pour
auxiliaire une philosophie peu religieuse, celle d'Aristote, la
domination qui se forma d'une telle alliance, et qui faisait peser à la fois sur les esprits la règle humaine et la règle divine,
ne réussit point à leur ôter toute liberté. Ces raisonnements
qui n'étaient souvent que des sophismes, ces distinctions dont
plusieurs n'étaient que des jeux de mots, ces disputes infinies
qui encourageaient à remettre tout en question, laissaient quelque chance au sens commun, et de cet appel imprudent
qu'on avait fait à la science il résultait pour la foi des embarras et des périls. A force de subtiliser sur des mystères et de

remuer des articles à croire comme de simples opinions à débattre, le disciple d'une secte prenait la place de l'humble
fidèle ; la forêt d'Aristote, selon l'expression de Pierre de Celle,
finissait par étouffer l'autel du Seigneur. En effet, dans cette
union du sanctuaire et de l'école, l'école a prévalu, et la théologie de l'argumentation est devenue la scolastique.

On cessa même quelquefois d'être péripatéticien pour se
faire épicurien, matérialiste, nihiliste : un théologien fut déclaré nihiliste, en 1351, dans sa dispute publique pour le
doctorat.

Hist. univ. par., t. IV, p. 322.

En vain on se rétractait, on se repentait d'avoir avancé des
propositions suspectes, et on allait jusqu'à jeter soi-même au
feu, dans la solennité d'abjuration, les écrits condamnés : les
idées survivaient à toutes les rétractations, à tous les bûchers,
même à ceux où l'on brûlait l'auteur.

Quelques attaques sont encore dirigées contre le judaïsme,
qui voit s'accroître le nombre et la célébrité de ses docteurs,
et contre cette terrible hérésie du Koran. Mais la controverse
est plus souvent une guerre civile.

La querelle opiniâtre et implacable entre les dominicains
thomistes et les franciscains scotistes nous oblige à croire qu'il
n'y avait point d'autorité capable de réprimer, chez les dépositaires de la foi, cette manie de dogmatiser. Tout fut inutile
pour les réconcilier, leur propre intérêt, celui de l'Église, les
avertissements du pape, les interventions les plus saintes. Les
deux partis se rencontrèrent dans une seule pensée, et une
pensée d'orgueil, celle de s'attribuer la victoire. Les thomistes
racontent qu'un jeune frère Mineur étant arrêté dans sa lecture de Duns Scot par quelque difficulté inextricable, saint
François, dont il avait imploré le secours, lui apparut, ayant
à ses côtés saint Thomas : « Voilà, dit-il, celui qu'il faut lire ;
« il t'apprendra ce que tu dois croire. » Dans une autre version dominicaine, la sainte Vierge se montre entre François et
Thomas : « Attache-toi à celui-ci, dit-elle en indiquant Tho-
« mas ; car sa doctrine sera éternelle. » Les franciscains, fort
mécontents de ces récits, qu'ils traitent de mensonges, ne se
font pas faute d'en imaginer de pareils, qui ne valent pas cette
fière réponse à leurs adversaires : « Saint Thomas était un

Wadding, Annal. Minor., t. VI, p. 130.

« grand saint ; mais d'autres ont aussi rendu des services dans
« l'armée du Seigneur ; guerriers d'élite, l'épée à la ceinture,
« braves et fidèles, ils sont restés à leur poste et ont gardé le
« lit de Salomon. »

Entre les deux factions rivales se glisse, comme il arrive,
un tiers parti : ce fut celui d'Okam, un des franciscains ennemis des papes.

Si quelque arbitre avait pu mettre les théologiens d'accord,
c'était le livre des Sentences. Peut-être y serait-il parvenu,
s'il avait été moins commenté. On a cru ne point se tromper en
portant le nombre de ces commentaires jusqu'à deux cent qua-
rante-quatre : c'est trop peu, et ceux qui en ont compté quatre
mille sont peut-être plus voisins de la vérité. Comme des explications du texte se lisaient dans toutes les chaires théologiques, on ne saura jamais combien de ces commentaires sont
restés inédits. Publiés, ils seraient venus augmenter encore la
discorde des opinions. Pierre Lombard, qui n'est point responsable des erreurs de ses interprètes, n'en a-t-il lui-même
commis aucune en voulant résumer toute la théologie chrétienne ? Plusieurs de ses propositions sont contestées par les
meilleurs juges, qui prétendent que le guide a pu s'égarer.

D'autres recueils plus étendus, les Sommes, où l'on donnait
aux objections le même développement qu'aux preuves, firent
craindre que, pour vouloir tout dire sur le dogme, on ne se
laissât entraîner à dire des choses inutiles ou dangereuses. Une
théologie qui prenait et qui méritait le nom de polémique, de
contentieuse, pouvait elle-même être un danger. L'amour
effréné de la dispute lui avait fait inventer ces libres questions,
ces questions quodlibétiques, prétexte inépuisable de contestations sans fin. Il n'est pas jusqu'à ces brillants assauts d'arguments, de réfutations, de répliques, vrais tournois de la parole,
qui ne dussent inquiéter les esprits sévères. Même au temps de
la plus grande gloire de la dialectique religieuse, des scrupules
s'élevèrent contre un mélange de la raison profane et de la
révélation sacrée, d'où sortaient trop souvent les plus frappantes contradictions, les plus obscures ténèbres. Saint Louis,
Gerson, n'aimaient point la scolastique. On en comparait déjà
les conclusions stériles aux célèbres fruits de la terre sainte,

qui, dès qu'on les touche, deviennent poussière et se dissipent en fumée.

Le bruit de ces altercations éternelles faisait encore retentir l'école, quand Rabelais prétendait avoir trouvé parmi les livres de l'abbaye de Saint-Victor les *barbouillamenta Scoti*. Un docte jésuite a dit de même : « Nos scolastiques sont de vrais « barbouilleurs. » Il y avait alors cinq siècles qu'on parlait par syllogismes.

Mélanges de S. Hyac. , p. 424.

Il est impossible cependant qu'il n'y eût pas un vif attrait dans ces discussions où s'agitait toute la destinée de l'homme. On a dit que les esprits subtils, dans les temps d'ignorance, étaient les beaux esprits. Les temps où régnait l'argumentation n'étaient pas des temps d'ignorance, mais d'un savoir différent du nôtre. Les partisans de cette escrime y trouvaient sans doute un autre plaisir que celui de dire et d'entendre des choses subtiles. Lorsque la Sorbonne avait encore cette épreuve publique instituée, dit-on, vers l'an 1315 et qui fut appelée de son nom la Sorbonique, le répondant avait beau, comme il le fallait, soutenir sa thèse pendant douze heures de suite; il avait, de la première heure à la dernière, des adversaires et des auditeurs intrépides.

Esprit des lois, l. XXI, c. 20.

L'empereur allemand Charles IV, ce prince pédant, heureux de se rappeler toute sa vie les joutes de la rue du Fouarre, où il avait étudié, fonde, en 1348, l'université de Prague, pour y retrouver toutes ces belles choses, « attendu que, selon le « diplôme de fondation, aucun des actes scolastiques qui hono- « rent l'esprit humain n'est au-dessus de l'acte disputatif, *actus* « *disputativus,* tout à fait propre à féconder l'intellect de la « nature rationnelle, *nec non fœcundativus intellectus naturæ* « *rationalis.* » Ces abus et ce jargon de la dispute latine, qui s'acclimatèrent peu de temps après dans l'université de Vienne, convenaient mieux à leur pays qu'au nôtre ; c'était déjà presque la scolastique allemande.

Kollar, Analect. vindobon., p. 254.

Si l'on voulait enfin savoir à quelles sortes de questions s'appliquaient ces procédés, voici du moins les principales causes jugées, vers ce temps-là, par le tribunal permanent qui siégeait en Sorbonne.

Les arrêts de la Faculté de théologie sur ce qu'elle nommait

D'Argentré,

Collect. judic.,
t. 1, part. 1,
p. 303-400;
part. 2,
p. 1-157.

les erreurs nouvelles n'ont pas tous une égale importance : les juges, très-occupés des choses du dehors, où ils sont quelquefois acteurs, paraissent dédaigner plusieurs écarts de dogme ou de discipline qui ont, depuis, soulevé de violents orages.

La première affaire grave où ils interviennent est celle que préparaient depuis longtemps les dominicains pour la réhabilitation complète de frère Thomas d'Aquin, condamné indirectement par plusieurs de ces articles de l'an 1277 qui ne cessaient de fournir des armes à un combat toujours prêt à recommencer. Fiers d'avoir obtenu, en 1323, la canonisation de leur confrère, ils veulent effacer les derniers restes de cette tache imprimée à sa mémoire, en faisant donner l'ordre à Étienne de Borrest, évêque de Paris, d'infirmer l'ancienne sentence. Les docteurs décident, et l'évêq è après eux, qu'il est permis d'en attaquer désormais les articles comme de libres opinions. Les franciscains ont toujours cru, de leur côté, que l'on pouvait ne tenir aucun compte de la nouvelle sentence épiscopale, et plusieurs d'entre eux l'ont même regardée comme un faux acte, imaginé par les dominicains.

En 1327, le saint-siége fulmine un long décret contre Marsile de Padoue, Jean de Jandun, et les autres adversaires du pouvoir absolu de Rome : la Faculté de théologie finit encore par condamner à son tour des hardiesses prématurées, ainsi qu'une rédaction française des doctrines de Marsile ; mais cette condamnation ne fut point spontanée, et elle se fit attendre longtemps.

En 1331, Pierre de la Palu et d'autres maîtres de Paris sont désapprouvés d'avoir osé dire que le secret de la confession devait être gardé pour les péchés seuls, et non pour les confidences qu'il serait de l'intérêt public de révéler.

C'est la même année que s'aigrit la querelle sur le privilége accordé aux âmes des justes, aussitôt après la mort, de voir Dieu face à face ; privilége appelé aussi la vision intuitive et faciale, ou plus simplement la vision béatifique. Les docteurs, après avoir voté avec Philippe de Valois contre le pape, lorsqu'ils écrivent au roi, parlent respectueusement de Jean XXII, tout en le condamnant ; et, dans leur lettre au pape, ils s'imposent la tâche difficile de lui persuader que leur sentence n'a rien qui puisse l'atteindre, *quod in aliquo vestram posset tangere Sanctitatem.* Les deux lettres qui, selon le protocole du temps, donnent au roi le titre de *gardiator Studii parisiensis,* sont écrites avec une circonspection qui n'exclut point la fermeté. A compter de l'an 1329, de nombreux docteurs, Pierre de Rogier, qui fut depuis Clément VI ; Jacques Fournier (Benoît XII); Pierre de la Palu, Nicolas de Lire, Pierre de Chappes, Robert de' Bardi, Arnauld de Clermont, Gilles du Perche, prirent part au conflit. On jugea librement l'illustre théologien. Le monde apprit de nouveau que le pape pouvait se tromper.

En 1339, première sentence contre le chef des nominaux, Guillaume Okam, et, sous son nom, contre Jean Buridan, qui avait été recteur, et dont l'enseignement et les écrits avaient reproduit l'ancienne doctrine de Roscelin. Il n'était guère possible que le besoin d'argumenter sans cesse n'allumât point de telles guerres entre les maîtres. Celle-ci devint plus ardente encore au siècle suivant.

En 1347, condamnation de Jean de Mericour, religieux cistercien, pour quelques articles de ses leçons sur Pierre Lombard, « erronés ou mal sonnants. » Par exemple : *Si aliquis habens usum liberi arbitrii, incidens in tentationem tantam cui non possit resistere, moveatur ad illecebram cum aliena uxore, non committit adulterium. — Aliqua est possibilis passio cui voluntas, etiam habita gratia quacumque, non potest resistere.* Un autre texte ajoute : *sine miraculo. —* Enfin, *Peccatum post longam consuetudinem est minus.* Ces commentaires, interdits fort sagement à tous les bacheliers en théologie, font partie des manuscrits de l'ancienne Sorbonne elle-même ; mais, par une précaution que nous avons déjà signalée, ils ne portent qu'un titre vague : *Doctor super Sententias.*

En 1349, les théologiens de Paris proscrivent les flagellants. Le docte éditeur de tous ces jugements, après avoir suppléé à celui-ci, qu'il n'avait point retrouvé, par les arrêts sévères de l'histoire contre cette secte redoutable, se croit obligé de faire des réserves en faveur de la flagellation religieuse, que l'on commençait à moins approuver ; ce qui ne veut pas dire qu'il approuvât lui-même ces insensés qui, sur la foi d'une lettre de saint Pierre qu'ils disaient tombée du ciel, adoptant une odieuse

interprétation de l'eau changée en vin aux noces de Cana, prétendaient qu'il était temps, à la veille de la fin du monde, que
le baptême d'eau fît place au baptême de sang. Les chroni-
queurs·et une bulle pontificale attestent que la condamnation
fut prononcée en assemblée générale des docteurs de Paris ;
mais il y a trois siècles au moins que le procès-verbal du jugement avait déjà disparu des archives de la Faculté.

Frère Gui, de l'ordre des ermites de Saint-Augustin, se rétracte ainsi, le 16 mai 1354 : « Cette année, dans mes leçons
« et mes argumentations, j'ai commis de merveilleuses erreurs,
« en substituant à la parole de vérité un langage profane et
« vain, qui était pour mes auditeurs une provocation à l'im-
« piété, à la perversion, et pour la très-sacrée Faculté, comme
« pour mon ordre, une occasion de scandale. Aussi, selon la
« pieuse et sainte injonction du seigneur chancelier et des
« autres révérends maîtres, auxquels je me suis soumis et je
« me soumets, je veux révoquer ce que j'ai dit de blâmable
« dans mes discours et dans mes écrits, sans que mes inten-
« tions aient été coupables. » Suivent neuf propositions sur la
charité, le mérite et le démérite, le libre arbitre, la grâce,
toutes fort peu claires, et qu'il semble caractériser bien durement lorsqu'il les proclame suspectes, mensongères, blas-
phématoires.

Un certain docteur Louis, qui paraît avoir été scotiste, se
rétracte aussi, en 1362, devant les maîtres en théologie. Nous
croirions volontiers qu'il avait quelque reproche à se faire, ne
fût-ce que pour n'avoir pas craint de dire, dans le neuvième de
ses corollaires, en style inintelligible : *Non stat intellectum
perfectum cognoscere vera contingentia, et illorum ad extra
non esse productivam voluntatem.* Il s'était permis une autre
proposition, qui perd à être ainsi traduite en français : « Il y
« a quelque chose qui est Dieu selon son être réel, et qui ne l'est
« pas selon son être formel. »

L'année d'après, le franciscain Denis Soulechat, convaincu
d'avoir propagé l'erreur des fratricelles sur l'interdiction de
toute propriété, refuse de tenir la promesse qu'il avait d'abord
faite d'une rétractation publique, en appelle au pape Urbain V,
et porte lui-même son appel à la cour d'Avignon. Là, tout en

prenant les cardinaux à témoin de son humble soumission, il leur parut plus téméraire qu'il ne l'avait jamais été. Renvoyé par eux à ses juges naturels, les docteurs de Paris, il abjure enfin ses anciennes conclusions, et s'engage cette fois à n'en faire profession ni secrète ni publique. Mais on était alors en 1369 : soutenu sans doute par son ordre, il avait combattu pendant six ans.

Un docteur à qui le roi Charles V prêtait des livres, Jean de la Chaleur, qui devint, en 1371, chancelier de l'église de Paris, avait, huit années auparavant, rétracté publiquement diverses propositions, telles que celle-ci : « Le souverain légis-« lateur, Dieu lui-même est digne de perfections infinies, qu'il « n'a jamais eues, qu'il n'a pas, et qu'il ne peut avoir. » Il l'expliquait en ces termes : « J'ai voulu dire hypothétique-« ment que si l'on pouvait imaginer d'infinies perfections que « Dieu n'eût pas , il serait encore digne de ces perfections. » Pour se justifier d'avoir dit de l'Ascension : *Dignificavit se in carne ad suam assumptionem hypostaticam,* il alléguait que le premier mot ne signifiait que *manifestavit.* Mais pourquoi fabriquer des mots qui n'étaient pas latins, et qui étaient des hérésies ? Ce même docteur est aussi fort obstiné : il avait répété plusieurs fois une proposition fausse, qui était, selon lui, « disputable. » Il veut bien en rétracter une autre, mais en ajoutant qu'il y a des gens qui la trouveraient « possible. »

Chancelier de Notre-Dame, il eut à juger une affaire qui vint, en 1376, agiter les théologiens. Le pape lui fait dénoncer par un notaire public la traduction d'un livre condamné, celui de Marsile de Padoue contre l'Église en faveur de Louis de Ba-vière. Aussitôt commence une enquête sur l'auteur de cette traduction, bien plus dangereuse que le latin, et dont un théo-logien de Paris est accusé. Tous les docteurs jurent les uns après les autres qu'ils en sont innocents, qu'ils n'ont point vu le livre, qu'ils ne savent pas et n'ont jamais su quel en est l'auteur, qu'ils n'ont de soupçon à cet égard contre personne. Nicole Oresme, Jean Golein, les deux laborieux traducteurs, quand on leur parle de Marsile de Padoue, jurent qu'ils n'ont point traduit Jean de Jandun. Maître Richard Barba, encore

plus habile, fait entendre que l'auteur du latin, alors en Allemagne, pourrait bien l'avoir traduit lui-même. D'autres vont
trop loin et affirment, ce qui était faux, que Marsile et Jean
n'avaient jamais été gradués de Paris. Le procès-verbal de
l'interrogatoire, où comparaissent au moins trente personnages
du haut clergé, sans qu'on découvre rien, est rédigé par le
notaire apostolique et impérial, Gui Quatremains. Cet ouvrage
tant redouté, le *Defensor pacis*, dont le traducteur est encore
anonyme aujourd'hui, avait paru dès l'an 1324; mais le bruit
que venait de faire la traduction, attribuée à l'école théologique
de Paris, et, depuis l'imprimerie, les nombreuses éditions du
texte, prouvent assez que la paix entre les deux pouvoirs n'est
point facile.

En 1384, il s'agit enfin de juger l'ancienne querelle de l'immaculée conception, entre les franciscains, qui prétendent,
d'après l'opinion de quelques églises d'Orient, que la sainte
Vierge avait été exempte, à sa naissance, de la tache du péché, et les dominicains, qui n'admettent point qu'elle eût été
conçue autrement que tous les autres enfants d'Adam. Un privilége qui ne reposait sur aucun texte avait déjà paru douteux
à de grands théologiens, tels que saint Bernard; mais il fut
alors pour la première fois l'objet d'une délibération en assemblée générale convoquée par le recteur, où le corps académique
eut la malheureuse occasion de se venger de ses plus violents
adversaires, les dominicains. Il est vrai que le parti franciscain
suppose deux condamnations plus anciennes, en 1304 et
en 1333; mais les preuves manquent, et il faut même, pour
trouver une censure en forme, descendre jusqu'à l'année 1387,
où, dans la personne de Jean de Monzon, la résistance au nouveau dogme fut expressément condamnée. Jean Thomas et
Jean Adam, qui avaient entrepris en commun l'apologie de
leur confrère dans un ouvrage aujourd'hui perdu, et avaient
osé l'écrire en langue vulgaire, crurent devoir se rétracter;
mais il y eut, au nom de tout l'ordre, appel au pape : Pierre
d'Ailli vint à Avignon défendre l'arrêt en consistoire; il le défendit, de plus, par un long traité. Monzon, au moment de
voir l'appel rejeté par Clément VII, se fit urbaniste et s'enfuit
en Aragon plutôt que de céder. On ne s'en tint point là; cent

Ép. 174,
t. I, p. 169.

ans après, les dominicains résistaient encore. Ils passaient pour avoir toujours résisté.

Les religieuses de leur ordre ne mirent pas moins d'opiniâtreté à repousser la doctrine franciscaine. La Vierge elle-même, suivant sainte Catherine de Sienne, était venue lui dire de n'y pas croire.

En 1390, les méthodes d'enseignement de Raymond Lull sont interdites par la Faculté de théologie, qui ne veut pas, comme nous l'apprenons de Gerson, que les écoles se laissent entraîner à ces innovations chimériques, *ad novam hanc phantasiandi curiositatem*. Les Lullistes prétendent avoir pour eux trois actes, tous les trois réputés fort suspects : une approbation donnée en 1309 par l'official de Paris, non pas au grand Art, mais au petit Art de Lull ; une lettre, encore moins vraisemblable, où l'on suppose que, l'année suivante, Philippe le Bel déclare l'auteur « bon, juste et catholique ; » une approbation plus complète de ses ouvrages, en 1311, par le chancelier de l'église de Paris. Tout ce qui regarde le célèbre apôtre de Majorque, sans excepter la bulle du pape Grégoire IX contre lui, est enveloppé de fables et d'incertitudes ; mais la sentence des docteurs, dont l'original n'a pu être retrouvé, n'est point douteuse, puisque Gerson dit en parlant de ceux qui la portèrent, *magistri nostri, et ego*.

Nous voyons ensuite, vers l'an 1395, une nouvelle explosion des guerres théologiques pour et contre la suprématie absolue de la papauté. Déjà s'étaient mêlés à ces grands conflits, dès l'an 1303, le dominicain Jean de Paris, un des plus modérés, et qui dut peut-être à sa modération d'être condamné, l'année suivante, comme auteur d'une hérésie sur la présence réelle, par une commission de théologiens ; puis, longtemps après, Bertrand d'Aigremont, Raymond Bernardi, Bertrand Lagier, Jean de Varennes. Les principaux orateurs des deux pouvoirs ont reparu si souvent dans nos observations sur le schisme, qu'il est inutile de répéter ici leurs noms et leurs plaidoyers. Quand nous joindrions aux nombreux écrits que nous avons indiqués en parlant de cette longue discorde, ceux que produisirent aussi, pour ou contre les papes en querelle, Pierre Flandrin, Gérart Groot, Jean Rolland, Pierre de

Cros, Pierre Amelii, Pierre de Thuri, nous serions encore loin
d'avoir épuisé la liste des combattants.

Au milieu de ces perplexités, le 19 septembre 1398, les docteurs de Paris condamnent les arts magiques, admis par l'Écriture sainte, mais non pas avec les invocations des démons, avec
les envoûtements, avec d'autres maléfices. La « Démonoma-
« nie » de Bodin, de ce libre penseur qui veut obstinément
croire aux sorciers, s'appuie à tort sur un acte destiné à com-
Thiers, t. I,
p. 19-26, etc.
battre les excès de la crédulité. C'est à plus juste titre qu'un
savant prêtre a fondé en partie sur ce même acte les principes
qu'il développe dans son traité contre les superstitions.

Rien de plus sage qu'un grand nombre de ces arrêts. La
cour pontificale n'en surveillait pas moins cette espèce de concile perpétuel, dont elle ne voulait pas laisser l'autorité s'accroître. La Sorbonne, qui jugeait, fut aussi jugée.

Le pape, en 1321, lance un décret contre Jean de Poli, qui,
dans ses prédications et ses leçons, avait soutenu, entre autres
doctrines faites pour déplaire, que les fidèles, déjà confessés à
des moines, n'en étaient pas moins tenus de se confesser à leur
propre curé, nul ne pouvant, sous aucun prétexte, les distraire
du tribunal de leur prêtre ou de ses délégués. Cet épisode de
la guerre entreprise par la France contre les priviléges excessifs
des nouveaux ordres, fait peu d'honneur à la constance de nos
docteurs; car Jean de Poli se rétracta, et Gerson lui-même se
fit, plus tard, le défenseur de la bulle de Jean XXII, peut-être
parce que son antagoniste Petit s'était déclaré pour l'opinion
contraire, en disant que le pape était hérétique lorsqu'il avait
fait sa bulle. Gerson a pu se repentir; car il blâme Alexandre V,
qui avait renouvelé l'ancien décret. Dans une question où il
s'agissait pour la nation entière de la considération et des
droits du sacerdoce, l'école gallicane n'aurait point dû varier.

Clément VI, en 1348, condamne encore un théologien de
Paris, maître Nicolas d'Autrecour, qui, dans ses lettres à frère
Bernard ou dans ses leçons, avait dit, entre autres choses jugées blâmables, qu'il n'est pas évident que le feu approché de
l'étoupe, s'il ne rencontre point d'obstacle, doive la brûler.
Mais il ne fut point difficile de trouver, dans les plis et les re-
plis de toutes ces énigmes, des propositions moins innocentes.

et on se défiait d'un docteur qui correspondait avec les franciscains, alors persécutés.

Nous bornerons là l'esquisse fort restreinte des conflits dog-
matiques d'un siècle qui apprend de ses maîtres à disputer sur
tout. Bien des questions encore, la réunion de l'église grecque,
la procession du Saint-Esprit, la grâce et la prédestination, la
propriété, l'usure, leur ont fourni de nombreuses discussions,
presque toujours sans fruit pour les problèmes qu'ils voulaient
résoudre et pour leur propre renommée. Des controverses où
l'on multipliait par prudence les obscurités, les équivoques, les
subterfuges, où dominaient les mots et les phrases d'une latinité barbare, étaient un fort mauvais apprentissage de l'art d'é-
crire, qui ne peut se passer de liberté, de clarté, de correction ; et l'immense foule des disputeurs, des compilateurs de
Sommes, de questions, de commentaires, de gloses, ont expié
leur dédain pour le style, en méritant, comme écrivains, le plus
complet oubli.

Un examen sans fin ni trêve des mystères de la foi, un amas
confus de ces questions sur la croyance, qu'ils appelaient
« disputables, possibles, » ou même « impossibles, » n'étaient
pas non plus ce qu'il fallait pour donner à leur vie privée l'ordre
et le calme ; à leur vie publique, la constance et la dignité.

Quant au fond même des doctrines, environnés qu'ils étaient
d'idées fausses, s'ils ont peu redressé, ils ont beaucoup détruit ; et cette destruction était un progrès. Il est donc permis
de dire que de tout ce bruit il est résulté quelque chose, non
pas certes des solutions incontestées, mais du moins un exercice continu de l'intelligence, qui s'est fortifiée et aguerrie par
la lutte. Le temps n'a pas été tout à fait perdu.

Dans ce chaos de décisions contradictoires et de questions nécessairement indécises, on réservait peu de place à la partie morale de l'enseignement théologique. Il n'y a qu'une voix pour
déplorer l'affaiblissement de la morale elle-même ; et de sages esprits l'attribuent pour une grande part à la connivence des ordres
privilégiés qui, trouvant dans les aumônes des fidèles une ressource inépuisable, ont recours, pour la conserver, aux distinctions sophistiques des cas de conscience, excuses commodes

THÉOLOGIE
MORALE.

Fleury,
Hist. ecclés.,
Disc. VIII, n. 14.

pour toutes les fautes, et se laissent entraîner à une telle facilité d'absolutions, « qu'on peut pécher tous les jours en se con-
« fessant tous les jours. » Mais la décadence des mœurs s'explique aussi par la prépondérance accordée à cette dispute
infinie, qui, tout enivrée de ses chimères, ne songe plus à enseigner les devoirs de la vie réelle, ou, si elle s'en souvient, les
met en question comme tout le reste.

En effet, on ne voulait connaître d'Aristote que ses syllogismes ; les papes même, devenus les protecteurs du philosophe
après l'avoir proscrit, ne recommandaient en lui que le logi-
cien, et non le moraliste. Un docteur de Paris, dont le principal tort fut peut-être d'avoir exposé avec trop peu de réserve
des idées qui n'étaient pas de son temps, avait dit dans une
de ses leçons : « Il en est qui étudient la logique jusqu'au dé-
« clin de l'âge, et, pour Aristote et ses commentateurs, négli-
« gent toute pensée morale, tout souci du bien commun ; en
« sorte que s'il s'élève un ami de la vérité, dont la voix, comme
« une trompette retentissante, vienne tout à coup les avertir,
« ils s'en irritent, et, s'armant comme pour un combat à mort,
« se précipitent sur l'imprudent qui les éveille. » Courageuses
paroles de Nicolas d'Autrecour, qu'un ordre de Clément VI fit
condamner en 1348, parce qu'elles avaient été prononcées
trop tôt.

Quelques autres cependant, comme Gérard Odon, surnommé le docteur Moral, consultèrent, dans les versions latines, la Morale et la Politique du maître ; mais le respect des
grands noms et la crainte de paraître innover leur firent admettre des préjugés qu'ils auraient dû combattre. Ainsi Gilles
de Rome, après saint Augustin et saint Thomas, donne à l'esclavage la consécration de la foi, sous prétexte que l'homme,
depuis le péché originel, ne peut revendiquer la liberté. Les
guerres de religion sont approuvées au nom du sentiment qui
avait fait repousser l'invasion de l'islamisme, et il faut attendre
Liv. I, c. 54. jusqu'à la publication hardie du « Songe du vergier, » pour
voir un écrivain proclamer hautement qu'on n'a pas le droit
de convertir par force les infidèles : « Nul mescreant ne doibt
« estre contrainct par guerre, ne aultrement, pour venir à
« la foi catholique ; et semble que contre les mescreans qui

« nous guerroient, seulement nous deussions faire guerre, et
« non contre les aultres qui veulent estre en paix. » Cette
« maxime, « Nul ne doit être forcé à croire, » reparaît enfin
après tant de siècles.

Au nombre des théologiens moralistes on peut compter
François de Mayronis, que les leçons de Duns Scot et les titres
qu'il mérita lui-même de docteur Illuminé, de maître de l'abstraction, n'empêchèrent pas de se livrer à des études sur les
mœurs ; Vital du Four, qui fit un Miroir moral des livres saints ;
Pierre Bercheure, qui réduisit aussi en forme de dictionnaire
toute la morale de l'Ancien et du Nouveau Testament ; Thomas
d'Hibernie ou Palmerston, docteur de Sorbonne et curé de
Paris, rédacteur d'un autre de ces Promptuaires ; l'auteur anonyme de l'*Apothecarius moralis;* Robert Gervais, évêque de
Senez, qui dédia au jeune Charles VI le Miroir moral des rois ;
quelques faiseurs de compilations sur les Vertus et les vices,
ou de ces recueils d'allégories qu'on appelait Moralités ; quelques sermonnaires qui se mirent, tout en prêchant le dogme,
à tracer des règles de conduite et à se rendre compte des caractères pour les mieux diriger. Mais la plupart ne sont que
des collecteurs de sentences. Les petites pratiques, chapelets,
scapulaires, pèlerinages, reliques, et tout ce qu'on en espérait, dispensaient trop de s'étudier et de se perfectionner
soi-même.

La théologie contemplative, ou ascétique, ou mystique, peu
d'accord avec ce siècle qui, du moins en France, fut un siècle
d'action plutôt que de recueillement, ne s'y élève point au-
dessus de la théologie morale. Toutes les religions ont eu leurs
extases ; toutes les théologies, leurs interprétations fantastiques, leur sens figuré. On ne pouvait se détacher tout à coup
des habitudes de mysticité profondément enracinées dans les
âmes pendant les deux siècles précédents, où les vives inspirations de saint Bernard et de l'école de Saint-Victor avaient re-
tardé le règne de l'aridité scolastique. Mais ce n'est point chez
nous que les grands mystiques de ces âges plus dévots et plus
calmes ont eu des successeurs : Eckart, Tauler, Suso, Ruys-
broeck, Gérart Groot, appartiennent aux races allemandes.

THÉOLOGIE
MYSTIQUE.

Nous ne réclamerons point pour nous les visions de Brigitte de
Suède, de Catherine de Sienne, dirigées quelquefois contre la
France elle-même. On n'est point sûr que la béate Élisabeth
Stäglin soit l'auteur d'une Vie du bienheureux Suso, toute
pleine d'ardentes rêveries, ni la prieure Catherine Gesweiler,
l'historiographe des plus anciennes sœurs de son couvent. Le
thaumaturge Pierre de Luxembourg, mort à dix-huit ans,
n'a peut-être rien écrit.

Il ne nous resterait donc que les commentaires de Jean de
Straelen et de quelques autres sur l'Apocalypse; le traité de
Pierre Pincher, de Caen, religieux de la communauté de Sainte-
Croix, qui, sous le titre de *Vestis nuptialis,* fit une explication
symbolique des habits de sa confrérie; les contemplations de
Raymond Jordanis, abbé de Celle, surnommé l'Idiot; les révélations d'un vieux chevalier, Robert l'Ermite, fort oubliées
aujourd'hui, mais qui paraissent avoir mieux valu que les
tristes oracles du prophète de Saint-Flour, Jean de la Roquetaillade, méprisable écho des partis politiques.

Ici se retrouve la question épineuse de l'Imitation de Jésus-
Christ. Si nos continuateurs, lorsqu'ils seront arrivés à la première moitié du XVᵉ siècle, doivent parler de cet ouvrage à
propos de Gerson, un de ceux dont le nom a été fréquemment
prononcé dans une cause déjà ancienne et toujours confuse,
nous leur laissons de courtes remarques, fruit d'une longue
étude.

Préf. de l'éd.
de 1836, Paris,
in-fol., p. iij. L'ouvrage nous semble, comme à Suarez, de diverses mains et
de divers temps. L'humble langage du premier livre ne saurait
être l'œuvre de cet esprit plus familiarisé avec l'antiquité profane, plus vif, plus animé, qui se plaît aux grandes images,
aux amples développements du troisième livre; et ni l'un ni
l'autre n'a le moindre rapport avec la théologie savante et subtile dont le quatrième livre est rempli. Le premier, et peut-
être le second, pourraient venir des chartreux du XIIᵉ siècle;
le troisième, de quelque moine lettré du siècle suivant. Il n'y
aurait point d'invraisemblance à faire descendre le dernier livre
jusqu'au XVᵉ siècle : ce n'est qu'alors que, dans les manuscrits, il vient se joindre aux trois premiers. Quant à Gerson,
qui ne justifie la préférence qu'on lui a donnée quelquefois ni

par son caractère ni par son style, et au copiste Thomas de Kempen, dont les œuvres ne sont guère composées que des écrits des autres, et qui, lorsqu'il cesse de copier, est souvent un auteur fort ridicule, nous engageons leurs partisans à ne pas oublier qu'il y a en France un manuscrit du premier livre, antérieur à Gerson et à Thomas de plus d'un siècle.

Au lieu de ce mysticisme naïf et pénétrant, qui déjà, malgré le traité de Gerson sur la Théologie mystique, n'était plus du goût de la France de son temps, même au fond des cloîtres, on n'aimait et on ne recherchait, dans un genre que les Pères eux-mêmes avaient porté jusqu'à l'abus, que les explications allégoriques de la Chasse, des Échecs, de la Grammaire, de la Paume, de l'Art militaire de Végèce, et les Métamorphoses d'Ovide moralisées.

Cette partie de la théologie qu'on peut appeler liturgique, celle qui règle l'appareil des cérémonies religieuses, vient ajouter quelques fêtes nouvelles au grand nombre de fêtes déjà chômées.

THÉOLOGIE LITURGIQUE.

Un pape Boniface, qu'on ne désigne pas autrement, passe pour avoir institué la messe du « Nom de Jésus, » qui vaut trois mille ans d'indulgences; mais le missel romain dit que c'est Boniface VI. Tous ces calculs de jours, d'années, de siècles d'indulgences, dont nous allons voir les exemples se multiplier, paraissaient suspects à Gerson. C'est en parlant des indulgences de vingt mille ans qu'il a dit : *Non oportet quod indulgentiæ tantum valeant quantum sonant.*

OEuvres, t. II, col. 408.

En 1304, les stigmates de François d'Assise, déclaré saint depuis soixante-seize ans, sont consacrés, sous le pape Benoît XI, par une solennité à rite double, qui fut d'abord passée sous silence dans le martyrologe romain, puis fixée au 17 septembre, reportée ensuite au 28 août, et par un office, dont Gérard Odon, général des franciscains en 1329, rédigea les paroles.

Wadding, Annal. Min., t. VI, p. 39.

Le pape Clément V, vers l'an 1310, fait, dit-on, trois parcelles du saint Nombril, que l'on croyait avoir été conquis sur l'empire grec par Charlemagne : Rome en garde une pour Saint-Jean de Latran; une autre est rendue à Constantinople, et la troisième, donnée à Notre-Dame de Châlons. On pense qu'il y eut une messe en l'honneur de ce Nombril.

Thiers, Tr. des superstit., t. II, p. 363-369.

Jean XXII est regardé, sans preuve, comme l'auteur d'une messe « des Cinq plaies, » avec garantie de deux cents ans d'indulgences pour ceux qui la disent et pour ceux qui l'entendent : promesse fort peu conforme, suivant un docte critique, « à l'ancien style de l'Église, » et qui lui paraît se ressentir « du commerce des quêteurs et des porteurs de rogatons, si « souvent et si fortement condamnés par les conciles. »

Ib., p 362.

Au même pape sont attribuées les indulgences, blâmées par Innocent XI, en faveur de ceux qui baisent la mesure du pied de la sainte Vierge, *mensuram plantæ pedis B. V. M. osculantibus ;* et d'autres en faveur de ceux qui disent, à l'heure du couvre-feu, l'*Ave Maria* trois fois, ou qui achètent dix mille jours d'indulgences en invoquant la prétendue Véronique, ou qui, en récitant les deux oraisons trouvées dans le saint sépulcre de Jérusalem, gagnent pour leurs péchés mortels trois mille jours d'indulgences, et vingt mille pour leurs péchés véniels.

Les indulgences de vingt mille jours, accordées à une oraison que l'on dirait après l'Élévation, devaient paraître mal datées, parce qu'il est dit dans le titre que le pape Innocent VI les a instituées à la prière de Philippe de Valois, mort deux ans avant ce pontificat ; mais la bulle a pu se faire attendre deux ans.

Archives de Joursanvault, t. II, p. 117, n. 2787.

On a conservé, de l'an 1340, l'acte qui constate la vente d'un saint, faite par un prieur du diocèse de Blois, et ratifiée par l'abbé de Gastines, près de Tours. Les pardons et les pèlerinages donnaient une grande valeur à ces reliques.

Le souvenir de la peste du milieu du siècle a fait regarder Clément VI ou Clément VII comme instituteur d'une messe *pro vitanda mortalitate,* dont le préambule assure deux cent soixante jours d'indulgences à ceux qui, pendant les cinq jours consécutifs de la célébration de cette messe, l'entendront tout entière à genoux, un cierge à la main.

Jamais cet abus, si dangereux depuis, n'aurait été porté plus loin que vers ce temps-là, si l'on s'en tenait à un récit du cardinal Boniface degli Amanati, qui écrivait en 1388 son commentaire sur les Clémentines. Les frères Mineurs prétendaient, selon lui, qu'il suffisait d'entrer dans leur église de

Notre-Dame des Anges ou de la Portioncule, près d'Assise,
pour délivrer une âme du purgatoire. « Moi-même, ajoute-t-il,
« comme je passais par là, il y a une vingtaine d'années, je me
« souvins d'une belle et honnête maîtresse (*memor fui de qua-*
« *dam pulchra et honesta amasia*) que j'avais eue lorsque
« j'étudiais à l'université de Padoue, et, pour délivrer son âme,
« j'entrai dans cette église. »

En 1370, s'établit à Bruxelles, surtout dans l'église de Sainte-
Gudule, l'adoration du « très saint sacrement de miracle, » ou
des hosties volées par deux juifs, Jean de Louvain et Jonathas.
Ces hosties, d'où l'on disait qu'il était sorti du sang, déclarées
miraculeuses comme celle de l'an 1290 à Paris, furent longtemps,
à Bruxelles, portées processionnellement le jour de la Fête-Dieu,
et l'on en célébrait tous les cinquante ans l'année jubilaire.

Hist. litt.
de la Fr.,
t. XXI, p. 774-
776.

Une des plus importantes des nouvelles fêtes est celle de la
Présentation de la sainte Vierge, dont l'établissement est dû à
Philippe de Maizières, chancelier du royaume de Chypre, conseiller et banneret de l'hôtel du roi de France, qui, ayant
trouvé dans la liturgie orientale une cérémonie pour rappeler
que la Vierge, à l'âge de trois ans, avait été présentée au temple, en apporta l'office au pape Grégoire XI, par l'ordre duquel il fut chanté solennellement devant la cour d'Avignon, le
21 novembre 1372, accompagné d'un sermon en latin, et d'un
autre en français. Charles V consentit à l'admettre dans sa chapelle royale, et, trois ans après, à le recommander aux autres
chapelles du diocèse. En 1385, le même Philippe revint faire
célébrer par les frères Mineurs d'Avignon l'office dont il était
l'auteur, avec des jeux de scène qui transportaient les spectateurs au temple de Jérusalem. C'est aussi de l'Orient que viennent le dogme et la fête de la Conception immaculée, qui rencontrèrent, on le sait, beaucoup plus d'opposition.

Une autre fête, celle de la Visitation de la sainte Vierge,
empruntée aux Grecs par Urbain VI en 1385, est confirmée,
au bout de quatre ans, par Boniface IX. En 1304, pour rappeler la défaite des Flamands, avait été instituée, au 18 août,
une fête de Notre-Dame de la Victoire.

Nous n'avons point compris dans cette série chronologique
la solennité plus ancienne appelée fête des Fous ; elle paraît

seulement avoir été consacrée de nouveau, en 1308, par le legs
que Guillaume de Mâcon, évêque d'Amiens, fit, pour cet objet,
de ses ornements pontificaux ; elle fut encore, vers la fin du siècle, à Auxerre, déclarée aussi chère à Dieu que la fête de la
Conception ; et elle ne cessa qu'en 1445, sur les plaintes de la
Faculté de théologie de Paris, à l'occasion de scènes peu cha-
ritables où les chanoines de Troyes, mécontents de ceux
d'entre eux qui s'étaient opposés à la fête, les avaient joués
sous la figure des personnages nommés Hypocrisie, Feintise et
Faux-semblant.

Gerson, t. III,
col. 309.
Thes. anecd.,
t. I, col. 1801.

On ajouta beaucoup plus rarement que jadis de nouveaux
saints au calendrier : le 6 ou le 7 juin 1302, Mériadec, anachorète dans une solitude près de Pontivi, où on était allé le
chercher, à une date incertaine, pour le faire évêque de Vannes ; le 17 août 1317, Louis, évêque de Toulouse, frère Mineur,
petit-neveu de saint Louis ; le 18 juillet 1323, Thomas d'Aquin ;
le 19 mai 1347, Yves Helori, le patron des avocats, mort qua-
rante-quatre ans auparavant, le même jour de l'année 1303 ; le
27 septembre 1369, Elzéar de Sabran, et sa femme Delphine,
morte longtemps après lui.

Roch, de Montpellier, mort en 1327, ou en 1348, ou en 1372,
est « plus connu par la dévotion du peuple que par l'histoire
« de sa vie. »

Fleury,
Hist. eccl., l.
93, c. 33.

La glorification de quelques autres fut très-tardive : celle de
Pierre de Luxembourg, ce jeune cardinal qui passait pour
avoir ressuscité des morts, n'arriva que le 5 juillet 1527 ; celle
du béat Marcolin, dominicain de Forli, que le 9 mai 1750.
Pour honorer d'un culte régulier un autre religieux du même
ordre, le mystique Henri Amand Suso, l'auteur de l'Horloge
de la sagesse, traduit en français sous Charles V, il a fallu attendre jusqu'au 16 avril 1831.

Ces honneurs suprêmes, décernés quelquefois avec trop
d'empressement par les moines à leurs confrères, n'ont pas
toujours été confirmés par le saint-siége. Le patriarche latin
Pierre Thomé ou de Thomas, que les carmes perdirent en
1366, et qu'ils honorent le 29 janvier, n'est pas encore au rang
des saints.

D'anciennes commémorations disparurent. A Lyon et à

Vienne, le 2 juin, en souvenir de sainte Blandine et des qua-
rante-huit martyrs, se célébrait, sous le nom de fête des Miracles, une grande procession annuelle, accompagnée de promenades sur le Rhône, et qui avait été plus d'une fois le
prétexte de réjouissances licencieuses. En 1395, la fête des
Miracles fut supprimée.

Il y eut, comme toujours, quelques translations. On fit, en
1311, celle du corps de divers évêques de Clermont dans l'é-
glise de l'abbaye de Saint-Allyre. Un rimeur de Paris, Gefroi
de Nets, a raconté en français, d'après un texte latin, comment,
le 9 juillet 1318, « le cors mons. sainct Magloire fu translaté de
« la chasse de fust en la chasse d'argent. » Le 20 avril 1376,
translation du corps de saint Cloud, etc.

Chastelain,
Martyrologe,
p. 805-814.

Dans ces diverses cérémonies, les vers latins ou français,
hymnes, proses, séquences, Vies des saints et autres légendes,
destinés à être chantés par les fidèles ou simplement récités en
chaire, abondaient comme autrefois. Il reste, en rimes françaises, un grand nombre d'Épîtres, d'Évangiles, d'Actes, qui
servaient à cet usage. Le titre des Actes des apôtres, *Lectio
Actuum apostolorum,* était ainsi traduit dans la cathédrale de
Chartres :

> Li apostre ceste lecon
> Firent en grant devotion.

Mais tous les efforts du clergé pour accroître ce vieil héritage ne relevèrent pas la poésie liturgique, déjà bien déchue
depuis un siècle.

Les nouvelles fêtes de la Présentation, de la Visitation,
inspirèrent assez mal les poëtes qui en firent les hymnes. Les
nouveaux saints ne furent pas chantés non plus avec un grand
succès. La fête de saint Louis, instituée en 1297, aurait pu
faire espérer quelque belle composition religieuse : on n'eut
que le faible office rédigé par l'inquisiteur dominicain Arnauld
du Pré, et qui a été depuis longtemps effacé des bréviaires.
Le général des frères Mineurs en 1329, Gérard Odon, le même
qui annonçait la fin prochaine du monde, *Vaticinia de fine
mundi,* composa l'office pour la fête des Stigmates de saint
François, et ce fut un privilége unique ; car les franciscains

eurent toujours le crédit d'empêcher que les stigmates de sainte
Catherine de Sienne, qui appartenait au tiers ordre de Saint-
Dominique, ne fussent rappelés dans son office ni représentés
dans ses portraits. En l'honneur de saint Yves, canonisé en
1347, il ne reste dans la mémoire que deux ou trois vers burlesques, d'une origine équivoque. La France n'a déjà plus de
ces inspirations qui produisaient encore en Italie les cantiques
de Iacopo de Todi et le *Dies iræ* de Thomas de Celano.

Les Vies des saints ne valent pas mieux. Quand même nous
n'adopterions pas la tradition qui ne veut voir dans un grand
nombre de légendes que des essais de rhétorique destinés à
exercer des imaginations pieuses ; quand même nous ne croirions pas qu'il eût jamais été permis, comme disait Gerson,
d'en inventer pour l'édification des fidèles, il faudrait toujours
reconnaître, avec Mabillon, qu'elles n'ont que peu d'autorité
en chronologie, et même en histoire.

On n'avait point tardé, non par ces motifs peut-être, mais
par d'autres plus graves encore, à voir les inconvénients de
toutes ces merveilleuses aventures. Il y avait longtemps que
Pierre de Limoges, prieur de Grandmont en 1124, avait
trouvé qu'on abusait des miracles. Pierre vint un jour à la tombe
de son prédécesseur, le fondateur de son ordre, saint Étienne
de Muret, et lui dit : « Serviteur de Dieu, vous avez voulu
« que nous fussions pauvres, et vos miracles nous font riches.
« Vous nous avez prêché la solitude, et vos miracles peuplent
« nos déserts d'une foule innombrable. Nous ne sommes point
« curieux, et nous n'avons pas besoin de tous ces signes pour
« croire à votre sainteté. C'est assez : n'en faites plus ; ou
« bien, en vertu de l'obéissance que nous vous avons promise,
« nous déterrerons vos ossements, et nous les jetterons dans la
« rivière. » On ajoute que le saint se rendit à de si bonnes raisons : *sicque a miraculis, quæ ibidem frequenter patrabantur,
cessavit.* Le fait est qu'il y eut dès lors moins de récits légendaires. Nous arrivons à un temps où les produits de ce
genre abondant de littérature vont diminuer encore. Les volumineux recueils des hagiographes en ont bien peu qui ne remontent plus haut.

Quant aux nouvelles narrations pieuses, elles ont presque

Henriquez,
Fascic. sanctor.
cisterc., part. 2,
p. 116.

toutes quelque chose d'outré, de gêné, de factice. Les anciennes légendes, qui déjà ne sont pas exemptes, comme les plus
beaux rêves, d'inadvertances, d'anachronismes, de choses in-
conciliables, y joignent du moins un certain charme qui tient
à la candeur d'une religion naissante, aux premières inspirations de la foi. Les derniers historiens des âmes saintes copient
beaucoup plus qu'ils n'inventent, et ils font assez voir, par
leur stérilité encore plus que par l'excès de leur merveilleux,
que c'est un genre désormais épuisé.

On reconnaît à d'autres symptômes que le faisceau de l'u-
nité romaine est moins fort qu'autrefois. Tout ce siècle offre
une grande diversité d'usages ecclésiastiques. Le cérémonial
et les paroles des divins offices variaient avec les provinces, et
même avec les monastères, avec les paroisses. Les rites ne dif-
féraient pas moins que les coutumes.

Vers la fin du siècle, se présente une innovation plus hardie
que les Épîtres farcies, que les cantiques en langue vulgaire :
l'Ordinaire de la messe, à la demande de Charles V, est traduit en français. Un tel exemple put encourager Thomas Benoist, chanoine de Sainte-Geneviève, à faire la même chose, en
1392, pour l'Ordinaire latin de l'abbaye, par la raison sans
doute qui lui avait fait mettre la Règle de Saint-Augustin en
rimes françaises : c'est que « plusieurs de vous, dit-il à ses
« confrères, n'entendent pas bien le latin. » Quelque temps
auparavant, la traduction de la messe, demandée par la reine,
veuve de Philippe de Valois, avait été interrompue, « pour ce
« que on dist qu'il n'est pas expedient de translater tel livre,
« en especial le saint canon. » Ce qu'on regardait comme défendu, voici maintenant le roi qui l'ordonne. Le 6 juin 1851,
l'ancienne défense de traduire ce texte a été renouvelée par
Rome.

Le Manuel que Gui de Montrocher rédigea, vers l'an 1330,
pour les curés, nous apprend que les messes sèches, ou sans
oblation, ni consécration, ni communion, étaient encore usi-
tées. Saint Louis, dans ses voyages d'outre-mer, faisait ainsi
tous les jours çélébrer l'office à l'exception du canon, de peur
que le mouvement du navire ne fît répandre le sang consacré.
Cette messe, appelée messe navale, et qui paraît avoir été insti-

Lebeuf, Dioc.
de Paris, t. II ,
p. 385 ; Acad.
des Inscr.,
t. XVII, p. 743,
745.

Biblioth.
protyp., p. 108.

Thiers, l. c.,
t. II, p. 327
et suiv.

tuée pour les pèlerins, s'appelait aussi messe des chasseurs, parce qu'elle avait pour eux l'avantage d'être plus courte; admise également dans les mariages, elle avait été, en 1212, interdite par le concile de Paris dans les funérailles. L'auteur du Manuel ajoute que, de son temps, à l'élévation, le prêtre qui abrégeait la messe montrait aux fidèles, au lieu de l'hostie, quelques reliques, *reliquias aliquas;* et, sauf meilleur jugement, il ne blâme pas, il approuve même cette fiction. D'autres liturgistes plus sévères, pour mieux répondre aux attaques des luthériens, l'ont réprouvée comme une indigne moquerie, semblable, disent-ils, à celle qu'on se permettrait en offrant à ses invités un beau couvert, de beau linge, le bénédicité, les grâces, et rien de plus.

Les auteurs de nouvelles messes et de nouveaux offices étaient toujours nombreux. Le dominicain Henri Suso, vers l'an 1340, avait essayé de mettre son mysticisme à la portée de tous dans son office de l'Éternelle sagesse. En 1392, arrive à Paris, de la part de Clément VII, une messe rédigée exprès pour la cessation du schisme, prolongé par sa faute et celle de l'antipape romain. Jean de Varennes, docteur en décrets et prêtre fort turbulent, chapelain de Boniface IX, composa trois messes, *de Sanguine Christi, de Beata Virgine, de Mulieribus in puerperio laborantibus,* et une quatrième, pour sa paroisse de Saint-Lié, en Champagne. Il composa, de plus, des prières, où il disait : *Tota cæca christianitas.* Accusé en 1396, il nous a laissé son apologie ; mais on croit qu'il mourut en prison, moins pour ses messes que pour ses prières.

Les moines, sans toucher aux paroles sacramentelles, avaient des usages qui leur étaient propres. C'est à l'année 1313 que l'on a fixé l'origine de celui qui autorisait les dominicains à tenir l'hostie de la main gauche dans la consécration, depuis que les papes, ajoutait-on, les avaient ainsi punis du crime d'un des leurs, frère Bernard, accusé d'avoir, cette année-là, empoisonné l'empereur Henri VII en lui donnant la communion. Mais cet usage est plus ancien ; les rituels romains l'attribuaient aux évêques, aux cardinaux, et la punition du sacrilége de frère Bernard paraît être une de ces fables qu'on aimait à faire courir en secret contre un ordre puissant et redouté.

Relig.
de S.-Den.,
liv. XIII, c. 11.

Gerson, t. I,
col. 905-961.

Chron. Hirsaug.,
ann. 1313, t. II,
p. 130-134. —
Scriptor. ord.
Prædic., t. I,
p. 144. —
De Vert,
Cérémonies
de l'Égl., t. II,
p. XLII.

Avant la grande commotion luthérienne qui rendit plus circonspectes les observances du culte, on s'efforçait.de retenir
tous les usages que l'on trouvait établis, même ceux que l'on
reconnaissait déjà pour des abus. Ainsi, rien ne fut changé aux
prières qui devaient chasser les malins esprits du corps des
possédés. Les exorcistes étaient peut-être moins occupés ; mais
lorsqu'ils l'étaient, ils s'en tenaient à l'ancien rituel.

Les ordonnances synodales sur la barbe, la tonsure, l'habillement des clercs, s'accroissent à tel point qu'elles vont quelquefois jusqu'à se contredire. Quant à la barbe longue, ou
courte, ou tout à fait rasée, il y a tant d'autorités pour et contre
que la question peut sembler douteuse : elle ne l'était point aux
yeux des chanoines de Clermont, qui, en 1535, à l'entrée solennelle de leur nouvel évêque, Guillaume du Prat, fils du
chancelier, lui présentèrent dans un bassin d'argent, à la
grande porte de sa cathédrale, des ciseaux pour se couper la
barbe ; ce qu'il fit aussitôt par amour de la paix. Les règles sur
la tonsure ont moins changé. Le synode tenu à Cologne en 1321,
par un article qu'il fallut renouveler trois fois dans ce même
siècle, prescrit aux clercs la tonsure visible, réelle, sans fraude,
à moins d'excuse légitime, comme pour l'étudiant des universités, *qui scholaris in scholis est.*

Il est tout simple que ces habitudes extérieures, malgré les
écrits et même les injonctions des rigoristes, soient bien plus
variables que les formes du service divin ou le texte des
prières.

L'usage liturgique le plus touchant est celui qui commence
alors à l'Hôtel-Dieu de Rouen, et qui se prolongea jusqu'au
siècle dernier. Tous les jours, vers six heures du soir, après
complies, l'officiant disait à haute voix : « Ames pieuses, priez
« pour Charles V, roi de France, et pour nos autres bienfai
« teurs. » Une religieuse allait répéter les mêmes paroles dans
les salles des malades.

Parmi ceux qui écrivirent, comme Gui de Montrocher, sur
les questions liturgiques, nous trouvons chez les frères Mineurs
Durand de Champagne, confesseur de la reine, qui publia, en
quatre livres, une Somme ou des Directions pour la confession ;
chez les dominicains, Nicolas Triveth, auteur de sept livres *de*

Missa et ejus partibus ; Bernard de Parentiis, qui, dans son *Lilium missæ,* adopte, sur les points douteux, les conclusions de Thomas d'Aquin. On peut citer encore de Guillaume de Sauvilliac, carme de Toulouse, docteur de Paris, mort en 1348, une Exposition de la messe, et d'Arnauld Terreni, sacristain de l'église d'Elne, un traité, rédigé en 1373 à Avignon, sur la Célébration de la messe et sur les heures canoniales.

En 1354, Jean de Termes donne des règles pour fixer le jour de Pâques, matière souvent débattue par les computistes.

Philippe de Melun, archevêque de Sens jusqu'en 1345, avait écrit sur la Sépulture des morts.

Les rôles funéraires, ou les billets par lesquels les communautés se demandaient mutuellement des prières pour les religieux qu'elles avaient perdus, deviennent beaucoup plus courts : il est rare d'en trouver qui soient écrits en vers, et, au lieu d'y nommer chaque défunt, on s'y borne presque à cette formule générale, répétée sur plusieurs billets des années 1384 et 1385 dans un recueil manuscrit de l'abbaye de Saint-Amand : *Oramus pro vestris, orate pro nostris. Animæ eorum et animæ omnium fidelium defunctorum per misericordiam Dei requiescant in pace.* Ainsi réduites, ces petites pièces sont désormais moins utiles à l'histoire ecclésiastique.

Une autre institution liturgique paraît s'éloigner aussi de son ancien caractère. Les spectacles pieux qu'on représentait devant le porche et dans l'intérieur des églises, ne peuvent prendre, assujettis qu'ils sont à une tradition sévère, la libre allure qui se manifeste dès lors dans la représentation toute profane des farces et des moralités. Cependant les Mystères et les autres jeux sacrés cessent peu à peu de dépendre uniquement de l'autorité cléricale. On joue les scènes de la Passion, de la Résurrection, dans les fêtes publiques, à la cour du roi, chez les princes. Le privilége obtenu de Charles VI, en 1402, par les confrères de la Passion, faisait pressentir que le théâtre était à la veille d'échapper à l'administration de l'Église. Nous pourrons donc ne parler de ce grand changement que dans nos études sur la littérature laïque.

Catal. des mss. de Valenciennes, n. 101, p. 86.

La théologie ne s'était point contentée de régler les cérémonies du culte public et tous les détails de la discipline du clergé : elle était sortie du sanctuaire, et, devenue législatrice du siècle, avait fondé le droit ecclésiastique ou canonique, ce code sacré qui lui asservissait toutes les conditions et tous les âges. « Comme la médecine est la pratique de la physique, disait encore un procureur du roi en 1521, le droit canonique « est la pratique de la théologie. » Mais la pratique médicale ne s'exerce que sur celui qui veut y recourir, tandis que l'action de la loi théologique dominait impérieusement la vie humaine tout entière.

De la naissance à la mort il n'est presque pas un seul acte que le code ecclésiastique ne prétende gouverner ; pas une seule cause qu'il ne puisse, sous prétexte de péché ou de serment, évoquer au tribunal des prélats. Avec les sacrements, avec les dîmes, d'autres liens enchaînaient encore le fidèle. Bien peu de membres du clergé doutaient que toute juridiction temporelle ne leur appartînt de droit divin, comme on le voit par le procès-verbal des conférences de Vincennes, en 1329 ; et il était temps que ces conférences vinssent appeler d'un tel abus.

L'affluence des causes, et des plus importantes, aux tribunaux ecclésiastiques, faisait déserter par les clercs le service des paroisses pour la profession lucrative d'avocat. Après s'être exercés devant les juges de l'évêché ou les officiaux, ils allaient plaider les appels à la cour pontificale, ou suivre les nombreux procès qu'enfantaient tous les jours les annates, les expectatives, les réserves, les autres matières bénéficiales, plus multipliées et plus compliquées que jamais par la cupidité et par l'intrigue, ou simplement par la détresse du trésor apostolique. Combien d'occasions pour eux de se perfectionner dans l'art des subtilités et des arguties ultramontaines ! « C'est de là, dit « Loisel, que nous avons appris la chicane. » Il le dit par la bouche de Pasquier, très-sévère, en effet, pour ce qu'il appelle « tout l'attirail de Rome, » et Guillaume du Peyrat, d'après lui, « la chicanerie d'Avignon. »

Comme on recommandait au pape Clément VII un jeune homme qui étudiait la théologie à Paris : « Quelle sottise, dit-il,

« de lui faire perdre ainsi son temps ! Ces théologiens sont tous
« des rêveurs (*phantastici*). » C'était le mot des canonistes
d'Avignon contre les théologiens de Paris. ·

Le code formé des rescrits des papes, et protégé par ceux
qui l'avaient fait, prévalut aisément, depuis Innocent III, sur
l'ancien recueil des rescrits des empereurs, moins d'accord avec
la société nouvelle. A ce code religieux la conscience même fut
soumise, et les plus grands États, sans avoir été conquis, perdaient, sous cette législation sainte, leur caractère de souveraineté. Le décret avait lui-même proclamé que les constitutions
des princes étaient subordonnées aux constitutions de l'Église,
ou, comme il disait, à la loi de Dieu.

Les plus despotiques de ces maximes venaient des fausses
décrétales, qui, après avoir établi comme un dogme, au seuil
du moyen âge, la subordination des rois, n'avaient point cessé
de les tenir sous le joug, et avaient servi à sanctifier la résistance de Thomas Beket aux lois de l'Angleterre. Malgré les
nombreuses erreurs des rescrits pontificaux supposés ou altérés, cette grande et pieuse fraude, dont le succès fut acheté
par une longue suite de conflits et de désastres, était en pleine
possession d'un crédit qu'elle devait garder encore pendant deux
siècles. Mais si l'on ne révoquait pas en doute le texte même,
il était facile de voir que peu à peu se perdaient les habitudes
d'aveugle soumission qui l'avaient fait longtemps respecter.

Les constitutions des derniers papes n'offraient à leurs successeurs que de faibles armes pour défendre les anciennes prétentions. Le Sexte, publié par Boniface VIII en 1298, ne se recommandait point par le nom de l'éditeur. Les Clémentines,
en 1317, n'avaient point la même autorité que si elles avaient
été promulguées par Clément V lui-même dans le concile général de Vienne. Jean XXII, qui les recueillit en corps de droit,
législateur à son tour, instituteur du tribunal de la Rote, ne
donne son nom qu'à des décrétales éparses, que nul pontife
après lui n'a rassemblées en un seul code. Benoît XII, qui veut
être un pape rigide, oppose aux simonies de sa chancellerie
d'Avignon, dans l'expédition des bulles et des brefs apostoliques, un nouveau formulaire, dont le texte inédit, provenant
de l'abbaye de Marmoutiers, se conserve à Tours; mais la plu-

part de ses réformes pour l'administration du palais, des évê-
chés, des monastères, survécurent peu à son pontificat. Le
schisme vint, et la vieille obéissance s'affaiblit en se parta-
geant. Même sans cette guerre civile de l'Église, d'autres causes, comme l'étude et l'imitation des lois romaines, la rédaction des coutumes, les griefs des justices seigneuriales contre
les officialités, et, plus que tout le reste, la justice royale des
parlements, auraient suffi pour renfermer dès lors dans de
plus étroites limites le droit ecclésiastique.

De là ce cri d'indignation que l'on prête au clergé, qui,
n'étant plus seul maître, se croit esclave : « Saincte Eglise
« est aujourd'hui tributaire, et plus qu'elle n'estoit du temps
« de Pharaon. »

Songe
du vergier, l. 1,
c. 3.

Le Décret de Gratien et les cinq livres de Grégoire IX, pour
la juridiction et la discipline, comme les Sentences de Pierre
Lombard pour l'enseignement dogmatique, n'en restent pas
moins les manuels des écoles. Aux anciens canonistes, à Innocent III, au cardinal d'Ostie, à Guillaume Duranti le Spéculateur, viennent maintenant se joindre Gui de Colmieu, Jean
le Moine, Guillaume de Mandagot, Béranger Fridoli, Matthieu
Blastans, Guillaume de Monlezun, et ce Breton, Henri Bohic,
qui se hâtait, disait-il en 1349, d'atteindre la dernière page
d'un de ses commentaires, de peur que la peste ne l'empêchât
d'y arriver. Moins habiles que leurs prédécesseurs à concilier
une activité studieuse avec le soin des intérêts temporels, ils
n'égalent point ceux dont ils sont les disciples et souvent les
copistes. Inquiets, découragés, ils semblent reconnaître que la
loi qu'ils interprètent a perdu de son autorité.

Mais la législation de l'Église ne lui aurait point donné l'empire sur toutes les âmes, si la même parole qui signifiait aux
grands de la terre la volonté suprême n'était descendue jusqu'au peuple, et n'avait tempéré la majesté inflexible du commandement par la puissance plus douce de la persuasion. Nous
terminerons ces considérations sommaires sur la littérature sacrée par celui de ses enseignements qui, s'adressant à la multitude, ne dédaigne point d'en parler quelquefois le langage :
il faut voir quel était le rang de la France dans un genre où

THÉOLOGIE
PARÉNÉTIQUE,
OU SERMONS.

elle s'était déjà montrée avec avantage et où elle devait un jour
s'illustrer, dans la théologie parénétique, ou les sermons.

La prédication en France, au XIIᵉ siècle, avait été quelquefois éloquente ; elle avait même renouvelé, après un long silence, le genre de l'oraison funèbre. Au siècle suivant, la
tyrannie de la scolastique envahit tout, et l'éloquence périt.
Tous ces orateurs dont la renommée était récente, saint Bernard, saint Norbert, Raoul Ardent, Pierre le Vénérable, Hil-
debert du Mans, Pierre de Celle, Guerric d'Igni, Hélinand de
Froidmont, n'ont point de successeurs dignes d'eux dans la
chaire chrétienne. Albert le Grand, saint Thomas d'Aquin, sont
de grands théologiens, mais non des orateurs. Si l'on retrouve
quelques mouvements de l'âme dans saint Bonaventure, c'est
qu'il accepta moins cet apprentissage servile que l'école imposait aux plus nobles esprits.

Pour mieux juger quels ont pu être les modèles immédiats
des sermonnaires que nous allons maintenant rencontrer, il
faut voir ce qu'était devenue l'éloquence religieuse après saint
Bernard, et par quels artifices, trop souvent puérils, on avait
essayé d'échapper à la sécheresse de l'argumentation.

Le plus grand des scolastiques, Thomas d'Aquin lui-même,
a été prédicateur ; il appartenait à un ordre dont le premier
devoir était de prêcher ; et dans ses œuvres imprimées, en
attendant un examen plus complet des manuscrits, nous avons
déjà deux cent seize sermons ou extraits de sermons, sinon
rédigés par lui, du moins recueillis sommairement par ses
auditeurs et ses disciples. La méthode en est toujours la même :
c'est dans le texte, et quelquefois dans un seul mot du texte,
qu'est compris tout le discours.

Tom. XXVI,
p. 20, serm. 20,
ex Matth. Ev.,
c. 9.

Ainsi, de cet unique verset, *Ascendens in naviculam,* etc.,
ou plutôt du mot *naviculam,* va sortir une assez longue instruction. Cette barque signifie la sainteté de la vie par trois
raisons, la matière, la forme, la fin. Dans la matière vous avez
le bois, le fer, le chanvre, le goudron : le bois, c'est la justice,

Sapient., c. xiv,
v. 7.

à cause de ces mots : *Benedictum lignum per quod fit justitia;*
le fer, c'est la force ; le chanvre, c'est la tempérance, parce
que la charpie sert à panser les blessures, entre autres la blessure de la concupiscence charnelle ; le goudron, c'est la charité,

qui lie et rapproche les âmes. Dans la forme, on peut voir combien le commencement de cette barque est étroit; le milieu, large; la fin, profonde; le fond, resserré; l'ouverture, ample : or, ce commencement étroit représente l'angoisse de nos péchés passés; ce milieu large, l'espérance des joies éternelles; cette fin profonde, la crainte des éternels supplices; ce fond resserré, l'humilité qui nous vient de notre fragilité; cette ouverture ample, la considération de la bonté souveraine. La fin de la barque est quadruple : traverser la mer, transporter les marchandises, faire la guerre, prendre les poissons; c'est-à-dire faire la guerre aux démons, transporter des fruits qui répandent partout l'odeur de nos bonnes œuvres, mériter le titre de pêcheur d'hommes en faisant des conversions, et passer de la mer du monde au ciel de Dieu; ce que le prédicateur, en finissant, souhaite à ceux qui l'écoutent. Voilà tout un sermon, et il en est ainsi des autres.

Dans les panégyriques, même plan, sinon que l'orateur commence quelquefois, comme c'est l'usage de la Légende dorée, par expliquer le nom du saint. Après ce texte, dont il détourne le sens : *Vincenti dabo edere de ligno vitæ*, il prouve que saint Vincent a été vainqueur dans une triple guerre, contre l'ennemi ou le diable, contre le prochain, contre lui-même.

Tom. XXVI, p. 97, ex Apocal., II, 7.

Une symétrie pénible, qui ne produit ni l'ordre ni la clarté; un complet dédain du sens naturel des mots, soumis à toutes les tortures de ces interprétations arbitraires, dont quelques anciens Pères avaient donné l'exemple, et que saint Bernard lui-même venait de prodiguer avec moins de mesure qu'eux, dans ses quatre-vingt-six sermons sur les premières pages du Cantique des cantiques : tels sont, après lui, les principaux caractères de la prédication. Albert le Grand, Guillaume d'Auvergne, Nicolas de Biard, songent peu à s'écarter des deux ou trois mots qu'ils ont choisis pour texte, et sur lesquels ils épuisent les divisions et les distinctions. Ils n'ont guère, pour varier ces formes toujours les mêmes, que de nouvelles subtilités, souvent plus bizarres qu'ingénieuses, dans l'explication tropologique ou allégorique des livres saints; les similitudes que leur fournit, comme à saint Thomas, une histoire naturelle

pleine de fables, tirée ou de l'ancien *Physiologus* ou des Bestiaires plus modernes, qui font de chaque animal une occasion
de moralités ; les leçons qu'ils empruntent aux divers autres phé-

Hist. litt.
de la Fr.,
t. XXI, p. 163-
174.

nomènes de la création, comme le prémontré Robert de Wimi,
qui, profitant d'une traduction latine de l'Almageste de Ptolémée, y va sans cesse chercher des comparaisons et des images.

De plus austères ne mêlent absolument à ce frêle échafaudage que les versets de l'Écriture sainte, bien ou mal appliqués
et cousus bout à bout, comme dans l'unique homélie de Robert
Sorbon. Le discours d'Oresme devant la cour papale d'Avignon, en 1363, ne procède pas autrement, malgré quelques
saillies de liberté, réprimées aussitôt par la nécessité de s'enfermer dans les textes.

En effet, quiconque voulait prêcher n'osait secouer les

De Doctrina
christian. l. IV,
etc.

chaînes de cette inflexible méthode. On oubliait et les préceptes
de saint Augustin et ses exemples. Un traité anonyme qui a
pour titre, *Ars faciendi sermones*, et pour date l'année 1390,
commence ainsi : *Hæc est ars brevis et clara faciendi sermones
secundum formam syllogisticam, ad quam omnes alii modi
sunt reducendi.* Le second chapitre enseigne comment il faut
s'y prendre pour arriver à l'*Ave Maria*. Les sermonnaires débutaient, au siècle précédent, par le *Pater noster* et l'*Ave
Maria ;* maintenant ils introduisent l'usage de ne s'adresser
qu'à la sainte Vierge, et cet usage dure encore.

Le cardinal franciscain Bertrand de la Tour avait recommandé aussi le mécanisme scolastique dans ses deux traités,

Colleg. Balliol.,
ms. 179
(olim 162).

conservés à Oxford : *Ars dividendi themata ; Ars dilatandi
sermones.*

Toutefois on n'avait pas tardé à s'apercevoir que ce n'était
point assez, pour attirer et retenir l'attention du grand nombre,
que de citer, de diviser, d'expliquer, et toujours en latin.
Quelques-uns s'étaient mis, comme Nicolas de Biard, à égayer
leur latin de quelques proverbes français, ou même, par une
hardiesse qui devint promptement populaire, à débiter, comme
Gilles d'Orléans, des sermons farcis, imités de ces Épîtres
farcies, première atteinte portée à la liturgie toute latine. Les
plus anciens sermons mi-partis, latins et français, latins et
anglais, sont restés manuscrits.

Il y eut une tentative qui dut piquer encore plus la curiosité : une chanson française, une pastourelle, une ronde, servant de texte à un sermon latin. Cet exemple fut donné par un
cardinal.

Le cardinal Étienne Langton, Anglais de naissance, mais
chanoine de Notre-Dame de Paris et chancelier de l'université,
mort en 1228 archevêque de Canterbury, moins connu pour
ses ouvrages, presque tous inédits, que pour avoir pris
part, contre Jean Sans-terre et Henri III, à la guerre des barons et à l'établissement de la Grande Charte, avait pu rapporter de France le joli couplet qu'il donna pour texte à un
de ses sermons latins, précédé de ce titre dans le manuscrit
qui l'a conservé : *Sermo magistri Stephani de Langeduna,*
archiepiscopi Cant., de Sancta Maria. Puis, au-dessous
d'une prière en six vers latins rimés, viennent le couplet et le
sermon :

> Bele Aliz matin leva,
> Sun cors vesti e para,
> Enz un verger s'en entra,
> Cinq flurettes y truva ;
> Un chapelet fet en a
> De rose flurie.
> Par Deu, trahez vus en là,
> Vus ki n'amez mie.

Legimus quod de verbo otioso reddituri sumus Deo rationem
in die judicii. Et ideo debemus errantes corrigere, errores
reprimere, prava in bonis exponere, vanitatem ad veritatem
reducere. Cum dico, Bele Aliz, *scitis quod tripudium primo*
ad vanitatem inventum fuit. Sed in tripudio tria sunt neces
saria, scilicet vox sonora, nexus brachiorum, strepitus pedum.

Après ce début, où le prédicateur annonce avec gravité son
intention de sanctifier une chanson profane en changeant le
mal en bien, la vanité en vérité, et nous apprend qu'il opérera
cette transformation sur des vers faits pour la danse, *tripudium,* il se hâte d'obéir à la méthode artificielle déjà usitée
de son temps, et veut que l'on reconnaisse, dans la voix de
ceux qui dansent aux chansons, la voix du prédicateur qui
glorifie Dieu ; dans les mains entrelacées, la charité, dont le

Hist. litt.
de la Fr.,
t. XVIII,
p. 50-66.

British Museum,
mss. Arundel.,
n. 292, fol. 38.
— Th. Wright,
Biogr. britann.,
t. II, p. 442-447.

même amour réunit Dieu et le prochain ; dans le bruit des
pieds, l'œuvre double de la prédication chrétienne, où nous
devons imiter Jésus, qui fit le bien avant de l'enseigner.

Il expose ensuite, en interprétant son texte mot à mot, que
« Bele Aliz » est la sainte Vierge, indiquée encore par ces
paroles d'un autre couplet, dont il ne cite qu'un fragment :
« Ceste est la bele Aliz, ceste est la flur, ceste est le lis. » Aliz,
ajoute-t-il, vient d'*a*, qui veut dire *sine*, et de *lis*, *litis ;* c'est-
à-dire sans reproche et sans tache. Elle entre en un verger,
parce qu'elle est la Vierge, *Virgo, virga, virgultum.* Peut-être
s'étonnera-t-on que ce verger ne soit point le paradis. Les cinq
fleurettes qu'elle y trouve sont la foi, l'espérance, la charité, la
virginité, l'humilité. Nous avons remarqué une semblable allé-
Hist. litt.
de la Fr.,
t. XXIII, p. 249.
gorie dans le « Chapel à sept fleurs. » Le chapelet de rose
fleurie qui vient après, c'est la couronne d'or que Dieu a placée
sur la tête de la reine des reines. Dans les deux derniers vers,
et surtout dans cette expression, « Trahez vus en là, » l'interprète voit une imprécation, que nous n'y aurions peut-être
point cherchée, contre les hérétiques, les païens, les faux chrétiens, les incrédules, les blasphémateurs : *Ite, maledicti,* s'é-
crie-t-il, *in ignem æternum, qui præparatus est diabolo et
angelis ejus.* Il finit en répétant qu'il est impossible de douter
qu'Aliz ne soit la Mère du roi des cieux, qui vit et règne, Dieu
lui-même, avec le Père et le Saint-Esprit. On ne saurait du
moins méconnaître l'unité du sermon, que le texte comprend
tout entier.

Ces rimes françaises, citées et développées du haut de la
chaire, ne laisseront plus, comme autrefois, d'incertitude sur
leur véritable origine, aujourd'hui que le sermon a été publié
d'après le manuscrit de Londres. Le texte du prédicateur vient
tout simplement d'une chansonnette pour la danse, d'une
ronde populaire.   •

Ib., p. 250-256.
Nous avons vu que, dans le même siècle, et longtemps auparavant, les Vies des saints se lisaient en vers français dans
les églises, comme l'attestent la Vie de saint Nicolas par Wace,
et beaucoup d'autres légendes ; que les sermons rimés en
langue vulgaire n'étaient point rares, puisque, sans compter
ceux qui ne sont pas encore publiés, nous en avons signalé

plusieurs qui le sont, entre autres celui du sire de Beaujeu, un des plus anciens de tous ; enfin, que parmi ces sermons faits pour le peuple, il en est au moins un autre qui a aussi pour texte une chanson.

Les sermons en prose française, où le texte et les passages allégués sont seuls restés latins, commencent, quoique timidement, à se répandre ; c'était là, pour la prédication, un puissant moyen de succès.

Une autre innovation non moins favorable aux sermons fut de les donner pour prologues aux Mystères que l'on jouait en français dans l'intérieur ou au parvis des églises. On accourait au sermon pour être sûr de ne point perdre les scènes comiques, les bouffonneries même, destinées à l'amusement de ceux que le sermon venait d'instruire, et les scènes tragiques, d'attendrir ou d'effrayer.

Maintenant vont se retrouver en partie les mêmes usages, mais avec moins de variété. L'obligation rigoureuse des divisions à l'infini, consacrée par une longue habitude, ainsi que par l'autorité des frères Prêcheurs et de saint Thomas, impose plus que jamais aux sermons une stricte uniformité. Comme un plus grand nombre de prélats, et, à leur suite, les hommes éminents du clergé, ceux qui auraient pu être de bons orateurs chrétiens, se jettent dans le tourbillon des affaires publiques ou y sont entraînés malgré eux, la parole évangélique devient la proie de quelques hommes pour qui elle n'est plus qu'un métier. C'est le règne des recettes presque mécaniques, au service de quiconque voudra faire un sermon avec tout aussi peu d'inspiration que d'étude. On découpe dans les ouvrages de saint Bonaventure et des autres maîtres de la vie religieuse les lieux communs destinés à remplir les compartiments tout prêts pour chaque dimanche de l'année, pour chaque fête de saint, d'apôtre, de martyr ou de docteur. Il nous reste en quantité de ces compositions factices, fort peu dignes de prendre place dans l'histoire des lettres, mais commodes pour le besoin des paroisses ; et quand les copistes y ont mis le nom de quelque homme illustre, les éditeurs d'œuvres complètes s'y sont parfois laissé tromper.

Entre ces recueils faits pour les prédicateurs, nous distin-

guerons le grand Répertoire des deux Testaments, où le bénédictin Pierre Bercheure, mort en 1362, avait accumulé sous
forme d'homélies latines, comme dans une encyclopédie théologique, toutes les interprétations morales qu'on peut tirer
bien ou mal du texte sacré. Chacun de ses chapitres, soit dans
cet énorme dictionnaire, soit dans ses trente-quatre livres de
Moralités, deux ouvrages fort recherchés alors, souvent imprimés depuis, ressemble à un sermon de ces temps-là ; il est
probable que plus d'un prédicateur n'en a pas prononcé d'autres. La hardiesse est quelquefois étrange dans ces discours
écrits, qui n'auraient pu tous se réciter en chaire. On expliquait souvent aux clercs et au peuple la Bête de l'Apocalypse ;

Moralitat.
l. XXXIV, c. 14
(Colon., 1684),
p. 258, col. 2.

mais l'explication suivante ne devait être répétée qu'avec
réserve : « Dis que cette Bête représente un clerc bestial, qui,
« venant de la mer, c'est-à-dire d'un humble village et d'une
« pauvre condition, a bientôt à lui seul plusieurs têtes, c'est-
« à-dire plusieurs dignités, plusieurs prébendes, et y joint
« même des cornes, c'est-à-dire la mitre, lorsqu'il devient
« évêque ou abbé ; tout cela non par son propre mérite, mais
« à l'aide du dragon, c'est-à-dire d'un protecteur, d'un ami,
« évêque ou cardinal. »

Pierre Bercheure est-il aussi, comme Warton l'a supposé,
l'auteur des *Gesta Romanorum*, cette autre compilation, où
le conteur moraliste s'adresse encore à ses chers auditeurs,
carissimi? L'examen de cette conjecture et de quelques autres
devra trouver sa place dans l'étude de ce livre, le plus connu
des manuels à l'usage des sermonnaires. Au titre singulier
qu'on lui donne, il paraîtrait n'annoncer que des faits d'origine
latine ; mais il offre pêle-mêle des réminiscences grecques et
orientales, des controverses traitées dans les écoles des anciens
rhéteurs, des épisodes de poëmes chevaleresques, et même
des fabliaux mis en latin. L'auteur anonyme était un religieux,

C. 71.

si l'on en juge par ces mots : *Nos viri religiosi tenemur vobis
viam salutis ostendere.* Il n'oublie rien de ce qu'il croit propre
à conduire dans cette voie du salut. Là se rencontre, parmi
tant d'autres récits qui ne sont plus des légendes de saints,

Hist. litt.
de la Fr.,

cet ingénieux apologue de l'Ermite accompagné de l'ange,
qu'on trouve avant et après sous les formes les plus diverses,

t. XXIII,
p. 126-129.

et qu'un prélat italien mort en 1323, Albert de Padoue, avait déjà transporté dans la chaire chrétienne. Peut-être eut-on l'intention de faire servir au même usage jusqu'à des romans entiers ; car des exemplaires du recueil comprennent une ancienne narration d'origine grecque, Apollonius de Tyr, et les aventures de Gui de Warwick.

Si Pierre Bercheure, qui a extrait toutes les moralités possibles et de l'Écriture sainte et de la nature entière, s'est fait aussi l'éditeur de ces contes moralisés, il est certainement du nombre de ceux qui ont le plus travaillé pour les prédicateurs. Mais on a, vers le même temps, destiné à leur usage bien d'autres collections de similitudes et d'histoires.

Un des sermons de saint Thomas vient de donner quelque idée des similitudes. Les paraboles évangéliques en furent, dès les premiers âges chrétiens, le principal modèle. On partit de là pour appliquer à toute parole et à toute chose le sens tropologique. Lorsque ces comparaisons morales, qui se multipliaient sans cesse en prose et en vers, ne faisaient point le fondement de tout un sermon, mais ne servaient qu'à revêtir en passant des couleurs de l'imagination l'austérité de l'enseignement religieux, elles pouvaient plaire, et il n'y a pas lieu de s'étonner qu'on en ait fait des recueils à part, qui, sous le titre de Similitudes ou d'Exemples, offraient des matériaux préparés d'avance à la prédication de tous les jours. Ce siècle en a beaucoup produit.

Avant l'année 1315, un frère Prêcheur dont les sermons réussissaient fort en Italie, Jean de Saint-Géminien, qui aima mieux s'appeler *Helwicus teutonicus*, rassemble dans un magasin de ce genre tout ce qu'il est possible de tirer de leçons morales des corps célestes, des minéraux, des végétaux, du règne animal et de l'homme lui-même, sans oublier d'y joindre, en autant de livres distincts, les visions et les songes, les canons et les lois, les artisans et leurs ouvrages ; ce qui explique pourquoi on avait mis à la tête de l'édition de Cologne le plus magnifique titre : *Universum prœdicabile*. Ces compilations, qui n'ont pas dû être fort utiles à l'éloquence, peuvent l'être à l'histoire. Ainsi, dans les images empruntées par ce frère Prêcheur au soleil, à la lune et aux étoiles, comme dans les sermons du prémontré qui citait sans cesse Ptolémée, on voit ce que les hommes studieux pouvaient savoir d'astronomie. On retrouve, dans les allégories de l'auteur sur les minéraux et les animaux, celles des Lapidaires et des Bestiaires. Au livre des végétaux, sans adopter tous les bruits fabuleux sur la mandragore, il l'assimile, pour des raisons peu concluantes, à la vie contemplative. Il reconnaît dans le laurier la persévérance, parce qu'il est toujours vert, et dans l'amandier la foi, qui doit fleurir, dit-il, dans le cœur de l'homme avant toutes les autres vertus. Il redit ce qu'ont dit les poëtes du lis, de la violette, de la rose. En indiquant les plus beaux ouvrages de

Liv. ix, prolog.

l'industrie humaine, il fait mention des besicles ou lunettes, dont l'invention n'est pas éloignée de ce temps. Malgré quelques autres notions de détail, on aurait attendu mieux d'un

Liv. i, c. 92.

missionnaire qui avait parcouru l'Orient, avait vu les musulmans chez eux, et qui cite plusieurs fois le Koran.

Un autre dominicain, Jacques de Lausanne, mort en 1321, avait rempli ses commentaires sur l'Ancien Testament d'une telle abondance de moralités, qu'on en fit imprimer à Limoges, en 1528, un recueil sous son nom pour les prédicateurs, *cunctis verbi Dei concionatoribus pro declamandis sermonibus*.

Les auteurs profanes, comme on l'a vu de Ptolémée, s'en vinrent fournir à leur tour, en plus grand nombre que jamais, de pieuses interprétations à l'enseignement chrétien. Ovide lui-même fut « moralisé. » Le premier qui essaya, dans un ouvrage exprès, de soumettre Ovide à des explications morales et même théologiques, paraît avoir été Philippe de Vitri, depuis évêque de Meaux ; et il osa faire cette tentative dans un long poëme en langue vulgaire, qui le rendit si célèbre que son ami Pétrarque le regarde presque comme le seul poëte français de son siècle.

Ce n'est du moins qu'après lui que Thomas Walleis, mort en 1340, et dont l'ouvrage porte quelquefois le nom de Nico

Éd. de 1511,
fol. 1 vᵒ.

las Triveth, entreprit la même chose en prose latine, puisqu'il regrette dans son prologue de n'avoir pu trouver le poëme français. Si l'on est curieux de voir comment la mythologie d'Ovide s'adaptait à l'Évangile, on saura tout ce qu'il y a de

théologie dans la transformation de Galanthis en belette, dans
celle de la jeune Iphis en garçon, dans l'inceste de Myrrha :
Myrrha, par exemple, c'est l'âme pécheresse ; Cinaras, c'est le   Fol. LX vᵒ.
diable lui-même, dont elle est fille. « Vous pouvez dire encore,
« ajoute-t-il dans ses conseils aux prédicateurs, que Dieu, pour
« punir l'âme pécheresse, la change en myrrhe, c'est-à-dire
« en amertume, ou bien que c'est la sainte Vierge, qui a conçu
« de Dieu le père, et qui exhale, changée en myrrhe, le par-
« fum le plus suave. » Il procède ainsi partout : Dites ceci de
Jupiter, dites cela de Junon. Un meilleur conseil à donner et
à suivre, c'était de n'en point parler.

De ces interprètes d'Ovide, Philippe de Vitri appartient
seul au clergé séculier : la plupart des autres, Helwig, Jacques
de Lausanne, Nicolas Triveth, Thomas Walleis, étaient frères
Prêcheurs, et ils avaient écrit des livres *de Arte prœdicandi :*
non contents de rédiger des préceptes, ils allèrent chercher
au loin, même en terre infidèle, leurs nombreux exemples de
similitudes morales.

Mais si ces comparaisons, propres à varier un moment le
discours, ne pouvaient suffire à le défrayer tout entier, on dut
se fatiguer bien plus vite encore des volumineuses compilations où l'on ne trouvait pas autre chose. Les recueils de contes
plaisaient davantage, ne fussent-ils plus accompagnés de leurs
moralités.

Nous allons voir, en effet, ces œuvres du dehors, comme on
parle dans l'Église, disputer de plus en plus la vogue, chez les
sermonnaires, aux traditions pieuses, aux innombrables miracles de la sainte Vierge, et à tous ceux qu'avait accumulés pendant des siècles l'émulation des hagiographes. Les sermons,
qui nous offraient tout à l'heure ou la sécheresse des syllogismes et des distinctions, ou le luxe des allégories mystiques, ne seront quelquefois qu'un tissu mal formé de récits
étrangers à l'Écriture sainte, et qui sembleront toujours assez
édifiants, pourvu qu'ils amusent.

C'est pour condescendre à cette faiblesse tout à fait nouvelle de ceux qui voulaient s'amuser au sermon, qu'un recueil
anonyme, imprimé seulement de notre temps, réunissait cent   Latin stories,
quarante-neuf Histoires latines, anecdotes populaires qui, bien   Lond., 1842.

que destinées à être prêchées, ne sont pas accompagnées de leur explication morale.

Si les histoires romaines sont réellement du bénédictin Pierre Bercheure, il n'aura fait que ce qu'a fait souvent un ordre religieux encore plus austère, celui des Prêcheurs eux-mêmes, qui ne dédaigna pas de fournir des contes à la prédication.

C'est un dominicain, Jean Gobi, d'Alais, qui, sous le titre d'Échelle du ciel (*Scala cœli*), compose pour cet usage, vers l'an 1350, un répertoire d'Exemples, souvent imprimé au XVᵉ siècle.

Au même ordre appartient Jean Bromyard, docteur d'Oxford, qui, peu après, recueille aussi toute sorte d'histoires qu'il juge instructives, les range alphabétiquement sous des titres généraux, et appelle son livre *Summa prædicantium,* parce qu'il en fait comme une Somme pour ceux qui prêchent, ou bien *Opus trivium,* parce qu'il y comprend, dit-il, les trois lois, divine, catholique et civile. L'intention du collecteur est d'autant moins douteuse qu'il prétend lui-même nous présenter l'ensemble de toutes les matières prêchables, *materiarum prædicabilium.* Un grand nombre de ces récits viennent de nos conteurs français.

L'ouvrage donné par le dominicain Jean Herolt dans les premières années du siècle suivant, *Promtuarium exemplorum,* est aussi fait pour être utile aux simples qui ont charge d'âmes, *opus perutile simplicibus curam animarum gerentibus.* Là se trouve encore un choix des meilleurs fabliaux, comme le Lai d'Aristote, les Oies de frère Philippe, le fils refusant de prendre pour but de ses flèches le corps de son père, l'Ange et l'ermite, la Chaste impératrice, et plusieurs narrations empruntées à la rédaction latine ou française de la Discipline de clergie. L'ancienne complaisance pour des auditeurs ignorants ou distraits, dont il donne de nouvelles preuves dans son autre recueil anonyme, *Sermones Discipuli,* était donc loin d'être abandonnée, puisqu'il enseigne deux fois à mettre en pratique cette méthode indulgente, et qu'il offre des contes à ceux qui voudront en faire. Échard est bien sévère pour ce religieux de son ordre, lorsqu'il ·lui reproche ses historiettes ineptes et absurdes, *historiolas ineptas et insulsas;* oubliant qu'au té-

moignage du dominicain son confrère, dans le prologue du
Promtuarium, c'était souvent ainsi que saint Dominique lui-
même avait prêché.

Comme il n'est question nulle autre part des historiettes de
saint Dominique, il faut ou que ses biographes aient mieux
aimé n'en rien dire, ou que Jean Herolt se soit trompé. Mais
quand même il aurait dit vrai, on conçoit que, dans le déclin
de la foi et de l'éloquence religieuse, cet usage, d'abord tolé-
rable, a pu cesser de l'être.

L'ordre non moins grave des cisterciens ne se l'interdit pas ;
car on voit en 1308 un compilateur anonyme, probablement de
l'abbaye des Dunes, qui, après avoir rédigé un *Alphabetum
auctoritatum,* y joint, pour le même objet, une série alphabétique de narrations. Catalogue des mss. de Bruges, p. 498, n. 535.

Mais un autre symptôme encore semble annoncer que peu à
peu le métier succède à l'inspiration de l'orateur sacré. Les
prédicateurs de profession achetaient des recueils de sermons
pour toutes les stations de l'Avent, du Carême, ou pour tous
les saints de l'année ; et comme chacun de ces recueils était
désigné par les premiers mots du premier texte, on disait que
tel d'entre eux prêchait *Abjiciamus,* et tel autre, *Suspendium.* Rom., XIII, 12. — Job, VII, 15.

Enfin, vers l'an 1395, nous pouvons signaler comme l'aveu
public de cet abaissement. Jusque-là, on avait plus d'une fois
appris et récité les sermons des autres ; mais cet art de s'acquitter d'un pieux devoir aux dépens d'autrui ne fut plus un
secret pour personne, quand parut la compilation longtemps
fameuse qui, sous le titre naïf de *Dormi secure,* semble dire à
tous ceux qui ont à prêcher le lendemain : « Dors tranquille ;
« voilà ton sermon tout fait. » Ce précieux livre, attribué au
carme Richard Maidstone, et dont il y a plus de trente éditions, abonde, comme la Légende dorée, en aventures miraculeuses, où l'on croyait voir autant de recettes infaillibles
pour intéresser ceux qui écoutaient encore, ou retenir ceux qui
n'écoutaient plus.

Dans les siècles suivants reparaissent à tout moment ces
manuels trop commodes, *Magnum speculum exemplorum,
Sermones thesauri novi, Sermones sensati, Sermones copiosi*

et aurei, etc. Il faut croire qu'une vieille habitude les rendait toujours nécessaires.

Quelques autres livres avaient été du moins reconnus pendant longtemps comme les rudiments de l'art de prêcher : la Bible, avec une concordance ; des extraits des Pères (*Manipulus florum*) ; un choix de saint Augustin (*Milleloquium beati Augustini*) ; un recueil intitulé *Dictionarius Bertholdi*, composé peut-être d'après les sermons du franciscain Berthold ; enfin, le *Catholicon*. Désormais un seul livre suffit.

Ars prædicandi, sine l. aut ann., fol. xxiij.

La prédication en langue vulgaire, dans de telles circonstances, quand le clergé était moins zélé et les auditeurs moins attentifs, devait trouver de jour en jour plus de faveur. Les conciles de Reims et de Tours, en 813, l'avaient permise, et même ordonnée. C'était ainsi qu'avaient de temps en temps prêché les deux principaux orateurs du XIIᵉ siècle, Raoul Ardent, simple curé avant d'être appelé à la cour de Guillaume, comte de Poitiers, et saint Bernard, s'adressant à ces multitudes qu'il armait pour la croisade. Quoique de tels discours aient cessé la plupart d'être comptés parmi les monuments littéraires, comme n'ayant été presque jamais ni écrits d'avance ni recueillis, on peut supposer que, sinon dans les couvents, du moins dans les paroisses, ils remplacèrent aisément les homélies latines. Nous voyons même que, malgré la défiance qu'inspiraient les langues vulgaires, surtout depuis les tentatives de l'hérésie albigeoise, ces instructions à l'usage du plus grand nombre devinrent pour les curés une obligation.

Éd. de Labbe, t. VII, col. 1256, 1263.

Catalog. of the mss. of Cambridge university, 1856, p. 506.

Dans un manuscrit du XIVᵉ siècle, à la suite de courtes explications en anglais du *Pater* et du *Credo*, se trouve en latin l'observation suivante : « Le prêtre paroissial est tenu par les « canons d'enseigner et de prêcher en langue maternelle, « quatre fois l'an, les sept demandes de l'oraison dominicale, « la salutation de Notre-Dame, les quatre articles de foi con- « tenus dans le symbole, les dix commandements de l'Ancien « Testament, les sept péchés mortels, les sept vertus premières, « les deux préceptes de l'Évangile, les sept sacrements de « l'Église, les excommunications canoniques sous la forme qui « suit, en ajoutant ou en retranchant selon l'inspiration de « Dieu. » Ces simples prônes, qu'on ne rendit d'abord obliga-

toires qu'à de longs intervalles, n'en durent pas moins finir par
prévaloir sur les instructions en latin.

Un vrai recueil de prônes ou de petites homélies françaises, Notes mss.
des bénédictins.
composé à Cambrai vers le milieu du siècle, est intitulé :
« Li Enseignemens de l'ame. » Parmi ces discours, suivis des
Évangiles, qu'on a pris soin « d'enroumancier au plus près dou
« latin, » il s'en trouve un destiné aux gens qui voudraient
entrer en religion, mais qui ne peuvent, « ou pour poureté, ou
« qui sont retenu par le loien de mariage, ou pour autre reson.
« Et pour ce, dit l'auteur anonyme, je fes une abeie de reli-
« gion, c'on apele dou Saint Esperit ; et si le fes de cuer, que
« tout cil qui ne puent estre en religion corporelment soient en
« religion spirituelment. Hé biaus sire Diex, où sera ceste re-
« ligion fondée, ceste abeie plantée? Je di qu'ele sera fondée et
« plantée en une place qu'on apele Conscience. » Puis, par
une continuelle allusion à une forteresse, il personnifie, selon
le goût du temps, les vertus qui devront la construire, la
garder, la défendre, et il donne à l'abbaye qu'il y fonde pour
abbesse la Charité ; pour prieure, madame Sapience ; pour
sous-prieure, madame Humilité.

L'usage de la prédication française convenait surtout au
clergé séculier : par là s'était distingué sans doute Guillaume Gallia christ.,
t. XI, col. 786.
de Charmont, mort en 1349 évêque de Lisieux, célébré comme
interprète de la parole de Dieu, *verbi Dei præco egregius.*

De moins sages se perdirent par la liberté outrée de leurs
discours, plus dangereuse pour les autres et pour eux en fran- Gerson, t. I,
col. 927.
çais qu'en latin. Ce Jean de Varennes qui avait composé quatre
messes, ne craignait pas, au milieu des passions soulevées par
le schisme, de dire à ses auditeurs du village de Saint-Lié :
« Bonnes gens, reconfortez vous en Dieu. Ceuls de Reims
« m'ont promis, par un chevalier, par un docteur et par trois
« eschevins, que d'ore en avant on vous fera justice ; les curez
« seront desmariez, et les Mendiants precheront vérité. Mais
« s'il ne le font, venez à moi, je crierai si hault que le ciel et la
« terre l'oiront. » Dans ses invectives contre l'archevêque de
Reims, Gui de Roye, et contre les autres prélats qui traitaient
le pape Boniface IX d'antipape, il ne cessait de les comparer à
des loups dévorants ; et il fit si bien qu'un jour tout son audi-

Ib., col. 934. toire se mit à crier : « Hahay ! aus leus, mes bonnes gens, aus « leus !» Si donc on l'accusa de « jacquerie, » peut-être l'a-vait-il mérité.

Jean Gerson avait le droit de blâmer ces violences, car il ne les imitait pas. Outre ses sermons latins pour les clercs, il en prêchait de français, ordinairement sur des questions de morale, pour la cour et pour le peuple. On ne les a publiés que Biblioth. imp., anc. fonds, n. 7036, 7282, 7297, 7300, 7308, 8188 ; f. de Colbert, 7398³, 7326³ ; f. de S.-Victor, n. 515, 517, 518, 556.—A Tours, n. 65, 90, 303, etc. traduits dans un latin détestable ; mais ils se retrouvent en français, au nombre d'une soixantaine, dans les manuscrits de Paris et de Tours. Gerson paraît avoir prêché devant Charles VI, de l'an 1389 à l'an 1397, et plusieurs fois ensuite. Devenu curé de Saint-Jean en Grève, il s'adressa surtout à ses parois-siens.

Dans un de ses sermons sur la Passion, il suit l'ancienne coutume, et prend pour texte ce quatrain :

A Dieu s'en va par mort amere
Jhesus, voyant sa douce Mere.
Si debvons bien par penitance
De ce dueil avoir remembrance.

C'est principalement dans ses sermons français que Gerson fait allusion aux événements contemporains. Ainsi, jeune en-core, prêchant à la cour vers l'an 1390, il adjure le roi Char-les VI et les princes ses oncles de travailler à la pacification Ms. de Colb. 7326³, fol. 91 v°. de l'Église : « O roi très cristien, o roi par miracle consacré, « ne souffrez point qu'en vostre temps ceste chose ne se face ; « ne laissiez point que l'honneur, le merite et la gloire n'en « aiez ! Ensuivez vos predecesseurs, qui tous jours à faire cesser « le scisme de saincte Eglise ont mis tout leur estude singu- « lierement sur tous aultres, quelque aultre besoingne arriere « mise. Et se parfinir ne se povoit en vostre temps, ce que je « ne croy pas, au moins grant chose seroit de l'encommancier; « car le commancement est le plus fort, dicit Oracius : *Dimi- « dium qui cepit habet.*

« O se Charlemagne le grant, se Roland et Olivier, se Judas « Machabeus et Heliazar, se Matathie et les autres princes « estoient maintenant en vie, et sainct Loys, et que ils veissent « une telle division en leur pueple, ils aimeroient mielz cent

« fois mourir que la laissier ainsi durer, et que par negligence
« tout se perdist si maleureusement. Et toutes fois en ce fai-
« sant, il est certain, sire, que vous ferez œuvre plus glorieuse
« et plus plaisant à Dieu, plus digne de merite et de renommée
« perdurable, que se vous vainquissiez un grant pueple de
« Sarrazins par bataille...

   « Très nobles princes et fils de roi, messeigneurs d'Orleans,
« de Berri, de Bourgoigne et de Touraine, daignez entendre à
« ceste besoingne, par laquelle vous povez faire non pas seule-
« ment souverain service à Dieu, à la cristienté et au roi, mais
« avecques ce mettrez vostre pueple en plus grant union et plus
« grant obeissance que ne pourroit vraisemblablement estre,
« se ce discort ne fine. O nobles et vaillans chevaliers, qui
« estes plains de toutes franchises et convoiteux de vraie hon-
« neur, pour Dieu, ne vous oubliez pas en ceste matiere ; ex-
« posez vous en bataille volentiers et de cuer, vostre vie et
« tout vostre estat, pour servir vostre Seigneur et pour avoir
« honneur. »

   Si les émotions personnelles venaient rompre ainsi plus souvent la monotonie des commentaires, des paraphrases, des
allégories, des lieux communs, les sermons français de ce temps
seraient moins oubliés.

   On nous dit quels étaient, à Paris, les prédicateurs les plus
en vogue vers l'an 1400 : « Grant chose estoit de Paris, quant
« maistre Eustache de Pavilli, maistre Jehan Jarcon, frere
« Jacques le Grant, le menistre des mathurins (peut-être Re-
« naud de la Marche) et autres docteurs et clercs soloient
« preschier tant d'excellens sermons. »

Guillebert
de Metz,
Descript.
de Paris, p. 82.

Voy. Toussaints
du Plessis,
Hist. de l'égl.
de Meaux, t. I,
p. 567.

   Pour ne point rester au-dessous du clergé séculier, à qui
l'on savait gré de parler la langue des ignorants, les réguliers
eux-mêmes avaient songé depuis longtemps à être compris de
tout le monde, et ils se préparaient dans leurs écoles à un
genre de prédication qui devenait de plus en plus une nécessité.

   Les élèves du collége de Cluni, selon les statuts de Henri de
Fautrières, élu en 1308, doivent, après Pâques, s'exercer tous
les quinze jours à prêcher en français.

Biblioth.
cluniac.,
col. 1580.

   L'ordre de Saint-Dominique, s'il voulait répondre à son

institution, ne pouvait résister à un usage qui lui permettait de parler à un plus grand nombre de fidèles. Nous ne savons point toujours de quelle langue se servait l'armée innombrable de ses Prêcheurs : Armand de Saint-Quentin, Jean de Paris, second du nom ; Ferri de Lunéville ou d'Épinal (il y a de leurs sermons parmi ceux d'un recueil formé vers le commencement du siècle); Guillaume de Sauqueville, du diocèse de Rouen ; l'inquisiteur Bernard Guidonis, qui devait être peu favorable à une telle innovation ; Armand de Bellevue, dont les instructions s'adressaient au clergé ou au peuple, *clero vel populo;* Arnaud Bernardi, qui ne parlait que devant les clercs ; Guillaume de Bayonne, qu'on entendit en divers lieux, *variis locis;* Jean du Pré, qui cessa d'être évêque d'Évreux pour devenir inquisiteur à Carcassonne ; Géraud de Domar, général de l'ordre en 1342, dont les sermons passaient pour doctes et élégants, *docti et elegantes ;* Jean de Molins, inquisiteur à Toulouse et cardinal ; Simon de Langres, évêque de Nantes et ensuite de Vannes, que son éloquence persuasive fit surnommer le Pêcheur d'hommes ; Gérard de Saint-Laurent, du couvent de Cologne; Guillaume Romani, Breton, maître du sacré palais sous Innocent VI ; Pierre de Rancé, au diocèse de Troyes, évêque de Seez, cité pour ses pieuses homélies, *homiliæ devotæ;* Vincent de Marvejols et André, qui, vers la fin du siècle, se firent remarquer par leur mutuelle amitié et leurs nombreux sermons ; beaucoup d'autres enfin, élevés quelquefois par la prédication aux grandes dignités ecclésiastiques, et dont les œuvres sont aujourd'hui confondues peut-être dans l'immense amas, qui n'a pas été complétement débrouillé, des sermons anonymes.

Scriptor. ord. Prædicat., t. I, p. 492-731. Mss. de Colbert, n. 3725.

Oroux, Hist. eccl. de la cour de France, t. I, p. 370.

Nicolas de Fréauville, le second dominicain qui fut confesseur du roi, appelé par la protection d'Enguerrant de Marigni à succéder dans cette charge, auprès de Philippe le Bel, à Nicolas de Gorran, laissa, dit-on, des sermons sans nombre, maintenant perdus, ou qui ne reparaissent nulle part, du moins sous son nom. S'il en fit pour la famille royale, ceux-là n'étaient pas en latin.

C'est dans un latin mêlé de français que sont écrits les sermons imprimés de Jacques de Lausanne, que ses Moralités sur la Bible n'empêchent pas d'être rigoureusement jugé par ses confrères. Ils n'estiment guère plus un autre recueil par trop populaire, imprimé d'abord sans nom d'auteur, puis sous le nom de Pierre de la Palu, et qui leur semble indigne de lui. Mais, parmi les prédicateurs en langue vulgaire, ils peuvent revendiquer avec honneur le mystique Jean Tauler, dont les homélies prononcées en allemand ont été, selon l'usage, mises en latin : vieille tradition, que des éditeurs intelligents auraient dû abandonner plus tôt, et qui a répandu beaucoup d'incertitude sur l'histoire des langues européennes.

Les missionnaires franciscains, dont la rivalité opiniâtre disputait le monde aux frères Prêcheurs, s'exprimaient sans doute en diverses langues devant leurs auditeurs de l'Europe et de l'Asie. Plus rapprochés du peuple, ils parlaient comme le peuple. Saint François et ses premiers disciples prêchaient et rimaient en langue italienne. Ces grands orateurs de la foule, Pierre Oriol, François de Mayronis, Guillaume Okam, n'en auraient pas été compris s'ils ne s'étaient servis que du latin, même de l'humble latin des moines. Mais les frères Mineurs ont fait malheureusement comme tous les autres. Leur Raymond Lull, qu'on ne peut lire aujourd'hui que dans l'affreux latin dont ils ont revêtu ses œuvres, sans excepter ses sermons, n'avait écrit qu'en catalan.

Nous supposons que c'est en français que frère Jacques le Grant (*Jacobus Magni*), de l'ordre des Augustins, dénonçait en chaire les déportements de la cour de Charles VI avec tant d'énergie et de vérité, que l'on reconnut dans ses hardis portraits le malheureux roi, qui était certainement le moins coupable; le duc d'Orléans, qui, sans se mettre en colère, prit le parti de se faire un ami du prédicateur, et la reine Isabeau, qu'il devait être bien plus dangereux d'offenser. Plusieurs dames, en sortant d'un des sermons de cet homme véridique, ne purent s'empêcher de lui dire combien elles étaient ébahies qu'il eût osé ainsi parler. « Encore suis-je plus ébahi, leur ré- « pondit-il, qu'on ose faire semblables péchés. » Seulement il n'eût point fallu, après s'être honoré par ces réprimandes publiques, aller, au nom des Armagnacs, solliciter secrètement l'appui de l'Angleterre pour fomenter en France la guerre civile.

Mém. de l'Acad. des Inscr., t. XV, p. 802.

On ne peut douter qu'un prédicateur breton, un carme du couvent de Rennes, Thomas Conecte ou Couette, ne se servît de l'idiome vulgaire, quand il déclamait, devant quinze ou vingt mille auditeurs, contre les hennins, ou coiffures à larges cornes, et les autres fantaisies de la parure des femmes. Effrayées de ses remontrances, elles jetaient au feu sur les places, avec les hennins qu'il avait maudits, colliers, pendants d'oreilles, robes trop ouvertes, manches traînantes, magnifiques étoffes d'or et de soie. Il est vrai que, lorsqu'il était parti, les modes revenaient plus somptueuses et plus folles. « En chevauchant son âne « ou son petit mulet, » dont les dévots arrachaient quelque poil comme relique sainte, et accompagné de plusieurs autres carmes qui le suivaient humblement à pied, il eut la funeste idée d'aller jusqu'en Italie prêcher contre l'incontinence des clercs, et la témérité plus grande encore de proclamer qu'il ne fallait pas craindre les excommunications du pape, si l'on servait Dieu. Le malheureux missionnaire, qui n'avait pas, comme frère Jacques, négocié avec les ennemis de son pays, ne put échapper à l'inquisition de Rome : condamné comme hérétique, il fut brûlé.

Nous avons dit, d'après Monstrelet, que frère Thomas parlait devant quinze ou vingt mille personnes : le chroniqueur ajoute qu'on tendait une corde pour séparer les hommes des femmes.

D'autres, qui donnent un autre sens à un ancien texte, disent qu'on était obligé de suspendre l'orateur en l'air avec une corde, afin qu'il pût être entendu de tous. Comme nous n'avons point retrouvé la légende originale, nous laissons la chose indécise, quoiqu'il fût intéressant de savoir si Thomas pouvait avoir réellement vingt mille auditeurs.

Tous ces moyens divers de se rendre maître de l'âme d'autrui par la parole, même ceux qui nous paraissent aujourd'hui les moins sérieux, ont eu leur raison et ont produit leur effet. La critique moderne aurait tort de reprocher aux vieux sermonnaires leurs égards pour la multitude ignorante et distraite. On ne peut guère avec elle s'y prendre autrement. Dès l'origine des sociétés, les apologues rendent la morale accessible, la font comprendre, la font aimer. Les orateurs de la Grèce, lorsqu'on cessait de les écouter, se mettaient, dit-on, à faire des contes ; et le maître lui-même de la philosophie des idées ne craint pas de mêler quelquefois à ses conceptions les plus hautes de gracieuses naïvetés ou des rêves fantastiques. L'Ancien Testament a ses aventures familières de Ruth, de Tobie, ses Proverbes, son Cantique des cantiques ; le Nouveau, ses paraboles ; les premiers temps de l'Église, leurs évangiles de l'Enfance, de Jacques, de Nicodème, leurs Voyages de saint Pierre, leur récit oriental de Barlaam et Josaphat. N'est-ce pas assez pour excuser chez les prédicateurs de nos pères quelques digressions, quelques ruses, quelques saillies inattendues, qui, en flattant le goût du moment, ont fait passer la gravité de leurs leçons ?

Dès le siècle précédent, les auditeurs étaient distraits. L'ancienne histoire sur Démosthène et Démade qui ne parviennent à réveiller l'attention des Athéniens qu'en leur contant la dispute sur l'ombre de l'âne, ou le voyage de Cérès avec l'anguille et l'hirondelle, a pu souvent se renouveler par hasard ou par réminiscence. Un abbé cistercien, voyant son auditoire s'endormir, surtout les frères convers, peut-être parce qu'il leur parlait latin, élève la voix et dit : « Il était une fois un roi qui « s'appelait Artur... » On écoute alors, et l'orateur s'écrie : « Quand je parlais de Dieu, vous dormiez, et maintenant vous « vous éveillez pour entendre des fables. » C'était à l'abbaye d'Heisterbach, au diocèse de Cologne ; l'orateur était l'abbé Gérard ; Césaire, le narrateur du fait, assistait au sermon.

Césaire d'Heisterbach, Dial. de Mirac., IV, 36.

Il faut avoir et conserver des auditeurs, telle est la première loi. Un luxe inépuisable de définitions, de subdivisions, d'arguments, dans un temps où la scolastique exerçait de toutes parts son empire, où on la faisait servir du moins à aider la mémoire ; des textes singuliers, et des chansonnettes même pour texte, ce qui était certainement une nouveauté ; des sermons, des Vies de saints, mi-partis de latin et de français, ou rimés d'un bout à l'autre en langue vulgaire ; d'autres sermons ajoutés en prologues ou en intermèdes aux longues représentations des Mystères ; d'autres encore formant comme une série d'histoires miraculeuses, d'anecdotes, de fabliaux, véritable piège tendu à la curiosité : les prédicateurs se sont tout permis, en attendant une dernière concession, la plus disputée et la plus nécessaire, l'usage universel et constant de l'idiome maternel.

Mais s'ils ont tout essayé, c'était pour que leur voix, destinée à l'instruction de la foule, ne se perdît pas dans le désert, et que l'auditoire, attentif malgré lui, les écoutât jusqu'à la fin.

Depuis, on a eu recours, dans la chaire, à des moyens différents d'agir sur les esprits, à la déclamation élégante et frivole, à une morale toute séculière, aux portraits plus finement tracés et moins reconnaissables, trop souvent aux mauvaises passions, comme la haine, la médisance, l'injure. Les innocentes ressources de l'ancienne prédication valaient mieux; et puisqu'elles ont été si longtemps d'usage, il faut croire qu'elles parvenaient, comme l'espérait le panégyriste de la « Bele « Aliz, » à changer le mal en bien, la vanité en vérité.

Nos grands sermonnaires français, qui se sont interdit la vieille parure des allégories, les jeux d'esprit sur les mots, le chaos des citations, l'inconvenance des historiettes, ont toujours gardé quelque chose de ces anciennes modes de la prédication, par exemple, la manie de diviser. Qu'ils prêchent le dogme ou la morale, ces preuves échelonnées avec tant d'art, ces catégories si bien rangées, ces distinctions si subtiles, laissent reconnaître en eux les héritiers directs des disputeurs de l'école. Est-ce le caractère propre du genre didactique, est-ce l'habitude invétérée de la controverse, est-ce l'un et l'autre qui font que chez des orateurs tels que les Bourdaloue, les Massillon, l'œuvre la plus grave de l'éloquence continue de se briser et de s'éparpiller à l'infini en petits points symétriques, en nuances insaisissables, en grains de poussière, en atomes? S'il faut faire la part du genre, qui ne peut se passer de définir et de diviser, il est permis d'y voir surtout, comme Fénelon, un reste de la scolastique, dont l'empreinte, assez visible, malgré les révolutions, dans notre langue, dans notre barreau, dans notre théâtre, a dû naturellement persister là où règne surtout la tradition, dans l'enseignement religieux.

**II.
LES SEPT
ARTS.**

Après la théologie ou la science divine, qui gardait encore le premier rang comme science de l'orthodoxie chrétienne, venaient, dans le monde littéraire et dans les écoles, ces connaissances simplement humaines, dont les derniers âges de l'antiquité latine avaient légué aux siècles suivants les principales divisions, tantôt observées et rétrécies même par les esprits dociles, tantôt agrandies par une ambition de recherche et de progrès qui est l'honneur de l'humanité.

L'ancien domaine des Sept arts, ce modeste territoire que la théologie avait bien voulu laisser aux études qui relevaient moins directement de son empire, semble d'abord assez restreint : le *trivium* comprend la Grammaire, la Rhétorique, la Dialectique ; le *quadrivium,* l'Arithmétique, la Géométrie, la Musique, l'Astronomie. L'intelligence aurait pu s'y trouver fort à l'étroit, si elle n'avait travaillé incessamment, surtout depuis deux siècles, à élargir les compartiments où on l'avait emprisonnée.

C'est ainsi qu'il ne fut point très-difficile de rendre à la rhétorique les attributions étendues que lui donnaient quelquefois les anciens, et d'y faire entrer, à la suite des règles des rhéteurs, la poésie, l'art épistolaire, tout le genre didactique, et l'utile exercice de la traduction. Avec ce simple mot de dialectique, rétabli dans son acception primitive, on allait encore plus loin ; on s'ouvrait le vaste champ de la philosophie tout entière : Aristote et ses innombrables interprètes, dont plusieurs étaient des saints, autorisaient les libres discussions sur les plus hautes abstractions de la pensée, sur les sciences naturelles, sur la physique et la médecine qui en dépend, sur la politique, enfin sur ce droit civil repoussé longtemps comme un ennemi. Voilà donc, sans trop sortir des cadres imposés par l'usage, et à l'aide seulement de deux de ces enseignements inférieurs à la science divine, voilà l'esprit humain qui va désormais s'emparer de tout ce que nous appelons aujourd'hui les études littéraires et philosophiques. A ce compte, savoir, comme on disait, « trive et cadruve, » c'était déjà savoir quelque chose.

Il est intéressant de voir comment, sans paraître s'écarter des anciens vestiges recueillis dans saint Augustin, Martianus Capella, Boëce, Cassiodore, on fait d'abord succéder timidement au cercle des connaissances humaines, tel que se le transmettaient les écoles grecques, une sorte d'encyclopédie nouvelle,

Bat. des VII arts,
OEuvres
de Rutebeuf,
t. II, p. 419.

Nicomaque,
Εἰσαγωγὴ
ἀριθμ.,

1, 3, éd. de 1817,
p. 70, 210, etc.
— Brucker,
Hist. crit.
philosoph.,
t. III, p. 594.
Mss. fr.,
n. 7534,
fol. 195 vᵒ. —
Hist. litt.
de la Fr.,
t. XXIII,
p. 305, 318.

qui, longtemps réduite à se contenter de mots, va désormais, par l'observation et l'action, acquérir plus d'étendue et de liberté. On a cependant toujours soin de réserver aussi, pour ces connaissances moins sacrées, un certain caractère presque divin. Le poëme de l'Image du monde, d'après les idées platoniques du livre de la Sagesse, en faisant décrire par un philosophe, qu'il ne nomme pas, « comme « Nature fist un homme, » dit qu'elle y employa les éléments que lui fournirent les Sept arts, regardés par conséquent comme antérieurs à l'homme et comme préexistants dans la pensée de Dieu.

Malgré quelques essais d'émancipation, les Sept arts ne se détachent pas encore de l'immense faisceau du pouvoir spirituel ; mais ils paraissent déjà moins soumis à la rigueur théologique, et leurs velléités plus fréquentes d'indépendance, leurs efforts, leurs conquêtes, font entrevoir dans un avenir prochain cette séparation définitive des deux pouvoirs, qui a fait la force de quelques-unes des sociétés modernes.

Nous allons suivre d'abord, en indiquant les principaux ouvrages dans chaque section, les trois degrés du *trivium* (grammaire, rhétorique, dialectique ou philosophie), de cette partie de l'instruction séculière qui est restée le fondement de l'organisation des écoles.

Poésies morales,
éd. de 1832,
p. 261.

La grammaire est toujours placée la première. La dialectique avait précédé quelquefois la rhétorique, et Eustache des Champs, dans son « Art de dictier, » en 1392, observe encore cet ordre. La théorie était bonne ; mais, dans la pratique, elle était complétement abandonnée : on sait que la dialectique ou la dispute était le terme des études du *trivium*, et qu'elle remplissait quelquefois toute la vie.

TRIVIUM.
1.
GRAMMAIRE.

Comme ce mot de grammaire avait déjà repris l'acception large qu'il eut toujours dans l'antiquité grecque et latine, nous parcourrons rapidement les leçons élémentaires de l'art, pour en examiner, avec plus de détail, les principales applications dans l'étude des langues et l'interprétation des auteurs.

Sur les premiers éléments, il ne nous est resté de ce temps

que bien peu d'ouvrages. On pourrait expliquer ainsi cette
stérilité.

Les anciens grammairiens latins, recommandés par le respect du passé, par une longue habitude, et par l'autorité qu'ils
devaient conserver dans des études toutes latines, étaient encore très-nombreux. Dans le catalogue de la bibliothèque d'A-
miens rédigé vers l'an 1250, se trouvent réunis le grand et.le
petit Donat, le commentaire sur Donat par Remi d'Auxerre,
l'ouvrage entier et plusieurs abrégés de Priscien, la métrique
de Bède, et, parmi les auteurs plus récents, Matthieu de Vendôme, Alexandre de Ville-Dieu, Évrard de Béthune, Alexandre
Neckam, Jean de Garlande. On y joint des extraits de Cicéron
sur les Figures, et l'Art poétique d'Horace, qui, malgré un
commentaire qu'on attribuait à Servius, devait être assez peu
compris.

Les maîtres, aidés de ces livres qui reparaissent dans presque toutes les collections et qui restèrent longtemps encore les
manuels des étudiants, n'avaient donc pas à s'occuper de rudiments nouveaux. Ils en firent cependant quelques-uns que
nous rappellerons tout à l'heure, quand nous arriverons à la
langue latine en particulier ; mais plusieurs d'entre eux, pour
ne point se borner à répéter de vieilles règles, ou les morali-
sèrent, selon la coutume alors universelle, ou tentèrent même
d'élever le plus humble enseignement des écoles jusqu'à des
idées générales.

Si l'on veut savoir ce que c'était qu'un Donat moralisé, on
le saura par ce dialogue. Demande : « Qu'est-ce que le pro-
« nom ? » Réponse : « *Homme* est ton nom, *pécheur* est ton
« pronom. Ainsi, lorsque tu pries devant Dieu, ne te sers que
« du pronom, et dis : O Père céleste, je ne t'invoque point
« comme homme, mais j'implore ton pardon comme pécheur. »

Autre exemple, que nous laissons en latin, pour mieux conserver les jeux de mots sur les quatre déclinaisons de ce pronom qui est l'homme même : *Prima declinatio est ab obedientia Dei in suggestionem diaboli; per hanc declinavit Eva.
Secunda, ab obedientia Dei in consensum mulieris, ut Adam
declinavit per Evam. Tertia, a paradiso in hunc mundum.
Quarta, ab hoc mundo in limbum inferni.* Mais on trouve

Donatus
moralizatus,
ap. Gerson.
Op. t. IV,
col. 835-845.

ensuite pour le pronom, tenté comme Ève et Adam, six autres
déclinaisons : « 1°, La danse va commencer. 2°, Averti par le
« chant, je viens voir la danse. 3°, Tout en reconnaissant qu'il
« n'est pas bon de regarder cette danse, j'y reste avec plaisir.
« 4°, Je me plais non-seulement à regarder la danse et à en-
« tendre le chant, mais aussi à regarder les jeunes filles. 5°, Je
« me dis en moi-même qu'il faut qu'une d'elles soit à moi.

Apoc. xvi, 3. « 6°, J'accomplis mon vœu. Et voilà que mon âme est morte,
« *Et ecce mortua est anima mea.* Ce que j'ai dit de ce vice
« peut s'appliquer aux autres. »

Dès que le pronom est le pécheur, toutes ces déductions
sont possibles. Comprenez-vous moins pourquoi « la préposi-
« tion est la considération de la joie des élus ? » on vous ré-
pondra : *Quia illi præponuntur damnandis.* Les souffrances
des damnés sont, à leur tour, représentées par l'interjection,
« qui exprime, dit la grammaire moralisée, une émotion de
« l'âme par un mot inconnu. »

Mais on fit quelquefois un meilleur usage du grand art de
définir, de diviser, de comparer. Au lieu d'employer sérieusement à des puérilités le puissant instrument dont la philosophie
avait armé l'intelligence humaine, on essaya de renouveler les
doctrines plus générales qui, dès le siècle précédent, avaient
fait naître un assez grand nombre de traités *de Modis signifi-
candi*, faibles imitations des Catégories d'Aristote. Pour y
réussir, les grammairiens, à défaut du génie philosophique,
auraient eu besoin d'être plus riches en observations : comme
ils joignaient à l'ignorance du grec un aveugle dédain pour
leur langue maternelle, ils ne possédaient réellement que les
principes d'une seule langue, et se trouvaient ainsi forcés à
redire stérilement ce qu'on avait dit avant eux.

Mss. de Sorb.,
n. 1569. Jean de Marville, antérieur à l'année 1334, puisque cette
année-là on dit de lui, dans la copie de son ouvrage par Jacques de Beaumont, *Anima ejus sanctificetur*, ne put que rédiger péniblement, en deux cent cinquante-cinq vers latins sur
les *Modi*, des idées qui avaient pour lui peu de clarté.

Il est juste toutefois de reconnaître les efforts que l'on continuait de faire pour sortir d'une étroite routine. Les fautes
sont nombreuses dans le *Gréciste* d'Évrard, qui pressentit du

moins que, pour mieux savoir, il fallait comparer ; les idées
surtout sont obscures et vagues dans le *Floretus* en vers, et
dans les divers traités *de Modis verborum ;* mais les critiques
venus en des temps meilleurs ont peut-être eu tort d'être impitoyables, comme Érasme, pour « les Grécistes, les Floristes,
« les Modistes, » qui, tout en exerçant une trop longue tyrannie
dans les écoles, y avaient conservé quelques bonnes traditions.

Des tentatives de grammaire générale devaient être plus à
portée de ceux qui, à la connaissance du latin, commençaient
à joindre celle des langues de l'Orient, non moins utiles pour
l'évangéliser que pour le gouverner. Les frères Prêcheurs, que
leur règle obligeait à se faire comprendre partout, avaient
songé, dès l'an 1237, à cet enseignement. Humbert de Romans, leur général en 1255, leur fait étudier le grec, l'arabe
et l'hébreu. Ils s'en occupent à Paris en 1285. Ils ordonnent,
six ans après, que dans leurs maisons de Catalogne il y ait
toujours une chaire d'hébreu et d'arabe. On sait quelles furent
les vives requêtes adressées par Raymond Lull à Philippe le
Bel, à l'université de Paris, au concile de Vienne, pour l'établissement régulier de ces études. L'évêque de Durham, Richard de Bury, en fait ressortir les avantages. Toutes ces ex-
hortations ne produisirent rien de durable. Si elles éveillèrent
la curiosité de quelques doctes personnages, comme d'Arnauld
de Villeneuve, qui savait, dit-on, l'hébreu, le grec et l'arabe,
elles ne parvinrent pas à obtenir la garantie d'une institution
publique. L'honneur de l'essayer fut réservé à l'université de
Paris : elle avait certainement, en 1325, comme l'avait décrété
le concile, des cours de grec, d'arabe, de chaldéen, d'hébreu,
puisque le pape Jean XXII ordonne alors à son légat de sur- Hist. univ.
par., t. IV,
p. 209 ; t. V,
p. 393.
veiller de très-près les professeurs qui pourraient, à l'aide de
ces langues étrangères, introduire des dogmes étrangers, *pe-
regrina dogmata.* Il n'en faut pas plus pour expliquer comment, un siècle après, en 1430, on fut encore obligé de solliciter la permission d'enseigner le grec, l'hébreu et le chaldéen.

Si nous voulons maintenant prendre à part les destinées di- LANGUE
HÉBRAÏQUE.
verses des principales de ces langues en Occident, nous trouverons que l'hébreu, qui inspirait plus de défiance que jamais,

à cause de la renommée dont jouissait alors la littérature rab-
binique, pénétra peu dans les rangs de l'Église. Quelques
religieux y avaient songé, comme Guillaume le Breton, l'auteur du Vocabulaire. Le roi Charles V avait parmi ses livres
l'ouvrage suivant, que venait de faire traduire un clerc, médecin à Paris : « *Alkindus de Imbribus et pluviis,* en latin, et
« est avecques la Redempcion des fils d'Ysrael, en un volume
« couvert de parchemin, que fist translater d'ebrieu en fran-
« cois, à Paris, maistre Ernoul de Quiquempois. » Le juif con-
verti Nicolas de Lire fut un savant commentateur de l'Ancien
Testament. Mais les leçons publiques d'hébreu, consacrées un
moment par le concile de Vienne, menacées ensuite de surveillance par les bulles pontificales, n'avaient pas dû tarder à
tomber de nouveau ; car nous voyons, en 1435, les écoles de
Paris, dans la pensée d'étendre l'instruction, appeler à frais
communs un professeur de langue hébraïque, et la nation de
France, pour sa part, lui assigner huit écus. Vingt-cinq ans
après, on redemande encore des chaires de langues orientales.
Cet enseignement n'avait donc pas été repris, ou n'avait pas
duré.

Biblioth.
de l'Éc. des ch.,
4ᵉ série, t. III,
p. 159.
Quelques ordres monastiques, surtout les dominicains, tenaient à honneur de savoir l'hébreu. Il y a un acte où ceux de
Dijon, en 1439, comme dépositaires de la tradition des docteurs
juifs, s'intitulent *massorii,* et où leur secrétaire signe son nom
en caractères hébreux avec points voyelles : *Antounious.*

Les israélites, souvent persécutés, toujours suspects, se seraient bien gardés d'affecter un tel savoir. S'ils rédigeaient
quelques livres élémentaires, ce n'était point pour la jeunesse
chrétienne. Leurs leçons se concentraient dans leurs académies de Narbonne, de Béziers, de Montpellier, d'Arles, de
Lunel. Ce fut l'évêque de Durham qui fit composer pour les
étudiants une grammaire hébraïque en latin.

LANGUE
ARABE.
Dès qu'il s'agissait d'apprendre ou d'enseigner l'arabe, aussitôt on craignait ou l'on paraissait craindre la contagion du
mahométisme. Cependant Pierre le Vénérable avait donné un
grand exemple : en réfutant le Koran, qu'il avait fait traduire
en latin pour le combattre, il s'était plaint de la négligence de

ceux qui ne savent que leur langue, *qui non nisi linguam suam noverunt.* Par cette langue unique, il doit entendre la langue latine ; car on ne tenait aucun compte de la langue du peuple. Il paraît que d'autres pensèrent sur ce point comme l'abbé de Cluni. Déjà de son temps le français commence à se perfectionner assez pour qu'on y fasse attention ; et dès le siècle suivant l'étude des langues orientales, surtout de l'arabe, plus connu depuis les croisades, s'introduit en Occident, même en France.

Ampliss. collect., t. IX, col. 1132.

Une autre étude grammaticale qui aurait dû être mieux accueillie des peuples chrétiens, celle de la langue grecque, n'y reparaît qu'à de longs intervalles, et toujours isolée. Quelques manuscrits des décrétales de Clément V ajoutent cependant cette étude à celles que recommandait le pontife. On avait peur du schisme grec, et les négociations tentées à plusieurs reprises pour la réunion avaient accru encore les ombrages des pouvoirs ecclésiastiques. Aussi, malgré les encouragements et l'exemple de ce même prélat novateur, l'évêque de Durham, qui fit composer une grammaire grecque pour ses jeunes théologiens, il n'y eut guère d'hellénistes que dans le seul ordre des dominicains, qui pouvaient sans doute, en leur qualité d'inquisiteurs, apprendre le grec impunément. Mais comment avaient appris le grec les frères Prêcheurs qui, au siècle précédent, comme Jofroi de Waterford, Guillaume de Meerbeke, Henri Kosbein, avaient traduit Aristote, Platon, Proclus, ou les personnes instruites qui, sans avoir laissé de semblables traductions, passent pour avoir su le grec, ainsi qu'on l'a dit de Christine de Pisan ? Nous n'avons sur les maîtres et les méthodes que des lumières incomplètes.

LANGUE GRECQUE.

Gradenigo, della Letterat. greco-ital., p. 116.

Il s'en faut même que toutes ces traductions nous soient connues. Bernard de Chartres, et les autres platoniciens assez rares qui ne se soumettaient pas à l'empire d'Aristote, avaient certainement lu d'autres dialogues de Platon que le Timée traduit par Chalcidius. Deux anciens catalogues (1250, 1290) indiquent une version latine du Phédon ou, comme ils disent, du Phédréon, et dont les premiers mots répondent en effet aux premiers mots du texte : *Ipse, o Phedreon, fuisti.* Cette version

Biblionom. de Rich. de Fournival, fol. 17. — Catal. de Sorb., mss. de l'Arsenal, s'est retrouvée. Le Candiote Pierre Philargus ou Philarète, avant d'être le pape Alexandre V, traduisait, vers l'an 1380, quelques ouvrages grecs à Paris. Un anonyme avait osé se faire l'interprète des Hypotyposes pyrrhoniennes de Sextus Empiricus, où il passe naïvement ce qu'il ne comprend pas, et ne comprend pas toujours ce qu'il traduit.

Le zèle des dominicains pour cette langue, qu'ils allaient apprendre dans le pays, leur fit transformer en grec des ouvrages modernes : en 1292, les Homélies de Raymond de Meüillon ; vers l'an 1330, le Manuel des curés, une nouvelle Réfutation du Koran. Celui des confrères de saint Thomas qui passait pour avoir traduit en grec plusieurs de ses ouvrages, Guillaume Bernardi, de Gaillac, était allé comme missionnaire, en 1299, à Constantinople, où l'ordre avait une maison dès l'an 1232, et où il en eut bientôt une seconde. Il ne reste de la Somme que des traductions grecques plus récentes ; mais les anciens travaux de ce genre prouvent que ceux qu'on attribue à Guillaume Bernardi n'ont rien d'invraisemblable.

Ces ardents promoteurs des études grecques n'eurent toutefois que peu de disciples chez nous ; les prélats avaient même renoncé à l'habitude qu'ils avaient prise au IX° siècle de signer leur nom en lettres grecques, comme on signa, plus tard, en lettres hébraïques. La culture de cette langue des Pères grecs, qu'il eût fallu savoir pour mieux travailler à la conciliation, tomba dans un tel discrédit qu'un envoyé de l'empereur Manuel Paléologue, à Lyon, en 1395, ne put être compris de personne.

Guillaume Fillastre avait cependant alors la réputation d'helléniste, et l'on pourrait citer quelques autres noms ; mais il faut descendre jusqu'à l'an 1458, jusqu'à Grégoire Tifernas, pour trouver à Paris une chaire de grec désormais permanente. L'université, qui l'institua, exigea de ce Grec réfugié deux leçons par jour, l'une de sa langue maternelle, l'autre de rhétorique, pour donner enfin plus de place aux études littéraires dans l'enseignement supérieur. Les disciples de Grégoire furent les maîtres de Reuchlin.

LANGUE
LATINE.

Mais cette langue latine elle-même, à laquelle on continue

jusque-là de sacrifier toutes les autres, la sait-on assez pour
avoir le droit de l'enseigner et d'en expliquer les anciens ouvrages? La prose du moins se soutient encore. Si on ne l'écrit
plus avec la même sobriété que saint Bernard ou saint Thomas; si les esprits, fatigués et comme épuisés par la controverse, ne produisent que de courts traités, des attaques ou des
apologies éphémères, sans laisser de grands et durables monuments, tels que celui de Vincent de Beauvais, il se rencontre
çà et là des formes plus vives, plus d'imitations heureuses de
l'antiquité, dans Gerson, Clamanges, Pierre d'Ailli. La poésie
a moins résisté aux assauts de la scolastique : on est loin d'é-
galer, pour les hymnes, Adam de Saint-Victor; pour l'histoire
en vers, Gautier de Châtillon et l'auteur de la Philippide ;
pour le genre didactique et la satire, Gilles de Corbeil. C'est
dans les couvents surtout que les études latines dégénèrent,
et les ouvrages latins les plus barbares sont désormais écrits
par des moines.

Il y avait de si respectables exemples de cette barbarie qu'elle
était peut-être inévitable. L'enseignement chrétien avait condamné, en grammaire, la régularité païenne. Prudence est
loué d'avoir fait dans ses vers des fautes de quantité. Le pape
Grégoire le Grand se vante d'écrire mal. Un évêque, par l'or- Orderic Vital,
gane d'un moine, l'historien latin de la Normandie, proclame l. VIII, c. 21,
que « les discours de Dieu ne sauraient être contraints à sui- t. III, p. 393.
« vre les règles de la parole humaine. » Aucune langue, ni latine, ni française, ni même ecclésiastique, n'aurait pu lutter
contre une abnégation si pieuse et si absolue de toute discipline terrestre et de toute clarté. Nous arrivons, par un progrès nécessaire, au dernier terme de cette corruption et de cette
obscurité de langage.

La sagesse de quelques papes essaya d'arrêter le péril où
ils voyaient que la religion elle-même se laissait entraîner.
Grégoire VII, Lucius III, flétrissent d'avance les bulles, les Thiers, Tr.
brefs, les rescrits, qui justifieraient le soupçon de fraude et des superstit.,
d'imposture par des fautes de latinité, *corruptione videlicet* t. II, p. 377.
latinitatis. L'université de Paris, qui repoussait les requêtes
de ses étudiants lorsqu'ils y avaient mêlé des mots français au
latin, trouvait ici, dans une autorité plus haute, un puissant

secours; mais le latin des cloîtres bravait audacieusement les menaces pontificales.

Cette intention de l'Église, qui voulait que, pour écrire et parler la langue ecclésiastique, on l'eût du moins étudiée, fut mieux comprise par quelques princes, que l'on voit encourager aussi les études grammaticales dans le clergé. Nous apprenons par un témoignage antérieur à l'an 1183, par un des poëtes de la cour de Henri II d'Angleterre, que David d'Écosse ne permettait pas que l'on maltraitât les prêtres et les chanoines « ki séussent grammaire. » Il y en avait donc parmi eux qui ne faisaient pas gloire de l'ignorance. Les religieuses surtout, moins distraites par les affaires du dehors, cultivaient la langue latine, comme les Roswitha, les Herrade, les Marguerite de Duyn. Quelques-unes même continuèrent de l'écrire avec une certaine correction, à en juger par la réponse où l'abbesse de Chases, au diocèse de Saint-Flour, fait savoir de sa main aux frères Prêcheurs de Saint-Benigne de Dijon, en 1441, qu'elle vient d'ordonner des prières pour leurs morts, et où elle leur en demande à son tour, selon l'usage, pour les sœurs qu'elle a perdues : *Quare supplicamus, pro dictis dominabus et pro aliis olim defunctis oretis; et nos similiter pro vestris orabimus.* Si ce n'est là que l'ancien protocole, il n'est pas du moins altéré par des vices d'orthographe ou de style.

Mais, outre ce facile dédain pour des règles purement humaines, il s'était introduit, depuis plusieurs siècles, une malheureuse distinction entre deux langues latines, l'une savante et correcte, l'autre usuelle et abandonnée à tous les caprices populaires. On prétendait réserver l'une aux discours d'apparat, aux ouvrages étudiés; on se laissait aller aux irrégularités de l'autre, en vue d'être compris de la multitude dans la prédication, des enfants dans leurs petites écoles, ou même des étudiants, que l'on traitait comme des enfants.

Il y a des auteurs qui laissent entrevoir les deux latinités, bien que la limite ne soit pas très-aisée à saisir aujourd'hui.

D'autres, comme la plupart des glossateurs du droit canonique, et même du droit civil, n'ont employé que ce latin trivial, usité aussi chez les moines chroniqueurs. Frère Salim-

Hist. litt.
de la Fr.,
t. XXIII,
p. 365.

Biblioth.
de l'Éc. des ch,,
4e série, t. III,
p. 159.

Ellies du Pin,
Gersoniana,
l. III, c. 5,
p. LVIII.

bene, en 1284, dit qu'il s'est servi d'un style simple et intel- Sarti, de Cl.
bonon. prof.,
t. II, p. 212.
ligible, *simplici et intelligibili stylo,* pour être compris de sa
nièce, religieuse clarisse du monastère de Parme, qui, si elle
avait eu l'instruction de quelques-unes des nôtres, aurait pu se
passer du mauvais style de son oncle. Il ajoute qu'il ne songe
pas à la parure des mots, mais seulement à la vérité des faits.
C'est là ce qu'ils disent tous. On leur pardonnerait leurs barbarismes, s'ils avaient tenu parole.

Ainsi s'exprime encore le carme Jean de Venette, le meilleur continuateur de Guillaume de Nangis, qui n'écrivait pas
mieux que lui. Pour se mettre à la portée de tout le monde, il
eût été beaucoup plus raisonnable de parler français.

Avec cette doctrine et cette pratique d'une double latinité,
avec l'invasion continuelle des divers dialectes nationaux dans
une langue de convention, qui n'était plus la langue ancienne,
et qui n'était point destinée à devenir une langue moderne,
que pouvaient être les grammaires latines, les dictionnaires
latins ?

Dans le petit nombre des nouvelles grammaires, il s'en trouve Catal. mss.
Angl., part. 2,
p. 25, n. 837.
— Catal. mss.
colleg. Oxon.,
1852, colleg.
Exon., p. 5,
n. 14.
une d'un certain Tolosanus, peut-être Dominique ou Thomas
de Toulouse, qui débute par cet excellent précepte : *In qua-*
libet arte diffusio fastidium procreat. Mais il a le malheur d'a-
jouter : *Ideo libellum hunc... e diversis auctoritatibus com-*
pendiose collectum ego balbutiens balbutivi. C'était donc une
compilation des anciens traités.

Malgré cette disette de nouveaux livres pour la première
instruction, il ne faudrait pas croire que le haut enseignement, celui de la théologie et des Sept arts, ne fût pas précédé de longues études grammaticales. Ces notions prélimi-
naires prenaient beaucoup plus de temps qu'on ne l'a dit.
Nous avons vu qu'elles remplissaient au moins trois années
dans les grandes écoles monastiques, à Cluni, à Saint-Victor,
aux Bernardins. L'université, qui n'institua et ne surveilla
qu'assez tard les classes de ses colléges, encourageait, dans
les pédagogies ou pensions, les leçons particulières de grammaire, de rhétorique, de logique, en n'admettant à ses cours
que ceux qui étaient capables de les suivre. Quiconque igno-
rait les parties du discours était averti, en latin et en français,

qu'il s'interdisait les Sept arts, et qu'il resterait enfant toute
sa vie :

Haase, de Stud.
med. ævi
philol., p. 44.—
Bat. des
VII arts. p. 435.

Qui nescit partes, in vanum tendit ad artes.

Quar en toute science est gars
Mestres qui n'entent bien ses pars.

On sentait si bien le besoin de faire de la grammaire une préparation aux autres études, que le grand lexique latin, le *Catholicon*, recommandé par les évêques et les curés au jeune clergé,
et qu'on déposait dans les églises pour qu'il pût être consulté par
tous, renferme une assez longue grammaire latine, et que la copie
Catal. des mss.
de Bourges,
p. 151, n. 276. que Jean Flamel fit du volume pour le duc de Berri porte sur
le dos cette étiquette, probablement reproduite d'après un
titre plus ancien : « Le grand Grammatical du duc Jean. »

Aucun nouveau glossaire ne l'emporta sur ce fameux *Catholicon*. Deux glossaires français-latins, l'un avec la date de
l'année 1348, l'autre avec celle de l'année 1352, ont été jugés
par Du Cange comme faits avec trop peu de soin. Le Vocabulaire latin de la Bible, par le franciscain Guillaume le Breton,
mort en 1356, et le *Mammotrectus* d'un autre franciscain, dont
un manuscrit est daté de l'an 1357, plus dignes d'estime à
cause des difficultés que présentait la matière, ne sont aussi
que de faibles essais.

L'explication des auteurs anciens, cet autre objet de la
grammaire, sans trouver beaucoup de faveur, n'était point
Hist. litt.
de la Fr.,
t. XXIII, p 225. tout à fait négligée. Dans la mêlée des Sept arts, les grammairiens d'Orléans ne combattent point seuls : ils ont pour eux
Cicéron, Sénèque, Virgile, Horace, Ovide, Lucain. Ce jeu
d'esprit était, en effet, une réclamation des études littéraires
contre la scolastique de Paris. La Grammaire, vaincue alors
parce que l'Astronomie, qui s'entend avec Aristote, a lancé la
foudre contre elle, n'en a pas moins d'illustres défenseurs, qui
lui donneront un jour la victoire. Paris même, au milieu de ses
querelles sur des intérêts tout nouveaux, n'oubliait point l'antiquité latine. Plus hardi que ceux qui ne commentaient que
Valère-Maxime ou le premier livre des Géorgiques, un élève
de l'école de Saint-Jacques, Nicolas Triveth, se fait à la fois le

commentateur de Tite-Live, de Valère-Maxime, de Juvénal, de Sénèque, sans en excepter les Déclamations et les tragédies conservées sous ce nom ; il est aussi un des premiers qui ait prétendu donner une explication théologique et morale des Métamorphoses d'Ovide. Ovide, le poëte latin qu'on lisait et commentait le plus, sert de texte aux moralités d'un autre dominicain, Thomas Walleis, et au long poëme français, qui fut même traduit en prose latine, où Philippe de Vitri, l'ami de Pétrarque, croit trouver dans les fables les moins austères une occasion de prêcher les dogmes chrétiens.

Le bénédictin Pierre Bercheure, qui met Tite-Live en français pour le roi Jean, voudrait bien l'expliquer partout ; mais les nombreuses traductions faites pour ce prince et pour Charles V, tout inexactes qu'elles sont, attestent du moins combien on apportait de curiosité et de courage dans un travail beaucoup plus épineux alors qu'aujourd'hui.

Comme c'était une tâche plus difficile encore, malgré tout ce qu'on avait entrepris depuis deux siècles sur les sciences naturelles, d'entendre et d'interpréter le grand ouvrage de Pline l'ancien, il y aurait fort à s'étonner de voir plusieurs livres de Pline commentés, avant l'année 1336, par un religieux grandmontain, Guillaume Pellicier ; mais on s'est trompé en le confondant avec l'évêque de même nom, qui fit transférer à Montpellier, en 1536, le siége épiscopal de Maguelone. Assez d'autres preuves, soit dans le haut clergé, soit dans les écoles, témoignent de la continuité des études latines.

Oudin, Scriptor. eccl., t. III, col. 805.
Biblioth. imp., mss. lat., n. 6808.

En arrivant aux langues vulgaires, nous suivrons l'exemple des anciens auteurs de notre Histoire littéraire, qui n'ont parlé ni du breton, plus connu peut-être de nos jours, mais qui ne l'est pas encore assez ; ni du basque, dont les hautes prétentions ne s'appuient que sur des titres littéraires peu certains et peu nombreux ; ni du flamand, que les trouvères picards s'amusaient à parodier, mais qui, malgré l'honneur que lui ont fait, vers ce temps, Jacques van Maerlant, Melis Stoke, Louis van Velthem, n'en est pas moins un idiome de la Basse-Germanie. Les annales des lettres en France n'ont, jusqu'ici, accordé une place importante, à côté de leurs propres souvenirs,

LANGUE PROVENÇALE.

qu'à la littérature provençale. Il conviendra d'autant mieux de ne la point négliger qu'après avoir laissé, pour le siècle précédent, une Grammaire, celle de Hugues Faidit, *Donatz proensals*, accompagnée d'une traduction latine, et un essai de Poétique, *Las Rasos de trobar*, par Raymond Vidal de Besaudun, elle nous offrira comme une dernière œuvre dans *Las Leys d'amors*, que termina Guillaume Molinier en 1356 : longs préceptes d'un grammairien plus que d'un rhéteur et d'un critique, espèce de code de l'art de « trouver, » où les règles de la langue d'oc sont minutieusement expliquées. Il y est rarement question d'une autre langue vivante, excepté du gascon, et on y revient toujours au latin ; ce qui n'empêche pas que, dans les exemples, on ne prononce souvent le nom de Paris.

Brunsvic et Paris, 1858, sec. éd., in-8.

Toulouse, 3 vol. in-8.

LANGUE FRANÇAISE. Reste la langue française. Après deux siècles où elle avait produit, surtout en vers, des ouvrages qui ne furent point sans gloire, même chez les autres peuples, que devient-elle dans le nouvel âge qui commence, et quelles sont alors les différentes manières de la parler, de l'écrire et de l'enseigner ?

Il y a un préjugé que nous ne cessons de combattre ; c'est que la langue française n'était encore, sans excepter les deux beaux siècles de ses trouvères, qu'un jargon confus et barbare. Nous croyons, au contraire, qu'elle eut de très-bonne heure, sinon des règles fixes, du moins des habitudes presque partout reconnues, dans la construction des phrases, et même dans la transcription des mots.

On s'étonnera moins de la voir sitôt disciplinée, en se rappelant qu'elle était encore à demi latine. Notre français viendra plus tard. Celui de nos deux premiers siècles vraiment lettrés a besoin d'être étudié comme une langue morte, et ne ressemble ni au français déjà beaucoup plus libre des deux suivants, ni au français de ce qu'on appelle la renaissance, qui sait fort bien concilier ses plagiats de l'antiquité avec son indépendance des règles latines, et qui revêt insensiblement la pensée d'une expression tout à fait moderne.

Lorsque notre plus ancienne langue littéraire, au moins chez les bons auteurs transcrits par de bons copistes, distingue par la désinence le nominatif et le régime ; lorsqu'elle ne permet point de confondre la première personne du verbe avec la seconde, ces obligations toutes latines n'ont aucun rapport avec notre français d'aujourd'hui. Même après avoir perdu, par des transformations successives, ces délicatesses propres à d'autres langages, le nôtre a pu rester clair ; et à cette qualité, qu'il avait mise d'abord au-dessus de tout, il a joint la liberté, la richesse, l'élégance, mais par d'autres combinaisons, par d'autres procédés de grammaire et de style, qui ne doivent pas nous rendre injustes pour de premiers essais, vieux monuments qu'il nous est honorable et utile de respecter.

Seulement n'oublions pas que pour apprécier les formes grammaticales de nos bons écrivains des premiers âges, on doit les lire dans les plus anciennes copies, qui sont les plus sûres. Les copistes venus après l'an 1300, et dont il nous reste le plus de manuscrits, ont singulièrement altéré une langue qu'ils comprenaient mal, ou qu'ils changeaient à plaisir pour la rapprocher de celle de leur temps. Nous assistons, avec eux, à la décomposition de la vieille langue, qui fait place à une autre, de moins en moins latine. La différence des cas pour le sujet et le régime s'efface en partie vers le milieu du siècle, et on ne l'observe plus que par hasard : la mesure et la rime sont ainsi trop souvent détruites dans les anciens poëtes, et ceux des nouveaux écrivains en vers ou en prose qui ne veulent point renoncer aux inversions tombent dans l'équivoque et l'obscurité.

Les chancelleries royales conservèrent longtemps une prose plus correcte. Quelques grands ouvrages continuèrent aussi d'être copiés avec soin. Gilles de Rome recommande qu'à la table des rois et des princes on fasse des lectures en langue vulgaire, et il conseille de n'y lire son traité *de Regimine principum* que traduit en français, pour que tout le monde puisse en profiter. Nous avons de nombreuses copies des versions de cet ouvrage : elles sont presque toutes bien transcrites. Il faut donc se garder de confondre avec ces manuscrits de choix les exemplaires français destinés au commerce et que l'on surveillait peu, ni ceux que les jongleurs et les autres récitateurs publics multipliaient pour leur usage.

Si l'on a souvent exagéré les incertitudes de la phrase gram-

De Reg. pr., l. II, part. 3, c. 20.

maticale, on en a aussi supposé beaucoup trop dans la manière
d'écrire les mots, dans cette partie de la grammaire qu'on a
nommée, d'après les anciens, l'orthographe. Nous ne voulons
point dire que le langage écrit, abandonné à la main des copistes, n'ait point couru tous les risques de l'ignorance ou de la
distraction, et il faut bien reconnaître que la langue latine elle-
même était loin d'y avoir échappé. Mais qu'on lise de bons
manuscrits français du XIIᵉ ou du XIIIᵉ siècle ; on verra que
cette œuvre de la transcription, malgré tout ce qu'elle entraîne
de fortuit et d'arbitraire, était cependant astreinte, comme la
langue même, non pas sans doute à des règles invariables,
mais à des usages qui auraient pu devenir des règles.

Peut-être, pour mieux faire saisir le point où l'ancien français était déjà parvenu, aurait-il suffi d'en rappeler les progrès
hors de nos frontières. Ce grand fait, maintenant incontestable,
de la propagation rapide et de l'influence puissante de notre
langue et de notre littérature primitive chez les nations européennes ; ce fait trop peu remarqué par la critique, et que le
devoir d'un historien des lettres françaises est de remettre sans
cesse en lumière, s'explique par des causes qu'il serait tout
aussi difficile de contester. Les croisades, l'esprit sociable de
ce peuple qui a créé les mœurs chevaleresques, le souvenir de
trois ou quatre beaux règnes, l'heureuse inspiration qui avait
trouvé dans une grande histoire la source d'une grande poésie,
ont pu y contribuer sans doute ; mais il fallait encore, pour
qu'on aimât cette langue, qu'il fût possible de l'apprendre et
de la retenir. Une langue à peu près formée, déjà voisine d'une
maturité forte et féconde, pouvait seule se recommander par
des ouvrages que s'appropriait toute l'Europe, être parlée et
comprise à Rome et à Athènes aussi bien qu'à Paris et à Londres, écrite même sans trop de disparate, dans des compositions
de longue haleine, par des étrangers de divers pays qui n'a-
vaient jamais vu la France. On ne croira jamais que tant de
peuples différents, si loin de notre pays, eussent jugé digne
d'attention une langue tout à fait irrégulière, qui ne leur eût
offert que l'image du désordre et du chaos.

Ces conquêtes paraîtront d'autant plus admirables qu'on
peut restreindre à une assez courte durée la vraie grandeur de

notre premier âge littéraire. Avant, nous trouvons des ébauches qui ont de l'originalité, mais tous les caractères de l'enfance du langage, ou qui ne nous sont parvenues qu'à la condition d'être remaniées plusieurs fois pour le style. Après, la vieille simplicité s'altère, et, dès le roman de la Rose, on s'aperçoit que cet âge si court est bien près de finir. Il faut attendre maintenant que, du sein de ces changements bons ou mauvais, sorte peu à peu comme une langue nouvelle ; et alors seulement pourra recommencer le progrès littéraire longtemps interrompu.

Les préventions de ceux qui n'admettent point la haute estime que nous accordons à ce premier âge viennent de l'idée que le progrès a été continu, et que rien n'a dû l'arrêter. Ces préventions reposent encore sur l'ancienne opinion, tout aussi fausse, qui faisait commencer beaucoup trop tard la littérature française, et répugnait à croire qu'elle eût pu avoir un grand siècle si longtemps avant le XVIIe.

Le présent Discours, où se concentrent les détails infinis d'une longue étude, ne prouvera que trop quel abaissement, surtout dans la poésie, va succéder à cette verve d'invention que toute la critique européenne reconnaît aujourd'hui.

On n'est pas loin peut-être, en France même, de se douter que les hardis essais des lettres françaises n'ont pas attendu Guillaume de Lorris ou Villon. Cependant l'erreur qui ne nous fait venir qu'après tout le monde est tellement invétérée, que nous recueillerons ici quelques dates, pour qu'on soit bien convaincu que notre langue n'en était plus à ses premiers bégayements, quand elle servit aux trouvères à répandre partout autour d'eux, avec les traditions populaires de notre histoire, les caractères qu'ils avaient créés, et qui sont restés, chez les autres peuples comme chez nous, des caractères héroïques.

L'étude des plus anciens vestiges de notre langue naissante, comme l'hymne en l'honneur de sainte Eulalie, comme les fragments de l'homélie sur Jonas, n'est point ici nécessaire, et les nuages dont s'enveloppèrent longtemps nos origines grammaticales ont été débrouillés ailleurs avec une sagacité qui doit nous rendre inutile une nouvelle exploration de ces premiers temps. S'il nous semble que le serment prononcé en 842 par

Ém. Littré, Journ. des sav., 1838, p. 597.

606; 725-737 ;
1859, p. 82-94,
289-300,
336-348.
les soldats de Charles le Chauve n'est guère encore que du latin mal écrit et mal prononcé, nous croyons aussi qu'on peut, avec vraisemblance, faire remonter quelques essais de notre langue vulgaire jusqu'au X° siècle, et même jusqu'au IX°.

Le français qui, en moins de cent années, avait fait oublier aux Normands leur propre langue, est transporté par eux en Angleterre, et les cinq articles des lois de Guillaume, dès l'an 1069, les cinquante de l'an 1080, d'autres actes de ce règne, sont rédigés en français. Rien ne prouve mieux combien fut hâtive et féconde l'éducation de ces nouveaux venus, et quelle part il faut leur attribuer dans la formation de notre langue et la composition de ses premières œuvres. Les poëmes didacti-ques de Philippe de Than paraissent vers l'an 1125. La chro-

Monum. hist.
brit., Lond.,
1848, t. I,
p. 829.
nique rimée de Geffrei Gaimar ne vient que vingt-cinq ans après, mais on y cite celle du poëte David, antérieure de plu-sieurs années. A la cour de Henri II (1154-1189) nous trou-vons réunis Wace, Jordan Fantosme, Gautier Map, tous ces conteurs en vers ou en prose, rivaux de nos écrivains français, dont quelques-uns les aidèrent à célébrer la gloire normande, comme Benoît de Sainte-More, auteur de la chronique rimée des Ducs, ou comme Chrétien de Troyes, qui, plus qu'eux tous, fit accueillir dans le reste de l'Europe les prouesses des cheva-liers d'Artus.

Mais les Normands n'avaient pas été les pères de la littérature française, qui passa la mer avec eux. Un auteur normand qui
Orderic Vital,
VI, 3, t. III,
p. 5.
écrivait avant l'année 1135, le moine de Saint-Evroul atteste, d'après l'ancienne légende qui n'est point postérieure à l'an 1076, que le grand nom de Guillaume d'Orange était chanté par les jongleurs, *vulgo canitur a jocularibus de illo cantilena.* Voilà une date pour un de nos premiers chants en langue vul-gaire. On a donc pu attribuer au XI° siècle le texte récemment publié du poëme sur Roland. Ce n'est qu'au siècle suivant qu'appartient la chronique latine du faux Turpin.

Comme il y avait en provençal des chants sur Guillaume d'Orange, il était naturel de croire que l'illustre guerrier avait été célébré d'abord dans la langue du midi; mais Dante, qui connaissait plusieurs branches de ces longs récits sur le héros
Ch. xviii, v. 16. de Gellone, même celle de Renouart au tinel, qu'il place avec

Guillaume dans son Paradis, avait dû les connaître en français, lui qui déclare sans hésiter, comme Raymond Vidal lui-même, que le principal honneur de la langue d'oïl est d'avoir inventé ou rédigé en vulgaire toute la suite des gestes chevaleresques.

De Vulgari eloquio, I, 10.

Les Vies des saints en rimes françaises, par le chanoine Thibaut de Vernon, qui paraît, selon les calculs de Mabillon, être mort avant l'année 1061, viennent se joindre à ces preuves, ainsi que les cantiques de l'an 1071 en l'honneur de saint Remacle. Bruno, qui fut archevêque de Trèves en 1101, s'exerçait à la poésie française, quoiqu'il ne faille point prendre à la lettre cette expression pompeuse, *gallicano cothurno*. Nous ne supposons point que déjà, comme on l'a prétendu, le prêtre Hermann, de Valenciennes, eût rimé la Bible en français; mais c'est vers ce temps que peut se placer, avec d'autres versions françaises en prose, celle des livres des Rois.

Hist. litt. de la Fr., t. VII, p. 69, 130, 512; t. XIII, p. 112; t. XIV, Avert., p. 1. Ibid., t. VII, p. 130, 167, 212; t. XXIII, p. 495. Ibid., t. IX, p. 173.

Le pape Innocent III, en 1199, dans ses lettres à l'évêque, au chapitre et aux fidèles de Metz, blâme les traductions françaises du Psautier, des Moralités sur Job, des Évangiles et des Épîtres, que déjà tous les laïques du diocèse aimaient à lire et à commenter.

Dans un genre plus simple, nous avons, pour le roman de Renart, une date importante. En 1112, Teudegald de Laon, que l'évêque Gaudri avait surnommé Isengrin à cause de sa ressemblance avec le loup, lui rend, avant de le frapper, cet injurieux surnom, qui dès lors était populaire, et qui n'avait pu le devenir que par des récits dans la langue du pays, et non pas en latin, en provençal ou en flamand. Il n'en faudrait pas plus pour assurer la priorité de plusieurs parties du texte français.

Ibid., t. XXII, p. 901.

Nous avons cru pouvoir regarder comme antérieur à l'année 1137 le sermon rimé par Guichard de Beaujeu, que l'on appelait l'Homère laïque, *laicorum Homerus*, et qui adopte en effet le rhythme héroïque pour son sermon, dont le style assez ferme, mais obscur et pénible, n'a rien qui ne s'accorde avec cette date.

Ibid., t. XXIII, p. 250.

En 1200, Lambert, curé d'Ardres, dans un passage qu'on ne saurait trop citer, résume en peu de mots les principaux genres de poésie narrative, chansons de geste, poëmes d'aven-

Ap. Ludewig, Reliq. mss. omnis ævi, t. VIII, p. 473, 498.

tures, fabliaux, que des jongleurs renommés, *joculatores nomi-natissimi*, avaient fait connaître à ces provinces. Nous savons aussi de lui que le jeune Arnold de Guines aimait à entendre un vieux chevalier, qui lui récitait les poëmes sur Roland, Olivier, le roi Artus, ainsi qu'un de ses cousins, Gautier de Cluse, qui lui contait les histoires et les fables d'Angleterre sur Gormond et Isembard, Tristan et Iseult, Merlin et Merchulf. Ces noms couraient déjà le monde, et bien d'autres les répétaient, en France et hors de France, à la cour des seigneurs féodaux.

On apprenait donc notre langue? Oui, sans doute, et on ne pouvait guère l'apprendre sans livres élémentaires. Les étrangers surtout en avaient besoin.

Les moines anglo-saxons, qui ne paraissent pas nous avoir transmis de grammaire pour cette étude, ont des vocabulaires, comme celui d'Alexandre Neckam *de Utensilibus*, où le mot français, dans les interlignes, explique souvent le mot latin. L'habitude qu'ils avaient des deux langues vulgaires se révèle encore dans ces traditions familières qui, comme le récit suivant d'une chronique franciscaine, font revivre et parler les anciens temps.

Vocabularies ed. by Thom. Wright, 1857, p. 96-119.

Selon le frère Mineur Thomas d'Eccleston (1225-1250), un autre frère, prêchant contre les dettes, comparait les procureurs de l'ordre à un prêtre qui fêtait tous les ans saint Nicolas, et qui, ne sachant enfin, dans sa détresse, comment subvenir à cette dépense annuelle, imagina, quand le jour du saint fut venu, d'interroger à matines le son des cloches. La première cloche parut lui dire : *Io ke fray? io ke fray?* La seconde parut lui répondre : *A crey, a crey* (un emprunt). Puis, réfléchissant sur les moyens de s'acquitter, il crut entendre les deux cloches qui lui disaient en même temps : *Ke de un, ke de el ; Ke de un, ke de el.* Il emprunta donc des uns et des autres, et il fit la fête. Le narrateur ajoute que le sermon fut fort approuvé par le chapitre. Nous en conclurons seulement que ces moines, qui ont tous des noms saxons, avaient appris le français.

Monum. franc., p. 30.

On en vint, sur l'emploi de cette langue, même en Angleterre, à un certain raffinement, qui suppose, avec des études sérieuses, des livres pour les diriger. Le précepteur normand s'en serait difficilement passé pour enseigner à ses élèves anglo-saxons, avec les nuances délicates qu'on exigeait de lui, cette langue française qui domina dans leur île pendant plus de trois siècles. Chaucer ne fait que redire ce qu'il a vu, lorsqu'il nous montre, parmi ses pèlerins de Canterbury, la prieure Églantine, au sourire tout à fait calme et précieux, et dont le plus grand serment était par saint Éloi ; cette aimable prieure, qui chantait aux offices avec un doux nasillement, et mettait beaucoup de grâce et de justesse à parler le français qu'on enseigne à l'école de Strafford-at-bow : le français de Paris lui était inconnu. Canterbury
Tales, prolog.
v. 118.

Nous comprenons mieux ce charmant portrait depuis qu'on a publié un des plus anciens manuels qui eussent servi à l'enseignement de notre langue en pays étranger, et que nous voyons par quels soins les femmes anglaises en venaient à parler un français qui, sans être celui de Paris, ne manquait pas d'une certaine correction. Cet ouvrage est celui que nous a laissé, non pas un clerc ou un docteur, mais un gentilhomme, un chevalier, Gautier de Biblesworth, dont il reste aussi un dialogue, en six couplets de douze vers, assez semblables à ceux de Rutebeuf sur la croisade. Comme ce dialogue est ingénieux et bien écrit, il nous paraît donner quelque poids à son autorité de grammairien. Malgré les instances du pieux rimeur, le comte Henry de Lacy ne veut point partir pour la terre sainte : Reliq. antiquæ
t. I, p. 134 ;
t. II, p. 78.

> Alez, Gauter ; que Deus vus meint
> Là où son Filz murrust et meint,
> Que jeo n'i pus encore aler ;
> Car un desir si me purseint
> Que, pur estre là un cors saint,
> Jeo ne m'i voudroie trover.
> Il me covient ci demurer,
> Pur ma douce amie houourer
> Par force d'amour qui tut veint ;
> Car jeo ne purroie endurer
> De véir ses beaus oilz plorer :
> Pur assez meins demurroit meint.

Sir Henry mourut en 1312, et les généalogies anglaises placent à l'année suivante la mort d'une dame pour qui Gautier de

Biblesworth composa son traité français de grammaire, lady
Dionysia de Monchensi, du comté de Kent, fille de Guillaume
de Monchensi, baron de Swanescombe, et femme de Hugues
de Vere, second fils de Robert, cinquième comte d'Oxford. Ce
traité en vers, appelé aussi « Doctrine » dans les manuscrits,
débute par une courte préface en prose : « Le treytyz ke moun
« sire Gauter de Bibelesworth fist à ma dame Dyonisie de Moun-
« chensy, pur aprise de language, etc. » Les règles de grammaire y sont mêlées de préceptes d'éducation, qui, après avoir
pris l'homme à sa naissance, comme fait Quintilien pour l'orateur, expliquent tour à tour les noms des diverses parties du
corps, les termes d'agriculture, d'économie domestique, de
chasse, de pêche, de jardinage ; le tout en vers de huit syllabes, auxquels on peut reprocher, s'ils n'ont pas trop souffert
des copistes, un langage bien plus rude et une mesure bien
plus négligée que les six couplets du dialogue, soit qu'il faille
rapporter la « Doctrine » à un temps où l'auteur apprenait
encore en instruisant les autres, soit qu'il crût que ce genre
familier d'enseignement, qui n'est souvent qu'une simple nomenclature, s'accommodât mieux d'une versification sans étude
et sans art.

Vocabularies,
p. 142-174.

L'emploi de ce livre n'est point douteux ; car on y a souvent
pris soin de traduire entre les lignes le français par l'anglais.
L'auteur dit lui-même, avant sa description du labourage, qu'il
veut aller aux champs

Aprendre fraunceys as enfauns.

Un doctrinal de cette ancienneté, quelles que puissent être les
fautes des manuscrits, est un monument que les historiens des
deux langues devront consulter. L'usage en était commun ; on
le trouve ainsi indiqué, en 1392, parmi les livres de Nicolas
Hereford, prieur de l'abbaye bénédictine d'Evesham : *Bibles-
worthe, cum aliis tractatibus grammaticæ*. On a cité, d'après
Hickes, d'autres leçons rimées de grammaire française, qui
sont de la même mesure et qui paraissent du même siècle.

Monasticon
anglican., t. II,
p. 7.
Hist. litt.
de la Fr.,
t. XVII, p. 634.

En France, aucun ouvrage semblable ne nous est resté pour
ce temps. Il ne s'agissait pas ici d'une langue étrangère à ap-

prendre, mais d'une langue définitivement française à dégager
des nombreux dialectes formés aussi du latin. Cette pensée
d'épuration, qui ne vint pas aussi tard qu'on l'a supposé, s'in-
troduit dès le XIIe siècle. Guernes, le trouvère picard, celui   Ibid., t. XXIII,
qui récitait son poëme, en 1173, au tombeau de saint Thomas   p. 370.
de Canterbury, est tout fier de son bon français :

> Mes languages est buens, car en France fui nez.

C'est alors aussi que l'auteur de fort jolies chansons, Quenes
de Béthune, est obligé de s'excuser, à la cour de France, d'a-
voir employé des mots de la province, parce qu'il est d'Artois,
et non de Pontoise. Une centaine d'années après, des roman-
ciers, qui reproduisent les usages dont ils sont témoins, disent
qu'on faisait venir en pays étranger des maîtres de France :
Berte « aus grans piés, » plus heureuse que la prieure Églantine, parlait le français de Paris.

    Ces maîtres appelés au loin devaient emporter avec eux quel-
ques traités ou « doctrines, » qui, rédigés en langue vulgaire
par des laïques, se perdaient bien plus facilement que les ouvrages du clergé. La grammaire, en dehors des écoles, avait
acquis un certain renom populaire ; car elle n'échappa point à
cette fureur d'allégorie qui moralisa le monde entier. Il y eut
un Donat moralisé, un Donat de la vie spirituelle. Dom Barbarisme, « l'homme lige de Grammaire, » est personnifié dans la
Bataille des Sept arts, comme, plus tard, le verbe, le substantif et toutes les parties du discours, dans une plaisanterie autrefois célèbre, *Bellum grammaticale*. Des facéties en latin ne   Anc. théâtre
faisaient rire que les savants ; mais les exploits de dom Barba-   fr., t. II, p. 338
risme, les allusions grotesques des farces faites pour le peuple,   et suiv.
s'adressaient à des gens qui avaient entendu parler de grammaire en français.

    S'il y avait eu jadis en France des grammaires françaises,
il paraît que, même avant l'année 1400, il n'y en avait plus.
A la tête d'un psautier en langue vulgaire, le traducteur déplore ainsi les progrès d'une ignorance dont il est la meilleure
preuve : « Et pour ceu que nulz ne tient en son parleir ne rigle
« certenne, mesure ne raison, est langue romance si corrom-

«pue qu'à poinne li uns entent l'aultre, et à poinne puet on
« trouveir à jour d'ieu persone qui saiche escrire, anteir (can-
« teir) ne prononcieir en une meisme semblant menieire, mais
« escript, ante et prononce li uns en une guise, et li aultre en
« une aultre. » Les moins habiles s'apercevaient donc que la
langue était profondément dégradée; dans les provinces surtout, les calamités publiques avaient fait disparaître les grammairiens, et même, comme on l'a vu, les maîtres d'école.

Ce découragement et l'indifférence qui s'ensuivit ne furent
peut-être pas contraires à la recomposition du langage : les principaux dialectes, le picard, le normand, le champenois, le
bourguignon, prennent insensiblement des formes plus vagues,
plus indécises; ils perdent leur caractère, et par cela même ils
tendent à l'unité.

Mais, d'une autre part, combien d'obstacles ! Et d'abord
les clercs, les lettrés, ceux qui profitaient le plus des difficultés et des entraves que faisait naître l'emploi de la langue latine, jusque-là souveraine, se gardent bien de travailler à la
prépondérance d'une autre langue, de la langue vassale. Une
des causes de sa lenteur à se perfectionner, c'est l'obstination
des docteurs à parler latin. Dans les assemblées royales où l'on
délibéra, en 1398, sur la soustraction d'obédience, parmi les
théologiens qui, selon l'usage, renoncent au latin devant les
princes, un savant orateur, Pierre Plaoul, voulant se servir
aussi du français, avoue qu'il va le parler très-mal. Beaucoup
d'autres le parlaient aussi mal que lui, sans l'avouer.

Cette tyrannie de la langue ecclésiastique, en France et ailleurs, nous explique pourquoi don Juan Manuel, dans une lettre
adressée vers l'an 1340 à son oncle l'archevêque de Tolède,
craignant pour ses écrits les variations de la langue vulgaire,
le prie de les faire mettre en latin.

Les gouvernants eux-mêmes, qui auraient dû favoriser dès
l'origine cette grande innovation d'une langue nationale et toute
laïque, l'encourageaient peu; car ce n'est qu'en 1345 que l'on
s'avise qu'une ordonnance royale sur les tanneurs, les cor-
royeurs, les baudroyers et les cordonniers de Paris, pourrait
bien être inintelligible pour eux si elle restait latine, et Philippe de Valois permet enfin qu'en leur faveur on déroge au

Hist. univ.
par., t. IV,
p. 837.

Tr. fr. du Comte
Lucanor,
par Ad.
de Puibusque,
p. 93.

Ordonn.
des rois de Fr.,
t. XII, p. 75.

style de la cour : *non in latino, licet stylus curiæ nostræ hoc requirat.*

Cependant la force des choses finit par l'emporter ; il fallut bien qu'on prît le parti chez nous, comme en Angleterre, d'apprendre le français. L'archevêque Eudes Rigaud fait traduire du latin en français à des candidats du clergé ; et si les réponses de ces candidats prouvent qu'ils ne savaient guère plus de l'un que de l'autre, ce n'est pas une raison pour croire qu'ils n'eussent pas appris l'un comme l'autre dans quelque traité, dans quelque recueil ressemblant plus ou moins à une grammaire. Les ordres religieux qui faisaient prêcher à leurs moines, tous les quinze jours, un sermon français, ne voulaient sans doute pas qu'ils fussent des prédicateurs ridicules. Hist. litt.
de la Fr.,
t. XXI, p. 625.

Guillaume l'ermite, né en Brabant et fondateur d'un petit couvent près de Marimont, vient en France, vers l'an 1300, « persuadé que s'il savait parler français, il se mêlerait avec « plus d'avantage aux affaires séculières. » Bolland. Acta
sanctorum, t. II
de février,
p. 494.

Gilles de Rome veut que l'on accoutume l'enfant à parler de très-bonne heure la langue vulgaire correctement et clairement, *debite et distincte ;* ce que l'enfant, ajoute-t-il, ne ferait qu'avec difficulté s'il n'y avait été formé dès ses premiers ans. Il cite en exemple ceux qui, dans un âge mûr, vont visiter des contrées lointaines, dont ils ne peuvent, même après un long séjour, parler si bien la langue, *recte loqui,* que les gens du pays ne reconnaissent toujours l'homme qui n'est pas né chez eux. Ces expressions, *debite, recte loqui,* ne nous semblent pas se rapporter uniquement à la prononciation, mais à une langue que l'on sait, et que l'on sait pour l'avoir apprise. Dè Reg. pr.,
l. II, part. 2,
c. 7.

Quoique l'orthographe, sous le nom d' « otografie, » soit proclamée dans la bataille des Sept arts, « le fondement de la « clergie, » le mot fut longtemps de peu d'usage ; mais on n'en avait pas moins l'idée et l'intention d'écrire correctement, ce que Brunetto Latini appelle « escrire à droit. » Après avoir reculé devant le mot grec, adopté par Quintilien et Suétone, mais non par les grammairiens latins qui nous restent, il s'enhardit, et il ajoute d'après eux : « sans vice de bar- « barisme et de solecisme. » Timide copiste des anciens, il leur a pris, pour son « Tresor, » leur rhétorique et leur dialectique; Tresor, liv. I,
part. 1, c. 4,
p. 9.

s'il n'a point fait de même pour la grammaire, c'est qu'il n'a point voulu, comme les grammairiens provençaux, appliquer servilement à une langue moderne des règles qui ne convenaient plus. Mais pour lui, comme pour ceux qui ne perdaient pas encore de vue la langue latine, il devait y avoir une orthographe et une grammaire. Longtemps encore après lui, « grammaire » et « latin » eurent le même sens.

Catal. mss. Oxon., S. Mar. Magdalen., n. 188, p. 86. — Génin, Introd. à la Gr. de Palsgrave, p. 29-34.

Un ouvrage que l'on croit antérieur à l'an 1307, et dont l'auteur paraît être un certain Colyngburne, atteste combien devaient être pénibles et stériles tous ces efforts pour enseigner le français en latin ou selon les règles latines. Le premier titre ferait attendre une grammaire complète, *Institutiones lingue gallicane;* mais le second est le seul exact : *Ortographia gallica et congrua in litteris gallicis dictata, secundum usum modernorum.* Il y a quatre-vingt-dix-huit règles, qui ne pouvaient être fort utiles aux étudiants et aux copistes. On en jugera par la première : *Dictio gallica dictata, habens primam syllabam vel mediam in* e *stricto ore pronunciatam, requirit hanc litteram* i *ante* e, *verbi gratia :* bien, chien, rien, piere, miere, *et similia.* Joignez à cette obscurité l'accent anglais, qui doit nous tenir en défiance, parce qu'il mêle à tout moment le vrai et le faux. Règle 21 : *Item, quandocumque hec littera* s *scribitur post vocalem, si* m *immediate subsequitur,* s *non debet sonare, ut* mandasmes, fismes, duresmes. — Règle 23 : *Item, quandocumque hec littera* l *ponitur post* a, e *et* o, *si aliquod consonans post* l *sequitur,* l *quasi* u *debet pronunciari, v. g.,* m'alme, loialment, bel compaigneoun. La règle 36 n'exige cependant pas qu'on écrive « quaunt, graunt, sachaunt; » mais elle veut qu'on prononce ainsi.

Les plus anciennes grammaires françaises durent être, comme les deux provençales, calquées sur Donat et Priscien. Elles périrent quand notre langue fut moins asservie au latin; mais il nous en est resté les mots de « nominatif, cas, régime,» d'autres encore, appliqués primitivement au français.

L'étude de ces divers manuels, même des plus humbles, de ceux où l'on apprenait à lire, serait fort instructive aujourd'hui. Nous y verrions comment se modifia, selon les provinces, la manière de prononcer et d'écrire les mots latins qui devenaient

les mots d'une langue nouvelle ; quels changements éprouva
cette langue elle-même à peu près tous les cinquante ans, et
peut-être plus souvent dans l'origine ; en quel temps nos diphthongues, « ue, oi, » tout en continuant de s'écrire avec les
deux syllabes du latin, comme dans « jouene, glorie, » ne firent qu'une syllabe ; par quels degrés s'affaiblit et s'effaça la
syntaxe latine, favorable, tant qu'elle fut respectée, à la clarté
du style, à la liberté des inversions, et dont les altérations successives formèrent avec le temps une langue d'abord moins
régulière, moins soumise à des lois faites pour d'autres, mais
appelée ensuite, quand elle fut libre, à de brillantes destinées.

En l'absence de documents sur l'ancienne prononciation française, nous nous bornons à conjecturer qu'elle devait être, pour
les consonnes surtout, plus douce et plus coulante que la nôtre :
c'est ce que des leçons écrites, s'il en restait dont la provenance
et la date eussent quelque certitude, nous apprendraient mieux
que de simples inductions.

On serait curieux de savoir la pensée des plus anciens maîtres de la nouvelle langue sur la distinction, presque universelle aujourd'hui, entre la forme respectueuse du pluriel en
parlant à une seule personne, et la familiarité du tutoiement.
Ce moderne solécisme, introduit, disait-on, pour faire honneur
à César, avait sa source, comme beaucoup d'autres, dans la
corruption du latin. L'adulation des temps de servitude avait
fait dire *vos* en s'adressant aux princes, et le *tu* fut réservé aux
princes parlant à des sujets. L'usage est dès lors établi. Les
rois écrivent aux papes, en latin, *Vos, Vestra Sanctitas ;* en
français, « Vous, Vostre Sainteté. » Les papes disent et écrivent à tout le monde, sans excepter les rois ni les empereurs,
« tu » et « toi ; » prérogative souveraine, qui ne paraît conservée qu'en Espagne. Grégoire XI, dans la lettre française où il
refuse à Charles V, pour l'évêque de Paris, le titre de métropo-
litain : « Très chier fils en Dieu, comme, par ton chevaucheur
« porteur de cestes, tu nous eusses moult affectueusement es-
« crit que l'eglise de Paris voulsissions exempter de l'arche-
« vesque de Sens, etc. » Dans une autre lettre, en refusant au
même prince, pour Philippe d'Alençon, le patriarcat d'Aquilée :
« Très chier fils en Dieu, receues nagueres tes lettres de ta

Las Leys
d'amors, t. II,
p. 88.

Fr. Du Chesne,
Card. fr., t. II,
p. 436. —
Lebeuf, Dissert.,
t. III, p. 465.

Baluze, Pap.
avenion., t. II,
col. 810, 876.

« main, etc. » Clément VII n'écrit pas autrement au comte
d'Armagnac : « Chier fils, nous avons nagueres receu tes let-
« tres, etc. » Les papes usent aussi de ce protocole dans leurs
lettres italiennes. Ils y tenaient au point que les brefs qui n'a-
vaient pas le tutoiement étaient suspects de fausseté.

Si nous trouvions, pour la seconde moitié du siècle, quelques rudiments de lecture ou de grammaire, nous y verrions
peut-être commencer une autre irrégularité qui nous est restée,
celle qui consiste à réunir violemment un pronom possessif
masculin à un substantif féminin, « mon ame, mon espée, » au
lieu de « m'ame, m'espée. » Cette exigence tyrannique de l'o-
reille avait été depuis longtemps prévue ; car, pour qu'on ne
s'écarte pas de la distinction des genres, difficile à observer
surtout en Angleterre, Gautier de Biblesworth qui, avant l'année 1313, enseigne à ses compatriotes, comme il dit dans sa
préface, « le ordre en parler e respoundre ke chacun gentys-
« homme covent saver, » et qui veut leur apprendre dès l'enfance « kaunt dewunt dire moun et ma, soun et sa, le et la,
« moy et jo, » essaye de tenir parole dans les mauvais vers
qui suivent :

> Quant le enfes a tel aage
> Ke il scet entendre langage,
> Prime en fraunceys ly devez dire
> Coment soun cors deyt descrivre.
> Pur l'ordre aver de moun et ma,
> Toun et ta, soun et sa,
> K'en parole seyt meut apris,
> E de nul autre escharnis.
> Ma teste ou moun cheef,
> La greve de moun cheef;
> Fetes la greve au lever,
> Et mangez la grive au diner...
> Vus devet dire moun hanapel,
> Moun frount, e moun cervel...

On lit dans un autre manuscrit « ma cervele, » contre la rime
et contre l'exactitude; car on disait très-bien « mon cervel. »
Mais il faut reconnaître que, pour le genre des mots français,
les grammairiens anglais devaient être souvent embarrassés ;

les nôtres, qui à l'autorité des textes pouvaient joindre celle de l'usage, auraient été de meilleurs guides.

Nous voyons encore le poëte Marot rimer de ces leçons grammaticales ; mais les grammaires françaises durent être d'abord assez rares. Les premières, traduites sans doute du latin, furent encore de quelque usage, tant que notre langue conserva les deux cas qu'elle avait pris à la déclinaison latine; mais combien de nuances diverses dans l'emploi de ces deux cas et des autres latinismes n'avaient de règle que l'oreille et le sentiment de chacun ! Les formes latines s'oblitérant, il y eut à traverser un temps de désordre ; et quand une langue qui est à peu près la nôtre sortit de ce chaos, elle ne fut certainement pas secondée dans son essor par les grammairiens. Depuis qu'elle a une grande littérature, ces petits législateurs, devenus ou métaphysiciens obscurs ou compilateurs diffus, sont encore moins consultés. Comme notre langue a toujours été difficile à apprendre avec eux, on les respectait déjà fort peu dans l'origine, et, au bout de quelques années, on ne les transcrivait plus.

Éd. de 1731, t. III, p. 57.

S'ils nous avaient du moins, pour chaque âge de la langue, laissé de bons glossaires, il serait intéressant d'y étudier comment, lorsqu'elle s'écartait de son exactitude latine, lorsqu'elle renonçait aux comparatifs *bellezor, graignor, ancienor*, aux superlatifs *pesme, altisme, saintisme*, elle enrichissait en même temps son dictionnaire d'un grand nombre d'acquisitions nouvelles. C'est ainsi que le latin théologique, employé désormais non plus seulement aux questions de l'école, mais aux discussions politiques, apporte un ample fonds de mots et de locutions à la langue vulgaire. Les nombreuses versions de la Bible en font circuler d'inconnus jusqu'alors dans les rangs du peuple. Un traducteur lorrain des psaumes reconnaît, en 1365, qu'il faut que « per diseite des mos francois, disse lou romans « selonc lou latin, » pour *iniquitas,* iniquiteit ; pour *redemptio,* redemption ; pour *misericordia,* miséricorde. Bientôt s'ouvre à l'idiome moderne une source abondante dans les traductions d'auteurs anciens. Pierre Bercheure, le traducteur de Tite-Live, s'excuse de donner à sa langue les mots de « cohorte, « colonie, magistrat, tribun du peuple, fastes, faction, trans-

« fuge, sénat, triomphe, auspices, augure, inauguration. »
Oresme, qui traduit Aristote sur le latin, mais qui nous enseigne en français la langue de la philosophie, surtout de la philosophie politique, paraît avoir hasardé le premier : « Monar-
« chie, tyrannie, démocratie, aristocratie, oligarchie, despote,
« démagogue, sédition, insurrection. »

Ce n'était point là un vain luxe, car il y avait des idées
sous ces mots. De tels efforts étaient bien préférables à l'obstination pédantesque de Philippe de Vitri, qui, au moment où
le vieux français se dégage de la phrase latine, porte jusqu'à
la puérilité la manie du latin, et décline ainsi les noms dans
son Ovide moralisé :

> . . . Juno, la femme Jovis,
> Si commença Jovem enquerre.

Les termes de vénerie, de fauconnerie, de ces nobles « dé-
« duits » protégés par les Valois, font naître comme une langue à part, concise, originale, dont notre dictionnaire est
encore rempli. L'art monétaire,. qui ne fut pas toujours très-
honnêtement pratiqué, fournit aussi nombre de mots adoptés
par l'usage.

Une autre invasion fut celle du langage judiciaire, popularisé
par le bon style français de quelques ordonnances royales, par
la plaidoirie dans le parlement, par la discussion dans les États
généraux. Remaniée par les clercs de droit, la langue, en bien
ou en mal, change à tel point que les Anglais ne la comprennent
plus, et avouent « que le francois qu'ils avoient appris
« chez eux d'enfance n'estoit pas de telle nature et condition
« que cil de France estoit. »

De là, vers la fin du siècle, une certaine anarchie grammaticale ; d'anciennes habitudes de langage disparaissent, et l'on
ne sait pas encore y suppléer par la netteté des constructions,
par les ressources de l'article, par d'autres combinaisons réservées à de meilleurs temps ; les actes publics, lorsqu'on y
emploie la langue vulgaire, deviennent très-incorrects ; les
copistes des ouvrages où elle avait été le mieux écrite l'entendent mal et la défigurent. Mais cette confusion qui, si elle avait

Froissart,
l. IV, c. 35.

duré, aurait ramené la barbarie, n'avait pas toujours régné, et les exemples ridicules qu'il est aisé d'en recueillir ne feront pas que pendant près de deux siècles n'eût dominé une ancienne langue française, imparfaite encore, mais qui n'était pas du tout désordonnée. L'ordre même, comme on l'a vu par les termes dont se sert ce grammairien anglais qui veut enseigner notre langue, l'ordre en était dès lors le caractère distinctif, qu'elle n'a jamais entièrement perdu.

Sans doute, si nous avions du même temps des grammairiens français plus habiles que Gautier de Biblesworth, nous serions bien autrement fondés, en nous appuyant de leurs préceptes, à réclamer aujourd'hui pour la critique le droit de corriger les fautes des copistes français, comme on a corrigé celles des copistes grecs et latins. Nous aurions moins de peine, avec de tels témoins de la tradition, à convaincre quelques esprits timides que ces corrections peuvent être aussi sûres que les changements proposés et adoptés, d'éditeurs en éditeurs depuis quatre siècles, pour des passages altérés des auteurs classiques; souvent même elles paraîtraient moins téméraires que les libertés qu'il a bien fallu se permettre sur telle ligne désespérée d'Eschyle ou de Plaute, d'Aristote ou de Pline l'ancien. L'Allemagne est certainement de notre avis, elle qui aime ce genre de conjectures jusqu'à en abuser quelquefois, et qui publie, avec une attention respectueuse, des éditions critiques de nos trouvères. Félicitons-nous de ses essais dans un labeur qui demande du savoir, du discernement, et qui sera toujours plus difficile pour les étrangers que pour nous.

L'éditeur d'anciennes chansons françaises n'avait pas compris, quoique Allemand, cette expression tudesque de Richard de Fournival sur l'aveuglement d'un cœur qui s'enfonce dans la passion « duqel heut, » ou, avec une lettre de plus, « dusq'el « heut, » jusqu'à la garde. Le même savant aurait bien voulu rectifier le second vers d'un couplet d'Adam de la Halle, qu'il était en effet impossible d'expliquer :

Mätzner, Altfranzösische Lieder, p. 23, 24. — Littré, Journ. des sav., juin 1857, p. 395, 396.

> N'est pas petis li maus qui me destraint ;
> Mon taint viaire entrai à ces mongnage.
> Par vos cuer l'ai, dame, quant il ne fraint
> Vers moi, qui riens ne demant par hausage.

Mais il a complétement échoué, pour n'avoir pas songé à ce
simple changement :

> Mon taint viaire en trai à tesmongnage.

Le sens alors ne laisse aucun doute : « N'est pas petit le mal
« qui m'étreint ; mon visage blêmi j'en appelle à témoignage.
« C'est la faute, madame, de votre cœur inflexible pour moi,
« qui ne demande rien avec présomption. »

Si de telles restitutions étaient surtout dirigées par l'autorité des plus purs de nos anciens écrivains et celle des meilleurs manuscrits, elles finiraient par rendre moins regrettables
les grammairiens qui nous manquent. Comme le texte des copistes est toujours là, comme on n'y touche point, et qu'il peut
lui-même faire place à d'autres leçons encore inconnues, il y a
plus d'avantage que d'inconvénient à s'exercer dans un genre
d'étude qui ne cesse de rendre aux littératures anciennes d'in-
contestables services. Nos auteurs ne seront jamais appréciés
ce qu'ils valent, s'ils restent inintelligibles. Il faut pouvoir les
lire aisément pour avoir le droit de les juger.

**2.
RHÉTORIQUE.**

La Rhétorique, telle qu'on l'entendait alors, signifiait l'art
de bien'dire dans tous les genres, soit en prose, soit en vers :
on était ainsi revenu, pour ce grand exercice de l'esprit, aux
idées et aux définitions de l'antiquité. Cicéron, moins exclusif
qu'Aristote, recule presque indéfiniment les limites de son
art. Brunetto Latini, en refusant de croire « que fables ou an-
« ciennes estoires soient matiere de rhetorique, » ne songe
qu'aux manuels des écoles élémentaires, et il oublie les trois
dialogues sur l'Orateur, qui, pour tous les genres, pour les
plus simples comme pour les plus élevés, revendiquent la perfection du style. Telle était aussi la pensée des docteurs des
Sept arts.

Tresor, liv. III,
part. 1, c. 2,
p. 470.

Dans leurs chaires publiques, où dominait la dialectique
seule, surtout depuis le statut de Robert de Courson, en 1215,
ils ne s'occupaient pas plus de rhétorique que de grammaire ;
mais qu'on lise leurs ouvrages : on verra que dans l'art de bien

dire ils ne comprennent pas seulement le discours oratoire, mais le récit historique, les lettres, les traités didactiques, la traduction, et la poésie enfin avec toutes ses variétés.

Il ne reste d'eux qu'un petit nombre de leçons sur cet art. Les dominicains essayaient de le pratiquer plus qu'ils ne l'enseignaient. On peut rappeler cependant que le grand lexique de leur confrère Jean de Gênes, le *Catholicon*, qui continua d'être populaire pendant tout ce siècle et au delà, comprend, à la suite d'un traité de grammaire, une longue énumération des figures de rhétorique, expliquées d'après les rhéteurs anciens.

Les franciscains avaient conservé de leur fécond prédicateur Bertrand de la Tour, surnommé le docteur fameux, et mort cardinal en 1334, quelques conseils sur la division et l'amplification. Un homme bien plus célèbre et qui appartenait à leur tiers ordre, Raymond Lull, fit, comme on sait, à l'art de la parole une application de son Art universel, et il se trouve dans l'immense recueil de ses œuvres une Rhétorique avec cette suscription : *Deus, cum tua ope et gratia, incipit Ars rhetorica, quæ Alchimia verborum nuncupatur.* L'ouvrage débute ainsi : *Ex tenebris lux ipsa emergit... Qui rationem dicendi discere volunt, opus habent ut eam silentio adipiscantur. Hinc silentium Pythagoræ.* On serait tenté de dire, en lisant ce titre, ainsi que tout le traité surchargé de subdivisions et de tables peu claires, ce que les anciens disaient de la Rhétorique de Chrysippe, « excellente à lire, pour apprendre à se taire. »

Celle d'Aristote était le moins commenté de ses ouvrages : il le fut par un docteur de Paris, Jean de Jandun.

Biblioth. de Bruxelles, mss., n. 868, art. 5.

En français nous avons, au troisième livre du « Tresor » de Brunetto Latini, soixante-six chapitres où l'auteur abrége sèchement les rhéteurs anciens, mais ne les rend point méconnaissables, comme le fit en provençal Guillaume Molinier, qui, d'après eux, dans la quatrième partie des *Leys d'amors*, traite de l'élocution et surtout des figures. Le goût du temps pour l'allégorie marque ici ses progrès : Brunetto y avait résisté ; Molinier, qui suit les mêmes maîtres, revêt leurs préceptes d'innombrables personnifications, que Martianus Capella lui-même n'avait pas imaginées. Trois rois, Barbarisme, Solécisme et Allébole, font la guerre à trois reines, Diction, Oraison et Sentence; ils ont en commun dix flèches, acyrologie, cacephaton, pléonasme, périssologie, macrologie, tautologie, ellipse, tapinosis, cacosyntheton, amphibolie. Que serait-ce si nous voulions procéder au recensement de toute la famille, des treize filles d'Allébole, des quatorze de Barbarisme, des vingt-deux de Solécisme, et nous inquiéter de la longue série de leurs petits-enfants? On ne pouvait faire un plus triste emploi de la science encore inexpérimentée, mais déjà excessive, puisée aux dernières leçons des anciennes écoles.

Dans ces fantaisies pédantesques, approuvées par le « gai « savoir » de Toulouse en 1356, dame Rhétorique intervient elle-même, pour distribuer ses plus belles fleurs aux nombreux personnages de sa cour. Un siècle après, dans un ouvrage fort insipide, mêlé de latin et de français, de prose et de vers, auquel prit part le chroniqueur Chastelain, paraissent, avec les noms suivants, les douze « compaignes de dame Rhetorique : « Science, eloquence, profondité, gravité de sens, multiforme « ricesse, flourie memoire, noble nature, clere invention, pre-« cieuse possession, deduction loable, glorieuse achevissance, « vielle acquisition. » L'allégorie a peu marché ; on entrevoit même qu'elle est bien près de périr, car elle devient inintelligible.

Les xii dames de Rhét., Moulins, 1838, in-fol.

On possédait presque tous les rhéteurs latins. Il y avait deux siècles que Bernard de Chartres avait professé les belles-lettres sur le plan des Institutions de Quintilien. La Rhétorique d'Aristote était traduite, et on lisait les dialogues de Cicéron. La liste des figures se trouvait dans Priscien, Donat, Isidore de Séville. Mais les observations des anciens maîtres étaient trop au-dessus de la portée du plus grand nombre, ou trop amalgamées avec les ornements à la mode, pour qu'on sût en profiter.

ÉLOQUENCE LATINE.

Si de l'art nous passons aux artistes, voici d'abord la foule de ceux qui persistaient à être orateurs en latin. Leur parole, étouffée longtemps par l'argumentation, éclate à la·fin plus vive et plus écoutée. La querelle des deux pouvoirs, le grand schisme, leur ouvrent une carrière nouvelle. Aux orateurs de

la cour romaine les nôtres répondent avec énergie. Nicolas Clamanges retrouve quelquefois l'ancienne période latine, sans
échapper à la rhétorique d'imitation. Dans les discours que fait
naître la protestation de Wiclef, on croit entendre, mais rarement encore, l'homme au lieu du théologien.

Avec ce siècle commencent quelques souvenirs de l'éloquence
française.

ÉLOQUENCE
FRANÇAISE.

Les éloges, les panégyriques sont de tous les temps, et la
religion elle-même en a consacré l'usage ; mais peut-être ne
trouverait-on pas de solennité pieuse où la gloire d'un personnage illustre ait été l'unique sujet d'un discours prononcé
en français, avant que le jeune roi Charles VI eût fait décerner
à la mémoire de Bertrand du Guesclin, dans la basilique de
l'abbaye de Saint-Denis, l'hommage d'une oraison funèbre.
On ne nous dit pas que l'orateur, l'évêque d'Auxerre Ferric
Cassinel, se fût servi de la langue vulgaire ; mais l'université
elle-même ne parlait point latin devant la cour, et si l'éloge
du bon connétable n'avait été qu'à moitié compris, on aurait
moins pleuré :

Relig.
de S.-Den.,
liv. x, c. 3. —
Thes. anecd.,
t. III, col. 1501-
1504.

> Les princes fondoient en larmes
> Des mots que l'evesque monstroit.
> Quar il disoit : « Plorez, gens d'armes,
> « Bertrant, qui trestant vos amoit.
> « On doit regreter les fez d'armes
> « Qu'il fist au temps que il vivoit.
> « Dieux ait pitié sur toutes ames
> « De la sienne, quar bonne estoit. »

Les annales de notre barreau, à la faveur de l'installation
régulière du parlement de Paris, vont à leur tour recueillir des
noms qui ne se sont pas tout à fait éclipsés avec la renommée
éphémère de l'avocat, et que l'histoire du moins n'a pas oubliés :
Jean Faure et Guillaume de Breul, dont les ouvrages de jurisprudence furent le fruit d'une longue pratique ; Yves de Kaermartin, le seul avocat, dit-on, inscrit au catalogue des saints ;
et deux hommes que leur courage civil recommande à la mémoire de tous, Renault d'Aci, Jean des Marès, qu'une ambition

Voy. plus haut,
p. 237, 238.

généreuse entraîna dans les tempêtes de la vie publique, et qui, comme les deux grands orateurs anciens, périrent victimes de la part d'autorité qu'ils devaient à la puissance de leur parole.

De là, pour notre langue, un autre essai de l'art de bien dire, l'éloquence qu'on a depuis nommée l'éloquence politique. Du milieu de cette foule qui voudrait être mieux gouvernée, s'élèvent des voix populaires, les Artevelt, les Marcel ; et déjà les princes eux-mêmes s'étaient aperçus combien il leur importait de savoir parler.

Mais l'éloquence, tout impatiente qu'elle est de secouer les entraves du latin, n'est pas libre encore, et elle sera longtemps, qu'elle plaide ou qu'elle délibère, enveloppée dans les plis de la prédication ecclésiastique. Tout discours est presque un sermon. Parler, c'est prêcher ; l'art de la prédication est tout l'art de la parole : *Ars prædicandi est scientia docens de aliquo aliquid dicere ; subjectum artis illius est verbum Dei.* Les monuments oratoires du temps sont d'accord avec cette définition.

Henri de Hesse, de Arte præd., fol. 1.

La longue persistance des rites et du langage de la religion dans l'éloquence séculière n'est pas un fait qui nous soit propre. Il en est ainsi, aux différents âges du monde, toutes les fois que le pouvoir civil est ou paraît être au second rang. L'orateur grec débute par une prière aux dieux et aux déesses. Le tribun du peuple Tibérius Gracchus est frappé, *quum deos inciperet precari,* c'est-à-dire lorsqu'il commençait à parler au peuple ; et le sénat avait des formules pour placer tous ses actes, toutes ses paroles, sous l'invocation de la puissance divine. Chez nous, dans nos âges religieux, nous retrouvons à tout moment ces pratiques. La « croix de par Dieu, » que les évêques inscrivent aujourd'hui encore avant leur nom, est mise en tête des lettres, des chartes, des alphabets. On inaugure les voyages, les combats, les jeux mêmes, par le signe de la croix. Le charpentier, à son premier coup de hache, ne manque pas de dire : « Or i soit Deus ! » Le barbier, en prenant son rasoir, fait le même vœu : « Or i ait Deus part ! »

Rhet. ad Her., IV, 55.

Hist. litt. de la Fr., XXI, p. 165.

Ces pieuses habitudes, avec le temps, n'échappèrent point à la parodie. Les récits les moins dévots des trouvères commen-

çaient souvent par une prière à Dieu ou à ses saints, comme les
représentations des Mystères et des Moralités, par un sermon.
La prière est conservée dans plusieurs des imitations héroï-
comiques .de l'Italie ; mais cette prière, qui ouvre des chants
remplis de scènes licencieuses et quelquefois impies, n'est
qu'une profanation de plus.

Les mœurs étaient plus graves et la foi moins douteuse,
quand nous voyons paraître en France un nouvel art oratoire
qui se met à parler français. Les discours funèbres débutaient
naturellement, comme les sermons, par un texte sacré. Des
plaidoyers se prêtaient moins à la méthode des prédicateurs,
Il fallut cependant obéir à l'usage. Dans le procès d'Enguerrant
de Marigni, l'accusateur, qui veut lui reprocher dès l'abord
ses entreprises sur la prérogative royale, choisit pour texte ce
verset : *Non nobis, Domine, non nobis, sed nomini tuo da
gloriam.* Et dans l'important débat soulevé, en 1329, sur les
limites des deux pouvoirs, si l'archevêque de Sens, un des
orateurs du clergé, se hâta de frapper l'esprit de ses auditeurs
en leur montrant, au-dessus du respect qu'ils avaient pour le
roi, la crainte qu'ils devaient avoir de Dieu, *Deum timete, re-
gem honorificate,* maître Pierre de Cugnières eut, pour lui
répondre, un texte qui s'appliquait encore mieux à cette discussion : *Reddite Cæsari quæ sunt Cæsaris, et quæ sunt Dei,
Deo.*

Un des premiers conseils que l'on donnait à l'avocat, comme Biblioth.
de Bruxelles,
mss., n. 14777.
à tout le monde, c'était de diviser : *Materiam causarum
tuarum divide per membra, ut melius commendes memoriæ.*
S'il est demandeur, qu'il se prémunisse contre les efforts de
l'avocat de la partie adverse pour faire prendre le change sur
le fond, et qu'il ne lui réponde qu'après que lui-même aura
répondu ; s'il est défendeur, qu'il cherche à obtenir l'ajournement par tous les moyens possibles, qu'il oppose au demandeur incident sur incident. Point d'injures contre les officiers
du roi, et ménagements même pour l'adversaire, à moins que
la cause n'en ordonne autrement ; car s'il est permis d'employer
ruse contre ruse, il faut bien, quand on est insulté, répliquer
haut et ferme, quoique sans colère, la colère étant plus nuisible
qu'utile. Mais ces recommandations, dont quelques-unes vien-

nent des anciens, sont dominées par celle-ci, qui est la première de toutes : *Præferas solventes non solventibus.*

Les avocats, du moins les plus en vogue, arrivaient dès lors
à une grande fortune. Rien ne leur manquait, ni somptueuses
maisons, ni beaux jardins, ni chevaux d'élite, ni vêtements et
lits parfumés, ni place d'honneur à Notre-Dame et au palais,
ni même un chapelain. Tels s'offrent à nous Jean des Marès,
Jean d'Aci, Simon de la Fontaine, dans les poésies d'Eustache
des Champs, moins riche qu'eux, et dont la franchise nous fait
assez entendre que parmi les qualités qui leur valaient ce
grand état, il ne fallait pas toujours compter le désintéressement :

> Vous estes come sains en terre :
> Chascun va vostre sens requerre
> Et vostre aïde demander
> Pour l'argent ; car qui truander
> La voudroit, bien sauriez respondre :
> « Amis, fay ta geline pondre,
> « Et apporte assez c'est de quoy ;
> « Car en ton faict goute ne voy. »

L'éloquence politique, suivant de près l'éloquence judiciaire
née des parlements, va se faire entendre à son tour. On s'y
préparait déjà dans les chapitres généraux des grandes communautés religieuses, où s'agitaient des intérêts liés étroite-
ment avec ceux du saint-siége, et souvent avec ceux des couronnes. Les discours même des orateurs des écoles acquièrent
de l'influence sur l'esprit public. A Paris, les assemblées pré-
sidées par le recteur ont de l'importance dans la question du
schisme ; on y harangue en latin, mais avec plus d'ampleur
que n'en permettait la scolastique, avec une certaine dignité
qui n'est pas tout à fait d'emprunt, et quelques heureuses
inspirations qui, à travers le voile qu'une langue ancienne répand toujours sur des idées modernes, laissent reparaître les
passions oratoires du forum et du sénat.

Nicolas Clamanges anime quelquefois sa froide rhétorique
par de hardies réminiscences. Lorsqu'il demande, en 1394,
aux deux papes rivaux (car ils n'étaient encore que deux) un

concile général où seront convoqués, non plus seulement les
prélats, mais un égal nombre de docteurs et les délégués du
clergé, après avoir accusé ceux qui, depuis seize ans, plutôt
que de travailler à la paix des consciences, vendent aux sujets
les plus indignes les plus hauts siéges du monde chrétien :
« Quand même, s'écrie-t-il, les honneurs ainsi flétris se tai- Luc. Evang.,
xix, 40. —
Cic. in Verr.,
act. ii, l. v,
c. 67.
« raient, les pierres crieraient contre vous... »

Ces libres mouvements de l'âme, qui s'affranchit peu à peu
des chaînes de l'argumentation, ouvraient la voie à l'éloquence
moderne; mais c'était à condition qu'elle s'exprimerait en fran-
çais, comme fit Jean Gerson devant le parlement de Paris, Oper. t. IV,
col. 571-582.
contre ce gentilhomme, Charles de Savoisi, dont les gens avaient
maltraité la procession de Sainte-Catherine du Val-des-Écoliers. Ce n'est pas que Gerson, en latin ou en français, doive
être cité comme un modèle d'éloquence, et il a bien tort, après
le meilleur texte qu'il pût choisir, *Estote misericordes*, de se
perdre en divisions infinies, en allégories forcées, en vaines
chimères. Il fait d'Adam le fondateur de l'université, qui passe
ensuite par l'Égypte, Athènes, Rome, pour venir se fixer à Paris. S'il avait mieux profité des leçons qu'il cite lui-même, de
« l'enseignement de Tulle en sa Rhetorique, » il y aurait appris
à ne pas remonter si haut. Mais cette intempérance d'imagination et de langage n'empêche point de retrouver l'orateur, qui,
dans une suite de vives images, nous fait voir les rangs tout à
coup rompus par les archers et les hommes d'armes; de faibles
enfants, au milieu des flèches et des épées, trébuchant sous les
pieds des chevaux, et se hâtant de gagner l'église, comme un
refuge inviolable et sacré; l'église elle-même envahie, les divins offices suspendus, les chantres dispersés, et les dames
pieuses, qui étaient venues pour la messe et le sermon, cachant
les petits enfants sous leurs manteaux. « C'estoit droitement une
« perseqution telle comme vous regardez en ces peintures,
« quand Herodes faict occire les Innocens. Ung escolier fut na-
« vré d'une sagette en la mammelle assez près de l'autel; l'au-
« tre, au col; l'autre ot sa robe parcée. Et briefvement, quant
« fu des persequteurs qui tiroient à la volée, n'y avoit quelcon-
« que sans peril de mort, fust maistre ou escolier; fust noble,
« comme estoient les pluseurs; fust non noble; fussent de vos

« enfans, messeigneurs ; fussent autres trente navrés. En bonne
« foi, ici a matiere trop grande de misericorde et de compas-
« sion. »

L'éloquence, dans ces discours prononcés en langue vulgaire,
ou à la cour, ou devant le parlement, qui remplaçait, comme
dans cette occasion, le roi malade, porte déjà plus légèrement
le joug d'un texte ; elle se dégage du long cortége des citations
théologiques, et s'il lui reste quelque marque de ses anciennes
entraves, c'est beaucoup pour elle d'être affranchie de la langue latine : toutefois elle n'est pas sortie encore de l'Église et
des écoles.

Un nouveau champ lui sera désormais ouvert, les États généraux. Pierre Flotte y parle au nom du roi, Pierre Flotte

Chron.
de Geffroi
de Paris, p. 34.

> Qui dedans Paris commenca
> A sermonner ; ainsois tenca,
> Car son sermon tence sembla ;
> Je ne sai où son tieste embla, etc.

Robert d'Artois, Jean de Picquigni, sont les orateurs de la noblesse. Le tiers état a pour défenseurs des prélats formés par
la dispute scolastique, Robert le Coq, Pierre de Corbie, ou
des magistrats populaires, Barbet, Marcel, qui, dans leur
guerre trop souvent déloyale et violente contre le privilége,
apportent du moins au combat cette arme par laquelle la cause
du peuple n'avait pas encore été défendue, la parole ou le
« plait, » comme disaient les fabliaux.

Hist. litt.
de la Fr.,
t. XXIII,
p. 213.

On entendit donc enfin des laïques éloquents. Ce titre d'é-
loquent est donné à Charles V sur sa tombe, et il paraît l'avoir
mérité quelquefois, lorsqu'il eut appris, en se familiarisant
avec les affaires et avec le danger, à surmonter l'inexpérience
de son jeune âge et la circonspection de son caractère. Ce don
d'une élocution facile et persuasive se trouvait chez d'autres
membres de la famille royale, chez deux autres fils du roi
Jean, le duc de Berri et Philippe le Hardi, duc de Bourgogne,
et chez le second fils de Charles V, Louis, duc d'Orléans.

Mais le prince en qui les contemporains ont le plus remarqué ce mérite est le terrible rival du roi de France, Charles,
roi de Navarre. Ceux qui s'accordent à le surnommer le Mau-

vais et à lui refuser toute vertu, ne lui contestent point cet avantage de l'éloquence. Fort du droit qu'il croyait avoir par sa naissance de disputer aux Valois une couronne que leur disputaient même des étrangers, et qu'il essaya de conquérir tantôt par la ruse, tantôt par les armes, c'est par ses discours surtout qu'il entraîna plus d'une fois dans sa cause le peuple de Paris.

Délivré de sa prison par la faction de Marcel, et amené à Paris le 29 novembre 1357, le roi de Navarre prononça, dès le point du jour, du haut d'une tribune élevée non loin du Pré aux clercs, devant dix mille personnes, un sermon ou discours qu'on ne se lassa point d'écouter; car il était si long « que l'on « avoit disné par Paris quand il cessa. » Tout ce long discours qui fit couler, dit-on, les larmes de ses dix mille auditeurs, ne pouvait être en latin, comme paraît le croire Froissart; mais il avait pour texte, selon l'usage, un verset latin : *Justus Dominus, et justitias dilexit.* A la Grève, aux Halles, Charles continua de haranguer, et là, comme à Amiens, comme à Rouen, par le récit pathétique des persécutions dirigées contre lui, par son adresse à flatter la foule, à la prendre pour juge, « il sema « grant venin dans le royaume de France. »

Chron.
de S.-Den.,
t. VI, p. 65
et suiv.

Lorsqu'il répéta, le 11 janvier 1358, à Rouen, ses invectives contre les Valois, et ses cris de vengeance en l'honneur des quatre seigneurs de son parti qui avaient été décapités trois ans auparavant, il prit pour texte de son discours, fort admiré du peuple, ces paroles d'un autre psaume : *Innocentes et recti adhæserunt mihi.* Pour se conformer à son texte et mieux émouvoir la multitude, il fit mettre les corps de ses partisans, qu'il appelait des martyrs, dans la chapelle de l'église Notre-Dame qu'on nommait alors la chapelle des Innocents.

Rappelé par les habitants de Paris, ou plutôt par Marcel, il vient, le 15 juin suivant, faire à l'hôtel de ville un nouveau « preschement, » où il déclare qu'il aime le royaume de France, et qu'il y est bien tenu, puisque, des deux côtés, il appartient aux Fleurs de lis. Si les autres bonnes villes lui ont fait l'accueil le plus amical, il proclame que c'est avec les Parisiens qu'il veut vivre et mourir. Le texte qu'il prit alors ne nous est point connu ; mais son discours réussit : on cria « Navarre ! Navarre ! » et les

Parisiens, dont plusieurs s'entendaient avec la jacquerie, le choisirent ce jour-là, comme on faisait dans les communes italiennes et flamandes, pour capitaine du peuple.

Un de ses derniers discours est celui qu'il fit à Saint-Denis, au mois de juillet de la même année, devant la députation parisienne que lui amenait Marcel : « Seigneurs et amis, lui fait-« on dire, jamais il ne vous arrivera de mal que je ne le partage « avec vous. Mais je vous conseille, pendant que vous gouver-« nez Paris, de vous bien pourvoir d'or et d'argent. Fiez-vous « à moi, envoyez-moi hardiment ici tout ce que vous pourrez « recueillir ; je vous en tiendrai bon compte, et j'aurai en secret « pour vous maints hommes d'armes, maints compagnons, qui « vous défendront contre vos ennemis. » Il ne semble pas que ce dernier « sermon » ait été précédé d'aucun verset latin.

Biblioth.
de l'Éc.
des ch., t. II,
p. 379.
Nous savons comment s'y prenait un de ses complices, le fougueux évêque de Laon, Robert le Coq, pour inspirer aux Parisiens de la défiance contre le jeune duc de Normandie : « Gardez vous bien que vous ferez. Certes l'en ne vous fait « qu'endormir ; car certes quelque pardon ou remission que « l'en vous face, ne quelque lettre que l'en vous baille, encore « vous en fera l'en morir de male mort ; et supposé que l'en ne « deist pas que ce fust pour ceste cause, si querroit l'en avant « buquettes contre vous. »

Toutes les fois que Charles de Navarre « prescha ou ser-« mona, » selon l'expression du temps, il est à croire que ses paroles furent rédigées par ceux qui les entendirent, et qui avaient intérêt à les répandre. Les vrais sermons eux-mêmes n'étaient presque jamais écrits d'avance. Nous ne pouvons dire jusqu'à quel point il les imitait dans le développement du texte, dans les divisions, dans les citations des livres saints ; mais on voit aisément quel avantage il y avait pour lui à ne point s'écarter des usages consacrés par la seule éloquence familière alors à la multitude, et avec quelle faveur elle devait écouter un faiseur d'homélies qui, outre l'attrait de ces cris de révolte partis de si haut, devait lui plaire encore en venant lui parler comme lui parlaient ses prédicateurs. Les formes anciennes rendaient plus respectable et plus puissante l'éloquence nouvelle.

Au genre oratoire, qui se renouvelait par les questions de gouvernement, nous joignons le genre historique, dont les tentatives pour sortir de la routine des chroniques furent plus lentes et plus timides. Le lien qui avait longtemps uni l'éloquence et l'histoire s'était fort relâché ; mais quelques ouvrages, vers la fin du siècle, viendront rappeler l'ancienne alliance.

Les chroniques universelles ne sont pas plus rares qu'autrefois : avec les récits bibliques ou l'abrégé de Pierre Comestor, elles copient, selon l'usage, Eusèbe dans la traduction de saint Jérôme, Paul Orose, Prosper d'Aquitaine, Isidore, Sigebert, et plus souvent encore elles se copient les unes les autres. Ainsi procèdent ceux-là même de ces compilateurs qui, arrivés à leur siècle, sont les plus utiles pour nous, et qui ont mérité, comme Guillaume de Nangis, que l'on détachât de leurs volumineux ouvrages les époques moins éloignées de leur temps. C'est ce qu'on a fait pour Albert de Strasbourg, Gilles le Muisis, Jean d'Outremeuse, Aimeric du Peyrac, Jacques de Hemricourt, Jacques de Guise, Jean de Saint-Victor ; mais plusieurs de ces historiens des six âges du monde, par leur manière de comprendre les faits anciens, ont inspiré avec raison quelque défiance pour leurs souvenirs personnels.

D'autres, plus restreints dans leur plan, ne sont que les annalistes des papes, comme Bernard Guidonis, Amalric Augier, ou ne parlent que des événements de leur temps, comme Jean le Bel, qui eut l'honneur d'être copié par Froissart. Mais si l'on excepte les mémoires du sire de Joinville sur les grandes choses qu'il avait vues dans sa jeunesse, et ces trois principales compositions historiques de la fin du siècle, la continuation des Chroniques de Saint-Denis, les récits de Jean de Venette, de Froissart lui-même, il est fâcheux de ne trouver dans la plupart des autres organes de la renommée contemporaine que des échos inintelligents, plutôt que des témoins capables de nous instruire.

Les Vrayes chroniques, Bruxelles, 1863.

Les chroniques des monastères se ralentissent. Celle que Guillaume de Nangis termine en 1302 n'a de continuateurs que jusqu'en 1340, et, si l'on y joint un supplément d'un tout autre caractère, jusqu'en 1368. Nul ne songe à continuer les chroniques des dominicains de Colmar, de Jean de Saint-Victor, de Saint-Magloire, de Saint-Martial de Limoges, de Nivelle, de Vézelai, de Maillezais, de Narbonne, de Dole. Il semble que les moines annalistes soient découragés. Un des plus laborieux, Jean d'Ypres, se borne à faire une ample compilation des récits antérieurs, et lorsqu'il s'arrête en 1383, personne ne se présente pour le remplacer.

Thes. anecd., t. III, col. 377-410.

La même chose était arrivée chez les cisterciens de Clairmarais, qui avaient entrepris pour l'histoire de la Flandre ce que faisaient pour celle de la France les bénédictins de Saint-Denis. Leur premier chroniqueur (1215) est continué par un autre, après un long intervalle, en 1329 ; un troisième écrit quelques pages jusqu'en 1347, et n'a point de successeur.

Ampliss. coll., t. II, col. 621.

Pour ranimer l'ancienne émulation, l'abbé de Corvei, en 1337, après avoir, dans une lettre fort sage, rappelé les encouragements donnés à ce genre de composition par ses prédécesseurs et le zèle de leurs moines à les seconder, y recommande ensuite que l'on garde avec soin les vieilles chroniques des couvents et des églises, que l'on travaille à les continuer, ou, lorsqu'il ne s'en trouve point d'anciennes, à en commencer de nouvelles. Il offre tout ce qui peut servir à cet objet dans sa bibliothèque, dans ses archives, et promet de récompenser, comme on avait fait avant lui, ceux qui se livreront à de tels travaux. Mais les religieux devenaient indifférents à leurs propres annales en Allemagne comme en France, et les bénédictins de Corvei ne répondirent point à l'appel de leur abbé.

Les chroniques des familles prennent, au contraire, un grand accroissement. Écrites le plus souvent par des clercs, il leur arrive aussi de remonter à la naissance du monde; mais elles réservent plus de place pour les affaires laïques, et sont ordinairement rédigées en français. On a pu voir, au sujet du corps d'histoire commencé par Baudouin d'Avesnes, comment se formait une chronique de famille. Cet usage se perpétua : Jean de Wavrin compose encore le recueil qui porte son nom avec une traduction française du texte latin de Geoffroi de Monmouth, avec la chronique de Normandie, Froissart, Saint-Remi, Monstrelet.

Hist. litt. de la Fr., t. XXI, p. 753-764.

Dans ces annales en langue vulgaire il y a beaucoup moins

de miracles que dans les anciennes chroniques latines. Toutefois en Angleterre, et même en France, il est toujours question
des prophéties de Merlin. On ne peut rompre brusquement
avec ce merveilleux qui avait été, dans tous les temps, un ornement et un danger pour l'histoire.

Les moyens d'information deviennent plus nombreux et plus
variés. Quand les clercs étaient les seuls historiens, ils recueil-
laient les éléments de leurs récits ou dans les hautes commissions dont ils étaient chargés, comme Fortunat, Grégoire de
Tours, Éginhart, ou dans les grandes maisons auxquelles les
attachait leur ministère, ou même au fond de leurs couvents,
visités par les prélats, les rois, les princes, et choisis souvent
pour retraite par ceux qui avaient pris la plus grande part à la
vie mondaine. Les seigneurs laïques se mettent ensuite à raconter ce qu'ils avaient vu, ce qu'ils avaient fait, comme Ville-
Hardouin, Henri de Valenciennes, Joinville. Des rois même,
comme Charles V, firent écrire leur histoire sous leurs yeux.
Mais l'usage des personnages puissants était surtout de faire
voyager à leurs frais, « à leurs coustages, » dit Froissart en par- Liv. iii, c. 1.
lant de lui-même, un clerc, un homme d'Église, qui, tou-
jours chevauchant, allait « enquerir pour eux de tous costez
« nouvelles, » consulter sous leur protection les registres de
chancellerie, et qui pouvait, à son retour, les instruire ou les
amuser.

Nous retrouvons en partie ces divers modes d'informations
historiques dans les trois ouvrages de ce temps qui paraissent
les plus dignes d'étude, le premier, écrit en latin; les deux autres, en français.

On ne doute plus aujourd'hui que le religieux qui passe pour
le dernier continuateur du bénédictin Guillaume de Nangis,
et qui lui ressemble si peu, ne soit le carme Jean de Venette.
Que n'a-t-il écrit ses mémoires en langue vulgaire, comme sa
légende rimée des Trois Maries ! il serait beaucoup plus connu.
Il mérite certainement de l'être par la franchise et la hardiesse
de son esprit, par l'intérêt qu'il prend aux souffrances du peuple, par la sincérité et l'ardeur de son patriotisme, qui font
que ce moine picard, ce chroniqueur du couvent de la place
Maubert, dans son mauvais latin, devance de cinq siècles, sur

les hommes et les choses de son temps, les jugements de la critique historique.

La continuation des chroniques françaises de Saint-Denis, à dater de l'an 1356, est une exposition tantôt minutieuse, tantôt par trop abrégée, du gouvernement royal de Charles V; œuvre fort inégale, que l'on croit être de son chancelier Pierre d'Orgemont, et qui, s'il s'agissait d'un autre prince, ne serait point lue sans défiance : il faut du moins ne pas oublier que c'est le roi lui-même qui écrit et qui se juge. On pourra quelquefois contrôler ce témoignage par d'autres récits en langue vulgaire, comme par la chronique anonyme (1327-1393) où se trouvent un grand nombre de détails que les historiens n'y sont point allés chercher.

Suppl. fr.,
n. 107, art. 5. —
Catalog. mss.
colleg. Clarom.,
n. 822, p. 311.
Paris, 1862,
in-8.

De ces auteurs de mémoires un seul est resté populaire, l'ingénieux conteur, le protégé d'une reine, des hauts barons et des nobles dames, qui, par son imagination féconde, la vivacité de sa narration, son style coulant et facile, s'est assuré comme le privilége de se tromper sur les dates, sur les noms de lieux et de personnes, sur le caractère même des événements, et de remanier ses récits toutes les fois qu'il change de protecteur; qui, fier d'avoir vu deux cents hauts princes, outre les ducs et les comtes, se charge, serviteur complaisant, de leur amener les levriers qu'ils se donnent mutuellement, comme « accointances d'amour; » dont la verve n'est jamais plus heureuse que lorsqu'il fait célébrer par un « capitaine robeur » les brigandages des compagnies, et le « nouvel argent » qu'elles faisaient tous les jours, sous les ordres des meilleurs gentilshommes, aux dépens d'un riche prieur, d'un riche abbé, d'un riche marchand, sans dédaigner « les bœufs. les brebis, la pou-« laille et la volaille » du menu peuple ; qui, lorsque les paysans, poussés à bout, s'arment de leurs fourches contre leurs nobles seigneurs bardés de fer, et se font tuer au nombre de plus de sept mille en un seul jour, loin de reprocher aux vainqueurs l'excès de leur vengeance, est tout prêt à crier avec eux : « Mort aux vilains ! » On sait que le grand admirateur de cette société qui finit est le chanoine Froissart.

LETTRES.   De la vie active de ce siècle il est resté, soit dans les historiens, soit dans les bibliothèques de manuscrits, beaucoup de lettres destinées à devenir publiques, mais peu de correspondances familières. Le genre épistolaire faisait partie des études; plus d'un traité en donne encore des leçons, sous le titre de *Summa dictaminum*. Les ordres religieux n'ont point négligé ce puissant moyen d'action. En 1378, Élie de Boulhac, abbé de Saint-Marcel, au diocèse de Cahors, compose un formulaire de lettres pour les cisterciens ses frères : *Formularium valde utile epistolarum, in toto ordine servandum.*

De Visch, Biblioth. cist., p. 101. — Gall. christ., t. I, col. 184.

Les lettres d'affaires ont une grande variété. Des papes en ont laissé de françaises, comme la lettre confidentielle écrite de Rome au roi Charles V par le pape Grégoire XI (Pierre de Rogier), le 12 décembre 1377 : « Très chier fils en Dieu, receues « naguere tes letres de ta main, contenans que, par nos letres « et prieres, tu avois pardonné au patriarche de Jerusalem, ton « cousin, ce dont il t'avoit courroucié, et pour ce l'as remis en « ton amour, nous avons eu très grant plaisir de ceste reconci-« liation, etc. » Le pape explique ses motifs pour ne point se rendre au vœu du roi, qui lui demandait de transférer ce cousin, Philippe d'Alençon, du patriarcat de Jérusalem dont il était titulaire, à celui d'Aquilée, où il faut un homme du pays, qui réside et veille sans relâche sur une église difficile à gouverner. « Et te plaise tous jours à nous signifier fiable-« ment tes bons plaisirs. » On ne peut refuser avec plus de courtoisie.

Baluze, Pap. avenion., t. II, col. 810.

Deux ans après, Clément VII (Robert de Genève), ancien chanoine de Paris, écrit d'Avignon en français au comte d'Armagnac, pour s'excuser d'avoir donné à d'autres qu'aux protégés du comte l'archevêché d'Auch et l'abbaye de Saint-Gilles. Ces lettres françaises ont l'avantage de constater le tutoiement employé par les papes avec tout le monde sans exception.

Presque toutes les lettres écrites alors par les rois de France sont des lettres politiques. Les chroniqueurs ont pu exagérer le ton vif et brusque de celles de Philippe le Bel, reproduisant en cela, sans trop d'infidélité, la tradition contemporaine, qui aime à résumer en quelques mots tout un caractère. Adolphe de Nassau, empereur d'Allemagne, ayant fait parvenir de Nu-

Chron.
de S.-Denis,
t. V, p. 110.

remberg à Philippe, en 1294, par deux chevaliers, des revendications accompagnées de menaces, le roi s'était contenté de lui faire répondre en latin qu'il lui envoyait deux religieux pour lui demander s'il avouait la lettre apportée de sa part, afin que, si elle était reconnue, Adolphe sût bien que Philippe la regardait comme un défi. De là cet autre récit qui nous montre les deux chevaliers rapportant à l'empereur la réponse du roi, l'empereur « brisant le scel de la lettre qui moult estoit « grande, et, quand elle fu ouverte, n'y trouvant riens escript « fors, *Trop alemant.* »

C'est ainsi que les énergiques réponses du même prince au pape Boniface VIII se transforment, pour l'usage du peuple, en une petite lettre fort insolente, où le pape n'est plus pour le roi que *Sa Fatuité.*

Peut-être ne faut-il pas expliquer autrement les bruits répétés par Villani sur une entrevue secrète de Philippe et de Clément V, récapitulation triviale, mais vérifiée par l'histoire, de cet accord entre le roi, qui ne croit pas acheter trop cher une alliance utile, et le pape, qui tint fidèlement le marché. Le peuple ne comprend rien aux détours infinis, aux équivoques, aux ruses des négociations : il les simplifie, et se trompe rarement dans l'abrégé qu'il en donne.

Archives,
sect. hist. J,
381 ; Trés.
des chartes.

Parmi les lettres françaises de Charles le Sage, il s'en conserve une autographe, et la plus honorable que pût écrire un roi; car elle a pour objet d'acquitter la rançon de Bertrand du Guesclin (1367). Le roi avertit son trésorier qu'il s'était obligé à payer pour sa part trente mille doubles d'Espagne dans les six mois qui suivraient la délivrance de Bertrand; puis il ajoute : «Et se autre asinasionz, en après cete letre, «vous estoiet depuiz faitez, ne voulonz que paiez soiet, duquez «cez chosez soient accompliez. Escrit de notre main à Pariz, «le vɪɪᵉ jour de desanbre. Charles. A Piere Secatise, notre «tresorier. »

Quelques lettres de Charles, roi de Navarre, laissent supposer quelle pouvait être cette riche faconde qui lui fit tant de partisans. Il écrit, en 1385, au comte d'Armagnac : «Pour «ce qu'il appartient à toute humaine creature, especiaument à «tout bon roy et prince chrestien, faire œuvres touchant toute

Ampliss. coll.,
t. I, col. 1530.

« noblesse, et qui soient au servicé et plaisir de Dieu, comme
« bon et vrai catholique,... nous vous escrivons à present, et
« plaise vous savoir que, depuis n'a gueres de temps, il nous a
« esté escript et fait savoir comme, en la presence de très haut
« et très puissant prince le roy de France, et de plusieurs autres
« grans seigneurs bien notables, ont esté dites et imposées cer-
« taines paroles de grant diffamation, desquelles nous sommes,
« en dit, en fait, en pensée et en volenté, pur et innocent, net
« et sans coulpe, et sont fausses et mensongeres et mauvaise-
« ment et iniquement dites et parlées ; et null roy ne null prince
« du monde ne devroit de null autre roy croire, oïr, escouter
« ne entendre en tel cas, si ord et si vilain come il est, et en
« especial lui qui est un des plus nobles et puissans roys des
« chrestiens, et de tel lignie et sang comme tout le monde sait,
« et qui doit estre fontaine de tout droit et justice, sans appeler
« et oïr la partie absente en ses defenses et escusations qu'il
« voudra faire sur ce ; car la diffamation, deshonneur et mau-
« vaise renommée mise sur un roy, à tort et sans cause, est
« vergoigne et deshonneur de tous les autres rois chrestiens du
« monde, etc. » C'est assez et trop ; mais on voit déjà que devant une foule à qui l'on n'avait longtemps parlé qu'un langage
latin ou demi-latin, cette surabondance de paroles françaises
devait être un des plus sûrs garants de la faveur publique.

Les lettres françaises des rois d'Angleterre ne sont plus
très-correctes. Édouard III se plaît à dater les siennes, en 1341,
« l'an de nostre regne d'Angleterre quatorzieme, et de France
« premier. » Il appelle son rival « sire Philippe de Valois. »
La lettre du Prince Noir sur la bataille de Poitiers est d'un
meilleur langage. Par le statut de l'an 1361, Édouard interdit
enfin l'usage du français dans les actes publics. Il y avait
longtemps que lui et ses sujets l'écrivaient fort mal.

Parmi les lettres rédigées en français par des étrangers, il
y en a d'intéressantes de Bernabò Visconti, seigneur de Milan.
Sa nièce Béatrix, fille du comte d'Armagnac, écrit à son père
avec tendresse et simplicité : « Si vous voulez savoir nostre
« estat, plaise vous savoir que le seigneur Bernabò, madame
« Regine, ses enfans, monseigneur messire Charles et moi et
« nostre filz sommes bien, la mercy Nostre Seigneur. »

Les lettres de la bourgeoisie sont beaucoup plus rares. On
en a retrouvé et publié deux de Marcel, cet ardent promoteur
des innovations démocratiques du milieu du siècle. Dans la
première de ces lettres, en date du 18 avril 1358, « unes bien
« merveilleuses lettres closes, » selon les Chroniques de Saint-
Denis, il transmet, d'un ton ferme, qui n'est pas cependant
encore une déclaration de guerre, au jeune régent de France,
les griefs de la commune de Paris. La seconde lettre, adressée
par lui, le 11 juillet suivant, vingt jours avant sa mort, aux
communes de Flandre, dont il réclamait pour Paris l'alliance
et le secours, est une longue apologie de sa conduite, vrai manifeste du tiers État contre le parti féodal. C'est donc un acte
politique. Les historiens en profiteront, et ils y remarqueront
surtout ce désaveu des excès de la jacquerie : « Très chier sei-
« gneur et bon ami, pour ce que aucun d'euls ou de leurs amis
« se voudroient envers vous excuser des mauls qu'ils ont fais
« en Beauvoisis, et aussi sur nous, pour ce que aucunes gens
« du plat paiis de Beauvoisis commencerent le riot sur les gen-
« tils hommes, en euls tuant, leurs femmes et enfans, et en
« abattant leurs maisons, et que à ce nous leur fusmes aidant
« et confortant, et de ce puet ou porroit estre faicte à hault et
« noble prinpce monseigneur le conte de Flandres et à vous
« information et relacion moins veritable, plaise vous savoir que
« lesdites choses furent en Beauvoisis commencées et faictes
« sans nostre sceu et volenté, et mieuls ameriens estre mort
« que avoir apprové les fais par la maniere qu'ils furent com-
« mencié par aucuns des gens du plat paiis de Beauvoisis ;
« mais envoiasmes bien trois cens combatans de nos gens et
« lettres de credance pour euls faire desister des grans mauls
« qu'ils faisoient ; et pour ce qu'ils ne voudrent desister des
« choses qu'ils faisoient, ne encliner à nostre requeste, nos
« gens se departirent d'euls, et de nostre commandement firent
« crier bien en soixante villes, sur paine de perdre la teste,
« que nuls ne tuast femmes ne enfans de gentil homme, ne
« gentil femme, se il n'estoit ennemi de la bonne ville de Pa-
« ris, etc. »

Marcel, qui, pour son malheur, se rapprochait alors du roi
de Navarre, lui ressemble par ces longs développements, par

ces répétitions d'idées et de mots, par toutes ces habitudes diffuses de la rhétorique populaire.

On pourrait comprendre dans le genre épistolaire les *Rotuli* ou billets funèbres, par lesquels les congrégations se faisaient part de la mort des frères ou sœurs qu'elles recommandaient à leurs prières mutuelles. Ces petits écrits, conservés en grand nombre, ne devront pas être négligés par quiconque voudra s'imposer la tâche instructive d'écrire de nouveau l'histoire des ordres religieux. Qulquefois, surtout au siècle suivant, ces rouleaux, après avoir donné la liste des morts, n'étaient remplis que de lieux communs de dévotion; mais il est rare que, même alors, soit dans la lettre, soit dans la réponse confiée au « brevetier » ou porteur de brefs, il n'y ait pas à recueillir des noms, des dates, pour une histoire plus complète des couvents et des familles, ou d'utiles témoignages pour la géographie de la France.

L'âge de la poésie s'éloigne ; nous avons dû commencer par la prose. La rhétorique elle-même, qui voulait tout embrasser, ne voit plus dans la poésie que la versification.

Les vers latins, sans produire aucune grande composition POÉSIE LATINE. qui puisse rappeler Gautier de Châtillon, Guillaume le Breton, Nicolas de Braie, Gilles de Paris, Gilles de Corbeil, sont loin d'être abandonnés. On s'en sert pour l'éloge ou pour la satire des choses contemporaines. Si l'on n'y réussit pas mieux, ce n'est pas faute de connaître les vrais modèles.

Les monuments de l'ancienne poésie latine étaient étudiés, cités, commentés. La renaissance a été bien faussement accusée d'être venue déranger les poëtes dans leurs inspirations théologiques, et pervertir la société chrétienne par l'invasion des souvenirs profanes. Jamais Virgile et Ovide ne furent plus souvent allégués, même en chaire, que dans ces temps qui passent pour les avoir ignorés. Les plus sévères docteurs ne les interdisent pas, et Virgile surtout leur est presque aussi familier que les livres saints. La censure promulguée, en 1398, par la Faculté de théologie de Paris contre les sortiléges, représente en même temps Salomon entraîné vers l'idolâtrie et Didon vers la magie par l'aveuglement des passions.

L'interprétation allégorique et mystique, appliquée aux
poëtes latins aussi bien qu'à l'Écriture sainte, fut pour eux
une sauvegarde. On ne les eût pas traités autrement s'ils
avaient été chrétiens. Ovide, pour qui les théologiens montrèrent une constante prédilection, fut « moralisé » depuis le
commencement du siècle jusqu'à la fin. Deux étudiants s'en

Latin stories,
c. 45.

vont le consulter sur son tombeau, *eo quod sapiens fuerat,* et
comme une voix mystérieuse, sortie de ce tombeau, leur donne
en effet un sage conseil en fort bon latin, ils se mettent à dire
des *Pater* et des *Ave* pour l'âme d'Ovide.

Ces poëtes, quelquefois condamnés, mais toujours lus, ne

Mss. de l'Arsen.,
Hist., n. 855,
p. 179, 180.

sortiront plus des bibliothèques religieuses. L'austère Sorbonne
qui, en 1290, avait déjà son Ovide, n'avait encore alors ni
Virgile, ni Horace, ni Lucain, ni Térence, ni Juvénal, ni Stace :
ils se trouvent tous, en 1338, au nombre de ses livres.

Si on les lisait beaucoup, on les imitait mal. Nulle facilité,
nulle harmonie; de nombreuses fautes de prosodie, surtout
dans les mots latins d'origine grecque. Ce n'était pas assez,
pour éviter ces fautes, de deux ou trois petites compilations

Ibid., p. 249.

comme celle-ci : *Exemplarium et auctores ad sciendum breves
et longas.* Partout se fait sentir la disette de bons livres élémentaires.

Un genre qui exige de grandes ressources dans le style,
le genre didactique, était cependant fort cultivé par les versificateurs latins. L'ouvrage le plus instructif qu'il ait produit est
le poëme médical composé à Paris, en 1350, par Simon de
Couvin, médecin du pays de Liége, qui avait pratiqué son art
à Montpellier, et qui, en donnant à ses vers hexamètres un
titre astrologique, *De judicio Solis in conviviis Saturni,* ne
laisse point deviner un poëme sur la peste noire.

Vers l'an 1322, des vers latins sur la musique, par Hugues,
prêtre de Reutlingen, ont pour titre : *Flores musicæ artis.* Le
laborieux musicien Jean des Murs a intercalé des vers latins
rimés dans sa Somme musicale.

C'est aussi un poëme didactique, mais d'une date moins

Pet. in-4
de 9 fol.
Sine loc.
aut ann.

certaine, que le *Fagifacetus, tractans,* comme on lit dans l'é-
dition, *de Facetia et moribus mensæ* : conseils sur la manière
de se conduire à table, dont le seul mérite est de nous faire

connaître quelques usages ; car l'auteur a beau invoquer Bacchus, il est trop prosaïque, trop monotone, pour qu'on lui pardonne ses incorrections de toute sorte et ses imitations maladroites. D'après le manuscrit de l'ancienne abbaye des Dunes, ce poëme, qui s'appellerait mieux *Phagifacetus,* et qu'on avait confondu à tort avec le *Facetus* de Jean de Garlande, est d'un certain Reiner, qui, dès les premiers vers, nous l'apprend par acrostiche, *Reinerus me fecit.*

Catal. des mss. de Bruges, par Laude, p. 491. Hist. litt. de la Fr., t. VIII, p. 88.

Celles des autres poésies latines qui ne sont pas exclusivement religieuses ont presque toutes pour sujet des événements du siècle. Vers l'an 1327, une invective, en trentetrois quatrains rimés deux fois, dont on peut faire des huitains, attaque Louis de Bavière et son parti, au nom du pouvoir pontifical :

Not. et extr. des mss., t. II, p. 278.

Sub vicesimo secundo Johanne summo præsule
Omni virtute fœcundo, et omnis artis consule,
Vase hauserunt immundo figuli novæ regulæ
E perfidiæ profundo potum horrendæ fabulæ, etc.

Nous trouvons en 1366 un poëme de Walter Borough (*Burgensis* ou *de Burgo*), moine cistercien de Revesby, dans le Lincolnshire, sur l'expédition du Prince Noir en Espagne et sur la bataille de Navarette, où Du Guesclin fut fait prisonnier ; œuvre informe de cinq cent soixante vers élégiaques léonins, dont les derniers nous disent que l'auteur, qui avait probablement suivi l'armée anglaise, se plaignait d'être mal récompensé :

Leyser, Hist. poet. med. ævi, p 2011.—The Black Prince, etc. Londres, 1842, p. 388-394.

Laudes sperabam, seu præmia danda putabam ;
Frustra sudabam, vos, metra, quando dabam.
Sed margarita nunquam fuit ulla cupita
Porco ; plus placita stercora dentur ita.
Ergo, libelle, vale ; nomen cape non libro quale :
Muneret igne male te cocus absque sale.

Il se rencontre, vers l'an 1380, ou pendant les années suivantes, une épître rimée sur le schisme, *Epistola rhythmica,* par Jean de Saint-Remi, et d'autres vers rimés sur ce même

Croke, Ess.
on rhythm.
verses, p. 122.
Monum. franc.,
Lond., 1858,
p. 591-601.

schisme, par Gautier Disse, carme de Bordeaux, qui était, comme il l'annonce en mauvais style mythologique, *Heliconis rivulo modice conspersus.* La fin du siècle est remplie d'un grand nombre de poésies wiklefites.

Reliq. antiquæ,
t. II, p. 245, 25.

Les prophéties abondent en prose; elles ne doivent pas manquer en vers. Il s'en est conservé une sur l'Écosse dans un manuscrit daté de l'an 1326. Une autre, en 1377, s'adresse à Édouard III; c'est la plus barbare de toutes.

Il est aisé de voir que ces versificateurs latins composaient trop vite et improvisaient comme des trouvères. C'est ce que Pétrarque reproche à son ami Bernard d'Albi, mort en 1353 évêque de Rodez et cardinal, dont les poésies ont dû être bien vite oubliées.

Mone,Anzeiger,
ann.1834,1839.

Cette négligence, toujours inexcusable, l'est peut-être moins dans un genre familier qui eut alors quelque vogue, les fabliaux latins. On croit que c'est après le milieu du siècle que Gotfrid de Tirlemont (*Gotfridus de Thenis*) mit en vers une série de contes, qui se font remarquer par l'analogie du titre : *Rapularius,* en vers élégiaques, sur une rave gigantesque, offerte par un pauvre chevalier à un roi qui n'est point nommé, et qui, après avoir richement payé la rave, la donne, comme un trésor d'un grand prix, à un de ses courtisans, au frère du chevalier, fort irrité de ce présent dérisoire; conte qui se retrouve parmi les anecdotes populaires du règne de Louis XI; — *Militarius,* en vers hexamètres léonins, récit très-défectueux d'un miracle de la Vierge, qui rappelle la légende de Théophile et de Faust, et qui n'est autre que notre fabliau du Chevalier et de l'écuyer ; — *Luparius,* histoire de loup, dont il y a deux textes différents ; — *Brunellus, vel Pœnitentiarius lupi,* en vers élégiaques, publiés par Flacius Illyricus d'après un manuscrit daté de l'an 1343 ; c'est le sujet des Animaux malades de la peste; — *Asinarius, vel Diadema,* en vers de la même mesure; c'est le vieux conte de Peau d'Ane.

Perrault n'a pas inventé ses contes. Le Petit Poucet, Barbe-bleue, Riquet à la Houppe, viennent de l'Orient. Dans la Belle au bois dormant se retrouve un épisode du roman de Perceforêt; dans Cendrillon, une réminiscence de l'aventure de Rhodopis, qui, pour avoir perdu l'un de ses petits souliers, épouse un roi d'Égypte ; dans le Chat botté, la chatte de Constantin le fortuné, que Straparole avait empruntée du *Pentamerone* napolitain. Peau d'Ane, enfin, n'est pas non plus de Perrault.

On savait bien que cette histoire de Peau d'Ane, connue de Scarron et de Molière, indiquée par Boileau dès l'année 1669, et que La Fontaine entendait conter avec « un plaisir extrême » seize ans avant les contes de Perrault, n'est point et ne peut être une invention du rédacteur de ces contes. Voilà que nous reconnaissons celui-ci dans les vers latins de Gotfrid, qui pouvait en devoir l'idée moins aux métamorphoses de l'Ane d'Apulée qu'aux fables indiennes, dont il circulait en Europe des traductions latines depuis le XIe siècle. L'Ane de Gotfrid, naguère fils inconnu d'un roi et d'une reine, dont nous ignorons aussi le nom, la date et le pays, réussit à se faire aimer, par son talent musical, d'une belle princesse, à qui on le marie, et qui s'étonne de voir, dans la chambre nuptiale, succéder à un âne le plus beau des princes. Le père, averti par un esclave qu'il avait aposté, dérobe et jette au feu la peau d'âne de son gendre, qui ne tarde pas à hériter du diadème de son père, de celui de son beau-père, et accomplit ainsi la promesse du titre, l'Ane devenu roi. Dans le Pantcha-Tantra, c'était un serpent au lieu d'un âne ; mais l'âne reparaît dans un autre recueil de contes indiens, le Trône enchanté. Straparole préfère un porc, appelé, depuis, le roi Porco ; le *Pentamerone* ramène le serpent, et parle aussi de la princesse Prèziosa, changée en ourse et adorée sous cette forme par un beau prince, qui, la surprenant un jour où elle redevient une jolie fille, se hâte de l'épouser. Le prince Marcassin, la Belle et la Bête, Zémire et Azor, n'ont point d'autre origine.

Si le faible auteur de l'*Asinarius* a du moins quelque valeur pour nous comme le témoin d'une antique tradition littéraire, la poésie latine ecclésiastique n'a rien qui la relève à nos yeux de l'abaissement où elle était tombée. Il y a cependant une poétique à l'usage de ceux qui veulent faire des proses, *Ars rhythmicandi,* ou l'art de rimer en latin. Le *rhythmus* y est défini *consona paritas syllabarum sub certo numero comprehensarum*, et le premier exemple est celui-ci :

Reliq. antiquæ, t. I, p. 30.

> O Maria,
> Mater pia,
> Stella maris
> Appellaris.

Les lignes rimées en latin par un anonyme sur la rédemption
(*Speculum humanœ salvationis*), qui paraissent être de l'an
1324, ont plus occupé les critiques comme un des premiers
livres imprimés que comme œuvre de poésie.

Bertrand du Puy, évêque d'Usez (1355); vers le même
temps, Jean Caligator, de Louvain, et Jean de Langoueznou,
bénédictin, abbé de Landevenech, auteur d'une prose pour les
âmes du purgatoire, *Languentibus in purgatorio;* Guillaume
Curti, cistercien qui devint cardinal, après avoir composé des
vers élégiaques pour la Vierge et les saints (1361); Guillaume
Jordaens, moine augustin, qui fit un *Rhythmus de conflictu
vitiorum ac virtutum* (1382); Adam de la Bassée, à la fin du
siècle, durent quelque réputation à leurs poésies sacrées.
Guillaume Grimoard, de Limoges, qui fut le pape Urbain V,
mort en 1370, avait accompagné de quelques vers *de Agno
Dei* l'envoi de trois *agnus* à l'empereur grec :

> Balsamus et munda cera cum chrismatis unda
> Conficiunt agnum, quem do tibi munere magnum,
> Fonte velut natum, per mystica sanctificatum.
> Fulgura desursum depellit et omne malignum, etc.

Ces vers ne sont pas au-dessous de ceux qu'on faisait alors
en l'honneur de nouveaux saints, ou pour des épitaphes, ou
pour des éloges adressés, en acrostiche, à des protecteurs
qu'on voulait flatter par quelque chose de difficile et d'inusité.
Ils sont surtout préférables à ce mauvais jeu d'esprit imaginé
péniblement par un solliciteur qui, pour se distinguer dans la
foule des cent mille clercs que l'espoir d'un bénéfice attirait,
en 1342, à la cour d'Avignon, fit parvenir au pape Clément VI la requête suivante, destinée, si le versificateur n'obtenait rien, à être lue à rebours, et à changer son compliment
en insulte et en imprécation ;

Laus tua, non tua fraus, virtus, non copia rerum
Scandere te fecit hoc decus eximium.
Pauperibus tua das, nunquam stat janua clausa ;
Fundere res quæris, nec tua multiplicas.
Conditio tua sit stabilis, nec tempore parvo
Vivere te faciat hic Deus omnipotens.

On a prétendu que François Philelphe, en adressant les mêmes vers à Pie II, lui avait tendu le même piége. De tels vers s'appelaient « rétrogrades. » Il y en avait d'autres qu'on appelait *repercussivi, caudati, pariles, reciproci, intercisi, circulati, citocadi.* L'architecture du temps aimait aussi la variété et la bizarrerie des difficultés vaincues; mais elle y joignait quelquefois la grandeur.

Mone, Anzeiger, ann. 1838, p. 586.

C'est sans doute pour empêcher les religieux cisterciens de faire des vers pareils à tous ceux que nous venons de citer, que les statuts de l'ordre, dès l'an 1199, leur défendent d'en faire d'aucune façon : *Monachi qui rhythmos fecerint ad domos alias emittantur.* Il ne s'agit peut-être que de vers satiriques ; mais alors la peine était bien douce. Elle n'était pas même trop sévère pour de simples vers latins rimés; car un autre chapitre général pouvait permettre le retour du proscrit, et rien n'était prévu en cas de récidive. Cette législation n'effrayait pas assez les coupables.

Thes. anecd., t. IV, col. 1293.

Nous sommes au dernier siècle de l'ancienne poésie provençale.

POÉSIE PROVENÇALE.

On n'est pas assez sûr que Clémence Isaure ait vécu, pour oser dire qu'elle soit morte en 1512 ; mais il faut reconnaître que Toulouse et ses mainteneurs du gai savoir ont moins hésité sur de plus anciennes dates, et qu'ils ont cru pouvoir placer en 1323 la lettre où le collège des sept troubadours invitait tous les poëtes de la langue d'oc à une fête fixée au 3 mai de l'année suivante, et promettait à l'auteur du meilleur poëme une violette d'or ; en 1324, l'inauguration de ces récompenses, *joyas del gay saber,* par le sirvente d'Arnaut Vidal pour la sainte Vierge, et l'année d'après, par la chanson de R. d'Alayrac, prêtre d'Albigeois; en 1348, l'examen de la grande Poétique rédigée par le chancelier de la compagnie, Guillaume

Andrès,
Origine, etc.,
t. II, p. 53.

Molinier; en 1356, la publication de cet ouvrage, et l'adjonc-tion de l'églantine et du souci; en 1388, la demande faite par Jean, roi d'Aragon, au roi de France Charles VI de lui en-voyer des poëtes toulousains pour établir le gai savoir à Bar-celone.

Voilà une chronologie bien propre à racheter les anachro-nismes de l'historien des poëtes provençaux, Jean de Nostre-Dame, qui est parvenu, par le chaos de ses fables, à mettre un tel désordre dans les annales littéraires de son pays, qu'il n'y a presque pas un seul nom, une seule date, un seul titre d'ouvrage, qui n'ait donné lieu à des incertitudes. Il n'a pas cependant tout défiguré; il semble quelquefois l'écho fidèle de la tradition; et quoique ses grandes autorités, le moine de Montmajour, le moine des Iles d'or, Hugues de Saint-Cé-sari, ne reparaissent aujourd'hui nulle part, on peut croire qu'il en avait vu quelque chose. S'il est vrai que le premier soit mort en 1355 et le second en 1408, leur copiste, du moins pour ces dernières années, deviendrait un peu moins suspect. Ce qu'il dit de Rostang Berenguier, de Marseille, qui avait écrit contre les templiers et qui déposa contre eux dans le pro-cès; les détails qu'il donne sur les gentilshommes poëtes de la cour de Philippe le Long; plusieurs autres circonstances que l'histoire ne contredit pas, nous engagent à tenir compte de ses récits, tout en regrettant de ne pouvoir les contrôler par les Vies originales des troubadours, qui ne parlent guère que des plus anciens.

Nous avons vu un chevalier du Temple accuser, en rimes provençales, le pape et le clergé; Rostang de Marseille, que l'ordre avait refusé de recevoir dans son sein, se venge par une accusation rimée. Mort en 1315, il passe pour avoir été puni de Dieu.

Cette cour lettrée du comte de Poitiers, le futur roi Phi-lippe le Long, se compose surtout de gentilshommes qui ri-maient en provençal: Peyre Milhon, son premier maître d'hô-tel; Bernard Marchis, son chambellan; Peyre de Valieras, son valet tranchant; Ozil de Cadors, un de ses écuyers; Loys Emeric, un de ses secrétaires; Giraudon le Roux, Americ de Sarlac, Guilhem des Amalrics; enfin, Pistoleta, qui n'est point l'ancien troubadour. L'auteur sait les noms de leurs maîtresses, les chansons qu'ils ont faites pour elles, et, comme on est disposé à le croire, on ne voudrait pas qu'il ajoutât qu'ils périrent tous ensemble, victimes du ressentiment des juifs, qui, en 1321, irrités de l'exil prononcé contre eux par le roi Philippe, se réunirent, dit-on, aux lépreux pour empoisonner les eaux. C'est ce qu'il prétend avoir lu dans le Moine des Iles d'or et dans Saint-Césari.

Que ne nous a-t-il dit ce qu'il entendait par les cinq « belles « tragédies » d'un autre poëte qu'il suppose aussi mort de poison ? Les quatre premières faisaient allusion par leur titre aux quatre maris de la reine Jeanne de Naples, comtesse de Provence, l'*Andriasse*, la *Taranta*, la *Malhorquina*, l'*Allamanda* ; la cinquième s'appelait du nom de la reine, la *Johannada*. Rien n'empêche d'admettre que ces cinq tragédies, « qui « valoient tout le tresor du monde, » furent secrètement récompensées par le pape Clément VII, qui donna au poëte, en 1383, un canonicat en l'église de Sisteron et la prébende de Parasolz. Mais il ne faudrait point chercher ici des tragédies dans le vrai sens du mot. Depuis la chute du théâtre antitique, un récit dialogué se nommait comédie, lorsqu'il était gai ou satirique; tragédie, lorsqu'il était triste. Nous avons dit que, dès le IXe siècle, une histoire de la famille des Atrides, en vers hexamètres, a pour titre *Orestis tragœdia*, et nous avons fait connaître deux de ces prétendues tragédies, en vers élégiaques, par Guillaume de Blois. Au XVe siècle, un récit, avec dialogue, de la mésaventure de deux hommes qui étaient tombés dans un piége à loup, porte encore le même titre, *tragœdia*. Peu de temps après, on arrange pour l'imprimerie le poëme de Claudien sur l'Enlèvement de Proserpine, et on en fait deux tragédies héroïques, *tragœdiæ heroicæ*. En prose, une complainte sur le désastre de Poitiers et la prise du roi s'appelle *Tragœdia super captione regis Franciæ Johannis*. Telles pouvaient être les tragédies sur Jeanne de Naples.

Hist. litt. de la Fr., t. XXII, p. 39.

Un des serviteurs de cette reine, Pierre de Boniface, que son alchimie et un poëme sur les pierres précieuses n'avaient point tiré de l'oubli, est un peu plus connu de notre temps.

Not. et extr. des mss., t. V, p. 689-708.

Il y aurait à regretter un bien grand nombre de poëmes pro-

vençaux, s'il fallait, comme on l'a voulu, prendre pour autant
de personnages nés de l'imagination des troubadours tous ces
preux dont les noms ont été cités par Giraud de Cabreira, par
Giraud de Calanson et par quelques autres. Mais on sait que
les grands récits romanesques, une fois adoptés par le peuple,
circulaient, avec les seuls changements qu'exigeaient les divers dialectes, en Espagne, en Provence, en Italie. C'étaient,
ou des demi-traductions, comme celle du poëme provençal sur
Girart de Roussillon, qui ne conserve guère des mots du texte
primitif que le mot de la rime; ou des traductions véritables,
comme celle de notre Ferabras français, traduit par un Provençal qui ne l'a pas toujours compris. On remarquait à peine
ces nuances, lorsqu'on accordait trop facilement à ce qu'on
appelait par excellence la langue romane toute originalité, toute
invention : il faut y regarder de plus près aujourd'hui.

Hist. litt.
de la Fr.,
t. XXII, p. 190,
210.

Philomena passait pour un texte original du XI° siècle : on
n'est pas fort éloigné de croire que c'est une mauvaise traduction provençale du XIV°.

Ibid., t. XXI,
p. 373-382.

Tout semble tellement douteux dans ces antiquités littéraires
sans chronologie, qu'un habile critique a prétendu faire
descendre jusqu'au même siècle le traité du chapelain André
sur l'amour et les cours d'amour. Il en résultera du moins qu'il y
aura désormais, sur la question déjà fort obscure de ces cours
amoureuses, une incertitude de plus.

Ibid., p. 320-
322. — Voy.
Diez, Ess.
sur les cours
d'amour, tr. fr.,
p. 77-90.

Dans la disette d'œuvres poétiques, nous indiquerons quelques pages d'un Mystère provençal, retrouvées parmi les mi-
nutes d'un notaire de Manosque, avec le titre latin de *Ludus
sancti Jacobi*. Ces fragments, transcrits vers l'an 1495, sont
plus anciens, et d'une langue qui échappe souvent à l'intelligence du copiste. Les jeux de scène sont marqués en latin :
*Bibit. Tunc ambulant per itinera. Tunc bibant et comedant.
Tunc vadant ad hortum cum hospite.* Le père, la mère et le
fils vont en pèlerinage à Saint-Jacques, et il paraît que le fils
est tenté par Satan, qui emploie, pour le perdre, la jeune fille
de l'hôte, Béatrix. Un fou, des diables, un style plat, des vers
incorrects, il n'y a rien qui ne ressemble à tant d'autres Mystères. La partie provençale de celui des Vierges sages et des
vierges folles n'est pas beaucoup mieux écrite.

Marseille,
1858, in-8.

Raynouard,
Choix, t. II,
p. 139-143.

A peine y aurait-il à citer quelques poésies populaires, comme pourrait être, en 1367, à condition de l'admettre pour authentique, ce chant languedocien, appelé *la Bertat,* sur l'expédition de Bertrand du Guesclin en Espagne, où, deux ans auparavant, il avait emmené quatre cents Toulousains :

Las Obros de Goudelin, Amsterd., 1700, p. 354-363. — Vaissete, Hist. de Languedoc, t. IV, p. 566, 578.

> Dona Clamenca, se bous plats,
> Iou bous diré pla las bertats
> De la guerra que s'es passada
> Entre Pey, lou rey de Leoun,
> Henric, soun fray, rey d'Aragoun,
> Ed ab Guesclin, soun camarada, etc.

Suivent quarante-sept autres sixains, qui ne nous apprennent souvent que les noms des familles toulousaines dont les enfants partirent pour l'Espagne :

> Los fils ne quitéguen lous pays;
> Forsa ne quitégon l'arays,
> E d'autres quitéroun las letras ;
> Belcop quitégon lour mouilhé;
> Qu'alqu'un n'escapec lou couilhé,
> Per prene l'arc e las pharetras.

Si l'on veut bien croire que la chanson soit du temps, elle a dû être modifiée et défigurée plusieurs fois.

Ces imaginations méridionales qui, même aux jours mémorables des Geoffroi Rudel et des Bertrand de Born, avaient rarement produit de grands récits poétiques, deviennent stériles. Là, comme ailleurs, la prose arrive à la première place. On met en prose la Chronique rimée sur la guerre des Albigeois. Nul poëte ne saurait alors être égalé au prosateur Ramon Muntaner, qui écrivait en 1325, à Valence, sa Chronique catalane.

Il y eut cependant quelques efforts pour réveiller l'amour des lettres. Sous le titre de *Flors del gay saber* ou de *Leys d'amors,* nous avons le long ouvrage didactique soumis en 1348 au corps des sept troubadours de Toulouse, et publié, huit ans après, avec leur approbation. Rien de plus confus que ce recueil de règles, de plus triste que ce manuel du gai savoir.

Toulouse, 3 vol. in-8.

Joyas del gay
saber, p. 3.

Les pièces dévotes conronnées par le consistoire des maîtres,
et dont la première est de l'an 1324, sont tout à fait dignes des
insipides leçons qu'ils dictèrent, quelques années plus tard, à
leurs disciples. D'autres poésies, qui ne comptent point parmi
les pièces couronnées, n'offrent aussi qu'un agencement plus
ou moins adroit de syllabes, conforme à ces préceptes qui pouvaient bien enseigner des combinaisons artificielles, mais non
l'inspiration.

Recherches,
etc.,
par J.-B. Noulet,
Toulouse,
1860, in-8.

S'il y a toujours un peu de pédantisme chez quiconque veut
enseigner, on avait, cette fois, passé toutes les bornes : les défauts du temps, les distinctions et les subdivisions minutieuses,
les fausses étymologies, les allégories puériles, conspiraient
tellement à fatiguer et à décourager l'esprit, que si la poésie
provençale ne pouvait être sauvée que par-là, elle était certainement perdue. Expliquer ses anciennes œuvres par un nombre
infini de petites remarques sur les diverses formes de couplets,
sur les voyelles « plénisonnantes, semisonnantes, utrisonnan-
« tes, » sur les rimes « estropiées, accordantes, ordinales, dic-
« tionales, » ce n'était pas lui rendre des poëtes.

Le témoignage qu'on allègue ici le plus souvent est celui des
œuvres morales du Toulousain Nat de Mons, dont la poésie
toute scolastique devait plaire alors plus que jamais.

Ces « Fleurs du gai savoir, » qui font des emprunts à Cicéron, à Quintilien, à Donat, à Priscien, à Isidore, et oublient
trop les modernes, nous apprennent du moins que l'on commençait alors à transporter dans la poésie des troubadours le
T. I, p. 350. rondeau français : *Alqu comenso far redondels en nostra
lengua, los quals solia hom far en frances*. Le rondeau, qui
venait de paraître chez nous avec les ballades et les virelais, n'était pas un bien précieux trésor pour la langue d'oc ;
mais l'observation a de l'importance, car elle est une preuve
nouvelle des emprunts que nous faisait la littérature du midi,
qui s'est enrichie beaucoup plus qu'on ne l'a dit jusqu'à présent, par la traduction de nos grands poëmes, et même de nos
chansons.

Un dialecte provincial, un patois, a succédé à cette gloire
littéraire. Jean de Nostre-Dame l'a dit avec douleur, et on pouvait le dire longtemps avant lui : « Nostre langue prouven-

« vensalle s'est tellement avallée et embastardie, que à peine
« est elle de nous, qui sommes du pays, entendue. »

Notre poésie française, qui devait avoir dans l'avenir une autre fortune, était tout aussi déchue : elle avait terminé son âge héroïque. Poésie FRANÇAISE.

Deux critiques d'une inégale autorité, l'un provençal, l'autre italien, prononcent un même jugement sur les genres où l'ancienne poésie française a excellé. Vers l'an 1250, le troubadour Raymond Vidal lui accorde la primauté dans les romans et dans les pastourelles. Dante, une cinquantaine d'années après, nous attribue l'avantage dans le récit des gestes des Troyens, des Romains, du roi Artus, et dans les enseignements (*doctrinæ*), ou le genre didactique. Ces deux opinions s'accordent sur le point principal : des deux côtés, on y fait honneur à la France de ces grandes narrations poétiques qui, sous le nom de gestes, de romans, avaient été traduites en Provence comme en Italie. Lorsque Vidal joint à cette supériorité celle de la pastourelle, ou de ce que nous appelons en général la chanson, il n'aurait pas été contredit par l'illustre poëte italien, qui, dans ses observations sur le rhythme, emprunte plus d'un exemple aux couplets du roi de Navarre. Dante fait aussi ressortir la fécondité de la langue d'oïl dans le genre doctrinal ; et il est incontestable, en effet, qu'elle y a précédé toutes les autres littératures modernes. De Vulgari eloquio, I, 10.

Qu'est devenue, au siècle même de Dante, cette haute poésie française dont les étrangers reconnaissaient le caractère national? Si elle n'a plus le premier rang, comment l'a-t-elle perdu?

Les divers âges de nos anciens poëmes paraissent aujourd'hui mieux déterminés qu'autrefois, parce qu'on en a comparé un plus grand nombre, surtout dans les textes les moins éloignés de leur origine. Le premier âge, vers la fin du XIe siècle et le commencement du XIIe, appartient aux grands récits où dominent les paladins de Charlemagne, où le prince lui-même est abaissé devant la puissance de ceux qui relèvent de sa couronne; âge rude et turbulent de guerres féodales, qui représente beaucoup moins l'état du pays sous le grand empereur que la royauté encore faible et précaire de Hugues Capet, sans

cesse humiliée ou trahie par la jalousie de ses vassaux indociles. Beuve d'Aigremont, révolté, comme son frère Girart de
Rossillon, contre l'usurpation de Charles; Ogier le Danois
lui résistant avec non moins de persévérance, et finissant par
soutenir à lui seul un siége contre toute l'armée de l'empereur ;
d'autres fictions encore de nos plus anciens trouvères ont quelque
ressemblance avec les pages de l'histoire où nous voyons le
duc d'Aquitaine refuser l'hommage au roi Hugues, comme à
un de ses pairs, et le comte de Périgord ne répondre aux menaces du comte de Paris que par le célèbre mot : « Qui t'a
« fait roi ? »

C'est ainsi qu'un poëme allemand à peu près contemporain,
celui des *Nibelungen,* nous montre Etzel, ou Attila, inférieur
en force et en courage aux princes goths et burgondes qu'il a
pour vassaux.

Dans ce premier âge, tout politique et tout guerrier, où les
récits abondent en négociations et en combats, les hommes
règnent seuls, les femmes ne partagent point l'empire avec
eux ; les situations les plus pathétiques sont indiquées en passant ; la narration est simple et austère. Si la mesure des vers,
de dix ou de douze syllabes, est correcte, la rime n'est souvent
qu'une assonance. Là se trouvent, pour redire la même chose,
les couplets doubles ou triples, et jusqu'à de longs morceaux
refaits plusieurs fois. Les remaniements ont altéré la forme
primitive; mais on entrevoit encore de grandes et belles conceptions. Boileau, dans son épisode sur la versification plutôt
que sur la poésie, commence à Villon et finit à Malherbe : les
siècles des poëtes inventeurs étaient oubliés.

Notre second âge poétique, moins original, est plus littéraire. On conserve, pour le poëme héroïque, les couplets sur
la même rime, comme dans les proses de l'Église, ce que Dante
appelle *vulgare prosaicum,* et le vieux poëte espagnol don
Gonzalo de Berceo, *una prosa en roman paladino.* Seulement
cette rime est devenue plus exacte. Peu à peu se sont introduits
les longs développements, les scènes d'amour, les contrastes,
les peintures de mœurs, les portraits.

Cependant, à côté de cette vieille poésie, respectueuse encore pour les souvenirs qu'elle croyait historiques, s'était élevé

. un autre genre moins sérieux et moins grave, les poëmes de
la Table ronde. Il y reste bien quelque ombre des traditions :
Artus, Lancelot, Gauvain, ne sont peut-être pas des personnages absolument fictifs; le Mohrout d'Irlande paraît être le
Dermot Mac Morogh de l'histoire. Mais la fantaisie l'emporte,
et le chantre des grandes renommées, l'interprète des nobles
sentiments et des vertus sévères, fait place au conteur qui ne
veut qu'amuser. De là tous les rêves d'une imagination sans
frein, les îles enchantées, les fées, les géants, les animaux fabuleux; tous les excès d'une galanterie efféminée, les enlève-
ments, les adultères. Dans les Amadis, qui sont issus des Lancelot, des Tristan, et où l'on a voulu voir l'idéal de l'amour
chevaleresque, la belle Oriane a tout accordé avant le jour
longtemps attendu où les empereurs et les rois viennent assister
à ses noces.

La différence est à peine sensible entre ce genre et celui des
romans d'aventures. La forme en est la même : c'est le vers de
huit syllabes, rimant deux à deux. Pour cette poésie légère,
frivole, et qui paraît s'adresser moins à tout un peuple qu'à la
cour des princes ou des barons, la gravité de l'ancien rhythme
ne convenait plus.

Nous avons cependant la preuve qu'on persista longtemps
à chanter dans les villes et les campagnes nos grandes chansons historiques. En 1368, les échevins de Valenciennes font
remettre xii gros, valant vi sols ix deniers, à Colart de Maubeuge, « pour jouer de son mestier et canter de geste. » Le ménestrel Watier « le harpeur, » qui fut accusé, en 1384, avec
son valet Robert Wonderton, d'avoir voulu empoisonner le roi
et les princes, paraît n'avoir été, comme beaucoup d'autres,
que musicien; mais, en 1396, nous retrouvons l'usage de
chanter les anciens poëmes. Le prédicateur Jean de Varennes,   Gerson, Op.,
arrêté à Saint-Lié, près de Troyes, par ordre de l'archevêque   t. I, col. 935.
de Reims et du bailli de Vermandois, s'exprime ainsi dans sa
défense, qu'il écrivit en prison : « Si un geai, un rossignol, ou
« tout autre oiseau; si un chanteur des gestes de Charles, de
« Roland, d'Olivier, avaient chanté sur cette montagne autant
« que moi indigne y ai chanté la parole de Dieu, et qu'on les
« eût fait saisir comme moi, honteusement, sans forme de

« procès, par des hommes d'armes, je ne doute pas que cela
« n'eût déplu au peuple ; et si, de sa grâce, il a bien voulu
« s'apitoyer sur un pauvre pécheur chrétien, nul homme de
« sens ne doit s'en étonner, car un chien même en pareil cas
« lui eût fait compassion. »

Ces couplets monorimes de dix ou de douze syllabes, dé-
pourvus de l'accompagnement des ménestrels, ont bien peu
de variété pour notre oreille ; mais il faut avouer que les rimeurs
provençaux en abusent encore plus, puisqu'ils ont de longs
poëmes tout entiers sur une seule rime, comme le Trésor de
Pierre de Corbiac.

L'entrelacement des rimes masculines et féminines, introduit par les chansonniers et souvent adopté par Thibaut de
Navarre, fait peu de progrès, au moins dans la poésie narrative. Joachim du Bellay ne regarde pas encore cet usage comme
une loi. Mais nos vers, trop peu distincts de la prose, avaient
besoin de ce supplément d'harmonie.

Défense et illust.
de la poés. fr. ,
l. II, c. 9.

Tandis que ces grands récits à tirades monorimes tombaient
en désuétude, les poëmes de la Table ronde et les romans d'a-
ventures s'étaient maintenus jusque dans le XIII° siècle avec
un certain éclat.

On suivrait moins facilement les variations de l'esprit poétique dans les petits récits en vers, comme les fabliaux, ou
dans les enseignements, les dits, les chansons ; genres inférieurs, qui paraissent, jusque dans ce même siècle, n'être point
trop déchus de leurs anciens succès.

Alors s'arrête, dans tout le domaine de la poésie, le progrès
de cet esprit inventif qui, s'il avait duré, aurait fini par se
porter avec plus de persévérance et d'étude sur l'art de l'expression, sur la langue poétique elle-même. Il se fait encore
d'assez longs ouvrages en vers ; mais l'originalité en a presque
entièrement disparu.

Un de ces ouvrages échappe souvent soit à l'imitation
servile, soit à la manie de la controverse qui entraîne tout ;
c'est le long poëme qui, sous le titre de *Bauduin de Sebourc*,
met aux prises la vieille loyauté chevaleresque, représentée par
le jeune Bauduin, vainqueur des Sarrasins et devenu roi de
Jérusalem, avec tous les vices du siècle, réunis dans la personne

d'un nouveau Ganelon, de Gaufrois, maltôtier, usurier, faux-monnoyeur, empoisonneur du roi de France, et qui succombe enfin sous les coups du vengeur de tant de crimes, pour être pendu au gibet de Montfaucon. Telle fut, en effet, la mauvaise fortune des plus riches financiers contemporains, Marigni, Pierre Remi, Jean de Montaigu. Ces grands vers, où l'on célèbre encore la gloire des croisades, sont déjà des vers satiriques.

La satire, qui sera toujours pour la poésie une inspiration moins heureuse que l'admiration et l'amour, règne sans partage dans *Renart le contrefait,* dernière branche de l'ancien Renart, et amas indigeste de médisances qui remontent jusqu'au berceau du monde. L'allégorie, déjà fort pédantesque dans *Renart le nouvel,* et vraiment inutile dans une guerre si ouvertement déclarée, y ressemble, comme plusieurs des épisodes, à un plagiat, et tous ces vieux personnages, Orgueil, Colère, Avarice, viennent redire ce qu'ils avaient mieux dit autrefois.

Des cris précurseurs de la jacquerie semblent retentir avec plus de force encore dans un autre poëme très-étendu, *Fauvel,* qui est aussi de la première moitié du siècle, et où ce triste échafaudage de l'allégorie, mieux justifié par la violence de quelques attaques, ne parvient point à dérober aux regards tout ce qui fermentait de mauvaises pensées dans l'âme du peuple contre les clercs et les moines, surtout contre les ordres mendiants et les templiers. Flatterie, Avarice, Vilenie, Variété, Envie, Lâcheté, composent de leurs lettres initiales ce nom de Fauvel, monstre fantastique, espèce d'idole encensée par les papelards, les simoniaques, les gens de cour ; personnification moins naturelle que cette autre figure multiple de Renart, et qui manque trop d'invention et de gaieté pour que le désordre de la composition soit racheté par la nouveauté ou la verve des récits.

On pourra, dans l'examen de ces libelles rimés, les mettre en parallèle avec celui qui allait bientôt agiter les esprits en Angleterre, la Vision de Piers Ploughman : là, comme ici, se préparait dès lors une révolution sociale qui a couvé plusieurs siècles, et qui est plus avancée chez nous que chez nos voisins.

Mss. de l'Ars.,
Belles-lettres,
n. 186.

Il y a un poëme où l'allusion est personnelle, *Hue Ciapet*, dont l'imitation en prose allemande a eu plusieurs éditions. Dante, qui exagère à son tour les fables adoptées par ce poëme, ne veut reconnaître, dans le fondateur de notre troisième dynastie royale, que le fils d'un boucher de Paris.

D'autres narrations tenaient encore des anciennes « gestes, » mais n'étaient plus assez originales pour être mises au même rang : Judas Machabée ; un nouveau Charlemagne, par Girart d'Amiens ; un des nombreux remaniements de Girart de Rossillon ; Girart de Viane, si l'auteur, Bertrand de Bar-sur-Aube, a vécu jusqu'en 1308 ; Charles le Cauf, Doon de Nanteuil, Siperis de Vinevaulx ; Meuvrin, fils d'Ogier le Danois ; le Bastart de Buillon ; Lion de Bourges ; le Chevalier errant, en prose et en vers, par Thomas, marquis de Saluces, etc. Toutes ces imitations de la vieille poésie héroïque prouvent qu'elle n'avait point perdu tout son pouvoir sur les esprits. L'indulgence allait jusqu'à confondre les disciples avec les maîtres, comme dans ces vers que fait prononcer au Prince Noir le chantre de Bertrand du Guesclin :

> Qui veult avoir le nom des bons et des vaillans,
> Il doit aler souvent à la pluie et aux champs,
> Et estre en la bataille, ainsi que fist Rolans,
> Les quatre fils Aimon, et Charles li plus grans,
> Et li bers Olivier, et Ogier le poissans,
> Li dus Lions de Bourges, et Guion de Connans,
> Perceval li Galois, Lancelot et Tristans,
> Alexandre et Artus, Godefroi li sachans,
> De quoi cil menestrelz font ces nobles romans.

On les lisait moins sans doute que lorsqu'ils étaient l'ornement de toutes les fêtes seigneuriales :

Rom. de Rou,
t. I, p. 1.

> Doit l'en li livres et li gestes
> Et li estoires lire as festes.

Le Laboureur,
Hist.
de la pairie,
p. 281-284.

Mais on les lisait encore, et même on y croyait. Le savant qui a fait remarquer un des premiers l'utilité des romans de chevalerie pour l'étude de l'histoire, pouvait ajouter que nos anciens annalistes en avaient été trop facilement dupes, et que les rédacteurs des ordonnances de Charles V auraient bien pu Ordonn. des rois de Fr., t. VIII, p. 365. ne pas lui faire accepter la tradition poétique du voyage de Charlemagne en Palestine. Cependant le vieux respect pour ces longs récits tout remplis de fictions n'empêchait pas que l'on ne commençât à leur préférer, comme généralement plus courtes, peut-être comme plus vraies, les simples histoires rimées des événements contemporains.

En effet, au-dessous de ces grandes compositions, il va s'en rencontrer qui leur ressemblent par la forme, quelquefois même par l'étendue, mais où l'imagination tient moins de place, et qui ne se distinguent de l'histoire en prose que par la mesure et la rime : les poésies françaises que nous avons nommées historiques deviennent très-nombreuses des deux côtés du détroit.

Partout où avait pénétré la langue française, elle ne laissa passer que bien peu d'événements sans les chanter. Les peuples semblaient croire que c'était là désormais l'organe le plus naturel de leurs pensées, le plus sûr dépositaire de leur gloire. Une ville du sud-est de l'Irlande, New-Ross, ayant résolu, Archæologia, t. XXII, p. 307-322. en 1265, de se fortifier, pour n'avoir point à souffrir de la guerre que se faisaient deux puissants barons du voisinage, il se trouve un poëte qui décrit, en deux cent dix-neuf vers, les délibérations du conseil de la commune, l'activité des travailleurs, y compris les femmes et les prêtres, au son des flûtes et des tambours ; le fossé, le mur, enfin l'achèvement de ces remparts, capables de résister, dit-il, à quarante mille combattants. Nous avons le poëme, où l'on remarque une vive admiration pour les héroïnes irlandaises :

> Kique là fu pur esgarder,
> Meint bele dame y put veer...
> Ke unke en tere où j'ai esté,
> Tantz beles ne vi en fossé.
> Mult fu cil en bon ure né,
> Ki puet choisir à volunté !

Au mois de juillet 1300, quand le château de Carlaverock, The Siege of Carlaverock Lond., 1823, in-4. en Écosse, fut pris par le roi d'Angleterre Édouard Ier, cet exploit, peu glorieux pour les vainqueurs, puisque six cents hommes s'étaient défendus contre trois mille, fut le sujet d'un beaucoup plus long poëme en vers français de huit syllabes, œuvre d'un témoin oculaire que l'on croirait volontiers, comme Warton, un héraut d'armes; car le récit des prouesses des assiégeants y tient moins de place que la description de leurs quatre-vingt-huit bannières.

En France, le *Dit du pape, du roi et des monnoies*, un de ces échos de l'opinion vivement émue des hardiesses de Philippe IV, nous fait entendre les plaintes de la « gent menue, » qui craint que « le bon temps » ne soit fini pour elle. Guillaume Guiart, en terminant alors sa *Branche aux royaux lignages*, est plus favorable au roi qu'il avait suivi dans la guerre de Flandre, et que la Chronique rimée du chanoine Pierre Langtoft maudit tout à son aise. Geffroi de Paris, en 1315, dans ses *Advisemens au roy Loys*, l'engage, pour réparer les fautes de son père, à soulager le peuple du poids des maltôtes, et à se montrer plus humble fils de la sainte Église. Organe de l'ancien parti féodal, il veut aussi que la cour, faisant droit aux griefs de la noblesse, écoute moins les vilains, et encore moins les « avocateriaux. »

Chronique, v. 6791.

Le *Vœu du héron* (1328) est comme le premier manifeste de la guerre entre Édouard III et Philippe de Valois, ou plutôt entre deux peuples qui semblaient frères, depuis la conquête normande, par les mœurs, la langue, la religion. Colmi, ou plutôt Colins, trouvère de Jean de Hainaut, sire de Beaumont, en cinq cent soixante-six vers de huit syllabes, conservés par le chroniqueur Gilles le Muisis, pleure le vieux roi de Bohême et tant d'autres victimes de la bataille de Créci; long catalogue sous la forme banale d'un songe, où l'on voudrait plus de faits et moins de personnages allégoriques. Des poésies légères, des contes de jongleurs, portent cette date funeste :

Collect. des chron. de Flandre, t. II, p. 246-263.

Biblioth. des literär. Vereins in Stuttgart, n. LIV, 1860, p. 3. — Jahrbuch, etc., t. V, p. 218.

> L'an mil iij. c. XL. vj.
> Que nos seigneurs furent occis
> En la bataille de Creci.
> Jhŭ Cris leur face mierci !

Dix ans après, dans la complainte sur le désastre de Poitiers, les nobles sont hautement accusés de couardise et de trahison.

Le *Combat des trente* (1351) est le récit héroïque d'une des journées de ce duel, qui a duré plus de cent ans.

Des chants sur de moindres intérêts se font entendre au milieu de ces tristes souvenirs : en 1349, les ridicules cantiques des flagellants ; en 1353, les treize douzains sur le « mesquief « de Tournai par yauwe, par feu et par vent. » Mais les noms historiques reparaissent, en 1370, avec les vers où Guillaume de Machau raconte la prise d'Alexandrie par le roi de Chypre, et le poëme sur la guerre entre Charles de Blois et Jean de Montfort ; en 1376, avec la Vie et les faits d'armes du Prince Londres, 1849, in-4. Noir, célébrés par Chandos, le héraut de sir John Chandos, connétable d'Aquitaine, dans cinq mille quarante-six vers de huit syllabes dont le français n'est pas toujours clair, mais où il raconte en témoin, parmi tant d'autres détails faits pour intéresser les deux nations, l'entrevue du prince et du roi après la journée de Poitiers :

> Là fuist devant lui amesnés Pag. 110.
> Li rois Johan, c'est verités.
> Li prince moult le festoia,
> Qui Dampne Dieu engracia,
> Et, pur le roi plus honourer,
> Lui voet aider à deservier.
> Mais li rois Johan lui ad dit :
> « Beaux douls cosins, pur Dieu, mercit ;
> « Laissez, il n'apartient à moi ;
> « Car, par la foi que jeo vous doi,
> « Plus avez el jour d'hui d'honour
> « Qu'onques n'éust prince à un jour. »
> Dont dist li prince : « Sire douls,
> « Dieux l'ad fait, et non mie nous.
> « Si l'en devons remercier,
> « Et de bon coer vers lui prier
> « Qu'il nous voille ottroier sa gloire
> « Et pardoner ceste victoire, etc. »

Puis viennent, en 1378, les vers de Guillaume de la Perenne sur l'expédition des Bretons en Italie, et ceux de René en l'honneur du *Bon prince*, à l'occasion de l'entrée à Paris de l'empereur Charles IV ; en 1381, le Dit contre l'ancien prévôt des marchands, Hugues Aubriot « lequel ot moult de fortunes

« sur la fin de ses jours, » et le « Livre du bon Jehan duc de
« Bretaigne, » par un scolastique de Dol, maître Guillaume
de Saint-André. Les désordres du schisme, en 1398, inspirent
de faibles vers et une prose moins mauvaise à l'auteur de
l'*Apparition de Jehan de Meun,* Honoré Bonet, prieur de
Salon.

Le trouvère Jean Cuvelier, en 1384, nous laisse une des
histoires rimées les plus instructives, celle de Bertrand du
Guesclin.

Tout à la fin du siècle, en 1400, Creton, après avoir raconté, avec une bonne foi bien supérieure à l'harmonie de ses
vers, les événements qui précédèrent la déposition du roi
d'Angleterre Richard II, s'aperçoit un peu tard, en finissant
son œuvre, de l'inconvénient de rimer ainsi l'histoire :

> Or vous vueil dire, sans plus rime querir,
> Du roy la prinse, et, pour mieulx acomplir
> Les paroles qu'ils dirent au venir
>   Eulx deux ensemble,
> Car retenues les ay bien, ce me semble,
> Si les diray en prose ; car il semble
> Aucunes fois qu'on adjoute ou assemble
>   Trop de langage
> A la matiere dequoy on fait ouvrage.
> Or vueille Dieux, qui nous feit à s'image,
> Pugnir tous ceulx qui feirent tel oultrage!

Et, frappé de cette vérité, que le récit gagne à être plus
simple, il se met à redire en prose la terrible entrevue, à laquelle il paraît avoir assisté, entre le dernier roi des York et
son meurtrier qui fut son successeur, le premier roi des Lancastre. C'était faire preuve de bon sens. Le règne de la prose
était venu pour l'histoire.

Les premiers Valois, qui essayèrent de prolonger les usages
féodaux de la chevalerie, encouragèrent les récits d'aventures.
Un des statuts de l'ordre religieux et militaire de l'Étoile,
fondé par le roi Jean, veut que chaque membre de l'ordre fasse
inscrire ses prouesses dans le livre de la Noble maison. Tel est
aussi, presque en même temps, le vœu de Louis de Tarente,
roi de Naples. Dans les statuts qu'il rédigea, en 1352, pour

Montfaucon,
Monum.
de la monarch.

son ordre du Saint Esprit au droit desir, il est dit que le livre
qui devait être déposé au château de l'OEuf, sous le titre des
« Avenemens aux chevaliers, » conservera l'histoire des exploits
de chacun d'eux, écrite par les clercs de la chapelle. Si ces
deux recueils avaient été jamais commencés, ils fussent devenus pour les trouvères une source abondante de romans de
chevalerie. Seulement il eût fallu n'y pas décrire avec trop de
complaisance les armoiries, les livrées, les cérémonies, défaut
ordinaire des hérauts d'armes lorsqu'ils célébraient une bataille, un siége ou un tournoi. Pierre Gentien n'oublie pas
son propre blason dans son « Tournoi des dames. » Le héraut
Chandos, qui traite de menteurs les anciens ménestrels, ne se
défie point assez lui-même des excès du panégyrique. Vainement Froissart, soit en vers, soit en prose, donne quelquefois
une vie nouvelle à cette littérature de courtisans : il était trop
tard ; serventois en l'honneur des hauts barons, longues descriptions de joutes et de fêtes, généalogies rimées par les hérauts ou les clercs, tous ces restes dégénérés de l'ancienne
poésie avaient fait leur temps ; la vie était ailleurs.

Cependant les historiens auraient tort de croire que ces nombreux poëmes de circonstance soient à dédaigner ; ils devraient
songer plutôt à compléter nos annales par des récits tels que ceux
de Chandos, ou tels que ce poëme anglais sur le Siége de
Rouen (1418), dont plusieurs incidents, ignorés jusqu'ici, ont
un grand caractère de vérité. Sans être ni des témoins tout à
fait désintéressés, ni des poëtes, ni même des écrivains habiles, ces rimeurs des faits contemporains peuvent encore nous
apprendre quelque chose. N'en exigeons pas trop, mais profi-
tons de ce qu'ils nous donnent.

On s'entendait mieux à conserver la facilité et la gaieté de
l'ancienne rime française dans la chanson, dans le conte ; et
les ménestrels, les jongleurs s'en allaient toujours récitant

> Chansonnettes, mos, fableaux,
> Pour gaigner les bons morceaux.

Là pouvaient se retrouver encore quelques débris de la vieille
poésie narrative, qui avait su mêler à ses grands récits la

fr., t. II,
p. 327-342.

Éd. de Londres,
1842, p. 2.

Archæologia,
t. XXI, p. 43-
78 ; t. XXII,
p. 361-384.

Vies des Pères,
mss. de la
Biblioth. imp.,
n. 7588.

chanson, le fabliau, tout aussi bien que soutenir l'intérêt dans le cours d'une longue action par l'infinie variété des événements et des caractères.

Cette stérilité, dès lors inévitable, des belles fictions qui avaient été comme le produit naturel d'un autre temps, laissait le champ libre à un genre plus timide, qui invente rarement et se borne à mettre en vers des préceptes ou des descriptions, le genre didactique ou doctrinal, que Dante reconnaissait déjà comme propre à notre nation. De nouveaux efforts sont tentés par Renax, Pierre de Nesson et une foule d'anonymes pour versifier en langue vulgaire la Bible, les Vies des Saints, les Miracles de la Vierge ; puis se succèdent d'autres poésies édifiantes, comme les trente histoires pieuses du *Tombel de Chartrose;* le *Miroir de la vie et de la mort*, par Robert de Lorme ; les *Trois Maries,* par Jean de Venette; les trois *Pèlerinages* que fait en songe Guillaume de Guilleville ; *Mandevie,* autre songe en prose et en vers, par Jean du Pin, moine de Vaucelles ; le *Respit de la mort,* par Jean le Fevre, auteur de l'*Anti-Matheolus*, où il répond au *Matheolus,* satire contre les femmes, qui trouvèrent beaucoup d'autres défenseurs.

Les traités en vers sur la chasse, par Gaces de la Buigne, par messire Hardouin de Fontaines Guerin, disputent la vogue aux traités en prose, à celui de Gaston Phébus, comte de Foix, écrit en 1387 par un prince qui eut, dit-on, seize cents chiens, et au livre du roi Modus et de la reine Ratio, plus ancien, puisque l'auteur avait vu le roi Charles le Bel chasser le sanglier dans la forêt de Breteuil, mais dont ces préceptes un peu diffus, mêlés de vers, ont été retouchés. Quant aux leçons en vers sur l'art du chasseur, le chapelain Gaces de la Buigne, choisi par le roi Jean prisonnier pour enseigner cet art à son jeune fils le duc de Bourgogne, sait bien qu'il n'est pas un très-bon poëte; mais il croit avoir des droits à l'indulgence, dans cette vie et dans l'autre, parce qu'il fut un chasseur passionné :

Fol. xlviii.

Miscellan.
of the Philob.
Soc., t. II,
sect. 6, p. 190.

> Que Dieu lui pardoint ses defauts ;
> Car moult ama chiens et oiseaulx.

Dans cet humble genre, fort aimé des rimeurs sans poésie,

nous rangerons encore les Dits ou Dictiés, dont il reste quantité d'exemples, sur les métiers et les professions, sur les Rues, les Moutiers et les Crieries de Paris ; petites pièces vraiment triviales, adressées à l'auditoire le moins choisi, celui des places publiques.

Comme il fallait cependant remplacer aussi, dans les classes plus élevées, ces grands poëmes dont elles parlaient encore, mais qu'elles lisaient moins, et comme ceux qui voulaient leur plaire ne pouvaient, pour toute fiction, emprunter toujours au roman de la Rose l'insipidité de ces personnages allégoriques qui dialoguent dans un jardin devant l'auteur endormi, on vit naître, vers la seconde moitié du siècle, de petites poésies de cour, qui ne demandaient pas une longue attention et suffisaient pour distraire un instant. Quelques pages des Recherches de la France racontent l'origine des chants royaux, des ballades, des rondeaux, qui essayèrent de suppléer au génie poétique par le vain mérite de la difficulté vaincue. L'auteur en donne même, comme il dit, « le formulaire, » qui a pu varier, mais qui consiste toujours dans un agencement très-compliqué de mesures, de refrains et de rimes. C'est d'après Marot qu'il en parle ; mais il avait vu lui-même, au palais de Fontainebleau, plusieurs de ces « mignardises » dans le « grand tome » des poésies de Froissart, qui, selon le titre, les avait « dictées et « ordenées à l'aide de Dieu et d'Amours, depuis l'an de grace « 1362 jusqu'à l'an de grace 1394. » Pasquier ne témoigne pas une bien vive admiration pour ces chétifs jeux d'esprit, qui régnaient encore de son temps, et qu'il imita quelquefois ; mais il ne se doute point cependant à quel excès de subtilité et de raffinement ils étaient arrivés avant lui.

OEuvres de Pasquier, t. I, col. 695-699.

Au temps même où s'y exerçait Froissart, en 1392, un poëte de la cour, Eustache des Champs, dans son « Art de « dictier et fere chancons, balades, virelais et rondeaux, » rédigeait les leçons de ce nouvel Art poétique, et il en avait bien le droit, lui qui nous a laissé, sans compter le reste, quatre-vingts virelais, cent soixante et onze rondeaux, mille cent soixante et quinze ballades. Mais il eut beau s'épuiser à distinguer les ballades en léonines, sonnantes, équivoques, rétrogrades ; il ne tarda pas à être surpassé.

Poésies morales, 1832, p. 260-282.

« L'Art et science de Rhetorique pour faire rigmes et bal-
« lades, » par Henri de Croy, non moins riche en exemples
qu'en définitions, vient, au siècle suivant, attester le progrès
des genres nouveaux. Ici la ballade est subdivisée en « com-
« mune, balladante, fatrisée; » le rondeau, en « simple, ju-
« meau, double. » On nous enseigne à ne point confondre ces
diverses sortes de poëmes : « lignes doublettes (ou distiques),
« vers sixains, vers septains, vers huitains, vers alexandrins;
« rigme batelée, brisée, enchaînée, à double queue, rigme en
« forme de complainte amoureuse. » Il y avait enfin une espèce
de combinaison appelée « ricquerac, » et une autre appelée
« baguenaude. »

Voilà donc où en est maintenant la poésie française : déchue
de toute sa grandeur, on la partage, on la découpe, on l'ame-
nuise de plus en plus ; on la réduit en dentelle, en broderie,
comme la sculpture des stalles ou du portail des églises. Nous
n'aurions jamais imaginé combien elle eut à souffrir aussi de
la manie de subdiviser et de distinguer, si nous n'avions encore
les petits cadres de cette nouvelle et incroyable Poétique, favorisée un moment par l'esprit du siècle, et qui est heureusement tombée dans l'oubli.

Le titre de l'ouvrage atteste du moins que par la rhétorique
on entendait surtout la poésie. Ces essais d'académies ou de
sociétés littéraires qui, sous les noms de puys, de jeux sous l'or-
mel, et enfin de chambres de rhétorique, s'établirent à Valenciennes (1229), Diest (1302), Douai (1330), Amiens (1338),
ailleurs encore, couronnaient des vers d'amour et de dévotion.
Les poëtes s'appelaient souvent des rhétoriciens.

Cette mode qui les obligeait à resserrer ainsi la pensée dans
des couplets soumis à d'étroites règles, aurait dû leur interdire
du moins les négligences de style et d'harmonie, comme le
contraste de l'afféterie et de la bassesse de l'expression, comme
ce détestable emploi d'une syllabe muette à la césure dans le
vers de dix syllabes, usage qu'ils ne tolérèrent d'abord que
pour les vers à mettre en chant, et qu'ils étendirent à tous les
genres. Il y aurait eu lieu d'espérer aussi que cette brièveté
leur donnerait enfin la qualité qui leur manquait le plus, la
concision ; mais ils devenaient concis pour ne rien dire.

Si l'on voulait trouver quelque chose de plus vide encore que ce laborieux pédantisme d'une poésie aux abois, il faudrait descendre jusqu'aux bouts rimés, aux logogriphes, aux énigmes, aux chronographes, aux acrostiches, non moins recherchés des beaux esprits de ce temps, ou jusqu'aux fatrasies de Vatriquet. Mais ces inepties mêmes ont une place dans les compartiments de Henri de Croy, qui nous apprend à bien distinguer les fatras simples des fatras doubles.

Le théâtre aurait pu ranimer notre poésie, qui achevait de périr dans ces futilités. Mais les spectacles religieux, les Mystères latins ou français, ne sortaient du cercle de leurs types consacrés que pour s'abandonner, sous la protection de l'autel, à de grossières bouffonneries. En vain essaya-t-on de les éloigner du sanctuaire, et de les faire servir à l'ornement des fêtes publiques. Quand les fils du roi, en 1313, furent armés chevaliers, des jeux furent donnés au peuple de Paris, où l'on vit Dieu sourire à sa mère et manger des pommes, entouré des trois rois de Cologne et de ses apôtres disant leurs patenôtres ; les âmes des bienheureux chanter en paradis, accompagnées d'un chœur de quatre-vingt-dix anges, et les âmes des damnés pleurer en enfer, au milieu de plus de cent diables, qui riaient de leurs larmes. On y vit aussi Renart, l'acteur chéri de la foule, médecin, évêque, archevêque, pape, dire l'Épître et l'Évangile, sans épargner poules et poussins. En 1367, au château de Rouen, ce durent être des scènes plus graves qu'une troupe de jongleurs vint représenter devant Charles V, et qui leur valurent deux cents francs d'or. Au sacre de Charles VI, à Reims, des Mystères, « d'une invention nou-« velle, » furent joués pendant le repas. Les princes avaient des troupes d'acteurs à leurs gages : Gilet Vilain et Jacquemart le Fevre étaient des « joueurs de personnages » du duc Louis d'Orléans.

C'est même sous ce titre de Mystères que se produisent des drames chevaleresques, comme les *Enfants d'Aimeri de Narbonne*, à Lille, en 1351 ; historiques, comme la prise de Jérusalem par Godefroi, à la cour de France, en 1378 ; allégoriques, comme le Jeu des sept vertus, à Tours, en 1390. Depuis longtemps, les

SPECTACLES.

Chron.
de Geffroi
de Paris,
v. 5329.

Latin stories,
c. 111.

Reliq. antiquæ,
t. I, p. 42-57.

étudiants anglais représentaient des Miracles : *spectacula quæ nos Miracula appellare consuevimus.* Maître Geoffroi du Mans, docteur de Paris, avait fait jouer, à Saint-Alban, ceux de sainte Catherine. Il reste un vieux sermon anglais contre ces jeux, *Miraclis pleyinge.* En 1398, les confrères de la Passion avaient ouvert leur théâtre à Paris, avant que l'ordonnance du 4 décembre 1402 leur en eût accordé la permission. Mais eût-on réussi à séculariser encore plus ces jeux qui furent d'abord exclusivement sacrés, leur caractère presque dogmatique, resté immuable à travers les diverses fortunes de l'Église, leur interdisait tout progrès littéraire.

Tiraboschi,
Stor., t. IV,
p. 371.

OEuvres, t. I,
p. 280.

Magnin, Journ.
des sav., 1856,
p. 47, 65-81,
etc.

Les spectacles profanes avaient seuls quelque avenir. Si l'Hérésie des prêtres, en provençal, fut réellement représentée, ce qui est fort douteux, à la cour de Boniface, marquis de Monferrat, il est difficile de croire que la comédie satirique n'eût point dès lors commencé en France. Les ordonnances royales, en 1341 et 1395, répriment la licence des farces populaires. Ce genre de drame, libre et fait pour l'être, amusait fort les étudiants parisiens : ils le cultivèrent dans leurs colléges, au Pré aux clercs, au Lendit, et, comme basochiens, dans la grand'salle du palais. Plusieurs de ces saillies dialoguées, revêtues depuis d'une forme plus moderne, paraissent remonter jusqu'aux premiers essais : elles viennent le plus souvent des fabliaux, comme la farce du *Cuvier,* imitation des vieilles querelles de sire Hain et de dame Anieuse ; comme celle du *Meunier,* qui transporte sur la scène un ignoble conte de Rutebeuf, et que le maire de Seurre, en Bourgogne, crut devoir tolérer un jour de pluie, pour assurer des spectateurs au « Mystere « monsieur saint Martin. » On joue en 1352 le *Mauvais riche et le ladre ;* en 1396, *Bien avisé et mal avisé.* La rédaction primitive de la farce de l'*Avocat patelin,* s'il était permis de la rapporter, comme on l'a cru, à l'année 1392 ou à peu d'années auparavant, serait une date mémorable dans les annales littéraires de ce siècle.

Déjà depuis trois cents ans nos pères avaient une poésie française : ils avaient trouvé, dans le poëme héroïque, de belles et hautes inspirations ; dans le conte, d'heureux moments de vivacité et d'esprit ; dans la chanson, une grande variété de rhythmes et d'agréables images ; dans la comédie populaire, de la gaieté et de charmantes scènes ; partout, une invention vraiment spontanée et qui ne devait rien à l'imitation. Que leur a-t-il donc manqué pour produire des œuvres durables, que l'on pût lire et admirer encore aujourd'hui ?

Il leur a manqué le travail du style, la pratique de cet art pour lequel ils avaient cependant les conseils et les exemples des anciens, l'art de bien dire.

Telle était, en effet, depuis l'origine et telle sera longtemps encore la partie faible de toute cette poésie. On avait beaucoup emprunté à l'antiquité latine, la seule que l'on connût assez bien, dans la philosophie, dans les sciences physiques, dans la législation ; la théologie elle-même avait porté le respect d'Aristote jusqu'à l'abus de ses méthodes. Ceux qui avaient tant d'admiration pour les anciens auraient bien dû, comme écrivains, se faire leurs disciples. Il y avait là plus d'un guide qu'ils pouvaient suivre sans s'égarer. Mais cette argumentation perpétuelle qu'ils appliquent à tout, en la défigurant par une langue latine de convention, les empêche de voir combien le style des maîtres a de puissance, même pour opérer la conviction. Quand les idiomes vulgaires commencèrent à prévaloir, on était accoutumé depuis trop longtemps à la barbarie scolastique pour sentir le besoin de chercher dans le français une précision, une élégance, une harmonie, dont on se passait en latin.

Les poëtes, par qui surtout se forment les langues, n'étaient que des improvisateurs, forcés d'obéir, pour être compris et goûtés, aux exigences du pays et du moment. Une langue abandonnée à tant de hasards ne pouvait avoir ni unité ni fixité.

Quand cette négligence de l'art d'écrire n'est plus compensée par l'invention, la poésie française décline. Pétrarque, vers l'an 1350, disait dans une lettre à son ami Philippe de Vitri, le rimeur infatigable de l' « Ovide moralisé : » *Tu poeta nunc unicus Galliarum.* Ce poëte unique est un bien faible poëte.

Un malheur de notre littérature naissante, et singulièrement de la poésie, est d'avoir été séparée par un intervalle de plus de trois siècles du jour où l'imprimerie vint aider les idiomes modernes à se fixer. Combien de vicissitudes le français n'eut-

il pas à subir, favorables quelquefois, plus souvent nuisibles,
depuis les essais de style ferme et grave, comme le poëme en
l'honneur de Thomas de Canterbury, ou de style abondant et
magnifique, comme le début de l'Alexandre, ou de style gracieux, comme nos plus anciennes chansons, jusqu'aux divers
âges où se succèdent Guillaume de Lorris, Jean de Meun,
Guillaume de Machau, Eustache des Champs, Charles d'Orléans,
Villon ! Les Italiens ont été plus heureux : leur langue, formée
tout d'abord par de grands écrivains, mais plus tard que la
nôtre, lorsqu'il y avait déjà moins de chances pour qu'une
langue fût altérée et détruite, n'a point traversé, comme la
langue française, deux ou trois déclins et autant de renaissan-
ces ; destinée laborieuse, où les pères n'ont presque rien
transmis à leurs enfants, qui ont eu chaque fois leur fortune
littéraire à recommencer.

TRADUCTIONS. Dans le cours de ces divers tâtonnements de nos anciens
écrivains, il est un exercice qu'ils regardèrent toujours comme
une dépendance de l' « art de rhetorique, » et qui aurait pu
les éclairer plus tôt sur l'importance de l'étude du style pour
la durée des œuvres de l'esprit. C'est la traduction. Nous n'en
dirons ici qu'un mot ; mais elle occupe une grande place dans
l'héritage littéraire de la seconde moitié du siècle.

On avait d'abord traduit en français les livres saints, puis
les légendes et les sermons. L'extrême liberté que se donnaient les auteurs de ces versions peut avoir contribué, avec
l'abus qu'en fit quelquefois l'hérésie, à rendre suspecte toute
transformation de l'Ancien ou du Nouveau Testament en langue
vulgaire. Lorsque, dans les livres des Rois, on se permettait de
substituer une cathédrale au temple de Salomon, il y avait lieu
de craindre que la licence n'allât plus loin.

Après les ouvrages de piété viennent ceux qui promettaient quelque instruction, comme les histoires, les narrations
de tout genre, les voyages, les traités de médecine, de morale,
de droit, surtout de droit romain, quand la justice recommence
à devenir laïque.

Dans la lutte avec les papes et durant tout le grand schisme,
on traduit les ouvrages latins de controverse, et quelques-uns

sont publiés en même temps dans les deux langues, comme le Défenseur de la paix et le Songe du vergier.

Mais nous laissons les nombreuses traductions d'écrits modernes, pour faire voir seulement combien, au début de l'éducation d'un peuple intelligent, la traduction des œuvres de l'antiquité pouvait être un utile apprentissage de l'art d'écrire.

Philippe le Bel fait traduire par Jean de Meun les préceptes militaires de Végèce et la Consolation de la philosophie, fort admirée alors de ceux qui ne s'apercevaient pas que ces méditations toutes philosophiques de Boëce n'étaient pas un ouvrage chrétien.

On croit que c'est la reine Jeanne de Bourgogne, veuve de Philippe le Long, qui fit traduire et moraliser en vers par Philippe de Vitri les Métamorphoses d'Ovide, que Chrestien le Gouais, de Sainte-More, traduisit en prose.

Une étude plus sérieuse et plus propre à enrichir la langue est la version que Pierre Berchure fit de Tite-Live pour le roi Jean, qui la vit du moins commencer, et qui, malgré sa légèreté de caractère, voulut le premier, plus soigneux de l'avenir que ses prédécesseurs, que les livres de sa bibliothèque royale, ces livres qu'il aimait, au lieu d'être dispersés par des donations aux monastères, fussent conservés à ses enfants.

Mais son fils Charles V, le sage roi, qui ouvrit aux hommes studieux sa librairie de la tour du Louvre, est le grand promoteur des traductions d'auteurs anciens. On ne lui en offre que d'imparfaites : Cicéron, Salluste, Valère-Maxime, Sénèque, Suétone, sans compter les difficultés du texte, ne peuvent être rendus avec un complet succès dans une langue dont la prose est encore assez pauvre, et ils lui apportent plus qu'ils ne lui doivent.

Les originaux sur lesquels on s'exerçait n'étaient pas toujours bien choisis. Au mois d'avril 1262, un moine de Corbie, auteur d'une histoire latine des reliques du couvent, Jean de Flixecourt, à la requête de l'aumônier Pierron de Besons, avait « translaté sans rime l'estoire des Troiens et de « Troies du latin en roumans mot à mot, ensi comme il l'avoit « trouvé en un des livres du livraire monseigneur saint Pierre « de Corbie; » et il donne plusieurs raisons de ce choix : le

Mabillon, Acta sanct. ord. S. B., IV, 1, p. 372. Descript. des mss. de la biblioth. roy. de Copenhague, p. 107-109.

roman de Troie rimé (celui de Benoît de Sainte-More) est fort
long ; de plus, il est rare ; enfin, le poëte ayant dû, pour « be-
‘ « lement trouver sa rime, » ajouter beaucoup de choses de son
invention, c'est par Darès de Phrygie « qu'on porroit bien .
« savoir la vérité. » Mais la préférence était généralement accordée à des textes plus faits pour répandre une vraie instruction et pour former le style.

Jusqu'à ces traducteurs, la langue française était moins latine dans les mots, car ils l'ont farcie de latin ; mais elle était
plus latine, plus strictement grammaticale, dans les constructions, et ce sont eux qui, en faisant parler l'antiquité comme
on parlait autour d'eux, ont fondé la langue moderne.

Ils ont peu touché à la poésie : Virgile et Horace n'ont été
traduits que plus tard. La prose seule a profité incontestable-
ment de leurs essais. L'imprimerie, en se hâtant de reproduire
le Tite-Live de Pierre Bercheure et l'Aristote de Nicole
Oresme, qui ne le connaissait que par des versions latines,
mais qui devine quelquefois la sévère justesse du style original,
a fait circuler une multitude d'acquisitions qu'on leur doit, et
dont l'usage s'est maintenu jusqu'à nous.

Il est donc resté quelque chose de ces divers travaux de
l'intelligence, et les occupations favorites des hommes lettrés
de ce temps, trop souvent puériles dans leur pédantisme, et
qui n'ont produit aucune œuvre éclatante, n'ont pas été absolument stériles. Ce joug scolastique qu'ils imposaient à tout,
même à l'éloquence et à la poésie, familiarisait les esprits avec
l'enchaînement des idées, avec la précision des termes. Les
petites compositions rimées, sixains, huitains, ballades, rondeaux, qui succédaient partout aux grandes inventions d'un
âge plus poétique, obligèrent les écrivains, emprisonnés dans
un cadre étroit et inflexible, à un style serré qu'ils ne connaissaient pas. La traduction, enfin, cette continuelle étude des
expressions et des formes de la langue latine, qui était pour
eux comme une première langue maternelle, leur fit enrichir
celle dont le règne allait commencer d'un grand nombre de
mots et de tours nouveaux pour elle, mais conformes à son
génie. Ce ne sont pas encore là des conquêtes qui puissent
mettre en pleine possession d'un art de bien dire ; mais ce sont

comme autant de pierres d'attente pour le futur édifice des lettres françaises.

Ici finissent les genres proprement littéraires ; le reste, dans les idées modernes , appartiendrait à la philosophie , aux sciences et aux arts.

La Dialectique était toute la philosophie, ou, s'il arrivait qu'on les distinguât l'une de l'autre, on disait avec Aristote : La dialectique discute ce que la philosophie connaît. Mais comme la philosophie ne connaît que peu de choses, la dialectique, c'est-à-dire la philosophie à deux, ou le pour et le contre, possédait un immense empire. Cet empire, même sans dépasser les limites que l'usage avait fixées, réunissait à la logique la métaphysique, la morale, y compris la politique et le droit civil ; enfin, la physique, où l'on faisait entrer la médecine.

3.
DIALECTIQUE.
Topic., l. 1,
c. 11,
éd. de Bekker,
t. I, p. 104,
col. 2.

Ce n'était pas encore assez : la dialectique ne partageait qu'avec la théologie le haut enseignement ; et, tandis que la grammaire et la rhétorique étaient reléguées dans l'ombre des écoles particulières, la dialectique ou la dispute occupait les chaires publiques.

Il est vrai que plusieurs parties du vaste domaine de la dialectique lui étaient contestées par la théologie. La théologie voulait bien reconnaître, sous le nom de métaphysique, une science des idées générales ; mais elle la revendiquait pour elle, comme science de Dieu et de l'âme. Elle réclamait aussi, comme une de ses dépendances, la morale tout entière. Dans ses vues sur le gouvernement du monde, elle ne pouvait renoncer à la politique et au droit. La physique même, ou l'étude de la nature, devait lui être subordonnée. Il n'y avait donc que la logique, œuvre plus humaine, qui gardât ou parût garder quelque liberté. Les esprits avides de vérité se rencontrèrent sur ce terrain, moins asservi au joug dogmatique. On s'y battit pendant plusieurs siècles.

Dès le temps d'Abélard, un de ses disciples, Jean de Salisbury, s'élève contre ces disputeurs infatigables, ces faiseurs d'arguments cornus, qu'il appelle cornificiens. Alors aussi Gautier de Saint-Victor se plaint des chimères et des erreurs qui n'ont d'autre origine que cette manie de voir partout des objections à faire, des problèmes à résoudre. Il n'y a point d'hérésie, à l'en croire, qui ne vienne des questions et des réponses des dialecticiens : *Hi ergo totos dies et noctes terunt, ut interrogent, vel respondeant.* Mais que peuvent faire ceux qui cherchent, ceux qui enseignent, sinon d'interroger et de répondre ?

Les dangers de cette curiosité active et inquiète ne pouvaient manquer d'être signalés par les caractères timides, qui essayèrent d'y opposer dévotement la menace des peines infernales. C'est d'eux que vient une légende souvent répétée, celle de l'écolier mort, qui, apparaissant tout couvert de sophismes à un de ses anciens camarades ou de ses anciens maîtres, se dit condamné aux flammes éternelles. On fait remonter l'aventure jusqu'à l'an 1171 ; nous l'avons retrouvée au siècle suivant. Voici maintenant que, vers l'an 1330, le même bachelier, pour prémunir son maître contre les vanités du monde, reparaissant sous le poids de sa chape de parchemin toute noircie de « menue lettre escoliere, » accuse de ses souffrances la logique qu'il avait apprise à Paris.

Du Boulay, de Patronis, etc., p. 158 ; Hist. univ. paris., t. II, p. 393, 774. Hist. litt. de la Fr., t. XXI, p. 113. Extr. de plus. pet. poëmes par un prieur du Mont Saint-Michel, p. 24-26.

De là ces arrêts tant de fois renouvelés contre Aristote, que la bulle du 6 juin 1366 absout presque sans restriction, et dont le règne est pour longtemps affermi.

Mais ses commentateurs eux-mêmes, et les plus habiles, en étaient venus à se défier d'une philosophie qui, désormais réduite à combiner des mots et des formules, paraissait regarder toutes les conclusions comme indifférentes, pourvu qu'elle eût argumenté. Nous avons le portrait de « ces hommes spécula-« tifs, qu'on veut bien reconnaître exempts de toute passion « terrestre, et qui ne recommencent tous les jours que par « amour du vrai leurs combats intellectuels. L'objection de « l'un est résolue par l'autre ; les réfutations, les répliques se « succèdent ; on admire tout ce qu'une main puissante est ca-« pable de construire et de fortifier sur le terrain mouvant de « la dispute, et l'on ne s'étonne pas moins de tout ce qu'un « bras redoutable, sans toucher à la foi, peut détruire ou « ébranler. Mais ce que la religion gagne ou perd à une telle « gymnastique (*tale gymnasium*), Dieu le sait. »

De Laudibus Paris., c. 2, p. 9, d'après le ms. de S.-Victor, 642, fol. 171, col. 1.

Le péripatéticien qui, vers l'an 1322, faisait entendre ces plaintes, Jean de Jandun, commenta presque tout Aristote. Il eut lieu de s'inquiéter du surcroît d'incertitudes qu'il ajoutait à tant de questions sans réponse, et de la masse des opinions diverses qui continuaient de s'accumuler autour de lui. En effet, pour compléter ou pour contredire les traités de Duns Scot et les notes recueillies de sa bouche, *Reportata Joannis Scoti,* paraissent tour à tour, vers le même temps que la traduction latine de quelques textes aristotéliques, les commentaires du frère Prêcheur Hervé Nedellec (*Natalis*) sur les Catégories et les livres de l'Interprétation ; du frère Mineur François de Mayronis, surnommé le Maître des abstractions ; du bénédictin Engelbert, abbé d'Aumont ; car ici les divers ordres religieux, les thomistes et les scotistes, se font rarement la guerre : ils sont les uns et les autres du parti d'Aristote. Plus tard viennent les leçons sur les mêmes doctrines par Gui de Perpignan, par Gérard Odon, par Guillaume Sudré, par Adam Ferrier, par le sceptique Buridan ; les gloses de Nicolas Aimé sur les Analytiques, etc. On est effrayé de la multitude et de l'étendue des commentaires sur Aristote que renferment les deux anciens catalogues de la bibliothèque de Sorbonne (1290 et 1338), où ne sont pas oubliés les éclaircissements arabes, traduits en latin, d'Alfarabius, d'Algazel, d'Avicenne et d'Averroës.

Les commentateurs grecs du philosophe ont dû contribuer eux-mêmes à former la langue obscure de nos scolastiques, qui les connurent par des versions latines ou par la simple tradition. Si la division des Sept arts nous a paru remonter jusqu'aux écoles grecques, il n'est pas impossible de retrouver encore la même trace dans quelques détails que l'on croirait n'appartenir qu'à nous. Ces mots factices, les *baroco,* les *baralipton,* dont les voyelles aidaient à retenir et à combiner les dix-neuf modes du syllogisme, et dont les consonnes pouvaient signifier aussi quelque chose, ne font que nous rendre, en lettres latines, des formules destinées au même usage par les dialecticiens byzantins.

Mais il arriva enfin que les étudiants, condamnés depuis des siècles à voir des instruments de vérité dans les fameux vers techniques, *Barbara, celarent,* à se battre avec ces vieilles

Buhle, Hist. de la philos. mod., tr. fr., t. I, p. 225.

armes, et à rester captifs entre les lices du champ clos, ne s'y
Reg. du parlem.
de Paris,
14 août 1398.
sentirent pas moins à la gêne que dans une des prisons du
Châtelet où on les enfermait quelquefois et qu'ils nommaient
Barbara, comme un syllogisme.

L'historien des lettres doit l'avouer : tous ces efforts pour
substituer des procédés artificiels au mouvement naturel de la
pensée, ont bien peu servi aux progrès de la composition et du
goût. La beauté littéraire ne pouvait éclore de ce chaos. Il y
avait là tout au plus, pour la controverse, un savant mécanisme, et, pour le style même, des définitions, des distinctions, des nuances, qui, dégagées de la forme latine, sont
restées à la langue française. C'est un résultat fort inférieur
sans doute aux prétentions et aux espérances de la dialectique,
mais qu'on a souvent signalé comme une compensation de sa
longue tyrannie, et qui n'avait pas échappé aux disputeurs
eux-mêmes, puisqu'ils comparent leurs joutes aux exercices
de l'ancienne palestre. Nous commençons à entrevoir pour ces
combats de plus sérieuses victoires : à travers le respect de
l'autorité presque canonique du philosophe, se font jour les
témérités de quelques esprits, qui, fatigués de s'agiter dans
ce cercle étroit, rêvent des espaces plus larges, plus libres, et
secouent déjà les barrières qu'ils ne tarderont pas à renverser.

Aussi, que l'on juge comme on voudra ce long travail de
l'argumentation, sans cesse occupée à interroger et à répondre,
à poser des thèses et des antithèses, à faire et à réfuter des
objections : trop de sévérité nous semblerait injuste pour ce
perpétuel dialogue de la raison humaine, qui dure encore sous
d'autres formes ; et nous croyons que pour l'honneur de notre
intelligence et pour la cause de la vérité elle-même, ce dialogue
ne doit point cesser.

MÉTAPHYSIQUE. La métaphysique, dont tant d'autres ont parlé, réprimée
plus que jamais par le dogme, est fort restreinte ; quand elle a
débattu dans tous les sens les questions de théologie naturelle
qu'il lui était permis de traiter, il ne lui reste plus qu'à reprendre l'éternelle querelle des réalistes et des nominaux, avec
les formes substantielles, quiddités, heccéités, polycarpéités,
graves chimères qui obscurcissent l'esprit et s'entrechoquent

dans les ténèbres. Les réalistes, soutenus par le grand nom de Jean Scot, le plus industrieux de ces artisans de figures fantastiques, avaient dès lors un certain avantage, dont ils devaient bientôt abuser contre leurs adversaires.

Moins disposé à prendre des mots pour des choses, moins entraîné par l'imagination au delà des limites de notre raison, Guillaume Okam, à la tête d'un tiers parti, comme autrefois Abélard, l'emporta un moment sur les deux autres, et fut proclamé *doctor invincibilis*. On lui disputa et on lui dispute encore cette victoire.

La morale n'était point séparée de la doctrine religieuse, et, dans la théologie même, elle tenait peu de place. Aux divers éloges que recevaient les théologiens et les prélats sur leur pierre sépulcrale, se joignait ordinairement celui-ci, *regula morum;* mais ils négligeaient la morale spéculative. Roger Bacon, qui avait terminé, comme on le sait maintenant, par une septième section, par la philosophie morale, son *Opus majus,* s'y plaignait de l'abandon où on laissait cette étude, « la fin, la maîtresse et la reine de toutes les autres. » C'est par une distinction rare qu'un docteur, Gérard Odon, est appelé le docteur moral. Néanmoins deux branches importantes de cette partie de l'enseignement philosophique, la politique et le droit civil, vont prendre tout à coup un essor inaccoutumé. L'esprit général du siècle a une grande part dans ce progrès; mais l'influence d'Aristote n'y est pas étrangère.

MORALE.

Rogeri Bacon Opera inedita, Lond., 1859, t. I, p. XLIV.

La Politique d'Aristote est la suite de sa Morale. Plusieurs de ses interprètes, après l'avoir étudié dans ses écrits sur les mœurs, ont imité son grand traité sur le gouvernement. Gilles de Rome, encouragé par l'exemple de son maître Thomas d'Aquin, a fait, pour le jeune prince qui devint Philippe le Bel, son livre *de Regimine principum;* et ce livre est tellement calqué sur celui de l'ancien philosophe, qu'on y trouve bien peu de traces des idées modernes. Le célèbre professeur des écoles philosophiques de la rue du Fouarre, Siger de Brabant, dans son explication des doctrines politiques d'Aristote, paraît avoir été plus hardi que Thomas et son disciple.

POLITIQUE.

Hist. litt. de la Fr., t. XXI, p. 96-127.

Un de ses successeurs dans les mêmes écoles, non moins vif, et qui fut accusé aussi de trop de liberté, annonçait par le programme suivant l'ouverture de ses leçons : « Quiconque veut

D'Argentré,
Collect. judic.,
t. I, p. 357.

« connaître la Politique d'Aristote et les discussions sur le « juste et l'injuste, qui enseigne à faire de nouvelles lois et à « corriger les anciennes, n'a qu'à venir entendre maître Nico- « las d'Autrecour. » Dans la condamnation dont le frappa la Faculté de théologie de Paris, en 1348, pour obéir à une injonction du saint-siége, on reproche à l'interprète d'Aristote d'avoir prétendu justifier ainsi le vol : « Un jeune homme bien « né, disait-il, rencontre un sage qui, pour cent livres, s'en- « gage à lui révéler sans délai la science universelle ; et le jeune « homme, pour se procurer les cent livres, n'a pas d'autre « moyen que de les voler. En a-t-il le droit ? Oui, car il faut « faire ce qui est agréable à Dieu ; or, il est agréable à Dieu « que ce jeune homme s'instruise, et il ne peut le faire autre- « ment ; donc, etc. » Le syllogisme n'est pas bon ; mais il serait meilleur, qu'il n'autoriserait pas à porter jusqu'à cet excès l'esprit de curiosité.

Voilà deux cours sur la Politique d'Aristote qui ne nous sont connus que par les plaintes du clergé. Ceux que firent sur le même sujet le carme Pierre de Casa, le bénédictin Gui de Strasbourg, ne semblent pas avoir été recueillis ; mais nous avons encore plusieurs des dissertations politiques auxquelles donna lieu le conflit, sans cesse renouvelé pendant ce siècle, entre le pouvoir ecclésiastique et le pouvoir civil.

Gilles de Rome, que l'on croyait un défenseur du pouvoir civil, avait été avec raison signalé depuis longtemps comme un des partisans les plus fougueux de la suprématie pontificale :

Biblioth. imp.,
ms. 4229.

son livre *de Ecclesiastica potestate,* dédié au pape Boniface VIII, ne laisserait, s'il était publié, aucun doute sur le parti qu'il prit dans une discussion où il se sépara du roi dont il avait été le précepteur politique.

Nouv. mém.
de l'Acad.
des Inscr.,
t. XVIII,
sec. part.,
p. 435-494. —
Not. et extr.

Dans la foule des écrits que suscita la guerre entre les deux prérogatives, une attention particulière doit être réservée à ceux d'un homme qui paraît avoir été un des confidents du pouvoir laïque, Pierre du Bois (*de Bosco*), « avocat des causes « royales ecclésiastiques au bailliage de Coutances, » qui répondit énergiquement aux bulles pontificales, et insista pour la suppression de l'ordre du Temple. Plusieurs de ces traités assez hardis de Pierre du Bois sont en français.

des mss ,
t. XX,
sec. part., p. 83.

C'est ainsi que Wiclef, quelque temps après, vers l'an 1356, écrivit en anglais une de ses plus anciennes invectives contre la domination de Rome.

The last age
of the Chirche,
by John*
Wyclyffe,
Dublin, 1840,
pet. in-8.

Parmi les traités sur cette grande question des deux pouvoirs qui n'est pas encore complétement résolue, parmi les ouvrages des franciscains Michel de Césène, Marsile de Padoue, Guillaume Okam, ou de ceux qui voulurent leur répondre, monuments toujours instructifs de la lutte de Jean XXII et de Louis de Bavière, il en est un qui achève de constater un fait dont il y a peu d'exemples jusqu'à Philippe le Bel : c'est que la langue vulgaire s'empare enfin de ces controverses, et qu'on fait appel à l'opinion de tous sur des choses que se réservaient les clercs et les lettrés. Le livre de Marsile de Padoue, le Défenseur de la paix, qui ralluma et prolongea la guerre, comme on devait l'attendre de son autre titre, « Contre la juridiction « usurpée du pontife romain, » est traduit en français longtemps après avoir été publié ; une enquête est ouverte à Paris, en 1376, pour découvrir l'auteur de cette version téméraire, et le nom du coupable, qui était certainement un docteur de Paris, est resté secret.

La rivalité entre Édouard d'Angleterre et Philippe de Valois fut aussi l'occasion d'un grand nombre d'écrits. Le mémoire anonyme, *An mulieres a procuratione regni jure gallico arceantur,* et, peu après, sous Charles V, l'ouvrage français de Jean de Monstreuil, prévôt de Lille, sur le même sujet, ont contribué à établir un principe de droit public qui n'a pas été inutile à la grandeur de la France.

Le franciscain Alvar Pélage, qui, après avoir été disciple de Jean Scot à Paris, osa, malgré son attachement à la cause des papes, gémir sur la corruption de l'Église (*Planctus Ecclesiæ*), avait fait un miroir des rois, *Speculum regum*, dont ils ne peuvent profiter ; car il est inédit.

On ne voit pas que les essais démocratiques tentés pendant la captivité de Jean par quelques esprits entreprenants des États généraux, aient fait naître des écrits sérieux sur le gouvernement.

Il y en eut, au contraire, un grand nombre au temps de
Charles V, soit pour l'éducation de son malheureux successeur,
comme un autre Miroir des rois, *Speculum morale regum,*
par l'évêque de Senez, et, en français, le Songe du vieil pèlerin, par Philippe de Maizières ; soit sur les deux pouvoirs et
sur le schisme, comme le Songe du vergier, en latin et en
français, dialogue entre un chevalier et un clerc sur la juridiction de la royauté et du sacerdoce ; comme les livres du dernier
Raoul de Presles *de Potestate pontificali et regia, Compendium morale de Republica ;* comme plusieurs ouvrages de
Gerson, de Clamanges, de Courtecuisse, où l'on peut reconnaître les vues toutes gallicanes du roi dans ses rapports avec
la cour papale, mais aussi sa modération et sa prudence.
Quelques-unes de leurs propositions durent paraître alors prématurées ; mais elles n'en contrastent pas moins, par une certaine réserve, avec ces cris menaçants que faisaient entendre
les sectateurs de Wiclef en Angleterre, ceux de Jean Huss en Allemagne, où parut bientôt son livre *de Ablatione bonorum tem-
poralium a clericis,* et où le bûcher allumé par le concile de
Constance, seule réponse du clergé à ce livre, ne décida rien.

Une femme, Christine de Pisan, trouve, dans la langue vulgaire, au milieu de ses plaintes touchantes sur les débats politiques de son temps, plus d'une noble imprécation contre les
crimes des guerres civiles : « O tu, chevalier, qui viens de tele
« bataille, di moi, je t'en prie, quel honneur tu emportes? Di-
« ront donc tes gestes, pour toi plus honnorer, que tu feus à
« la journée du costé vainqueur? Mais cestui peril, quoique tu
« en eschappes, soit mis en mescompte de tels autres beaux
« fais ; car à journée reprouchée n'appartient louenge. » Dans
son livre « de la Paix, » elle a continuellement en vue les grands
exemples laissés par le roi Charles V, et, la mémoire encore
toute remplie des efforts stériles de Marcel et de la jacquerie,
elle n'hésite pas à dire : « Office de cité n'appartient aux po-
« pulaires. »

Mss.
de S.-Victor,
n. 623. —
Anc. f. fr.,
n. 7398².².

Il ne se rencontre que peu d'ouvrages de simple théorie, tels
que celui de Philippe de Leyde, professeur à Paris en 1369,
de Reipublicæ cura et sorte principantis. On n'écrivait le plus
souvent que pour ou contre un parti.

La politique, avec la morale qui lui sert de règle, vient d'ê-
tre affranchie du sanctuaire par la philosophie : la loi, à son
tour, va devenir laïque. Chaque jour le droit canonique cède
quelque chose au droit civil.

Déjà les rédacteurs des Établissements de saint Louis et,
dans le même temps, Philippe de Beaumanoir, Pierre de Fontaines, avaient enseigné l'usage qu'on pouvait faire, pour la
législation nouvelle, des lois romaines aussi bien que du droit
ecclésiastique. Au siècle suivant, Jean des Marès, l'avocat du
roi, s'il faut en juger par les Décisions qui portent son nom,
coopéra puissamment à cette fondation du droit national.
D'autres avec lui, comme Pierre du Bois, Pierre de Cugnières,
le premier et le troisième Raoul de Presles, par leurs luttes
contre les officialités des évêques et les justices des seigneurs,
par des écrits dont quelques-uns ont disparu, introduisirent
peu à peu dans les ordonnances des princes plus d'équité et de
sagesse, dans l'administration plus de régularité, dans le peuple
un sentiment plus énergique de ses droits, et dans le langage
même un caractère de fermeté et de précision qui se reconnaît
encore aujourd'hui.

La chicane, qui eut ses excès comme la scolastique, avait
l'avantage de ne point s'exercer sur des abstractions, et les
choses de la vie pratique et usuelle durent aux légistes presque
tous les noms qu'elles ont conservés. Le droit canonique ne
parlait que latin : si les arrêts des gens du roi et un grand nombre d'ordonnances continuèrent d'être ainsi rédigés, d'une
autre part, les débats des États généraux, les délibérations du
parlement, surtout quand les princes y assistaient, se servirent
de la langue du pays. A Orléans, on professait le droit moitié
en latin, moitié en français. Avec le temps, le français, comme
le latin autrefois, devint essentiellement propre à la législation,
et plusieurs des ordonnances françaises de Charles V ont trouvé
le vrai style des lois.

L'opposition du clergé, de la papauté elle-même, à l'enseignement du droit romain, fut longue, opiniâtre, sans cesse
renouvelée par des actes dont les bullaires sont remplis. Dès
l'an 1131, avant le texte des Pandectes d'Amalfi, puis en 1139,
en 1163, le droit civil est interdit par Rome aux moines et aux

chanoines réguliers. Honorius III, en 1219, l'exclut de l'université de Paris. Innocent IV, trente-cinq ans après, consacre cette défense par de nouvelles menaces d'excommunication et l'étend à la France, à l'Angleterre, à l'Espagne.

Ces prohibitions furent vaines. Chez nous, au centre et au nord, se propageait en langue vulgaire la rédaction des coutumes, qui, non moins variées que les divisions féodales, conservaient presque la méthode et souvent même les dispositions des lois romaines. Ces lois, dans les pays de coutumes, furent étudiées comme raison écrite, et, dans les pays de droit romain, adoptées comme lois. En Languedoc, elles étaient le droit commun du pays ; Toulouse et Montpellier les enseignaient, même avant l'institution de leurs universités. L'école de Paris, qu'on avait voulu préserver de cette innovation, s'enhardit jusqu'à reconnaître à l'un et à l'autre droit une sorte d'égalité : lorsqu'elle dut, en 1408, après la déclaration de neutralité entre les papautés rivales, fixer les conditions nécessaires pour posséder les bénéfices, elle exigea indifféremment des . évêques et des chefs d'ordres le grade de docteur ou de licencié, soit en théologie, soit en droit canonique, soit en droit civil. On était déjà bien loin de ces bulles qui proscrivaient le droit civil à Paris, et de cette opinion proclamée en 1343 par un homme qui ne manquait pas de sens et de lumières, par Richard de Bury, évêque de Durham, « Que l'étude du droit faisait de « l'homme l'ami du monde et l'ennemi de Dieu. »

Philobibl.,
c. 11.

Quant à l'enseignement du droit français, qui se forma sur cet antique modèle, les épreuves à traverser furent plus longues et plus pénibles encore. Vainement Pierre de Fontaines, Beaumanoir, Bouteiller, en avaient été déjà les rédacteurs et les interprètes. Il faut attendre jusqu'en 1679 pour qu'un édit royal introduise enfin à Paris un professeur de droit français, lorsque depuis longtemps les chaires publiques étaient occupées par de nombreux professeurs de droit canonique et même de droit romain.

Les lois civiles de Rome, ou, comme on disait, les lois mondaines (*leges mundanæ*), à peine connues, devinrent populaires. L'avocat La Rose est appelé par Froissart « maistre Papin, » en souvenir de Papinien.

L'enthousiasme des nations autrefois romaines pour ces codes, œuvre du peuple législateur, inspira, vers l'an 1336, un beau sonnet à Cino de Pistoia, qui, après les avoir commentés Raccolta di rime ant. tosc.; Palerme, 1817, t. II, p. 217. toute sa vie, déplore qu'ils n'aient pu conserver à Rome sa puissance et sa grandeur : « Pourquoi, superbe Rome, toutes « ces lois du sénat et du peuple, tous ces écrits de tes sages, « tous ces décrets, tous ces édits, si désormais tu ne gouvernes « plus le monde ? Lis, infortunée, lis la glorieuse histoire de « tes enfants invincibles, qui te firent régner sur vingt provin- « ces comme l'Afrique et l'Égypte, toi qui maintenant obéis et « qui n'as plus d'empire. Que te sert d'avoir dompté d'autres « pays et imposé tes lois aux nations étrangères, quand ta « vieille gloire est morte avec toi ? Pardon, grand Dieu, pardon, « d'avoir mal employé mes jours à expliquer ces lois, toutes « injustes et vaines, si l'on n'y joint ta loi, qui se porte écrite « dans le cœur ! »

Nul des jurisconsultes français de ce siècle n'égale en répu- tation leurs contemporains d'Italie, tels que les Balde, les Bar- tole et Cino lui-même, qui fut, comme avant lui notre Beauma- noir, jurisconsulte et poëte. Cependant on a cité longtemps avec honneur, dans la foule de ceux qui écrivirent sur le droit civil, Eudes de Sens, auteur d'une Somme sur les jugements possessoires, commentaire du quarante-troisième livre du Di- geste ; Pierre de Belle-perche, évêque d'Auxerre, garde du sceau royal ; Pierre du Bois, non moins versé dans les questions judiciaires que dans les matières politiques ; Jean de Saint- Just, rédacteur du plus ancien registre de la Chambre des comptes ; Guillaume de Breul, auteur du *Stylus curiæ parlia- menti;* Pierre Jacobi, d'Aurillac, dont la Pratique dorée (*Practica aurea*) n'est pas tout à fait oubliée ; Jean Faure, Renault d'Aci, le premier et le troisième Raoul de Presles, Guillaume Pointeau ; Jean le Coq, avocat général, compila- teur d'un recueil d'arrêts, *Quæstiones Joannis Galli;* Bertrand de Montfavez, professeur à Toulouse avant d'être cardinal.

Dans cette liste, qu'il eût été facile d'augmenter du double, et qui prouve assez combien Pancirole, lorsqu'il n'indique pour ce temps que trois jurisconsultes français, ignore les noms étrangers à l'Italie, on a pu remarquer des cardinaux et des

évêques. L'esprit nouveau l'emportait : les canonistes voulaient être docteurs dans les deux droits, et la plupart de nos
papes d'Avignon avaient professé ce droit romain longtemps
proscrit.

Mais ce n'est ni dans les canonistes ni dans les commentateurs du droit civil que se trouve maintenant l'originalité : il y
a bien plus d'intérêt pour nous dans les premiers essais d'une
législation française. Les coutumes, ou promulguées par la
commune, ou octroyées par le seigneur à ses vassaux, ou recueillies par de simples juristes, tout en continuant de reproduire souvent le droit romain, laissent désormaïs plus de place
à des lois toutes locales. Lorsque nous rencontrons des coutumiers de ce siècle, comme ceux de l'Artois, du Berri, de la
Bretagne, de la Picardie, ou les pièces françaises des *Olim,*
des constitutions du Châtelet, des coutumes de Sainte-Geneviève, et un grand nombre d'autres actes rédigés en français,
comme chartes et registres des villes, testaments, lettres de
rémission, ce sont là pour nous, dans leur forme primitive,
des témoins fidèles des mœurs et du langage.

PHYSIQUE. Une dernière partie de la philosophie du maître, la physique, ne comprenait plus, comme chez Aristote, l'étude de
l'âme ; on s'y bornait à celle des corps et des divers phénomènes de l'air, de la terre et des eaux.

Les récits en vers et en prose sur les Merveilles de l'Inde,
sur le Prêtre Jean, abondent en êtres fantastiques : géants et
pygmées, hommes qui n'ont qu'un œil à la face et trois derrière la tête, femmes guerrières du royaume de Féminie, griffons,
licornes, alérions. De nombreuses variétés d'animaux fabuleux
étaient inventées comme autant de prétextes de similitudes
morales.

Reductor. Pierre Bercheure, après avoir répété que le crapaud est
morale, x, 14. muet partout, excepté en France, et que s'il sort de France, il
devient muet : « Ainsi, dit-il, le Français, bavard chez lui,
« dès qu'il a passé la frontière, ne parle plus. » On lui pardonnerait un reproche indirect à notre nation de négliger d'apprendre les langues étrangères ; mais il veut dire que, très-
orgueilleuse chez elle, ailleurs elle devient humble et se tait :

idée fausse, pour laquelle il n'a pas tort de demander pardon :
Non indignetur autem contra me quicumque Gallicus ista
legens; nam et ego sum Gallicus.

Pourquoi les grenouilles, dans le territoire d'Orange, ne   Ib. xiv, 66.
coassent-elles point, excepté une seule? C'est ce qu'il tient de
gens dignes de foi, et ce qu'il explique ainsi : L'évêque saint
Florent, que les grenouilles troublaient dans ses méditations,
leur fit dire de cesser de crier, et elles obéirent; touché de leur
docilité, il révoqua son ordre; mais le messager qu'il chargea
de cette bonne nouvelle, au lieu de leur dire, *Cantate,* dit au
singulier, *Canta,* et il n'y en a jamais qu'une qui ait le droit
de chanter.

Cette prétention d'ajouter des contes à ceux de Pline, qui en
avait déjà trop, n'était point favorable aux progrès de l'histoire
naturelle. On pouvait bien recommander aux religieux, lorsqu'ils violaient la règle du silence, de ne point parler tous à la
fois, sans leur donner le mauvais exemple de mentir.

L'étude des végétaux, qui avait aussi ses fictions, eut au
moins un guide éclairé. Une traduction française de l'Agriculture de Pierre Crescenzi, de Bologne, fut faite par ordre du
roi qui protégea le *Bon bergier,* de Charles V, et, dans un beau
manuscrit, le traducteur anonyme est représenté en habit de
frère Prêcheur, offrant l'ouvrage au roi sous ce titre : « Rusti-
« cain, du Cultivement et labour champestre. »

Les minéraux étaient l'objet des veilles et des illusions des
alchimistes. Une Lettre *Super arte alchimica* est attribuée à
Guillaume Baufet, mort évêque de Paris en 1319. Puis viennent, dans la seconde partie du siècle, maître Ortolan, de Paris,
auteur d'une Pratique d'alchimie, *Practica alchimica;* Bernard de Trèves, éditeur d'une Somme qu'il recueillit *ex libris*
philosophorum; le père de Christine de Pisan, Thomas de
Bologne, qui, non content de prophétiser comme astrologue et
de composer, comme médecin, des philtres pour Charles V et
pour le duc de Bourgogne, fit une Lettre sur la pierre philo-
sophale.

Sans doute ils ont trop souvent poursuivi des chimères;
mais par d'utiles observations sur les métaux, comme il pouvait s'en trouver dans un traité latin de l'Aimant, inscrit au   773.

catalogue de la librairie du Louvre, ils méritèrent quelquefois ce surnom de « perscrutateur, » qui fut donné en 1348 à l'auteur du *Correctorium Alchimiæ*, frère Robert, dominicain d'York ; et la science moderne n'a point dédaigné de reconnaître qu'ils avaient frayé la voie à ses découvertes.

On avait cru trouver parmi les savants de ce temps un commentateur de l'Histoire naturelle de Pline : les notes manuscrites que laissa sur Pline Guillaume Pellicier, premier évêque de Montpellier où il fit transférer, en 1536, le siége de Maguelone, avaient été attribuées par Oudin à Guillaume Pellicier, premier abbé de Grandmont, mort en 1336. Il serait intéressant de pouvoir faire remonter un tel commentaire à une telle date ; mais c'est une erreur, que Fabricius n'aurait pas dû répéter.

Biblioth. imp., n. 6808.

Scriptor. eccles., t. III, col. 804-806.

MÉDECINE.

La physique était regardée comme une introduction à la médecine ; un médecin s'appelait un physicien, et il ne s'appelle pas autrement en anglais.

Cette « pratique de la physique, » comme on disait encore longtemps après, n'avait été enseignée que tard : elle n'avait pas, en 1160, de cours public à Paris. Les juifs et les moines s'étaient emparés d'un si puissant moyen d'influence et de fortune. Les chapitres généraux, sans interdire cette profession aux religieux, essayèrent plusieurs fois d'en réprimer l'abus. On jugea même que ce n'était pas trop d'ajouter aux remontrances des conseils venus de plus haut, des apparitions ; on imagina des récits comme le suivant : Il y avait dans l'ordre de Cîteaux un moine médecin, qui courait exercer son art dans les provinces, et ne revenait au couvent que pour les grandes fêtes. Comme il y était à une de celles de la sainte Vierge et qu'il chantait au chœur avec les autres, la Vierge elle-même vint, une cuiller à la main, faire avaler un électuaire aux moines qui chantaient, et n'excepta que le moine médecin, en lui disant : « Médecin, tu n'as pas besoin de mon élixir, car tu ne « te prives d'aucune consolation. » Depuis ce moment, le religieux fit moins de visites et fut plus sage. La sainte Vierge, reparaissant à une autre de ses fêtes, lui dit : « Puisque tu « t'es amendé, prends de ceci comme les autres. » Il goûta du

Cæsarius Heisterbach., de Mirac., V, 47.

breuvage, et y trouva tant de douceur, tant de vertu, qu'il ne quitta plus le monastère, et méprisa toutes les choses charnelles.

Cependant la médecine qui, déjà chez les anciens, avait été de temps immémorial pratiquée dans le voisinage des temples, ne sortit que lentement des mains des clercs. Les dates sont douteuses, même celle de la fondation de l'école de Montpellier. En 1301, l'université de Paris fait un statut contre les médecins ignorants ; mais en quarante ans il y eut de tels progrès, que le médecin italien Gentilis de Foligno conseille à Ubertino de Carrare, seigneur de Padoue, d'envoyer à Paris douze étudiants. Les examens de médecine et de chirurgie sont réglés en 1352, 1353, 1390, par des ordonnances royales. Il n'en faut pas moins que le pouvoir ecclésiastique travaille lui-même à faire sortir des cloîtres les études médicales. Deux bourses sont fondées à Paris pour cet objet, en 1365, au collège de Laon. Quatre ans après, le pape Urbain V établit à Montpellier un collège spécial pour douze médecins originaires de Mende. La médecine fut encore longtemps une propriété du clergé. Guillaume Baufet, évêque de Paris ; Laurent de Biars, évêque de Tulle ; Jacques, prémontré, abbé de S.-Paul de Verdun, étaient médecins. Les hommes mariés, que la Faculté de médecine de Paris ne commence à tolérer qu'en 1398, n'y sont admis qu'en 1452 au titre de docteur régent.

Les longues querelles entre les médecins et les chirurgiens, déjà très-vives en 1311, s'aigrissent au point que les docteurs de la Faculté de Paris, en accordant aux bacheliers la licence, leur font jurer, comme en 1395, qu'ils n'exercent pas la chirurgie. Ces docteurs avaient tort, car le meilleur ouvrage médical qui soit resté de leur temps est d'un chirurgien.

Les noms se présentent en foule, et d'abord ceux des médecins du roi. Toujours assez nombreux, même après que Philippe de Valois eut ordonné qu'il n'y eût « qu'un fisicien ordi-« naire en cour, » ils comptèrent dans leurs rangs, sous Philippe le Bel, en 1288, Dudo, Jean de Rosai, Robert Fabri, clerc ; Foulques de la Charité, Guillaume d'Aurillac, auxquels il faut joindre les chirurgiens Pierre de Chevreuse, Pierre de Paris, Jean de Bethisi, Renaud de Beauvais, Ambroise ; en 1313,

Ludewig, Reliq. mss. omnis ævi, t. XII, p. 24, 43, 66, 67.

Jean Pitard, Jacques de Sens, Arnoulet de Mappes. En 1315, Louis Hutin a pour médecins Jean de Pavilli, Ernoul Qui-quempoist, clerc ; Jean Hellequin, chanoine de Soissons ; pour chirurgiens, le même Jacques de Sens et Jean de Beuzeville. En 1317, Gieuffroi de Corno ou de Courvot est médecin de Philippe le Long. Parmi les médecins ou chirurgiens royaux, il y eut encore Henri de Hermondaville, Ermengard, de Mont-pellier ; Guillaume Aymardi, curé au diocèse de Coutances ; Gilbert Hamelin ; Gilles de Semiville ; sous Charles V, Gervais Chrestien, Évrart de Conti, Jean de Guistey, chanoine de Nantes, de Paris et de Quimper ; Jean Boutin, Jean de Tour-nemire, Jacques du Bourg, Jean Jacobi, Jean de Nesle, Tho-mas de Saint-Pierre, Regnault Freron, Jean Tabari, Guibert de Celsoi, que le roi appelle « nostre amé et feal fisicien ; » Thomas de Pisan, qui avait été, comme dit sa fille Christine, « doctorifié à Bolongne la Grasse en la science de medecine. »

Ces maîtres en physique, *magistri in physica*, n'ont pas tous écrit : Jean Pitart lui-même, plus renommé peut-être que les autres, cité avec respect par ses disciples, et qui fut chirurgien de Philippe le Bel, n'a laissé aucun ouvrage authentique. Il n'est resté que le nom de maître Nicolas et de maître Guillaume Racine, tous deux « physiciens » du roi Jean pendant sa cap-tivité. Mais quelques-uns de ceux qui portèrent ce titre de médecins du roi et un grand nombre de leurs contemporains sont auteurs d'importants ouvrages, où continuent de dominer les doctrines de Galien.

Miscellanies of the Philobibl. Soc., t. II, sect. 6, p. 94, 113, 125, etc.

Sans parler des traductions françaises, comme celle de quel-ques livres arabes par Ermengard, celle du *Lilium medicinæ* de Bernard Gordon, professeur à Montpellier, et celle d'un traité d'Aldobrandino ou Alebrand de Florence, nous trouvons la Pratique de chirurgie par Henri de Hermondaville, en latin et en français ; les œuvres d'Arnaud de Villeneuve, astrologue, alchimiste, d'autres disent charlatan, mais qui passe pour avoir fait quelques découvertes ; les Fleurs de la médecine (*Collectio florum medicinalium*), par Pierre de Saint-Flour ; le traité *de Signis febrium*, par Richard de Paris ; les conseils *Pro conservanda sanitate*, par le franciscain Vital du Four, depuis cardinal ; les Mélanges philosophiques et médicaux

d'un autre frère Mineur, Jean de Bassoles; « la Cirurgie
« maistre Pierre Fremont; » le *Thesaurarium medicinæ* de
Jean Jacobi; des ouvrages encore instructifs sur la terrible
peste du milieu du siècle; le traité français « sur l'Epidemie
« et curation d'icelle, » par le Liégeois Jean à la Barbe, que le
voyageur Mandeville avait rencontré en Égypte, et dont il reçut les soins en 1356, quand il fut malade à Liége; les six
livres dédiés à Charles V par Jean Tabari, qui fut évêque de
Térouane; les trois livres *de Peste,* où Raymond Chalin (*de
Vinario*) décrit, d'après ses propres observations, quatre épidémies (1348, 1360, 1373, 1382); et surtout la Grande Chirurgie publiée en 1363 par un chapelain d'Urbain V, Gui de
Chauliac, habile praticien, qui rompit avec les formules de la
scolastique, avec les arcanes du grand œuvre, et dont le manuel, propagé aussitôt par une version française, fait époque
dans l'histoire de son art.

Si l'on veut connaître de plus près ceux qui exerçaient cet
art difficile de conserver ou de rendre la santé, un témoin,
en 1323, fait ainsi le portrait des médecins de Paris : « Dans
« cette ville où ne manque aucune sorte de consolation ou de
« secours, les médecins, préposés à la garde de notre santé, à
« la guérison de nos maladies, et que le Sage nous ordonne
« d'honorer comme créés par le Très-haut pour nos besoins,
« sont en si grand nombre que lorsqu'ils s'en vont par les rues
« accomplir les devoirs de leur état, avec leurs riches habits,
« leur bonnet doctoral, ceux qui recourent à leur art n'ont
« point de peine à les rencontrer. Oh! qu'il faut aimer ces
« bons médecins, qui se conforment philosophiquement, dans
« la pratique de leur profession, aux règles d'une savante phy-
« sique et d'une longue expérience! » Le panégyriste est plus
court et plus simple en parlant des apothicaires qui, dans
leurs boutiques du Petit-pont, « étalent leurs beaux vases
« remplis de médicaments et d'aromates. »

Il se trouvait des juges moins favorables pour les médecins
et leurs remèdes. Pétrarque, au sujet de la maladie de Clément VI, épuise contre les uns et les autres ses invectives ci-
céroniennes. Gerson reproche à l'école de Montpellier bien
des jongleries superstitieuses. Les épigrammes contre les mé-

De Laudi
Paris., c. 4
p. 11.

decins sont aussi anciennes que leur art, et ils les mériteraient
s'ils ressemblaient tous à cet impudent Arnaud de Villeneuve,
qui ose écrire dans ses conseils à ses disciples : « La septième
« précaution est d'un usage presque universel. Tu ne sauras
« peut-être pas ce que dénote l'urine que tu viens d'examiner.
« Dis toujours : *Il y a obstruction au foie.* Si le malade ré-
« pond : *Non, maître, c'est à la tête que j'ai mal,* hâte-toi de
« répliquer, *Cela vient du foie.* Sers-toi de ce mot d'obstruc-
« tion, parce qu'ils ne savent pas ce qu'il signifie, et qu'il im-
« porte qu'ils ne le sachent pas. » Peut-être n'y a-t-il que ce
dernier conseil qui puisse être pris en bonne part ; mais plusieurs faits attestent, dans l'opinion publique, un certain jugement, et dans le corps médical, du savoir et du courage.

Un enfant du village de Pompone se mit, en 1329, à
prescrire de ridicules remèdes aux malades, qu'il passait pour
guérir d'un mot. L'évêque de Paris, Hugues de Besançon, me-
naça d'anathème ces cures prétendues merveilleuses et cette
foi dans la puissance des paroles.

Les médecins furent mis à l'épreuve par les nombreuses
épidémies qui affligèrent ce siècle. C'est à l'occasion d'un de
ces fléaux que Charles V prit dans sa librairie du Louvre un
« Traittié de l'Espidemie, en prose, » et qu'on écrivit ces mots

N. 482.

au catalogue : « Le Roy l'a print pour la mortalité. » La plus
célèbre de ces mortalités est celle que l'on connait sous le nom
de peste noire, date mémorable dans l'histoire du corps médical. Plusieurs écrits, qui mériteraient de sortir de l'oubli, sont
des monuments de son zèle et de ses inutiles efforts.

Biblioth. imp.,
n. 7026,
p. 49-81.

Au mois d'octobre 1348, le collége de la Faculté des médecins de Paris, *collegium Facultatis medicorum Parisius,* se
fait adresser un rapport, dont une copie incomplète nous est
restée sous le titre déjà usité de *Compendium,* et qui précède
ainsi de cinquante ans la date du premier acte conservé jusqu'à nous de la Faculté de Paris. Le rapport, demandé par
Philippe de Valois dès les premières atteintes de l'épidémie,
en 1345, et dont il se répandit des exemplaires en Italie et en
Allemagne, examine successivement les causes, les préserva-
tifs, les remèdes du mal, et parcourt ces diverses questions
avec assez de méthode ; on sait gré aux auteurs de passer vite

sur les explications astrologiques et de dire modestement :
Quantum ipsius rei natura humano intellectui se subjicit.

L'année suivante, le jour de Saint-Yves (19 mai), paraît un autre traité sur l'épidémie, *compositus a quodam practico de Montepessulano.* Ce praticien de Montpellier adresse son œuvre *florenti Studio medico Parisiensi ac toti universitati.* La conjonction de Saturne, de Mars et de Jupiter y occupe beaucoup trop de pages ; le style est pédantesque et obscur. Le poëme latin de Simon de Couvin, non moins astrologique et tout aussi faiblement écrit, est cependant un document plus précis et plus complet pour l'histoire de cette grande calamité.

Ib., p. 81-98.

Mais on sera plus touché de quelques lignes écrites dans le temps même, en français, à la suite de deux manuscrits de Richard de Saint-Victor. On lit dans le premier : « Mil « ccc xlviii fu grant mortalité par tout le monde, si très hor- « rible que tout le monde cuida morir, especiaument en toutes « chités et bonnes villes ; car puis que elle estoit entrée en « une ville, à peine s'en partoit sans en porter toute la ville. » Après avoir indiqué la date par quelques noms qui feraient croire que l'auteur de la note était un religieux de Rouen, il termine ainsi : « Et à che temps fu la mortalité si grande « parmi Normendie, que les Piquars se moqueoient des « Normans, pour che q... » A cette lettre, la plume s'est ar- rêtée.

Anc. fonds latin, n. 2585- 2588.

L'autre note, d'une autre main, doit être postérieure : « L'an « de grace mil et iii xlviii, environ le Saint Jaques, entra le « grant mortalité en Normendie, et y vint parmi Gascongne et « Poitou et parmi Bretengne, et s'en vint tout droit en Piquar- « die ; e fu si très horrible que ès villes où elle entroit il mou- « roit plus des deux pars des gens, et n'osoit le pere aler voir « son fiex ne le frere se seur, et ne trouvoit on qui vousist gar- « der l'un l'autre, pour ce que quant on sentoit l'alaine l'un de « l'autre, nul n'en pooit escaper ; si que il fu tel eure que on ne « pooit trover qui portast les mors enfuir ; et disoit on que le « monde fenissoit. » Suivent à peu près les mêmes noms pour fixer la date.

Tous ces ouvrages sur la grande mortalité, tous ces souve- nirs, sont graves et tristes ; personne, en France, ne songe, comme l'auteur italien des Dix journées, à donner ces lugubres récits pour préface à des contes d'amour.

Nous rencontrerons à tout moment les témoignages de la profonde impression de ce fléau sur les esprits. Le jurisconsulte Henri Bohic, dans son commentaire sur les décrétales, dit qu'il se hâte, pour n'être point prévenu par une mort si prompte. Les historiens des ordres religieux, surtout ceux des carmes, parlent avec effroi de la multitude de leurs confrères qui périrent en soignant les pestiférés. Les médecins aussi, quoique sans espérance, firent leur devoir et dans les familles et dans les hôpitaux que l'on fondait de toutes parts. S'il faut en croire Simon de Couvin, qui était alors à Montpellier, où les médecins étaient plus nombreux qu'ailleurs, à peine un seul survécut.

Un autre fait a singulièrement marqué dans la littérature médicale de ce temps : la maladie de Charles VI. Mais ici la médecine, ou plutôt l'intrigue qui s'en fait un instrument, semble participer du délire dont il fallait chercher la guérison. Des opérations mystérieuses, des sortiléges, des chimères, se mêlent aux vains essais de l'art, et lui nuisent par un voisinage suspect. Il y a un livre qu'on ne retrouvera jamais, au moins dans son édition authentique : c'est celui que prétendait posséder Arnaud Guillem, venu, en 1393, de Languedoc à Paris, pour guérir le roi ; livre qu'il appelait *Smagorad,* et que cent ans après la mort d'Abel, Adam avait reçu de Dieu même à titre de consolation. C'est peut-être, en lisant *Smaragd* ou *Smaragdo,* quelque trace confuse de la table d'Émeraude, espèce d'énigme alchimique, attribuée à Hermès Trismégiste. Rien ne prouve du moins qu'on ait fait périr ce malheureux Guillem pour le punir d'avoir échoué, comme les deux moines augustins qui, en 1398, eurent l'imprudence de faire la même promesse, et les quatre sorciers qui, en 1403, échouèrent à leur tour et furent brûlés.

Il paraît que les médecins du roi malade étaient au nombre de vingt-deux, sans compter deux chirurgiens et un apothicaire. Guillaume, d'Harcigni, près de Vervins, le guérit une fois. Dans un moment d'impatience, à la fin de l'année 1395, on les chassa tous de Paris, et même le premier physicien,

Relig.
de S.-Den.,
liv. xiv, c. 6.

Fabr., Biblioth.
gr., t. I,
p. 76-79.

maître Regnault Freron. Mais ils revinrent, ou il en revint d'autres à leur place.

Les bruits populaires n'étaient pas toujours défavorables aux médecins ; car on racontait qu'un jeune Grec, « un physicien « nommé Angel, très grant clerc, parlant bel latin et moult « argumentatif, » ayant été chargé par Charles le Mauvais, en 1371, de s'insinuer auprès de Charles V par ces qualités qui devaient lui plaire, et de profiter de la confiance du roi pour l'empoisonner, Angel s'enfuit plutôt que d'obéir au Navarrais, qui, disait-on, prit le parti de le faire noyer.

Secousse, Hist. de Ch. de Navarre, t. I, part. 2, p. 153.

Le jour où Charles VI donna ou confirma la permission de délivrer annuellement un cadavre de supplicié à la Faculté de médecine de Montpellier, et reconnut ainsi que les études anatomiques valent mieux pour un médecin que les arguments subtils ou les secrets surnaturels, ce jour-là il avait recouvré la raison.

Ord. des rois de Fr., t. VIII, p. 73.

Nous venons de voir la médecine infectée de ces trois illusions, l'astrologie, l'alchimie, la magie ; mais quelques ouvrages sérieux, entre lesquels se distingue la Grande chirurgie de Gui de Chauliac, annoncent un progrès notable dans les études fondées sur l'observation de la nature.

Nous parcourrons plus rapidement les quatre derniers des Sept arts, ou le *quadrivium*. Les écrivains y furent nombreux ; mais ceux qui traitent de l'arithmétique, de la géométrie, de l'astronomie, seraient plus convenablement appréciés dans une histoire des sciences ; et si les musiciens, qu'on réunissait aux mathématiciens, sont encore aujourd'hui des artistes, comme leur art sera jugé ailleurs, il suffira ici de rappeler quelques-uns de leurs écrits.

QUADRI-VIUM.
4.
ARITHMÉTIQUE.

On évitait ce mot de mathématicien, tout aussi suspect qu'il l'avait été dans l'antiquité romaine ; celui de mathématiques passait pour synonyme de magie, et des statuts émanés de l'autorité canonique disaient en propres termes : *Si quis mathematicus fuerit, id est invocator dæmonum.* Ce mauvais sens était tellement répandu que, dans un poëme à l'usage des écoles, Évrard de Béthune, d'après ce qu'il voyait tous les jours, n'hésite pas à dire, en vers détestables, que la théologie

Ampliss. coll., t. VII, col. 33, n. 36.

fait brûler les mathématiciens : *Datque mathematicos comburi theologia.* En vain essaya-t-on, par des distinctions qui cette fois étaient fort sages, de soustraire les mathématiques et ceux qui les cultivaient à cette dangereuse équivoque : la confusion persista longtemps, et, comme on l'a fort bien dit, « la plus « chimérique de toutes les sciences porta le nom qui désigne « aujourd'hui la plus exacte. »

Walter Scott,
Demonolog.,
c. 3.

L'Arithmétique, enseignée d'après le traité de Boëce, qu'on expliquait dans les écoles des frères Prêcheurs, fut regardée comme innocente ; elle fut même en quelque sorte consacrée par l'usage qu'on en fit pour calculer le jour de Pâques et des fêtes mobiles. Le comput ecclésiastique, appliqué aux autres recherches du même genre, comme celles des épactes, des concurrents, des indictions, du nombre d'or, de la lettre dominicale, qui entrent dans la composition des calendriers, occupait toute cette classe de savants qu'on nommait computistes. Tels furent Henri de Bruxelles, déjà connu à la fin du siècle précédent, et cité pour quelques progrès dans le calcul des nouvelles lunes ; Pierre Vital, frère Prêcheur, qui dédia son *Kalendarium Ecclesiæ* au pape Jean XXII ; Pierre de Dace, recteur de l'université de Paris en 1326, et dont les tables astronomiques furent traduites en français ; l'auteur anonyme d'un poëme latin *de Computo,* et quelques autres rédacteurs de manuels, où le calcul, qui vient en aide à l'astronomie, répand sur l'histoire des lumières nouvelles.

La plupart des calendriers de ce siècle continuent d'être placés en tête des livres d'heures, des martyrologes, des obituaires ; mais il y en a qui forment un volume à part, comme celui que Guillaume de Saint-Cloud avait dressé en 1292 pour vingt ans, et qu'on appelle, dans la traduction française, « Ka-«lendrier la royne. » D'autres sont publiés, en 1320, par Jeuffroi de Meaux ; vers l'an 1350, par le juif Profacius, de Marseille, auteur d'un *Ars novi quadrantis.* Dans l'intervalle, Jean des Murs, que nous retrouverons comme musicien, propose à Philippe de Vitri une réforme du calendrier, *Kalendarium reformatum.*

Biblioth. imp.,
ms. 7281, art. 5.
Inv.
de G. Malet,
n. 600.
Ms. 7281,
art. 8.

Biblioth.
de l'Éc. des ch.,

Ces calendriers étaient calculés pour plusieurs années. Il en est un qui porte ce titre : *Kalendarium perpetuum anno*

t. II, 1841,
p. 272-280.

Domini MCCC81. La date y est ainsi figurée. On a découvert dans les calculs de l'auteur anonyme au moins une erreur, quoiqu'il eût dit de son œuvre, comme tous les faiseurs d'almanachs : *Nunquam fallit.*

Le comput, ou l'art de compter, donna son nom à cette institution royale, sinon établie, du moins régularisée à Paris par Philippe le Bel, appelée dans une ordonnance du 20 avril 1309 *Camera computorum*, où l'on trouve, en 1364, une sorte de comptoir, *unum computatorium*, et qui, dans cette monarchie devenue administrative, acquit bientôt, par ses fonctions permanentes auprès du roi, une influence que n'avait pas encore le parlement avec ses deux sessions par année. Les registres de la Chambre des comptes, avant l'incendie du 27 octobre 1737, étaient, pour nos annales, un répertoire inépuisable de renseignements authentiques.

Les calculateurs avaient désormais un instrument qui rendait leur tâche plus aisée, l'usage des chiffres dits arabes, déjà connu au XIe siècle et auparavant sans doute, beaucoup plus répandu au siècle suivant, et qui, à l'aide du zéro et de la valeur de position, simplifiait pour les écoles l'étude de l'arithmétique. On commençait à les employer aussi dans les épitaphes, dans les inscriptions commémoratives sur les reliquaires, sur les portes ou les tours des églises. Les chiffres romains n'étaient point pour cela tout à fait abandonnés, et la date de l'année 1381 vient de fournir un exemple du mélange des deux méthodes : image assez fidèle de cet âge intermédiaire, qui n'est pas encore le monde moderne, mais qui le pressent et le prépare.

Comme on abuse de toutes choses, les progrès en arithmétique eurent aussi leurs dangers. Rien de plus sage que de rédiger des traités élémentaires *de Algorismo, de Arithmetica,* tels que celui de Chrestien de Saint-Omer, et d'exiger, en 1366, quelques notions de mathématiques pour le degré de maître ès arts. Voici toutefois comment un de ces écoliers pauvres qui servaient les autres, et à qui l'on ne donnait pas toujours à tort le surnom de *latrunculi,* entendait l'arithmétique et s'exerçait au calcul; c'est le récit d'un témoin : « Pendant que j'habitais Paris, j'appris que les garçons servants des écoliers « sont presque tous de petits voleurs et ont un maître, véri-

Latin stories,
p. 113, n. 125.

« table chef de bande. Un jour il les assembla tous, voulant
« savoir quels étaient les plus habiles dans l'art de gagner sur
« les commissions. Le premier qu'il interrogea lui dit : Maître,
« sur un denier je gagne une poitevine (ou pite). — C'est peu,
« dit le maître. Un autre répondit : Sur un denier je gagne une
« obole. Un troisième dit qu'il en retirait trois poitevines.
« Quand beaucoup d'autres eurent parlé à leur tour, il y en
« eut un qui se leva et dit : Maître, sur une poitevine je gagne
« un denier. A ces mots, le maître s'empressa de le faire as-
« seoir par honneur auprès de lui, en disant : Tu l'emportes
« sur tous les autres; enseigne-nous comment tu t'y prends.
« — Vous le saurez : j'ai un ami de qui j'achète toujours les
« légumes, la moutarde, et tout ce qui est nécessaire pour la
« cuisine de mes maîtres; cet ami, pour une poitevine, me
« donne un quart de moutarde, et moi, pour chaque part, je
« compte cinq poitevines; mais comme je ne lui en donne
« qu'une, il y en a quatre pour moi. — C'est ainsi que ces pe-
« tits voleurs ne deviennent savants que pour faire le mal. »

On voit, par un autre témoignage, que l'arithmétique, enseignée souvent en français, faisait partie de l'éducation des filles.
Plusieurs hommes mariés conviennent entre eux que celui qui
ne pourrait faire compter sa femme jusqu'à quatre payerait
l'écot. Un bourgeois de Paris raconte ainsi cette épreuve difficile : « Robin dit à sa femme : Marie, dites après moi ce que je
« dirai. — Voulentiers, sire. — Marie, dites Empreu. — Em-
« preu. — Et deux. — Et deux. — Et trois. Adonc Marie un
« peu fièrement disoit : Et sept, et douze, et quatorze. Esgar!
« vous mocquez vous de moi? — Ainsi le mari Marie perdoit.
« Après ce, l'en aloit en l'hostel Jehan, qui appeloit Agnesot
« sa femme, et lui disoit : Dites après moi ce que je dirai.
« Empreu. — Agnesot disoit par dedain : Et deux. Adonc per-
« doit. Tassin disoit à dame Tassine : Empreu. — Tassine, par
« orgueil, disoit en hault : C'est de novel. Ou disoit : Je ne sui
« mie enfant pour apprendre à compter. Et ainsi perdoit. »

Lisez, *computo*
v *pictavinas*;
verum
pictavinam
solam
ei tribuens...
Invent.
de G. Malet,
n. 712, 931,
1049.

Le Menagier,
de P., t. I,
p. 140.

5.
GÉOMÉTRIE.

La géométrie n'était pas encore clairement définie : les uns
s'en tenaient à l'autorité d'un des anciens maîtres des Sept

arts, Martianus Capella, qui borne presque la géométrie à une description de la terre ; les autres commençaient à y reconnaître, dans un sens plus complet, la science de tout ce qui est mesurable. Ainsi, dans le catalogue des livres de Sorbonne en 1290, à la suite de la traduction latine, faite probablement sur l'arabe, du géomètre grec Théodose, on trouve plusieurs traités latins de planimétrie et de stéréométrie avec commentaires, et même une Pratique de géométrie en français, *Practica geometriæ in gallico,* dont les premiers mots sont transcrits : « Nous commencons. » Dans le catalogue de la même maison en 1338, il y a, de plus, quelques exemplaires de la Géométrie d'Euclide traduite en latin et de celle de Boëce. Les bibliothèques ne font que de rares acquisitions en ce genre ; il paraît du moins qu'on ajoute peu aux traités déjà connus.

Mss. de l'Arsenal, Hist., n. 855, p. 259, 260.

Ib., p. 211-216.

Quant aux sciences qui dépendent plus ou moins de la géométrie, nous pouvons indiquer parmi les livres du Louvre une Perspective latine, réunie à un traité latin de l'Aimant.

Inventaire, n. 773.

Nous ne trouvons ni pour l'algèbre ni pour la mécanique aucun ouvrage spécial. Pour l'art militaire on eut, en français, le Végèce de Jean de Meun et quelques pages extraites de Frontin par Christine de Pisan.

La géographie, confondue souvent avec une science qui n'était d'abord que celle de la mesure de la terre, offre du moins quelques essais.

Si le quatorzième livre du *Reductorium* de Pierre Bercheure est la Cosmographie dont parle son épitaphe, qui se lisait encore en 1612 à Paris dans une chapelle de son prieuré de Saint-Éloi, ce n'est qu'une géographie fabuleuse, qui lui fait dire à lui-même que plusieurs des choses qu'il va raconter peuvent être ou des réalités, ou l'œuvre des démons qui se moquent des hommes, *res in natura existentes, vel dæmones hominibus illudentes.* Sa province même de Poitou, *quamvis,* dit-il, *videatur mirabilibus carere,* lui paraît pleine de merveilles, dont il se sert comme d'autant d'allégories, trop fidèle au vieil usage de fonder l'enseignement moral sur des erreurs ou des mensonges.

Éd. de 1681, p. 900-994.

Quelques-uns de ces volumineux ouvrages où l'on prétendait tout enseigner, sans être aussi chargés de fables, ne sont pas

plus vrais : tel est celui que Barthélemi l'Anglais ne composa
que d'après les commentateurs des livres saints et d'après
Pline, Orose, Isidore. C'est un défaut ordinaire aux compilateurs ; bien des géographes plus modernes, sans s'apercevoir
que le monde change, persistent à copier des livres déjà vieux
de plusieurs siècles.

Les cartes géographiques, mal orientées, mal mesurées, où
les noms de lieux, moins rares désormais, sont jetés au hasard
et quelquefois méconnaissables, ne font pas encore beaucoup
de progrès. Celles qu'on trouve dans des exemplaires de Matthieu Paris, de R. Higden, de Marin Sanudo, de Marc Paul, de
quelques autres historiens ou voyageurs, manquent de netteté
et de précision. Il paraît qu'il n'y en avait pas pour la France
qui fissent autorité ; car on n'en voit point citer dans les conflits pour la délimitation des territoires.

Mais ceux-là même qui connaissaient à peine leur propre
pays ne s'interdisaient pas des représentations du monde entier. Le moine qui achevait, en 1303, les Annales des dominicains de Colmar, nous apprend qu'en 1265 il avait tracé une
mappemonde (*mappam mundi descripsi*) sur douze peaux de
parchemin. Ces cartes générales vont devenir très-nombreuses.
Plusieurs manuscrits de l' «Image du monde, » soit dans l'ancien texte latin, soit dans le poëme français, sont accompagnés
de planisphères. Deux mappemondes datées de l'an 1346, avec
enluminures, avec lettres d'or, attestent les encouragements
que recevait ce genre d'études.

Les annotations ou légendes, qui commencent à se multiplier sur les grandes cartes, indiquent souvent des traditions
fort douteuses, ou même tout à fait mensongères. Il y en a
cependant où sont notés quelques événements historiques. Un
exemple prouvera quel intérêt les pays étrangers portaient à la
France. La mappemonde du musée Borgia, qui ne mentionne
pas de fait postérieur à l'an 1401, rappelle ainsi la bataille de
Poitiers et la captivité du roi ; au nord de la ville de Bordeaux,
désignée par son nom français, on lit : *Joannes rex Francie hic
capitur per principem Walie in bello.*

Charles V, déjà possesseur d'un dessin très-informe du globe
terrestre, placé, vers l'an 1364, à la suite de la copie des

Hist. litt.
de la Fr.,
t. XVI, p. 126,
*où on lit par
erreur* Calmar.

Chroniques de Saint-Denis où il a écrit son nom, avait, de plus, la grande carte catalane rédigée en 1375, aujourd'hui publiée et commentée : « Quarte de mer en tabliaux, faicte « par maniere de unes tables painte et ystoriée, figurée et « escripte, et fermant à un fermoers. » Cette carte, qui n'est pas un simple portulan, et qui comprend un grand nombre de positions fort éloignées de la mer, se recommande, comme d'autres de ces temps, malgré des erreurs grossières, par une dimension moins étroite que celle qui était alors en usage, par une nomenclature plus riche, et par des légendes qui ne sont pas toujours fabuleuses.

Inventaire, n. 201. — Bibhoth. imp., n. 6816. — Not. et extr. des mss. t. XIV, part. 2, p. 1-152.

Aussi quelques savants, enhardis par ces documents nouveaux, n'hésitaient pas à engager des discussions sur la forme de la terre. Les antipodes ne sont plus suspects, mais à condition de croire que les deux hémisphères, pénétrés d'eau, sont collés (aquæ glutinio) de manière à ne pouvoir se détacher, et que le globe se maintient ainsi dans le vide comme une grande lampe suspendue à une corde invisible.

De Proprietat. rer. l XIV, c. 1.

Les envoyés du roi qui voulaient détourner le pape Urbain V d'aller rétablir le saint-siége à Rome, parce que le centre de l'Europe n'était pas à Rome, mais à Marseille, et qui, pour se donner raison, proposaient de retrancher du monde la Grèce, comme pays schismatique, n'auraient pas fait une bonne carte de l'Europe. Ce vœu de la suppression de l'empire grec, en 1366, serait encore plus singulier si l'on attribuait le discours à Oresme. Oresme était géographe.

Mais ce n'est là qu'une saillie, et nous ne croyons pas qu'il reste de carte où l'empire schismatique ait été supprimé. Les efforts pour mieux connaître ce monde rencontraient un obstacle sérieux et permanent, la crédulité, qu'on ne peut satisfaire que par des fables. Vers l'an 1307, un exemplaire de la relation de Marc Paul est présenté par Jean de Cepoy, fils de l'ambassadeur de Venise, à Charles, comte de Valois : le grand voyageur ne plut que par ce qu'il y raconte de merveilleux. Jean de Meun traduit en français les Merveilles de l'Irlande. Il y avait encore les Merveilles de l'Angleterre, de la France, sur le plan des anciennes Merveilles de l'Inde. Un traité de Mirabilibus mundi fut offert à Philippe de Valois

par un dominicain. Les « Merveilles du monde, » tel est le titre
donné par Jean d'Ypres, ce laborieux moine de Saint-Bertin,
à sa compilation française d'anciens voyageurs.

Pour les auteurs de tous ces pieux ouvrages, comme pour
Barthélemi de Glanville et Pierre Bercheure, les descriptions,
vraies ou fausses, des diverses contrées de la terre se transforment en moralités, en prédications, qui peuvent être édifiantes,
mais qui nuisent à l'instruction. De nouveaux récits de voyages
viendront successivement en aide à la lente éducation des
esprits, et, sans être toujours plus éclairés, dissiperont quelques-unes de ces chimères.

6.
MUSIQUE.

La Musique, comprise dans les Sept arts, et que l'on regardait comme la seconde aile du mathématicien, jouissait d'une
faveur plus populaire que les six autres arts. Toujours cultivée
pour le chant ecclésiastique, elle trouva, dans les fêtes et la
munificence des princes de la maison de Valois, une occasion
d'étendre, de varier ses productions, et d'abandonner souvent
pour le monde les églises et les cloîtres. Plusieurs de ces princes entretenaient à leur suite des troupes de ménestrels, et la
protection de Charles V, qui avait du goût pour la musique et
faisait célébrer la messe « à chant mélodieux et solempnel, »
devait inspirer aux artistes une heureuse émulation.

Christine
de Pisan, I, 16.

En 1330, lorsque Jacques Lapo, de Pistoie, et le Lorrain
Huet, fondèrent à Paris leur hôpital et leur chapelle de Saint-
Julien des ménétriers, au portail de la chapelle, où la niche
de droite représentait un personnage jouant du violon à quatre
cordes, il y avait, dans la frise de l'arcade, un grand nombre
de petits anges jouant chacun d'un instrument différent. On y
comptait cependant moins de ces instruments que n'en cite
Guillaume de Machau dans le « Remede de fortune, » où il en
nomme près de quarante, dont il croit que les doux sons peuvent nous guérir de bien des souffrances.

Les auteurs qui ont écrit alors en France sur la musique ne
sont pas aussi nombreux ; mais ils le sont plus que ne l'avaient
été les écrivains du même genre dans les siècles antérieurs.
Un des plus féconds et des plus habiles, Jean des Murs,

docteur de Paris, auteur de deux livres sur l'Arithmétique spéculative, écrivit aussi, en prose latine mêlée de quelques vers,
plusieurs traités de musique, dont nous n'avons point la date
précise, mais qui ont fourni d'utiles renseignements sur son
art. Si le docteur ès lois Jean des Murs qui fonda, en 1378, *Lebeuf, Diocèse de Paris, t. X, p. 271.*
une messe quotidienne à Sainte-Catherine du Val-des-écoliers,
est le même que le musicien, il aurait vécu fort âgé. Sa Musique spéculative est ainsi datée : *Parisius, in Sorbona,
ann. D.* 1323. Comme d'autres de ses confrères, il était astrologue et géomancien : sa Géomancie, en français, faisait par- *Invent., n. 598.*
tie des livres de Charles V.

Le bénédictin Engelbert, abbé d'Aumont, mort en 1331,
passe pour l'auteur de quatre traités sur la musique, moins
souvent cités que son ouvrage sur la naissance, le progrès
et la fin de l'empire romain, dont une traduction française
inédite est datée de l'an 1675, et qui annonçait que la
fin du saint empire romain serait bientôt suivie de celle du
monde.

C'est en 1332 que fut commencé le poëme léonin de Hugues, prêtre de Reutlingen, *Flores musicæ omnis cantus
Gregoriani,* imprimé à Strasbourg en 1488 : l'auteur dit
lui-même qu'il avait mis plus de six ans à le revoir et à le
compléter. On peut placer vers le même temps les écrits inédits sur la musique attribués à Guillaume du Puy, prédicateur franciscain.

Philippe de Vitri, mort évêque de Meaux en 1361, avait
composé dans sa jeunesse plus d'un ouvrage musical. Un ma-
nuscrit porte ce titre : *Ars cujusvis compositionis de motetis,* *Biblioth. imp., n. 7378, art. 14.*
compilata a Philippo de Vitri, magistro in musica. On voit
qu'il y avait alors en France, comme aujourd'hui à Oxford,
des docteurs en musique.

Un homme laborieux et actif, qui, après avoir été plus de
trente ans au service de Jean, roi de Bohême, devint secrétaire
de Jean, roi de France, et se fit un nom par sa vie d'aventures et par ses poésies françaises, Guillaume de Machau, rimeur et musicien, s'amuse à écrire et à noter des centaines de
chansons, ballades, lais, virelais, chants royaux, rondeaux,
motets latins ; énorme recueil, dont la confusion stérile étonne

Mém. de l'Ac.
des Inscr.,
t. XX, p. 377,
404.

et afflige M. de Caylus, tout charmé encore de la lecture des fabliaux, mais où la notation musicale, avec ses figures en forme de losange et une queue tantôt en haut, tantôt en bas, peut intéresser les historiens des diverses révolutions de la musique.

Miscellan.
of the
Philobibl. Soc ,
t. V (1859),
sect. 5, p. 8
et 9.

Affò, Scrittori
parmigiani,
t. III, p. 151.

En 1380, Jean de Namur, chartreux à Mantoue, rédige son traité, dont il se trouve des manuscrits à Rome, à Gand et à Londres, *Libellus musicalis de Ritu canendi vetustissimo et novo,* qui renferme, entre autres observations utiles, quelques détails sur la notation de Hucbald, le musicien du IX° siècle. Jean le chartreux est un des nombreux auteurs cités par Nicolas Burci, de Parme, dans sa défense de Gui d'Arezzo.

Guillaume du Fay, de Chimai, en Hainaut, attaché à la chapelle de Clément VII en 1380, a été jugé supérieur, dans ses théories sur l'art d'écrire la musique et sur l'harmonie, aux maîtres italiens du même temps.

La plupart de ces musiciens, en compilant leurs graves traités latins, s'écartent rarement de la rigueur technique des définitions et des préceptes; mais quand il se présente quelque occasion de controverse, alors éclatent, avec une certaine énergie, les passions de l'artiste. Jean des Murs, tout aussi calme que les autres dans sa prose, et même dans ses vers, mécontent de l'abus que l'on faisait déjà de la musique en parties, de ce contre-point d'où est née l'harmonie moderne, regrette l'unisson du chant grégorien, et s'élève contre le

J.-J. Rousseau ,
Dict. de mus.,
au mot *Discant.*
—Guéranger,
Instit. liturg.,
t. I, p. 363.

« déchant, » que blâmait aussi, en 1322, comme nouveauté dangereuse, une bulle pontificale. Il définit d'abord avec une justesse impartiale ce qu'il va condamner : *Discantat, qui simul cum uno vel pluribus dulciter cantat, ut ex distinctis sonis sonus unus fiat, non unitate simplicitatis, sed dulcis concordisque mixtionis unione.* Puis tout à coup il s'écrie : « O douleur ! ô vain prétexte et déraisonnable excuse ! ô grand « abus, grande barbarie, grande sottise, de prendre un âne « pour un homme, une chèvre pour un lion, une brebis pour « un poisson, un serpent pour un saumon ! Oh ! si les anciens « maîtres de l'art avaient entendu le déchant de ces docteurs, « qu'auraient-ils dit ? qu'auraient-ils fait ? Ils auraient inter-

« rompu le disciple de cette musique nouvelle, et lui auraient
« dit : Ce n'est pas de moi que tu as appris ces dissonances,
« et ton chant n'est pas d'accord avec le mien. Loin de là, tu
« me contredis, tu me scandalises. Tais-toi plutôt ; mais tu
« aimes mieux délirer et déchanter. »

Tandis que, sur la terre, l'ancien chant liturgique repousse
les innovations de la musique mondaine, l'astrologie, dans le
ciel, se défend contre les progrès de l'observation et de la
science. Mais ici le combat fut opiniâtre, et les chimères astrologiques, protégées par leur vieil empire sur la faiblesse humaine, consacrées par l'autorité de Thomas d'Aquin et de
plusieurs autres saints docteurs, ne cédèrent qu'après avoir
résisté encore pendant plus de deux siècles.

7.
ASTRONOMIE.

Nous ne ferons pas l'énumération de tous les livres de cette
sorte qui occupaient beaucoup trop de place dans la bibliothèque royale du Louvre : il y en avait d'anciens, et un plus
grand nombre de modernes ; on avait pris soin de les faire traduire en français les uns et les autres, ainsi que les versions
latines des traités arabes.

Les astrologues du temps de Charles V, la plupart italiens,
sont fort vantés par un autre astrologue, Simon de Phares,
qui écrivait sous Charles VIII : nous le laisserons quelquefois
parler, en faisant remarquer que Léon, juif de Bagnols, dont
une version latine fut faite en 1342, et Jean de Bassigni, auteur
de pronostics pour les années 1352 à 1373, sont omis dans
ce catalogue, et qu'il ne remonte guère au-delà de maître
Guillaume de Louri, vers le milieu du siècle.

Maître Guillaume, résidant à Bourges, « fut envoyé querir
« pour son grant sen et singulieres experiences de la science
« des estoiles, par les Anglois, et y alla voulentiers, pour ce
« que c'estoit pour desennuyer le bon roi Jehan, qui fut pris à
« Poitiers le lundi XIX de septembre mille IIIᶜLVI, comme il
« avoit prédit. » On ne voit pas que ce Guillaume ait laissé
d'ouvrage.

Il n'en est pas non plus cité de messire Pierre de la Bruyère,
d'Orléans, « qui fist plusieurs instrumens servant à la theorie,

« et plusieurs beaux jugemens ; » ni de maître Pierre de Valois, résidant à Couci, « qui predit plusieurs choses, comme
« est assis par ses pronostications sur l'an 1360 ; » ni de maître
Jacques de Saint-André, chanoine de Tournai, qui pronostiqua
la délivrance du roi Jean et la victoire de Bertrand du Guesclin à Cocherel ; ni de maître Jean de Meun, différent du poëte,
et que Simon de Phares appelle son consanguin, dont les conseils aidèrent, selon lui, Charles V à amasser « dix-huit millions
« d'or, qui estoit belle chose, par la puissance et vertu de la
« pierre des philosophes ; » ni de maître Denis de Vincennes,
qui, non moins habile dans son art, sut faire découvrir les dix-
huit millions au duc d'Anjou.

Simon se contente aussi de dire que maître Michel de
Saint-Mesmin, « chirurgien moult estimé à Montpellier, qui
« prevoyoit les choses à venir, » avait composé de beaux
traités avant de se faire moine à Orléans. Mais il dit expressément que Thomas Florentinus, peut-être Thomas de
Garbo, et non Thomas de Bologne, père de Christine,
avait écrit « sur les nativitez, et sur les elections de la troi-
« sieme maison. » La plupart des autres astrologues nommés
dans cette liste paraissent appartenir aux dernières années de
Charles VI.

La traduction française de l'ouvrage d'un autre Florentin,
astrologue d'un grand nom, Gui Bonatti, *Theorica planetarum
et Astrologia judiciaria*, est terminée par Nicolas de la Horbe
le 15 décembre 1327. Les livres français d'astrologie, de géomancie, de magie, sont accueillis et recherchés.

Arnauld de Villeneuve et beaucoup d'autres après lui
mettent l'astrologie au service de la médecine. Les manuscrits conservent un ouvrage anonyme *de Tempore phar-
macandi*, ainsi que d'autres traités en latin sur les Propriétés
astrologiques des douze signes du zodiaque, sur l'Art judiciaire selon les neuf juges, et un traité en français sur les
Douze signes du firmament, « pour scavoir quant li lune
passe parmi, à quoi elle est boine ou male, etc. » Vaines
études, qui n'ont pas toujours été remplacées par des études
plus sages !

Les règles de cet art prétendu furent résumées en corps de

Catal. mss.
reg., t. IV,
p. 333, etc.

doctrine. Outre un grand nombre d'horoscopes, Henri de Malines, le même peut-être que Henri Baten, chancelier de Notre-Dame, a laissé une introduction générale *ad judicia astrologiæ*. L'ouvrage d'un frère Mineur, Bernard de Verdun, figurait dans la bibliothèque de Charles V sous ce titre magnifique : *Tractatus optimus super totam astrologiam*. Rien n'indique cependant qu'on en eût fait une traduction.

Toutes ces folies rencontrèrent d'illustres adversaires, que la faveur dont jouissait l'astrologie ne fit point reculer. Nicolas Oresme, Philippe de Maizières, Henri de Hesse, Gerson, écrivirent et parlèrent contre un art qui avait de puissants amis. Il fallait surtout du courage aux théologiens pour oser contredire les thomistes et une partie du clergé.

Ces mots d'astrologie et d'astrologue, encore mal expliqués alors, ne doivent point nous tromper. « Cette science « est vraie, disait Gerson, mais elle est dégénérée : qu'on « travaille à la rétablir. » A côté des pronostiqueurs et des tireurs d'horoscope, il y avait de vrais astronomes. Tel paraît avoir été Jean de Lignières, dont il reste, entre autres ouvrages sérieux, des Canons des tables alphonsines, en 1310 ; la Théorie des planètes, en 1335 ; la Description d'un instrument astronomique des Arabes (*instrumentum sapheæ*). Jean de Lignières mérita qu'on dît de lui dans le siècle suivant, « qu'il fit sortir le premier de l'obscurité, et comme « du néant, cette science alors presque oubliée parmi les « hommes. »

On pouvait être, selon l'expression du temps, « praticien « ès corps celestes, » sans être nécessairement un devin : il reste de simples catalogues des étoiles observées à Tournai, en 1340 et en 1377, par Henri Selder. Nous aimons à croire aussi que le cardinal Talleyrand de Périgord, l'ami et le protecteur des sciences, n'avait point admis de rêveries astrologiques dans son ouvrage intitulé : *Flos planetarum*, qu'il ne serait point juste de juger sur le titre, mais qu'on a vainement cherché.

L'historien de l'Astronomie du moyen âge n'indique, des astronomes de ce temps, que Jean de Lignières, dont une courte mention de Gassendi lui avait fait connaître l'ancienne

Tom. I, col. 189-203.

Trithem., de Scriptor. eccles., n. 580.

Delambre, 1819, in-4, p. 258.

réputation. D'autres noms encore étaient peut-être dignes
d'être au moins rappelés en passant.

Déjà en effet se laisse entrevoir, à travers les erreurs accré-
ditées, une étude plus sévère des phénomènes célestes. « Les
« nativités, les jugements, les élections, » font place à des
calculs réguliers. On remarque, jusque dans les chroniqueurs
eux-mêmes, avec moins de prodiges, plus de traces d'observations conformes à la science. L'éclipse totale de lune, dans la

Cont.
de G. de Nangis,
ann. 1302.
J. de Saint-
Victor,
ann. 1310.

nuit du 14 au 15 janvier 1302, fit encore peur : *Eclipsis lunæ
horribilis*. Mais l'éclipse de soleil, le 31 janvier 1310, avait été
prédite « par des clercs de Paris, savans dans la Faculté d'as-
« tronomie. » Une autre éclipse de soleil, celle de l'an 1337,
fut l'objet des recherches de Jean de Gênes, qui avait dressé,
en 1332, le Canon des éclipses.

Gr. chron.
de Fr., t. V,
p. 227.

Les comètes sont bien plus redoutées : celle du mois de mars
1315, « un signe au ciel, » passe pour annoncer la mort du
jeune roi Louis X, et même « le destruiment du royaume. »
Deux autres, dans l'espace d'un an, au mois de juillet 1337
et au mois d'avril de l'année suivante, donnent lieu à des in-

Ib., p. 368.

terprétations ridicules. On fait prédire à la première « faussetés,
« fraudes, mensonges, larcins, guerres, convoitises, extorsions,
« rancunes, haines, machinations, inobediences, miseres de
« cuer, morts, rumeurs espoentables, et paours, et plusieurs
« autres choses. » Il est fâcheux que le nom du mathématicien
« maistre Jeuffroi de Meaulx » soit mêlé à de telles prophéties.
La seconde de ces comètes fait déjà moins de bruit, et ceux-là
même qui parlent de la première avec terreur se contentent de
dire de celle du 15 avril qu'elle était « peu claire, et ronde,
« et sans cheveux. » Cependant celle de l'an 1340 persiste à
présager des tribulations, des guerres, des fléaux : on dut en
être persuadé quelques années après. Villani dit que celle de
l'an 1346 fut appelée *cometa negra ;* la peste noire était déjà
commencée. En 1360, on parle d'un autre signe du ciel, observé dans la Touraine et l'Anjou ; mais on n'est pas même sûr
que ce soit une comète. En 1368, toute peur n'est point dis-

Cont.
de G. de Nangis,
ann. 1368.

sipée, quand la comète du jour de Pâques se montre longtemps
sur l'horizon ; mais un des témoins du phénomène le décrit
avec un soin qui dénote plus de curiosité que de crainte. Les

Grandes chroniques de France, qui n'en disent rien, se taisent aussi sur la première des observations aujourd'hui connues de la célèbre comète de l'an 1378, retrouvée, après trois apparitions nouvelles (1456, 1531, 1607), en 1683, par Halley, en 1759 par Clairault, qui est revenue en 1835, et dont les retours sont séparés ainsi par des intervalles d'environ soixante-quinze ans.

Biot, Journ.
des Sav.,
oct. 1844.

A la fin du siècle, les connaissances astronomiques, déjà recommandées par des calculs plus exacts, se propagent et se complètent. Quelques vieux préjugés reparaissent dans les ouvrages de Pierre d'Ailli; mais le grand recueil où il rassemble, sous le titre d'*Imago mundi,* tous ses travaux cosmographiques, atteste d'importantes études sur les climats, sur les diverses régions de la terre, sur la nécessité de réformer le calendrier.

En gnomonique, nous trouvons un frère Prêcheur, Vincent, lecteur ou professeur de la province de France, qu'on croit auteur d'une Gnomonologie alphabétique; plusieurs traités *de Quadrante,* inscrits au catalogue de Charles V; une Gnomonique élémentaire en français, « pour faire les heures en la « table, » parmi les manuscrits du Vatican.

Comme les progrès de l'astronomie contribuent à ceux de la navigation, les mers sont plus fréquentées et mieux connues. Les pèlerinages, les croisades, la boussole, avaient ouvert la voie; on s'y engage avec plus de confiance. L'équateur est franchi : Marc Paul fait mention de parages de la mer des Indes d'où l'on n'aperçoit plus l'étoile du Nord; les quatre étoiles de la Croix du Sud, indiquées sur un globe arabe, en Égypte, dès l'an 1225, sont désignées par Dante comme la constellation de l'autre pôle, *all' altro polo.* De faibles essais préludent aux grandes découvertes. Si l'on rapportait à l'an 1364 les premières visites des Dieppois à la côte de Guinée, il faudrait les supposer fort antérieures à l'exploration de cette partie de la côte d'Afrique par les Portugais. Mais ceux qui répugnent à faire remonter si haut cette tradition, dont l'origine leur paraît suspecte, ne peuvent douter cependant que la France, par sa marine

NAVIGATION.

Purgator.,
cant. 1, v. 22.

Santarem,
Recherches,
etc., p. 6 et suiv.

marchande, n'ait alors contribué à l'avancement de l'hydrographie.

Branche aux
roy. lignages,
v. 9292. La marine militaire elle-même, telle que nous la montre le récit de la bataille navale de Ziriczée, en 1304, par Guillaume Guiart, ne manque ni d'audace ni de tactique ; et on ne doit pas s'en étonner, car longtemps auparavant nous voyons par les aventures rimées d'Eustache le Moine, mort en 1217, quelles inquiétudes, attestées encore par Jean Villani, les corsaires de Calais inspiraient à l'Angleterre. Le poëme de Guillaume de Machau sur les expéditions de Pierre de Lusignan, roi de Chypre, et sur la prise d'Alexandrie en 1366, permet de juger du point où l'on était arrivé pour l'armement des flottes, l'embarquement des chevaux, la rapidité des traversées. L'histoire a signalé, en 1372, la victoire navale remportée sur les Anglais à la hauteur de la Rochelle, et en 1377, l'attaque des côtes d'Angleterre par l'amiral Jean de Vienne.

Désormais les découvertes géographiques seront surtout maritimes ; l'intérieur des terres, que traversaient jadis les armées ou les caravanes, sera moins exploré. La grande carte catalane de Charles V, que nous avons encore, est une carte marine ; mais elle prouve combien les simples voyages par terre pour la prédication ou le commerce avaient fait connaître les régions centrales de l'Asie et même de l'Afrique ; rédigée en 1375, elle nous apprend que la rivière de l'Or venait d'être découverte par Jacques Ferrer en 1346, et elle indique, sous le nom de Tenbuch, la ville de Tombouctou, qu'avait vue, peu de temps auparavant, l'Arabe Ibn Batoutah, et qui, depuis, fut presque oubliée.

VOYAGES. Les relations de voyages, encouragées par la curiosité du temps, se multiplient. Quelques-unes continuent, mais avec plus de variété, la longue série des itinéraires de la terre sainte. Parmi les pèlerins qui ne cessent point de s'y rendre,
Seb. Paoli,
Codice
diplomatico,
t. I, p. 124-127. et, sur les seuls navires des templiers et des hospitaliers, ont, depuis l'an 1234, le privilége de s'embarquer à Marseille, sans payer de droit, au nombre de six mille par an, il s'en trouve qui perdent quelquefois de vue les stations, les reliques, les sanctuaires. Déjà, dans les rangs des pieux voyageurs, il y

avait eu quelques distractions : maître Thetmar, en 1217, avide de tout voir, s'était plu à décrire l'aspect des lieux ; Wilbrand d'Oldenburg avait étudié, par ordre de l'empereur Othon IV, les fortifications, les positions militaires ; Brocard, en 1289, avait jeté un coup d'œil impartial sur les mœurs et l'esprit du pays. Maintenant vont se succéder, dès l'entrée du siècle, cet anonyme qui, en recherchant les moyens de recouvrer la Palestine (*de Recuperatione terræ sanctæ*), conseille politiquement aux futurs croisés d'apprendre les langues des infidèles ; ce prince arménien, le moine Haïton, qui, dans ses mémoires sur les pays orientaux, rédigés à la fois en français et en latin, comme plusieurs des autres relations, ne songe qu'à solliciter le secours des rois pour ses parents, les rois de la Petite Arménie ; le Vénitien Marin Sanudo, qui adresse à divers souverains de l'Europe, et probablement en diverses langues, son livre sur les Secrets des fidèles de la croix, mais qui semble, malgré les entraves mises au commerce avec l'Orient par la bulle de Clément V, en 1307, n'avoir visité cinq fois ces contrées que pour en rapporter les spéculations mercantiles des nations modernes.

Puis viennent tour à tour les mémoires envoyés au même pape, en 1312, pendant le concile général, sur le projet d'une nouvelle croisade, par le roi de Chypre Henri II de Lusignan, et par Guillaume de Nogaret ; les propositions faites, en 1330, à Philippe de Valois, *Directorium ad faciendum passagium transmarinum,* par un dominicain qui était resté vingt-quatre ans en Orient, et qui veut que l'on aille, en traversant l'Allemagne et la Hongrie, s'emparer de nouveau de l'empire grec pour assurer la reprise de Jérusalem, ouvrage traduit en français, pour le duc de Bourgogne, en 1455, par le chanoine Jean Mielot ; le livre de Jean Mandeville, qui, parti d'Angleterre en 1332, se met à raconter à son retour, trente-quatre ans après, nombre de merveilles sur les géants, les pygmées, les diables, les animaux monstrueux, mais qui doute cependant du miracle de la lampe se rallumant d'elle-même au saint Sépulcre, et accuse les Sarrasins de l'avoir inventé pour en tirer profit ; Guillaume Boldensleve qui, en 1336, dédie son Voyage au cardinal Talleyrand ; Ludolphe, curé de Suchem, qui, la même

année, adresse le sien à l'évêque de Paderborn ; le bénédictin
Jean d'Ypres, rédacteur, en 1351, du grand recueil français
des «Merveilles du monde ; » Simon Sigoli, voyageur au mont
Sinaï en 1384 ; Jean Hees, de Maestricht à Jérusalem en 1389;
Ogier, seigneur d'Anglure, auteur, en 1396, du « Sainct
« Voyage de Hierusalem pour aller à Saincte Catherine du
« mont Sinaï, etc. »

De tous ces pèlerins un seul peut-être, un dominicain toscan,
Riccoldo da Monte di Croce, dont il reste un itinéraire écrit,
dès l'an 1309, en français presque aussitôt qu'en italien,
quoique la traduction latine ne soit que de l'an 1351, semble
conserver le vieil enthousiasme de Pierre l'Ermite, et ces fortes
émotions qui donnent au langage le plus simple une vive originalité. Arrivé à la vallée de Josaphat, il se croit à la fin du
monde, et il s'exprime à peu près ainsi : « Nous vîmes, vers le
« milieu de la vallée, le tombeau de la Vierge Marié, et, con-
« sidérant que là était le lieu du Jugement, nous passâmes
« entre le mont des Oliviers et le mont Calvaire, en pleurant
« et en tremblant de peur, comme si le juge était déjà sur nos
« têtes. Dans ce sentiment de crainte, nous pensions en nous-
« mêmes, et nous nous disions l'un à l'autre : C'est de là haut
« que le plus juste des juges va prononcer son arrêt ; de ce côté
« est la droite, et de l'autre côté la gauche. Nous choisîmes
« alors, en tant que nous pûmes le supposer, notre place à
« droite, et chacun de nous enfonça en terre une pierre qui
« devait témoigner de notre choix. J'enfonçai aussi la mienne,
« et je retins ma place à droite, pour moi et pour tous ceux
« qui, après avoir reçu de moi la parole de Dieu, auraient
« persévéré dans la foi, dans la charité, dans la vérité du saint
« Évangile ; et nous marquâmes cette pierre en présence de
« plusieurs fidèles que j'appelai comme témoins, et qui pleu-
« raient devant moi. »

De telles inspirations sont d'un homme né dans un pays qui
fut toujours beaucoup plus dévot que le nôtre. On ne les croirait même pas du siècle des papes d'Avignon. Les vœux que
presque tous les autres rédacteurs de Voyages en terre sainte
continuent de faire pour de nouvelles croisades ressemblent
fort à une formule banale, comme les promesses des princes

Itinerario ai
paesi orientali,
c. 26, p. 57.

qui s'engagent à se croiser. Toutes ces démonstrations d'usage, prolongées jusque dans le siècle suivant, nous font penser aux dominicains de Cadix qui, trois cents ans après, de l'aveu d'un religieux de leur ordre, sonnaient toujours leurs cloches « pour l'édification du peuple, » mais n'allaient plus à matines.

Labat, Voyages en Esp. et en Italie, t. I, p. 15.

Parmi ces voyages il n'y a guère que les récits fort suspects de Mandeville qui puissent être comparés pour l'étendue, sinon pour la bonne foi, à ceux de Marc Paul, terminés en 1295, et aux longues pérégrinations de ce voyageur arabe, Ibn Batoutah, qui, parti en 1325 de Fez, sa patrie, avait parcouru pendant vingt-six ans presque tout le monde alors connu, et visité la Chine, les Indes, le centre même de l'Afrique.

Des itinéraires moins graves, et tout aussi courts que la plupart de ceux des pèlerins, ont cependant quelque intérêt pour la géographie et pour l'histoire des mœurs : en 1355, le journal du voyage et du retour de Pierre de Colombiers, cardinal-évêque d'Ostie et de Velletri, envoyé d'Avignon à Rome par le pape Innocent VI pour le couronnement et le sacre de l'empereur Charles IV ; l'*Iter italicum* d'Urbain V, depuis le 30 avril 1367 jusqu'au 7 juin 1370, plus développé, mais très-mal écrit, puisqu'on nous y fait lire que le pape sortit d'Avignon *pro eundo ad partes romanas ;* en 1376, le plat récit, en prose latine rimée, du départ d'Avignon et de l'entrée à Rome du pape Grégoire XI, etc. Toutes ces relations sont presque barbares ; nous croirions volontiers que celles que nous ne connaissons pas valent mieux.

Labbe. Nova biblioth. mss., t. I. p. 354-358. —Fr. du Chesne. Hist. des card. fr., t. II, p. 345-349. Baluze, Pap. avenion., t. II, col. 768-775.

Fr. du Chesne, l. c., t. II, p. 437-449.

Pour les voyages des rois, il ne reste, le plus souvent sur des tablettes enduites de cire, que le nom du lieu où ils s'arrêtent et les comptes de leur maison. Les négociateurs sont obligés d'en dire davantage. Migon de Rochefort, seigneur de la Pomarède, et Guillaume Gaian, licencié ès lois, par qui le duc d'Anjou, frère de Charles V, avait fait demander la main de Benedetta, fille de Hugues IV, juge d'Arborée, en Sardaigne, racontent jour par jour, dans le latin de leur notaire, du 4 août au 13 octobre 1376, leur voyage de Marseille à Orestano, puis leur retour jusqu'à Toulouse, sans dissimuler combien leur personne et leur demande avaient été mal reçues.

Froissart, éd. de 1826, t. XV, p. 1-61.

Voyage litt.
de deux bénéd.,
t. II, p. 307-
360.
Le rapport de Nicolas de Bosc, évêque de Bayeux, un des personnages chargés en 1381, au nom de Charles VI, par le même duc d'Anjou, oncle du roi, d'aller traiter de la paix entre la couronne de France et celle d'Angleterre, est écrit en français. On remarque ces mots dans les instructions qu'il emporte avec lui : « Veult le roi en toutes manieres « que le chastel de Chierebourc lui demeure par le traité de la « paix. »

COMMERCE.
Les voyages entrepris pour le commerce ne nous offrent rien qu'on puisse mettre en parallèle avec le vaste plan de Marin Sanudo, qui, sous prétexte de délivrer les saints lieux, ne songe qu'à ouvrir aux Vénitiens, par l'occupation de l'Égypte, le marché de tout l'Orient. Mais le commerce lui-même prend un essor plus large et plus hardi. Les Basques, dans la mer de Biscaye, pratiquaient dès longtemps l'art de harponner la baleine, dont l'huile était l'objet d'un riche négoce, et qui s'est, depuis, écartée de ces parages. Les Normands s'en vont chercher plus loin, jusqu'au sud des Canaries, des occasions de fortune. Les tentatives commerciales continuent de s'étendre en Asie, où les princes du pays s'engagent à les protéger.

Paris, 1835,
in-8. —
Biblioth.
de l'Éc. des ch.,
juillet-août
1859, p. 503-
508.
Une lettre écrite en 1335 par Philippe de Valois à Alphonse IV, roi d'Aragon, demande justice pour un capitaine Guillaume, de Figeac, envoyé au sultan d'Égypte par le roi Charles le Bel. Guillaume se plaignait d'avoir été trompé et volé par des Aragonais, qui l'avaient rencontré dans le port d'Alexandrie. Quelques circonstances feraient croire qu'il y avait fraude et mensonge des deux côtés. Avec les grandes spéculations, commencent les rivalités nationales, les ruses, les violences ; mais c'est le malheur de l'imperfection humaine d'abuser du bien, et de ne pouvoir avancer un peu sans chanceler.

Cette affaire du capitaine Guillaume devait être fort embarrassée ; car elle dura longtemps. D'autres actes du même roi Philippe nous le montrent tour à tour, le 26 mai 1339, déclarant le séquestre mis par le parlement sur les biens d'un des Aragonais accusés ; le 18 janvier 1341, donnant mainlevée dudit séquestre; quatre jours après, révoquant les lettres qui autorisaient la saisie; le 10 mars 1342, suspendant pour une année l'effet des lettres de marque contre les sujets du roi d'Aragon. La suite de la contestation nous échappe; mais ce que nous en savons fait assez voir quel appui le commerce extérieur trouva chez les premiers Valois.

Le même prince, pendant la disette de l'année 1333, pour favoriser l'arrivage des grains en réprimant les pirates des côtes de l'Espagne et de la Provence, avait proposé à l'Aragon quelques règlements sur la police de la mer, complétés ensuite par la grande ordonnance dont la date n'est plus douteuse, et qui, le 7 décembre 1373, la dixième année du règne de Charles V, constitua la juridiction de l'amirauté.

Champollion-Figeac, Docum. tirés des collect. manuscrites, t. II, p. 171-178.
Ord. des rois de Fr., t. VIII, p. 540; t XXI, p. CXXVII.

A l'intérieur du royaume, s'accroît la prospérité des villes manufacturières, comme Louviers, Saint-Lô, émules des laborieuses communes de Flandre. Rouen soutient sa lutte séculaire contre Paris. Marseille, Montpellier, entretiennent des rapports actifs avec l'Orient; Narbonne, avec l'Italie. Des franchises sont accordées aux marchands étrangers; le port de Harfleur, les foires de la Champagne, de Fréjus, de Beaucaire, contribuèrent à la richesse publique. A Paris, de sages ordonnances, dès l'année 1358, diminuent la tyrannie des maîtrises; l'industrie, surtout celle des objets de luxe, se développe avec éclat. Dejà le sire de Joinville, en Égypte, ne pouvait oublier les magnifiques étalages des boutiques du Petit-pont. Jean de Jandun, en 1323, admire les marchandises somptueuses, les draps, les soieries, les fourrures, les bijoux, les tableaux, les statues, les livres, les armures, les comestibles, qui viennent de tous les points du monde se disputer la préférence des connaisseurs dans les halles des Champeaux; il y remarque l'invention récente des besicles, *specula pro oculis,* et il affirme aussi, mais dans son plus mauvais style, que Paris est la ville où l'on fait le meilleur pain : *panes quos faciunt quasi incommensurabilem suscipiunt bonitatis et delicationis excessum.* Tous ces produits, accumulés par le génie et l'activité de l'homme, inspirent une égale admiration à un autre panégyriste de la grande ville, à Guillebert de Metz, qui, dans les jours les plus funestes du règne de Charles VI, en

Rec. des Hist. de la Fr., t. XX, p. 216.
De Laud. Paris., 1856, p. 15 et suiv.

1418, se console des malheurs du fils par le souvenir des heureux fruits de la sagesse du père, et dont les exagérations même sont comme autant d'hommages au gouvernement d'un bon roi.

Nous bornons ici, pour chaque genre, notre revue d'auteurs et d'ouvrages, dont nous n'avons choisi qu'un petit nombre dans la liste que nous en avons recueillie depuis plus de vingt ans. C'est un ample catalogue. Après y avoir rangé, selon notre usage, les auteurs à l'année de leur mort et les écrits anonymes à leur date probable, sans négliger, dans la série chronologique des œuvres religieuses ou profanes, rien de ce qui reste des commentaires sur les livres saints ou sur Aristote, des sermons, des lettres, des petites pièces isolées en prose ou en vers, si nous récapitulons la somme totale de ces indications préparatoires, nous nous trouvons en avoir enregistré au moins une centaine pour chaque année, ou dix mille pour le siècle.

Ce siècle n'a donc pas été indifférent à l'expression durable de ses idées et de ses sentiments, comme on aurait pu le croire au peu de place qu'il occupe jusqu'à présent dans l'histoire de la littérature en France ; il a beaucoup écrit, parce qu'il s'est beaucoup inquiété de lui-même et de l'avenir.

Est-ce à dire qu'il ait produit de ces œuvres destinées à vivre longtemps par le fond du sujet ou l'art de la composition, qu'il ait été un âge vraiment littéraire? Non, et nous venons de faire pressentir tout ce qu'il est permis d'en espérer. Voilà, dans une première vue de ces cent années, le cercle des connaissances humaines tel qu'on l'avait reçu des derniers siècles, et qu'on le transmit aux générations nouvelles ; étroit héritage, divisé en cadres arbitraires, sans proportion, sans frontières naturelles, mais où les intelligences essayèrent cependant, non toujours sans succès, de se mouvoir et de marcher en avant, sous la surveillance de la théologie. Voilà les principaux noms de ceux qui l'entreprirent, et dont toutes les pages ne méritent point l'oubli. Quelques-uns d'entre eux, sans avoir écrit beaucoup mieux que les autres, ont droit à notre reconnaissance, au moins par leurs efforts pour sortir de cette prison. S'il est juste de plaindre les faibles esprits dont elle a étouffé l'essor, il convient encore plus d'honorer la mémoire des caractères plus fermes qui ont osé franchir les vieilles limites, et nous ont laissé leurs conquêtes.

FIN DU TOME PREMIER.

SOMMAIRES

DU TOME PREMIER.

DISCOURS

SUR L'ÉTAT DES LETTRES EN FRANCE

AU QUATORZIÈME SIÈCLE,

PAR VICTOR LE CLERC.

PREMIÈRE PARTIE.

DE L'ESPRIT GÉNÉRAL DU QUATORZIÈME SIÈCLE.

SECONDE PARTIE.

DES PRINCIPAUX GENRES EN PROSE ET EN VERS.

FIN DU TOME PREMIER.